U0105233

# 李白诗集全注全译

上

詹福瑞 刘崇德 葛景春 等 注译

凤凰出版社

## 图书在版编目（CIP）数据

李白诗集全注全译 / 詹福瑞等译注. -- 南京 ： 凤凰出版社，2024.4
ISBN 978-7-5506-3865-5

Ⅰ. ①李… Ⅱ. ①詹… Ⅲ. ①唐诗－诗集 Ⅳ.
①I222.742

中国国家版本馆CIP数据核字(2023)第170521号

| | | |
|---|---|---|
| 书　　　名 | 李白诗集全注全译 | |
| 译 注 者 | 詹福瑞　刘崇德　葛景春 等 | |
| 责 任 编 辑 | 张永堃　黄如嘉 | |
| 装 帧 设 计 | 陈贵子 | |
| 责 任 监 制 | 程明娇 | |
| 出 版 发 行 | 凤凰出版社(原江苏古籍出版社) | |
| | 发行部电话 025-83223462 | |
| 出版社地址 | 江苏省南京市中央路165号,邮编:210009 | |
| 照　　　排 | 南京凯建文化发展有限公司 | |
| 印　　　刷 | 苏州市越洋印刷有限公司 | |
| | 江苏省苏州市吴中区南官渡路20号,邮编:215104 | |
| 开　　　本 | 880毫米×1230毫米　1/32 | |
| 印　　　张 | 31.875 | |
| 字　　　数 | 918千字 | |
| 版　　　次 | 2024年4月第1版 | |
| 印　　　次 | 2024年4月第1次印刷 | |
| 标 准 书 号 | ISBN 978-7-5506-3865-5 | |
| 定　　　价 | 128.00元(全二册) | |

(本书凡印装错误可向承印厂调换,电话:0512-68180788)

# 目录

# 三、歌　吟

# 四、赠 诗

## 五、寄 诗

# 六、别　诗

# 七、送 诗

# 八、酬 答

# 九、游 宴

## 十、登　览

## 十一、行　役

## 十二、怀　古

# 十三、闲　适

## 十四、怀　思

## 十五、感　遇

## 十六、写　怀

## 十七、咏　物

## 十八、题　咏

## 十九、杂　咏

## 二十、闺　情

## 二十一、哀　伤

### 附录　宋蜀本集外诗补遗

# 前言

在世界文学史中,中国的古代诗歌独具魅力。因此,世界人民称誉中国为诗的国度。而在中国文学史上,代表了古代诗歌最高成就的则是唐代诗歌。唐代诗坛,无疑是一个群星灿烂的星系。而在这个星系中,有一颗光芒四射、掩抑群辉的巨星,那就是李白。"李杜文章在,光焰万丈长。"(韩愈《调张籍》)李白的诗歌,不仅是中国文学史上悬诸日月、永映千秋的艺术瑰宝,也是世界文学史上百代仰末照的文学遗产。介绍李白,普及李白,让李白超越历史的隔膜,走进当代人的心灵,是我们这些治中国文学史者的责任。

一

如果说李白的诗歌因其深微的艺术底蕴,使人永远体味不透、永远体味无穷的话,那么李白的家世和生平,则因文献记载的匮乏和历史传说的广泛而呈传奇色彩,成为难以破解、永远具有特殊吸引力的谜。

李白,字太白,生于唐武后长安元年(701)。关于他的出生,就有"惊姜之夕,长庚入梦"(李阳冰《草堂集序》)的传说,说他是太白星转世。当然,这是人们的附会,不足为信。但李白的先人,字其太白,应该有其寄托。关于李白的出生地,也有不同记载。或曰蜀中,或曰条支,今之学界多认为他出生于西域的碎叶城。碎叶,唐时属安西都护府,现在则在吉尔吉斯斯坦境内。李白的先人是什么人?为什么定居西域?李白自称是汉飞将军李广之后。李阳冰、范传正有过介绍,说他是西凉武昭王李暠的九世孙。今人也多有探究。陈寅恪颇疑李白本为西域胡人,后方改李姓。郭沫若《李白与杜甫》又否定了胡人说。李白是否为胡人，是个谜。但魏颢《李翰林集序》称李白"眸子炯然，哆如饿虎"，似乎生得神采特异，非同常人。李白的父亲李客，生平事迹不详。据李白挥金如土的生活，研究者推测其父是商人。就是在这样的一个家庭里，李白受到了传统与非传统的教育。李白《上安州裴长史书》说自己"五岁诵六甲，十岁观百家"。《赠张相镐二首》其二又说："十五观奇书，作赋凌相如。""百家"之中，当然应该包含儒家的经书。李白一生热衷于建功立业，兼济天下，自有其儒家思想渊源。然而，所谓"奇书"，当指儒家经典之外的书。由此可见，李白小时候受到的教育内容广泛，接受的思想也比较驳杂，不主一家一派。对李白产生影响的，有道教神仙思想。他在戴天山读书时期所作的《访戴天山道士不遇》，证明他这一时期就与道士有了交往。"无人知所去，愁倚两三松"，不遇道士的惆怅，表明了诗人与道士在情感上的亲近。据《彰明逸事》记载，李白在这一时期，还曾向"任侠有气，善为纵横学"的赵蕤学习纵横术。纵横术乃王霸之术，赵蕤就著有这样的书《长短经》。传统的文士多尚儒雅，李白却喜仗剑任侠。《与韩荆州书》说自己"十五好剑术，遍干诸侯"。范传正《唐左拾遗翰林学士李公新墓碑并序》说："少以侠自任，而门多长者车。"刘全白《唐故翰林学士李君碣记》也说他"少任侠，不事产业"。李白甚至有任侠尚气、杀人红尘之举："结发未识事，所交尽豪雄……托身白刃里，杀人红尘中。"（《赠从兄襄阳少府皓》）如果这只是李白一家之说，那么他的"大言"是不足信的；但李白友人魏颢在《李翰林集序》中也说他"少任侠，手刃数人"，就使我们不能不信了。李白不少诗中，常有对于杀人的描写：《结客少年场行》："笑尽一杯酒，杀人都市中。"《侠客行》："十步杀一人，千里不留行。"《白马篇》："杀人如剪草，剧孟同游遨。"文学中的剑侠，或许就是他个人少时生活的写照。

　　总之，青少年时期的李白，受到的是一种比较特殊的教育。对于儒、道、纵横各家兼收并蓄，求学态度通脱随意，其形成的思想就呈多元结构。李白一生积极入世，立业建功的理想始终不泯，是为儒家思想；尚气任侠，喜谈王霸之术，是为纵横家思想；蔑视权贵，粪土王侯，寻仙访道，追求自由，是为道家思想。李白思想结构的多元特点，虽然是在他一生坎坷的经历中逐渐形成的，但青少年时期接受的教育，显然为其奠定了重要基础。青少年时期的李白，性行也很特别，与其说他有文士气，倒不如说他更多豪侠之气、英雄之气。

开元十三年（725），李白二十五岁。他结束了蜀中生活，像一只六翮劲健、欲搏九天的大鹏疾飞出三峡，离开了家乡。

李白出蜀后，漫游了洞庭、苍梧、金陵、会稽等地。约在开元十六年（728），与唐高宗朝宰相许圉师的孙女成婚。从此寓居安陆十余年。这期间，李白以安陆为中心，漫游了嵩山、洛阳、太原等地。在洛阳，正逢玄宗幸东都，李白亲见朝会之盛。近年来，学术界有一影响较大的说法，认为在开元十八、十九年（730、731），李白曾有长安之行。他隐居终南山，结识了玄宗宠婿卫尉张卿；在长安北门曾与斗鸡之徒发生冲突；后西游邠州、坊州，再返终南，取道黄河离开长安。然亦有研究者认为此说疑点尚多，未可称为定论。李白除天宝初应诏入京外，或许另有长安之行，然是否即在开元十八、十九年，行迹如何，尚待进一步考证。

李白仗剑去国，辞亲远游，是抱定"四方之志"的。他的政治理想就是《代寿山答孟少府移文书》所说的"申管晏之谈，谋帝王之术，奋其智能，愿为辅弼，使寰区大定，海县清一"。成就理想，唐代士人走的多是科举入仕之路。李白却不屑于此。李白一生崇仰两位古人：一是战国时齐国游士鲁仲连。《古风五十九首》其十云："齐有倜傥生，鲁连特高妙。明月出海底，一朝开光耀。却秦振英声，后世仰末照。意轻千金赠，顾向平原笑。吾亦澹荡人，拂衣可同调。"鲁仲连济世之才非凡，建功立业极为潇洒，立谈而却秦军，这正是李白钦慕他的重要原因。二是东晋名相谢安。《赠常侍御》云："安石在东山，无心济天下。一起振横流，功成复潇洒。"《永王东巡歌十一首》其二云："但用东山谢安石，为君谈笑静胡沙。"李白服膺谢安，也是因为他一方面具有宰辅之才，另一方面有谈笑而破苻坚的潇洒功绩。李白深信自己才比鲁仲连、谢安，只要名达朝廷，就可受到征召，一举而为卿相。所以出蜀之后，李白多事异举，蓄其声名，以求引起朝廷的重视。这些异举有任侠、求仙访道、隐居和干谒州郡长官等。出蜀之初，李白与友人吴指南同游洞庭。吴指南死，李白"炎日伏尸，泣尽而继之以血"，埋葬了友人。后数年，又来湖边，起出尸骸，徒步百里，移葬鄂城。李白东游吴越，不到一年，散金三十万，落魄公子皆得周济。寓居安陆期间,李白曾作寿山、白兆山桃花岩之隐。又曾与道士元丹丘隐居嵩山。后来去了山东,与孔巢父、韩准、裴政、张叔明、陶沔共隐徂徕山之竹溪,时号"竹溪六逸"。至于干谒地方长官,开元二十二年(734),李白"高冠佩雄剑,长揖韩荆州"(《忆襄阳旧游赠济阴马少府巨》)于襄阳,就是一次很有代表性的活动。

这一段漫游时期,正当开元盛世,李白对政治前途充满了期望,加之饱览了祖国的壮丽河山,李白的诗中充满豪迈风发之气。这一时期,他写了《渡荆门送别》《望庐山瀑布》《夜下征虏亭》等许多山水诗,描绘了祖国山河的多姿多彩,可见李白心胸之俊朗、思想之积极。这一时期的饮酒诗、游仙诗也都充满了豪放俊逸之气。

天宝元年(742),李白果然诗名满天下,名达"圣聪",唐玄宗下诏征召李白进京。这时,李白已移家东鲁。李白以为"兼济天下"的良机终于到来,踌躇满志,写下了堪称天下第一快诗的《南陵别儿童入京》:"白酒新熟山中归,黄鸡啄黍秋正肥。呼童烹鸡酌白酒,儿女嬉笑牵人衣。高歌取醉欲自慰,起舞落日争光辉。游说万乘苦不早,著鞭跨马涉远道。会稽愚妇轻买臣,余亦辞家西入秦。仰天大笑出门去,我辈岂是蓬蒿人。"狂喜之情溢于言表。李白到了长安,太子宾客贺知章读其《蜀道难》,见其奇姿,惊呼为"谪仙人"。在朝中,李白也得到了唐玄宗特殊的礼遇:"降辇步迎,如见绮、皓。以七宝床赐食,御手调羹以饭之。"以翰林供奉的身份被安置于翰林院。供奉翰林,是玄宗特许,"但假其名,而无所职"(《唐会要》)。但是,李白初入翰林,也曾与闻国政。李阳冰《草堂集序》云:"置于金銮殿,出入翰林中,问以国政,潜草诏诰,人无知者。"魏颢《李翰林集序》说他写过《出师诏》,刘全白《唐故翰林学士李君碣记》和乐史《李翰林别集序》说他起草过《和蕃书》,言之凿凿。然而后来却被玄宗疏远了。李白之被疏远,《新唐书》本传记载为得罪了玄宗的佞臣高力士和宠妃杨贵妃:"白常侍帝,醉,使高力士脱靴。力士素贵,耻之。摘其诗以激杨贵妃。帝欲官白,妃辄沮止。"此说本《松窗杂录》,乃小说家言,未必实有其事。然而使高力士脱靴一事颇具传神之笔地表现了李白傲视权贵的性格,这种性格也许正是李白招致贵戚权臣谗毁的原因。杜甫《饮中八仙歌》曾描写李白在长安的行为:"李白斗酒诗百篇,长安市上酒家眠。天子呼来不上船,自称臣是酒中仙。"天子之召尚不为意,更何况权臣!这种目空一切的傲岸性格,招致群小的嫉妒与谗毁,并且最终导致玄宗的疏远,应是情理之中的。李白在长安的优遇,传说很多,且多加渲染。其实,在玄宗那里,李白不过是个文学弄臣。这种倡优畜之的待遇,与李白"申管晏之谈,谋帝王之术"的政治理想格格不入,李白终于请求还山,而玄宗也就赐金放还了。天宝元年入京,天宝三年出京,李白在宫中不满两年。

离开长安后,李白又开始了他特有的生活方式——漫游。他漫游梁宋、齐鲁,与杜甫结下深厚友谊。他到济南,可能还见过当时的北海太守李邕。其后又到了江南,在金陵、扬州等地游历。天宝九载(750),返鲁省家。天宝十一载(752),经广平邯郸诸地至幽州。十二载(753)归至魏郡,复西北游太原。以后又去了江南,漫游于金陵、秋浦、宣城诸地。这一时期的生活特点,就是"浪迹天下,以诗酒自适"(刘全白《唐故翰林学士李君碣记》)。

李白离开长安后的十年漫游期间,是李白思想上最为苦闷的时期。长安受挫被遣,李白所受的打击很大。他的功名理想和受此理想驱动的热情虽未灰飞烟灭,但是,一股强烈的遭世遗弃的孤独感汹涌如潮地淹没了诗人的情感世界。本来,诗人的政治归依寄于朝廷,现在他不得不离此而去,如一叶不系之舟、一团离根秋蓬。此去何方?诗人心中一片茫然。归隐吗?"道不行,乘桴浮于海"(《论语·公冶长》),"无道则隐"(《论语·泰伯》),孔子曾如是说。穷则独善其身,这是自孔子以来士人唯一的退路。李白长安失意后,也曾宣称要高飞远行。在此期间还有过寻仙访道之举,请北海高天师授道箓于齐州紫极宫,且写了许多游仙诗。但这些活动,若说是"挥斥忧愤"、自寻解脱则可;若说是诗人理想的归依,则未必然。不错,李白确以归隐作为他人生的目标之一。但那是在实现"兼济天下"的政治梦想之后,如范蠡、张良一样潇洒归山,而不是在功业未就之时退隐。然而功成身退的设想不过是诗人的一厢情愿而已,终未能实现。待诏翰林,"管晏之谈"未及申,"帝王之术"未及谋,就被赐金放还了,这时的归隐就是一种无奈,"我本不弃世,世人自弃我"(《送蔡山人》),是遭世遗弃后不得已的权宜之计。故此时李白的孤独感甚深。诗人深刻地感受到了政治前途似飞蓬离根、落叶离本的无寄与无望。长安的遭遇，也使诗人认识到了政治的腐败、社会的不平、风俗的浇薄。李白这一时期写了《梁甫吟》《行路难》《将进酒》《答王十二寒夜独酌有怀》《陪侍御叔华登楼歌》等诸多名篇，抒发了他的苦闷，尖锐地抨击了不合理的社会现实。蔑视富贵、否定功名的思想，在这一时期的李白诗中也有充分的表现。长安放还，无情地摧毁了李白的政治梦，却也成就了一位伟大的诗人。这一时期，是李白诗歌创作最富成果的时期。无论是诗歌的思想性，还是艺术成就，都达到了高峰。

天宝十四载(755)，安史之乱爆发，胡兵如疾电，迅速攻陷东西两京洛阳和长安。李白逃避兵乱，隐居庐山屏风叠。此时，玄宗逃往蜀中，永王璘受命为江陵大都督，经略南方军事，起兵靖乱。兵下浔阳，三次征召李白。李白以为谢安"一起振横流"的机会终于来了，应诏参加了永王璘幕府，自信而自豪地宣称："但用东山谢安石，为君谈笑静胡沙。"然而，天真的李白无论如何也没想到，他成了统治阶级内部矛盾的牺牲品。永王璘的胞兄李亨即位，命李璘回蜀。璘不从，兵败。李白坐永王璘罪系狱浔阳。出狱后流放夜郎，中途遇赦，回到江夏，后又重游宣城等地。六十岁时，李白闻李光弼"大举秦兵百万出征东南"，毅然前往金陵，冀申铅刀一割之用，不幸因病半途折回。回到当涂，以"腐胁疾"病逝，时在代宗宝应元年(762)。临终前，李白写下了《临路歌》："大鹏飞兮振八裔，中天摧兮力不济。余风激兮万世，游扶桑兮挂石袂。后人得之传此，仲尼亡兮谁为出涕。"李白一生以大鹏自喻。《大鹏赋》《上李邕》，都表达了他"一鸣惊人，一飞冲天""扶摇直上九万里"的雄心壮志。但这只大鹏终于未能在唐代的政坛一飞冲天，而是壮志未酬、中天摧落，结束了具有传奇色彩的一生。

从安史之乱到流放夜郎这一时期，李白的诗多具忧国忧民的思想。《古风五十九首》其十七最典型："西上莲花山，迢迢见明星。素手把芙蓉，虚步蹑太清。霓裳曳广带，飘拂升天行。邀我登云台，高揖卫叔卿。恍恍与之去，驾鸿凌紫冥。俯视洛阳川，茫茫走胡兵。流血涂野草，豺狼尽冠缨。"李白向往神仙生活，但也关心国家的命运、民众的疾苦，对安史乱军表达了强烈的愤恨。这一时期的诗，流露出渴望报国杀敌的感情。

宋人论唐诗，多扬杜抑李，认为李白不关心苍生社稷。《鹤林玉露》说："李太白当王室多难、海宇横溃之日，作为歌诗，不过豪侠使气，狂醉于花月之间耳。社稷苍生，曾不系其心膂。其视杜少陵之忧国忧民，岂可同年语哉！"这种说法显然是一种偏见。李白既然常怀大济天下的英雄心志，具有强烈的拯时济世的社会责任感和历史使命感，不可能超然物外，对社稷苍生作壁上观。写于安史之乱中的作品，如《奔亡道中五首》《经乱后将避地剡中留赠崔宣城》《赠张相镐二首》《扶风豪士歌》等，都反映了战乱给国家造成的破坏，给百姓带来的苦难，表现出强烈的忧国忧民的思想情感。提起诗仙，人们就以为他是一个整日耽于神仙境界、超然世外的人。其实这种认识是偏颇的。李白不同时期的诗都对社会现实给予了极大关注，反映了统治者穷兵黩武给人民带来的灾难，揭露了唐代社会的诸多腐败现象。

## 二

李白这位伟大的天才，以其不朽的诗歌征服了一代又一代读者，其诗的艺术魅力是永恒的。诗的艺术价值取决于诗的艺术个性。李白的诗之所以一出现，就如同狂飙横扫诗坛，征服了同时代人和后代人，就因为李白创造了"前不见古人，后不见来者"的独特艺术手法，形成了豪放飘逸的艺术风格。具体表现为以下几个方面：

（一）气骨高举

前人论李白诗，多标之以气。吴融《禅月集序》称李白诗"气骨高举"。《鹤林玉露》说李白"作为歌诗，不过豪侠使气"。王世贞《艺苑卮言》说"太白以气为主"。古人论作家作品，常常使用气这一概念。用于作家，指作家的生理和心理等主体特征；用于作品，则指作家之气在作品中的体现。称李白"以气为主"，实际上揭示了李白诗歌一个极为重要的艺术特征，即其中蕴含着强烈的自我意识和自我表现色彩，他的诗是他的理想、才具、人格力量的自我表现。

李白出身于从西域徙入内地的商人家庭。他自小即观百家、读奇书、拜奇师："五岁诵六甲，十岁观百家。"（《上安州裴长史书》）曾从任侠尚气、善为纵横学的赵蕤学纵横术。这种杂糅了儒、道、纵横各家之学的教育,不仅培养了他"欲上九天揽月"的胸襟抱负,也培养了他尚气任侠的性格和耽于奇想的心理。这样的一个青年才子,恰恰又生当大唐帝国的极盛时期。著名的开元、天宝之治,就浓缩在李白的青少年时代。强大的国势,也对李白的世界观产生了重要影响,激发了他的历史使命感和社会责任感,确立了他"申管晏之谈,谋帝王之术,奋其智能,愿为辅弼,使寰区大定,海县清一"(《代寿山答孟少府移文书》)的英雄意识。

李白的诗,就是他的胸襟抱负、气质个性、心理特征的自我写照,具有强烈的主观性和自我表现特点。

李白自视甚高,曾言"长才犹可倚,不惭世上雄"(《还山留别金门知己》)。认为自己就是旷世奇才、无人可比的英雄。所以他一生都执着于人生价值的自我实现,热衷功名事业。而其雄豪的尚气任侠性格,又使他粪土权门,敝屣富贵,保持着"安能摧眉折腰事权贵"的布衣尊严,不愿为人为物羁约,追求一种飘然而来、飘然而去的洒脱生活。这种既矛盾又统一的性格,在李白诗中得到了突出的表现。在李白作品中,经常出现大鹏的形象。早年,李白写了《大鹏赋》,礼赞逍遥于天地之间的大鹏。这大鹏实际上就是李白人格理想的化身。后来,在《上李邕》一诗中,李白又以大鹏来比喻自己不同于世人的"殊调":"大鹏一日同风起,抟摇直上九万里。假令风歇时下来,犹能簸却沧溟水。世人见我恒殊调,见余大言皆冷笑。宣父犹能畏后生,丈夫未可轻年少。"上摩苍穹、逍遥于恍惚虚无之场的大鹏,在《庄子》中是作为逍遥浮世的理想而出现的。李白却赋予它特殊的意义,既表现了诗人对自己奇才的自许自信,又表现了他不受世俗羁约的性格。李白诗还有一个极为突出的现象,即大量表现和描写历史英雄,吕尚、鲁仲连、郦食其、张良、诸葛亮、谢安等历史风云人物在李白诗中出现频率之高,其他诗人的作品无法企及。这些诗揭起的是古人的衣冠,跳动的却是诗人不甘凡庸的心。李白是把古代英雄作为自己的化身推出的:"君看我才能,何似鲁仲尼。"(《书怀赠南陵常赞府》)"我以一箭书,能取聊城功。"(《五月东鲁行答汶上翁》)"张良未逐赤松去,桥边黄石知我心。"(《扶风豪士歌》)"他年尔相访,知我在磻溪。"(《赠从弟冽》)"但用东山谢安石,为君谈笑静胡沙。"(《永王东巡歌十一首》其二)这些诗中,李白俨然以吕尚、孔子、鲁仲连、张良、谢安自居，表现了他与时人殊调的非凡才具和抱负。与其说他是崇拜历史英雄，毋宁说是极度相信自己；与其说是歌颂英雄的历史，毋宁说是歌颂他自己的英雄梦。

李白诗中的自我意识，不仅表现为自命不凡的大器，同时还表现为平交王侯的骄傲。李白渴望建功立业，以实现他的人生价值；但他又要保持自己的布衣骄傲，不肯屈己于人。杜甫《酒中八仙歌》写李白："李白斗酒诗百篇，长安市上酒家眠。天子呼来不上船，自称臣是酒中仙。"栩栩如生地刻画出李白这位"谪仙人"桀骜不驯的性格。李白诗鲜明地表现了他粪土王侯、傲视权贵的性格。李白辞京还山后写有《酬崔侍御》："严陵不从万乘游，归卧空山钓碧流。自是客星辞帝座，元非太白醉扬州。"从诗中可以看出，他把自己与玄宗的关系视为平等的朋友关系。李白一生钦敬鲁仲连，很大程度上也是因为欣赏鲁仲连面对平原君的封赠而表现出的布衣之傲："意轻千金赠，顾向平原笑。"(《古风五十九首》其九)《梁甫吟》写郦食其："高阳酒徒起草中，长揖山东隆准公。入门开说骋雄辩，两女辍洗来趋风。东下齐城七十二，指麾楚汉如旋蓬。"赞美的同样是郦食其兀傲不屈的人格。他希望自己不是靠卑躬屈膝来取悦君王，而是凭借不凡的才能，建立不朽的功业。君臣关系都是一种类似主客的平等关系，至于那些权贵，李白就更不屑一顾了："手持一枝菊，调笑二千石。"(《宣城九日闻崔四侍御与宇文太守游敬亭，余时登响山，不同此赏，醉后寄崔侍御二首》其一)"揄扬九重万乘主，谑浪赤墀青琐贤。"(《玉壶吟》)"黄金白璧买歌笑，一醉累月轻王侯。"(《忆旧游寄谯郡元参军》)在权贵面前，李白表现出强烈的优越感、舍我其谁的布衣之傲，因此也产生了对权贵的极大蔑视。

李白诗对自我意识的表现，带给诗以气骨高举的艺术境界。这种艺术境界，用西方的美学理论来说，就是体现诗人人格力量的崇高的美学境界。"这种崇高感不是来自我们见到的情境，而是来自我们所体会到的力量。"(乔治·桑塔耶纳《美感》)即诗中所表现出的诗人卓然特立、佼然不群的人格力量。

(二) 情感恢张

李白是一位充满激情的诗人。他的人生，可以说是追求自我价值、自我人格实现的人生。他迫切地希望实现自己的人生价值，然而，现实偏偏一次又一次打破诗人的梦想。奉召长安，李白本以为大济天下的机运终于到来，所以"仰天大笑出门去"，得意地说："我辈岂是蓬蒿人！"（《南陵别儿童入京》）但是宫中的黑暗、官场的险恶，以及倡优畜之的生活，无情地粉碎了他的梦想，终致辞京还山。安史之乱，参加永王璘幕府，李白又一次看到了风云际会的希望，潇洒地写道："但用东山谢安石，为君谈笑静胡沙。"（《永王东巡歌十一首》其二）可是，李唐王朝的宗室之争，又一次把诗人从幻想的天国抛到地下，并进而投入大狱，流放夜郎。渴望建功立业，使李白的诗永远洋溢着高亢的激情。现实与理想的激烈撞击，又使他的诗充满了悲慨不平，情感慷慨激荡。高亢而激荡的情感，是李白诗具有宏大张力的基础。《将进酒》是李白的名篇，一向以情感豪放名世。诗人"长醉不复醒"的狂饮所排遣的"万古愁"，就是诗人政治上遭到放逐、奇才大志不为世用的悲慨。诗中类似"黄河之水天上来，奔流到海不复回"的巨大情感冲击力，从根本上说，是来自诗人"天生我材必有用"的自信与蔑视人才个性的社会现实剧烈冲突而产生的悲愤至极的情感。

　　李白所要抒发的多是一种不吐不快的激荡情感。在情感的表达上，诗人又选取了与这种情感性质相应的形式——宣泄的方式。李白诗表达情感不掩抑、不委婉，不取温柔敦厚之道，而是直率倾吐。得意时，他仰天而笑，诗中亦直白道："仰天大笑出门去，我辈岂是蓬蒿人。"失意时，他长歌当哭，向读者倾诉："大道如青天，我独不得出。"（《行路难三首》其二）愤怒时，他直斥权贵佞小："董龙更是何鸡狗。"（《答王十二寒夜独酌有怀》）这种率真的宣泄方式，完美地表达了诗人高亢激荡的情感，形成了李白诗抒情酣畅淋漓、率直奔放的特点。

　　当然，李白是一位天才的浪漫主义诗人，所谓直率地宣泄情感，不是不讲艺术上的炉锤之功。事实上，李白在创作时善于渲染情感以张大情感的力度。李白的多数诗篇，起情如火山喷发、山洪出谷，具有一种撼人心魄的突发性和爆炸性。如《陪侍御叔华登楼歌》首二句："弃我去者昨日之日不可留，乱我心者今日之日多烦忧。"真可谓"发兴无端"（方东树《昭昧詹言》），一下子就把烦忧的情感喷发出来，极为突兀，也极为震撼人心。这样特点的诗句还有:《梁甫吟》:"长啸《梁甫吟》,何时见阳春。"《将进酒》:"君不见黄河之水天上来,奔流到海不复回。君不见高堂明镜悲白发,朝如青丝暮成雪。"《行路难三首》其二:"大道如青天,我独不得出。"李白的诗不仅发情突兀,而且善于通过泼墨式渲染,层层铺垫,把情感推向极致。如《梁甫吟》一诗,继首二句"长啸《梁甫吟》,何时见阳春"之后,连用两个"君不见",历数吕望与周文王、郦食其与汉高祖的风云际会,而后笔锋陡转,借助于幻设的神话境界,抒发了自己欲见明主却无门而入、精诚不为人理解的愤慨。历史人物的风云际会与诗人的遭遇形成了鲜明的对比,极力赞美历史,正是为了反衬诗人自己的不幸。两个"君不见",对其后抒发愤慨之情而言,正是起了蓄势作用。正因如此,开端突发式的情感宣泄,才有了后面有以为继的滔滔之势。这种情感表达方式,看似不假思索,情感流动天然,实则体现了李白天才的艺术匠心。

(三)想落天外

作为浪漫主义诗人,李白富有天才的艺术想象力。李白的诗言出天地之外,思出鬼神之表,如天马行空,飘然而来,忽然而去,充满了"出鬼入神,惝恍莫测"(胡应麟《诗薮》)的奇幻色彩。

李白曾自言其胸襟:"吾将囊括大块,浩然与溟涬同科。"(《日出入行》)"黄河落天走东海,万里写入胸怀间。"(《赠裴十四》)。正是这种与自然同体、吞吐宇宙的胸襟气魄,使他打开了一个无穷的想象空间,突破现实世界的种种限制,以无垠的宇宙意识驱役天地四合、万事万物,拓展诗的境界。他写与友人醉卧:"醉来卧空山,天地即衾枕。"(《友人会宿》)写游洞庭:"南湖秋水夜无烟,耐可乘流直上天。且就洞庭赊月色,将船买酒白云边。"(《陪族叔刑部侍郎晔及中书贾舍人至游洞庭五首》其二)这些奇异的想象,使诗人的豪情逸兴在天地这一无限的空间展开,创造出一种"天与俱高,青且无际"(《唐诗纪事》载张碧语)的雄奇境界。

李白的艺术想象,有两个鲜明的特点:

其一,涌动着无尽的历史、神话、传说。借物象言情,是中国古代诗歌的一大突出特点,李白诗亦不乏托物言志之作。然而,他的诗更多的是利用历史、神话、传说等所谓的事象来抒发感情。《梁甫吟》一诗中，李白风云际会的理想与现实的不平遭遇，就完全是通过历史故事与神幻境界表现出来的。尤其是此诗的第二部分："我欲攀龙见明主，雷公砰訇震天鼓。帝旁投壶多玉女，三时大笑开电光，倏烁晦冥起风雨。阊阖九门不可通，以额扣关阍者怒。"神话传说在这里重新组合成一个惝恍奇幻的境界，而诗人在现实中的遭遇幻化成这一神话境界中的奇遇。这种写法很明显是继承屈原《离骚》的传统。《蜀道难》是大家熟知的名篇。此诗描写蜀道的奇丽险峻，并不泥迹于现实中的山川，而是展开神奇莫测的想象。一方面，驱驾历史、神话、传说，通过蚕丛开国的历史、五丁开山的传说、六龙回日的神话，来渲染蜀道的古老、高危、奇险。与此同时，又创造了"扪参历井仰胁息"这样新的神话般的境界，为全诗蒙上了一层神异迷幻的色彩。另一方面，又浓墨重彩地描写蜀道上的飞湍瀑流、奇峰古木、空山悲鸟，真实地再现蜀道的奇丽瑰伟。正是这忽而历史、忽而现实、忽而神话传说、忽而山川实境的天马行空般的想象，才创造出《蜀道难》千古不朽的浪漫主义境界。

李白写了大量的游仙诗，这些诗都表现出诗人超凡的想象力："或欲把芙蓉而蹑太清，或欲挟两龙而凌倒景，或欲留玉舄而上蓬山，或欲折若木而游八极，或欲结交王子晋，或欲高揖卫叔卿，或欲借白鹿于赤松子，或欲餐金光于安期生。"（葛立方《韵语阳秋》）正是凭借这些超凡的想象，诗人自由自在地翱翔于神境仙界，表达了他对痛苦现实的否定，对自由的热切向往，从而形成了李白诗的飘逸风格。

其二，夸张神奇大胆。李白特别擅长运用夸张手法，一般说来用于两种场合：一是用以形容激荡情感。他形容自己的愁情："白发三千丈，缘愁似个长。"（《秋浦歌十七首》其十五）表现自己的旷世奇才不得其用："吟诗作赋北窗里，万言不直一杯水。"（《答王十二寒夜独酌有怀》）形容友人的深情："桃花潭水深千尺，不及汪伦送我情。"（《赠汪伦》）这些夸张强化了情感表达的力度。二是用来状写奇丽山水。李白一生热爱自由，钟情山水，"五岳寻仙不辞远，一生好入名山游"（《庐山谣寄卢侍御虚舟》），也写了大量的诗来表现山水自然之美。与他人山水作品不同的是，李白的山水诗多具雄奇之美。之所以有这一特点，当然与他喜以名山大川入诗有关，此外即在于他状写山水时夸张手法的运用。他写黄河："西岳峥嵘何壮哉，黄河如丝天际来。黄河万里触山动，盘涡毂转秦地雷。"（《西岳云台歌送丹丘子》）"君不见黄河之水天上来，奔流到海不复回。"（《将进酒》）他写天姥山："天姥连天向天横，势拔五岳掩赤城。天台四万八千丈，对此欲倒东南倾。"（《梦游天姥吟留别》）他写庐山瀑布："飞流直下三千尺，疑是银河落九天。"（《望庐山瀑布二首》其二）以千尺深潭喻友人之情，是夸张，但不能称之为奇想，其胜处在取境于目之所即；而以三千丈白发极写心中之愁，就是充满浪漫主义的奇想了。写景的几例亦如是。写瀑布直落三千尺，是夸张，但不奇；然而再以银河落九天拟其状，就是天外之奇想。至于"黄河如丝天际来"这样的夸张，就更可看出诗人吞吐宇宙的胸怀。正因为这样，才会有"万里写入胸怀间"的神奇想象。

李白曾自言："兴酣落笔摇五岳，诗成啸傲凌沧洲。"（《江上吟》）"啸起白云飞七泽，歌吟渌水动三湘。"（《自汉阳病酒归寄王明府》）皮日休《七爱诗》称李白"五岳为辞锋，四溟作胸臆"。李白诗的神奇想象力，的确生动地表现出诗人抟日月星辰于掌上、役四海五岳于笔下的能力。

（四）自然为言

前人论李白诗，多举李白《经乱离后，天恩流夜郎，忆旧游书怀赠江夏韦太守良宰》中的两句诗"清水出芙蓉，天然去雕饰"，来说明其诗的语言。其实，尚天然是李白的美学理想。这个美学理想体现在他诗歌的各个方面。与高举的气骨、激荡的情感、超凡的想象相适应，李白选用特殊的诗体，创造特殊的结构与语言，使情采天然密合。

李白的五绝、七绝都称名于世，五言古诗也写得很好。然而他最擅长的是乐府歌行和七言古诗。长短不拘、自由灵活的乐府歌行和七言古诗，为诗人抒发激荡的情感、驰骋天才的想象，提供了广阔的天地。李白的代表作《蜀道难》《将进酒》《梦游天姥吟留别》《梁甫吟》等，都是乐府歌行或七言古诗。李白极熟练地运用这些诗体，无论诗的思想内容怎样风雨争飞、鱼龙百变、怪伟奇绝，情感表达都如水随山转、云从风幻，自在天然。

李白诗的结构跌宕腾挪，幻变百端。这一特点同样也适应情感表达的需要。如《远别离》一诗，义脉杳冥迷离，结构惝恍难测。诗的前数句

"远别离，古有皇英之二女……"描述的是娥皇、女英与舜帝的古老传说。然而出人意表的是第二层的首句，突然冒出"我纵言之将何补"句，着实令人摸不着头脑。但从下面的诗中，我们似乎又可以捕捉到诗的义脉："皇穹窃恐不照余之忠诚，雷凭凭兮欲吼怒。尧舜当之亦禅禹。君失臣兮龙为鱼，权归臣兮鼠变虎。或云尧幽囚，舜野死。"原来诗人乃借古喻今，要朝廷汲取历史教训，勿使大权旁落。诗人想要告诉君主大权旁落的历史教训，又恐君主不察己之忠诚，故欲言又止。诗的结构"断如复断，乱如复乱"，错综变化，奇诡的结构自然适应了表达复杂多变情感的需要。

李白诗的语言豪纵恣肆而流畅自然。为了表达火一样的激情，诗人常常使用长短错综、类似散文的句法，加之善于使用夸张的语词、大胆的比喻，从而形成了李白诗语言豪纵恣肆的特点。李白诗的语言又流畅自然，丝毫没有雕琢与生涩之感。如《蜀道难》："噫吁嚱，危乎高哉。蜀道之难难于上青天。"《灞陵行送别》："上有无花之古树，下有伤心之春草。我向秦人问路歧，云是王粲南登之古道。"从句式上看极尽变化，但都明白如口语，大匠运斤，不露一丝斧凿之迹。

## 三

介绍完李白。想就本书的编写情况作一些说明。

本书正文以日本京都大学人文科学研究所影印静嘉堂文库藏宋蜀刻本《李太白文集》为底本。凡宋蜀本所收诗，均予注译。另附"宋蜀本集外诗补遗"，该部分未作注译。宋蜀本正文与通行的萧本（杨齐贤注、萧士赟补注《分类补注李太白诗》）、王本（王琦注《李太白全集》）等有异文处，则择善而从，不另标出。

本书每篇编写分"题解""原诗""注释""译文"四部分。

"题解"的内容为本篇作时、作地、诗旨及题面注释等。诗的作时、作地可考者，尽量标出。但是，因为李白诗的作时、作地常有很大分歧，很多问题尚在进一步研究中，故本书尊重各卷译注者的意见，不作统一的规定。对诗的义旨的理解也是如此。宋蜀本题下常有该篇作时、作地的附注，系宋人曾巩为编次李集所加，有参考价值的，均置入"题解"中。

诗之系年多是今人研究成果,限于篇幅,亦不一一标出所据。

诗的译文,是本书的特色。我们要求以比较准确的当代散文语体译出,首先要可信,然后再求文句、文气流畅。但知之难,行之尤难,错误之处亦请方家正之。

参加本书编写的作者,都出自同一师门。我们在整理《李太白文集》和研究李白诗的过程中,深感释事不易,释义更难。李白研究的许多分歧,常出自对诗义的不同理解。如《以诗代书答元丹丘》中的"离居在咸阳,三见秦草绿",有的人理解为李白自道其行迹,故有李白首次入长安共居三年之说,然而也有人认为这句所言乃指元丹丘。可见,以今译的形式串讲全帙,对理解李白不无裨益。因此,我们在古籍今译已经很滥、招致各方批评的今天,又干了这件也许是费力而不讨好的事。

詹福瑞

# 一、古　风

# 古风五十九首

## 其　一

**【题解】**　《古风五十九首》非一时一地之作,盖太白感时之作也。其一重在论述他对诗歌的主张,他通过评论《诗经》以来的文学作品,来表达自己的文学思想。李白推崇《诗经》之"正声"——"大雅",而对"王风"以下,包括屈骚的"哀怨"、汉赋的"流荡"以及建安以来诗歌创作的"绮丽"诗风都不满意,而要力求"复元古",即恢复《诗经》大雅的优良传统。对唐代"文质相炳焕"的"清真"自然的诗风,则大加赞扬。并表示,自己欲继孔子删述之志,垂辉后世。胡震亨云:"统论前古诗源,志在删诗垂后,以此发端,自负不浅。"

**【原诗】**　大雅久不作①,吾衰竟谁陈②。王风委蔓草③,战国多荆榛④。龙虎相啖食,兵戈逮狂秦⑤。正声何微茫,哀怨起骚人⑥。扬马激颓波⑦,开流荡无垠。废兴虽万变,宪章亦已沦⑧。自从建安来⑨,绮丽不足珍。圣代复元古⑩,垂衣贵清真⑪。群才属休明⑫,乘运共跃鳞。文质相炳焕,众星罗秋旻⑬。我志在删述⑭,垂辉映千春。希圣如有立⑮,绝笔于获麟⑯。

**【注释】**　①大雅:《诗经》分风、雅(大雅、小雅)、颂三部分,大雅的内容多歌颂西周的文治武功。　②吾衰:《论语·述而》:"子曰:甚矣吾衰也。"此处李白自比孔子。　③王风:《诗经》中的"十五国风"之一,采自周代东都洛邑(今河南洛阳)一带的民歌。委蔓草:凋零之意。　④多荆榛:谓由于战国连年的战伐,土地多荒芜,道德沦丧。　⑤"龙虎"二句:指七国争雄,而秦以武力得天下。　⑥"正声"二句:正声,指大雅。骚人,指屈原、宋玉等楚辞作家。　⑦扬马:指扬雄和司马相如,汉代大赋辞家。　⑧宪章:即法度。沦:沦丧。　⑨建安:汉献帝年号(196—219),此指以曹操及其子曹丕、曹植与"建安七子"为代表的建安文学。　⑩圣代:指唐代。元古:即上古垂衣而治的治世。　⑪垂衣:《周易·系辞》:"黄帝、尧、舜,垂衣裳而天下治。"清真:政治清明,世风质朴。　⑫群才:指当今人才。属:正值。休明:清明盛世。　⑬文质:形式和内容。秋旻(mín):秋天的天空。　⑭删述:指孔子删诗和传述六经事。　⑮希圣:效法圣人。有立:有所成就。　⑯"绝笔"句:据《史记·孔子世家》,鲁哀公十四年(前481),鲁人猎获麒麟,孔子以为这是其道不行的象征,叹曰:"吾道穷矣。"传说孔子修《春秋》至此年而绝笔。

【译文】　大雅之作久已断绝,我老了还有谁能讲述和继承这种文学精神呢?《诗经》的王风之中已多是衰败之音,战国时代的文风更是荒芜不堪。七雄如龙虎相斗,最后秦国以武力夺取天下。正声此时何其微茫,而骚人却唱起了哀怨之歌。汉代的扬雄和司马相如更是推波助澜,将此颓风激荡到了极点。其后时代废兴,文风万变,而正声的法度却荡然无存。自从建安以来,文风绮丽,更不足珍。直到当今才恢复了元古的风气,垂衣而治,政治清明,民风真朴。当今群才,欣逢盛世,遂应运而起,如鱼龙腾跃,各显神通。如今的文风也是文质并耀,众多诗人如同秋夜的星星,布满了天空。我要继承孔子的删述之志,为后代千秋树立光辉的榜样。如果我效法圣人能有所成,从此绝笔也是可以的。

# 其　二

【题解】　此诗是以月蚀为比兴感事而作。诗中以"太清""瑶台月""大明"喻唐玄宗,以"蟾蜍""蟏蛸""浮云"喻李林甫、杨国忠、杨贵妃等。以"金魄遂沦没""大明夷朝晖"喻朝政为权奸所蔽而国事日非。前人认为太白此诗讥玄宗为武惠妃所惑,以无子为名废王皇后,非。诗当是李白天宝三载(744)后出朝时所作。

**【原诗】** 蟾蜍薄太清①,蚀此瑶台月。圆光亏中天,金魄遂沦没②。螮蝀入紫微③,大明夷朝晖④。浮云隔两曜⑤,万象昏阴霏⑥。萧萧长门宫⑦,昔是今已非。桂蠹花不实⑧,天霜下严威。沉叹终永夕,感我涕沾衣。

**【注释】** ① 蟾蜍:即蛤蟆。古时认为月蚀是由月中蟾蜍食月造成的。太清:即天。 ② 金魄:指月亮。魄指月亮中的阴影。月亮黄昏初升时,为金黄色,故称金魄。 ③ 螮蝀(dì dōng):即虹。古人认为虹为阴象,为后宫干政之象。 ④ 大明:即太阳。 ⑤ 两曜:指日、月。 ⑥ 阴霏:阴暗。 ⑦ 长门宫:汉宫名,汉武帝时陈皇后所居之冷宫。陈皇后阿娇失宠,因陷害卫子夫而被打入长门宫。 ⑧ "桂蠹"句:以桂树被蠹而其花不实,喻唐玄宗开元盛世已去,大唐已被蠹虫所蚀,内里已空。

**【译文】** 天上的蟾蜍悄悄吃掉了月亮,夜空中的圆光渐亏,金魄逐渐消失了。虹霓进入紫微垣,太阳的晨晖顿失光芒。浮云将日月遮住,世间万象都昏暗了起来。长门宫中的陈皇后曾红极一时,今日却已失宠,过着冷冷清清的日子。桂树为蠹虫所蛀,又遇严霜,空开花不结果实。对此我终夜感叹,涕泪沾衣。

# 其 三

**【题解】** 秦始皇曾是一个雄才大略的皇帝,他统一了中国之后,却迷信神仙,大修陵墓,终于葬身三泉,成为寒灰。唐玄宗在开元之际也是一个励精图治的英明天子,到了晚年,却崇信道教、迷信方士。此诗是一首以古讽今之作,清人奚禄诒云:"似为玄宗好仙而发。"诗或为天宝后期所作。

**【原诗】** 秦皇扫六合①，虎视何雄哉。挥剑决浮云，诸侯尽西来②。明断自天启，大略驾群才。收兵铸金人③，函谷正东开④。铭功会稽岭⑤，骋望琅邪台⑥。刑徒七十万，起土骊山隈⑦。尚采不死药⑧，茫然使心哀。连弩射海鱼，长鲸正崔嵬。额鼻象五岳，扬波喷云雷。鬐鬣蔽青天，何由睹蓬莱⑨。徐市载秦女⑩，楼船几时回⑪。但见三泉下⑫，金棺葬寒灰⑬。

**【注释】** ①"秦皇"句：指秦始皇扫平天下，统一中国。六合，天地四方。②"挥剑"二句：此指秦始皇消灭六国，六国诸侯西向称臣来朝。 ③金人：铜人。秦始皇二十六年，将收缴的天下兵器铸成十二个铜人，各重千石，立于宫中。 ④函谷：关名，在今河南灵宝东北。 ⑤会稽岭：山名，在今浙江绍兴。秦始皇三十七年，登会稽岭，祭大禹，立石刻，颂秦德。⑥琅邪台：秦始皇二十八年，登琅琊，作琅琊台，立石刻，记秦德。 ⑦"刑徒"二句：秦始皇三十五年，驱刑徒七十万人分作阿房宫、修陵墓。 ⑧不死药：即长生不老药。秦始皇曾使韩终、侯公、石生、徐福等求仙人不死之药。 ⑨鬐鬣(qí liè)：鱼的脊鳍。蓬莱：传说东海中有三神山，蓬莱为其一。 ⑩徐市(fú)：即徐福。秦始皇派徐福带领数千名童男童女，入东海求不死药，数年不得，徐福畏受罚，谎称仙药可得，但常受海中大鱼所苦，不得至蓬莱。秦始皇派人入海，自以连弩候大鱼出而射之。至之罘射杀一巨鱼。 ⑪"楼船"句：徐福求仙药不得，遂率楼船入海不返。 ⑫三泉：三重之泉，指地下深处。 ⑬金棺：即铜棺。秦始皇死，葬骊山，其陵穿三泉，下铜而致椁，宫观百官奇器珍怪徙藏满之。

**【译文】** 秦始皇横扫天下，虎视眈眈，何等威武！他挥剑上决浮云，威震四海，六国的诸侯皆西向朝秦来降。他英明天纵，有驾驭群才的雄才大略。他收尽天下之兵器，铸为金人十二，函谷关从此便可向东方敞开，任人出入。他登上会稽山立石铭功，站在琅邪台上极目眺望东海。他还起用七十万刑徒为他在骊山大造陵寝，又使人入海求不死之药，其迷信愚昧，使人心哀。在东海上，秦始皇用连弩射海鱼。那条长鲸体积庞大，额鼻像五岳那么高，游动起来扬波蹙涛，喷气如云，声响如雷。有这条大鲸鱼的鬐鬣遮挡着，怎么能看得见蓬莱山呢？徐福载着童男童女，他的楼船何时才能回来？只见秦始皇的金棺装着他的寒骨，已葬入了骊山陵寝三重黄泉之下。

# 其　四

【题解】　此为游仙诗，以凤自喻，谓己空入长安，失望而归；周游四海，又一无所获。遂欲避世游仙，但仙难求而人易老。诗当作于天宝十三载(754)游秋浦时。

【原诗】　凤飞九千仞，五章备彩珍①。衔书且虚归，空入周与秦②。横绝历四海，所居未得邻。吾营紫河车③，千载落风尘。药物秘海岳，采铅青溪滨④。时登大楼山⑤，举首望仙真⑥。羽驾灭去影，飙车绝回轮⑦。尚恐丹液迟，志愿不及申。徒霜镜中发，羞彼鹤上人⑧。桃李何处开，此花非我春。惟应清都境⑨，长与韩众亲⑩。

【注释】　①"五章"句：言凤身上有五色羽毛。　②"衔书"二句：《宋书·祥瑞志》："有凤凰衔书，游文王之都。"周与秦，周都镐京，秦都咸阳，此借指长安。　③紫河车：丹药名。萧士赟曰："道家蓬莱修炼法：河车是水，朱雀是火。取水一斗铛中，以火炎之令沸，致圣石九两其中，初成姹女，次谓之玉液。后成紫色，谓之紫河车。"　④铅：丹药原料之一。清溪：即清溪河，在今池州。　⑤大楼山：今名大龙山，位于今池州石台县。　⑥仙真：即神仙。　⑦羽驾、飙车：皆指仙人车驾。　⑧鹤上人：即乘鹤之仙人。　⑨清都：传说中天帝之都。　⑩韩众：传说中的仙人。《列仙传》中说，齐人韩众为王采药，王不肯服，韩众服之，遂成神仙。

【译文】　凤凰从九天而下，身上五彩缤纷。它衔着瑞书来到长安，却一无所获，失望而归。它又周游四海，仍无所遇，没有知音。我流落于风尘之中，且炼此紫河车之仙药。此药深藏于大海和深山，我为采铅便来至清溪之滨。登上大楼山，举首望仙人。可是仙人在哪里？他们的羽驾云车一去无回，不见踪影。我恐炼丹已迟，求仙的愿望来不及实现。但悲镜中白发已衰，羞对仙人。人间盛开的桃李花,不能长开不衰,并不是我所谓的春天。唯有到天上的清都仙境,才能与韩众一样与天同寿,永驻青春。

# 其　五

**【题解】**　此诗也是一首游仙诗。天宝三载(744)李白西游太白山,诗当作于此时。

**【原诗】**　太白何苍苍[①],星辰上森列。去天三百里,邈尔与世绝。中有绿发翁[②],披云卧松雪。不笑亦不语,冥栖在岩穴。我来逢真人,长跪问宝诀[③]。粲然启玉齿,授以炼药说。铭骨传其语,竦身已电灭[④]。仰望不可及,苍然五情热[⑤]。吾将营丹砂[⑥],永与世人别。

**【注释】**　①太白:山名,为终南山主峰。　②绿发:发老而不白,转为绿色,谓仙人之发。　③宝诀:即长生成仙的秘诀。　④竦身:即耸身。⑤苍然:怆然之意。五情:谓喜、怒、哀、乐、怨五种感情。　⑥丹砂:即硫化汞,古人用之与其他矿石一起炼丹。

**【译文】**　太白山青苍险峻,高与星辰相接。直上青天三百余里,远与人世间隔绝。其中有绿发仙翁,在松雪下披云独卧。他在岩穴中幽栖,不笑不语,正襟而坐。我来拜访这位神仙,向他长跪请教长生之诀。他微启玉齿,粲然一笑,向我传授炼药之秘方。说完之后,便耸身入云,像闪电一样消失了。我仰望不及,只觉得心情激荡,不能自已。我将从此炼丹求仙,永与尘世告别。

# 其　六

**【题解】**　此为边塞之诗。全篇以代马、越禽起兴,喻守边将士离家别乡之苦,次写沙漠驻守之艰,终写功高不赏、忠诚难宣的不平待遇。尤为像飞将军李广那样的将帅,打抱不平。陈沆认为是伤唐朝名将王忠嗣,此说可参。

**【原诗】** 代马不思越，越禽不恋燕①。情性有所习，土风固其然。昔别雁门关②，今戍龙庭前③。惊沙乱海日④，飞雪迷胡天。虮虱生虎鹖⑤，心魂逐旌旃⑥。苦战功不赏，忠诚难可宣。谁怜李飞将，白首没三边⑦。

**【注释】** ①"代马"二句：以代马越禽起兴，写战士艰苦守边，不习水土。代，代州，在今山西北部。代马，泛指北方的马。越，在今浙江一带。越禽，指南方的飞鸟。此句化用自《古诗十九首》："胡马依北风，越鸟巢南枝。" ②雁门关：一名雁门塞，在今山西代县以北雁门山中。 ③龙庭：匈奴单于祭天之处。此泛指北方边塞。 ④海日：沙漠中的太阳。海，瀚海之简称，古人将西北的大沙漠泛称为瀚海。 ⑤虎鹖：武冠名。此统指甲胄头盔。古人武将的冠上插以鹖尾，名曰鹖冠。 ⑥旌旃(jīng zhān)：即军旗。旃，赤色曲柄之旗。 ⑦李飞将：即汉朝飞将军李广。三边：幽、并、凉三州，古称三边。

**【译文】** 代地之马不喜欢南方的越地，越地的禽鸟也不眷恋北方的燕地。这是因为生性各有所习，各地有各地的风俗。可是，远戍的战士刚离开雁门关，又来到匈奴的祭天之所龙庭驻扎。瀚海中惊沙迷日，飞雪漫天。战士们的头盔和甲胄都生满了虮虱，心魂天天随着战旗行进。但是，他们拼死战斗也得不到奖赏，其忠诚之心向谁来表达？有谁来可怜这些像飞将军李广一样的将士，头发已经花白还在守卫边关呢？

## 其 七

**【题解】** 此为游仙之辞，作年不详。萧士赟云此篇或是赠答之诗，可备一说。

**【原诗】** 客有鹤上仙①，飞飞凌太清。扬言碧云里，自道安期名②。两两白玉童，双吹紫鸾笙。去影忽不见，回风送天声③。举首远望之，飘然若流星。愿餐金光草④，寿与天齐倾。

**【注释】**　①鹤上仙：即乘鹤之仙人。　②安期：即安期生，古仙人名。
③回风：即旋风。　④金光草：仙草名。传说其草叶如芭蕉，花正黄色，其
光可鉴，故名。

**【译文】**　有位仙人乘着仙鹤，在太清之上高飞，在碧云里传言，他就是安期
生。他的后面跟着一双白玉童，在吹着紫色的鸾笙。其踪影忽然不见，只听
见他们的鸾笙之音被一阵风吹了过来。举首远望，只见远处飘若流星，大概
就是他们的身影。我也想食金光之草，与天地一样长生不老。

# 其　八

**【题解】**　此以庄周梦蝶为喻，叹人生如梦，富贵不常。全诗用庄生达
语，以敝屣富贵，达视人生。

**【原诗】**　庄周梦胡蝶，胡蝶为庄周①。一体更变易，万事良悠悠。乃
知蓬莱水，复作清浅流②。青门种瓜人，旧日东陵侯③。富贵固如此，
营营何所求。

**【注释】**　①"庄周"二句：《庄子·齐物论》："昔者庄周梦为蝴蝶，栩栩然
蝴蝶也。自谓适志欤，不知周也。俄而觉，则蘧蘧然周也。不知周之梦为蝴
蝶欤，蝴蝶之梦为周欤？"　②"乃知"二句：《神仙传》："麻姑自说云：'接
待以来，已见东海三为桑田，向到蓬莱，水又浅于往者，会时略半耳，岂将复
为陵陆乎？'"　③"青门"二句：《三辅黄图》："广陵人邵平，为秦东陵侯。
秦破，为布衣，种瓜青门外。瓜美，故时人谓之东陵瓜。"

**【译文】**　庄生梦为蝴蝶，蝴蝶梦为庄周。本是一体互为变易，万事皆如此。
世事沧桑，东海蓬莱之水，也会变成浅浅的清流。青门旁的种瓜老汉，原来就
是旧日赫赫一世的东陵侯。富贵常是如此变易，何必要营营钻求？

## 其 九

**【题解】** 鲁仲连是李白深为仰慕的一位侠士。李白对其排难解纷而意轻千金的壮举,极为赞赏,引为同调。这是他功成身退、不为名利所拘思想的表现。

**【原诗】** 齐有倜傥生①,鲁连特高妙②。明月出海底③,一朝开光曜。却秦振英声,后世仰末照④。意轻千金赠,顾向平原笑⑤。吾亦澹荡人⑥,拂衣可同调。

**【注释】** ① 倜傥:潇洒不羁。 ② 鲁连:即鲁仲连。战国时齐人,高蹈不仕,喜为人排难解纷。 ③ 明月:夜光珠名。因晶莹如月,故名。 ④ 末照:余辉。 ⑤ "意轻"二句:秦围赵甚急,魏使新垣衍主张向秦投降。时鲁仲连游赵,力言不可。秦将闻之,为之退兵五十里。适信陵君率魏救兵至,遂解邯郸之围。于是平原君请封鲁仲连,鲁仲连终不肯受。后平原君为鲁仲连置酒,以千金为寿,鲁仲连笑着说:"所贵于天下之士者,为人排患释难解纷乱而无所取也。即有取者,是商贾之事也,而连不忍为也。"事见《史记·鲁仲连列传》。 ⑥ 澹荡人:淡泊名利者。

**【译文】** 齐国有不少倜傥的豪杰,而其中鲁仲连最为高妙。就像明月之珠出于海底,光辉照耀人寰。他片言退秦兵而名声大振,后世之人对其光辉的人格十分仰慕。他对于平原君的千金之赠,看得很平淡,并含笑地推辞了。我也是像鲁仲连一样淡泊名利之人,挥袖扬袂,对这位侠士引为同调。

## 其 十

**【题解】** 诗人有感于时光流逝、青春不再,愿乘龙升天,追回时光,永葆青春的容颜,表现出一种浪漫的情怀。

**【原诗】** 黄河走东溟①,白日落西海。逝川与流光②,飘忽不相待。

春容舍我去,秋发已衰改③。人生非寒松,年貌岂长在。吾当乘云
螭④,吸景驻光彩⑤。

【注释】　①东溟:东海。　②逝川:逝水,指黄河。流光:日光,指时间。　③春容:少年时的容貌。秋发:年老时的容颜。　④云螭(chī):即云龙。螭,一种无角的龙。　⑤吸景:吸日光。景,日光。驻光彩:留住时光。

【译文】　黄河流入东海,白日落于西山。流水与时光,飘忽而逝,时不我待。青春的容颜舍我而去,满头白发已改变了我的容貌。人非松柏,青春岂可长在? 我将骑龙升天,去吸住日光,永葆青春的光彩。

# 其十一

【题解】　诗人以严子陵自况,是他辞京还山的写照。诗当作于天宝辞京之后。

【原诗】　松柏本孤直,难为桃李颜。昭昭严子陵①,垂钓沧波间。身将客星隐②,心与浮云闲。长揖万乘君,还归富春山。清风洒六合,邈然不可攀。使我长叹息,冥栖岩石间③。

【注释】　①昭昭:高风亮节貌。严子陵:即严光,字子陵。东汉隐士。少时与刘秀为同学,刘秀即位为汉光武帝,他变名易姓,隐于山中。光武帝请他出山,优礼待之。二人并宿一榻。严光以足加帝腹上,次日太史奏客星犯帝座甚急。后光武帝欲留严光为官,严坚辞,请归,乃耕于富春山中。②客星:即流星。此指严子陵。　③冥栖:隐居。

【译文】　松柏生性孤直,难以像桃李花一样讨好人。高风亮节的严子陵,便隐居垂钓在沧波之间。他像客星一样隐居不仕,其心与浮云一样闲远。他向万乘之君长揖而去,辞官不做,回到富春山过隐居的生活。此举如清风

霁月,光照人寰,邈然高不可攀。这令人叹息不已,我也要像他那样到深山去隐居。

# 其十二

**【题解】** 此诗叹世无君平,无人得识贤才。当是李白开元间未遇时作。

**【原诗】** 君平既弃世,世亦弃君平[①]。观变穷太易[②],探元化群生[③]。寂寞缀道论[④],空帘闭幽情。驺虞不虚来[⑤],鸑鷟有时鸣[⑥]。安知天汉上[⑦],白日悬高名。海客去已久[⑧],谁人测沉冥[⑨]。

**【注释】** ①"君平"二句:言严君平放弃仕途,不愿用世,而朝廷亦不用严君平为官。据史书记载,严君平卜筮于成都市,以为卜者贱业,而可以惠众人。有邪恶非正之问,则依蓍龟为言利害。与人子言依于孝,与人弟言依于顺,与人臣言依于忠,各因势导之,以善裁之。日阅数人,得百钱足自养,则闭肆下帘而授《老子》,博览无不通。依老子庄周之旨,著书十余万言。②观变:观察事物的变化。穷:穷尽。太易:指太始之初。《列子·元瑞》:"太易者,未见气也;太初者,气之始也;太始者,形之始也;太素者,质之始也。" ③探元:即探玄。化群生:化度众生。 ④道论:即老子的道德之论,指道家学说。 ⑤驺虞:古代传说中的仁义之兽,形似白虎,身有黑纹。不食生物,有至信之德则应之。 ⑥鸑鷟(yuè zhuó):即凤凰。 ⑦天汉:即河汉。 ⑧"海客"句:传说有一个居于海滨的人,每年八月即乘槎至天河上,至一处见有织女在屋中织布,有一丈夫牵牛到河边饮水。此人前去问此是何处,牵牛人回答:"君还至蜀郡访严君平,则知之。"此人还家,后至蜀,问严君平,严君平说:"某年月日,有客星犯牵牛宿。"计年月正是此人到天河时也。事见《博物志》。 ⑨沉冥:幽深玄远、隐晦不明貌。此指命运。

**【译文】** 蜀人严君平弃世不仕,朝廷亦弃严君平任其隐沦。他潜心钻研太易以观察变化,探索玄机以化度众生。独自疏通老子的道德之论,终日过着闭门著书的闲居生活。驺虞这样的仁兽不会在世间平白地出现,凤凰这样的神鸟有时也会降临人间鸣叫。怎知在天河白日之上没有高悬着我的名姓?只是那位访过牵牛的海客早已不在,现在到哪里去找严君平这样的高人来测算我的命运和前途呢?

## 其十三

**【题解】**　此诗既对胡人的侵掠表示愤慨,又对唐玄宗的穷兵黩武表示不满,同时又为边防用人失策、将帅无能感到忧虑和担心。陈沆云:"李牧今不在,思王忠嗣也。忠嗣尝言,平世为将,以安边为务,不肯疲中国以邀功,见可胜乃兴师,故出必有成。自忠嗣谮死,而边人涂炭矣。"此说可参。诗当作于天宝后期。

**【原诗】**　胡关饶风沙①,萧索竟终古。岁落秋草黄,登高望戎虏。荒城空大漠,边邑无遗堵。白骨横千霜,嵯峨蔽榛莽②。借问谁陵虐,天骄毒威武③。赫怒我圣皇④,劳师事鼙鼓⑤。阳和变杀气⑥,发卒骚中土。三十六万人,哀哀泪如雨。且悲就行役⑦,安得营农圃。不见征戍儿,岂知关山苦。李牧今不在⑧,边人饲豺虎⑨。

**【注释】**　① 胡关:即胡地。　② 嵯峨:高峻貌,此状白骨堆积如山。榛莽:草木荆棘丛生。　③ 天骄:指胡人。《汉书·匈奴传》:"胡者,天之骄子也。"　④ 圣皇:指唐玄宗。　⑤ 劳师:动用军队。师,军队。鼙(pí)鼓:古代军中所用的军鼓,此借指战争。　⑥ 阳和:阴阳中和。此指太平景象。　⑦ 行役:此指行军打仗。　⑧ 李牧:战国时赵之良将。常守雁门拒匈奴,善用兵,曾大破匈奴十余万骑,使匈奴十余岁不敢近赵边城。　⑨ 边人:边地的人民和驻守的战士。豺虎:指胡兵。

**【译文】**　胡地向来以多风沙著称,自古以来都是荒芜之地。在霜凋木叶秋草已黄的时候,登高远望,以防胡人的进犯。只见大漠里边城空荒残破,邑无残垣。皑皑的白骨堆积如山,被丛生的荆棘掩遮着。借问这是谁如此暴虐无道？原来是胡人下此毒手。我圣皇赫然大怒，决定派大军前去征讨。顿时阳和变为杀气，征发士卒使中原一片骚扰不安。三十六万士卒，被征入伍，哭声动天，泪如雨降。大量的劳力都去行军打仗，还有谁在家种田？你不见征戍战士的悲惨处境，岂能知守卫关山的艰苦？可惜当今没有像李牧这样的守边良将，边塞的军民都为豺虎般的胡兵所斩杀蹂躏。

## 其十四

**【题解】**　此诗对尊重贤才的燕昭王表示衷心的向往，对当权者不重用贤士而感到无比愤慨，并由此产生了高飞远举的想法。诗盖为天宝三载(744)将辞别长安时所作。

**【原诗】**　燕昭延郭隗①，遂筑黄金台②。剧辛方赵至，邹衍复齐来③。奈何青云士，弃我如尘埃。珠玉买歌笑，糟糠养贤才。方知黄鹤举④，千里独徘徊。

**【注释】**　①"燕昭"句：据《史记·燕昭王世家》载，燕昭王即位，广招贤者。请郭隗推荐人才。郭隗说："王必欲致士，先从隗始。况贤于隗者，岂远千里哉？"于是燕昭王对郭隗拜师事之。之后，乐毅自魏往，邹衍自齐往，剧辛自赵往，士争趋燕。郭隗(wěi)，战国时燕人。　②黄金台：据《上谷郡图经》载，黄金台在易水东南十八里，燕昭王置千金于台上，以延天下之士。③剧辛：战国时燕将，原为赵国人。自赵入燕。邹衍：战国时齐人，著名哲学家。　④黄鹤举：春秋时田饶事鲁哀公而不被重用。他告辞鲁哀公说："臣将去君，黄鹤举矣。"

**【译文】**　燕昭王延请郭隗，高筑起了黄金台。剧辛从赵国投奔燕国，后来邹衍也从齐国来奔。可是如今的当政者，却弃我如同尘埃。他们花珠玉来买歌看舞，却对贤才养之以糟糠。此时我方明白，黄鹤为什么要远君而去，千里之外独自徘徊。

# 其十五

**【题解】**　此诗叹人生年命不永，唯有求仙学道方可长生。实乃太白对现实失望至极，乃生出世之想。诗当为晚年时所作。

**【原诗】**　金华牧羊儿①，乃是紫烟客②。我愿从之游，未去发已白。不知繁华子③，扰扰何所迫。昆山采琼蕊④，可以炼精魄⑤。

**【注释】**　①"金华"句：据《神仙传》云，皇初平年十五，牧羊至金华山中，遇一道士，将皇初平带至石室中学道四十余年，皇初平得道成仙，能化白石为羊。　②紫烟客：指神仙。道家炼丹，烟呈紫色，故称紫烟客。　③繁华子：尘世逐繁华之俗子。　④昆山：即昆仑山，传说中神仙居住的地方。琼蕊：琼树之花蕊。琼树乃仙树，生昆仑山上，传说其花蕊食之可以成仙。⑤炼精魄：指炼丹求仙。

**【译文】**　金华的牧羊童，原来是位仙人。我想跟他去学仙，但未去而头发已白。不知世上那些碌碌之徒，都在为什么而瞎忙一气。只有到昆仑山上去采琼蕊炼药求仙，才可以长生不老。

# 其十六

**【题解】**　此诗对朝中权贵盛气凌人的骄横之态以及奢侈的生活，予以辛辣的讽刺，指出自古以来功成身退才是明哲保身的方法，否则，将自食其恶果。诗中描写了众官在洛阳上朝的情景，当是开元二十三年（735）游洛阳时所作。

**【原诗】**　天津三月时①，千门桃与李。朝为断肠花②，暮逐东流水。前水复后水，古今相续流。新人非旧人，年年桥上游。鸡鸣海色动③，谒帝罗公侯④。月落西上阳⑤，余辉半城楼。衣冠照云日⑥，朝下散皇州⑦。鞍马如飞龙，黄金络马头。行人皆辟易⑧，志气横嵩丘⑨。入门上高堂,列鼎错珍羞⑩。香风引赵舞,清管随齐讴⑪。七十紫鸳鸯⑫,双双戏庭幽。行乐争昼夜,自言度千秋。功成身不退,自古多愆尤⑬。黄犬空叹息⑭,绿珠成衅雠⑮。何如鸱夷子⑯,散发棹扁舟。

**【注释】** ① 天津:桥名,在洛阳洛水之上。 ② 断肠花:言花色之美,令人爱极。 ③ 海色:即晓气、晨雾。因如海气迷蒙之状,故云。 ④ 谒帝:朝见天子。 ⑤ 西上阳:洛阳宫名。宫在上阳宫之西。 ⑥ 衣冠:借指朝官。 ⑦ 朝下:下朝。皇州:即皇都,此指东都洛阳。 ⑧ 辟易:惊退。 ⑨ 志气:志高气扬貌。嵩丘:即嵩山,在今河南登封。 ⑩ "列鼎"句:鼎为食器,富贵人家列鼎而食。错,杂陈。珍羞,珍贵食物。羞,同"馐"。⑪ 赵舞、齐讴:赵地美人善舞,齐地美人善歌,故以赵舞齐讴泛指最好的歌舞。讴,唱歌。 ⑫ "七十"句:言鸳鸯极多。《古鸡鸣曲》:"鸳鸯七十二,罗列自成行。"此袭用其句意。 ⑬ 愆尤:罪过。 ⑭ "黄犬"句:秦相李斯被赵高所陷,被处以腰斩之刑。至刑场,谓其子曰:"吾欲与若复牵黄犬,俱出上蔡东门,逐狡兔,岂可得乎?"遂父子相哭,而夷三族。见《史记·李斯列传》。 ⑮ "绿珠"句:晋石崇有歌伎名绿珠,美艳,善吹笛。孙秀使人索之,遭到拒绝。孙秀恼羞成怒,劝赵王伦杀石崇,绿珠也跳楼自杀。见《晋书·石崇传》。 ⑯ 鸱(chī)夷子:指范蠡。《史记·越王勾践世家》:"范蠡浮海出齐,变姓名,自谓鸱夷子皮。"

**【译文】** 三月时的天津桥上,家家户户的游人手中都拿着桃李之花。早上还是美丽的花朵,到晚上便都凋谢了,被扔入流水之中。洛水之中,前水与后水,古今相续而流;但年年在天津桥上的游客,却古今不同。鸡鸣之时,天色已明,在洛阳宫中已站满了上朝的公侯权贵。月落西上阳宫时,余辉映着半个城楼。此时朝中众官纷纷下朝,衣冠鲜光,上耀云日。他们骑着高头大马,马头上的络辔金光闪闪。路上的行人纷纷退避,这些达官贵人趾高气扬的威势,直凌山岳。回家之后,在高堂之上,珍馐满席。席上,美人的舞蹈引来阵阵香风,有歌女在伴着管弦歌唱。酒筵过后,便到庭中戏弄池中的鸳鸯。他们日夜行乐而不知疲倦,自以为这样的生活可以千载不变。但是,功成不退,自古以来就多有悲惨的下场。如秦朝李斯,官居丞相,尚落得车裂咸阳的下场,空自叹息不能重过出上蔡东门、牵黄犬逐狡兔的生活。晋朝的石崇,因宠妾绿珠,与权贵结成怨仇,而身灭家破。哪如春秋时越国的范蠡,功成身退,自称鸱夷子皮,乘一叶之扁舟,逍遥于江湖之上?

# 其十七

**【题解】** 安禄山在天宝十四载(755)冬发动叛乱,攻占了东都洛阳,次年正月称帝,大封伪官。此诗以游仙诗的形式,描写了叛军屠杀洛阳军民的惨状及大封伪官的情景。诗当作于至德元载(756),时洛阳已为叛军所据。

**【原诗】** 西上莲花山①,迢迢见明星②。素手把芙蓉③,虚步蹑太清④。霓裳曳广带⑤,飘拂升天行。邀我登云台⑥,高揖卫叔卿⑦。恍恍与之去,驾鸿凌紫冥⑧。俯视洛阳川⑨,茫茫走胡兵。流血涂野草,豺狼尽冠缨⑩。

**【注释】** ① 莲花山:即华山西峰,华山因山形似莲花,故名华山,其西峰名莲花峰。 ② 迢迢:远貌。明星:华山中的仙女名。 ③ 素手:女子洁白的手。芙蓉:即莲花。 ④ 虚步:凌空而行。蹑:轻步行走。太清:天空。 ⑤ 霓裳:虹霓制成的衣裳。广带:长长的衣带。 ⑥ 云台:华山北峰。 ⑦ 卫叔卿:神仙名。据《神仙传》:卫叔卿,中山人,服云母得仙,曾乘云车驾白鹿而下见汉武帝,因武帝不为礼而去,帝甚悔恨,遣使者与叔卿之子共之华山寻找叔卿。未到其岭,于绝岩之下望见卫叔卿与数仙人博弈于石上,紫云郁郁,有数仙童在旁侍候。 ⑧ 紫冥:紫色的天空。 ⑨ 洛阳川:洛阳伊洛河一带的平原。 ⑩ 豺狼:喻安史叛军。冠缨:官帽和系官帽的带子,此借指做官者。

**【译文】** 西上华山的莲花峰,远远地就看见了明星玉女。她手持莲花,在空中轻轻地踩着云朵走来。身上云霓般的衣裳拖着长长的带子,在天空中飘拂着。她邀我登上云台,拜见了神仙卫叔卿。恍恍惚惚我与他们一起驾着鸿鹄,升上了天空。当我们飞至洛阳的上空时,俯首向下一看,只见在洛阳川中到处都是胡兵。洛阳附近百姓的尸体纵横,鲜血染红了野草,而豺狼们个个都戴着官帽在庆贺胜利。

## 其十八

**【题解】** 此诗与下二首诗,萧本、王本俱误合为一首,另补入《感遇二首》"咸阳二三月""宝剑双蛟龙"以凑足五十九首之数。这首诗写因登华不注峰而有游仙之思。

**【原诗】** 昔我游齐都①,登华不注峰②。兹山何峻秀,绿翠如芙蓉。萧飒古仙人,了知是赤松③。借予一白鹿,自挟两青龙。含笑凌倒景④,欣然愿相从。

**【注释】** ① 齐都:指春秋战国时齐国的都城临淄,地在今山东淄博。② 华不注峰:在今山东济南。 ③ 赤松:古仙人名。《列仙传》:"赤松子者,神农时雨师也。服水玉以教神农,能入火自烧。往往至昆仑山上,常止西王母石室中,随风雨上下。炎帝少女追之,亦得仙俱去。至高辛时,复为雨师。" ④ 倒景:即倒影,言人在天上,下视日月,其影皆倒。

**【译文】** 以前我在齐国都城游历时,曾登上了华不注峰。此山是何等峻秀,山色翠绿如同芙蓉。在山上我见到一个风神潇洒的仙人,他的名字就叫赤松。他借给我一只白鹿,自己乘着两条青龙。我欣然随他而去,二人含笑升天,一同在空中下瞰日月的倒影。

## 其十九

**【题解】** 韦縠《才调集》选入此诗,即独立成篇。诗中表达了与亲友告别时的感伤之情。

【原诗】 泣与亲友别,欲语再三咽①。勖君青松心②,努力保霜雪。世路多险艰,白日欺红颜。分首各千里,去去何时还③。

【注释】 ①"泣与"二句:《古诗》:"悲与亲友别,气结不能言。" ②勖:勉励。 ③去去:越离越远。

【译文】 我哭着与亲友道别,想说几句安慰的话,却哽咽着说不出来。互相勉励要以青松为榜样,努力保持霜雪之操。世路艰险不平,时光如电催人速老。从此一别,人各千里,几时才能够再见面?

# 其二十

【题解】 此诗言人世无常,追逐名利不得安闲,莫若远游仙山。

【原诗】 在世复几时,倏如飘风度①。空闻《紫金经》②,白首愁相误。抚己忽自笑,沉吟为谁故。名利徒煎熬,安得闲余步。终留赤玉舄③,东上蓬山路④。秦帝如我求⑤,苍苍但烟雾。

【注释】 ①飘风:疾风,旋风。 ②紫金经:炼丹之书。 ③赤玉舄(xì):仙人鞋名。据《列仙传》载:仙人安期生曾卖药东海边,为秦始皇所求见,与语三日三夜。赐金数千万,安期生皆不受,临去时给秦始皇留下一封书信和一双赤玉舄。信中说:"后十年,求我于蓬莱山。" ④蓬山:一作"蓬莱",即海上神山蓬莱。 ⑤秦帝:秦始皇,此指唐代帝王。

【译文】 人生在世能有几时?就像是一阵旋风倏然而逝。我空学了《紫金经》的求仙之道,头白之后始知被其所误。我自问忽而自笑,这一切都是为了什么呢?都是名利对人的煎熬,使人徒生烦恼,不得安闲。安期生不为名利所动,最终留下赤玉舄,东归蓬莱去了。我当随他高飞远举,皇上如若求我,所见的只有东海苍茫的烟雾。

## 其二十一

【题解】 曲高和寡,怀才不遇,历来是诗人吟唱的主题。此诗亦为此发一浩叹。

【原诗】 郢客吟《白雪》,遗响飞青天。徒劳歌此曲,举世谁为传。试为《巴人》唱,和者乃数千①。吞声何足道,叹息空凄然。

【注释】 ① 白雪、巴人:皆古代楚国歌曲。宋玉《对楚王问》:"客有歌于郢中者,其始曰《下里》《巴人》,国中属而和者数千人;其为《阳阿》《薤露》,国中属而和者数百人;其为《阳春》《白雪》,国中属而和者不过数十人;引商刻羽,杂以流徵,国中属而和者不过数人而已。是其曲弥高,其和弥寡。"

【译文】 郢中之客唱了一曲《白雪》,声贯日月,响飞青天。但他只是徒劳,国中有谁来跟着传唱呢?他试唱了一曲《巴人》,国中唱和者却有数千之多。他只有吞声不语,凄然叹息。

## 其二十二

【题解】 诗人久居秦中,见物感怀,有怀归之意。诗当作于天宝三载(744)前后去朝还山之时。

【原诗】 秦水别陇首,幽咽多悲声①。胡马顾朔雪,蹀躞长嘶鸣②。感物动我心,缅然含归情③。昔视秋蛾飞,今见春蚕生。袅袅桑结叶,萋萋柳垂荣。急节谢流水④,羁心摇悬旌⑤。挥涕且复去,恻怆何时平。

【注释】 ①"秦水"二句:《陇头歌辞》:"陇头流水,鸣声呜咽,遥望秦川,心肝断绝。"二句本此。陇首,即陇首山,在今陕西陇县西北。 ② 蹀躞(xiè dié):小步行走,此言徘徊。 ③ 缅然:情思渺远貌。 ④ 急节:速貌。　⑤ 悬旌：形容心神不宁。

**【译文】**　秦水告别陇首，发出幽咽的悲声。胡马留恋朔方的白雪，徘徊嘶鸣不已。对此我恻然心动，隐隐起了还归之意。来时秋蛾尚飞，如今却见春蚕已生。桑树长出了袅袅的枝叶，萋萋的垂柳也飘起了柳絮。流水急急东逝而去，我的心也像摇晃的旌旌一样无法安定。我欲挥泪还山，恻怆之心何时能平？

# 其二十三

**【题解】**　此诗叹岁月短促，言人生匆匆，要及时行乐。

**【原诗】**　秋露白如玉，团团下庭绿①。我行忽见之，寒早悲岁促。人生鸟过目②，胡乃自结束③。景公一何愚，牛山泪相续④。物苦不知足，登陇又望蜀⑤。人心若波澜，世路有屈曲⑥。三万六千日，夜夜当秉烛⑦。

**【注释】**　① 团团：盛貌。　② 鸟过目：谓人生短暂如飞鸟在眼前一闪而过。张协《杂诗》："人生瀛海内，忽如鸟过目。"　③ 结束：拘束，束缚。④ "景公"二句：嘲笑齐景公不能达生死之理，愚而不明。《晏子春秋》中说，齐景公游于牛山，北临其国城，为其不能长生保其国位而怆然流涕说："人为什么会有死呢？"其身边的大臣也跟着景公流泪悲啼。独有晏子在一旁冷笑。景公问他为何发笑，晏子说："如果使贤者常守国而不死，则太公、桓公常守之矣；如果使勇者常守国而不死，则灵公、庄公常守之矣。如果以上几个国君常守国而不死，那么吾君您怎能得此位而当国君呢？正因为国君不断地更替，才能轮到您做国君呀。"牛山，在今山东淄博。　⑤ "物苦"二句：喻贪得无厌，人心不知足。　⑥ "人心"二句：谓人心如波浪一样翻覆不定，世路也曲折难行。　⑦ "三万"二句：谓人生百年，当夜夜秉烛游乐。《古诗十九首》："生年不满百，常怀千岁忧。昼短苦夜长，何不秉烛游？"此用其诗意。

【译文】 秋露如透明的白玉,团团落在庭院的绿树上。我外出时忽然看见了它,悲叹秋寒来早,岁月匆匆。人生就像是飞鸟过目一样的短暂,何苦要自己拘束自己呢? 齐景公是何等愚昧,竟在牛山上大放悲声。人苦于太不知足,得到陇地之后又想得到蜀国。人心就像波澜一样翻覆不定,世路如同羊肠一样弯弯曲曲。不如尽情行乐,三万六千日当夜夜秉烛而游。

## 其二十四

【题解】 此诗为讥刺和抨击朝中宦官的嚣张气焰和斗鸡小儿飞扬跋扈的作风而作。当作于天宝初年在长安时。

【原诗】 大车扬飞尘,亭午暗阡陌①。中贵多黄金②,连云开甲宅③。路逢斗鸡者④,冠盖何辉赫⑤。鼻息干虹霓⑥,行人皆怵惕⑦。世无洗耳翁⑧,谁知尧与跖⑨。

【注释】 ① 亭午:中午。阡陌:田间的小道。南北曰阡,东西曰陌。② 中贵:有权势的宦官。 ③ 甲宅:即甲第,上等的房舍。 ④ 斗鸡者:指唐玄宗所宠的斗鸡之徒贾昌之流。 ⑤ 冠盖:指衣冠、车盖。 ⑥ 鼻息:鼻子出气,此指气焰。干:上犯。 ⑦ 怵惕(chù tì):恐惧。 ⑧ 洗耳翁:指许由。《高士传》中说,尧要让位于许由,许由将此事告诉他的好友巢父,巢父认为许由没有隐身藏名,许由于是过清泠之水而洗其耳。 ⑨ 尧与跖(zhí):尧是上古的贤君,跖是春秋时的大盗。

【译文】 大车在路上飞奔,扬起了漫天的沙尘,即使在中午时分也搞得天昏地暗。宫中的宦官有黄金无数,他们新建的房舍高耸入云。在路上碰到的斗鸡小儿,也坐着驷马高车,衣冠辉赫。他们鼻子中出的气,都可以上干虹霓,行人见了吓得纷纷退避。当今之世,已经没有洗耳翁了,谁能分得出哪个是帝尧,哪个是盗跖?

# 其二十五

**【题解】**　此诗盖刺时之黑白不分,感叹世风浇薄。

**【原诗】**　世道日交丧<sup>①</sup>,浇风散淳源<sup>②</sup>。不采芳桂枝,反栖恶木根。所以桃李树,吐花竟不言<sup>③</sup>。大运有兴没,群动争飞奔<sup>④</sup>。归来广成子<sup>⑤</sup>,去入无穷门<sup>⑥</sup>。

**【注释】**　① "世道"句:《庄子·缮性》:"世丧道矣,道丧世矣,世与道交相丧矣。"此句谓世道沦丧。　② 浇风:浇薄之风。淳源:淳朴之源。③ 桃李:《汉书·李广传》:"桃李不言,下自成蹊。"此句化用此典。④ "大运"二句:谓天运也有盛衰,一旦运衰,动物争相逃命。大运,运数。兴没,兴盛衰落。群动,即群生。　⑤ 广成子:古神仙。传说黄帝曾到崆峒山向广成子问道,广成子回答说:"将去入无穷之门,游无极之野,与日月参光,与天地为常。"　⑥ 无穷门:即道门。

**【译文】**　世道日益沦丧,淳朴之源日益被浇薄之风所冲散。他们不采芳香的桂枝,却喜欢在恶木之下徜徉。所以桃李等芬芳之树,也无可奈何,只好吐花无言了。大运有兴有衰,一旦运衰之时,群生都争先逃命。何时能遇到广成子那样的神仙,和他一起去游无穷之门?

# 其二十六

**【题解】**　此诗以幽泉碧荷自比,喻贤者不得其位,空怀其志,徒悲老大,希望能有人引荐,为国效力。诗当作于开元间未遇时。

**【原诗】**　碧荷生幽泉<sup>①</sup>,朝日艳且鲜。秋花冒绿水,密叶罗青烟。秀色空绝世,馨香谁为传。坐看飞霜满,凋此红芳年。结根未得所<sup>②</sup>,愿托华池边<sup>③</sup>。

【注释】 ① 幽泉：地处偏僻的泉水。 ② 结根：扎根。 ③ 华池：池之美者。此喻朝廷。

【译文】 碧荷生长在僻远的幽泉之旁，在朝日下分外娇艳光鲜。秋花从绿水中冒出来，叶子上还缭绕着青烟。空有绝世美丽的花朵，花香却无人欣赏。眼看着飞霜已到，美丽的花朵日渐凋落。这都是生而未得其所的缘故，但愿今后托生在华贵的池塘边。

## 其二十七

【题解】 此诗以燕赵佳人独守空闺自伤青春，喻己怀才不遇，岁月蹉跎；又以愿得良偶乘鸾双飞，喻希望得遇明主，以骋壮怀。

【原诗】 燕赵有秀色①，绮楼青云端②。眉目艳皎月，一笑倾城欢③。常恐碧草晚，坐泣秋风寒。纤手怨玉琴，清晨起长叹。焉得偶君子，共乘双飞鸾④。

【注释】 ①"燕赵"句：《古诗十九首》："燕赵多佳人，美者颜如玉。"②"绮楼"句：《古诗十九首》："西北有高楼，上与浮云齐。" ③ 倾城：倾倒一城之人，喻美艳至极。 ④ 乘鸾：鸾为凤凰之属，色青者曰鸾。此用萧史弄玉故事。《列仙传》："萧史者，秦穆公时人也。善吹箫，能致孔雀、白鹤于庭。穆公有女，字弄玉，好之。公遂以女妻焉。日教弄玉作凤鸣，居数年，吹似凤声，凤凰来止其屋。公为作凤台，夫妇止其上，不下数年，一旦皆随凤凰飞去。"

【译文】 燕赵之地有一位佳人，所住之绮楼高耸入云。她的眉目艳如皎月，其笑可以倾城倾国。但她常恐青春迟暮，见凋草之秋风而垂泪伤心。傍晚弹琴而怨嗟，清晨坐起而长叹。她多么希望能找到一个如意君子，与他像萧史和弄玉那样，一起乘鸾高飞啊！

## 其二十八

**【题解】** 此篇感慨人生易老、事业难成,不如求仙学道、驾鸿飞升、得道成仙,摆脱人世间的痛苦。

**【原诗】** 容颜若飞电,时景如飘风①。草绿霜已白,日西月复东。华鬓不耐秋②,飒然成衰蓬③。古来贤圣人,一一谁成功。君子变猿鹤,小人为沙虫④。不及广成子⑤,乘云驾轻鸿。

**【注释】** ① 时景:即光景。飘风:旋风,疾风。 ② 华鬓:斑白的鬓发。③ 衰蓬:衰败的蓬草。 ④ "君子"二句:谓不论君子或小人,都会化为异物,与自然同化。《艺文类聚》引《抱朴子》:"周穆王南征,一军尽化。君子为猿为鹤,小人为虫为沙。" ⑤ 广成子:古之仙人。详见《古风五十九首》其二十五注。

**【译文】** 容颜衰颓之速好似飞电,光景消逝之快如同疾风。春草刚刚泛绿,很快又到了秋天霜白之时,日月如梭,光阴似箭。斑白的鬓发本来就不耐秋霜,转瞬之间,变得像衰败的蓬草一样乱。古来圣贤,有谁能逃过老死的命运而长生不老?只见君子变为猿鹤,而小人化为虫沙。都比不上广成子那样,乘云驾鸿,成仙上天。

## 其二十九

**【题解】** 此诗以战国七雄相互征伐、频年战乱不已来比喻安史之乱爆发后天下混乱的局势。诗人对此十分悲愤而又无计可施,只好像古代圣贤那样采取远遁避世的态度。萧士赟曰:"此诗其作于安史乱离之后,遭难被黜之时乎?不然,何有羡乎古人之高飞远举者耶?其志亦可哀矣。"其说可参。

**【原诗】** 三季分战国①,七雄成乱麻②。王风何怨怒③,世道终纷拏④。

至人洞玄象⑤，高举凌紫霞⑥。仲尼欲浮海⑦，吾祖之流沙⑧。圣贤共沦没，临歧胡咄嗟⑨。

**【注释】**　①三季：指夏、商、周三代之末。　②七雄：指战国时齐、楚、燕、赵、韩、魏、秦七国。　③王风：即《诗经·国风》中十五国风之一，是周室东迁洛邑以后所出现的民歌。诗中多有感伤周室衰微的怨怒之音。④纷挐：纷乱之意。　⑤至人：即圣人。洞：看透。玄象：玄机之意。⑥紫霞：紫霄，天空。　⑦仲尼：孔子字。浮海：即隐遁之意。《论语·公冶长》："子曰：'道不行，乘桴浮于海。'"　⑧吾祖：指老子。老子姓李，名耳，字伯阳。唐宗室以老子为祖，李白自称是宗室之后，故称。流沙：即我国的西北沙漠地区。据《列仙传》，老子西游之流沙，莫知所终。　⑨临歧：面临歧路。喻指遇乱世。

**【译文】**　三代之后，天下分裂，战国七雄你争我斗，纷乱如麻。《王风》所怨怒的就是世道人心不古，大道沦丧。圣人通晓玄机，知乱世之不可为，便纷纷远走高飞，隐遁江湖。孔子感叹要浮海远去，吾祖老子也骑牛出关，西走流沙。圣贤都一个个隐沦而去，我辈遇此乱世还有什么可嗟叹犹豫的呢？

## 其三十

**【题解】**　此诗为太白感时忧世之作，谓时人或惑于名利，或溺于安乐，或假经以欺世，而不知求道之乐也。

**【原诗】**　玄风变太古①，道丧无时还。扰扰季叶人②，鸡鸣趋四关③。但识金马门④，谁知蓬莱山。白首死罗绮，笑歌无休闲⑤。渌酒晒丹液，青娥凋素颜⑥。大儒挥金椎，琢之诗礼间⑦。苍苍三珠树⑧，冥目焉能攀。

**【注释】**　①玄风：谓上古淳朴之风。　②季叶：谓末世。　③四关：长安和洛阳都有四关。洛阳四关：东成皋、南伊阙、北孟津、西函谷。长安四关：东函谷、南武关、西散关、北萧关。此借指京师之地。　④金马门：长安宫中有金马门。此指朝廷。　⑤"白首"二句：谓世人但愿终身游宴作乐。罗绮，指舞女。　⑥"渌酒"二句：谓世人但知饮酒作乐，而不知炼丹求仙，然年华易逝，青春易老。哂，嘲笑。　⑦"大儒"二句：《庄子·外物》："儒以诗礼发冢，大儒胪传曰：'东方作矣，事之何若？'小儒曰：'未解裙襦，口中有珠。'《诗》固有之曰："青青之麦，生于陵陂。生不布施，死何含珠为？"接其鬓，压其颏，而以金椎控其颐，徐别其颊，无伤口中珠。'"　⑧三珠树：《山海经·海外南经》："三珠树在厌火北，生赤水上，其为树如柏，叶皆为珠。"

**【译文】**　自太古之玄风大变以来，大道已丧，无可挽回。扰扰末世之人，起早摸黑只为到京城捞取功名。他们只认识朝廷宫中的金马门，有谁知道东海之中还有一座蓬莱仙山呢？他们只知道在罗绮歌舞丛中醉生梦死，至老而不悟。但知饮酒作乐而不知炼丹求仙，要知道少女的红颜很快也会衰老。又有那些欺世盗名的大儒挥动着金椎，以诗礼发冢。虽然珠树苍然在前，但世人皆闭目不见，岂能攀之？

# 其三十一

**【题解】**　此诗托秦始皇将死，秦人将避难桃花源事，预言唐将大乱。当是李白对安禄山之叛乱有察觉，而心怀殷忧，又不敢明言其事，遂借传说故事而发之。

**【原诗】**　郑客西入关，行行未能已。白马华山君，相逢平原里。璧遗镐池公，明年祖龙死①。秦人相谓曰，吾属可去矣②。一往桃花源③，千春隔流水。

**【注释】**　①"郑客"六句：郑客，一作"郑容"。《搜神记》："秦始皇三十六年，使者郑容从关东来，将入函关，西至华阴，望见素车白马，从华山上下。疑其非人，道住，止而待之。遂至，问郑容曰：'安之？'答曰：'之咸阳。'车上人曰：'吾华山使也，愿托一牍书，致镐池君所。子之咸阳，道过镐池，见一大梓，有文石，取款梓，当有应者，即以书与之。'客如其言，以石款梓树，果有人来取书。明年，祖龙死。"祖龙，谓秦始皇。　②吾属：我等，我们。　③桃花源：晋人陶渊明作《桃花源记》，谓有一武陵渔夫，偶至一山洞，过山洞口之后，便见一处地方，土地平旷，屋舍俨然，有良田、美池、桑竹之属，阡陌交通，鸡犬相闻。此地人过着和平的耕织生活，自云是先世避秦难，率妻子邑人来此绝境，不复出焉，遂与外人隔绝。问今是何世，乃不知有汉，无论魏晋。

【译文】　郑客西入函谷关，一路上马不停蹄。在平川路上遇到一个驾着素车白马自称是华山君的人。华山君让他捎一块玉璧给镐池君，来取玉璧的人告诉他说明年祖龙将死。听此消息，秦人便互相转告说，我们避难去吧。他们自从去了桃花源，便与外人千载相隔，不通消息。

# 其三十二

【题解】　此为悲秋之诗，感叹有志之士不遇于时。萧士赟云："自古志士感秋而悲者何？盖天道一岁之运，犹人生一世之期也。时至于秋，岁功成矣。老之将至，功业未建，名声不昭，能不感此而兴悲耶？"此说可参。

【原诗】　蓐收肃金气①，西陆弦海月②。秋蝉号阶轩，感物忧不歇。良辰竟何许③，大运有沦忽④。天寒悲风生，夜久众星没。恻恻不忍言，哀歌达明发⑤。

【注释】　① 蓐收：秋神，亦西方之神。《礼记·月令》："孟秋之月……其神蓐收。"肃：肃杀。金气：秋气。金，五行之一，于位为西，于时为秋。　② 西陆：指秋。《隋书·天文志》："（日）行东陆谓之春，行南陆谓之夏，行西陆谓之秋，行北陆谓之冬。"弦海月：海月成弦。　③良辰：好日子。此指建功立业之时。　④ 大运：即时运。此指国运。沦忽：沉沦消失。　⑤ 明发：清晨。

**【译文】** 秋神蓐收已放出了肃杀的金气,西陆的海上升起了一弯弦月。秋蝉在庭轩的阶畔不停地鸣叫,因外物而兴起慨叹,唱着忧伤之歌。所谓的良辰佳期竟在何时? 时运也有沦忽不济的时候。天气已寒,悲风呼叫,长夜漫漫,众星渐没。此时此景,令人恻怆不已,不忍言说,哀歌一曲,直到天明。

# 其三十三

**【题解】** 此诗借咏庄子《逍遥游》鲲鱼化鹏的故事,喻己之欲上摩九天的雄心壮志。徐祯卿云:"此假庄生之言以自况也。"

**【原诗】** 北溟有巨鱼①,身长数千里。仰喷三山雪,横吞百川水②。凭陵随海运③,烜赫因风起④。吾观摩天飞,九万方未已。

**【注释】** ① 北溟:即北海。《庄子·逍遥游》:"北冥有鱼,其名为鲲。鲲之大,不知其几千里也,化而为鸟,其名为鹏。鹏之背,不知其几千里也。怒而飞,其翼若垂天之云。是鸟也,海运则将徙于南冥。南冥者,天池也。《齐谐》者,志怪者也。《谐》之言曰:鹏之徙于南冥也,水击三千里,抟扶摇而上者九万里,去以六月息者也。" ② 三山、百川:言山之众,水之多。 ③ 凭陵:侵扰之意。此指横冲直撞。 ④ 烜(xuān)赫:气势盛大。

**【译文】** 北溟有一条巨鱼,身子有几千里那么长。它仰而喷水,其水雾如同三山之雪;它横吸一口,就能吸尽百川之水。它随着海中的洋流,横冲直撞;它化而为鹏,随着大风飞腾而起。我仰观这只大鹏摩天而飞,直上青天九万里,尚不能已。

# 其三十四

**【题解】** 天宝十载(751),杨国忠荐鲜于仲通为益州长史,率兵八万征讨南诏,与阁罗凤战于泸南,全军覆没。国忠掩盖败状,仍叙其战功。鲜于仲通战败后,杨国忠再度募兵以讨南诏,百姓不肯应募,国忠遂派御史分道捕人,连枷送到军所。被征百姓忧愁怨愤,征人的父母妻子哭声震野。此诗即有感于此而作,对朝廷的穷兵黩武提出尖锐批评。

**【原诗】**  羽檄如流星①,虎符合专城②。喧呼救边急,群鸟皆夜鸣。白日曜紫微③,三公运权衡④。天地皆得一⑤,澹然四海清。借问此何为,答言楚征兵⑥。渡泸及五月⑦,将赴云南征。怯卒非战士,炎方难远行。长号别严亲,日月惨光晶。泣尽继以血,心摧两无声⑧。困兽当猛虎,穷鱼饵奔鲸⑨。千去不一回,投躯岂全生。如何舞干戚,一使有苗平⑩。

**【注释】**  ① 羽檄:古代军中的紧急文书。因用鸟羽插之,以示紧急,故称羽檄。  ② 虎符:古代调兵之符信。多为虎形,一剖为二,一半留京师,一半给地方将帅,必须二者相合方能发兵。专城:古代州牧、太守称专城。  ③ 白日:谓帝王。紫微:星名,象征朝廷。  ④ 三公:唐时太尉、司徒、司空为三公。权衡:权柄。  ⑤“天地”句:语出《老子》:“天得一以清,地得一以宁。”  ⑥ 楚征兵:泛言南方征集士卒。  ⑦“渡泸”句:古以泸水多瘴气,五月才能渡过。泸,泸水,即今金沙江。  ⑧ 两无声:指征夫及其亲人皆泣不成声。  ⑨“困兽”二句:喻南诏军似猛虎、奔鲸,而唐军似困兽与穷鱼。  ⑩“如何”二句:据《艺文类聚》引《帝王世纪》:“有苗氏负固不服,禹请征之,舜曰:‘我德不厚而行武,非道也。吾前教由未也。’乃修教三年,执干戚而舞之,有苗请服。”干,盾牌。戚,大斧。

**【译文】**  插着羽毛的征兵文书疾如流星,朝廷调兵的虎符发到了州城。紧急救边喧呼声震动四野,惊得夜鸟群起乱叫。皇帝在宫中像白日一样高照天下,三公大臣运筹帷幄,各尽其职。天地皆循大道,自然运行,天下清平,四海安宁。请问现在是在做什么?回答说是在楚地征兵。准备五月渡过泸水,赴云南征讨南诏。所征士卒怯懦而不能战斗,再加上南方炎热,难以远行。征夫们哭着与家人告别,悲啼之声使日月惨淡无光。泪尽而泣之以血,被征发的士卒与亲人都哭得肠断心裂,声音嘶哑。让他们与南诏作战简直是像驱困兽以挡猛虎,送穷鱼去喂长鲸,有去无回,无人全生。多么希望大唐能像舜一样修德以招远人，手舞干戚，跳一个象征性的舞蹈，便能使有苗臣服。

## 其三十五

**【题解】** 诗中用"邯郸学步""东施效颦""棘刺造猴"和"匠石运斤"等寓言嘲笑了人云亦云、雕凿失真、华而不实的诗风。诗人隐然以诗坛巨匠自许，以恢复大雅为己任。

**【原诗】** 丑女来效颦，还家惊四邻①。寿陵失本步，笑杀邯郸人②。一曲《斐然子》，雕虫丧天真③。棘刺造沐猴，三年费精神④。功成无所用，楚楚且华身。大雅思《文王》，颂声久崩沦⑤。安得郢中质，一挥成斧斤⑥。

**【注释】** ①"丑女"二句：《庄子·天运》载：西子因患心痛病而频蹙其眉，东邻家有一丑女也依样仿效，结果适得其反，更增其丑，邻人厌而避之。颦(pín)，蹙额皱眉。 ②"寿陵"二句：《庄子·秋水》载：有一寿陵少年，见邯郸人走路姿势很美，于是极力模仿，结果非但没有学会，反而忘记了原来的走法，最后只好爬着回去。寿陵，燕国城邑名。邯郸，赵国国都。③"一曲"二句：《斐然子》，似为歌曲名。斐然，有文采的样子。雕虫：喻小技。扬雄《法言》："或问：'吾子少而好赋？'曰：'然，童子雕虫篆刻。'俄而曰：'壮夫不为也。'" ④"棘刺"二句：《韩非子·外储说上》载：卫国有一个人对燕王说，他能够在棘树的刺上雕刻一个母猴。沐猴，即弥猴。三年，喻精雕细刻，费时之久。 ⑤"大雅"二句：《文王》，是《诗经·大雅》中的篇名。颂声，指《诗经》中的颂。此二句谓《诗经》的传统已经丧失。⑥"安得"二句：《庄子·徐无鬼》载：郢中有一个工匠，使斧的技术高超，能将一个人鼻端上的白灰用斧子砍掉，而不伤鼻子。宋元君听说此事，请工匠表演。工匠说："臣则尝能斲之，虽然，臣之质（被砍的人）死久矣。"斤，斧子。

【译文】　东邻丑女学西施的样子频皱其眉,四邻之人见了她的怪模样都吓了一跳。一个寿陵少年到邯郸学步,结果连故步也失掉了,徒被邯郸人嘲笑了一番。《斐然子》一曲虽然能哗众取宠,但雕饰过甚而失去了本真。用三年的时间,在一个棘刺的尖上虽能雕出一个母猴,惟妙惟肖,楚楚动人,但徒劳费神,功成而无所用。像《诗经·大雅》中的《文王》等篇和颂中的典雅诗篇,如今已很少见了。要是能够再遇到"郢中质"这样的对象,我也能像匠石一样,运斤成风,一展绝技。

## 其三十六

【题解】　此诗以卞和献玉见疑而自伤,以鲁仲连功成身退为榜样,以道家戒盈守雌的人生哲学自诫自慰。诗约作于天宝初年遭谗时。

【原诗】　抱玉入楚国,见疑古所闻。良宝终见弃,徒劳三献君①。直木忌先伐②,芳兰哀自焚③。盈满天所损④,沉冥道为群⑤。东海泛碧水⑥,西关乘紫云⑦。鲁连及柱史⑧,可以蹑清芬⑨。

【注释】　①"抱玉"四句:用和氏献玉的故事。《韩非子·和氏》载:楚人和氏得玉璞于山中,献于楚厉王。王使治玉者视之,以为石。王以为诳而刖其左足。及武王立,又献,复以为诳而刖其右足。武王薨,文王即位,和氏抱璞哭于山下,三日三夜,泣尽而继之以血。王闻之,使人问其故,和氏曰:"吾非悲刖也,悲夫宝玉而题之以石,贞士而名之以诳,此吾所以悲也。"②"直木"句:《庄子·山木》:"直木先伐,甘井先竭。"意谓才高者遭妒,易惹祸殃。　③"芳兰"句:此兰指蕙草,一名薰草,古人烧之以为香。④"盈满"句:《周易·谦》:"天道亏盈而益谦。"孔颖达疏:"亏谓减损。减损盈满而增益谦退。若日中则昃,月盈则食。"　⑤"沉冥"句:深沉玄冥者与道为一体。　⑥"东海"句:谓鲁仲连浮海隐居事。据《史记·鲁仲连列传》载,鲁仲连退秦兵后,平原君赠之千金不受,后又以书遗燕将,为齐国解聊城之围。齐欲封以爵位,乃逃于海上。曰:"吾与富贵而诎于人,宁贫贱而轻世肆志焉。"　⑦"西关"句:指老子西游出关事。老子西游出函谷关,关令尹喜望见有紫气浮关，而老子果乘青牛而过。见《史记·老子列传》。
西关，指函谷关。　⑧鲁连：即鲁仲连。柱史：指老子，他曾在东周任柱下
史，掌管图籍文书。　⑨蹑清芬：追慕高风。

【译文】　从前楚国的和氏抱玉献君，良玉三次献君而终被弃，这是古所多
闻的忠而见疑的事例。直木因其直而先遭砍伐，芳兰因其香而自遭焚毁。
满招损，此天之道，谦退沉潜者与道为群。鲁仲连功成而隐于东海，老子乘
紫云而西出函关。此二人堪为我学习的榜样。

# 其三十七

【题解】　此诗以燕臣和齐女之冤感上苍为喻，为自己忠而被谤、冤而被
疏抒愤。萧士赟云："此诗其遭高力士谮于贵妃而放黜之时所作乎？浮
云比力士，紫闼比中宫，白日比明皇，群沙、众草以喻小人，明珠、孤芳以
喻君子。"其说甚是。

【原诗】　燕臣昔恸哭，五月飞秋霜①。庶女号苍天，震风击齐堂②。
精诚有所感，造化为悲伤。而我竟何辜，远身金殿旁。浮云蔽紫闼③，
白日难回光④。群沙秽明珠，众草凌孤芳。古来共叹息，流泪空沾裳。

【注释】　①"燕臣"二句：《论衡·感虚篇》载：邹衍无罪，见拘于燕，当夏
五月，仰天而哭，天为陨霜。　②"庶女"二句：《淮南子·览冥训》载：庶女
为齐之寡妇，遭受诬陷，不能自明，于是含冤叫天，"雷电下击，景公台陨，支
体伤折，海水大出"。　③浮云：指小人。紫闼：指宫殿。　④白日：喻
君王。

【译文】　燕臣邹衍因无罪被拘，含冤恸哭，上感苍天，五月即为之降霜。齐
国的一个寡妇遭受诬陷，她含冤受屈，上号苍天，结果雷电暴风，击坏了齐国
的宫殿。这样的至诚让天人皆有所感，造物主都为之而悲伤。而我今天竟
有什么罪过呢？竟然也不得不离开皇帝的金殿。这都是因为，朝廷的宫殿

为浮云所遮,白日的光辉难以普照。就像是明珠被群沙所埋没,孤芳为众草所欺凌。此种事自古已然,使我伤感不已,泪流满襟。

# 其三十八

**【题解】** 此诗咏幽园之孤兰,既恐早霜之摧残,又恐无清风之相助。盖叹岁月之将暮而思知音之见赏与相助也。诗当作于开元间未遇时。

**【原诗】** 孤兰生幽园,众草共芜没。虽照阳春晖,复悲高秋月①。飞霜早淅沥,绿艳恐休歇。若无清风吹,香气为谁发②。

**【注释】** ① 复悲:悲孤兰为秋风所败。《文子·上德》:"丛兰欲秀,秋风败之。"此用其意。 ②"若无"二句:《抱朴子·交际》:"芳兰之芬烈者,清风之功也。屈士起于丘园者,知己之助也。"此用其意。

**【译文】** 一支孤兰生于幽园之中,被众草所芜没。虽然受三月阳春日光的照耀,但很快就为秋天的到来而发愁。等到飞霜早来之时,绿叶就衰败了。独处幽园,若无清风吹拂,它的香气有谁能知道呢?

# 其三十九

**【题解】** 此诗以浮云遮日、燕雀得志、鸳鸾失所为喻,述天宝初群小得志而贤人不得其位之形势。因此顿生归意,欲学战国齐人冯谖,弹剑而歌,赋归去之辞。诗盖作于李白欲辞京还山时。

**【原诗】** 登高望四海,天地何漫漫。霜被群物秋,风飘大荒寒。荣华东流水,万事皆波澜。白日掩徂晖①,浮云无定端。梧桐巢燕雀,枳棘栖鸳鸾②。且复归去来,剑歌《行路难》③。

**【注释】** ① 徂晖:落日之光。 ②"梧桐"二句:谓黑白颠倒,是非错位。

喻小人居于高位,而君子不得其位。鸳鸾:即鹓雏,鸾凤之属。《庄子·秋水》:"夫鹓雏,发于南海而飞于北海,非梧桐不止,非练实不食,非醴泉不饮。" ③ 剑歌:弹剑而歌,用战国齐人冯谖故事。冯谖为孟尝君门客,不称意,乃弹剑而歌曰:"长铗归来乎,食无鱼。"见《战国策·齐策》。行路难:歌曲名。《乐府解题》云:"《行路难》,备言世路艰难及离别悲伤之意。"

**【译文】** 登高向四海瞭望,天地之广大何其漫漫。群物披霜而秋已到来,寒风飘起而大地寒冷。荣华若东流之水,一去不返;万事如波澜泛涌,起伏变幻。白日已开始西落,浮云出没不定,遮掩着落日的光辉。如今是燕雀栖于梧桐之树,而鸳鸾却只能栖在长着刺的枳棘之上。还是回家去吧,我也学一学冯谖,弹剑高歌,感叹世上行路之难。

# 其四十

**【题解】** 此诗为天宝三载(744)李白辞京还山时别长安友人而作。诗中以王子晋比一位宗室友人。胡震亨认为王子晋指汝阳王李琎。或是。

**【原诗】** 凤饥不啄粟,所食唯琅玕①。焉能与群鸡,蹙促争一餐②。朝鸣昆丘树③,夕饮砥柱湍④。归飞海路远,独宿天霜寒。幸遇王子晋⑤,结交青云端。怀恩未得报,感别空长叹。

**【注释】** ① 琅玕:形状如珠的美石。《艺文类聚》:"南方有鸟,其名为凤,所居积石千里,天为生食,其树名琼枝,高百仞。以璆琳琅玕为实。" ② 蹙(cù)促:鸡插喙争食。 ③ 昆丘:即昆仑山,传说中的西方神山。 ④ 砥柱:山名,又名三门山,原在今河南三门陕市东北黄河中。 ⑤ 王子晋:古仙人名。即王乔、王子乔。为周灵王太子,好吹笙作凤凰鸣。游伊洛间,道士浮丘公接之上嵩高山,成仙而去。

**【译文】** 凤凰饥不食粟米,所食唯有玉食之类。怎能与群鸡一起去争食呢?它早晨还在昆仑山上鸣叫,晚上就飞到了砥柱山上饮黄河之水。一路归飞,海路遥远,风餐露宿,天气寒冷。幸好遇上了仙人王子晋,结成了青云神仙之交。我如今身怀君恩犹未得报,归别之际感叹不已。

## 其四十一

**【题解】**　此为游仙诗,表现出李白追求自由、渴望长生的思想。

**【原诗】**　朝弄紫泥海①,夕披丹霞裳②。挥手折若木,拂此西日光③。云卧游八极④,玉颜已千霜⑤。飘飘入无倪⑥,稽首祈上皇⑦。呼我游太素⑧,玉杯赐琼浆。一餐历万岁,何用还故乡。永随长风去,天外恣飘扬。

**【注释】**　① 紫泥海:神话中地名,传说东方朔曾至其处。　② 丹霞裳:用红霞做的衣裳。　③“挥手”二句:《楚辞·离骚》:“折若木以拂日兮,聊逍遥以相羊。”若木,神话中的神木。　④ 八极:四面八方极远处。　⑤ 千霜:千年。　⑥ 无倪:无边。　⑦ 稽首:跪拜叩头。上皇:上帝天神。⑧ 太素:太始之初。《白虎通·天地》:“始起先有太初,后有太始,形兆既成,名日太素。”此指太空仙境。

**【译文】**　早上在紫泥海游玩,晚上就身披丹霞之衣。手挥若木,拂着西落的太阳。我乘着云彩卧游八极,年逾千岁,仍然是红颜玉貌。飘飘飞入无边的宇宙,前去朝拜天帝上皇。天帝呼我随他去游太空仙境,并赐我玉液琼浆。喝了之后便可长命万岁,还回故乡干什么呢?永随长风而去,在天外尽情游乐飘荡。

## 其四十二

**【题解】**　此诗以双白鸥自由自在鸣飞沧江为喻,写出了诗人对自由生活的渴望。萧士赟谓此诗是李白“供奉翰林之时,忽动江海之兴而作”,所言甚是。

**【原诗】**　摇裔双白鸥①,鸣飞沧江流。宜与海人狎②,岂伊云鹤俦③。寄影宿沙月,沿芳戏春洲。吾亦洗心者④,忘机从尔游⑤。

**【注释】**　①摇裔:即摇荡,此指白鸥摇翅飞翔貌。　②"宜与"句:指隐居自乐。《列子·黄帝》载:海上人有好鸥鸟者,每旦至海上,从鸥鸟游。鸥鸟从飞而不惊。其父知之,让他捉一只鸥鸟回去,次日再至海边,鸥鸟飞舞而不下。　③云鹤:萧云:"云中之鹤……以喻在位之人也。"　④洗心者:指已涤除了心中杂念的人。　⑤忘机:忘却机诈之心。

**【译文】**　一双白鸥扇动着翅膀,鸣叫着飞过了沧江。它最宜与海边的忘机者一起狎玩,岂能与云中仙鹤相伴?它在沙月之下寄宿,在春洲旁自由自在地嬉戏。我也是一个涤除凡心的海客,愿忘却机心与尔等同游。

# 其四十三

**【题解】**　此诗以周穆王瑶池宴西王母和汉武帝北宫邀上元夫人的传说,刺唐玄宗好色求仙。篇末以求仙未成斥求仙之荒谬。

**【原诗】**　周穆八荒意①,汉皇万乘尊②。淫乐心不极③,雄豪安足论。西海宴王母④,北宫邀上元⑤。瑶水闻遗歌⑥,玉杯竟空言⑦。灵迹成蔓草⑧,徒悲千载魂。

**【注释】**　①"周穆"句:传说周穆王曾驾八骏遨游八荒之地。见《穆天子传》。　②汉皇:指汉武帝,他好神仙,迷信长生。万乘:指天子。　③不极:无止境之意。　④"西海"句:谓周穆王西游瑶池事。《列子·周穆王》载:周穆王好远游,命驾八骏之乘,驰驱千里,遂宾于西王母,觞于瑶池之上,西王母为王谣,王和之,其辞哀焉。　⑤"北宫"句:传说元封元年七月七日夜,西王母感于汉武帝屡祷山岳、祭祀神灵,特降汉宫,并邀上元夫人前来参加宴会。见《汉武外传》。　⑥遗歌:指周穆王与西王母互相赠答之歌。王母谣曰:"白云在天,山陵自出。道里悠远,山川间之。将子无死,尚能复来。"穆王答曰:"余归东土,和洽诸夏。万民平均,吾顾见汝。比及三年,将复而野。"　⑦玉杯:汉武帝所铸金人捧玉杯以承甘露。《三辅黄图》:"通天台……上有承露盘,仙人掌擎玉杯,以承云表之露。"此句谓汉武帝求长生仙药,徒劳无功。　⑧灵迹:指周穆王、汉武帝的遗迹。

**【译文】**　周穆王心有漫游八荒之意,汉武帝空有万乘之尊。他们的淫乐之心无有止境,岂能称得上一世雄豪之君?周穆王曾遨游西海以宴西王母,汉武帝曾在北宫中邀上元夫人一同欢饮。可惜的是,在瑶池之畔只留下了周穆王与西王母的赠答之歌,汉武帝饮玉杯甘露可以成仙也只是一句空话。他们的遗迹都成了长满荒草的废墟,他们的在天之灵只好由后人凭吊悲叹了。

## 其四十四

**【题解】**　此诗为感时之作。王琦云:"古称色衰爱驰,此诗则谓色未衰而爱已驰。有感而发,其寄讽之意深矣。"此言得之。诗当作于天宝初供奉翰林后期。

**【原诗】**　绿萝纷葳蕤①,缭绕松柏枝。草木有所托,岁寒尚不移②。奈何夭桃色③,坐叹葑菲诗④。玉颜艳红彩,云发非素丝⑤。君子恩已毕⑥,贱妾将何为。

**【注释】**　①绿萝:一种攀援植物,常攀松柏而上。　②"草木"二句:草木,指绿萝和松柏。《论语·子罕》:"岁寒,然后知松柏之后凋也。"此用其意。　③夭桃:盛艳的桃花。《诗经·周南·桃夭》:"桃之夭夭,灼灼其华。"　④葑菲诗:《诗经·邶风·谷风》:"采葑采菲,无以下体。"朱熹《诗集传》注:"妇人为夫所弃,故作此诗……言采葑采菲者,不可以其根之恶,而弃其茎之美。如为夫妇者,不可以其颜色之衰,而弃其德音之善。"　⑤云发:色如乌云之发。素丝:未经染的白丝。此指白发。　⑥恩:恩爱之情。

【译文】 绿萝之叶纷披茂盛,攀援缠绕在松柏树之上。草木有所依托,岁寒之际尚不移其志。为什么像鲜艳盛开的桃花一样的美人,后来却会产生葑菲之叹呢?有女玉颜红彩,发如乌云,正当盛年,可是君恩已毕,色未衰而爱已驰,这让为妾怎么办呢?

## 其四十五

【题解】 此诗当作于至德二载(757)御史中丞宋若思脱李白之囚时。陈沆云:"此皆天宝乱后,无志用世而思远逝之词。"

【原诗】 八荒驰惊飙,万物尽凋落。浮云蔽颓阳,洪波振大壑①。龙凤脱罔罟②,飘飘将安托。去去乘白驹,空山咏场藿③。

【注释】 ① 大壑:传说中的海底大谷。 ② 罔罟(gǔ):捕鸟鱼之网。罔,同"网"。 ③ "去去"二句:《诗经·小雅·白驹》:"皎皎白驹,食我场藿。"毛传:"宣王之末,不能用贤,贤者有乘白驹而去者。"

【译文】 狂风吹过大地,万物都凋落了。浮云遮住了西落的太阳,洪水震动着海中的大深谷。龙凤已脱网而去,它们将要飞往何处?我也要乘白驹而去了,在空山中吟诵《诗经》中咏场藿的诗句。

## 其四十六

【题解】 此诗约作于开元二十三年(735)李白游洛阳时,时唐玄宗东幸洛阳,群官从之,达三年之久。此诗写盛唐强大繁荣的峥嵘气象,但在盛唐气象之下,潜伏着种种危机。诗中深刻地揭示了这种矛盾,这正是诗人的眼力过人之处。

【原诗】 一百四十年,国容何赫然①。隐隐五凤楼②,峨峨横三川③。王侯象星月,宾客如云烟。斗鸡金宫里④,蹴鞠瑶台边⑤。举动摇白日,指挥回青天。当涂何翕忽⑥,失路长弃捐⑦。独有扬执戟,闭关草《太玄》⑧。

**【注释】** ①"一百"二句:自唐代开国到李白写此诗时,约有一百二十年。"四"字疑误。赫然:强盛貌。 ②五凤楼:在东都洛阳宫中。 ③三川:指洛阳附近的黄河、洛水、伊水三条河流。 ④斗鸡:唐玄宗好斗鸡,天下从风,宫中尤甚,治鸡坊于两宫之间。 ⑤蹴鞠(cù jū):古代类似于今日踢足球的游戏。 ⑥当涂:当权者。翕(xī)忽:志得意满状。 ⑦失路:此指不得意者。弃捐:弃置不用。 ⑧"独有"二句:扬执戟,指汉代文学家扬雄,他曾为宫中执戟之臣。闭关,即闭门之意。《太玄》,即《太玄经》,扬雄所著。

**【译文】** 唐代自开国一百四十年来,国容赫赫,是何等的强盛!东都的五凤楼,远望隐隐,高入云天,巍峨地耸立在洛阳的三川大地。王侯权贵星月一样拱绕着太阳,洛阳城来往的宾客多如云烟。金宫中盛行着斗鸡之戏,蹴鞠的运动在京城里广泛举行。他们的举动震撼着白日,其气焰可使天气由晴变阴。当权者气势显赫,得意洋洋;失势者永久被弃置一边,不再受用。唯有像汉朝扬雄那样的守道之士关门著书,淡泊自守,草《太玄》以为娱。

## 其四十七

**【题解】** 此诗嘲桃花徒然艳丽却华而不实,赞青松经秋耐寒而不改颜色。萧士赟云:"谓士无实行,偶然荣遇者,其宠衰则易至于弃捐。孰若君子之有特操者,独立而不改其节哉!"盖太白有感而发,警世亦自勉。

**【原诗】** 桃花开东园,含笑夸白日。偶蒙春风荣①,生此艳阳质。岂无佳人色,但恐花不实。宛转龙火飞②,零落早相失。讵知南山松③,独立自萧瑟。

**【注释】** ①荣:开花。②龙火:星宿名。旧谓东方苍龙七宿,心为七宿之一。心宿又名火,故称为龙火。火星西降,秋天将至。　③诅知:岂知。

**【译文】**　东园盛开的桃花,在白日下含笑自我夸耀。它不过是偶逢春风之吹拂而开出艳丽的花朵罢了。其花岂不似佳人那样美艳?但怕是只会开花而不能结果。等到火星西降秋风渐起之时,它早就零落消逝了。哪知彼南山之青松,傲然独立于山顶之上,一任秋风之萧瑟而不改其色?

## 其四十八

**【题解】**　此诗借秦为喻,以刺玄宗之求仙。当作于天宝出朝后。

**【原诗】**　秦皇按宝剑,赫怒震威神①。逐日巡海右,驱石驾沧津②。征卒空九宇③,作桥伤万人。但求蓬岛药,岂思农扈春④。力尽功不赡⑤,千载为悲辛。

**【注释】**　①威神:凶威之神,此指海神。　②"逐日"二句:谓秦始皇想渡海观日出处,至东海,欲驾石桥以渡。《太平御览》引《三齐略记》:"始皇作石塘,欲过海看日出处。时有神人,能驱石下海,石去不速,神则鞭之,皆流血,至今石悉赤。阳城山尽起立,巍巍东倾,状如相随行。"海右,指东海边。津,桥。　③九宇:即九州,天下之意。　④农扈(hù)春:指古时农正春扈氏。传说少昊之世,置九农正以教民耕种,称九扈。扈,通"扈"。农扈,指农事。　⑤赡:足。

**【译文】**　秦始皇手按宝剑,赫然大怒威震海神。他为观日出处而东巡海边,传说海神为之挥鞭驱石驾作桥梁。他征发尽了九州的士卒,仅为造桥就伤亡过万。他为的不过是求蓬莱仙岛之药,哪里管老百姓的耕作与生活?但终于竭尽全力而其功未成,只落得个千古悲辛的结局。

## 其四十九

**【题解】** 此诗太白以南国美人自比,因受紫宫女之谗妒,因此毅然辞归南国。萧士赟云:"此太白遭谗摈逐后之诗也,去就之际,曾无留难。虽然,自后人而观之,其志亦可悲矣。"诗当作于天宝三载(744)将出长安时。

**【原诗】** 美人出南国①,灼灼芙蓉姿。皓齿终不发,芳心空自持。由来紫宫女②,共妒青蛾眉③。归去潇湘沚④,沉吟何足悲。

**【注释】** ① 曹植《杂诗六首》其四:"南国有佳人,容华若桃李。朝游江北岸,日夕潇湘沚。时俗薄朱颜,谁为发皓齿。俯仰岁将暮,荣耀难久持。"此诗袭用其意。南国:南方。 ② 紫宫女:此喻皇帝身旁的宠臣。紫宫,皇宫。 ③ 青蛾眉:指美女。此为李白自喻。 ④ 潇湘沚(zhǐ):潇湘中的小洲。潇湘,二水名,在今湖南境内。此非实指,泛言南国也。

**【译文】** 美人出于南国,其容光彩照人,像芙蓉花一样美丽。她紧闭皓齿一言不发,徒然自持一颗芳心。自古以来,宫中之女对绝世佳人都非常忌妒。还是回到潇湘的南国去吧,何必为此沉吟悲叹呢?

## 其五十

**【题解】** 此诗讽世人玉石不分、真假不辨,有甚深的感慨。萧士赟云:"此诗讥世之人不识真儒,而假儒之人反得用世,以非笑真儒焉。辞简意明,切中古今时病。"其说甚为得旨。

**【原诗】** 宋国梧台东,野人得燕石①。夸作天下珍,却哂赵王璧②。赵璧无缁磷③,燕石非贞真④。流俗多错误,岂知玉与珉⑤。

**【注释】** ①"宋国"二句:《太平御览》引《阙子》:"宋之愚人得燕石于梧台之东,归而藏之,以为大宝,周客闻而观焉。主人斋七日端冕玄服以发宝,华匵十重,缇巾十袭。客见之,卢胡而笑曰:'此燕石也,与瓦甓不异。'主人大怒,藏之愈固。" ② 赵王璧:即和氏之璧。 ③ 缁磷:缁,黑色。磷,损伤。《论语·阳货》:"不曰坚乎?磨而不磷。不曰白乎?涅而不缁。" ④ 贞真:真正。贞,正。 ⑤ 珉(mín):似玉的石头。

**【译文】** 在宋国的梧台之东,有一个乡下人捡到了一块燕石。他以为这是天下之珍宝,到处夸耀,说赵王的和氏璧比它差远了。赵王的和氏璧磨而不磷,涅而不缁,而燕石却不是真正的宝玉。流俗之见多所错误,岂能分辨得出哪是宝玉、哪是珉石?

# 其五十一

**【题解】** 天宝后期,唐玄宗日渐昏愦,听信群小,疏远贤臣。此诗以殷纣王、楚怀王比之,感慨颇深。诗中以屈原自比,谓朝中已无忠良,无人可与语也。

**【原诗】** 殷后乱天纪①,楚怀亦已昏②。夷羊满中野③,绿菽盈高门④。比干谏而死⑤,屈平窜湘源⑥。虎口何婉娈⑦,女媭空婵媛⑧。彭咸久沦没⑨,此意与谁论。

**【注释】** ① 殷后:指殷纣王,他是殷朝最后一个帝王,古代君主亦称后。天纪:朝纲。 ② 楚怀:即楚怀王,他因不听屈原之言,绝齐而亲秦,后为秦国所骗,卒死于秦国。 ③ 夷羊:一种传说中的神兽,它的出现是亡国的征兆。中野:中原的田野。 ④ 绿菽(shī):当作菉菽,二种恶草。《离骚》:"薋菉菽以盈室兮,判独离而不服。"王逸注:"薋,蒺藜也。菉,王刍也。菽,枲耳也。三者皆恶草。"高门,喻朝廷。 ⑤ 比干:纣王的叔父。他因纣王淫乱而强谏,被纣王所杀。 ⑥ 屈平:即屈原。窜:流放。屈原被楚顷襄王流放于湘江之南。湘源:即湘江的上游,在今湖南南部。 ⑦ 虎口:指处境险恶。婉娈:顾盼留恋的样子。 ⑧ 女媭:传说为屈原之姊。婵媛:牵挂不舍的样子。 ⑨ 彭咸:殷之贤大夫。因忠谏不听,投水而死。

**【译文】** 殷纣王因淫乱坏了朝纲,楚怀王也变得十分昏愦。夷羊出现在中州的原野,菉葹等恶草长满了朝廷的大门。比干这样的忠臣,因进谏而被纣王处死,屈原也因忠谏被放逐于湘南。处此险恶的处境,屈原仍对朝廷恋恋不舍,他的姐姐女婴也只是空相劝说,白费口舌。彭咸这样的忠臣早已跳水而死,我这番忠言说论向谁去诉说?

## 其五十二

**【题解】** 此诗中抒发了时不我与、美人迟暮之感。当作于李白未遇时。萧士赟云:"美人,况时君也。时不我用,老将至矣。怀才而见弃于世,能不悲夫!"此论甚是。

**【原诗】** 青春流惊湍①,朱明骤回薄②。不忍看秋蓬③,飘扬竟何托。光风灭兰蕙④,白露洒葵藿⑤。美人不我期⑥,草木日零落。

**【注释】** ① 青春:指春季。春天万物回青,故称青春。 ② 朱明:指夏季。《尔雅·释天》:"夏为朱明。"郭璞注:"气赤而光明。" ③ 秋蓬:秋天的蓬草。 ④ 光风:此指秋风。兰蕙:香草名。 ⑤ 白露:指秋露。葵藿:野菜名。 ⑥ 美人:喻君主。

**【译文】** 春天像急流一样流逝而去,夏天也即将过去。我不忍心看那在秋风中旋转的蓬草,在空中到处飘扬。秋风吹枯了兰蕙一类的香草,白露也开始洒落在葵藿之上。美人啊你为何到现在还不来?眼看着草木萎落,大好时光都已过去。

## 其五十三

**【题解】** 此诗借古讽今,警示人君大权旁落的危险。陈沆云:"此即《远别离》篇'权归臣兮鼠变虎'之意。内倚权相,外宠骄将,卒之国忠、禄山两虎相斗,遂致渔阳之祸。"诗当作于安史之乱祸起时。

**【原诗】**　战国何纷纷,兵戈乱浮云。赵倚两虎斗<sup>①</sup>,晋为六卿分<sup>②</sup>。奸臣欲窃位,树党自相群。果然田成子,一日弑齐君<sup>③</sup>。

**【注释】**　① 两虎:指廉颇、蔺相如。《史记·廉颇蔺相如列传》:"相如曰:'……强秦之所以不敢加兵于赵者,徒以吾二人在也。今两虎共斗,其势不俱生。'"　② 六卿:战国初晋国的六大家族:韩氏、魏氏、赵氏、智氏、中行氏、范氏。后晋国为六卿所瓜分。　③ 田成子:即陈成子。春秋时齐国大臣。后田成子弑齐简公而代之为君。《论语·宪问》:"陈成子弑简公,孔子沐浴而朝,告于哀公曰:'陈桓弑其君,请讨之。'"

**【译文】**　战国时局势是何等纷乱,兵戈扰扰,乱如浮云。赵国所倚仗的大臣廉颇和蔺相如如两虎相斗,晋国终为六家大臣所瓜分。奸臣们拉党结派,欲篡君位,跃跃欲试。后来田成子果然弑杀了齐国的国君,篡夺了王位。

## 其五十四

**【题解】**　此诗为感时之作。玄宗晚年,宠信奸佞,疏远和放逐贤臣,遂使大唐国势日颓,世风日下。诗人感此,深为忧虑,故作此诗以寄悲慨。

**【原诗】**　倚剑登高台,悠悠送春目。苍榛蔽层丘<sup>①</sup>,琼草隐深谷<sup>②</sup>。凤皇鸣西海,欲集无珍木<sup>③</sup>。鷽斯得所居<sup>④</sup>,蒿下盈万族<sup>⑤</sup>。晋风日已颓,穷途方恸哭<sup>⑥</sup>。

**【注释】**　① 苍榛:指榛莽,一种灌木丛。此喻小人。层丘:层峦叠嶂。② 琼草:指珍贵的草木。此喻君子。深谷:深山。　③ "凤凰"二句:喻贤人不得其位。西海,西方。此指长安。珍木,指梧桐之类的树木。传说凤非梧桐树不栖。　④ 鷽(yù)斯:鹁雀类的小鸟。　⑤ 万族:指鹁雀类的众鸟。　⑥ "晋风"二句:用晋人阮籍事。《晋书·阮籍传》:"时率意独驾,不由径路,车迹所穷,辄恸哭而返。"

【译文】　身佩宝剑,登高台远望,悠悠暮春之景,令人见而伤怀。但见层山叠嶂,为苍苍的榛莽所遮掩,奇花珍草,深藏于山谷之中。凤凰在西海上空鸣叫,想下来休息片刻,可是却没有栖息的梧桐。而鴳鸟却得其所居,在蒿下聚集着它的许多同类。风气之颓已如晋世,我不由得也像阮籍那样,临歧而返,大哭一场。

## 其五十五

【题解】　此诗讥世人好色而不重道,徒知享乐,浪费光阴,而不知求仙长生。

【原诗】　齐瑟弹东吟,秦弦弄西音①。慷慨动颜魄,使人成荒淫②。彼女佞邪子③,婉娈来相寻④。一笑双白璧,再歌千黄金。珍色不贵道,讵惜飞光沉⑤。安识紫霞客⑥,瑶台鸣玉琴⑦。

【注释】　①"齐瑟"二句:齐国在东,故云东吟;秦国在西,故云西音。②荒淫:迷恋忘返、不能自拔之意。　③彼女:一作"彼美"。佞邪子:指善于献媚谗诣之人。　④婉娈:姿态窈窕貌。　⑤讵:岂。飞光:指日月。句谓不珍惜光阴。　⑥紫霞客:谓神仙。　⑦瑶台:指仙境。

【译文】　齐瑟弹了一支东方的乐曲,秦弦奏了一曲西方的音乐。二者皆慷慨激昂,动人心魄,使人着迷而乐不知返。那些善于谗佞的美人,扭动着腰肢前来相就。她们莞尔一笑,便得到一双白璧的赏赐;她们再歌一曲,便受赠千两黄金的报酬。这些人重色而不重道,一点也不珍惜宝贵光阴。他们哪里还知道,在仙境中的那些神仙,在瑶台上弹着玉琴,过着逍遥自在的生活?

## 其五十六

【题解】　诗人以越客自比,他身怀明珠,光耀海月,价倾皇都,却得不到君王的赏识。而那些鱼目般的小人,却冒充明珠,春风得意,反来嘲笑真正的明珠。此情此景,可不令人悲哉? 诗当作于天宝初待诏翰林时。

【原诗】 越客采明珠,提携出南隅①。清辉照海月,美价倾鸿都。献君君按剑②,怀宝空长吁。鱼目复相哂③,寸心增烦纡④。

【注释】 ① 南隅:南方偏远之地。此指南海日南、合浦等地,以产明珠著名。 ②"献君"句:邹阳《狱中上梁王书》:"臣闻明月之珠,夜光之璧,以暗投人于道,众莫不按剑相眄者,何则? 无因而至前也。" ③"鱼目"句:鱼目似珠,往往可以混珠。哂,讥笑。此言鱼目得意而笑珠也。 ④ 烦纡:思绪纷乱。

【译文】 越人在海中采得了一颗大明珠,把它从南海带了出来。它的清辉比海月还要明亮,其价之高,倾盖都城。越人想把它献给君王,君王却按剑而怒,他只好身怀宝物空自长叹。鱼目此时也来嘲笑明珠,还不如它受到人们的青睐,这使越客心中十分烦恼忧伤。

# 其五十七

【题解】 此为寓言诗,诗人以周周之鸟自喻,想借有力者相助以脱困境,但有力者不肯相援。诗当作于李白获罪之后,其孤立无援之痛苦可知。

【原诗】 羽族禀万化①,小大各有依。周周亦何辜②,六翮掩不挥③。愿衔众禽翼,一向黄河飞。飞者莫我顾,叹息将安归。

【注释】 ① 羽族:指鸟类。禀:禀赋。万化:谓多种多样。句谓鸟类天生种类众多。 ② 周周:鸟名。《文选》阮籍《咏怀诗》:"周周尚衔羽。"李善注:"韩子曰:鸟有周周者,首重而屈尾,将欲饮于河,则必颠,乃衔羽而饮。今人之所有饥不足者,不可以不索其羽矣。" ③ 六翮:鸟翅上的六根大羽毛。此指鸟的翅膀。《韩诗外传》:"鸿鹄一举千里,所恃者六翮耳。"

**【译文】** 鸟类有万类千种,大小都有所依托。独有周周这种鸟,却没有飞翔的能力。它想衔着众禽的羽毛,一同向黄河飞。可是众鸟都不肯相顾,它只好独自叹息,无处可归。

## 其五十八

**【题解】** 此诗为乾元二年(759)早春流夜郎途经巫山时所作。他见景生情,楚怀王、楚襄王父子与巫山神女相会的故事,多么像唐玄宗、寿王父子与杨贵妃的关系啊。真是荒淫透顶,他们怎能不沦没丧国呢?其讽刺之意相当深刻。

**【原诗】** 我行巫山渚①,寻古登阳台②。天空彩云灭,地远清风来。神女去已久,襄王安在哉。荒淫竟沦没,樵牧徒悲哀。

**【注释】** ① 巫山渚:巫山,在今重庆巫山县长江巫峡江边。渚,水边。② 阳台:即阳云台,在巫山县阳台山上。宋玉《高唐赋》云,楚襄王与巫山神女幽会,神女归别云:"妾在巫山之阳,高丘之岨。旦为朝云,暮为行雨。朝朝暮暮,阳台之下。"

**【译文】** 我乘舟来到巫山之下的江岸边,为寻古而登上阳台。天空中彩云片片逐渐消逝,远方的清风徐徐吹来。巫山神女早已远去,楚襄王如今在哪里呢?他荒淫误国,其楼台歌榭早已沦没,只有樵夫和牧羊人在其废墟上,一发悲叹之情。

## 其五十九

**【题解】** 此诗叹人生无定,交道多变而不终。盖太白晚年长流夜郎后,当年与他交好者,此时态度大变,多所回避,不援其手。诗人有感世态之炎凉,而作此诗。

**【原诗】** 恻恻泣路歧,哀哀悲素丝<sup>①</sup>。路歧有南北,素丝易变移。万事固如此,人生无定期。田窦相倾夺,宾客互盈亏<sup>②</sup>。世途多翻覆,交道方嵝巇<sup>③</sup>。斗酒强然诺,寸心终自疑。张陈竟火灭<sup>④</sup>,萧朱亦星离<sup>⑤</sup>。众鸟集荣柯,穷鱼守空池。嗟嗟失欢客,勤问何所规<sup>⑥</sup>。

**【注释】** ①"恻恻"二句:《淮南子·说林训》:"杨子见逵路而哭之,为其可以南可以北。墨子见练丝而泣之,为其可以黄可以黑。" ②"田窦"二句:谓西汉人田蚡、窦婴。据《史记·魏其武安侯列传》,西汉外戚武安侯田蚡为相,与前丞相魏其侯窦婴争权,门下宾客原附窦家者,皆趋势利而归附于田家。③嵝巇(xiǎn xī):艰险难行。 ④"张陈"句:指张耳与陈馀。皆秦时人。据《史记·张耳陈馀列传》,张耳与陈馀初为刎颈之交,后二人构隙,张耳击杀陈馀。 ⑤萧朱:指西汉萧育与朱博。据《汉书·萧育传》,萧育与朱博为友,著闻当世,后有隙,不能终,故世以交道为难。 ⑥规:营求。

**【译文】** 杨子临歧路而哭,墨子见素丝而悲,为什么呢?因歧路可以南可以北,素丝可以黄可以黑。天下万事都是这样,人生也如此,没有一个定准。汉朝的田蚡和窦婴互相倾夺,他们的宾客也互有盈亏。因世途多所反覆,于是交友之道便变得艰险难行。虽然在酒筵上当面慷慨许诺,其实在内心还是令人生疑。张耳与陈馀当初是刎颈之交,后来二人竟发展到火并的结局;萧育和朱博二人原是至交好友,后来终也分道扬镳。鸟儿都是争向大树高枝上飞,只有穷鱼才固守已枯的空池。我这位到处碰壁的失欢之人,就是有人关心,还能有什么可求的呢?

# 二、乐　府

# 远别离

**【题解】**　《远别离》,乐府旧题。《乐府诗集》列入《杂曲歌辞》。《楚辞》中有"悲莫悲兮生别离"。《古诗十九首》中有"与君生别离"。后人拟之,梁简文帝有《生别离》,刘宋吴迈有《长别离》,李白改为《远别离》。天宝后期,唐玄宗荒于朝政,李林甫、杨国忠擅权,李白忧之,故借古题以讽时弊,意在表明人君失权之危。本篇见于《河岳英灵集》,当作于天宝十二载(753)以前。

**【原诗】**　远别离,古有皇英之二女①。乃在洞庭之南,潇湘之浦②。海水直下万里深③,谁人不言此离苦。日惨惨兮云冥冥,猩猩啼烟兮鬼啸雨④。我纵言之将何补。皇穹窃恐不照余之忠诚⑤,雷凭凭兮欲吼怒⑥,尧舜当之亦禅禹⑦。君失臣兮龙为鱼,权归臣兮鼠变虎⑧。或云尧幽囚⑨,舜野死⑩,九疑联绵皆相似⑪,重瞳孤坟竟何是⑫。帝子泣兮绿云间⑬,随风波兮去无还。恸哭兮远望,见苍梧之深山⑭。苍梧山崩湘水绝,竹上之泪乃可灭⑮。

**【注释】**　① 皇英:即娥皇、女英,为舜之二妃。　② 洞庭:洞庭湖。潇湘:二水名。二水由南至北,流入洞庭湖内。《水经注·湘水》:"湘水西流,径二妃庙南……言大舜之陟方也,二妃从征,溺于湘江,神游洞庭之渊,出入潇湘之浦。"　③ 海水:此指洞庭之水。古人指水大而深处,皆曰海。　④ 猩猩:此泛指猿类。　⑤ 皇穹:即苍天。此喻朝廷。　⑥ 凭凭:象声词,形容雷声大而急。　⑦ 此句为一缩略句,意即:"尧当之以传舜,舜当之以传禹。"之:指下文"君失臣"和"权归臣"之局势。　⑧ 龙为鱼:《说苑·正谏》："吴王欲从民饮酒,伍子胥谏曰:'不可。昔白龙下清泠之渊,化为鱼,渔者豫且射中其目。'"鼠变虎:东方朔《答客难》:"用之则为虎,不用则为鼠。"此二句是说,人君一旦失权于臣,犹龙之化鱼;奸臣一旦揽权,犹鼠之变虎。 ⑨尧幽囚:《史记·五帝本纪》注引《竹书纪年》说,尧让舜继位,本非禅让,而是因为"尧德衰,为舜所囚"。 ⑩舜野死:传说舜在征伐有苗时,死于苍梧之野。其意是说舜也死得不明不白。 ⑪九疑:山名,在今湖南宁远县南。因此山九谷皆相似,故云九疑。传说舜死即葬九疑,是为零陵。 ⑫重瞳:此指舜。据说,他的眼中有两个瞳子,故他又名重华。⑬帝子:指娥皇、女英。因她们都是尧帝的女儿,故称帝子。绿云:指竹子。 ⑭苍梧:山名,即九疑山。 ⑮竹上之泪:《述异记》:"昔舜南巡而葬于苍梧之野,尧之二女娥皇、女英追之不及,相与恸哭,泪下沾竹,竹上文为之斑斑然。"

**【译文】** 远别离啊,古时有尧之二女娥皇、女英在洞庭湖之南、潇湘的岸边,在为与舜的远别而恸哭。洞庭湖水虽有万里之深,也难与此别离之苦相比。她们只哭得白日无光,云黑雾暗,猿猱感动得在烟雾中与之悲啼,鬼神为之哀泣,泪下如雨。现在我提起此事有谁能理解其中的深意呢?我的一片忠心恐怕就是皇天也不能鉴照啊。我若说出来,不但此心无人能够理解,恐怕还要引起老天的雷霆之怒呢!君主若失去贤臣的辅佐,就会由神龙化为凡鱼;奸臣一旦窃据大权,就会由老鼠变成猛虎。到了这个份上,就是尧也得让位于舜,舜也得让位于禹。我听说,尧不是禅位于舜的,他是被舜幽囚了起来,不得已才让位的;舜也是死在荒野之外,不明不白。结果,他葬在九疑山内,因山中九谷皆相似,娥皇和女英连她们丈夫的孤坟也找不到了。于是这两个尧帝的女儿,只好在洞庭湖畔的竹林中痛哭,泪水洒到竹子上,留下点点斑痕。最后她们一起投进了湖水,随着风波一去不返。她们一边痛哭,一边遥望着南方的苍梧山,因她们与舜再也不能见面了,这才是真正的远别离啊。要问她们洒在竹子上的泪痕何时才能灭去,恐怕只有等到苍梧山崩、湘水绝流的时候了!

# 公无渡河

**【题解】** 《公无渡河》，乐府旧题，又名《箜篌引》。《乐府诗集》列入《相和歌辞·相和六引》，并引崔豹《古今注》曰："《箜篌引》者，朝鲜津卒霍里子高妻丽玉所作也。子高晨起刺船，有一白首狂夫，被发提壶，乱流而渡，其妻随而止之，不及，遂堕河而死。于是援箜篌而歌曰：'公无渡河，公竟渡河。堕河而死，将奈公何！'声甚凄怆，曲终亦投河而死。子高还，以语丽玉，丽玉伤之，乃引箜篌而写其声，闻者莫不堕泪饮泣。丽玉以其曲传邻女丽容，名曰《箜篌引》。"李白此诗亦祖其意。此诗约作于李白被长流夜郎之后。郭沫若以为诗中以河决昆仑喻安史之乱，以狂叟渡河喻己之参加永王幕府，颇得其旨。

**【原诗】** 黄河西来决昆仑①，咆哮万里触龙门②。波滔天，尧咨嗟③。大禹理百川，儿啼不窥家④。杀湍埋洪水⑤，九州始蚕麻⑥。其害乃去，茫然风沙。被发之叟狂而痴⑦，清晨径流欲奚为⑧。旁人不惜妻止之，公无渡河苦渡之。虎可搏，河难冯⑨，公果溺死流海湄⑩。有长鲸白齿若雪山⑪，公乎公乎挂骨于其间⑫，箜篌所悲竟不还⑬。

**【注释】** ①昆仑：山名。位于青藏高原北缘，西起帕米尔高原东部，东至柴达木河上游谷地。古时认为黄河发源于昆仑山。《尔雅·释水》："河出昆仑墟。" ②龙门：山名，在今山西河津一带。黄河南来，劈山而过，两岸对峙，高数百尺，望之若门。相传江海大鱼逆河而上，集龙门之下数千，不得上，上则为龙。故云曝鳃龙门。《元和郡县图志·河东道绛州龙门县》云："大禹导河积石，疏决龙门，即斯处也。" ③"波滔天"二句：相传尧时发大水，洪水滔天，为害于民。尧曾对此大为慨叹。《尚书·尧典》："帝曰：'咨！四岳，汤汤洪水方割，荡荡怀山襄陵，浩浩滔天！'" ④"大禹"二句：大禹，即夏禹，他是鲧的儿子。相传鲧治水用土埋而失败，禹继承父业继续治水，采用疏导的办法，在外治水十三年。其妻涂山氏生子启，"启呱呱泣，禹去而治水，惟荒度土功，三过其家，不入其门"。见《列女传·母仪传》。理，即治。唐避高宗李治讳,改治为理。　⑤杀湍:减少湍流。埋:塞。《庄子·天下》:"昔者,禹之湮洪水,决江河而通四夷九州也。"　⑥九州:指天下。蚕麻:养蚕种麻。此泛指农业生产。　⑦被发之叟:指渡河之狂夫。此为李白自喻。　⑧径流:径渡。径,一作"临"。　⑨"虎可搏"二句:《诗经·小雅·小旻》:"不敢暴虎,不敢冯河。"毛传:"徒涉曰冯河,徒搏曰暴虎。"　⑩海湄:即海滨。　⑪长鲸:海中鲸鱼。白齿若雪山:指长鲸齿利而长。暗喻人言可畏,形势险恶。　⑫挂骨:尸骨挂于雪齿之间。骨,一作"胃"。　⑬箜篌:古时的一种弦乐器。似琴而小,用拨弹之。

【译文】　黄河之水从西而来,它决开昆仑,咆哮万里,冲击着龙门。以前,尧帝曾经为这滔天的洪水,发出过慨叹。大禹也为治理这泛滥百川的洪水,不顾幼儿的啼哭,毅然别家出走。在治水的日子里,他三过家门而不入,一心勤劳为公。这才治住了洪水,使天下人民恢复了男耕女织的太平生活。虽然消除了水害,却留下了风沙的祸患。古时有一个狂夫,他披头散发,大清早便冲出门,要徒手渡河。别人只是在一旁看热闹,只有他的妻子前去阻止他,在后面喊着叫他不要渡河,可是他偏要向河里跳。猛虎虽可搏,大河却不可渡,这位狂夫果然溺死水中,其尸首随波逐流,漂至大海,被那白齿如山的长鲸所吞食。其妻弹着箜篌唱着悲歌,可惜她的丈夫再也回不来了。


# 蜀道难

【题解】　《蜀道难》,乐府旧题,《乐府诗集》列入《相和歌辞·瑟调曲》,下云:"《古今乐录》曰:'王僧虔《技录》有《蜀道难行》,今不歌。'《乐府解题》曰:'《蜀道难》备言铜梁、玉垒之阻,与《蜀国弦》颇同。'"前人有此题者,有梁简文帝二首、刘孝威二首、阴铿一首。李白此诗为在长安一带送友人入蜀而作,本阴铿《蜀道难》"蜀道难如此,功名讵可要"之旨,运用历史故事、神话传说、诡奇想象,极写蜀道之艰险。本诗寓意,众说纷纭,多揣测之辞。诗无达诂,于此诗为甚。

**【原诗】** 噫吁嚱①，危乎高哉。蜀道之难难于上青天②。蚕丛及鱼凫③，开国何茫然。尔来四万八千岁④，不与秦塞通人烟⑤。西当太白有鸟道⑥，可以横绝峨眉巅⑦。地崩山摧壮士死⑧，然后天梯石栈方钩连⑨。上有六龙回日之高标⑩，下有冲波逆折之回川⑪。黄鹤之飞尚不得过⑫，猿猱欲度愁攀缘⑬。青泥何盘盘⑭，百步九折萦岩峦⑮。扪参历井仰胁息⑯，以手抚膺坐长叹。问君西游何时还⑰，畏途巉岩不可攀⑱。但见悲鸟号古木，雄飞雌从绕林间。又闻子规啼夜月⑲，愁空山。蜀道之难难于上青天，使人听此凋朱颜⑳。连峰去天不盈尺，枯松倒挂倚绝壁。飞湍瀑流争喧豗㉑，砯崖转石万壑雷㉒。其险也若此，嗟尔远道之人胡为乎来哉。剑阁峥嵘而崔嵬㉓。一夫当关，万夫莫开。所守或匪亲，化为狼与豺㉔。朝避猛虎，夕避长蛇。磨牙吮血，杀人如麻。锦城虽云乐㉕，不如早还家。蜀道之难难于上青天，侧身西望长咨嗟㉖。

**【注释】** ① 噫吁嚱：惊叹之语。《宋景文公笔记》："蜀人见物惊异，辄曰'噫吁嚱'，李白作《蜀道难》，因用之。" ②"难于"句：枚乘《上书谏吴王》："必若所欲为，危乎累卵，难于上天。" ③ 蚕丛、鱼凫：二人是传说中的古蜀王。见《华阳国志·蜀志》。 ④ 四万八千岁：极言岁月之古，非实数也。 ⑤ 秦塞：秦之边塞。蜀在秦之西南，与秦地接壤。 ⑥ 太白：山名，在今陕西太白县东，秦岭之主峰，冬夏积雪，望之皓然，故名太白。鸟道：言山极高峻，无路可通，唯有鸟可以飞过，故曰鸟道。 ⑦ 峨眉：山名。《元和郡县图志·剑南道嘉州峨眉县》："峨眉大山，在县西七里……两山相对，望之如蛾眉，故名。" ⑧"地崩"句：《华阳国志·蜀志》："秦惠王知蜀王好色，许嫁五女于蜀。蜀遣五丁迎之，还到梓潼，见一大蛇入穴中，一人揽其尾掣之，不禁，至五人相助，大呼曳蛇，山崩时压杀五人及秦五女并将从，而山分为五岭。" ⑨ 天梯：山路陡峭，石阶累然而上，犹如接天之梯。石栈：蜀道之险处，凿山为洞，中插石条，上架木为栈道。 ⑩"六龙"句：传说日神驾着六龙从东向西巡回。见《初学记·天部》。高标，指蜀山的最高峰。此言蜀山之高，连太阳都要绕其而过。 ⑪ 逆折：水倒流。回川：回绕之河流。 ⑫ 黄鹤：即黄鹄。朱骏声《说文通训定声》："鹄形似鹤，色苍黄,亦有白者,其翔极高。一名天鹅。" ⑬ 猿猱:泛指猿猴类动物。⑭ 青泥:山岭名,在今甘肃徽县南、陕西略阳县北。因山上多雨、路途泥泞而得名。盘盘:山路盘旋之状。 ⑮ 岩峦:即山峦,相连的山。 ⑯ 扪参历井:参、井,星宿名。参三星,居西方七宿之末,为蜀之分野。井八星,居南方七宿之首,为秦之分野。青泥岭乃自秦入蜀之途,故举二方分野之星而言之。扪参历井者,言山极高,行人可上触星辰。抑胁息:以手压着胸口不敢出气。 ⑰ 问君:一作"征人"。西游:因从秦至蜀,是向西南的方向,故曰西游。 ⑱ 巉(chán)岩:山岩险峻之势。 ⑲ 子规:鸟名,又名杜鹃。此鸟蜀中最多,传说为蜀帝杜宇所化。王琦注:"张华《禽经》注:望帝修道,处西山而隐,化为杜鹃鸟,或云杜宇鸟,亦曰子规鸟,至春则鸣,闻者凄恻。按子规即杜鹃也,蜀中最多,南方亦有之。状如雀鹃,而色惨黑,赤口,有小冠,春暮即鸣,夜啼达旦,至夏尤甚,昼夜不止,鸣必向北。若云不如归去,声甚哀切。" ⑳ 凋朱颜:朱颜即红颜,青春之貌。凋朱颜即红颜凋丧,容貌变老之意。 ㉑ 喧豗(huī):水石相击的喧嚣声。豗,相击之意。 ㉒ 砯(pīng):水击岩崖之声。 ㉓ 剑阁:在今四川剑阁县北大小剑山之间,唐代在此设剑门关。《元和郡县图志·剑南道普安县》:"剑阁道,秦惠王使张仪、司马错从石牛道伐蜀,即此也。后诸葛亮相蜀,又凿石驾空为飞梁阁道,以通行路。" ㉔ "一夫当关"四句:张载《剑阁铭》:"一人荷戟,万夫趦趄。形胜之地,匪亲勿居。"李白此四句即化用其意。 ㉕ 锦城:即锦官城,指成都。安旗谓指长安,可备一说。 ㉖ 长咨嗟:长叹息之意。敦煌残卷本作"令人嗟"。

【译文】 哎呀呀,真是太高了,攀越蜀道真比登天还难!蜀国有蚕丛和鱼凫两个君主,他们开国的时间距今十分遥远,从那时起大概有四万八千岁了吧,蜀国就不曾与秦地有什么来往。往西去有座太白山,其山高峻无路可行,唯有飞鸟可以飞过此山,直到蜀国的峨眉之巅。秦惠王之时,才有蜀王派五丁开山。传说这五位壮士因开山导致地崩山摧而壮烈牺牲,才使得蜀道的天梯石栈连结了起来。蜀中上有日神的六龙所驾之车所不能逾越的高山,下有回旋倒流的曲折而波涛汹涌的河流。善高飞的黄鹤想飞越而不敢过,善攀援的猿猴想攀登而发愁无路可行,其山之险可想而知。青泥岭的泥路曲曲弯弯,百步九折萦绕着山峦。行人攀至高山之顶,伸手可以摸得着天上的参星和井星,紧张得透不过气来,只得坐下来抚着胸口长吁短叹。老兄西游打算几时回来? 这蜀道的巉岩险道,实在是不可登攀。山野之间,只能看到在古木中悲号的山鸟,雄飞雌从地在林间飞旋。月夜里,还可以听到子规凄凉的悲啼,在空山中传响回荡。攀越蜀道,真是比登天还难啊! 此情此景,使听到的人发愁变色,老了许多。险峻高峰离天不到一尺,悬崖峭壁倒挂着枯松。飞流瀑布撞击着巨石在山谷中滚动,发出雷鸣般的轰响。这样危险的地方,你这位远道之人为什么还非要来呀? 更不用说那峥嵘而崔嵬的剑阁了,在这里一夫当关,万夫莫开。如果在这里把守关隘的人不是朝廷的亲臣忠士,他们就会据险作乱,化为豺狼一般的匪徒。他们磨牙吮血,杀人如麻。人们就得像朝避猛虎、夕避长蛇那样地躲避他们的侵害。锦城那个地方虽然是座使人快乐的城市,但是依我看,你还是赶快回家为好。攀越蜀道真是比登天还难啊,我侧身西望,只好发出长长的慨叹!

# 梁甫吟

**【题解】** 《梁甫吟》,一作《梁父吟》,乐府旧题。《乐府诗集》列入《相和歌辞·楚调曲》。此题古辞有诸葛亮《梁甫吟》,郭茂倩题解云:"《古今乐录》曰:'王僧虔《技录》有《梁甫吟行》,今不歌。谢希逸《琴论》曰:诸葛亮作《梁甫吟》……《蜀志》曰:诸葛亮好为《梁甫吟》,然则不起于亮矣。李勉《琴说》曰:《梁甫吟》,曾子撰。《琴操》曰:曾子耕泰山之下,天雨雪冻,旬月不得归,思其父母,作《梁山歌》。蔡邕《琴颂》曰:梁甫悲吟,周公越裳。'按梁甫,山名,在泰山下。《梁甫吟》盖言人死葬此山,亦葬歌也。又有《泰山梁甫吟》,与此颇同。"胡震亨云:"本古葬歌,诸葛亮所咏,则荡阴二桃杀三士墓也。史云:亮好为《梁父吟》,自比管乐,时人未之许。白拟作,虽兼及二桃事,然感慨不遇之谈为多。其义以亮之自比者成咏与?"李白《留别王司马嵩》:"余亦南阳子,时为《梁甫吟》。"此诗为李白效仿诸葛亮《梁甫吟》之作,约作于天宝九载(750)。

**【原诗】** 长啸《梁甫吟》，何时见阳春①。君不见朝歌屠叟辞棘津，八十西来钓渭滨②。宁羞白发照渌水，逢时壮气思经纶③。广张三千六百钓④，风期暗与文王亲⑤。大贤虎变愚不测⑥，当年颇似寻常人。君不见高阳酒徒起草中，长揖山东隆准公。入门开说骋雄辩，两女辍洗来趋风⑦。东下齐城七十二⑧，指麾楚汉如旋蓬⑨。狂客落拓尚如此⑩，何况壮士当群雄⑪。我欲攀龙见明主⑫，雷公砰訇震天鼓⑬。帝旁投壶多玉女⑭，三时大笑开电光⑮，倏烁晦冥起风雨⑯。阊阖九门不可通，以额扣关阍者怒⑰。白日不照吾精诚⑱，杞国无事忧天倾⑲。猰貐磨牙竞人肉⑳，驺虞不折生草茎㉑。手接飞猱搏雕虎㉒，侧足焦原未言苦㉓。智者可卷愚人豪㉔，世人见我轻鸿毛㉕。力排南山三壮士，齐相杀之费二桃㉖。吴楚弄兵无剧孟，亚夫咍尔为徒劳㉗。《梁甫吟》，声正悲。张公两龙剑，神物合有时㉘。风云感会起屠钓，大人峍屼当安之㉙。

**【注释】** ①阳春：阳光明媚的春天。宋玉《九辩》："无衣无裘以御寒冬兮，恐溘死不得见乎阳春。"此处李白以屈原被谗去国喻己之被谗去朝。②"君不见"二句：朝歌，殷都，在今河南淇县。棘津，在今河南滑县西南古黄河上。屠叟，指吕尚。《韩诗外传》："吕望行年五十，卖食棘津，年七十屠于朝歌。九十乃为天子师，则遇文王也。"又《史记·范雎列传》："范雎谢曰：'非敢然也。臣闻昔者吕尚之遇文王也，身为渔父而钓于渭滨耳。'"③经纶：喻治理国家。《周易·屯》："君子以经纶。"④"广张"句：三千六百钓，谓十年之久。此句是说，吕尚志在天下，有"一举钓六合"之意。⑤风期：风度。⑥虎变：虎毛变新，喻突然的变化。《周易·革》："大人虎变。"此喻大人物行动变化莫测，骤然得志，非愚人所能预料。⑦"君不见"四句：高阳酒徒，指郦食其。高阳，在今河南杞县西。刘邦引兵过陈留，郦食其前往谒见，通报人说他是个儒生，刘邦说，我正在夺天下，没有时间见儒生。通报人对郦食其说了，郦食其瞋目按剑对通报人说："去，再去向沛公通报，就说我是高阳酒徒，不是儒生！"于是郦食其便闯了进去，长揖不拜。向刘邦陈说取天下之计。其时刘邦正让两个侍女洗脚，于是赶紧停止洗脚，请郦食其上坐，向他请教大计。隆准公，指汉高祖刘邦。《汉书·高帝纪》："高祖为人，隆准而龙颜。"隆准，高鼻梁。　⑧"东下齐城"句：后来郦食其前去说降齐王，"伏轼下齐七十余城"。事见《史记·郦生列传》。　⑨ 旋蓬：蓬草随风旋转。如旋蓬，形容其易且速。　⑩ 狂客：指郦食其。落拓：犹落魄。　⑪ 壮士：李白自指。　⑫ 攀龙：即攀附天子以建功业之意。　⑬ "雷公"句：雷公，雷神。砰訇（hōng），大声。天鼓，指雷。《初学记·天部》："雷，天之鼓也。雷神曰雷公。"　⑭ 投壶：古代的一种游戏，游戏者将一支箭投向壶中，投不中者受罚。玉女：《神异经·东荒经》上说，神仙东王公常与一玉女投壶，如果投中了，天就开口微笑；如果投不中，天就大笑。此处玉女指奸邪群小。　⑮ 三时：指晨、午、晚。电光：即天笑。　⑯ 倏烁：指电光闪耀迅速。晦冥：暗。　⑰ "阊阖"二句：《楚辞·离骚》："吾令帝阍开关兮，倚阊阖而望予。"王逸注："阍，主门者也。阊阖，天门也。"阍（hūn）者，即守门者。　⑱ 白日：此喻皇帝。　⑲ 忧天：《列子·天瑞》："杞国有人忧天地崩坠，身亡所寄，废寝食者。"此句说，皇帝还以为我是杞人忧天。　⑳ 猰㺄（yà yǔ）：传说中一种吃人的猛兽。此喻朝中之奸邪小人。《述异记》："猰㺄，兽中最大者，龙头马尾虎爪。长四百尺，善走，以人为食，遇有道之君即隐藏，无道君即出食人。"　㉑ 驺虞（zōu yú）：传说中的仁兽。《诗经·召南·驺虞》："于嗟乎驺虞。"毛传："驺虞，义兽也，白虎黑文，不食生物，有至信之德则应之。"杨注："驺虞仁兽，不践生草。"　㉒ "手接"句：《文选》曹植《白马篇》："仰手接飞猱。"李善注："凡物飞迎前射之曰接。猱，猿属也。"雕虎，虎身上布满条纹，斑驳如雕，故曰雕虎。搏雕虎，与猛虎搏斗。此句李白自喻其勇武。　㉓ 焦原：传说中春秋莒国的一块大石。《尸子》："莒国有石焦原者，广寻长五十步，临百仞之谿。莒国莫敢近也。有以勇见莒子者，独却行齐踵焉，所以服莒国也。"此句是说己之勇可以履焦原之石而不惧。　㉔ 智者可卷：《论语·卫灵公》："蘧伯玉邦有道则仕，邦无道则可卷而怀之。"愚者豪：愚者不知进退之道，徒逞强好能。　㉕ "世人"句：此句谓因我采取智者之道，邦无道则卷而怀之，世人不解，遂以为我不思进取而轻我。轻鸿毛，司马迁《报任安书》："人固有一死，或重于泰山，或轻于鸿毛。"　㉖ "力排"二句：《晏子春秋》载：春秋时齐国有三个壮士，公孙接、田开疆、古冶子，因事得罪晏子。一次，齐景公赐给三壮士两个桃子。晏子让他们计功而食。公孙接、田开疆各争得一个桃子。

结果,通过表功古冶子功最大,反而没有得到桃子。得桃二人感到惭愧,自杀了。古冶子觉得为争桃子而“二子死之,冶独生之,不仁;耻人以言而夸其声,不义;恨乎所行,不死,无勇”。接着也自杀了。这就是二桃杀三士的故事。诸葛亮在《梁甫吟》中说:“力能排南山,文能绝地纪。一朝被谗言,二桃杀三士。谁能为此谋,国相齐晏子。”此二句谓谗言危害之大。此处嵌入“二桃杀三士”,一是与诸葛亮古辞所咏内容相承,二是揭出齐相,暗指李林甫等。李林甫曾将韦坚、李邕、裴敦复等大臣迫害致死。 ㉗“吴楚”二句:西汉景帝三年(前145),发生了吴楚七国之乱。景帝派窦婴、周亚夫前去讨伐。周亚夫率兵到河南时,得到了剧孟,高兴地说:“吴楚举大事而不求孟,吾知其无能为已矣。”咍(hāi),嗤笑。此二句说,失去了人才,要想成大事只能是徒劳。 ㉘“张公”二句:张公,指西晋张华。《晋书·张华传》载,斗牛间常有紫气,雷焕观天象,知为剑气之精,且在丰城。于是张华补雷焕为丰城令,雷焕到县,掘狱屋地基,得到龙泉、太阿二剑,遣使送给张华一柄,自己留下一柄。张华得到剑后,写信给雷焕说:“详观剑文,乃干将也。莫邪何复不至?天生神物,终当合耳。”后来,张华被杀,他的剑不知去向。雷焕死后,他的儿子雷华带着其父所遗之剑,经过延平津。剑忽然从其腰间跃入水中。雷华遣人下水捞剑,但见水中有两条长数丈的龙,而不见了宝剑。雷华叹曰:“先君化去之言,张公终合之论,此其验乎!” ㉙“风云”二句:风云感会,指君臣遇合。屠钓,指吕尚。大人,有雄才大志之人。峣屼(niè wù),不安貌。此句是说将来风云际会有的是时机,目前的小挫折算不得什么,要少安毋躁,以待天时。

**【译文】** 《梁甫吟》啊,长啸一曲;阳春啊,何时才能到来?你没有听说过朝歌屠叟姜子牙的故事吗?他八十岁才辞别棘津的屠夫生涯,来到渭水之滨垂钓。他不以清水映白发为羞,为的是能够遇见明主,一吐胸中之壮气,大展治国之宏图。他在渭水之滨,一钓就是十年,为的就是要钓到文王这条大鱼啊。想不到这位当年其貌不扬的老渔夫,竟摇身一变,一下子成为帝王之师的大人物。你没有听说过高阳酒徒郦食其的故事吗?这位起自草莽的狂客,见了那位龙颜高鼻有着天子之相的山东刘邦,长揖不拜,雄辩滔滔,便使得一贯待人傲慢无礼的未来天子赶紧起身,连脚也顾不得洗,一阵风似的走到他的面前,赔礼道歉,延为上宾。这位郦先生果然厉害,凭其三寸不烂之舌,不费一兵一卒,就说得齐王献七十二城来降,视楚汉战争如同飞旋的蓬草一般,玩于股掌之上。像这样落魄的狂客尚能如此,更何况胸有文韬武略、能够力当群雄的壮士呢? 我也想像他们那样得遇明主,怎奈天帝身旁那些得宠的玉女太多了。她们以色事主,一天到晚玩那些投壶之类的游戏,迷得天帝仰天大笑,震得天空狂风四起,骤雨倾盆,引起一阵阵电闪雷鸣。天国的大门紧闭不开,我以头叩门,只惹得守门人一肚子怒气。苍天上的白日啊,你为什么不能照见我胸中的忠诚? 难道我这只是杞人忧天,多此一举吗? 我听说有一种叫猰貐的猛兽,它磨牙吮血专食人肉;而还有一种叫驺虞的仁兽,它仁慈得连生草的茎芽也怕踩断。我也能像古代的勇士一样射中飞猱,力搏雕虎,也敢在焦原那块危石之上侧足行走而毫无惧色。可是智者卷而隐身而愚者逞才露能,既然世上的达官贵人视我轻如鸿毛,我又何必在这些愚人面前显示我的才能呢? 古时有三位力能排山的壮士,他们的本事可谓够大的了,但是齐国的宰相晏婴略施小计,仅用两个桃子就把他们干掉了。西汉时吴楚七国背叛朝廷作乱,但他们连剧孟这样的大侠都没有收罗过去,也难怪周亚夫嘲笑他们是徒劳之举了。我的这首《梁甫吟》,此时正吟到最悲的时候。可我坚信,张华的两把神龙剑,它们虽会一时分散,但终究有遇合之时,就像朝歌屠叟姜子牙终有一天能够与明主风云际会一样。作为一个胸怀大志的人,这点小挫折算得了什么呢? 安心地等待吧,机遇终是会到来的!

# 乌夜啼

**【题解】**　《乌夜啼》,乐府旧题。《乐府诗集》列于《清商曲辞·西曲歌》,并引《古今乐录》曰:“《乌夜啼》,旧舞十六人。”吴兢《乐府古题要解》:“《乌夜啼》,宋临川王义庆造也。宋元嘉中,徙彭城王义康于豫章郡,义庆时为江州,相见而哭。文帝闻而怪之。征还宅,义庆大惧,妓妾闻乌夜啼,叩斋阁云:‘明日应有赦。’及旦改南兖州刺史,因作此歌。故其和云:‘笼窗窗不开,夜夜望郎来。’”古辞多写男女离别相思之苦。此首主题类似前代之作，但言浅意深，别出新意。

**【原诗】** 黄云城边乌欲栖①，归飞哑哑枝上啼②。机中织锦秦川女③，碧纱如烟隔窗语④。停梭怅然忆远人，独宿孤房泪如雨⑤。

**【注释】** ① 黄云城边：一作"黄云城南"。乌欲栖：敦煌残卷本作"乌夜栖"。梁简文帝《乌栖曲》："倡家高树乌欲栖。" ② 哑哑：乌啼声。吴均《行路难》："唯闻哑哑城上乌。" ③ 秦川女：指苏蕙。《晋书·列女传》："窦滔妻苏氏，始平人也。名蕙，字若兰。善属文。滔，苻坚时为秦州刺史，被徙流沙，苏氏思之，织锦为回文旋图诗以赠滔。宛转循环以读之，词甚凄惋。凡八百四十字。"庾信《乌夜啼》："弹琴蜀郡卓家女，织锦秦川窦氏妻。"秦川，胡三省《通鉴注》："关中之地，沃野千里，秦之故国，谓之秦川。" ④ 碧纱如烟：指窗上的碧纱像烟一样朦胧。 ⑤ 梭：织布用的织梭。其状如船，两头尖。怅然：恍然若失的样子。远人：指远在外边的丈夫。怅然，一作"怅望"。"停梭"二句，一作"停梭向人问故夫，知在关西泪如雨"。

**【译文】** 黄云城边的乌鸦将要归巢了，归飞回来时候在树枝上哑哑地啼叫。在织机上织布的秦川女子，隔着碧绿如烟的纱窗凝视窗外的归鸟双双。她好像是在与人说着什么，其实是在自言自语。太寂寞了啊，想着远方的亲人，她的织梭就不由得停了下来。独宿空房，难以忍受，珠泪点点，滚下了香腮。

# 乌栖曲

**【题解】** 《乌栖曲》，乐府旧题。《乐府诗集》列于《清商曲辞·西曲歌》。现存此题最早的作者是梁简文帝。梁元帝、萧子显等人并有此作，内容多写男欢女爱。李白犹承旧题之旨，但意在讥刺。梁人多为七言二韵，韵各二句，而李白此诗却是七言三韵，最后一韵三句，格式独特。此诗约作于开元间游吴越时。范传正云："（太白）在长安时，秘书监贺

知章号公为谪仙人，吟公《乌栖曲》，云：'此诗可以哭鬼神矣。'"（《唐左拾遗翰林学士李公新墓碑序》）

**【原诗】** 姑苏台上乌栖时[①]，吴王宫里醉西施[②]。吴歌楚舞欢未毕，青山犹衔半边日[③]。银箭金壶漏水多[④]，起看秋月坠江波[⑤]，东方渐高奈乐何[⑥]。

**【注释】** ① 姑苏台：故址在今江苏苏州西南姑苏山上。《述异记》："吴王夫差筑姑苏之台，三年乃成，周旋诘曲，横亘五里。崇饰土木，殚耗人力。官妓千人。上别立春宵宫，为长夜之饮，造千石酒钟。作天池，池中造青龙舟。舟中盛陈妓乐，日与西施为水嬉。" ② 吴王：指春秋时吴王夫差。西施：夫差打败越王勾践，勾践献美女西施迷惑夫差。夫差与西施纵乐淫逸，遂为勾践所败而死。事见《越绝书》。 ③ "青山"句：此句言日将落也。王夫之《唐诗评选》："萧子显《乌栖曲》：'芳树归飞聚俦匹，犹有残光半山日。'第二句为太白奄有，遂成绝唱。" ④ 银箭金壶：古代计时之器。金壶，铜制，其中贮水，下有小孔漏水，壶中有一支有刻度的箭，随着水面的降低，逐渐显示箭上的刻度以计时。银箭金壶，一作"金壶丁丁"。 ⑤ 秋月坠江波：月亮将落、天将亮时的景象。此句暗指吴王已是欢饮通宵。 ⑥ 东方渐高：即东方渐亮之意。高，一说是"皓"的假借字。皓，白，光明之意。奈乐何：一作"奈尔何"。

**【译文】** 姑苏台上的乌鸦刚刚归巢之时，吴王宫里西施醉舞的宴饮就开始了。饮宴上的吴歌楚舞一曲未毕，太阳就已经落山了。金壶中的漏水滴了一夜，吴王宫中的欢宴还没有结束。吴王起身看了看将要坠入江波的秋月，天色将明，可余兴未尽，这该怎么办呢！

# 战城南

**【题解】** 《战城南》，汉乐府旧题。《乐府诗集》列于《鼓吹曲辞·汉饶歌》。吴兢《乐府古题要解》:"《战城南》其辞大略言:战城南,死郭北,野死不得葬,为乌鸟所食。愿为忠臣,朝出攻战而暮不得归也。"李白此诗既承古义,又以时事而发之。诗约作于天宝六载(747),詹锳《李白诗文系年》云:"诗起句云:'去年战,桑干源;今年战,葱河道。'按《旧唐书·王忠嗣传》:'天宝元年北伐,与奚怒皆战于桑干河,三败之。'《新唐书·高仙芝传》:'天宝六载诏仙芝以步骑一万出讨……乃自安西过拨换城,入握瑟德,经疏勒登葱岭,涉播密川,遂顿特勒满川,行凡百日。'……诗盖指以上二战事而言也。"

**【原诗】** 去年战,桑干源①;今年战,葱河道②。洗兵条支海上波③,放马天山雪中草④。万里长征战,三军尽衰老。匈奴以杀戮为耕作⑤,古来惟见白骨黄沙田。秦家筑城备胡处⑥,汉家还有烽火燃⑦。烽火燃不息,征战无已时。野战格斗死,败马号鸣向天悲⑧。乌鸢啄人肠,衔飞上挂枯树枝。士卒涂草莽⑨,将军空尔为⑩。乃知兵者是凶器,圣人不得已而用之⑪。

**【注释】** ① 桑干源:即桑干河,为今永定河之上游,在今河北西北部和山西北部。源出山西管涔山。唐时此地常与奚、契丹发生战事。 ② 葱河道:葱河即葱岭河。今有南北两河,南名叶尔羌河,北名喀什噶尔河。发源于帕米尔高原,为塔里木河支流。 ③ 洗兵:指战斗结束后,擦洗兵器。条支:汉西域古国名,约在今伊拉克底格里斯河、幼发拉底河之间。《后汉书·西域列传》:"条支国,城在山上,周回四十余里。临西海,海水曲环其南及东北。三面路绝,唯西北隅通陆道。"此泛指西域。 ④ 天山:一名白山。春夏有雪,出好木及金铁,匈奴谓之天山,过之皆下马拜。 ⑤ "匈奴"句:此句谓匈奴以杀掠为职业。王褒《四子讲德论》:"匈奴者,百蛮之最强者也。天性憍蹇,习俗杰暴,贱老贵壮,气力相高,业在攻伐,事在射猎。其未邦则弓矢鞍马,播种则扞弦掌拊,收秋则奔狐驰兔,获刈则颠倒殖仆。" ⑥ 秦家筑城:指秦始皇筑长城以防匈奴。《史记·秦始皇本纪》:"秦已并天下,乃使蒙恬将三十万众,北逐戎狄,收河南,筑长城。因地形,用险制塞。起临洮,至辽东,延袤万余里。" ⑦ 汉家烽火:《后汉书·光武帝纪》:"骠骑大将军杜茂将众郡施刑屯北边。筑亭候,修烽燧。"李贤注:"边防备警急,作高土台,台上作桔皋,桔皋头有兜零,以薪草置其中。常低之,有寇即燃火举之以相告,曰烽。又多积薪,寇至即燔之望其烟,曰燧。昼则燔燧,夜乃举烽。" ⑧"野战"二句:《战城南》古辞:"枭骑战斗死,驽马徘徊鸣。" ⑨ 涂草芥:司马相如《喻巴蜀檄》:"肝脑涂中原,膏液润野草。" ⑩ 空尔为:即一无所获,无所作为。 ⑪"乃知"二句:《六韬·兵略》:"圣人号兵为凶器,不得已而用之。"

**【译文】** 去年在桑干源打仗,今年又在葱河道战斗。在条支海上曾经洗过兵器,在天山的雪中也曾放过战马。这些年不断地万里奔驰南征北战,使我三军将士皆老于疆场。要知道匈奴是以杀戮为职业的,就像我们种庄稼一样。在他们领域中的旷野里,自古以来就只能见到白骨和黄沙。秦朝的筑城备胡之处,汉朝依然有烽火在燃烧。从古至今,边疆上就烽火不息,征战没完没了。战士在野战格斗中死去,败马在疆场上徘徊,向天悲鸣。乌鸦叼着死人的肠子,飞到枯树枝上啄食。士卒的鲜血涂红了野草,将军们在战争中也是空无所获。要知道兵者是凶器啊,圣人是在不得已的情况下才用它的!

# 将进酒

**【题解】** 《将进酒》,敦煌残卷本题作《惜樽空》,汉乐府旧题。《乐府诗集》列于《鼓吹曲辞·汉铙歌》,并引《古今乐录》:"汉鼓吹铙歌十八曲……九曰《将进酒》。"解题云:"古词曰:'将进酒,乘大白。'大略以饮酒放歌为言。宋何承天《将进酒》篇曰:'将进酒,庆三朝。备繁礼,荐嘉肴。'则言朝会进酒,且以濡首荒志为戒。若梁昭明太子云'洛阳轻薄子',但叙游乐饮酒而已。"李白此诗犹承古乐府饮酒行乐的主题,但语多悲愤沉郁。其中既有人生如梦的自慰,也有天生我材必有用的执着,还有不遇于时的愤激。将进酒,请饮酒。

**【原诗】** 君不见黄河之水天上来,奔流到海不复回①。君不见高堂明镜悲白发,朝如青丝暮成雪②。人生得意须尽欢③,莫使金樽空对月。天生我材必有用④,千金散尽还复来。烹羊宰牛且为乐⑤,会须一饮三百杯⑥。岑夫子,丹丘生⑦,进酒君莫停⑧。与君歌一曲⑨,请君为我倾耳听。钟鼓馔玉不足贵⑩,但愿长醉不用醒⑪。古来圣贤皆寂寞⑫,惟有饮者留其名⑬。陈王昔时宴平乐⑭,斗酒十千恣欢谑⑮。主人何为言少钱,径须沽取对君酌⑯。五花马⑰,千金裘⑱,呼儿将出换美酒⑲,与尔同销万古愁。

**【注释】** ①"君不见"二句:黄河源出昆仑,地势极高,犹如从天而降,故云天上来。亦云水势之大。此二句喻韶华易逝,青春不再。 ② 高堂:一作"床头"。青丝:一作"青云"。成雪:一作"如雪"。《唐诗合解》:"通篇之意是劝人及时行乐尽兴饮酒。连用二个'君不见',是提醒人语。以黄河水为兴,高堂白发为承。" ③ 得意:即一时高兴。 ④ 天生我材必有用:一作"天生我身必有财",一作"天生吾徒有俊才"。 ⑤ 烹羊宰牛:曹植《野田黄雀行》:"中厨办丰膳,烹羊宰肥牛。" ⑥ 会须:应该,务必。三百杯:喻酒量之大。《世说新语·文学》刘孝标注引《郑玄别传》:"袁绍辟玄,及去,饯之城东,欲玄必醉。会者三百余人,皆离席奉觞,自旦及暮,度玄饮三百余杯,而温克之容,终日无怠。" ⑦ 岑夫子:指岑勋。丹丘生:指元丹丘。二人皆李白好友。 ⑧ 进酒君莫停:一作"将进酒,杯莫停"。⑨ 与君:为你。鲍照《朗月行》:"为君歌一曲。" ⑩ 钟鼓:古代豪门贵族才用得起的雅乐乐器。馔玉:指食物精美华贵如玉。此句一作"钟鼓玉帛岂足贵"。 ⑪ 不用醒:一作"不复醒",一作"不愿醒"。 ⑫ 寂寞:谓不为人所知,不为世所用。 ⑬ 饮者留其名:《晋书·张翰传》:"(翰)答曰:使我有身后名,不如即时一杯酒。"此句乃李白愤慨之语。 ⑭ "陈王"句:陈王,指曹植,他曾被封陈王。宴平乐,曹植《名都篇》:"归来宴平乐,美酒斗十千。"平乐,宫观名,在洛阳。 ⑮ 恣欢谑:尽情恣意地行欢作乐。⑯ 径须:直须,尽管。 ⑰ 五花马:名贵的马,其毛色如五花。杜甫《高都护骢马行》:"五花散作云满身。"或谓马鬃剪作五花者。 ⑱ 千金裘:极名贵的皮裘衣。《史记·孟尝君列传》:"孟尝君有一狐白裘,直千金,天下无双。" ⑲ 将出：拿出。换美酒：卢照邻《行路难》："金貂有时须换酒。"

【译文】 你不是见过黄河之水从天而降吗？它滔滔直下，奔流到海，一去不回！你不是见过高堂明镜中的满头白发吗？它早晨还如青丝一般黑柔，晚上就变得雪一般白了！人生如梦，得意时短，一定要趁着大好时光尽情行乐啊，不要让手中的酒杯空对月亮！天生我材，必有大用，千金算得了什么？花去了还能挣回来，青春可是一去不复返啊！烹羊宰牛，尽情地欢乐吧，要喝就一下子喝它三百杯，喝它个痛快！岑老夫子，丹丘老弟，快喝啊，不要停杯！我给你们唱一首歌，请你们倾耳细听。什么钟鸣鼎食之乐呀，什么炊金馔玉之筵呀，这些富贵荣华都如过眼烟云，有什么可贵？我所要的是杯中酒不空，长醉永不醒！从前陈王在平乐观大宴宾客，每斗价值十千的美酒尽情地欢饮。店主人，你怕什么，嫌我的钱少吗？将大坛子酒端过来，让大家尽情地喝！我儿，你快过来，将家中的五花马和千金裘都取过来，统统地换酒喝，我要与诸君一醉方休，同销这胸中的万古之愁！

# 行行且游猎篇

【题解】 《行行且游猎篇》为乐府旧题。《乐府诗集》列于《杂曲歌辞》，题作《行行游且猎篇》，又在张华《游猎篇》引《乐府解题》云："梁刘孝威《游猎篇》云：'之罘讲射所，上林娱猎场。'备言游行射猎之事。亦谓之《行行游且猎篇》。"萧士赟注："《行行且游猎篇》即征戍十五曲中之《校猎曲》也。"本篇借古题而言时事，乃天宝十一载（752）太白北游幽燕时目睹边城儿游猎有感而作。

【原诗】 边城儿，生年不读一字书①，但知游猎夸轻趫②，胡马秋肥宜白草③，骑来蹑影何矜骄④。金鞭拂雪挥鸣鞘⑤，半酣呼鹰出远郊。弓弯满月不虚发⑥，双鸧迸落连飞髇⑦，海边观者皆辟易⑧，猛气英风振沙碛⑨。儒生不及游侠人，白首垂帷复何益⑩。

**【注释】**　① 生年：生来。首二句敦煌唐写本残卷作"边城儿闲不读书"。② 轻趫(qiáo)：行动敏捷。　③ 胡马秋肥：胡地秋草最盛，而马易上膘。梁简文帝《陇西行》："边秋胡马肥。"白草：《汉书·西域传》："(鄯善)国出玉，多葭苇、柽柳、胡桐、白草。"孟康注："白草似莠而细，无芒，其干熟时正白色，牛马所嗜也。"　④ 蹑影：快得可以赶上日影，形容奔跑迅速。矜骄：自大倨傲。何矜骄，一作"可怜骄"。　⑤ 金鞭：马鞭之美称。鞘，通"梢"，鞭梢。　⑥ 弓弯：一作"弯弓"。满月：谓弓满如月。　⑦ 双鸧(cāng)：鸧，鸟名。青苍色，大如鹤。《列子·汤问》："蒲且子之弋也，弱弓纤缴，乘风振之，连双鸧于青云之际。"连，通"并"。髇(xiāo)，响箭。　⑧ 海：瀚海，即沙漠。辟易：惊退之意。　⑨ 沙碛(qì)：即沙漠，唐人多称为沙碛。⑩ 白首垂帷：指汉儒董仲舒。《汉书·董仲舒传》："下帷讲诵，弟子传以久，次相受业，或莫见其面，盖三年不窥园，其精如此。"垂帷，即下帷。帷，帷帐。

**【译文】**　边城的少年，生来不识一字，但知骑马游猎，争夸矫健。胡地草白，正是秋盛马肥的时候，边城少年扬鞭摧马，竞相驰逐，何等矜骄。马鞭甩起积雪，发出清脆的响声，一群少年乘着酒兴，臂架苍鹰，出猎城郊。只见一位少年弓如满月，仰天而射，鸣镝响处，只见空中双鸧，一箭而穿。他们的豪气英风威震大漠，在瀚海边观看射猎的人们，都惊得连连后退。由此看来，那些书生比起这些游侠儿差得太远了，他们终日在帷帐中白首穷经，又有什么用呢？

# 飞龙引二首

**【题解】**　《飞龙引》为乐府旧题。《乐府诗集》列于《琴曲歌辞》。萧士赟注："《飞龙引》者，古乐府鱼龙六曲之一。此词专言黄帝鼎湖丹成骑龙上升之事。"胡震亨云："古辞无考，白拟言黄帝上升事。曹植有《飞龙篇》，言求仙者乘飞龙升天，岂白祖此欤？"按此篇为游仙诗。当作于天宝初长安待诏时。

## 其 一

**【原诗】** 黄帝铸鼎于荆山①,炼丹砂。丹砂成黄金②,骑龙飞去太上家③。云愁海思令人嗟④,宫中彩女颜如花。飘然挥手凌紫霞,从风纵体登銮车⑤。登銮车,侍轩辕,遨游青天上,其乐不可言。

**【注释】** ① 黄帝:姓公孙,名轩辕。传说中的上古帝王。《史记·五帝本纪》:"黄帝者,少典之子,姓公孙,名曰轩辕。"铸鼎:《史记·封禅书》:"黄帝采首山铜,铸鼎于荆山下。鼎既成,有龙垂胡髯,下迎黄帝。黄帝上骑,群臣后宫从上者七十余人,龙乃上去。"荆山:在今河南灵宝阆乡南。《元和郡县图志·河南道虢州湖城县》:"荆山,在县南,即黄帝铸鼎之处。" ② 丹砂成黄金:《史记·封禅书》:"少君言上曰:'祠灶则致物,致物而丹砂可化为黄金。黄金成,以为饮食器则益寿,益寿而海中蓬莱仙者乃可见之,以封禅则不死,黄帝是也。'" ③ 太上:太清,即天庭。《楚辞·远游》:"载赤霄而凌太清。"王逸注:"上凌太清,游天庭也。" ④ 云愁海思:谓愁思之广大。 ⑤ 銮车:一作"鸾车",传说神仙所乘之车。《太平御览》引《白羽经》:"太真丈人登白鸾之车,驾黑凤于九源。"

**【译文】** 传说黄帝在荆山下铸鼎炼丹砂。等到丹砂炼成黄金的时候,便身骑飞龙上了天庭。黄帝成仙之事,是多么令后人羡慕啊!就是他后宫中娇艳如花的彩女,也都随黄帝飘然升天,从风纵体,凌霞而去,登上了鸾车。她们在鸾车上侍候轩辕黄帝,在青天上遨游,其乐真是妙不可言啊!

## 其 二

**【原诗】** 鼎湖流水清且闲①,轩辕去时有弓剑②,古人传道留其间③。后宫婵娟多花颜④,乘鸾飞烟亦不还,骑龙攀天造天关⑤。造天关,闻天语,屯云河车载玉女⑥。载玉女,过紫皇⑦,紫皇乃赐白兔所捣之药方⑧,后天而老凋三光⑨。下视瑶池见王母⑩,蛾眉萧飒如秋霜⑪。

【注释】　①鼎湖：水名。在荆山下。《通典》弘农郡湖城："故曰胡，汉武更为湖县。有荆山，出美玉，黄帝铸鼎于荆山，其下曰鼎湖，即此也。"清且闲：湖水清澈宁静之意。闲，水止而不动。　②有弓剑：《水经注·河水》："（黄）帝崩，惟弓剑存焉。故世称黄帝仙矣。"　③古人：指黄帝。传道：指黄帝炼丹，传其仙道。　④婵娟：形态美好，此指美女。　⑤造天关：抵达天关。造，到。　⑥屯云河车：敦煌残卷本作"屯云车"。屯，停驻。云车，仙人所乘之车。　⑦紫皇：道教之神。《太平御览》引《秘要经》："太清九宫，皆有僚属。其最高者称太皇、紫皇、玉皇。"　⑧白兔捣药：乐府古辞《董逃行》："白兔长跪捣药虾蟆丸，奉上陛下一玉柈，服此药可得神仙。"⑨后天而老：比天还老得慢，即长生不老之意。三光：指日、月、星。⑩瑶池王母：传说神仙王母住在西天瑶池。瑶池，传说在昆仑山上。《史记·大宛列传》引《禹本纪》："昆仑其高二千五百余里……其上有醴泉、瑶池。"　⑪"蛾眉"句：此句谓王母已皓然白首，以衬黄帝成仙后之年轻。

【译文】　鼎湖之水清澈宁静，黄帝仙去之后留有弓剑等遗物，传给后人成仙得道之秘方。黄帝后宫花一样的美人，也乘鸾飞烟一去不返了，她们同黄帝一道乘龙到了天宫。到了天宫，将载着玉女的云车停下，听见天公说话。然后载着玉女一起到紫皇那里拜谒，于是紫皇便将月宫中白兔所捣的仙药赐给了黄帝。黄帝吃了这种仙药可以寿逾三光，后天而死。下视瑶池见西天王母头白如霜，黄帝还依然年轻。

# 天马歌

【题解】　《天马歌》，乐府旧题。《乐府诗集》列于《郊庙歌辞》，引《汉书·武帝纪》曰："元鼎四年秋，马生渥洼水中，作《天马之歌》。"又引《汉书·张骞传》曰："汉武帝初发书《易》曰：'神马当从西北来。'得乌孙好，名曰天马。及得宛马，汗血，益壮。更名乌孙马曰西极马，宛马曰天马云。"萧士赟注："《天马歌》者，古乐府车马六曲之一。汉郊祀乐歌亦有《天马之歌》……此篇盖为逸群绝伦之士不遇知己者叹。亦白自伤其不用于世,而求知于人也欤?"胡震亨云:"汉郊祀《天马》二歌,皆以歌瑞应。太白所拟,则以马之老而见弃自况,思蒙收赎,似去翰林后所作也。"诗似作于晚年流放夜郎时。备言力尽遭弃,年老无依之困顿,冀人之相助入朝为用也。

**【原诗】**　天马来出月支窟①,背为虎文龙翼骨②。嘶青云,振绿发③,兰筋权奇走灭没④。腾昆仑,历西极⑤,四足无一蹶⑥。鸡鸣刷燕晡秣越⑦,神行电迈蹑恍惚⑧。天马呼,飞龙趋⑨。目明长庚臆双凫⑩,尾如流星首渴乌⑪,口喷红光汗沟朱⑫。曾陪时龙跃天衢⑬,羁金络月照皇都⑭。逸气棱棱凌九区⑮,白璧如山谁敢沽⑯。回头笑紫燕⑰,但觉尔辈愚。天马奔,恋君轩⑱,骇跃惊矫浮云翻⑲。万里足踯躅⑳,遥瞻阊阖门㉑。不逢寒风子㉒,谁采逸景孙㉓。白云在青天,丘陵远崔嵬㉔。盐车上峻坂㉕,倒行逆施畏日晚㉖。伯乐翦拂中道遗㉗,少尽其力老弃之。愿逢田子方㉘,恻然为我悲㉙。虽有玉山禾㉚,不能疗苦饥。严霜五月凋桂枝㉛,伏枥衔冤摧两眉㉜。请君赎献穆天子,犹堪弄影舞瑶池㉝。

**【注释】**　①天马:即大宛马。《史记·大宛列传》:"天子发书《易》,云神马当从西北来。得乌孙马,名曰'天马'。及得大宛汗血马,益壮,更名乌孙马曰'西极',名大宛马曰'天马'。"月支窟:月支,又称月氏,西域古国名。先在敦煌祁连之间,后被匈奴所逐,迁于今阿富汗东北。《史记·大宛列传》:"大月氏在大宛西可二三千里,居妫水北……始月氏居敦煌、祁连间,及为匈奴所败,乃远去,过宛,西击大夏而臣之。遂居妫水北,为王庭。"《正义》:"万震《南州志》云:(大月氏)在天竺北可七千里,地高燥而远。国王称天子,国中骑乘常数十万匹,城郭宫殿与大秦国同。人民赤白色,便习弓马。土地所出及奇伟珍物,被服鲜好,天竺不及也。"康泰《外国传》:"外国谓天下有三众:中国为人众,大秦为宝众,月支为马众。"月支窟,当指所传生天马的湖边。一说指敦煌附近的渥洼水。　②虎文:马毛色似虎脊纹。《汉书·礼乐志》:"《天马歌》:虎脊两,化若鬼。"应劭曰:"马毛色如虎脊者有两也。"　③绿发:指马鬃。　④兰筋:马额上筋名。《文选》陈琳《为曹洪与魏文帝书》：“整兰筋。”李善注：“《相马经》云：一筋从玄中出，谓之兰筋。玄中者，目上陷如井字。兰筋树者千里。”吕向注：“兰筋，马筋节坚者，千里足也。”权奇者：奇异非常。《天马歌》：“志倜傥，精权奇。”王先谦《汉书补注》：“权奇者，奇谲非常之意。”灭没：谓无影无声。《列子·说符》：“天下之马者，若灭若没，若亡若失，若此者，绝尘弭辙。”　⑤西极：极西之地。《天马歌》：“天马徕，从西极。涉流沙，九夷服。”　⑥四足无一蹶：谓奔跑如风，绝无一失。蹶，失蹄。　⑦“鸡鸣”句：此句是说，早晨还在燕地刷洗鬃毛，下午已经到了越地吃草料了。形容马速极快。晡（bū），申时，相当于下午三点至五点。秣，草料，此处作喂马讲。颜延年《赭白马赋》：“旦刷幽燕，昼秣荆越。”　⑧“神行”句：此句谓马行速度之快，像闪电一样，一闪而过，连影子还没看清楚，马就奔过去了。　⑨飞龙：指骏马。《文选》颜延年《赭白马赋序》：“马以龙名。”李善注：“《周礼》曰：凡马八尺已上为龙。”　⑩目明长庚：眼像长庚星一样明亮。长庚，星名，又名启明，即太白星。《史记·天官书》：“察日行以处位太白。”《索隐》：“《韩诗》云：‘太白晨出东方为启明，昏见西方为长庚。’”臆双凫：马的前胸像一对鸭子。臆，胸脯。凫，野鸭。《齐民要术》：“（马）胸欲直而出，髀间前向，凫间欲开，望视之如双凫。”　⑪流星：指彗星。渴乌：水车上灌水用的竹筒。《后汉书·宦者列传》：“又作翻车渴乌，施于桥西，用洒南北郊路。”李贤注：“翻车，设机车以引水。渴乌，为曲筒，以气引水上也。”此句王琦注：“此言马尾流转，有似奔星，马首昂矫，状类渴乌。即如彗如鹰之意。”　⑫口喷红光：《齐民要术》：“相马……口中色欲得红白如火光为善材，多气，良且寿。”汗沟朱：马前腿胛处流汗如血。汗沟，在马前腿胛处。朱，血色，一作“珠”。《汉书·西域传》：“大宛国多善马，马汗血，言其先天马子也。”颜延年《赭白马赋》：“膺门沫赭，汗沟走血。”　⑬天衢：天街。　⑭羁金络月：指用黄金装饰的马络头。曹植《白马篇》：“白马饰金羁，连翩西北驰。”月，月题，马额上当颅如月形者。《文选》颜延年《赭白马赋》：“两权协月。”李善注：“《相马经》曰：颊欲圆，如悬璧，因谓之双璧。其盈满如月。”　⑮棱棱：威严貌。九区：九州。　⑯白璧如山：言白璧之多。沽：买。　⑰紫燕：良马名。刘劭《赵都赋》：“良马则赤兔、奚斯、常骊、紫燕。”　⑱君轩：天子之车。鲍照《东武吟》：“疲马恋君轩。”　⑲“骇跃”句：此句言天马行空之快捷。骇

(sǒng)，摇动马衔令马疾走。矫，矫首。　⑳踯躅：欲进不进貌。　㉑阊阖：天门。此喻京城或宫廷之门。《天马歌》："天马徕，龙之媒。游阊阖，观玉台。"　㉒寒风子：古之善相马者。《吕氏春秋·恃君览》："古之善相马者，寒风是相口齿，麻朝相颊……凡此十人者，皆天下之良工也。"　㉓逸景：良马名。　㉔"白云"二句：化用《穆天子传》所载西王母所歌《白云谣》之意："西王母为天子谣曰：'白云在天，山陵自出。道里悠远，山川间之。'"　㉕"盐车"句：《战国策·楚策》："夫骥之齿至矣，服盐车而上太行。蹄申膝折，尾湛胕溃，漉汁洒地，白汗交流，中坂迁延，负辕不能上。伯乐遭之，下车攀而哭之，解纻衣以幂之。骥于是俯而喷，仰而鸣，声达于天，若出金石者，何也？彼见伯乐之知己也。"峻坂，陡坡。　㉖"倒行"句：安旗注云："倒行逆施，谓天马遭遇之苦。畏日晚，谓年老衰，余日无多也。"《史记·伍子胥列传》："吾日暮涂远，吾故倒行而逆施之。"　㉗伯乐：古之善相马者，姓孙名阳。翦拂：梳剪其毛鬃，洗拭其尘垢。　㉘田子方：《韩诗外传》："昔者，田子方出，见老马于道，喟然有志焉。以问于御者曰：'此何马也？'曰：'故公家畜也。罢而不为用，故出放也。'田子方曰：'少尽其力而老去其身，仁者不为也。'束帛而赎之。"　㉙为我悲：一作"为我思"。　㉚玉山禾：昆仑山之仙禾。《文选》张协《七命》："琼山之禾。"李善注："琼山禾，即昆仑之山木禾。《山海经》曰：昆仑之上有木禾，长五寻，大五围。"　㉛"严霜"句：用邹衍事，谓己无罪而受冤。《论衡·感虚篇》："邹衍无罪，见拘于燕，当夏五月，仰天而哭，天为陨霜。"　㉜枥：马槽。　㉝"请君"二句：请人荐举入朝之意。穆天子，即周穆王。此喻当今天子。《列子·周穆王》："穆王……肆意远游，命驾八骏之乘……遂宾于西王母，觞于瑶池之上。"

**【译文】**　天马来自月支窟那个地方，它脊背的毛色如同虎纹一样漂亮，骨如龙翼一样坚韧有力。天马仰天而嘶，声震青云；它摇动着的鬃毛，像绿发一样明亮。它兰筋权奇，骨相神骏，飞跑起来，倏然而逝，连影子也看不清楚。它腾迈昆仑，飞越西极，四蹄生风，从不失足。鸡鸣时它还在燕地刷毛理鬃，到傍晚时它已在越地悠闲地吃草了。其神行之速真如电闪一般，只见其影而不见其形。天马呼啸着驰骋而过，就像飞龙一样窈矫。它目如明星，臆如双凫,尾如流星,首如渴乌,口喷红光,汗流如血。它曾与宫中的御马一道在天街上奔驰,羁金络月,光照皇都。豪逸之气,凌迈九州。此时天马的身价,就是堆积如山的白璧,也难抵其值。那些所谓的名马,什么紫燕之类,跟它相比,真是不值一提。但是时过境迁,好景不长。如今的天马,虽然依旧顾恋天子的车驾,它奔跑起来依然能驰骋万里,耸跃浮云,英姿不减当年,而遥望天门,却踯躅不得进了。遇不到寒风子这样的识马者,谁还理睬逸景这样的名马呢?想当年,曾经驾着穆天子的车驾,穿过白云,迈越丘山,前往西天与西王母相会,是何等的神气得意啊!如今却驾着盐车在高峻的山坡上苦苦挣扎,盐车倒行下滑而力尽途中,天色已晚。伯乐为其梳剪毛鬃,洗拭尘垢,却不料在半道上便被遗弃,少尽其力而老被出放。多么想能够遇到像田子方这样的仁人啊,只有他才会对老马的命运感到悲慨和同情。五月的严霜摧凋了桂枝,天马伏枥含冤无草可食。虽然昆仑玉山之上有仙禾,却难以疗救如今落魄天马之苦饥。你们有哪位可怜这匹年老的天马,请赎献给穆天子,它虽不能出力拉车了,但在瑶池上做一匹弄影的舞马,总还是可以的吧!

# 行路难三首

**【题解】** 《行路难》,乐府旧题。《乐府诗集》列于《杂曲歌辞》,并引《乐府解题》云:"《行路难》,备言世路艰难及离别悲伤之意。"古辞已佚。六朝以来,拟作甚多。今存最早的是鲍照《拟行路难》十八首。萧士赟注云:"《行路难》者,古乐府道路六曲之一。亦有《变行路难》。"胡震亨云:"《行路难》,叹世路艰难及贫贱离索之感。古辞亡,后鲍照拟作为多,白诗似全学照。"此三首诗当作于天宝初李白辞京之后。第三首宋蜀本注:"一作古兴。"

## 其 一

**【原诗】** 金樽清酒斗十千①,玉盘珍羞直万钱②。停杯投箸不能食,拔剑四顾心茫然③。欲渡黄河冰塞川,将登太行雪暗天④。闲来垂钓坐溪上,忽复乘舟梦日边⑤。行路难,行路难,多歧路⑥,今安在⑦。长风破浪会有时⑧,直挂云帆济沧海⑨。

**【注释】** ①清酒:相对浊酒而言,指美酒。斗十千:一斗酒价值十千,即万钱,极言其贵。曹植《名都篇》:"归来宴平乐,美酒斗十千。" ②珍羞:珍贵的菜肴。羞,通"馐"。直:通"值"。 ③"停杯"二句:鲍照《拟行路难》:"对案不能食,拔剑击柱长叹息。"投箸,扔下筷子。 ④"欲渡"二句:鲍照《舞鹤赋》:"冰塞长河,雪满群山。"暗天,一作"满山"。 ⑤梦日边:《宋书·符瑞志》:"伊挚将应汤命,梦乘船过日月之旁。"日边,指朝廷。 ⑥多歧路:骆宾王《从军中行路难》:"行路难,行路难,歧路几千端。" ⑦今安在:一作"道安在"。 ⑧长风破浪:用宗悫事。《宋书·宗悫传》:"叔父炳高尚不仕,悫年少时,炳问其志,悫曰:'愿乘长风破万里浪。'" ⑨沧海:大海。

**【译文】** 金樽里盛着一斗价值十千的美酒,玉盘里装着价值万钱的珍馐。但我停杯投箸吃不下去,拔剑四顾,心中茫然。我想渡黄河,却偏遇上了乱冰塞川;我想登太行,又偏遇上了大雪封山。我干脆哪儿也不去,到溪边去垂钓,又心思恍惚,仿佛乘着船儿在水上漂流,驶至日边。行路难啊,实在是难!道路分歧多途,真正的出路究竟在哪儿呢?但是我相信,终有一天,我会直挂云帆,乘长风破万里浪,直济沧海!

# 其 二

**【原诗】** 大道如青天,我独不得出①。羞逐长安社中儿②,赤鸡白狗赌梨栗③。弹剑作歌奏苦声④,曳裾王门不称情⑤。淮阴市井笑韩信⑥,汉朝公卿忌贾生⑦。君不见昔时燕家重郭隗⑧,拥篲折节无嫌猜⑨。剧辛乐毅感恩分⑩,输肝剖胆效英才⑪。昭王白骨萦蔓草,谁人更扫黄金台⑫。行路难,归去来⑬。

【注释】　①"大道"二句：谓出仕之路如青天之宽广，唯独我没有出路。②社中儿：市井少年。社，古代二十五家为社。此指市井里巷。　③赤鸡白狗：此指斗鸡走狗一类的游戏。唐玄宗好斗鸡，宫中有鸡坊。因此长安权贵中斗鸡走狗之风甚盛。李白将朝中小人比作市井斗鸡小儿。赌梨栗：以梨栗等物为赌注。　④弹剑作歌：用冯谖事。战国时策士冯谖，尝为孟尝君食客，开始时曾受冷遇和慢待。他曾三次弹剑作歌"长剑归来乎"。事见《史记·孟尝君列传》。　⑤曳裾王门：指奔走于权贵之门。曳，拖着。裾，外衣之襟。邹阳《上吴王书》："饰固陋之心，则何王之门不可曳长裾乎？"不称情：不称心。　⑥"淮阴"句：《史记·淮阴侯列传》："淮阴屠中少年有侮（韩）信者，曰：'若虽长大，好带刀剑，中情怯耳。'众辱之曰：'信能死，刺我；不能死，出我袴下。'于是信孰视之，俯出袴下，蒲伏，一市人皆笑信，以为怯。"　⑦"汉朝"句：《史记·贾生列传》："于是天子议以为贾生任公卿之位，绛、灌、东阳侯、冯敬之属尽害之，乃短贾生曰：'洛阳之人，年少初学，专欲擅权，纷乱诸事。'于是天子后亦疏之，不用其议。"　⑧"君不见"句：用燕昭王筑黄金台求贤事。参见《古风五十九首》其十四注。⑨"拥篲"句：《史记·孟子荀卿列传》："（邹衍）如燕，昭王拥慧先驱。"《索隐》："慧，帚也，谓为之扫地，以衣袂拥帚而却行，恐尘埃之及长者，所以为敬也。"篲，同"彗"。折节，屈己下人之意。　⑩剧辛：战国时赵人，入燕为谋士。乐毅：战国时魏人。使于燕，燕王待之以礼，遂委身为臣，昭王以为上将军，伐齐，下七十余城。见《史记·乐毅列传》。　⑪输肝剖胆：即披肝沥胆之意。效英才：以英才相报效。英才，一作"俊才"。　⑫黄金台：《文选》鲍照《放歌行》："将起黄金台。"李善注引《上谷郡图经》："黄金台，易水东南十八里。燕昭王置千金于台上，以延天下之士。"⑬归去来：意即回家去吧。陶渊明《归去来兮辞》："归去来兮，田园将芜胡不归？"

【译文】　大道虽广如青天，却独无我之出路。我耻与长安市井小儿一起斗鸡走狗，呼卢赌博。王侯门下弹剑作歌的门客生涯，亦为我所不能忍受。韩信未发迹时，曾受淮阴市井无赖之嘲弄；少年得志之贾谊，亦遭汉室公卿大臣之忌妒。你不是见过昔日郭隗吗？他曾得到燕昭王重用，燕王给予其拥篲折节之礼遇,君臣欢洽,无有嫌猜。在燕昭王的感召之下,剧辛、乐毅皆披肝沥胆为之效力。而今燕昭王之白骨,已隐于荒草之中,他所筑的黄金台,还会有哪位贤主去重新打扫、使用呢? 行路难啊,还是归去吧!

## 其　三

【原诗】　有耳莫洗颍川水①,有口莫食首阳蕨②。含光混世贵无名③,何用孤高比云月。吾观自古贤达人,功成不退皆殒身④。子胥既弃吴江上⑤,屈原终投湘水滨⑥。陆机雄才岂自保⑦,李斯税驾苦不早⑧。华亭鹤唳讵可闻⑨,上蔡苍鹰何足道⑩。君不见吴中张翰称达生,秋风忽忆江东行。且乐生前一杯酒,何须身后千载名⑪。

【注释】　①"有耳"句:皇甫谧《高士传》:"尧让天下于许由……由于是遁耕于中岳颍水之阳,箕山之下……尧又召为九州长,由不欲闻之,洗耳于颍水滨。"颍水,在今河南登封。　②"有口"句:《史记·伯夷列传》:"武王已平殷乱,天下宗周,而伯夷、叔齐耻之,义不食周粟,隐于首阳山,采薇而食之……遂饿死于首阳山。"首阳山,在今河南偃师西北。一说在山西永济南。蕨,一种野菜,其嫩叶可食。　③含光混世:即不露锋芒、随世俯仰之意。含光,即藏光。《高士传》:巢父谓许由曰:"汝何不隐汝形,藏汝光?"④殒身:身死。殒,死亡。　⑤"子胥"句:伍子胥,春秋时吴国功臣,后被谗而死。《吴越春秋》:"吴王闻子胥之怨恨也,乃使人赐属镂之剑,子胥……遂伏剑而死。吴王乃取子胥之尸,盛以鸱夷之器,投之于江中。"⑥"屈原"句:屈原,战国时楚大夫,他晚年被放于湘水之滨,行吟泽畔,终投汨罗江而死。事见《史记·屈原列传》。汨罗江近湘水,故云湘水滨。⑦"陆机"句:西晋陆机曾为后将军、河北大都督,后受谗,被成都王司马颖所害。临刑前说:"华亭鹤唳,岂可复闻乎?"事见《晋书·陆机传》。⑧"李斯"句:李斯为秦始皇时丞相。始皇死,秦二世即位。赵高诬李斯谋反,李斯被腰斩于咸阳。　⑨华亭:在今上海松江。鹤唳:鹤鸣。⑩"上蔡"句:上蔡,在今河南上蔡。李斯为上蔡人,年轻时曾在家乡架鹰牵犬逐猎。《太平御览》:"《史记》曰:李斯临刑,思牵黄犬,臂苍鹰,出上蔡门,不可得矣!"按今本《史记》无"臂苍鹰"三字。 ⑪"吴中"四句:《晋书·张翰传》:"翰因见秋风起,乃思吴中菰菜、莼羹、鲈鱼脍,曰:'人生贵得适志,何能羁宦数千里以要名爵乎?'遂命驾而归……俄而同败,人皆谓之见机……翰任心自适,不求当世。或谓之曰:'卿乃纵适一时,独不为身后名邪?'答曰:'使我有身后名,不如即时一杯酒。'时人贵其旷达。"称达生,一作"真达生"。

**【译文】** 莫去学那隐于颍川以洗耳为清高的许由,也莫去学那躲在首阳山采薇为食、以不食周粟为高洁的伯夷和叔齐。达人所贵的是含光混世,不为任何名利所动。何必以自比云月相高?此亦是不通理达机的表现。自古以来的贤达,以功成不退而丧生的居多:伍子胥不知身退,而被抛尸吴江;屈原不甘身退,终投湘水而死;陆机雄才一世,不能自保性命;李斯位至极品,终被腰斩于市。那华亭的鹤唳岂可再闻?那出上蔡东门牵黄犬、放苍鹰、逐狡兔的自在日子岂能再有?还是晋时的张翰堪称真达生,秋风起时,便忽起辞官归乡之念。他所说的"使我有身后名,不如即时一杯酒"的话,才是至理名言啊!

# 长相思

**【题解】** 《长相思》,乐府旧题。《乐府诗集》列于《杂曲歌辞》,云:"古诗曰:'客从远方来,遗我一书札。上言长相思,下言久离别。'李陵诗曰:'行人难久留,各言长相思。'苏武诗曰:'生当复来归,死当长相思。'长者,久远之辞,言行人久戍,寄书以遗所思也。古诗又曰:'客从远方来,遗我一端绮。文彩双鸳鸯,裁为合欢被。著以长相思,缘以结不解。'谓被中著绵以致相思绵绵之意。故曰长相思也。又有《千里思》,与此相类。"萧士赟注云:"乐府怨思二十五曲,其一曰《长相思》。"六朝时吴迈远、梁昭明太子、张率、陈后主、徐陵、萧淳、陆琼、江总等均有此题。李白此为拟作。此以男女相思之情,寓君国之思和对理想的追求。

【原诗】 长相思,在长安。络纬秋啼金井栏①,微霜凄凄簟色寒②。孤灯不明思欲绝③,卷帷望月空长叹。美人如花隔云端④。上有青冥之高天⑤,下有渌水之波澜⑥。天长路远魂飞苦,梦魂不到关山难⑦。长相思,摧心肝。

【注释】 ①络纬:昆虫名,即莎鸡,俗称络丝娘、纺织娘。金井栏:栏,一作“阑”。王琦注:“金井阑,井上阑干也。古乐府多有玉床金井之辞,盖言木石美丽,价值金玉云耳。” ②微霜:一作“凝霜”。簟(diàn):竹席。③不明:一作“不寐”,一作“不眠”。 ④“美人”句:古诗《兰若生春阳》:“美人在云端,天路隔无期。”美人如花,一作“佳期迢迢”。 ⑤青冥:即青天。冥,幽远。 ⑥渌水:清澈透明之水。 ⑦“梦魂”句:蔡琰《胡笳十八拍》:“关山阻修兮行路难。”

【译文】 我所相思的人儿,在长安。秋天的夜晚,纺织娘在井栏旁不停地叫着,地上凝了一层薄霜,竹席上映出寒光,显得室内更加清冷。一盏孤灯,摇摇欲灭,相思之苦使我肝肠欲绝。卷帘而望,一轮明月高挂在天空,我只有望着天上的明月长吁短叹。心上的人儿,你虽然美如花朵,可是遥隔青云,可望而不可即。上有青幽辽远之高天,下有清澈见底之长川。不要说关山重重,天长路远,两地阻隔,难以相见,就是梦魂也难以飞到她的身边。长相思,摧人心肝!

# 上留田

【题解】 《上留田行》,乐府旧题。《乐府诗集》列于《相和歌辞》,并引《古今乐录》曰:“王僧虔《技录》有《上留田行》,今不歌。崔豹《古今注》曰:上留田,地名也。人有父母死不字其孤弟者,邻人为其弟作悲歌以风其兄,故曰‘上留田’。”此诗约作于至德二载(757)后。时永王璘兵败被杀。李白由此感慨肃宗兄弟不能相容,因有此作。

【原诗】 行至上留田,孤坟何峥嵘<sup>①</sup>。积此万古恨,春草不复生。悲风四边来,肠断白杨声<sup>②</sup>。借问谁家地,埋没蒿里茔<sup>③</sup>。古老向予言<sup>④</sup>,言是上留田。蓬科马鬣今已平<sup>⑤</sup>,昔之弟死兄不葬,他人于此举铭旌<sup>⑥</sup>。一鸟死,百鸟鸣。一兽走,百兽惊。桓山之禽别离苦,欲去回翔不能征<sup>⑦</sup>。田氏仓卒骨肉分,青天白日摧紫荆<sup>⑧</sup>。交让之木本同形,东枝憔悴西枝荣<sup>⑨</sup>。无心之物尚如此,参商胡乃寻天兵<sup>⑩</sup>。孤竹延陵,让国扬名<sup>⑪</sup>。高风缅邈,颓波激清。尺布之谣<sup>⑫</sup>,塞耳不能听。

【注释】 ① 峥嵘:高峻貌。 ②"肠断"句:《古诗十九首》:"出郭门直视,但见丘与坟……白杨多悲风,萧萧愁杀人。" ③ 蒿里茔(yíng):野蒿中的坟墓。茔,坟茔。 ④ 古老:即老年人。 ⑤ 蓬科:即蓬颗,长蓬草的土块。马鬣(liè):指蓬草如马脖子上的毛。 ⑥ 铭旌:竖在灵柩前的旗幡。 ⑦"桓山之禽"二句:《孔子家语》:"孔子在卫,昧旦晨兴。颜回侍侧,闻哭者之声甚哀。子曰:'回,汝知此何所哭乎?'对曰:'回以此哭声非但为死者而已,又有生离别者也。'子曰:'何以知之?'对曰:'回闻桓山之鸟生四子焉,羽翼既成,将分于四海,其母悲鸣而送之。哀声有似于此,谓其往而不返也。回窃以音类知之。'"征,远去。 ⑧"田氏"二句:《续齐谐记》:"京兆田真兄弟三人,共议分财,生赀皆平均,唯堂前一株紫荆树,其议欲破三片。明日,就截之,其树即枯死,状如火然。真往见之大惊,谓诸弟曰:'树木同株,闻将分斫,所以憔悴。是人不如木也。'因悲不自胜,不复解树。树应声荣茂。兄弟相感,更合财宝,遂为孝门。" ⑨"交让之木"二句:《太平御览》引《寻阳记》:"黄金山有楠树,一年东边荣,西边枯,后年西边荣,东边枯。年年如此。张华云:交让树者,此是也。" ⑩ 参(shēn)商:二星名。参西商东,此出彼没,不会同时出现。此以喻兄弟不和。《左传·昭公元年》:"昔高辛氏有二子,伯曰阏伯,季曰实沈。居于旷林,不相能也,日寻干戈以相征讨。后帝不臧,迁阏伯于商丘,主辰。商人是因,故辰为商星。迁实沈于大夏,唐人是因,以服事夏商……故参为晋星。" ⑪"孤竹"二句:孤竹,殷时诸侯国。《史记·伯夷列传》:"伯夷、叔齐,孤竹君之二子也,父欲立叔齐。及父卒,叔齐欲让伯夷,伯夷曰:'父命也。'遂逃去。叔齐亦不肯立而逃之。"延陵,即吴公子季札,号延陵季子。季札是吴王寿梦的小儿子,其父欲立其为继承人。季札坚决推辞。于是乃立长子诸樊。后寿梦死,诸樊又让位于季札,季札坚辞之,"弃其室而耕,乃舍之……季札封于延陵,故号曰延陵季子"。(《史记·吴太伯世家》)　⑫ 尺布之谣:淮南厉王刘长和汉文帝是兄弟。后来因谋反被文帝所废,不食而死。后民间有歌曰:"一尺布,尚可缝;一斗粟,尚可舂。兄弟二人不相容。"事见《史记·淮南衡山列传》。

**【译文】**　行至上留田这个地方,只见一座高大的孤坟耸立在那里。可能是死者含恨吧,此坟光秃秃的寸草不生,只听悲风四起,一片白杨的沙沙声响,催人肠断心悲。问旁人这是谁家的墓地,一位老人告诉我说,这就是上留田,如今周围的蓬科和坟头都已荡然无存了。他说,以前有一家其弟亡故而其兄不为之埋葬,是邻居们为其弟料理的葬事,树旌起坟。一鸟死去而百鸟哀鸣,一兽离走而百兽受惊。我听说桓山之禽母子相别的时候,欲去尚回翔徘徊不忍别去;田氏兄弟分家的时候,大白天里他家的紫荆树突然枯死,不愿解体,交让之木东枝和西枝交相枯荣,不忍分离。无情之物尚且如此,为什么亲兄弟却要拼个你死我活,互不相容呢? 孤竹国的伯夷和叔齐二兄弟、吴国的延陵季子、诸樊二兄弟,因相互让国而扬名后世。他们的高风亮节,流传久远,激颓扬清,为后人树立了好榜样。那汉代"一尺布,尚可缝;一斗粟,尚可舂。兄弟二人不相容"的民谣,真是令人塞耳不敢听啊!

# 春日行

**【题解】**　《春日行》,乐府旧题。《乐府诗集》列于《杂曲歌辞》。六朝宋鲍照有《春日行》。萧士赟注:"《春日行》者,时景二十五曲之一也。"胡震亨云:"鲍照《春日行》咏春游,太白则拟君王游乐之辞。"此诗当是天宝初入官时所作。

**【原诗】**　深宫高楼入紫清①,金作蛟龙盘绣楹。佳人当窗弄白日,弦将手语弹鸣筝②。春风吹落君王耳,此曲乃是《升天行》③。因出天池泛蓬瀛④,楼船蹙沓波浪惊⑤。三千双蛾献歌笑⑥,挝钟考鼓宫殿倾⑦。万姓聚舞歌太平。我无为⑧,人自宁。三十六帝欲相迎⑨。仙人飘翩下云軿⑩。帝不去,留镐京⑪。安能为轩辕⑫,独往入窅冥。小臣拜献南山寿⑬,陛下万古垂鸿名。

**【注释】** ① 紫清:天宫。此指云霄。王琦注:"紫清似为紫薇清都之所,天帝之所居也。" ② "佳人"二句:弄白日,王琦注:"何子朗诗:'美人弄白日,灼灼当春牖。'"弦将手语,即以手弹奏之意。手语,手弹乐器,以乐声为语。 ③ 升天行:乐曲名,属乐府古题。《乐府诗集》列于《杂曲歌辞》,注引《乐府解题》曰:"《升天行》……皆伤人世不永,俗情险艰,当求神仙翱翔六合之外,与《飞龙》《仙人》《远游篇》《前缓声歌》同意。" ④ 天池:宫中池沼。泛蓬瀛:绕着湖中的假山泛游。蓬瀛,传说中的海中仙山蓬莱、瀛洲。此指天池中的小岛和假山。 ⑤ 蹙沓:众船密集貌。 ⑥ 双蛾:指宫女。蛾,蛾眉,一女有两眉,故称双蛾。 ⑦ 挝(zhuā)钟考鼓:撞钟敲鼓。钟,歌钟。挝、考,皆击也。 ⑧ 我无为:《老子》:"我无为而民自化。" ⑨ 三十六帝:王琦注:"按道书有三十六上帝。" ⑩ 云軿(píng):仙人所乘之车。 ⑪ 镐京:周武王都镐京,在今西安。此指长安。 ⑫ 轩辕:黄帝名。入窅(yǎo)冥:升天之谓。黄帝骑龙升天事,见《史记·封禅书》。 ⑬ 小臣:李白自称。

**【译文】** 深宫的高楼高耸入云,宫殿中的大柱子上盘着金龙。当窗的佳人在白日下纤手调筝,发出优美的乐声。春风将曲子徐徐吹进君王之耳,原来这是一首仙人之曲,曲名叫《升天行》。众多楼船绕着天池中的蓬莱仙岛,蹙沓而行,船下的波浪发出哗哗的响声。三千名宫娥在船上载歌载舞,撞钟击鼓之声震得宫殿发出轰鸣。群臣和百姓也都翩翩起舞,歌颂太平。君王实行无为而治,天下百姓自然安居乐业。天上的三十六帝和神仙闻声而动,都纷纷驾着云车从天空飘然而下,来迎接陛下升天。但是当今之圣明天子,怎忍心像轩辕黄帝那样,丢下群臣百姓独自一人去升天成仙呢?他要留在镐京与民同享欢乐。小臣谨向陛下拜祝:祝圣上寿比南山,愿陛下的鸿名永垂后世,万古流芳!

# 前有樽酒行二首

【题解】 《前有樽酒行》,乐府旧题。《乐府诗集》列于《杂曲歌辞》。王琦注:"即古乐府之《前有一樽酒》也。傅玄、张正见诸作,皆言置酒以祝宾主长寿之意,太白则变而为当及时行乐之辞。"

## 其 一

【原诗】 春风东来忽相过,金樽渌酒生微波①。落花纷纷稍觉多,美人欲醉朱颜酡②。青轩桃李能几何,流光欺人忽蹉跎③。君起舞,日西夕④,当年意气不肯倾,白发如丝叹何益⑤。

【注释】 ① 渌酒:清酒。水清曰渌。  ②"美人"句:《楚辞·招魂》:"美人既醉,朱颜酡些。"酡(tuó),饮酒而面红貌。  ③ 蹉跎:虚度光阴。④ 日西夕:一作"日将夕"。  ⑤ 白发如丝:一作"白首垂丝"。

【译文】 东来的春风忽然吹过,使金樽中的清酒生起了微波。落花在席间纷纷飞舞,席上的美人快喝醉了,脸红得像朵桃花。青轩旁盛开的桃李花能得几日鲜艳?流光不待,青春易逝,日月蹉跎而过。朋友,快来跳上一曲吧,红日就要西落。正当青春年少的时候不及时饮酒行乐,等到满头白发之时再后悔又有什么用呢?

## 其 二

【原诗】 琴奏龙门之绿桐①,玉壶美酒清若空。催弦拂柱与君饮,看朱成碧颜始红②。胡姬貌如花,当垆笑春风③。笑春风,舞罗衣,君今不醉将安归④。

【注释】 ① 龙门之绿桐:枚乘《七发》:"龙门之桐,高百尺而无枝……使琴挚斫斩以为琴。"龙门,在今洛阳。 ② 看朱成碧:酒醉眼花。王僧儒《夜愁示诸宾》:"谁知心眼乱,看朱忽成碧。" ③ 当垆:站在垆前卖酒。《汉书·司马相如传》:"乃令文君当卢。"颜师古注:"卖酒之处,累土为卢,以居酒瓮,四边隆起,其一面高,形如锻卢,故名卢。"卢,通"垆"。 ④ 将安归:一作"欲安归"。

【译文】 弹奏着龙门之桐制作的琴,喝着玉壶中清澈的美酒。在动听的琴曲伴奏下,我与你开怀畅饮,直喝得看朱成碧,满面红光。貌美如花的胡姬,站在垆前微笑,满面春风。笑春风啊舞罗衣,老兄,今天不在这里痛饮一醉,还准备到哪儿去呢?

# 夜坐吟

【题解】 《夜坐吟》,乐府旧题。《乐府诗集》列于《杂曲歌辞》,云:"《夜坐吟》,鲍照所作也。其辞曰'冬夜沉沉夜坐吟',言听歌逐音,因音托意也。宗夬又有《遥夜吟》,则言永夜独吟,忧思未歇,与此不同。"萧士赟注云:"《夜坐吟》者,乐府夜景二十五曲之一也。"鲍照辞云:"冬夜沉沉夜坐吟,含情未发已知心,霜入幕,风度林。朱灯灭,朱颜寻。体君歌,逐君音。不贵声,贵意深。"本诗拟鲍照本辞而作,言人贵情合也。

【原诗】 冬夜夜寒觉夜长①,沉吟久坐坐北堂②。冰合井泉月入闺③,金釭青凝照悲啼④。金釭灭,啼转多。掩妾泪,听君歌。歌有声,妾有情。情声合,两无违。一语不入意,从君万曲梁尘飞⑤。

【注释】 ① 觉夜长:《古诗十九首》:"愁多知夜长。" ② 北堂:谓妇人居处。《诗经·卫风·伯兮》孔颖达疏:"妇人所常处者,堂也……房半以北为北堂。堂者,房室所居之地。" ③ 冰合井泉:谓天寒井水结冰。 ④ 金釭:铜制之灯盏。《文选》班固《西都赋》:"金釭衔璧。"吕延济注:"金釭,灯盏也。"青凝:灯之青焰凝止不动貌。 ⑤ 梁尘飞:《太平御览》引刘向《别录》:"汉兴以来善歌者,鲁人虞公,发声清哀,盖动梁尘。"陆机《拟东城一何高》:"一唱万夫叹,再唱梁尘飞。"

**【译文】** 寒冷的冬夜,觉得特别漫长。一个女子久久地坐在北堂沉吟。寒井结冰,冷月入闺,一灯如豆,发出清冷的寒光,照着女子的满面啼痕。灯火忽被寒风吹灭,她更感凄凉,哭得更加悲切。忽然听见一个男子的歌声,她擦干了脸上的眼泪,停止悲泣,专注地听着。歌声有深意,妾心有深情。情与声相合,两情始无违。若有一言不合妾之意,任你余音绕梁歌万曲,妾也不动心。

# 野田黄雀行

**【题解】** 《野田黄雀行》,乐府旧题。《乐府诗集》列于《相和歌辞·瑟调曲》,引《古今乐录》曰:"王僧虔《技录》有《野田黄雀行》。"萧士赟注:"王僧虔《技录》相和歌瑟调三十八曲内有《野田黄雀行》。"胡震亨云:"曹子建本辞,言雀避鹞,自投罗,为少年所救。白辞言雀不逐他鸟同祸,宁处蓬蒿自全,皆借雀寓意也。"太白盖有感于朝中正士罹李林甫之难,作此诗以悼之,兼以自警也。

**【原诗】** 游莫逐炎洲翠①,栖莫近吴宫燕②。吴宫火起焚尔窠③,炎洲逐翠遭网罗④。萧条两翅蓬蒿下,纵有鹰鹯奈若何⑤。

**【注释】** ① 炎洲翠:王琦注:"炎洲谓海南之地……今谓琼州。其地居大海之中,广袤数千里,四时常燠,故曰炎洲,多产翡翠。"翠,翡翠鸟。似燕而翠色。陈子昂《感遇》:"翡翠巢南海,雌雄珠树林。何知美人意,娇爱比黄金。杀身炎洲里,委羽玉堂阴。" ② 吴宫燕:《越绝书》:"东宫……秦始皇十一年,守宫者照燕失火,烧之。"鲍照《代空城雀》:"犹胜吴宫燕,无罪得焚窠。" ③ 尔窠:一作"巢窠"。 ④ 遭网罗:曹植《野田黄雀行》:"不见篱间雀,见鹞自投罗。" ⑤ 鹯(zhān):鸷鸟,以鸟雀为食。奈若何:一作"奈尔何"。

**【译文】** 小黄雀呀,你莫要与炎洲的翠鸟一起游玩,也不要和吴宫的燕子住得太近。不然的话,吴宫失火了也会燃及你的巢窝,人们追捕翠鸟时也会将你逐进网罗。只要你挟着翅膀,深藏在蓬蒿之下,纵是有鹰鹯一类的恶鸟,它们又能将你怎么样呢?

# 箜篌谣

**【题解】** 《箜篌谣》,乐府旧题。《乐府诗集》列于《杂曲歌辞》。萧士赟注:"《琴操》五十七曲九引内有《箜篌引》,亦曰《公无渡河》,亦曰《箜篌谣》,太白此词用其名。"王琦注:"《乐府诗集》:《箜篌谣》不详所起,大略言结交当有终始,与《箜篌引》异。"诗为至德二载(757)李白从璘败后作。

**【原诗】** 攀天莫登龙,走山莫骑虎。贵贱结交心不移,惟有严陵及光武①。周公称大圣,管蔡宁相容②。汉谣一斗粟,不与淮南春③。兄弟尚路人,吾心安所从。他人方寸间,山海几千重④。轻言托朋友,对面九疑峰⑤。多花必早落,桃李不如松。管鲍久已死⑥,何人继其踪。

**【注释】** ①严陵:严光,字子陵,会稽余姚人。少有高名,与汉光武帝同游学。后汉光武帝即位,他隐为钓徒。汉光武帝请他入朝,二人同榻而眠。后请他为官,他坚辞归山。事见《后汉书·严光列传》。 ②"周公"二句:周公与管叔、蔡叔本是兄弟,后管、蔡作乱,被周公所诛。《史记·周本纪》:"成王少,周初定天下,周公恐诸侯畔周,公乃摄行政当国,管叔、蔡叔群弟疑周公,与武庚作乱畔周。周公奉成王命,伐诛武庚、管叔,放蔡叔。" ③"汉谣"二句:用淮南王与汉文帝事。参见《上留田》注。 ④"他人"二句:谓人心虽不大,但如隔山海,难以沟通。方寸,指心。 ⑤"轻言"二句:谓友道浇薄,人心不可轻信。九疑,山名,在今湖南宁远县南。此借山名,谓人心可疑。　⑥管鲍:谓战国齐人管仲、鲍叔牙。《说苑》:"鲍叔死,管仲举上衽而哭之,泣下如雨。从者曰:'非君父子也,此亦有说乎?'管仲曰:'非夫子所知也。昔吾与鲍子负贩于南阳,吾三辱于市,鲍子不以我为怯,知我之欲有所明也;鲍子尝与我有所说王者,而三不见听,鲍子不以我为不肖,知我之不遇明君也;鲍子尝与我临财分赀,吾自取多者三,鲍子不以我为贪,知我之不足于财也。生我者父母,知我者鲍子也。'士为知己者死,而况为之衰乎?"

**【译文】**　不要去攀天登龙,也不要在山中骑虎。自古以来,富贵之人与贫贱之人相结交的,只有汉光武帝与严子陵二人而已。周公不是被称为大圣人吗?但他与自己的亲兄弟管叔、蔡叔都不能相容。汉代不是有一首《尺布谣》吗?说的是汉文帝不能容其弟淮南王的事。亲兄弟尚且行同路人,让我还来相信和依靠谁呢?现在的世风浇漓,人与人之间,其心虽只有方寸之大,却像隔着千山万水一般。面对朋友也如同面对九疑山一样,其心难知,不可轻易相托。桃李多花,其落必早,远不如松柏一样耐寒。像管仲和鲍叔牙那样的知己好友,早已不在了,现在还有谁会向他们学习呢?

# 雉朝飞

**【题解】**　《雉朝飞》,乐府旧题。《乐府诗集》列于《琴曲歌辞》,题作《雉朝飞操》,引崔豹《古今注》曰:"《雉朝飞》者,犊沐子所作也。齐宣王时,处士泯宣,年五十无妻。出薪于野,见雉雄雌相随而飞,意动心悲,乃仰天叹:'大圣在上,恩及草木鸟兽,而我独不获。'因援琴而歌,以明自伤。其声中绝。"犊沐子其辞曰:"雉朝飞兮鸣相和,雌雄群游于山阿。我独何命兮未有家。时将暮兮可奈何,嗟嗟暮兮可奈何。"诗为李白拟古辞而作。

**【原诗】**　麦陇青青三月时,白雉朝飞挟两雌①。锦衣绮翼何离褷②,犊牧采薪感之悲③。春天和,白日暖。啄食饮泉勇气满,争雄斗死绣颈断④。《雉子班》奏急管弦⑤，心倾美酒尽玉碗。枯杨枯杨尔生荑⑥，我独七十而孤栖。弹弦写恨意不尽，瞑目归黄泥⑦。

**【注释】**　①"麦陇"二句：枚乘《七发》："歌曰：'麦秀蕲兮雉朝飞……'"潘岳《射雉赋》："逸群之俊，擅场挟两。"此二句由此化出。　②离褷(shī)：毛羽始生之貌。　③犊牧：即犊牧子。其事见题解，亦作犊沐子。④"争雄"句：鲍照《代雉朝飞》："雉朝飞，振羽翼，专场挟雌恃强力……刷绣颈，碎锦臆，绝命君前无怨色。"此句化用其意。　⑤《雉子班》：古乐府名，《乐府诗集》列于《鼓吹曲辞》。　⑥"枯杨"句：卦象中老夫娶少妻之象。《周易·大过》："枯杨生稊，老夫得其女妻，无不利。"荑(tí)，树木之嫩芽。　⑦黄泥：黄泉。此句意谓黄泉之下，犹含恨也。

**【译文】**　在麦苗青青的三月，一只白雉鸡带着两只雌雉鸡飞过了原野。它们身上锦羽绮翼，长得非常美丽。犊牧子上山打柴时见到雄飞雌从的雉鸡，忽然意动心悲，大伤其怀。春和日暖，雄雉在田野中饮啄自如，勇气饱满。雄雉们为了争雄夺雌而决一死战，就是斗断绣颈也决不退却。《雉子班》的乐曲所演奏的就是雄雉争斗的这一场面，酒筵中人们一面喝着玉杯中的美酒，一面欣赏眼前的歌舞。而我对此却独感其悲，吟味着歌辞中"枯杨生新荑，老夫得少妻，而我独七十，尚未得婚匹"的歌意。乐曲中所表达的，不正是犊牧子这种直到黄泉也不肯瞑目的无尽幽怨吗？

# 上云乐

**【题解】**　《上云乐》，乐府旧题。《乐府诗集》列于《清商曲辞》，引《古今乐录》曰："《上云乐》七曲，梁武帝制。以代西曲。"又云："按《上云乐》又有老胡文康辞，周舍作，或云范云。《隋书·乐志》曰：梁三朝第四十四，设寺子导、安息、孔雀、凤凰、文鹿、胡舞、登连、上云乐、歌舞伎。"此辞系拟周舍辞而作。

**【原诗】** 金天之西①，白日所没。康老胡雏②，生彼月窟③。巉岩容仪，戌削风骨④。碧玉炅炅双目瞳⑤，黄金拳拳两鬓红⑥。华盖垂下睫⑦，嵩岳临上唇⑧。不睹诡谲貌，岂知造化神。大道是文康之严父⑨，元气乃文康之老亲⑩。抚顶弄盘古⑪，推车转天轮⑫。云见日月初生时，铸冶火精与水银⑬。阳乌未出谷⑭，顾兔半藏身⑮。女娲戏黄土，团作愚下人⑯。散在六合间⑰，蒙蒙若沙尘。生死了不尽，谁明此胡是仙真⑱。西海栽若木⑲，东溟植扶桑⑳。别来几多时，枝叶万里长。中国有七圣㉑，半路颓洪荒㉒。陛下应运起，龙飞入咸阳㉓。赤眉立盆子㉔，白水兴汉光㉕。叱咤四海动，洪涛为簸扬。举足踏紫微㉖，天关自开张㉗。老胡感至德，东来进仙倡㉘。五色师子㉙，九苞凤凰㉚，是老胡鸡犬㉛，鸣舞飞帝乡㉜。淋漓飒沓㉝，进退成行。能胡歌，献汉酒，跪双膝，并两肘。散花指天举素手，拜龙颜，献圣寿，北斗戾，南山摧㉞。天子九九八十一万岁，长倾万岁杯㉟。

**【注释】** ① 金天：西方，按五行说，西方属金，故曰金天。 ② 康老：即文康。胡雏：胡儿。 ③ 月窟：传说月所生之地。此指极西之地。梁简文帝《大法颂》："西逾月窟，东渐扶桑。" ④ 巉(chán)岩：山石峻刻貌。戌削：刻画为之也。此二句谓文康面目瘦削，棱角分明。 ⑤ 碧玉：言文康眼珠为碧绿色。炅(jiǒng)炅：明亮貌。 ⑥ 黄金：言其发色。拳拳：卷曲貌。两鬓红：言其肤色。 ⑦ 华盖：指眉。《云笈七签》："眉号华盖覆明珠。" ⑧ 嵩岳：指鼻。《云笈七签》："外应中岳鼻齐位。"梁丘子注："中岳者，鼻也。" ⑨ 大道：即道。《老子》："有物混成，先天地生。寂兮寥兮，独立而不改，周行而不殆。可以为天地母。吾不知其名，字之曰道，强为之名曰大。" ⑩ 元气：天地混一之气。老亲：即父母。 ⑪ 盘古：传说中的开天辟地者。《艺文类聚》引《三五历纪》："天地混沌如鸡子，盘古生其中。万八千岁，天地开辟，阳清为天，阴浊为地，盘古在其中。" ⑫ 天轮：谓天地旋转之轮。 ⑬ "云见"二句：谓日月为火精和水精所构成。水银：当为水精，此为叶韵，改精为银。《淮南子·天文训》："积阳之热气生火，火气之精者为日；积阴之寒气为水，水气之精者为月。" ⑭ 阳乌：指太阳。传说日中有三足乌。谷：指旸谷，传说中日出的地方。 ⑮ 顾兔：即玉兔或蟾蜍，此指月。传说月中有玉兔、蟾蜍。　⑯"女娲"二句：传说女娲曾用黄土造人。《太平御览》引《风俗通》："俗说天地开辟，未有人民，女娲抟黄土作人。剧务，力不暇供，乃引绳絙于泥中，举以为人。故富贵者，黄土人也；贫贱凡庸者，引絙人也。"　⑰ 六合：上下四方谓之六合，即天地之间。⑱ 仙真：即仙人、神仙。西海：指西方极远之地。　⑲ 若木：传说中西方日落处的大树名。《楚辞·离骚》："指西海以为期。"又："折若木以拂日兮。"王逸注："若木在昆仑西极。"　⑳ 东溟：东海。扶桑：传说中东海中的大树名，日出之处。《淮南子·天文训》："日出于旸谷，浴于咸池，拂于扶桑。"　㉑ 七圣：指唐高祖、太宗、高宗、武后、中宗、睿宗、玄宗。　㉒ 半路颓洪荒：指中途遇到了非常事变。　㉓ 龙飞：指皇帝即位。咸阳：此指长安。《文选》张衡《东京赋》："龙飞白水，凤翔参墟。"薛综注："龙飞凤翔，以喻圣人之兴也。"　㉔ "赤眉"句：东汉建武元年，赤眉军立刘盆子为天子，号建世元年。　㉕ "白水"句：汉光武帝是南阳蔡阳白水乡人。白水乡在今湖北枣阳市南。王琦注："章怀太子《后汉书注》：光武旧宅在今随州枣阳县东南，宅旁二里有白水焉，即张衡所谓'龙飞白水'也。"　㉖ 踏紫微：谓践帝位。紫微：星座名，天帝之座。　㉗ 天关：星座名，即北辰。《文选》扬雄《长杨赋》："顺斗极，运天关。"李善注："《天官星占》曰：北辰一名天关。"㉘ 仙倡：谓头戴动物面具的舞伎。《文选》张衡《西京赋》："总会仙倡，戏豹舞罴。白虎鼓瑟，苍龙吹篪。"薛综注："仙倡，伪作假形，谓如神也。黑豹熊虎，皆为假头也。"　㉙ 五色师子：即人扮的五彩舞狮。师，通"狮"。㉚ 九苞凤凰：《初学记》引《论语摘衰圣》："凤有六象九苞……九苞者，一曰口包命，二曰心合度，三曰耳听达，四曰舌诎伸，五曰彩色光，六曰冠矩州，七曰距锐钩，八曰音激扬，九曰腹文户。"　㉛ 老胡鸡犬：周舍《上云乐》："凤皇是老胡家鸡，师子是老胡家狗。"　㉜ 帝乡：即长安。　㉝ 淋漓：畅快貌。讽沓：盘旋貌。皆指舞姿。　㉞ "北斗戾"二句：谓时间之久长。戾，弯曲。㉟ 万岁杯：一作"万年杯"。

【译文】　胡人文康来自金天之西、白日所没，即所说的月亮所生的月窟那个地方。他面孔长得颧骨高耸，棱角分明，瘦削精明。一双碧眼，炯炯有神；拳拳金发，鬓色红润；眼深眉隆，鼻梁高挺。不是亲眼所睹他诡谲的容貌，岂能知晓自然造化的鬼斧神工？大道是文康的严父，元气是文康的慈母。他自言曾经抚摸过盘古的头顶，亲推过天地旋转的大轮，亲见过太阳和月亮初被铸冶成形的情景。至于日之精阳乌尚未出旸谷，月之精顾兔刚刚出月窟，女娲当初团黄土造人，将他们像沙尘一样地抛在天地之间等等，这些生了又死、死了又生的种种情景，他都曾见过。这些弥天的大话，谁能来证明呢？莫非此老真是位神仙不成？他曾在西海栽过若木，在东海植过扶桑，从那时到现在，这些神木的枝叶恐怕已有万里长了吧？中国自唐开国已经历了七代圣君，在半途中也曾遭过灾难，而陛下您应运而起，龙飞天京，继了大位。陛下之德可比当年赤眉军立刘盆子为帝时南阳白水的汉光武帝，他叱咤四海，天下皆为之震动。陛下足踏紫微，顺应天命，天关为之开张。老胡文康感陛下之至德，因此万里迢迢东来，进献仙倡之舞，其中有五彩狮子舞、九苞凤凰舞。狮子和凤凰犹如老胡的鸡犬一般听从他的指挥，在帝都长安鸣舞，舞姿酣畅淋漓，盘旋自如，进退成行。舞完之后，文康高唱着胡歌，向陛下献上汉酒，他跪双膝，并两肘，高举双手向空中散着鲜花，向陛下敬拜，颂献圣寿。他向圣上祝愿，祝天子九九八十一万岁，长倾万岁杯，即使北斗星变了形，南山崩塌了，圣上还永远年轻！

# 夷则格上白鸠拂舞辞

**【题解】**　《夷则格上白鸠拂舞辞》，乐府旧题。《乐府诗集》列于《舞曲歌辞·拂舞歌》，引《古今乐录》曰："鞞、铎、巾、拂四舞，梁并夷则格，钟磬鸠拂和，故白拟之，为《夷则格上白鸠拂舞辞》云。"夷则，古十二律之一。白鸠，晋《拂舞歌》有《白鸠篇》，其辞曰："翩翩白鸠，载飞载鸣。怀我君德，来集君庭。"拂舞，《晋书·乐志》："拂舞，出自江左，旧云吴舞。"王琦注："拂舞者，乐人执拂而舞，以为容节也。"李白此诗以鸠喻正人，以鹭喻小人，以言朝政也。

**【原诗】**　铿鸣钟，考朗鼓[1]。歌白鸠[2]，引拂舞。白鸠之白谁与邻，霜衣雪襟诚可珍，含哺七子能平均[3]。食不咽[4]，性安驯。首农政[5]，鸣阳春。天子刻玉杖,镂形赐耆人⑥。白鹭亦白非纯真⑦,外洁其色心匪仁。阙五德⑧,无司晨,胡为啄我葭下之紫鳞⑨。鹰鹯雕鹗⑩,贪而好杀,凤凰虽大圣,不愿以为臣。

**【注释】** ①铿(kēng):撞。考:击。 ②白鸠:鸠,鸟名,一名布谷,似鹘长尾,种类甚多,而白鸠不常有,有则视为祥瑞。王琦注:"《瑞应图》曰:白鸠,成汤时至。王者养耆老,尊道德,不以新失旧则至。" ③"含哺"句:《诗经·曹风·鸤鸠》:"鸤鸠在桑,其子七兮。"毛传:"鸤鸠之养其子,朝从上下,暮从下上,平均如一。" ④咽:一作"噎"。 ⑤首农政:张华《禽经注》:"鸤鸠,此鸟鸣时,耕事方作,农人以为候。" ⑥"天子"二句:《后汉书·礼仪志》:"仲秋之月,县道皆案户比民,年始七十者,授之以玉杖,哺之糜粥。八十九十,礼有加赐,玉杖长九尺,端以鸠鸟为饰。鸠者,不噎之鸟也,欲老人不噎。"耆人,老人。古谓六十者为耆。 ⑦白鹭:水鸟名,好食鱼。此喻朝中奸佞。 ⑧"阙五德"二句:此将白鹭与鸡相比,说它缺少鸡的几种优点。五德,《韩诗外传》:"君不独见夫鸡乎?首戴冠者,文也;足搏距者,武也;敌在前敢斗者,勇也;得食相告,仁也;守夜不失时,信也。鸡有此五德。" ⑨葭:芦苇。紫鳞:鱼。 ⑩鹰鹯雕鹗:皆鸷鸟。王琦注:"鹯形最小,所搏者唯鸽雀小鸟之类;鹰稍大,能搏雉兔;雕则大于鹰,能擒鸿鹄大鸟;鹗则又大于雕,能搏狐兔羊豕。"

**【译文】** 敲起钟,打起鼓,歌白鸠,跳拂舞。白鸠之白谁能与之相比啊,霜雪一样白洁的羽毛天下罕有!它喂起雏鸟来非常公平,从不噎食,性情安驯。春天来时,它催人春耕播种,布谷布谷地叫个不停。天子常将它的形象刻于杖头,赐于年迈的长者,以示尊老崇德之意。白鹭这种鸟也是一身雪白的羽毛,却表里不一,外表虽然洁白,其内心却不仁慈。实际上它连鸡也不如。它没有鸡的五德,也不会像鸡一样清晨打鸣。像这样不仁无用的东西,还有什么资格啄食我芦苇下的紫鳞鱼呢?它像鹰鹯雕鹗一样凶残,贪而好杀。凤凰虽是鸟中之王,却不愿有白鹭这样的臣下。

# 日出入行

**【题解】** 《日出入行》，乐府旧题。《乐府诗集》列于《相和歌辞·相和曲》，又在《郊庙歌辞》中有汉之《日出入》古辞。萧士赟注：“《日出入行》，即乐府时景二十一曲之一《日出行》也。”胡震亨云：“汉郊祀歌《日出入》，言日出入无穷，人命独短，愿乘六龙，仙而升天。太白反其意，言人安能如日月不息？不当违天矫诬，贵放心自然，与混涬同科也。”

**【原诗】** 日出东方隈①，似从地底来。历天又复入西海②，六龙所舍安在哉③。其始与终古不息④，人非元气⑤，安得与之久徘徊⑥。草不谢荣于春风，木不怨落于秋天⑦。谁挥鞭策驱四运①，万物兴歇皆自然。羲和羲和⑨，汝奚汩没于荒淫之波⑩。鲁阳何德，驻景挥戈⑪。逆道违天，矫诬实多。吾将囊括大块⑫，浩然与溟涬同科⑬。

**【注释】** ①隈：隔。 ②“历天”句：《庄子·田子方》：“日出东方而入于西极。” ③六龙：传说日御车以六龙。参见《蜀道难》注。《周易·乾》：“时乘六龙以御天。” ④终古不息：《庄子·大宗师》：“日月得之，终古不息。”终古，久远。 ⑤元气：天地未分前的混元之气。《汉书·律历志》：“太极元气，函三为一。” ⑥“安得”句：谓人不能与太阳一样长久。 ⑦“草不”二句：此二句本《汉书·律历志》：“春秋迭运，草木自荣自落，何谢何怨？” ⑧四运：即四时。 ⑨羲和：传说中为日神驾车的人。《楚辞·离骚》：“吾令羲和弭节分。”王逸注：“羲和，日御也。” ⑩汩没：隐没。荒淫之波：指大海。荒淫，谓浩瀚无际貌。 ⑪鲁阳：神话中的大力士。《淮南子·览冥训》：“鲁阳公与韩构难，战酣，日暮，援戈而撝之，日为之反三舍。”郭璞《游仙诗》：“愧无鲁阳德，回日向三舍。”驻景：将日止住不走。景，日。 ⑫大块：自然天地。《庄子·齐物论》：“夫大块噫气，其名为风。”成玄英疏：“大块者，造物之名，自然之称也。” ⑬溟涬：谓元气。《庄子·在宥》：“大同乎涬溟。”司马彪注：“涬溟，自然元气也。”同科：同类。

【译文】 太阳从东方升起,似从地底而来。它年复一年,日复一日,穿过天空,没入西海,拉着羲和之车的六龙又住在什么地方呢?自古以来都是如此,人不是元气,怎能与太阳一样天长地久呢?花草不对春风的爱拂表示感谢,落叶也不对秋风的凋残表示埋怨。哪里有人挥鞭驱赶着四时运转呢?其实万物的兴衰皆由自然。羲和呀羲和,是谁要你载着太阳落入大海的?鲁阳有什么德行,竟能挥戈驻日?这些传说逆道违天,实在是荒谬绝伦!我将要与天地合而为一,浩然与元气混为一体。

# 胡无人

【题解】 《胡无人》,乐府旧题。《乐府诗集》列于《相和歌辞·瑟调曲》,题为《胡无人行》,并引《古今乐录》曰:"王僧虔《技录》有《胡无人行》,今不歌。"今存有六朝梁徐摛、吴均辞,言胡地幽怨及壮士奋勇杀敌意。李白此辞拟其意而广大之。王琦云:"玩'天兵照雪下玉关'之句,当是开元、天宝之间为征讨四夷而作,庶几近是。"

【原诗】 严风吹霜海草凋,筋干精坚胡马骄①。汉家战士三十万,将军兼领霍嫖姚②。流星白羽腰间插③,剑花秋莲光出匣④。天兵照雪下玉关⑤,虏箭如沙射金甲⑥。云龙风虎尽交回⑦,太白入月敌可摧⑧。敌可摧,旄头灭⑨。履胡之肠涉胡血。悬胡青天上,埋胡紫塞旁⑩。胡无人,汉道昌。陛下之寿三千霜⑪,但歌大风云飞扬,安用猛士兮守四方⑫。

【注释】 ① 筋干精坚:谓弓箭精良坚固。筋,弓弦。干,箭竿。骄:马壮貌。 ② 兼领:一作"谁者"。霍嫖姚:汉武帝时,霍去病被封为嫖姚校尉,西征匈奴,屡建奇功。此二句以汉代唐,霍嫖姚泛指唐将。 ③ 流星白羽:指箭。流星,喻箭飞之快;白羽,以箭羽代指箭。 ④ 剑花秋莲:宝剑上饰以秋莲之花纹。 ⑤ 天兵:指朝廷大军。玉关:玉门关,在今甘肃敦煌西北。 ⑥ 金甲:将士身上的金属盔甲。 ⑦ 云龙风虎:皆阵名。《李卫公问对》："太宗曰：'天、地、风、云、龙、虎、鸟、蛇，斯八阵何义也？'（李）靖曰：'传之者误也。古人秘藏此法，故诡设八名尔。八阵本一也。'"尽交回：言交战激烈。 ⑧ 太白入月：按星象家的说法，太白星主杀戮，入月入昴为灭胡之象。《资治通鉴·晋纪》："道士法饶进曰：'……太白入昴，当杀胡王。'" ⑨ 旄头灭：灭胡之星象。旄头，即昴星。《史记·天官书》："昴曰旄头，胡星也。" ⑩ 紫塞：指长城一带的边塞。《古今注》："秦筑长城，土色皆紫，汉塞亦然，故称紫塞焉。" ⑪ 三千霜：三千岁。霜，谓秋。 ⑫ "但歌"二句：汉高祖《大风歌》："大风起兮云飞扬，威加海内兮归故乡，安得猛士兮守四方。"唐写本残卷无"陛下"三句。

**【译文】** 在霜风凌厉、大漠草凋之际，胡人又背着精坚的弓箭，骑着骄悍的战马入侵了。这时，朝廷派出威猛如霍嫖姚一样的将军，率领三十万战士出征迎敌。将士们腰插速如流星一样的白羽箭，手持闪耀着秋莲寒光的利剑，向着战场进发。朝廷大军在玉门关与胡兵雪中交战，敌人的箭镞像沙石一样射在我军战士的衣甲上。双方龙争虎斗，激战多时，战士们奋勇杀敌，又有太白入月、胡虏必灭的吉兆，大家都坚信一定能够打败敌人。敌虏可摧，胡星将灭，要将胡虏彻底消灭。将胡虏之首悬挂在空中，将胡虏之尸埋在边塞上，看他们可敢再来兴兵侵犯？胡无兵将可侵，中国和平昌盛。陛下圣寿三千岁，稳坐庙堂之上，只需高歌汉高祖大风歌中的云飞扬之句，并不需要猛士来守卫四方。"

# 北风行

**【题解】** 《北风行》，乐府旧题。《乐府诗集》列于《杂曲歌辞》，曰："《北风》本卫诗也。《北风》诗曰：'北风其凉，雨雪其雱。'传云：'北风寒凉，病害万物，比喻君政暴虐，百姓不亲也。'若鲍照'北风凉'、李白'烛龙栖寒门'，皆伤北风雨雪，而行人不归，与卫诗异矣。"萧士赟注："乐府有时景三十五曲，中有《北风行》。"此诗盖天宝十一载（752）冬于幽州作。

**【原诗】**　烛龙栖寒门①,光耀犹旦开②。日月照之何不及此③,惟有北风号怒天上来。燕山雪花大如席④,片片吹落轩辕台⑤。幽州思妇十二月⑥,停歌罢笑双蛾摧⑦。倚门望行人,念君长城苦寒良可哀。别时提剑救边去,遗此虎文金鞞钗⑧。中有一双白羽箭,蜘蛛结网生尘埃。箭空在,人今战死不复回。不忍见此物,焚之已成灰⑨。黄河捧土尚可塞,北风雨雪恨难裁⑩。

**【注释】**　①烛龙:《淮南子·地形训》:“烛龙在雁门北,蔽于委羽之山,不见日。其神人面龙身而无足。”高诱注:“龙衔烛以照太阴,盖长千里,视为昼,暝为夜,吹为冬,呼为夏。”寒门:神话中的地名。《淮南子·地形训》:“北方曰北极之山,曰寒门。”高诱注:“积寒所在,故曰寒门。”　②犹旦开:光耀如同白天。旦,白天。　③日月照之何不及此:一作“日月之赐不及此”。　④燕山:山名。在今天津蓟州。　⑤轩辕台:在燕山之南,今河北涿鹿县西南,传说黄帝与蚩尤大战之处。　⑥幽州:唐州郡名,天宝元年改为范阳郡。范围相当于今北京及河北北部一带地区,治所在今北京。⑦双蛾:指眉。古代以女子眉细如蛾须为美,因以蛾代指女子之眉。双蛾摧,指愁眉不展。　⑧鞞(bǐng)钗:藏箭之袋。　⑨“焚之”句:《有所思》:“摧烧之,当风扬其灰。”　⑩“黄河”二句:《后汉书·朱冯虞郑周列传》:“此犹河滨之人,捧土以塞盂津,多见其不自量也。”此反其意而用之。意即黄河尚能捧土可塞,而此恨永无止日也。裁,抑制。

**【译文】**　传说在北国寒门这个地方,住着一条烛龙,它以目光为日月,张目就是白昼而闭目就是黑夜。这里连日月之光都照不到啊,只有漫天遍野的北风怒号而来。燕山的雪花其大如席,一片一片地飘落在轩辕台上。在这冰天雪地的十二月里,幽州的一个思妇在家中不歌不笑,愁眉紧锁。她倚着大门,凝望着来往的行人,盼望着她丈夫的到来。她的夫君到长城打仗去了,至今未回。长城那个地方可是一个苦寒要命的地方,夫君你可要保重啊。丈夫临别时手提宝剑,救边而去,在家中仅留下一个虎皮镶金的箭袋。里面装着一双白羽箭,一直挂在墙上,上面结满了蜘蛛网,沾满了尘埃。如今其箭虽在,可是人却永远回不来了。他已战死在边城了啊! 怎么忍心见此旧物？只有将其焚烧化为灰烬。黄河虽深，尚捧土可塞，唯有此生离死别之恨，如同这漫漫的北风雨雪一样，铺天盖地，无边无垠，难以终止啊！

# 侠客行

【题解】 《侠客行》，乐府旧题。《乐府诗集》列于《杂曲歌辞》，郭茂倩于张华《游侠篇》前序云："《汉书·游侠传》曰：'战国时，列国公子魏有信陵，赵有平原，齐有孟尝，楚有春申，皆借王公之势，竞为游侠，以取重诸侯，显名天下。故后世称游侠者，以四豪为首焉。汉兴，有鲁人朱家及剧孟、郭解之徒，驰骛于间里，皆以侠闻。其后长安炽盛，街间各有豪侠。'……后世遂有《游侠曲》。魏陈琳、晋张华又有《博陵王宫侠曲》。"萧士赟注："乐府侠游二十五曲中有《侠客行》。"太白《侠客行》乃拟晋张华《游侠篇》所作。表达了其对侠士疾恶如仇、乐于助人、言必信、行必果的向往之情。此诗约作于天宝三载(744)游汴州时。

【原诗】 赵客缦胡缨①，吴钩霜雪明②。银鞍照白马，飒沓如流星③。十步杀一人，千里不留行④。事了拂衣去，深藏身与名。闲过信陵饮⑤，脱剑膝前横。将炙啖朱亥⑥，持觞劝侯嬴⑦。三杯吐然诺，五岳倒为轻。眼花耳热后，意气素霓生⑧。救赵挥金槌，邯郸先震惊。千秋二壮士，烜赫大梁城⑨。纵死侠骨香⑩，不惭世上英。谁能书阁下，白首太玄经⑪。

【注释】 ①"赵客"句：赵客，燕赵之客，即侠客。燕赵之地多出慷慨悲歌之士，故后人多以"燕赵之士"指侠士。《庄子·说剑》："昔赵文王喜剑，剑士夹门而客三千余人。"缦胡缨，系帽子的粗带子。《文选》左思《魏都赋》："三属之甲，缦胡之缨。"张铣注："缦胡，武士缨名。" ②吴钩：春秋时吴国所制的弯刀名。《文选》鲍照《结客少年行》："骢马金络头，锦带佩吴钩。"李周翰注："吴钩，钩类，头少曲。" ③飒沓：快疾貌。如流星：形容马跑得像流星一样快。 ④"十步"二句：形容侠士勇敢，武艺高强，十步中就可杀死一人，千里之内，所向无敌。《庄子·说剑》："臣之剑十步一人，千里不留行。"　⑤信陵：名无忌，魏国公子，魏安釐王异母弟。战国时四公子之一。门下有门客三千。秦赵长平之战，赵败，被坑杀降卒四十万。秦军进围赵都邯郸，赵国平原君向信陵君告急。信陵君用侯嬴之计，窃得魏王兵符，槌杀魏将晋鄙，自将军救赵，遂解邯郸之围。　⑥朱亥：魏国侠士，有勇力，隐于市井，为大梁（今河南开封）的一个屠夫。他与侯嬴相友善。侯嬴将他引荐给信陵君。信陵君窃符后到邺（今河北临漳县西南），与魏将晋鄙合符，晋鄙对此有怀疑，不肯交出军权，朱亥趁他不防，以金槌击杀之。信陵君夺权代将，遂率兵赴邯郸，解赵之围。　⑦侯嬴：魏国侠士。年七十，为大梁监门吏，看守夷门。信陵君待他为上客，他为信陵君出谋划策，窃符救赵。因自己年老，不能随信陵君赴赵，又感到对魏王不忠，遂自刭而死。事见《史记·魏公子列传》。　⑧素霓：即白虹。《战国策·魏策》："夫专诸之刺王僚也，彗星奔月；聂政之刺韩傀也，白虹贯日。"又《史记·邹阳传》："昔者荆轲慕燕丹之义，白虹贯日，太子畏之。"此句即精诚可感上天之意。　⑨烜赫：声名或气势很盛之意。　⑩侠骨香：张华《游侠曲》："生从命子游，死闻侠骨香。"　⑪"谁能"二句：据《汉书·扬雄传》："哀帝时，丁、傅、董贤用事，诸附离之者，或起家至二千石，时雄方草《太玄》，有以自守，泊如也。"又："王莽时，刘歆、甄丰皆为上公……时雄校书天禄阁上。"此谓不甘心白首为儒也。

**【译文】**　燕赵的侠士，头上系着侠士的武缨，腰佩吴越闪亮的弯刀，骑着银鞍白马，像流星一样在长街上驰骋。他们的武艺盖世，十步可斩杀一人，千里之行，无人可挡。他们为人仗义行侠，事成之后，连个姓名也不肯留下。想当年，侯嬴、朱亥与信陵君结交，与之脱剑横膝，交相欢饮。三杯酒下肚，便慷慨许诺，一诺重于泰山；眼花耳热之后，意气感动上天，出现白虹贯日的景象。朱亥为信陵君救赵，挥起了金槌，此一壮举，使赵都邯郸上下，都先之震惊。二壮士的豪举，千秋之后仍然在大梁城传为美谈。他们虽死而侠骨留香，不愧为盖世之英豪。做人就要像他们这样的侠士一样，传名百代，为人称颂。谁愿像扬雄那样的儒生，白首著书、老死窗下呢？

# 关山月

**【题解】** 《关山月》,乐府旧题。《乐府诗集》列于《横吹曲辞》,并引《乐府解题》曰:"《关山月》,伤离别也。"萧士赟注:"《关山月》者,乐府鼓角横吹十五曲之一也。"初唐诗人崔融《关山月》云:"月生西海上,气逐边风壮。万里度关山,苍茫非一状。汉兵开郡国,胡马窥亭障。夜夜闻悲笳,征人起南望。"对此诗影响尤大。此诗沿乐府旧题,叙写征人不归及思念家室之苦。

**【原诗】** 明月出天山①,苍茫云海间。长风几万里,吹度玉门关②。汉下白登道③,胡窥青海湾④。由来征战地,不见有人还。戍客望边色⑤,思归多苦颜。高楼当此夜,叹息未应闲⑥。

**【注释】** ①天山:即祁连山,在今青海、甘肃之间,连绵数千里。《元和郡县图志·陇右道伊州》:"天山,一名白山,一名折罗漫山,在州北一百二十里,春夏有雪……匈奴人谓之天山。过之皆下马拜。" ②玉门关:在今甘肃敦煌西北。此二句谓秋风自西方吹来,吹过玉门关。 ③白登:山名,在今山西大同。汉高祖曾在此地被匈奴围困。《汉书·匈奴传》:"(匈奴)围高帝于白登七日。"颜师古注:"白登山在平城东南,去平城十余里。" ④青海湾:即今青海湖,因因青色而得名。 ⑤戍客:征人。边色:一作"边邑"。 ⑥"高楼"二句:曹植《七哀诗》:"明月照高楼,流光正徘徊。上有愁思妇,悲叹有余哀。"此二句当本此。

**【译文】** 一轮明月升起在天山之上,在苍茫的云海中徘徊。萧瑟的秋风吹着明月,东渡玉门雄关,照耀着守边的征人。在这苍凉的关塞上,不由得使征夫们想起在这边关上频起的战事:昔年的汉高祖,曾遭匈奴的白登山之困;胡人的兵马,至今仍对青海湖虎视眈眈。从来这里就是夷夏的争战之地,多少战士抛身塞外、埋骨黄沙啊。征人们望着这月光下荒凉的边色,脸上现出思归的愁容。遥想家中的妻子,她一定是在倚楼盼望征人的归来,望月而兴叹啊!

# 独漉篇

【题解】　《独漉篇》,乐府旧题。《乐府诗集》列于《舞曲歌辞》。郭茂倩注云:"独漉,一作独禄。《南齐书·乐志》曰:古辞《明君曲》后云:'勇安乐,无慈不问清与浊。清与无时浊,邪交与独禄。'《伎录》曰:'求禄求禄,清白不浊。清白尚可,贪污杀我。'晋歌为'鹿'字。古通用也。疑是风刺之辞。"晋古辞曰:"独漉独漉,水深泥浊。泥浊尚可,水深杀我。雍雍双雁,游戏田畔。我欲射雁,念子孤散。翩翩浮萍,得风摇轻。我心何合,与之同并。空床低帷,谁知无人。夜衣锦绣,谁别伪真。刀鸣削中,倚床无施。父冤不报,欲活何为。猛虎班班,游戏山间。虎欲啮人,不避豪贤。"太白此诗实拟此而作。萧士赟注:"《独漉篇》即《拂舞歌》五曲中之《独禄篇》也。特太白集中禄字作漉字,其间命意造辞,亦模仿规拟。但古词为父报仇,太白言为国雪耻耳。"诗当作于至德二载(757)从永王璘败后的逃亡途中。

【原诗】　独漉水中泥,水浊不见月。不见月尚可,水深行人没[1]。越鸟从南来,胡雁亦北度。我欲弯弓向天射,惜其中道失归路[2]。落叶别树,飘零随风。客无所托,悲与此同[3]。罗帷舒卷,似有人开。明月直入,无心可猜[4]。雄剑挂壁,时时龙鸣[5]。不断犀象[6],羞涩苔生。国耻未雪,何由成名。神鹰梦泽,不顾鸱鸢。为君一击,搏鹏九天[7]。

【注释】　[1]"独漉"四句:漉,使水干涸之意。独漉,亦为地名。此乃双关语也。王琦注:"乐府诸书亦有引古词作'独鹿'者,亦有作'独漉'者,是禄、鹿、漉,古者通用。非始于太白也。"《汉书·武帝纪》服虔注:"独鹿,山名也……在涿郡遒县北界也。"此以独漉代称幽州。此四句喻安禄山统治下的人民,在水深火热之中。　[2]"越鸟"四句:陈沆《诗比兴笺》云:"越鸟四句言(李)希言等处在南来,而璘兵亦欲北度,中道相逢,本非仇敌,纵弯弓射杀之,亦止自伤其类,无济于我。" ③ "落叶"四句:言自己无所依托的飘零之苦。 ④ "罗帷"四句:以明月之磊落光明,自喻心迹也。 ⑤ "雄剑"二句:以雄剑挂壁闲置,喻己之不为所用也。《太平御览》引《拾遗记》:"颛顼高阳氏有画影剑、腾空剑,若四方有兵,此剑则飞赴,指其方则克。未用时,在匣中常如龙虎吟。"鲍照《赠故人马子乔诗六首》:"双剑将别离,先在匣中鸣……雌沉吴江里,雄飞入楚城。" ⑥ 断犀象:言剑之利也。《文选》曹植《七启》:"步光之剑,华藻繁缛……陆断犀象,未足称隽。"李周翰注:"言剑之利也,犀象之兽,其皮坚。" ⑦ "神鹰"四句:《太平广记》引《幽明录》:"楚文王好猎,有人献一鹰,王见其殊常,故为猎于云梦。毛群羽族,争噬共搏。此鹰瞪目,远瞻云际。俄有一物,鲜白不辨其形,鹰便竦羽而升,蠢若飞电,须臾羽堕如雪,血下如雨。有大鸟堕地,度其羽翅,广数十里。时有博物君子曰:'此大鹏雏也。'"

**【译文】** 有人在水中濑泥,弄得水浑浊不堪,连月亮的影子也照不见了。映不见月影倒没什么,问题是行人涉水不知深浅,就会被深水所淹没。越鸟从南而来,胡雁也向北而飞。我欲举弓向天而射,但又恻然不忍,怜惜它们中途迷失了归路。树叶为风吹落,别树飘零而去。我如今他乡为客,无所归依,此悲正与落叶别树之情相同。罗帷乍舒乍卷,似乎有人进来。一束明亮的月光照入室内,可鉴我光明磊落的情怀,真真是无疑可猜。雄剑挂在墙壁上,时时发出龙鸣。这把陆断犀象的利刃啊,如今闲置得都长满了苔斑。国耻未雪,还谈得上什么建立伟业? 谈得上什么万世功名? 传说有一只神鹰,曾在云梦泽放猎,但它连鸥鸢一类的凡鸟睬也不睬,对它们一点兴趣也没有。因为此鸟志向远大,生来就是高飞九天,专门为君去搏击大鹏鸟的啊。

# 登高丘而望远海

**【题解】** 《登高而望远海》,古辞无闻,可能是太白自创新辞。《乐府诗集》列于《相和歌辞》。王琦注:"此题旧无传闻。郭茂倩《乐府诗集》编是诗于相和曲中魏文帝'登山而远望'一篇之后,疑太白拟此也,然文意却不类。"此诗有托古讽今之意,刺秦皇汉武迷信求仙、穷兵黩武,实讽玄宗也。当作于天宝后期。

**【原诗】**　登高丘,望远海。六鳌骨已霜,三山流安在①。扶桑半摧折,白日沉光彩。银台金阙如梦中,秦皇汉武空相待③。精卫费木石④,鼋鼍无所凭⑤。君不见骊山茂陵尽灰灭,牧羊之子来攀登⑥。盗贼劫宝玉,精灵竟何能。穷兵黩武今如此⑦,鼎湖飞龙安可乘⑧。

**【注释】**　①"六鳌"二句:《列子·汤问》说,在渤海之东几万里的地方,有五座神山:岱舆、员峤、方壶、瀛洲、蓬莱。五座山在海面上漂流不定,上帝恐怕它们流到西极去,就命禺强使十五只巨鳌,用头顶着这五座神山。后来龙伯国来了一个巨人,在东海钓鱼,钓去了六只巨鳌,拖回去杀死,以用其骨占卜。于是岱舆、员峤失去了依凭,流到北极,沉入大海。只剩下蓬莱、方壶、瀛洲三神山了。此二句说,六鳌已成白骨,所剩的东海三神山如今也不知漂到哪里去了。　②扶桑:神话中的神树,是太阳所出的地方。《十洲记》:"扶桑在碧海中,树长数千丈,一千余围。两干同根,更相依倚,日所出处。"　③秦皇汉武:秦始皇和汉武帝是两位迷信求仙、妄求长生的帝王。据《史记》载,秦始皇曾派方士徐福等入海求神药,数岁不得;汉武帝"曾东巡海上,考神仙之属,未有验者"。所以说"空相待"。　④精卫:鸟名。《山海经·北次三经》:"炎帝之女曰女娃。女娃游于东海,溺而不返,故为精卫。常衔西山之木石,以堙于东海。"　⑤鼋鼍(yuán tuó):鼋,大鳖。鼍,鳄鱼。《竹书纪年》:穆王三十七年"大起九师,东至九江,架鼋鼍以为梁,遂伐越至于纡"。王琦注:"精卫二句,盖言海之深广,非木石可填,而鼋鼍为梁之说,又亦虚而无所凭据,以明三山之必不可到也。"　⑥"君不见"二句:秦始皇葬骊山,在今西安临潼。汉武帝葬茂陵,在今咸阳兴平。《汉书·刘向传》:"秦始皇葬于骊山之阿……天下苦其役而反之。骊山之作未成,而周章百万之师至其下矣。项籍燔其宫室营宇,往者咸见发掘。其后牧儿亡羊,羊入其凿,牧者持火照求羊,失火烧其臧椁。"　⑦穷兵黩武:言好战也。　⑧"鼎湖"句:言黄帝在鼎湖乘龙飞仙事。详见《飞龙引》注。

**【译文】**　登上高丘，向大海遥望，那传说中的东海六鳌，早已成了如霜的白骨，那海上的三神山如今已漂流到哪里去了？那东海中的神木扶桑可能早已摧折了吧，那里曾是日出的地方。神话中的银台金阙，只有在梦中才会出现，秦始皇和汉武帝想成仙的愿望，只能是一场空梦啊。精卫填海只是空费木石，鼋鼍架海为梁的传说，也没有什么证据。你不见骊山陵中的秦始皇和茂陵中的汉武帝都早已成土灰了吗？他们的陵墓任凭牧羊的孩子攀来登去，无人来管。眼看着墓中的金珠宝玉被盗贼劫夺一空，他们的精灵究竟有何能耐？像这样穷兵黩武、不管百姓死活的帝王，今天早该有如此之下场，他们怎可能像黄帝那样在鼎湖乘龙飞仙呢？

# 阳春歌

**【题解】**　《阳春歌》，乐府旧题。《乐府诗集》列于《清商曲辞》，萧士赟注："《歌录》：《阳春歌》，楚曲也，即时景二十五曲之一。"王琦注："宋吴迈远作《阳春歌》，梁沈约作《阳春曲》。此诗似拟之而作。"诗当是李白供奉翰林时的应制之作。

**【原诗】**　长安白日照春空，绿杨结烟桑袅风①。披香殿前花始红②，流芳发色绣户中。绣户中，相经过。飞燕皇后轻身舞③，紫宫夫人绝世歌④。圣君三万六千日，岁岁年年奈乐何。

**【注释】**　①桑袅风：一作"垂袅风"。　②披香殿：汉代后宫中有披香殿。朱谏《李诗选注》："披香殿，汉之后宫也。《西京杂记》：后宫则有兰林、披香。"唐时也有披香殿，在庆善宫内。　③飞燕：即汉成帝的皇后赵飞燕。《独异志》："赵飞燕身轻，能为掌上舞。"　④紫宫夫人：指汉武帝皇后李夫人。紫宫，紫微宫，即未央宫。《文选》张衡《西京赋》："正紫宫于未央。"李善注："辛氏《三秦记》曰：未央宫，一名紫微宫，然未央宫为总宫，紫宫其中别名。"绝世歌：即李延年歌"北方有佳人"。详见《白纻辞三首》其一注。

【译文】 长安城内,白日当空,春天的烟柳垂丝,桑柘荡风。紫禁城中披香殿前春花吐红,阵阵花香散入绣户之中。绣户之中,舞女们鱼贯而过。大庭中的舞蹈,其舞姿之优美,可比飞燕轻身之舞;其歌声之婉转,犹如李延年所唱的歌颂其妹李夫人的《绝世歌》。皇帝陛下百年三万六千日,岁岁年年都是这样的欢乐啊!

# 杨叛儿

【题解】 《杨叛儿》,原作《阳叛儿》,误。《乐府诗集》列于《清商曲辞》,引《唐书·乐志》曰:"《杨叛儿》,本童谣歌也。齐隆昌时,女巫之子曰杨旻,少时随母入内,及长为何后所宠。童谣云:'杨婆儿,共戏来所欢。'语讹,遂成杨伴儿。"又引《古今乐录》曰:"《杨叛儿》送声云:'叛儿教侬不复相思。'"杨叛儿,后遂成民歌中的如意郎的代称。西曲歌古辞云:"暂出白门前,杨柳可藏乌。欢作沉水香,侬作博山炉。"李白此诗系拟此而作。当作于开元年间游金陵时。

【原诗】 君歌杨叛儿,妾劝新丰酒①。何许最关人②,乌啼白门柳③。乌啼隐杨花,君醉留妾家。博山炉中沉香火④,双烟一气凌紫霞⑤。

【注释】 ① 新丰酒:原指长安新丰镇所产之酒。此指江南之新丰酒。陆游《入蜀记》:"十六日早,发云阳……过新丰小憩。李太白诗云:'南国新丰酒,东山小妓歌。'" ②"何许"句:哪里最令人倾心? ③ 白门:金陵西门。《资治通鉴·齐纪》:"谓茹法珍曰:'须来至白门前,当一决。'"胡三省注:"白门,建康城西门也。西方色白,故以为称。" ④ 博山炉:香炉名。《西京杂记》:"长安巧工丁缓者……又作九层博山香炉,镂为奇禽怪兽,穷诸灵异,皆自然运动。"沉香:一种可燃的名贵香料。《南方草木状》:"交趾有蜜香树,干似柜柳,其花白而繁,其叶如橘,欲取香,伐之经年,其根干枝节各有别色也。木心与节坚黑沉水者,为沉香。" ⑤ 双烟一气:两股烟袅在一起,喻男女两情之合好如一也。

【译文】 你为我唱一曲《杨叛儿》,我为你奉上一杯新丰酒。哪里才是你最流连之处呢? 金陵西门旁上有乌啼的大柳树下。双乌在杨花深处的巢中欢啼,因为那里是它们的家。今日痛饮莫惧醉,我家就是你的家。博山炉中的沉香燃起两股香烟,在空中追逐缠绕,渐渐地融为一体,直凌云霄。这就是我们爱情的象征啊!

# 双燕离

【题解】 《双燕离》,乐府旧题。《乐府诗集》列于《琴曲歌辞》,引《琴集》曰:"《独处吟》《流渐咽》《双燕离》《处女吟》四曲,其词俱亡。"又引《琴历》曰:"河间新歌二十一章,此其四曲也。"萧士赟注:"《琴操》三十六杂曲中有《双燕离》。"梁有梁简文帝、沈君攸《双燕离》辞,皆言无令雄雌分飞之意。太白诗拟此意,抒写夫妻离别之苦。当作于流夜郎与其妻宗氏离别之时。

【原诗】 双燕复双燕,双飞令人羡。玉楼珠阁不独栖,金窗绣户长相见。柏梁失火去①,因入吴王宫②。吴宫又焚荡③,雏尽巢亦空。憔悴一身在,孀雌忆故雄。双飞难再得,伤我寸心中。

【注释】 ①柏梁:汉长安台名。《三辅黄图》:"柏梁台,武帝元鼎二年春起,此台在长安城中北关内。"王琦注:"《汉武内传》:太初元年十一月乙酉,天火烧柏梁台。"此句似言太白被谗出京事。 ②"因入"句:此句似言太白入永王璘幕府事。 ③"吴宫"句:见《野田黄雀行》注。

【译文】 天上自由自在比翼而飞的双燕,实在令人羡慕。它们总是成双成对地在玉楼珠阁中共筑爱巢,在金窗绣户间相互嬉戏低飞。柏梁台失火了,焚烧了它们的巢窝,它们只好又到吴王宫里筑巢。吴宫又遭焚荡,这一次更惨,烧了个雏尽巢空。只剩下雌燕伶俜一身,怀着对雄燕的无限眷恋,憔悴不堪。比翼双飞的日子已难再得,真是使人寸心欲碎啊!

# 山人劝酒

**【题解】**　《山人劝酒》，太白自创新辞。《乐府诗集》列于《琴曲歌辞》。萧士赟注："乐府觞酌七曲，其一曰《山人劝酒》。"王琦注："此题未详所始，而《乐府诗集》编太白是作入琴曲歌辞中。"此诗当为太白天宝三载（744）春辞京还山，路过商州四皓墓时而作。

**【原诗】**　苍苍云松，落落绮皓①。春风尔来为阿谁，胡蝶忽然满芳草②。秀眉霜雪桃花貌③，青髓绿发长美好④。称是秦时避世人，劝酒相欢不知老。各守麋鹿志⑤，耻随龙虎争⑥。欻起佐太子，汉皇乃复惊。顾谓戚夫人，彼翁羽翼成。归来商山下⑦，泛若云无情。举觞酹巢由⑧，洗耳何独清。浩歌望嵩岳⑨，意气还相倾。

**【注释】**　① 落落：孤高不群貌。绮皓：汉时东园公、角里先生、绮里季、夏黄公四位眉发皆白的老隐士的简称，亦称商山四皓。《史记·留侯世家》说，汉高祖欲废太子刘盈而立戚夫人之子赵王如意。吕后恐，请张良为其出主意。于是张良便请出商山四皓来辅佐太子刘盈。一次，四皓侍从太子见汉高祖。汉高祖见四人"年皆八十有余，须眉皓白，衣冠甚伟"。高祖问是何人，四人前对各自姓名。高祖大惊，原来他们都是汉高祖求之数年而不得的人物。后来，汉高祖对戚夫人说："我欲易之，彼四人辅之，羽翼已成，难动矣。吕后真而主矣。"　② 胡蝶：即蝴蝶。　③ 桃花貌：一作"颜桃花"。　④ 青髓绿发：一作"骨青髓绿"。谓仙风道骨也。长美好：阮籍《咏怀》："自非王子晋，谁能常美好？"　⑤ 麋鹿志：谓隐逸之志。　⑥ 龙虎争：谓政治权力之斗争。　⑦ 商山：一名商洛山，在今陕西商洛。《清一统志·商州》："山在州东八十里，丹水之南。形如商字。路通武关，俗以四皓隐此。"　⑧ 巢由：尧时的隐士巢父、许由。详见《笑歌行》注。　⑨ 嵩岳：即嵩山，为中岳。故称嵩岳。此指巢父、许由的隐居处箕山，亦称许由山。《初学记》嵩高山："南有许由山，高大四绝；其北有颍水。"在今河南登封东南

**【译文】**　苍苍的云松，象征着商山四皓挺拔的人格。温润的春风，你不是为四皓还是为谁而来？墓地里芳草如茵，蝴蝶翩翩飞舞。当年的四皓眉如霜雪，貌如桃花，骨青髓绿，一派仙人之相。自称是秦时的避世老翁，劝酒相欢，不知老之将至。他们愿与麋鹿为友，高蹈世外，不愿卷入楚汉的龙争虎斗之中。可是，他们一旦倏然而起，辅佐起了太子刘盈，这可使汉高祖刘邦大吃一惊。刘邦回首对戚夫人说：太子已为那四位大贤辅佐，其羽翼已成，不可动摇了。四皓功成名就之后，又回到了商山之下，仿佛天上的白云一样高逸，没有一点留恋功名富贵的世俗之情。我举杯向巢父和许由醉酒，你们一听说尧将让位于汝等，便忙着到颍水中洗耳，比起商山四皓来不是有点太清高太矫情吗？我望着嵩山高歌一曲，商山四皓比起尔等来，还是要高出一筹啊。

# 于阗采花

**【题解】**　《于阗采花》，乐府旧题。《乐府诗集》列于《杂曲歌辞》。萧士赟注："《乐录》：《于阗采花》者，蕃胡四曲之一。"胡震亨云："《于阗采花》，陈、隋时曲名。本辞云：'山川虽异所，草木尚同春。亦如溱洧地，自有采花人。'太白则借明妃陷虏，伤君子不逢明时，为谗妒所蔽，贤不肖易置无可辨。盖亦以自寓意焉。"于阗，西域国名。《旧唐书·西戎传》："于阗国，西南带葱岭，与龟兹接，在京师西九千七百里。"

**【原诗】**　于阗采花人，自言花相似①。明妃一朝西入胡②，胡中美女多羞死。乃知汉地多名姝③，胡中无花可方比。丹青能令丑者妍④，无盐翻在深宫里⑤。自古妒蛾眉，胡沙埋皓齿⑥。

**【注释】**　①"于阗"二句：采花人，此谓为国君选美之人。此句说，于阗的选美之人以为西域的山川虽与内地不同，但美女是相似的。　②明妃：即汉元帝妃王嫱，字昭君。《西京杂记》："元帝后宫既多，不得常见，乃使画工图形，案图召幸之。诸宫人皆赂画工，多者十万，少者亦不减五万。独王嫱不肯,遂不得见。后匈奴人入朝,求美人为阏氏,于是上按图形以昭君行。及去,召见,貌为后宫第一。善应对,举止闲雅,帝悔之,而名籍已定,帝重信于外国,故不复更人。乃穷案其事,画工皆弃市,籍其家资皆巨万。" ③ 姝(shū):美女。 ④ 丹青:即图画。妍:美。 ⑤ 无盐:古代有名的丑女。《新序》:"齐有妇人极丑无双,号曰无盐女。其为人也,白头深目,长壮大节,昂鼻结喉,肥项少发,折腰出胸,皮肤若漆。行年三十无所容人,炫嫁不售。流弃莫执。于是乃拂拭短褐,自诣宣王……(宣王)择吉日,立太子,进慈母,显隐女,拜无盐君为王后。" ⑥ 皓齿:指美女。即《诗经·卫风·硕人》中所谓"齿如瓠犀"者是也。

【译文】 西域于阗国的选美之人,自以为胡地的美女与汉地的美女是相差无几的。但是,自从明妃王昭君出塞入胡之后,胡地的美人与她相比,许多人都羞惭得无地自容。要知道汉地向来以出美人而著名,胡中根本不能相比。可叹是图画能使美者化丑,丑者变美,因此才使得王昭君这样的绝代佳人远嫁异域,而像无盐这样的丑妇反而得居深宫。自古以来就是蛾眉遭妒,可怜像王昭君这样明目皓齿的佳人,终被埋骨胡沙啊。

# 鞠歌行

【题解】 《鞠歌行》,乐府旧题。《乐府诗集》列于《相和歌辞》,引《古今乐录》曰:"王僧虔《技录》,平调曲又有《鞠歌行》,今无歌者。"陆机《鞠歌行序》曰:"按汉宫阁有含章鞠室,灵芝鞠室,后汉马防第宅卜临道,连阁通池,鞠城弥于街路。鞠歌将谓此也。又东阿王诗:'连骑击壤。'或谓蹵鞠乎?三言七言,言虽奇宝名器,不遇知己,终不见重。愿逢知己,以托意焉。"谢灵运、谢惠连亦有《鞠歌行》诗,咏知音之难求。萧士赟注云:"太白此词,始则伤士之遭谗废弃,中则羡乎昔贤之遇合有时,终则重叹今人不能如古人之识士也。亦借此自况云尔。"李白此诗以咏君臣遇合之事,叹小人谗毁,忠臣遭难之事。当作于天宝在朝之时。

**【原诗】**　玉不自言如桃李①，鱼目笑之卞和耻②。楚国青蝇何太多③，连城白璧遭谗毁④。荆山长号泣血人，忠臣死为刖足鬼⑤。听曲知宁戚，夷吾因小妻⑥。秦穆五羊皮，买死百里奚⑦。洗拂青云上，当时贱如泥。朝歌鼓刀叟⑧，虎变磻溪中⑨。一举钓六合⑩，遂荒营丘东⑪。平生渭水曲，谁识此老翁。奈何今之人，双目送飞鸿⑫。

**【注释】**　① 桃李：《史记·李将军列传》："谚曰：'桃李不言，下自成蹊。'" ② 鱼目：鱼目似珠，《文选》任彦升《致大司马记室笺》："惟此鱼目，唐突玙璠。"李善注："鱼目似珠，玙璠，鲁玉也。"卞和：楚人，曾在荆山得宝玉者。 ③ 青蝇：指谗佞小人。《诗经·小雅·青蝇》："营营青蝇，止于樊，岂弟君子，无信谗言。"郑笺："蝇之为虫，污白使黑，喻佞人变乱善恶也。" ④ 连城白璧：指和氏璧。因其价值连城，故称连城白璧。《史记·廉颇蔺相如列传》："赵惠文王时，得楚和氏璧。秦昭王闻之，使人遗赵王书，愿以十五城请易璧。" ⑤ "荆山"二句：《韩非子·和氏》："楚人和氏，得玉璞楚山中。奉而献之厉王。厉王使玉人相之。玉人曰：'石也。'王以和为诳，而刖其左足。及厉王薨，武王即位，和又奉其璞而献之武王。武王使玉人相之，又曰：'石也。'王又以和为诳，而刖其右足。武王薨，文王即位，和乃抱其璞而哭于楚山之下，三日三夜，泪尽而继之以血。王闻之，使人问其故，曰：'天下之刖者多也，子奚哭之悲也？'和曰：'吾非悲刖也，悲夫宝玉而题之以石，贞士而名之以诳，此吾所以悲也。'王乃使玉人理其璞而得宝焉。遂命曰和氏之璧。" ⑥ 宁戚：春秋时齐国贤士。夷吾：春秋时齐相管仲之名。小妻：妾。《列女传·辩通》："宁戚欲见桓公，道无从，乃为人仆。将车宿齐东门之外。桓公因出，宁戚击牛角而商歌，甚悲。桓公异之，使管仲迎之，宁戚称曰：'浩浩乎白水。'管仲不知所谓，不朝五日而有忧色。其妾婧进曰：'今君不朝五日，而有忧色，敢问国家之事耶，君之谋也？'……管仲乃下席而谢曰：'吾请语子其故。昔日公使我迎宁戚，宁戚曰：浩浩乎白水。吾不知其所谓，是故忧之。'其妾笑曰：'人已语君矣，君不知识邪？古有《白水》之诗，诗不云乎：浩浩白水，鯈鯈之鱼。君来召我，我将安居？国家未定，从我焉如？此宁戚之欲得仕国家也。'管仲大悦，以报桓公。桓公乃修官府，斋戒五日，见宁子，因以为佐，齐国以治。" ⑦ 百里奚：春秋时秦相。曾为虞国大夫，虞亡，百里奚后为楚人所执为奴,秦穆公以五张羊皮将他赎回,委以国政,人称五羖大夫。事见《史记·秦本纪》。 ⑧ 鼓刀叟:指姜太公。详见《梁甫吟》注。 ⑨ 磻溪:原作"蟠溪",误。 ⑩ 钓六合:指为周取得天下。 ⑪ 荒:有。《诗经·鲁颂·閟宫》:"遂荒大东。"毛传:"荒,有也。"营丘:在今山东昌乐县东南营丘。《史记·齐太公世家》:"于是武王已平商而王天下,封师尚父于齐营丘。" ⑫《史记·孔子世家》:"卫灵公……与孔子语,见飞雁,仰视之,色不在孔子,孔子遂行。"王琦注:"'双目送飞鸿'正用其事,以喻不好贤之意。"

【译文】 美玉如同桃李一样不会自我炫耀,而鱼目却以假乱真,对美玉进行嘲笑,卞和感到非常耻辱。楚国的青蝇实在是太多了,以致价值连城的和氏璧也遭到了谗毁。可怜这位在荆山之下长哭而泣之以血的得宝者,虽忠心耿耿,却枉遭刖足之刑。昔日管仲因听小妾之言,才明白了宁戚所咏《白水》之曲的用意,因而使宁戚得到了桓公的重用。而秦穆公用五张羊皮,赎下百里奚,使他死心塌地地为秦国卖命。他们当年都是身贱如泥,而忽遇明主被拔于青云之上。当年在朝歌当屠夫的姜太公,也因在渭水滨得遇文王,一跃而为帝王之师,一举钓得了天下,后裂土封国于齐之营丘,从此名闻天下。但他当年在渭水边钓鱼时,有谁能够认识这位老渔翁呢?昔日的这些大贤尚有明主识拔,而今日的当局者,他们虽也装出接纳人才的样子,表面与其应酬,而其眼光却不时地看着天上的大雁飞翔。对于贤士,他们其实是三心二意、心不在焉啊!

# 幽涧泉

【题解】 《幽涧泉》,太白自制曲辞。《乐府诗集》列于《琴曲歌辞》。萧士赟注:"乐府《幽涧泉》者,山水二十四曲之一。"此诗乃写音乐之妙篇,中寓"哀时失志"者之伤悲。

【原诗】 拂彼白石,弹吾素琴。幽涧愀兮流泉深①,善手明徽,高张清心②。寂历似千古③,松飕飗兮万寻④。中见愁猿吊影而危处兮,叫秋木而长吟。客有哀时失志而听者⑤，泪淋浪以沾襟⑥。乃缉商缀羽⑦，潺湲成音⑧。吾但写声发情于妙指⑨，殊不知此曲之古今。幽涧泉，鸣深林。

**【注释】** ①愀：悲愁的样子。 ②善手：高手。明徽：王琦注："《韵会》：《琴节》曰徽……古徽十有三，象十二月，其一象闰。用螺蚌为之，近代用金玉、瑟瑟、水晶等宝，以示明莹。"高张：琴弦高张。清：声调清绝。《文选》颜延年《秋胡诗》："高张生绝弦，声调由急起。"李善注："《物理论》曰：琴欲高张，瑟欲下声。" ③寂历：静寂貌。 ④飕飗(sōu liú)：风声。万寻：言其高也。寻，八尺为寻。 ⑤失志：一作"失职"。有志难酬。 ⑥淋浪：泪水多貌。陶渊明《感士不遇赋》："感哲人之不偶，泪淋浪以洒袂。" ⑦缉商缀羽：谓弹琴貌。缉、缀，收缉连缀之意，此指演奏曲谱。商、羽，为五音(宫、商、角、徵、羽)中之二音。 ⑧潺湲：流水、流泪貌。《楚辞·湘夫人》："观流水兮潺湲。"又《楚辞·湘君》："横流涕兮潺湲。" ⑨写：通"泻"。抒发宣泄。《诗经·邶风·泉水》："驾言出游，以写我忧。"郑笺："我心写者，舒其情意，无留恨也。"

**【译文】** 用衣袖拂去白石上的尘土，在上面我弹起了素琴。深深的幽涧中流泉悲咽，我手挥五弦，高张清音。这时，我的心静得像回到了邃古之初，耳旁只听见悬崖峭壁上飕飗的松涛声。琴音中仿佛见到了哀猿在悬崖的秋木之上的吊影，发出一阵阵的哀吟。在听众中有哀时而失志的人，听到这里，都感动得泪满衣襟。于是我忘我地弹奏着，琴声如潺潺之流水。此时我专心致志，一心弹琴，只知一味地用手指在琴弦上抒写我胸中的幽愤，而不知我所弹奏的乐曲是古是今。在这幽涧泉旁，琴声在深林中回荡。

# 王昭君二首

**【题解】** 《王昭君》，乐府旧题。《乐府诗集》列于《相和歌辞》，引《古今乐录》曰："张永《元嘉技录》有吟叹四曲：一曰《大雅吟》、二曰《王明君》、三曰《楚妃叹》、四曰《王子乔》。《大雅吟》《王明妃》《楚妃叹》并石崇辞。《王明君》一曲,今有歌。"昭君,又作明君。《旧唐书·音乐志》:"明君,汉元帝时,匈奴单于入朝,诏王嫱配之。即昭君也。及将去,入辞,光彩射人,耸动左右,天子悔焉。汉人怜其远嫁,为作此歌。晋石崇妓绿珠善舞,以此曲教之,而自制新歌曰:'我本汉家子,将适单于庭。昔为匣中玉,今为粪土英。'晋文帝讳昭,故晋人谓之明君。"

## 其　一

**【原诗】**　汉家秦地月,流影照明妃①。一上玉关道②,天涯去不归。汉月还从东海出③,明妃西嫁无来日。燕支长寒雪作花④,蛾眉憔悴没胡沙。生乏黄金枉图画⑤,死留青冢使人嗟⑥。

**【注释】**　① 照明妃:一作"送明妃"。　② 玉关:即玉门关,在今甘肃敦煌西北。　③ 东海:一作"东方"。　④ 燕支:山名,在今甘肃山丹县东南。《元和郡县图志·甘州删丹县》:"焉支山,一名删丹山,故以名县。山在县南五十里,东西一百余里,南北二十里。水草茂美,与祁连山同。匈奴失祁连、焉支二山,乃歌曰:'亡我祁连山,使我六畜不繁息。失我焉支山,使我妇女无颜色。'"　⑤ "生乏"句:谓画工索贿为宫人作图事。详见《于阗采花》注。　⑥ 青冢:王昭君墓。《大同府志》:"塞草皆白,惟此冢草青,故名。昭君死,葬黑河岸,朝暮有愁云怨雾覆冢上。"萧士赟注:"此二篇盖借汉事,以咏当时公主出嫁异国者。"

**【译文】**　汉家秦地的明月,流影长照着明妃,给她送行。一上了玉门关的大道,从此就再也回不来了。汉月还是照常从东海而出,而明妃自从西嫁匈奴之后,就永无来日了。燕支山长年寒冷,只有以雪作花,王昭君东归无望憔悴而死,骨埋胡沙。一代佳人,生前无钱给画工,枉被丑化;死后独留青冢于胡地,不得归家。实在是令人慨叹啊!

# 其　二

【原诗】　昭君拂玉鞍,上马啼红颊①。今日汉宫人,明朝胡地妾②。

【注释】　① 颊:面颊。　② 妾:妇女之意。

【译文】　王昭君上了马鞍,红腮上挂满了泪珠儿。今日还算是汉朝的宫人,明朝就是胡家的妇女了。

# 中山孺子妾歌

【题解】　《中山孺子妾歌》,乐府旧题。《乐府诗集》列于《杂曲歌辞》,敦茂倩云:“《汉书》曰:‘诏赐中山靖王哙及孺子妾冰、未央才人歌诗四篇。’如淳曰:‘孺子,幼少称孺子。妾,宫人也。’颜师古曰:‘孺子,王妾之有品号者。妾,王之众妾也。冰,其名,才人,天子内官。’按此谓以歌诗赐中山王及孺子妾、未在才人等尔,累言之,故云及也。而陆厥作歌,乃谓之中山孺子妾,失之远矣。”王琦注:“太白是题,盖仍陆氏之误也。”校注本云:“王先谦《汉书补注》卷三十:‘孺子妾疑即中山王宫人,特不当牵及未央才人耳。’据此,则题云《中山孺子妾》似不误。”

【原诗】　中山孺子妾,特以色见珍。虽不如延年妹①,亦是当时绝世人。桃李出深井②,花艳惊上春③。一贵复一贱,关天岂由身。芙蓉老秋霜,团扇羞网尘。戚姬髡翦入春市④,万古共悲辛。

【注释】　① 延年妹:即汉武帝之李夫人。　② 深井:深院。井,天井,代指庭院。　③ 上春:即孟春。　④ 戚姬髡(kūn):《汉书·外戚传》:“汉王得定陶戚姬,爱幸,生赵隐王如意……高祖崩,惠帝立,吕后为皇太后,乃令永巷囚戚夫人。髡钳,衣赭衣,令舂。戚夫人舂且歌曰:‘子为王,母为虏。终日舂薄暮,常与死为伍。相离三千里,当谁使告女?’”

【译文】　中山王的孺子妾,当时是以色见爱于王的。虽然不如李延年之妹李夫人那么漂亮,但也是当时的绝世美人。犹如庭中的桃李树,春天花开,有着惊人的美丽。人生命运的贵贱变迁,都是由天命所定,自身岂能掌握?芙蓉花老于秋霜,团扇到冬天便被搁置而生满了蛛网和灰尘。戚夫人后来被吕后剪秃了头发,被罚春米,真是令人同情啊。

# 荆州歌

【题解】　《荆州歌》,乐府旧题。《乐府诗集》列于《杂曲歌辞》,又名《荆州乐》《江陵乐》。郭茂倩云:"《荆州乐》盖出于清商曲《江陵乐》,荆州即江陵也。有纪南城,在江陵县东。梁简文帝《荆州歌》云'纪南城里望朝云,雉飞麦熟妾思君'是也。又有《纪南歌》,亦出于此。"萧士赟注:"《乐录》:都邑三十四曲有《荆州乐》,又有《荆州歌》。"此诗当是李白初出蜀经江陵时所作。

【原诗】　白帝城边足风波①,瞿塘五月谁敢过②。荆州麦熟茧成蛾,缲丝忆君头绪多③,拨谷飞鸣奈妾何④。

【注释】　①白帝城:在今重庆奉节东白帝山上。王琦注:"《通典》:夔州奉节县有白帝城。按唐之奉节县,即汉之鱼复县也。王莽时,公孙述据蜀,有白龙出殿前井中,述以为瑞,自称白帝,更号鱼复曰白帝城。"　②瞿塘:峡名,长江三峡之一。《水经注·江水》:"峡中有瞿塘、黄龙二滩,夏水回复,沿溯所忌。"《太平寰宇记》:"瞿塘峡,在(夔)州东一里,古西陵峡也。连岸千丈,奔流电激,舟人为之恐惧。"　③缲(sāo)丝:煮茧抽丝。在南朝乐府中,丝、思为双关语。头绪多:即思绪多。　④拨谷:鸟名,即布谷鸟。《本草》鸤鸠:"布谷,鸤鸠也。江东呼为获谷,亦曰郭公,北人名拨谷……布谷名多,皆各因其声似而呼之,如俗呼阿公阿婆、割麦插禾、脱却破裤之类。"

【译文】　白帝城边的大江中风险浪恶,五月的瞿塘峡谁敢经过?荆州的麦熟时节,茧已出蛾,蚕事已成,家家都在煮茧缫丝。看见了"丝",我就"思"起了你,我对你的思念比一团乱丝的头绪还要多。布谷鸟的叫鸣,更加引起了我对你的思念,妾将怎么办呢?

# 设辟邪伎鼓吹雉子班曲辞

**【题解】** 《设辟邪伎鼓吹雉子班曲辞》,乐府旧题。《乐府诗集》列于《鼓吹曲辞》,题为《雉子斑》。郭茂倩云:"《古今乐录》曰:梁三朝乐第四十一,设辟邪伎鼓吹作《雉子斑》曲引去来。"王琦注:"《乐府解题》曰:古词云:'雉子高飞止,黄鹄飞之以千里,雄来飞,从雌视。'盖取首二字以命名也。若梁简文帝'妒场时向陇',则竟全篇咏雉矣。宋何承天有《雉子游原泽》篇,则言避世之士抗志清霄,视卿相功名犹冰炭之不相入。太白此诗盖拟何氏而作⋯⋯辟邪,兽名。孟康《汉书注》:桃拔,一名符拔,似鹿,长尾,一角者或为天鹿,两角者或为辟邪。辟邪伎者,盖假为辟邪兽之形而舞者也。"

**【原诗】** 辟邪伎作鼓吹惊,雉子班之奏曲成①。喔咿振迅欲飞鸣②。扇锦翼,雄风生,双雌同饮啄,趫悍谁能争③。乍向草中耿介死④,不求黄金笼下生。天地至广大,何惜遂物情⑤。善卷让天子⑥,务光亦逃名⑦。所贵旷士怀,朗然合太清⑧。

**【注释】** ① 班之:疑当作"班班"。班,《乐府诗集》作"斑"。 ② 喔咿:禽鸟鸣声。振迅:快速腾跃。 ③ 趫(qiáo)悍:骄勇。 ④ 乍:宁可。耿介:刚正不阿,不为所辱。《礼记·檀弓》孔颖达疏:"今时人谓之雉,或谓雉鸟耿介,被人所获,必自屈折其头而死。" ⑤ 遂物情:顺遂万物之本性。嵇康《养生论》:"情不系于所欲,故能审贵贱而通物情。物情顺通,故大道无违。" ⑥ 善卷:古之隐士。《庄子·让王》:"舜以天下让善卷,善卷曰:'余立于宇宙之中,冬日衣皮毛,夏日衣葛绤,春耕种,形足以劳动;秋收敛,身足以休食。日出而作,日入而息,逍遥于天地之间,而心意自得。吾何以天下为哉？悲夫，子之不知余也。'遂不受。于是去而入深山。莫知其处。"
⑦务光：古之隐士。《庄子·让王》："汤遂与伊尹谋伐桀，克之……让瞀光
曰：'知者谋之，武者遂之，仁者居之，古之道也。吾子胡不立乎？'瞀光辞
曰：'废上，非义也；杀民，非仁也；人犯其难，我享其利，非廉也。吾闻之曰：
非其义者，不受其禄；无道之世，不践其土。况尊我乎？吾不忍久见也。'乃
负石自沉于庐水。"瞀光即务光。　⑧太清：天空。《楚辞·远游》："譬若
王侨之乘云兮，载赤霄而凌太清。"

【译文】　辟邪伎人鼓吹之乐大作，《雉子班》的乐曲也演奏起来了。演雉
鸡舞的演员，口中学着雉鸟喔喔咿咿地叫着，跳起了舞蹈。只见一群雄雉鸟
扇动着锦翼，雄赳赳地舞着，而与雌雉鸟一起双双饮啄。其骄悍之态，英勇
无比，无人敢争。雉鸟的本性耿介，它宁愿在草中自在而死，也不愿在黄金
笼里过着虽不忧饥寒却不自由的生活。天地至为广大，为什么不顺其物情，
遂其本性呢？昔日的大贤善卷和务光，辞让天子不做，不要所谓的大名。他
们的旷士之情怀，真是像天一样高洁畅亮啊！


# 相逢行

【题解】　《相逢行》，乐府旧题。《乐府诗集》列于《相和歌辞》。郭茂倩
云："一曰《相逢狭路间行》，亦曰《长安有狭斜行》。《乐府解题》曰：'古
词文意与《鸡鸣曲》同。'"此诗为交游之作。当是李白少年时的作品。

【原诗】　相逢红尘内①，高揖黄金鞭②。万户垂杨里，君家阿那边③。

【注释】　①红尘内：即繁华热闹的市井之中。　②黄金鞭：饰有黄金的
马鞭，极言华贵也。　③阿那边：犹言在哪里。

【译文】　与你在繁闹市井中相遇，手挽着马鞭相互作揖问好。请问老兄，
在那一片高楼垂杨之中，哪一处是你家的宅院？

# 古有所思

**【题解】**　《古有所思》,乐府旧题。《乐府诗集》列于《鼓吹曲辞》。郭茂倩云:"《乐府解题》曰:古词言'有所思,乃在大海南。何用问遗君? 双珠玳瑁簪。闻君有他心,烧之当风扬其灰。从今已往,勿复相思,而与君绝'也。按《古今乐录》汉太乐食举第七曲亦用之,不知与此同否。若齐王融'如何有所思',梁刘绘'别离安可再',但言离思而已。宋何承天《有所思篇》曰:'有所思,思昔人,曾闵二子善养亲。'则言生罹荼苦,哀慈亲之不得见也。"萧士赟注:"王僧虔《技录》:相和歌瑟调三十八曲内有《有所思》。又汉短箫铙歌二十二曲,其一曰《有所思》。亦曰《嗟佳人》,注云:汉大乐食举十三曲,第七曰《有所思》,汉朝以此乐侑食。"太白此诗为游仙体,以寄君国之思。

**【原诗】**　我思仙人乃在碧海之东隅[1],海寒多天风,白波连山倒蓬壶[2]。长鲸喷涌不可涉,抚心茫茫泪如珠。西来青鸟东飞去[3],愿寄一书谢麻姑[4]。

**【注释】**　[1] 碧海:《海内十洲记》:"扶桑在东海之东岸,岸直陆行,登岸一万里,东复有碧海。海广狭浩汗与东海等。水既不咸苦,正作碧色,甘香味美。"　[2] 蓬壶:东海之蓬莱、方壶仙山。　[3] 青鸟:神话中西王母的信使。《汉武故事》:"七月七日,上于承华殿斋。日正中,忽见有青鸟从西方来。上问东方朔,朔对曰:'西王母暮必降尊像,上宜洒扫以待之。'……有顷,王母至……有二青鸟如鸾,夹侍王母旁。"　[4] 麻姑:女仙名。《神仙传》:"(王远)遣人召麻姑……麻姑至,蔡经亦举家见之。是好女子,年可十八九许。于顶上作髻,余发散垂至腰。衣有文采,又非锦绮,光彩耀目,不可名状。"

**【译文】**　我所思的仙人在碧海之东,那里海寒多天风,掀起的巨浪可以冲倒蓬莱和方壶。巨大的鲸鱼喷涌喷泉不可越渡,我的心一片茫然泪落如珠。

只有西王母的青鸟可以东飞渡海而去,我想托青鸟寄一封书信,捎给碧海之东的仙女麻姑。

# 久别离

**【题解】** 《久别离》,太白自制乐府题。《乐府诗集》列于《杂曲歌辞》。胡震亨云:"江淹《拟古》始有《古别离》,后乃有《长别离》《生别离》等名。此《久别离》及《远别离》皆自为之名,其源则出于《古别离》也。"此诗乃闺怨之作,通篇拟为思妇之语。盖作于寓居安陆时期。

**【原诗】** 别来几春未还家,玉窗五见樱桃花①。况有锦字书,开缄使人嗟②。至此肠断彼心绝③,云鬟绿鬓罢梳结④,愁如回飙乱白雪⑤。去年寄书报阳台⑥,今年寄书重相催。东风兮东风⑦,为我吹行云使西来⑧。待来竟不来,落花寂寂委青苔。

**【注释】** ① 五见:即指五年。 ② 锦字书:用苏蕙织锦字回文书事。详见《乌夜啼》注。使人嗟:一作"令人嗟"。 ③ 至此肠断彼心绝:一作"此肠断,彼心绝"。 ④ 梳结:一作"揽结"。 ⑤ 回飙:旋风。 ⑥ 阳台:喻指男女欢愉之处。宋玉《高唐赋》:"妾在巫山之阳,高丘之岨。旦为朝云,暮为行雨。朝朝暮暮,阳台之下。" ⑦ 东风兮东风:一作"胡为乎东风"。 ⑧ 行云:喻游子,思妇所思之人。

**【译文】** 夫君别家已有几年了?玉窗前的樱桃花已开过五次了。他虽有书信寄来,但我打开书信,仍未有他还家的消息,令人不胜嗟叹。我肠痛欲断,他心已不在我矣。从此我头懒得梳,妆也懒得化,心如愁风搅乱雪。去年我曾写信送彼阳台欢愉之处,今年又寄信再催他回家。东风啊东风,你给我将那浪子像吹行云一样吹回家来吧。我一直等待,等待,他仍不见归来。我的青春一去不返,犹如这暮春的落花,寂寂地落在青苔之上,渐渐地枯萎了。

# 采莲曲

**【题解】**　《采莲曲》，乐府旧题。《乐府诗集》列于《清商曲辞》，引《古今乐录》曰："梁天监十一年冬，武帝改西曲，制《江南上云乐》十四曲，《江南弄》七曲：一曰《江南弄》，二曰《龙笛曲》，三曰《采莲曲》，四曰《凤笛曲》，五曰《采菱曲》，六曰《游女曲》，七曰《朝云曲》。"萧士赟注："《乐录》草木二十四曲内有《采莲曲》。"王琦注："《采莲曲》起于梁武帝父子，后人多拟之。"此诗当是年轻的李白东游吴越时所作。

**【原诗】**　若耶溪旁采莲女①，笑隔荷花共人语。日照新妆水底明，风飘香袖空中举。岸上谁家游冶郎②，三三五五映垂杨。紫骝嘶入落花去③，见此踟蹰空断肠④。

**【注释】**　① 若耶溪：在今浙江绍兴，源出若耶山，北入鉴湖。相传为西施浣纱处。　② 游冶郎：浪游寻乐之少年。　③ 紫骝：赤身黑鬣之马。④ 踟蹰：徘徊。

**【译文】**　若耶溪旁的采莲少女，在荷花荡中隔着荷花互相说笑。湖水映着阳光下的新妆，衣袖飘香，纤手频举，在忙着采莲。岸上有一群游冶的少年，在落花缤纷之中骑着紫骝马过来，他们三三五五地在柳荫下观看姑娘们采莲，为姑娘们的风采所迷，徘徊久之，不愿离去。

# 白头吟二首

**【题解】**　《白头吟》，乐府旧题。《乐府诗集》列于《相和歌辞》。郭茂倩云："《古今乐录》曰：王僧虔《技录》曰：'《白头吟行》歌古"皑如山上雪"篇。'《西京杂记》曰：'司马相如将聘茂陵人女为妾，卓文君作《白头吟》以自绝，相如乃止。'《乐府解题》曰：'古辞云："皑如山上雪，皎若云间月。'又云：'愿得一心人，白头不相离。'始言良人有两意，故来与之相决绝。次言别于沟水之上，叙其本情。终言男儿重意气，何用于钱刀。……一说云：'《白头吟》疾人相知，以新间旧，不能至于白首，故以为名。'"古辞本二首，一首为晋乐所奏，一首为本辞。二首词句颇有不同。太白所拟亦有二首，有人认为是一诗而两传者，亦有人认为古辞既为二首，太白亦拟为二首。未知孰是。

# 其 一

【原诗】 锦水东北流①，波荡双鸳鸯②。雄巢汉宫树，雌弄秦草芳③。宁同万死碎绮翼，不忍云间两分张。此时阿娇正娇妒，独坐长门愁日暮④。但愿君恩顾妾深，岂惜黄金买词赋⑤。相如作赋得黄金，丈夫好新多异心。一朝将聘茂陵女，文君因赠《白头吟》⑥。东流不作西归水，落花辞条羞故林。兔丝故无情，随风任倾倒。谁使女萝枝，而来强萦抱⑦。两草犹一心，人心不如草。莫卷龙须席⑧，从他生网丝。且留琥珀枕⑨，或有梦来时。覆水再收岂满杯⑩，弃妾已去难重回。古时得意不相负，只今惟见青陵台⑪。

【注释】 ①锦水：即锦江。因在此江濯锦则好，故云锦江。此水自郫县从岷江分出，在成都南又与岷江合流。《华阳国志·蜀志》："锦江，织锦濯于其中则鲜明，濯他江则不好。" ②鸳鸯：水鸟名。《古今注》："鸳鸯，水鸟，凫类也。雌雄未尝相离。人得其一，则一思而死，故曰匹鸟。" ③"雄巢"二句：汉宫树、秦草，均指长安风物。此咏长安之事也。 ④阿娇：汉武帝陈皇后名。《汉武故事》："胶东王（即后来之汉武帝）数岁，公主抱置膝上，问曰：'儿欲得妇否？'长主指左右长御百余人，皆云不用。指其女阿娇好否，笑曰：'好，若得阿娇作妇，当作金屋贮之。'" ⑤买词赋：司马相如《长门赋》序："陈皇后时得幸，颇妒，别在长门宫，愁闷悲思。闻蜀郡成都司马相如天下工为文，奉黄金百斤，为相如文君取酒，因于解悲愁之辞。而相如为文以悟主上，陈皇后复得亲幸。" ⑥白头吟：乐府古辞名，传为文君所作。诗曰："皑如山上雪，皎若云间月。闻君有两意，故来相决绝。今日斗酒会,明日沟水头。躞蹀御沟上,沟水东西流。凄凄复凄凄,嫁娶不须啼。愿得一心人,白头不相离。竹竿何袅袅,鱼尾何簁簁。男儿重意气,何用钱刀为。" ⑦ "兔丝"四句:兔丝,寄生类植物。缠蔓于其他植物之上。女萝,又叫松萝,地衣类植物,寄生于树身。有时女萝也寄生在兔丝之上。《博物志》:"女萝寄生兔丝,兔丝寄生木上,生根不着地。" ⑧ 龙须席:用龙须草编织成的席子。 ⑨ 琥珀枕:一种用琥珀做成的枕头。 ⑩ "覆水"句:指事已成定局,难以恢复旧貌。多喻夫妻离异。 ⑪ 青陵台:旧址在今河南封丘。据《搜神记》载:春秋时宋国国君看到大夫韩朋之妻貌美而夺之。让韩朋筑青陵台,后又杀死韩朋。韩朋妻要求登台临丧,遂从台上投身而死。王令分埋台左右,期年,二人埋身处各生一树,及大,二树枝柯相交,有二鸟哀鸣其上,因号之曰相思树。

【译文】 锦水从东北流过来,水波中有一对鸳鸯在相戏相随。它们在汉宫的树下筑巢,一起在秦地的芳草中戏弄。它们宁可粉身碎翼死在一起,也不愿至空中各自分飞。此时的阿娇因娇妒而被幽闭在长门宫,黄昏里,正坐在宫中发愁。只要君王能够对自己重新垂顾,岂惜千金使人写词赋? 司马相如因写《长门赋》得了千两黄金,但男人多喜新厌旧,司马相如也不例外。他曾一度想纳茂陵之女为妾,文君听此消息之后便作了一首《白头吟》。但是,东流之水难于再西归,落花从树枝上落下之后也羞于重返旧枝。兔丝本是无情之物,它可随风而倒,柔若无骨。可是,它却与女萝的枝条缠抱在一起,难以分离。这二种草木犹能一心相恋,可见人心尚不如草木。那床上的龙须席,不卷也罢,任它上面落满尘土,挂满蛛丝。那琥珀枕可暂且留下来,枕着它或许能旧梦重圆。覆地之水,再收岂能满杯? 弃妇已去,难以重回。古时得意不相负的人,恐怕只有殉情于青陵台的韩朋夫妇吧!

## 其 二

【原诗】 锦水东流碧,波荡双鸳鸯。雄巢汉宫树,雌弄秦草芳。相如去蜀谒武帝,赤车驷马生辉光①。一朝再览《大人》作,万乘忽欲凌云翔②。闻道阿娇失恩宠,千金买赋要君王③。相如不忆贫贱日,官高金多聘私室。茂陵姝子皆见求④,文君欢爱从此毕。泪如双泉水,行堕紫罗襟。五起鸡三唱⑤,清晨《白头吟》。长吁不整绿云鬟,仰诉青天哀怨深。城崩杞梁妻,谁道土无心⑥。东流不作西归水,落花辞枝羞故林。头上玉燕钗⑦,是妾嫁时物。赠君表相思,罗袖幸时拂。莫卷龙须席,从他生网丝。且留琥珀枕,还有梦来时。鹔鹴裘在锦屏上,自君一挂无由披⑧。妾有秦楼镜,照心胜照井⑨。愿持照新人,双对可怜影⑩。覆水却收不满杯,相如还谢文君回⑪。古来得意不相负,只今惟有青陵台。

**【注释】** ① 赤车驷马:汉代做官人乘的车。《华阳国志·蜀志》:"成都城北十里有升仙桥,有送客观。司马相如初入长安,题市门曰:'不乘赤车驷马,不过汝下也。'" ②《大人》作:即《大人赋》之作。《史记·司马相如列传》:"相如见上好仙道……乃遂就《大人赋》……相如既奏《大人》之颂,天子大说,飘飘有凌云之气,似游天地之间意。" ③ 要:邀宠。 ④ 姝子:美女。姝,佳丽。 ⑤"五起"句:谓文君终夜未眠。 ⑥"城崩"句:用杞梁妻事。《古今注》:"杞植战死,妻叹曰:'上则无父,中则无夫,下则无子,生人之苦至矣。'乃抗声长哭,杞都城感之而颓,遂投水而死。其妹悲姊之贞操,乃作歌,名为《杞梁妻》焉。梁,植字也。" ⑦ 玉燕钗:《洞冥记》:"元鼎元年……神女留玉钗以赠帝,帝以赐赵婕妤……既发匣,有白燕飞升天。后宫人学作此钗,因名玉燕钗,言吉祥也。" ⑧ 鹔鹴:司马相如之裘衣。《西京杂记》:"司马相如初与卓文君还成都,居贫愁懑,以所著鹔鹴裘就市人阳昌贳酒,与文君为欢。"无由披:一作"无人披"。此以裘喻旧人。 ⑨ 秦楼镜:《西京杂记》:"高祖初入咸阳宫,周行库府……有方镜,广四尺,高五尺九寸,表里洞明……人有疾病在内,则掩心而照之,则知病之所在。又女子有邪心,则胆张心动。秦始皇常以照宫人,胆张心动者则杀之。"照井:古穷人无镜,则以井照影也。 ⑩ 可怜:可爱。 ⑪ 谢:谢却,拒绝之意。

**【译文】** 锦水的碧流从东流过,波中有一对鸳鸯在相戏相随。它们在汉宫的树下结巢,在秦地芳草中嬉戏。司马相如离开蜀地前往长安谒见汉武帝,当了大官,坐着驷马赤车,好不风光。皇上一见司马相如所作的《大人赋》,便飘飘然有凌云之气。听说阿娇失宠了,以千金求司马相如写了一篇《长门赋》,以邀君王回心转意。相如忘记了昔日的贫贱夫妻之恩,因做官有钱了便私欲膨胀,要娶小妾。茂陵的佳丽都争着应征,他与文君的恩情欢爱从此就完结了。文君的泪如泉水,行行落在紫罗襟上。一夜之中辗转数起,不得安眠。清晨便吟出了《白头吟》这首千古绝唱。她长吁短叹,云鬓不整,仰天倾诉她心中无限的悲怨。当年杞梁之妻将城都哭倒了,谁说土石是无心之物呢?东流之水不能再西归,落花也羞于再返回故枝。头上的玉燕钗,是妾初嫁时的陪妆。赠给夫君以表相思吧,希望你能不忘旧情,时常拂拭。那床上的龙须席,不要去卷它,任它上面落满尘土、结满蛛网吧。那个琥珀枕可暂且留下,枕着它还可能圆一下旧梦。我就像夫君的鹔鹴裘一样,自从被挂在锦屏之上,就无由再穿了。我有一枚秦楼宝镜,光鉴照人,用它来照心胜过用井水相照。我愿用它来照新人,可照见你们肺腑和心肝。覆地之水再收也难满杯,相如还是对文君不能回心转意。古来得意不相负的,恐怕只有殉身于青陵台的韩朋夫妇吧!

# 临江王节士歌

**【题解】** 《临江王节士歌》,乐府旧题。《乐府诗集》列于《杂歌谣辞》。郭茂倩云:"《艺文志》又曰:'临江王及愁思节士歌诗四篇……'亦皆累辞也。"南朝齐陆厥《临江王节士歌》云:"木叶下,江波连,秋月照浦云歌山。秋思不可裁,复带秋风来。秋风来已寒,白露惊罗纨。节士慷慨发冲冠,弯弓挂若木,长剑竦云端。"李白此诗盖拟陆作。诗似作于太白流夜郎后游洞庭时。

**【原诗】** 洞庭白波木叶稀[1],燕雁始入吴云飞[2]。吴云寒,燕雁苦,风号沙宿潇湘浦[3]。节士感秋泪如雨[4],白日当天心,照之可以事明主。壮士愤,雄风生[5]。安得倚天剑[6],跨海斩长鲸[7]。

**【注释】** ①"洞庭"句：用《楚辞》诗意。《楚辞·湘夫人》："袅袅兮秋风，洞庭波兮木叶下。" ②燕雁：燕地之雁。雁，一作"鸿"。 ③潇湘：二水名，在今湖南境内。浦：水边。 ④节士：有节操之士。感秋：宋玉《九辩》："悲哉秋之为气也，萧瑟兮草木摇落而变衰。" ⑤"壮士"二句：壮士，一作"壮气"。雄风，一作"寒风"。 ⑥倚天剑：喻剑之长。宋玉《大言赋》："长剑耿耿倚天外。" ⑦长鲸：大鲸。此喻安史叛军。梁元帝《玄览赋》："戮滔天之封豕，斩横海之长鲸。"

**【译文】** 洞庭湖上木叶飘落的时节，燕地的大雁开始向吴地迁飞。吴楚天气寒冷，燕地的大雁颇受风波之苦，在寒风中憩息于潇湘岸畔的沙滩上。节士悲秋而泪如雨降，高天上的白日啊，你可以照见我的忠诚，我对明主只有一片耿耿忠心。壮士激愤，顿生雄风，多么想能有一把倚天之剑，为君跨海而征，去斩除那为乱天下的横海长鲸！

# 司马将军歌

**【题解】** 《司马将军歌》，乐府旧题。《乐府诗集》列于《杂曲歌辞》。李集原注云："代陇上健儿陈安。"司马将军即指陈安。陈安为晋王司马宝将。与前赵刘曜战，后战死。《晋书·刘曜载记》："安善于抚接，吉凶夷险与众同之。及其死，陇上歌之曰：'陇上壮士有陈安，躯干虽小腹中宽，爱养将士同心肝。骢骢父马铁瑕鞍，七尺大刀奋如湍，丈八蛇矛左右盘。十荡十决无当前。战始三交失蛇矛，弃我骢骢窜岩幽，为我外援而悬头。西流之水东流河，一去不还奈子何。'刘曜闻而嘉伤，命乐府歌之。"

**【原诗】** 狂风吹古月①，窃弄章华台②。北落明星动光彩③，南征猛将如云雷④。手中电曳倚天剑，直斩长鲸海水开。我见楼船壮心目，颇似龙骧下三蜀⑤。扬兵习战张虎旗，江中白浪如银屋。身居玉帐临河魁⑥，紫髯若戟冠崔嵬⑦。细柳开营揖天子，始知灞上为婴孩⑧。羌笛横吹《阿䍥回》⑨，向月楼中吹《落梅》⑩。将军自起舞长剑，壮士呼声动九垓⑪。功成献凯见明主，丹青画像麒麟台⑫。

【注释】 ① 古月：胡也。《晋书·苻坚载记》："古月之末乱中州，洪水大起健西流。" ② 章华台：春秋时楚灵王所建，故址在今湖北监利。王琦注："乾元二年九月，襄州乱将张延嘉袭破荆州，据之。此诗当是是时所作。故有'狂风吹古月，窃弄章华台'之句。延嘉疑亦蕃将，否则故安史部下之降兵也。" ③ 北落：星名，即北落师门星。王琦注："《甘氏星经》：北落师门一星，在羽林军西，主候兵。" ④ "南征"句：一作"南方有事将军来"。 ⑤ 龙骧：指晋大将王濬。《晋书·王濬传》："（王濬）拜益州刺史，武帝谋伐吴，诏濬修舟舰，濬乃作大船连舫……舟楫之盛，自古未有……寻以谣言，拜濬为龙骧将军，监益、梁诸军事……（太康元年）濬自发蜀，兵不血刃，攻无坚城，夏口、武昌无相支抗。于是顺流鼓棹，径造三山。"三蜀：《文选》左思《蜀都赋》："三蜀之豪。"刘逵注："三蜀，蜀郡、广汉、犍为也。" ⑥ 玉帐：主将所居之军帐。河魁：星名，为主将所设军帐之方位。王琦注："《抱朴子》：'兵在太乙玉帐之中，不可攻也。'《云谷杂记》：'《艺文志》有《玉帐经》一卷，乃兵家厌胜之方位。谓主将于其方置军帐，则坚不可犯，犹玉帐然。'……李太白《司马将军歌》云'身居玉帐临河魁'，戌为河魁，谓主将之帐宜在戌也。非深识其法者不能为此语。" ⑦ 紫髯：三国孙权碧眼紫髯，被称为紫髯将军。紫髯如戟，威武貌。崔嵬：高貌。 ⑧ 细柳：地名，在今陕西咸阳西南。灞上：地名，在今陕西西安市东。文帝时，为防匈奴，以刘礼守霸上，徐厉守棘门，柳亚夫守细柳。文帝劳军，至霸上及棘门，直驰而入，将以下人员皆下马迎送。后至细营，军中士卒皆持兵执锐，文帝不得驰入，守营门将士对文帝说："将军约，军中不得驱驰。"文帝于是按辔徐行，至营中。周亚夫持兵曰："介胄之士不拜，请以军礼见。"文帝为动。改容式车，成礼而去。既出军门，群臣皆惊。文帝曰："此真将军矣。曩者霸上、棘门军，若儿戏耳。其将固可袭而虏也。至于亚夫，可得而犯邪？"事见《史记·绛侯周勃世家》。 ⑨ 羌笛：羌人所吹之笛。马融《长笛赋》："近世双笛从羌起。"阿䍥(duǒ)回：番曲名。 ⑩《落梅》：笛曲名，即《梅花落》。 ⑪ 九垓：中央至八极之地，或指九重天。 ⑫ 麒麟台：即麒麟阁，汉宫中阁名。汉高祖造,汉宣帝曾画十一位功臣的图像于其上。《汉书·苏武传》:"甘露三年,单于始入朝,上思股肱之美,乃图画其人于麒麟阁。"

**【译文】** 狂风吹着古月,胡之余孽在章华台一带作乱。北落明星大放光彩,南征的猛将横扫叛军势如云雷。他们手中的倚天长剑舞得如电闪一般快捷,要去斩那大海长鲸一样的凶顽。看到如云的楼船,我心胆开张,真像是当年龙骧将军王濬离蜀伐吴那样的壮观。船上兵戈齐天,战旗猎猎,江中的白浪高如银屋。身居玉帐中的将军,紫髯若戟,头戴兜盔,威武雄壮,就像细柳营中对天子长揖不拜的汉代大将周亚夫,相比之下,那灞上的刘礼等人之治军,不过是像小孩子一样可笑。羌笛在向月楼中高奏着《阿鞞回》和《梅花落》的曲子,将军手执长剑翩翩起舞,壮士们的呼声震天动地。功成之后向君王献捷,将军的画像也将在麒麟阁上名垂青史!

# 君道曲

**【题解】** 《君道曲》,题下自注云:"梁之雅歌有五章,今作一章。"《乐府诗集》列于《清商曲辞》。郭茂倩云:"唐李白曰:'梁之雅歌有五篇,今作一章。'按梁雅歌无《君道曲》,疑《应王受图曲》是也。"王琦注:"按《乐府诗集》:'《古今乐录》曰:梁有雅歌五曲:一曰《应王受图曲》、二曰《臣道曲》、三曰《积恶篇》、四曰《积善篇》、五曰《宴酒篇》。无《君道曲》。疑太白拟作者,即《应王受图曲》。'琦谓:非也,盖后人讹臣字为君字耳。"王琦之论非也。今按太白《君道曲》所论为君道而非臣道也。此乃太白自拟乐府题。

**【原诗】** 大君若天覆[①],广运无不至[②]。轩后爪牙常先太山稽[③],如心之使臂[④]。小白鸿翼于夷吾[⑤],刘葛鱼水本无二[⑥]。土扶可成墙[⑦],积德为厚地[⑧]。

**【注释】** ① 大君:天子。天覆:覆盖天下之意。《汉书·匡衡传》:"陛下圣德天覆,子爱海内。" ②广运:东西南北之谓。《国语·越语》:"勾践之地……广运百里。"韦昭注:"东西为广,南北为运。" ③轩后:轩辕黄帝。爪牙:王之得力大臣。《诗经·小雅·祈父》:"予王之爪牙。"郑笺:"爪牙之士,当为王闲守之卫。"常先、太山稽:黄帝之大臣。《史记·五帝本纪》:"(黄帝)举风后、力牧常先、大鸿以治民。"《淮南子·览冥训》:"昔者黄帝治天下,而力牧、太山稽辅之。" ④"如心"句:谓指挥自如。《汉书·贾谊传》:"令海内之势如身之使臂,臂之使指,莫不制从。" ⑤小白:齐桓公名。夷吾:齐相管仲名,桓公尊之为仲父。《管子·霸行》:"桓公在位,管仲、隰朋见,立有间,有二鸿飞而见之……桓公曰:'……寡人之有仲父也,犹飞鸿之有羽翼也。'" ⑥鱼水:谓君臣关系密而无间。《三国志·蜀书·诸葛亮传》:"先主(指刘备)解之曰:'孤之有孔明,犹鱼之有水也。'" ⑦"土扶"句:谓有人辅佐,方可成事。《北齐书·魏景传》:"土相扶为墙,人相扶为王。" ⑧"积德"句:地有厚德,以生万物焉。此句谓君应积好生之德,以惠养臣民也。

【译文】 天子之德若天之覆地,四方无远而不至。黄帝用其臣常先、太山稽等,如心之使臂一样的浑如一体,运用自如。齐桓公把自己比作鸿雁,而把管仲比作鸿雁的羽翼。刘备把自己比作鱼,而把诸葛亮比作水。君臣亲密无间,鱼水欢洽。土须众人扶方可成墙,地须积好生之德而始厚。这是显而易见的道理。


# 结袜子

【题解】 《结袜子》,乐府旧题。《乐府诗集》列于《杂曲歌辞》,郭茂倩云:"《汉书》曰:'王生者,善为黄老言,处士。尝召居廷中,公卿尽会立。王生老人曰:"吾袜解。"顾谓张释之:"为我结袜。"释之跪而结之,既已,人或让王生:"独奈何廷辱张廷尉如此?"王生曰:"吾老且贱,自度终亡益于张廷尉。廷尉方天下名臣,吾故聊使结袜,欲以重之。"诸公闻之,贤王生而重释之。'唐李白辞,大抵言感恩之重,而以命相许也。"萧士赟

注:《乐府遗声》游侠二十一曲中有《结袜子》。"此是游侠诗,当为李白年轻时所作。

【原诗】 燕南壮士吴门豪,筑中置铅鱼隐刀①。感君恩重许君命,太山一掷轻鸿毛②。

【注释】 ① 燕南壮士:指战国时燕国侠士高渐离。吴门豪:指春秋时吴国侠士专诸。置铅:谓高渐离以筑击秦始皇事。《史记·刺客列传》:"(高渐离)闻于秦始皇,秦始皇召见……惜其善击筑,重赦之,乃矐其目。使击筑,未尝不称善。稍益近之。高渐离乃以铅置筑中,复进得近,举筑扑秦皇帝不中,于是遂诛高渐离。"鱼隐刀:谓专诸刺杀吴王僚事。《史记·刺客列传》:"伍子胥知公子光之欲杀吴王僚……乃进专诸于公子光……光伏甲士于窟室中,而具酒请王僚。王僚使兵陈自宫至光之家,门户阶陛左右,皆王僚之亲戚也。夹立侍,皆持长铍。酒既酣,公子光佯为足疾,入窟室中,使专诸置匕首鱼炙之腹中而进之。既至王前,专诸擘鱼,因以匕首刺王僚,王僚立死,左右亦杀专诸。" ②"太山"句:太山,即泰山。此句谓为知己不惜舍命相报。太山,喻性命。《汉书·司马迁传》:"人固有一死,死有重于泰山,或轻于鸿毛,用之所趋异也。"此化用其语。

【译文】 燕南的壮士高渐离和吴国的豪侠专诸,一个用灌了铅的筑去搏击秦始皇,一个用鱼腹中的刀去刺杀吴王僚。他们都是为报君恩以命相许,视掷太山之重如鸿毛之轻。

# 结客少年场行

【题解】 《结客少年场行》,乐府旧题。《乐府诗集》列于《杂曲歌辞》。郭茂倩云:"曹植《结客篇》曰:'结客少年场,报怨洛北邙。'《乐府解题》曰:'《结客少年场行》,言轻生重义,慷慨以立功名也。'"

**【原诗】**　紫燕黄金瞳①，啾啾摇绿鬃②。平明相驰逐，结客洛门东③。少年学剑术，凌轹白猿公④。珠袍曳锦带，匕首插吴鸿⑤。由来万夫勇，挟此英雄风。托交从剧孟⑥，买醉入新丰⑦。笑尽一杯酒，杀人都市中⑧。羞道易水寒⑨，从令日贯虹⑩。燕丹事不立，虚没秦帝宫。武阳死灰人⑪，安可与成功。

**【注释】**　①紫燕：良马名。黄金瞳：金黄色的眸子。刘劭《赵郡赋》：“其良马则飞兔、奚斯、常骊、紫燕。丰鬐确颅，龙身鹄颈，目如黄金，兰筋参精。”②啾啾：鸣声，此指马嘶声。《楚辞·离骚》：“鸣玉鸾之啾啾。”王逸注：“啾啾，鸣声也。”　③结客：交结侠客。　④凌轹(lì)：欺凌。白猿公：《吴越春秋》：“越有处女，出于南林……越王乃使使聘之，问以剑戟之术。处女将北见于王，道逢一翁，自称曰袁公。问于处女：‘吾闻子善剑，愿一见之。’女曰：‘妾不敢有所隐，惟公试之。’于是袁公即杖箖箊竹，竹枝上颉桥，末堕地，女即接末……袁公则飞上树，变为白猿。”　⑤吴鸿：吴钩名。《吴越春秋》：“吴作钩者甚众，而有人贪王之重赏也，杀其二子以血衅金。遂成二钩，献于阖闾，诣宫门而求赏。王曰：‘为钩者众，而子独求赏，何以异于众夫子之钩乎？’作钩者曰：‘吾之作钩也，贪而杀二子，衅成二钩。’王乃举众钩以视之，何者是也？王钩甚多，形体相类，不知其所在。于是钩师向钩呼二子之名：‘吴鸿、扈稽，我在于此，王不知汝之神也。’声绝于口，两钩俱飞，著父之胸。吴王大惊曰：‘嗟乎，寡人诚负于子。’乃赏百金。遂眼而不离身。”　⑥剧孟：汉之大侠。《史记·游侠列传》：“剧孟，行大类朱家而好博，多少年之戏。”　⑦新丰：汉县名，故址在今陕西临潼东北。　⑧“杀人”句：左延年《秦女休行》：“杀人都市中，徼我都巷西。”此用此成句。⑨易水寒：《战国策·燕策》：“太子及宾客知其事者，皆白衣冠以送之。至易水上，既祖，取道。高渐离击筑，荆轲和而歌，为变徵之声。士皆垂泪涕泣，又前而为歌曰：‘风萧萧兮易水寒，壮士一去兮不复还！’”　⑩从令：一作“徒令”。日贯虹：《战国策·魏策》：“夫专诸之刺王僚也，彗星袭月；聂政之刺韩傀也，白虹贯日；要离之刺庆忌也，苍鹰击于殿上。”　⑪武阳：燕国武士秦武阳。《战国策·燕策》：“秦王闻之大喜，乃朝服，设九宾，见燕使者咸阳宫。荆轲奉樊於期头函，而秦武阳奉地图匣，以次进。至陛下，秦武阳色变振恐,群臣怪之。荆轲顾笑武阳,前为谢曰:'北蛮夷之鄙人,未尝见天子,故振慑,愿大王少假借之,使毕使于前。'"《燕丹子》:"秦王喜,百官陪位,陛戟数百,见燕使者⋯⋯鼓钟并发,群臣皆呼万岁。武阳大恐,面如死灰色。"

【译文】 骏马紫燕目如黄金,摇着绿鬃,发出啾啾的嘶鸣。侠士们天刚亮时便竞相驰逐,在洛阳东门聚会。少年侠士一个个精通剑术,可与传说中的白猿公相颉颃。他们珠袍锦带,腰间插着吴鸿一样的匕首,使这些勇当万夫的侠少们更增添了不少英姿雄风。他们与剧孟这样的英雄结交,在新丰的酒楼中痛饮酣醉;一杯酒下肚,就敢于在都市中杀人逞雄。对于在易水高歌、徒令白虹贯日的大侠荆轲,他们也羞于效仿,因为他并没有完成燕太子丹交付的刺秦王的使命,便白白地命丧秦宫了。试想,荆轲选秦武阳这样一见秦王便吓得面如死灰的武士作为助手,怎可能与他共成大事呢?

# 长干行二首

【题解】 《长干行》,旧题乐府。《乐府诗集》列于《杂曲歌辞》。乐府古辞名《长干曲》,崔颢亦有《长干曲》四首。长干,地名。《文选》左思《吴都赋》:"长干延属。"刘逵注:"建业南五里有山冈,其间平地,吏民杂居,东长干中有大长干、小长干,皆相连。"其地在今江苏南京。此诗为李白初游金陵时所作。

## 其 一

【原诗】 妾发初覆额,折花门前剧[①]。郎骑竹马来,绕床弄青梅。同居长干里,两小无嫌猜。十四为君妇,羞颜未尝开。低头向暗壁,千唤不一回。十五始展眉,愿同尘与灰[②]。常存抱柱信[③],岂上望夫台[④]。十六君远行,瞿塘滟预堆[⑤]。五月不可触,猿声天上哀。门前迟行迹[⑥],一一生绿苔[⑦]。苔深不能扫,落叶秋风早。八月胡蝶来[⑧],

双飞西园草。感此伤妾心，坐愁红颜老。早晚下三巴⑨，预将书报家。相迎不道远⑩，直至长风沙⑪。

**【注释】** ① 剧：游戏。 ②"愿同"句：谓愿同生死不分离也。尘与灰，易混同也。 ③ 抱柱信：《庄子·盗跖》："尾生与女子期于梁下。女子不来，水至不去，抱梁柱而死。" ④ 岂上：一作"耻上"。望夫台：也叫望夫山，在今江西德安。《舆地纪胜·江州》望夫山："在德安县西北一十五里，高一百丈，按《方舆纪》云：夫行役未归，其妻登山而望。每登山辄以藤箱盛土，积日累功，渐益高峻，故以名焉。" ⑤ 瞿塘：峡名，长江三峡之一，为三峡之门，在今重庆奉节附近。滟预堆：瞿塘峡口江中之礁石。旧时为长江中著名险滩，今已炸平。王琦注："《太平寰宇记》：滟预堆周回二十丈，在夔州西南二百步蜀江中心瞿塘峡口。冬水浅，屹然露百余尺。夏水涨，没数十丈，其状如马，舟人不敢进。谚曰：'滟预大如马，瞿塘不可下。滟预大如鳖，瞿塘行舟绝。滟预大如龟，瞿塘不可窥。滟预大如襆，瞿塘不可触。'" ⑥ 迟行迹：一作"旧行迹"。 ⑦ 绿苔：一作"苍苔"。 ⑧ 胡蝶来：一作"胡蝶黄"。 ⑨ 早晚：犹何时。三巴：地名。即巴郡、巴东、巴西，在今四川东部。王琦注引《小学绀珠》："三巴：巴郡，今重庆府；巴东，今夔州；巴西，今合州。" ⑩ 不道远：不言多远，不管多远之意。 ⑪ 长风沙：地名，在今安徽安庆。陆游《入蜀记》："太白《长干行》云：'早晚下三巴，预将书报家。相迎不道远，直到长风沙。'盖自金陵至此七百里，而室家来迎其夫，甚言其远也。"

**【译文】** 在妾的头发刚覆盖着前额的年龄，我便同你一起在门前做折花的游戏。你骑着竹马过来，我们一起绕着井栏，互掷青梅为戏。我们同是在长干里长大的，两小无猜。我十四岁的那一年，成了你的妻子。那时还小着呢，觉得当新媳妇不羞人，有时独自躲在暗处，任你怎么叫，我也不回头答应一声。十五岁时才渐开笑颜，愿与夫君白头偕老，同生共死。我与你情同尾生，永不相离，哪里能想到会上望夫台的呢？十六岁时，你却远出经商，要路过长江三峡中的滟预堆。这可是个险要之处，五月长江水急，行船时你可千万要注意，不要触礁。其地之险，真是令两岸的猿猱也为之哀愁啊。我天天在家愁思苦盼,连家门都很少出。门前的旧行迹长期冷落,都一一长满了绿苔。秋天来了,苔上落满了树叶,也懒得去扫。八月里,蝴蝶双双在西园的草丛中飞来飞去,见此景令我倍加烦恼,愁得我红颜憔悴。郎君何时能从三巴出发?请事先给家捎个信儿来,再远的路我也不嫌远,我一定要到长风沙前去迎接你!

## 其　二<sup>①</sup>

**【原诗】**　忆妾深闺里<sup>②</sup>,烟尘不曾识。嫁与长干人,沙头候风色<sup>③</sup>。五月南风兴,思君下巴陵<sup>④</sup>。八月西风起,想君发扬子<sup>⑤</sup>。去来悲如何,见少别离多。湘潭几日到<sup>⑥</sup>,妾梦越风波。昨夜狂风度,吹折江头树,森森暗无边,行人在何处。北客至王公,朱衣满汀中。日暮来投宿,数朝不肯东<sup>⑦</sup>。自怜十五余,颜色桃李红。那作商人妇,愁水复愁风。

**【注释】**　① 王琦云:"此篇《唐诗记事》以为张朝作,而自'昨夜狂风度'以下断为二首。黄山谷则以为李益作,未知孰是。"詹瑛先生云:"按《长干行》二首,《文苑英华》均曾选录。惟第一首题作《长干行》,无'二首'两字,第二首题作《小长干行》,于作者下注云:'类诗作张潮。'《唐文粹》则只选第一首……此诗与《长干行》第一首并列,不易区别,李集遂沿其误,视为白作,其实非也。"(《李白诗论丛》)陈友琴云:"《长干行》二首:第二首'忆妾深闺里',亦见《全唐诗》卷一一四,作张朝诗。又卷二八三,作李益诗,注:'黄鲁直云:"李白集中《长干行》二篇,其后篇乃李益所作。"胡震亨从之,增入益集。'按此诗《唐诗纪事》卷二七作张朝诗,似较可信。"　② 忆妾:一作"忆昔"。　③ 沙头:王闿运《湘绮楼说诗》:"沙市,《方舆胜览》所谓沙头。李诗'沙头候风色'、杜诗'鸣橹已沙头',是也。"　④ 巴陵:地名,即今湖南岳阳。　⑤ 扬子:即长江。长江自镇江以下称扬子江。　⑥ 湘潭:地名,即今湖南湘潭。　⑦ "北客"四句:一作"好乘浮云骢,佳期兰渚东。鸳鸯绿蒲上,翡翠锦屏中"。

**【译文】**　妾以前未出闺时，根本不知烟尘为何物。可自嫁与长干人之后，却整日在江岸沙头上等候良人船回的消息。五月南风刚起之时，思念夫君在巴陵。八月秋风起时，又思念夫君在扬子江的船上。来亦悲，去亦悲，因为总是见少而别离多啊。湘潭几时才能到达？妾在睡梦里也随夫君渡水越江而去。昨天夜里来了一阵狂风，将江边的大树都吹倒了。望着烟波浩渺的大江，夫君你现在究竟在什么地方？从北方来的客船，是位王公大人，跟随他的人都是锦衣朱袍。天黑时前来投宿，因江中有风，在这里住了几日还不肯启程。如今我年仅十五，正是颜如桃花的好时候，可怜却做了一个商人之妇，天天愁水又愁风，过着异地相思、担惊受怕的别离生活。

# 上之回

**【题解】**　《上之回》，乐府旧题。《乐府诗集》列于《鼓吹曲辞》。《乐府古题要解》曰："《上之回》，汉武帝元封初因至雍，遂通回中道，后数出游幸焉。其歌称帝'游石关，望诸国，月支臣，匈奴服'。皆美当时事也。"萧士赟云："诗言汉武巡幸回中者，不过溺志于神仙之事而已，岂为求贤哉？时明皇亦好神仙，此其讽谏之作与？"此诗作意与《宫中行乐词》之三"君王多乐事，何必向回中"命意略同。当作于待诏翰林时。

**【原诗】**　三十六离宫①，楼台与天通。阁道步行月②，美人愁烟空。恩疏宠不及，桃李伤春风。淫乐意何极，金舆向回中③。万乘出黄道④，千旗扬彩虹⑤。前军细柳北⑥，后骑甘泉东⑦。岂问渭川老⑧，宁邀襄野童⑨。但慕瑶池宴⑩，归来乐未穷。

**【注释】**　①"离宫"句：汉代在长安附近有三十六离宫。《后汉书·班固列传》："离宫别馆，三十六所。"李贤注："上林有建章、承光等一十一宫，平乐、茧观等二十五，凡三十六所。"　②阁道：楼阁间用长廊相连接的通道。步行月：言其高也。　③回中：宫名。故址在今陕西陇县西北。《史记·秦始皇本纪》："始皇巡陇西、北地，出鸡头山，过回中。"　④黄道：萧士赟

注:"《前汉·天文志》:日有中道,中道者,黄道也。日,君象,故天子所行之道亦曰黄道。"　⑤彩虹:一作"彩红"。　⑥细柳:地名,在今陕西咸阳西南,渭水北岸。西汉周亚夫驻军处。　⑦甘泉:汉宫名。《三辅黄图》:"《关辅记》曰:林光宫,一曰甘泉宫,秦所造……汉武帝建元中增广之,周十九里,去长安三百里,望见长安城。"梁简文帝《上之回》:"前旆拂回中,后车隔桂宫。"以上二句用其句法。　⑧渭川老:指姜太公。详见《梁甫吟》注。⑨襄野童:古之得道者。黄帝去具茨之山问道,至襄城之野,见一牧马童子,问治天下之道。小童曰:"夫为天下者,亦奚以异乎牧马者哉?亦去其害马者而已矣。"黄帝再拜稽首,称天师而退。事见《庄子·徐无鬼》。⑩瑶池宴:谓神仙之会。《列子·周穆王》:"(穆王)升于昆仑之丘……遂宾于西王母,觞于瑶池之上。"

【译文】　皇家有三十六离宫,其楼台馆阁之高上与天通。在阁道上行走,仿佛可直通月宫,美人有高处不胜寒之感。因皇帝的恩宠不能遍及宫人,致使宫人有桃李伤春之悲。这样,皇帝犹嫌欢乐之意未尽,要起銮驾金舆到回中宫去游乐。如今万乘銮驾行出黄道,从回中返驾回宫了,有千骑打着彩旗开道。前军已至细柳营之北,后骑尚还在甘泉宫之东。是前去向渭川老人或襄野之童请教治国之道吗?非也。原来是像周穆王西行与王母开瑶池之宴一样去游宴了,现在正兴冲冲地打道回府呢。

# 古朗月行

【题解】　《古朗月行》,乐府旧题。《乐府诗集》列于《杂曲歌辞》,题为《朗月行》。前有南朝宋鲍照《朗月行》,此篇为太白拟作。萧士赟云:"此诗借月以引兴,日君象,月臣象,盖为安禄山之叛兆于贵妃而作也。"陈沆云:"忧禄山将叛时作。月后象,日君象,禄山之祸兆于女宠,故言蟾蜍蚀月明,以喻宫闱之蛊惑。"此诗盖作于天宝末安史之乱前。

【原诗】　小时不识月,呼作白玉盘。又疑瑶台镜①,飞在青云端。仙人垂两足，桂树作团团②。白兔捣药成③，问言与谁餐。蟾蜍蚀圆影④，大明夜已残⑤。羿昔落九乌⑥，天人清且安。阴精此沦惑⑦，去去不足观⑧。忧来其如何，恻怆摧心肝⑨。

**【注释】** ① 瑶台镜：仙人之镜。瑶台，传说西王母居处，在昆仑山上。《拾遗记》昆仑山："第九层山形渐小狭，下有芝田蕙圃，皆数百顷，群仙种耨焉。傍有瑶台十二，各广千步，皆五色玉为台基。" ② "仙人"二句：《初学记》引虞喜《安天论》："俗传月中仙人桂树，今视其初生，见仙人之足渐已成形，桂树后生。"团团，一作"团圆"。 ③ 白兔：传说月中有白兔捣药。《艺文类聚》引傅咸《拟天问》："月中何有？白兔捣药。" ④ 蟾蜍：也称詹诸、虾蟆。传说月中有蟾蜍。《淮南子·说林训》："月照天下，蚀于詹诸。"高诱注："詹诸，月中虾蟆。食月，故曰蚀于詹诸。" ⑤ 大明：月。《文选》木华《海赋》："大明摅辔于金枢之穴。"李善注："大明，月也。"大明，一作"天明"。 ⑥ "羿昔"句：《淮南子·本经训》："尧之时，十日并出，焦禾稼，杀草木，而民无所食。"《楚辞·天问》："羿焉彃日，乌焉解羽？"王逸注："羿仰射十日，中其九日，日中九乌皆死，堕其羽翼。"羿，传说中善射的神人。 ⑦ 阴精：又称月精，指月中嫦娥。相传嫦娥奔月，化为蟾蜍，是为月精，故称。《文选》王僧达《祭颜光禄文》："昔常娥以西王母不死之药服之，遂奔月为月精。"《初学记》引《淮南子》："羿请不死之药于西王母，羿妻姮娥窃之奔月，托身于月，是为蟾蜍，而为月精。" ⑧ 去去：决绝之辞。 ⑨ 恻怆：伤心之意。

**【译文】** 小时候我不认识月亮，将它呼作白玉盘。又怀疑是瑶台仙人的明镜，飞到了天上。在晚上观看月亮，可以先看到有仙人的两足开始慢慢地出现，接着一棵团团的大桂树也出现了。传说月中有白兔捣仙药，请问它是捣给谁吃的？又传说月中有一个大蟾蜍，是它蚀得月亮渐渐地残缺了。以前有位后羿，是他将九个太阳射落了，只留下了一个，才使得天人都得以清平安宁。阴精却沉沦蛊惑，遂使月亮失去了光彩，再也不足观了。对此我觉得忧心非常，凄怆之情真是摧人心肝啊！

# 独不见

【题解】 《独不见》,乐府旧题。《乐府诗集》列于《杂曲歌辞》,引《乐府解题》曰:"《独不见》,伤思而不得见也。"《塞下曲六首》其四题旨和部分辞句与此略同。唐写本所录《独不见》即《塞下曲六首》其四。可能是一诗而存二本。

【原诗】 白马谁家子[1],黄龙边塞儿[2]。天山三丈雪[3],岂是远行时。春蕙忽秋草[4],莎鸡鸣曲池[5]。风催寒梭响[6],月入霜闺悲。忆与君别年,种桃齐蛾眉。桃今百余尺,花落成枯枝。终然独不见,流泪空自知。

【注释】 [1]"白马"句:曹植《白马篇》:"白马饰金羁,连翩西北驰。借问谁家子,幽并游侠儿。"此化用其诗意。 [2]黄龙:关塞名。故址在今辽宁朝阳。 [3]天山:即祁连山。参见《关山月》注。 [4]春蕙:草名。似兰,春天开花。 [5]莎鸡:又叫梭鸡、络纬。蟋蟀之一种,俗称纺织娘。 [6]梭:织梭。织布工具,其状似船。

【译文】 身骑白马的是哪家的少年?如今正在黄龙塞当守边的战士。天气寒冷,天山上雪深三丈,根本不是远行的时候。春去秋来,兰蕙开了又枯,纺织娘在曲池边鸣叫。手下的寒梭在秋风里响个不停,秋月照进霜闺令人黯然神伤。与你分别的那一年,我们种的那棵桃树,才及我的眉毛那么高。如今小树已长成了大树,花早已落,成了枯枝,而你仍未归来。我与你终不能相见,我只好独自一人伤心流泪。

# 白纻辞三首

【题解】 《白纻辞》,乐府旧题。《乐府诗集》列于《舞曲歌辞》,亦作《白纻舞辞》《白纻歌》。郭茂倩引《宋书·乐志》曰:"《白纻舞》,按舞辞有巾袍之言，纻本吴地所出。宜是吴舞也。"《通志·乐略》："《白纻歌》有《白纻舞》，《白凫歌》有《白凫舞》，并吴人之歌舞也。吴地出纻，又江乡水国自多凫鹜，故兴其所见以寓意焉。始则田野之作，后乃大乐氏用焉，其音入清商调，故清商七曲有《子夜》者，即《白纻》也。在吴歌为《白纻》，在雅歌为《子夜》，梁武令沈约更制其辞焉。"宋鲍照《白纻歌》曰："朱唇动，素腕举，洛阳少童邯郸女。古称渌水今白纻，催弦急管为君舞，穷秋九月荷叶黄，北风驱雁天雨霜，夜长酒多乐未央。"王琦云："太白此篇句法，盖全拟之。"此诗当作于太白游金陵时。

## 其　一

【原诗】　扬清歌，发皓齿，北方佳人东邻子[1]。且吟《白纻》停《绿水》[2]，长袖拂面为君起。寒云夜卷霜海空，胡风吹天飘塞鸿，玉颜满堂乐未终[3]。

【注释】　[1] 北方佳人：指李延年妹，汉武帝之李夫人。此泛指美人。《汉书·外戚传》："延年侍上，起舞，歌曰：'北方有佳人，绝世而独立。一顾倾人城，再顾倾人国。宁不知倾城与倾国，佳人难再得。'"东邻子：谓美人。宋玉《登徒子好色赋》："天下之佳人莫若楚国，楚国之丽者莫若臣里，臣里之美者莫若臣东家之子。"　[2] 白纻、绿水：皆舞曲名。绿水，一作"渌水"。　[3] "胡风"二句：此二句化用鲍照《白纻歌》"北风驱雁天雨霜，夜长酒多乐未央"句意。

【译文】　一群如同汉武帝之李夫人和宋玉东邻之子的绝色佳人，在跳舞唱歌。跳了《绿水》之舞后，又开始唱《白纻》之歌，长袖拂面都是为君而舞啊。寒云飘卷，霜夜寒冷，北风吹天，塞鸿南飞，但在大厅中仍然是玉颜满堂，歌舞不息。

## 其 二

**【原诗】** 馆娃日落歌吹深①,月寒江清夜沉沉。美人一笑千黄金,垂罗舞縠扬哀音②。郢中《白雪》且莫吟③,《子夜》吴歌动君心④。动君心,冀君赏,愿作天池双鸳鸯,一朝飞去青云上。

**【注释】** ①馆娃:宫名。《文选》左思《吴都赋》:"幸乎馆娃之宫。"刘逵注:"吴俗谓好女为娃。扬雄《方言》曰:吴有馆娃宫。" ②罗:丝织品。縠(hú):绢。 ③郢中《白雪》:指高雅的曲调。宋玉《对楚王问》:"客有歌于郢中者,其始曰《下里》《巴人》,国中属而和者数千人;其为《阳阿》《薤露》,国中属而和者数百人;其为《阳春》《白雪》,国中属而和者不过数十人……是其曲弥高,其和愈寡。" ④《子夜》吴歌:乐府古题名。《乐府古题要解》:"《子夜》,旧史云:晋有女子曰'子夜'所作,声至哀。晋武帝太元中,琅琊王轲家有鬼歌之。后人依四时行乐之辞,谓之《子夜四时歌》,吴声也。"

**【译文】** 太阳已经落山了,馆娃宫中歌吹之声却越来越高。这时寒月渐渐升起,在沉沉的夜色之中照耀着清江之水。美人一笑,价值千金,她们在为吴王扬袖舞袂,唱着哀婉的歌曲。郢中的《白雪》太高雅了,君王不爱听,还是《子夜》吴歌才能打动君王的心。打动君心,希望能够得到君王的赏识,和君王做一对天池之鸳鸯,这样就可以一步登天了。

## 其 三

**【原诗】** 吴刀剪彩缝舞衣①,明妆丽服夺春晖。扬眉转袖若雪飞,倾城独立世所稀②。《激楚》《结风》醉忘归③,高堂月落烛已微,玉钗挂缨君莫违④。

**【注释】** ①剪彩:一作"剪绮"。 ②"倾城"句:用李延年歌词之意。详见本题其一注。 ③《激楚》《结风》:皆楚地歌曲名。《史记·司马相如列传》："鄢郢缤纷,激楚结风。"集解："郭璞曰:《激楚》,歌曲也。《列女传》曰'听激楚之遗风'也。"索隐："文颖曰……结风,回风,回亦急风也。" ④ 玉钗挂缨:宋玉《美人赋》:"玉钗挂臣冠,罗袖拂臣衣。"

**【译文】** 用吴地快剪刀所裁制的舞衣,其明丽可与春光比美。美人穿上它,倾国倾城,无人可比。楚歌一曲如回风绕梁,使你乐而忘归。高堂月落,烛已将尽,我的玉钗要是挂在了你的帽缨上,你可莫要错过好机会哇!

# 鸣雁行

**【题解】** 《鸣雁行》,乐府旧题。《乐府诗集》列于《杂曲歌辞》。郭茂倩云:"卫《匏有苦叶》诗曰:'雍雍鸣雁,旭日始旦。'郑康成云:'雁者随阳而处,似妇人从夫,故昏礼用焉。雍雍,声和也。'《鸣雁行》,盖出于此。"萧士赟云:"《乐府遗声》鸟兽二十一曲有《鸣雁行》。"胡震亨云:"鲍照本辞叹雁之辛苦霜雪,太白更叹其遭弹射,似为己之逢难寓感,观'湘吴'一语可见。"此诗太白以雁之散落流离喻己身世之悲也,似晚年流离湘吴之作。

**【原诗】** 胡雁鸣,辞燕山①。昨发委羽朝度关②。一一衔芦枝③,南飞散落天地间,连行接翼往复还。客居烟波寄湘吴④,凌霜触雪毛体枯。畏逢矰缴惊相呼⑤,闻弦虚坠良可吁⑥,君更弹射何为乎。

**【注释】** ① 燕山:在河北平原北部。自旧蓟县东南迤逦而东,经玉田、丰润,直至海滨。 ② 委羽:传说中的北方极地。此指北方。《淮南子·地形训》:"北方曰积冰,曰委羽。"高诱注:"委羽,山名也,在北极之阴,不见日也。"关,当指雁门关,在今山西代县。 ③ 衔芦枝:王琦注:"《淮南子》:'夫雁顺风以爱气力,衔芦而翔以备矰弋。'高诱注:'未秀曰芦,已秀曰苇。矰,矢。弋,缴。衔芦所以令缴不得截其翼也。'" ④ 湘吴:湘指今湖南,吴指今江苏南部。此泛指南方。 ⑤ 矰缴(zēng zhuó):矰,用绳子栓着的箭。缴，栓箭的绳子。　⑥闻弦虚坠：《战国策·楚策》："有间,雁从东方来,更嬴以虚发而下之。魏王曰:'然则射可至此乎?'……对曰:'其飞徐而鸣悲。飞徐者,故疮痛也;鸣悲者,久失群也。故疮未息而惊心未忘也。闻弦音,引而高飞,故疮裂而陨也。'"

【译文】　胡雁飞鸣,辞别燕山。昨日从委羽山出发,今日早晨便度过了雁门关。胡雁一个个都口衔芦枝,向南飞翔,散落在天地之间。它们连行接翼,不断地沿着这条路线往返。胡雁客居于湘吴之间,由于凌霜触雪而体衰羽枯。因怕人射猎而惊相叫呼,整日心惊胆战,即使听到弓弦的虚响也会从天上掉下来,实在是太令人怜惜了。胡雁这样的可怜,诸君为什么还要射猎它呢?

# 妾薄命

【题解】　《妾薄命》,乐府旧题。《乐府诗集》列于《杂曲歌辞》,引《乐府解题》曰:"《妾薄命》,曹植云:'日月既逝西藏。'盖恨燕私之欢不久。梁简文帝云:'名都多丽质。'伤良人不返,王嫱远聘,卢姬嫁迟也。"萧士赟云:"《乐府》佳丽四十七曲中有《妾薄命》,亦曰《惟日月》。太白则为汉武废后陈皇后而作,末章诗句则有所感寓也。"

【原诗】　汉帝重阿娇,贮之黄金屋①。咳唾落九天,随风生珠玉②。宠极爱还歇,妒深情却疏③。长门一步地,不肯暂回车④。雨落不上天,水覆难重收⑤。君情与妾意,各自东西流。昔日芙蓉花,今成断根草⑥。以色事他人,能得几时好。

【注释】　①阿娇:汉武帝陈皇后名。参见《白头吟二首》其一注。②"咳唾"二句:谓得势者一切皆贵也。赵壹《刺世疾邪赋》:"势家多所宜,咳唾自成珠。"　③"妒深"句:《汉书·陈皇后传》:"初武帝得立为太子,长主有力,取主女为妃。及帝即位,立为皇后,擅宠娇贵,十余年而无子。闻卫子夫得幸,几死者数焉,上愈怒。后又挟妇人媚道,颇觉。元光五年,上遂穷治之……使有司赐皇后策曰:'皇后失序,惑于巫祝,不可以承天命,其上玺绶,罢退居长门宫。'" ④"长门"二句:谓阿娇失宠之深。 ⑤"雨落"二句:言事不可挽回也。 ⑥断根草:王琦注:"《邵氏闻见后录》:李太白诗云:'昔作芙蓉花,今为断肠草。以色事他人,能得几时好。'按:陶弘景《仙方注》云:'断肠草不可食,其花美好,名芙蓉。'琦按:此说似乎新颖,而揆之取义,断肠不若断根之当也。"

【译文】 汉武帝宠爱阿娇时,曾言要将她贮之黄金屋。她位高势崇,就是吐一口唾沫,也会随风化为珠玉。但是宠极爱衰,由于她性情嫉妒,被汉武帝所疏远。长门宫虽然只有一步之遥,皇帝却不肯回车一顾。雨落在地,不能再回至天上,水覆在地,难以再收回杯中。君王与阿娇之间的情意,如同流水各自东西。昔日阿娇如芙蓉花一样的娇美,如今却像断根草一样的可怜。以色相来侍奉他人,能够得宠几时呢?

# 幽州胡马歌

【题解】 《幽州胡马歌》,《乐府诗集》列于《横吹曲辞》。胡震亨云:"梁鼓角横吹本词言剿儿苦贫,又言男女燕游。太白则依题立义,叙边塞逐虏之事。"此诗当是天宝十一载(752)太白游幽州时所作。

【原诗】 幽州胡马客①,绿眼虎皮冠。笑拂两只箭,万人不可干。弯弓若转月,白雁落云端。双双掉鞭行②,游猎向楼兰③。出门不顾后,报国死何难。天骄五单于④,狼戾好凶残⑤。牛马散北海⑥,割鲜若虎餐⑦。虽居燕支山⑧,不道朔雪寒。妇女马上笑,颜如赪玉盘⑨。翻飞射鸟兽,花月醉雕鞍。旄头四光芒⑩,争战如蜂攒。白刃洒赤血,流沙为之丹。名将古谁是,疲兵良可叹。何时天狼灭⑪,父子得安闲。

【注释】 ① 幽州:地名。唐代的幽州,辖境相当于今北京及其附近地区。

②掉鞭：摇鞭。 ③楼兰：西域古国名。又名鄯善。此泛指西北边疆地区。 ④天骄：《汉书·匈奴传》："胡者，天之骄子也。"五单于：汉时匈奴称其君长为单于。汉宣帝时，匈奴曾分立为五单于，即呼韩邪单于、屠耆单于、呼揭单于、车犁单于、乌藉单于。见《汉书·匈奴传》。 ⑤狼戾：像狼一样贪戾凶暴。《汉书·严助传》："今闽越王狼戾不仁。"颜师古注："狼性贪戾，凡言狼者，谓贪而戾也。" ⑥北海：指贝加尔湖，在今俄罗斯境内。汉时为匈奴的所在地。 ⑦割鲜：谓割生肉而食。《文选》左思《西都赋》："割鲜野食。"李善注："孔安国《尚书传》曰：'鸟兽新杀曰鲜。'" ⑧燕支山：即焉支山。参见《王昭君二首》其一注。 ⑨赪(chēng)：红色。 ⑩旄头：星名。即昴星，二十八宿之一。古人以为胡星，主战事。《史记·天官书》："昴曰髦头，胡星也。"《正义》："昴七星为髦头，胡星……动摇若跳跃者，胡兵大起。" ⑪天狼：星名。古人以其星主侵掠。《史记·天官书》："其东有大星曰狼，狼角变色，多盗贼。"《正义》："狼一星参东南。狼为野将，主侵掠。"

**【译文】** 幽州一位骑马的胡族壮士，长着一双碧眼，头戴虎皮之冠。他善于施弓放箭，有万夫不当之勇。只见他拉弓如满月，仰天一箭，便射中了云中的白雁。他与同伴们成双结对地挥鞭纵马，前往楼兰的边塞之地游猎，寻找报国的机会。他们义无反顾地出门，将生死置之度外。人称天之骄子的匈奴，他们狼戾凶残，生性好杀，其牛马遍布北海，吃生肉若虎餐狼食。匈奴人虽然住在燕支山，却不畏朔风冰雪之严寒。其妇女骑在马上嬉笑，面色如红玉盘一样红润。她们能像男儿一样在马上翻飞，射猎飞鸟走兽；像男儿一样喝酒，醉后面如花月，依雕鞍而卧。胡星旄头四放光芒，匈奴又开始侵掠了。大汉与匈奴交兵，如两窝马蜂一样搅在一起。双方兵士的刀枪上沾满了鲜血，大漠上的荒沙都被血染红了。古时的御边名将，今在哪里？师老兵疲，实在是令人慨叹。何时才能将天狼星射灭，使天下父子得以团聚，过上太平的日子呢？

# 门有车马客行

**【题解】** 《门有车马客行》,乐府旧题。《乐府诗集》列于《相和曲辞》。郭茂倩云:"《乐府解题》曰:'曹植等《门有车马客行》,皆言问讯其客,或得故旧乡里,或驾自京师,备叙市朝迁谢,亲友凋丧之意也。'按曹植又有《门有万里客》,亦与此同。"胡震亨云:"本瑟调曲曹植《门有万里客行》也。陆机、张华拟辞,大率言问讯其客,备叙市朝迁谢,亲友凋丧之意。白辞同,而'空谈霸王略,紫绶不挂身'等语,微寓自叹,胡沙霾翳周秦,亦咏其时事云。"此诗系太白流夜郎后游潇湘时作。

**【原诗】** 门有车马宾,金鞍耀朱轮①。谓从丹霄落②,乃是故乡亲。呼儿扫中堂,坐客论悲辛。对酒两不饮,停觞泪盈巾。叹我万里游,飘飖三十春。空谈霸王略③,紫绶不挂身④。雄剑藏玉匣⑤,阴符生素尘⑥。廓落无所合⑦,流离湘水滨。借问宗党间⑧,多为泉下人。生苦百战役,死托万鬼邻。北风扬胡沙,埋翳周与秦⑨。大运且如此⑩,苍穹宁匪仁⑪。恻怆竟何道,存亡任大钧⑫。

**【注释】** ① 金鞍:饰金之马鞍。金,言其华贵。朱轮:红漆之车轮。借指达官贵人所乘之车。《汉书·杨恽传》:"恽家方隆盛时,乘朱轮者十人。" ② 丹霄:一作"云霄"。此喻高位。 ③ 霸王略:即王霸之略。谈王说霸的治国之术。《三国志·魏书·陈矫传》:"(陈)登曰:'……雄姿杰出,有王霸之略,吾敬刘玄德。'" ④ 紫绶:紫色的绶带,达官所佩。唐代三品官以上佩紫绶。 ⑤ 雄剑:春秋时吴王阖闾,命冶者干将铸剑两把,雄曰干将,雌曰莫邪。事见《吴越春秋》。 ⑥ 阴符:古兵书名。《战国策·秦策》:"(苏秦)乃夜发书,陈箧数十,得太公《阴符》之谋。" ⑦ 廓落:独立不偶貌。 ⑧ 宗党:宗族乡党。 ⑨ 周与秦:周、秦之所在地,即洛阳、长安一带。 ⑩ 大运:天运,天命。陶渊明《责子》:"天运苟如此。"此化用其句。 ⑪ 苍穹:即苍天。宁匪仁:竟不仁。 ⑫ 大钧:指自然造化。《汉书·贾谊传》:"大钧播物。"如淳注:"陶者作器于钧上,此以造化为大钧也。"颜师古注:"今造瓦者谓所转者为钧,言造化为人,亦犹陶之造瓦耳。"

**【译文】** 在我门前,车马宾客盈门,金鞍宝马,朱漆车轮,好像都是从天上而来,原来都是家乡的故友旧交前来看我呀。呼儿把中堂打扫干净,好让客人们坐下来叙一叙这些年来的悲欢离合。主客对坐,说到悲伤之处,酒都喝不下了,只好停下杯来擦眼泪。叹我这些年来,纵横万里,到处漫游,四方飘零了三十个春秋。空去向帝王献什么霸王之略,也没有当上一官半职。腰中的宝剑也没有派上用场,空藏在剑匣子里,任它平戎的兵书,落满灰尘。我一生落落寡合,不遇于时,如今流落在这湘水之滨。问起宗族乡党的亲人们,如今多已成黄泉之鬼了。活着的时候,尝够了战乱之苦,一死便托身鬼域了。现今仍是战乱不已,北风扬着胡沙,将周、秦故地刮得天昏地暗。国运颓败如此,苍天竟是如此的不仁啊!我辈虽然伤心,但还有什么可说的呢?是死是活,只好听任天命吧!

# 君子有所思行

**【题解】** 《君子有所思行》,乐府旧题。《乐府诗集》列于《杂曲歌辞》。郭茂倩云:"《乐府解题》曰:《君子有所思行》,晋陆机云:'命驾登北山。'宋鲍照云:'西上登雀台。'梁沈约云:'晨策终南首。'其旨言雕室丽色,不足为久欢;宴安鸩毒,满盈所宜敬忌,与《君子行》异也。"萧士赟云:"王僧虔《技录》:《君子有所思行》,相和歌瑟调三十八曲之一也。"太白此篇沿古题而发挥之。

**【原诗】** 紫阁连终南①,青冥天倪色②。凭崖望咸阳③,宫阙罗北极④。万井惊画出⑤,九衢如弦直。渭水清银河⑥,横天流不息。朝野盛文物,衣冠何翕赩⑦。厩马散连山,军容威绝域。伊皋运元化⑧,卫霍输筋力⑨。歌钟乐未休,荣去老还逼。圆光过满缺⑩,太阳移中昃⑪。不散东海金⑫,何争西辉匿⑬。无作牛山悲⑭,恻怆泪沾臆。

**【注释】**　① 紫阁：终南山山峰名。终南：山名，即今西安之南的秦岭山脉。《元和郡县图志·京兆府万年县》："终南山，在县南五十里。"　② 青冥：青天。此状山之颜色。天倪：天边。　　③ 咸阳：此代指长安。④ 北极：《尔雅·释天》："北极谓之北辰。"古人认为北辰是天之中心，此喻帝京。　⑤ 万井：指长安城内纵横的街道，相交如井字。万井，指坊宅。⑥ 渭水：黄河一大支流。流经长安城北。银河：《三辅黄图》："渭水贯都，以象天汉。"　⑦ 翁葹(shī)：盛多貌。　⑧ 伊皋：伊，指伊尹，商汤之相；皋，指皋陶，舜时的司法大臣。元化：德政教化。　　⑨ 卫霍：指汉武帝时的名将卫青和霍去病。王琦注："伊尹、皋陶，以喻美宰臣；卫青、霍去病，以喻美将帅。"　⑩ 圆光：指月亮。　⑪ 昃(zè)：日西斜。《周易·丰》："日中则昃，月盈则食。"昃，一作"昊"。　⑫ 东海金：指汉疏广事。疏广，东海兰陵人，为太傅。以年老乞归，皇上加赐黄金二十斤，皇太子赠以五十斤。疏广将此金都散于乡党共享。事见《汉书·疏广传》。　⑬ 西辉：夕阳之余晖。匿：日落。　⑭ 牛山悲：指春秋齐景公事。《晏子春秋》载，景公游牛山，北临其国城而流涕，悲人皆有死而不能长生也。其群臣皆从之而悲，唯晏婴独笑。景公问他为何发笑，晏子说：若以前的齐君都不死，还能轮到您当君主吗？

**【译文】**　紫阁峰连着终南山，遥在天际，呈青冥之色。站在山上北望长安城，只见一片宫阙都朝着北极，城中万井如画，九条主要的大街，像弦一样的直。渭水像银河一样横天而流，永不止息。朝野文物制度繁盛，衣冠人物众多，厩中之马连山遍野，军队声威远及绝域。有伊尹、皋陶这样的大臣运筹帷幄，有卫青、霍去病这样的大将以为干城。歌钟之乐尚未停止，就韶华已逝，老之将至。月圆必缺，日中而昃。何不学东海疏广那样散金乡里，为乐以争时光？不要像齐景公那样作牛山之悲，怆然而空自流涕！

# 东海有勇妇

**【题解】**　《东海有勇妇》，题下原注云："代《关中有贞女》。"《乐府诗集》列于《舞曲歌辞》。郭茂倩云："魏韏舞五曲。李白作此篇以代《关中有贤女》。"萧士赟云:"《乐府正声》:汉鼙舞歌五曲有《关中有贤女》。"王琦云:"按《晋书》:《关东有贤女》乃鼙舞旧曲五篇之一。其辞已亡。《关中有贞女》当是《关东有贤女》之讹。"此诗当是天宝四载(745)太白游齐鲁之时所作。

【原诗】 梁山感杞妻,恸哭为之倾①。金石忽暂开②,都由激深情。东海有勇妇③,何惭苏子卿④。学剑越处子⑤,超腾若流星。捐躯报夫仇,万死不顾生。白刃耀素雪,苍天感精诚。十步两躩跃⑥,三呼一交兵。斩首掉国门⑦,蹴踏五藏行⑧。豁此伉俪愤⑨,粲然大义明。北海李使君⑩,飞章奏天庭。舍罪警风俗,流芳播沧瀛⑪。志在列女籍,竹帛已光荣。淳于免诏狱,汉王为缇萦⑫。津妾一棹歌,脱父于严刑⑬。十子若不肖,不如一女英。豫让斩空衣⑭,有心竟无成。要离杀庆忌⑮,壮夫素所轻。妻子亦何辜,焚之买虚声。岂如东海妇,事立独扬名。

【注释】 ①"梁山"二句:用杞梁妻哭倒城墙事。参见《白头吟二首》其二注。曹植《精微篇》:"杞妻哭死夫,梁山为之倾。"此二句当本此。 ②金石:《后汉书·广陵思王荆列传》:"精诚所加,金石为开。" ③勇妇:胡震亨云:"勇妇者,似即白同时人。" ④苏子卿:当为苏来卿。曹植《精微篇》:"关东有贤女,自字苏来卿。壮年报父仇,身没垂功名。" ⑤越处子:春秋时越国一个女剑侠。参见《结客少年场行》注。 ⑥躩(jué)跃:跳跃。 ⑦掉:悬挂。国门:都城门。 ⑧蹴:踢。五藏:即五脏。 ⑨伉俪:夫妻。 ⑩北海:即青州。天宝元年改为北海郡。治所在今山东益都。李使君:王琦云:"李邕为北海太守,世称李北海。所谓北海李使君,疑即其人也。" ⑪沧瀛:王琦注:"沧瀛,谓东方海隅之地。又,沧州,景城郡;瀛州,河间郡。与青州北海郡相邻近,似谓其声名播于旁郡也。" ⑫"淳于"二句:淳于公,西汉人,为齐太仓令,有罪当刑,系之长安。其有五女,无男。临行时骂曰:"生子不生男,缓急无可使者!"其少女缇萦感其言,乃随父西入长安,上书天子,愿没入为官婢,为父赎罪。天子怜悲其意,遂下令除肉刑。事见《史记·扁鹊仓公列传》。 ⑬津妾:名娟,赵河津吏之女。赵简子南击楚,与津吏约期渡河,至其时,津吏醉酒而不能渡,赵简子欲杀之。津吏之女说其父是为祈祷河神而被巫祝灌醉的,自己情愿代父而死。简子不许。又请其父酒醒后再杀,简子许其请。后河工少一人,津吏女自请上船摇橹,至中流而歌《河激》。歌中为其父陈情并对赵简子祝福,赵简子大悦,免其父罪,并娶其为妻。事见《列女传·辩通》。 ⑭豫让:战国时刺客。知伯对豫让有恩宠。后知伯为赵襄子所杀,豫让欲为知伯报仇,自漆身为厉,吞炭为哑音,灭须去眉,变其形容。两次刺杀赵襄子不成,为襄子所擒。豫让请求曰:"今日之事臣固伏诛。然愿请君之衣而击之,虽死不恨。"襄子使人将其衣与之,豫让拔剑三跃,呼天而击之,曰:"而可以报知伯矣。"遂伏剑而死。事见《战国策·赵策》。 ⑮要离:春秋时吴国刺客。吴王阖闾欲刺杀吴王僚之子庆忌。庆忌时在邻国,要离请往杀之。为了取得庆忌之信任,乃诈以负罪出奔,使吴王焚其妻、子于市,庆忌始信要离。于是与之同返吴。船至中流,要离刺死庆忌。要离自省其非仁、非义、非勇,遂自杀而死。事见《吴越春秋》。

**【译文】** 梁山的倾颓,是被杞梁妻的恸哭所感动,这真是深情所在,金石为开啊。东海有一位勇妇,其英勇之事迹,一点也不比关东的贤女苏来卿差。她曾向越处子一样的击剑名家学剑,超腾跳跃,快若流星。她为夫报仇,慷慨捐躯,万死不顾,其精诚可感上苍。她手执雪刃,十步两跃,三呼一击地与仇人交战。结果将仇人之头高悬于城门之上,将仇人之肠肺用脚践踏为泥,以此来报答其夫妻伉俪之情。此举大义凛然,为人称颂。北海的李使君,将此事上奏朝廷。朝廷下旨免罪,以警风俗,其事迹在东海之畔诸郡广为传颂。从此她的芳名著于《列女传》之中,在史籍上万古流芳。汉朝时,皇帝因缇萦而免了其父淳于公的牢狱之灾;战国时,赵国的津吏之女一曲棹歌从而使其父脱了严刑之苦。由此看来,就是有十个儿子,若都是些不肖之子,也不如一个女中豪杰。以前,战国时的刺客豫让,空斩赵襄子之衣,虽有壮心而其事不成。春秋时刺杀庆忌的刺客要离,更是为壮士所不齿。其妻子儿女又有何罪?竟烧死他们以邀买自己的虚名。他们哪里能比得上这位东海的勇妇啊,事成之后,在青史上独扬美名!

# 黄葛篇

**【题解】** 《黄葛篇》,李白自创乐府新辞。《乐府诗集》列于《新乐府辞》。郭茂倩云:"新乐府者,皆唐世之新歌也。以其辞实乐府,而未常被于声,故曰新乐府也。"

**【原诗】** 黄葛生洛溪①,黄花自绵幂②。青烟蔓长条,缭绕几百尺。闺人费素手,采缉作绨绤③。缝为绝国衣④,远寄日南客⑤。苍梧大火落⑥,暑服莫轻掷。此物虽过时,是妾手中迹。

**【注释】** ① 黄葛:即葛草。多年生蔓草,其皮经水沤之后,可以取丝作布。王琦注:"谓之黄葛者,是取既成绨绤之色而名之,以别于蔓草中之白葛、紫葛、赤葛诸名,不致相混耳……古《前溪歌》:'黄葛结蒙笼,生在洛溪边。'"② 绵幂:密而互相覆盖之意。 ③ 绨绤(chī xì):葛布。《诗经·周南·葛覃》:"为绨为绤。"毛传:"精曰绨,粗曰绤。" ④ 绝国:绝远之地,多指边疆。 ⑤ 日南:郡名。即骥州,唐属岭南道。 ⑥ 苍梧:郡名。即梧州,唐属岭南道。大火:星名。《诗经·豳风·七月》:"七月流火。"郑笺:"大火者,寒暑之候也。火星中而寒暑退。"大火落,时令已入秋矣。

**【译文】** 洛溪边生满了黄葛,黄色的葛花开得密密麻麻。长长的蔓条蒙着清晨的烟雾,足足有几百尺长。闺中的少妇,以纤纤素手采来葛藤,制成丝麻,织成葛布。为远在绝国的征夫缝制暑衣,做好征衣远寄给在日南守边的丈夫。等征衣寄到后,恐怕已经火星西落,时令入秋了。虽然时节已过,但是此暑衣且莫轻掷。因为它是为妻亲手所制,上面寄有一片深情和爱意。

# 白马篇

**【题解】** 《白马篇》,乐府旧题。《乐府诗集》列于《杂曲歌辞》。三国魏曹植始为此题,郭茂倩曰:"白马者,见乘白马而为此曲。言人当立功立事,尽力为国,不可念私也。《乐府解题》曰:鲍照云'白马骍角弓',沈约云'白马紫金鞍',皆言边塞征战之事。"胡震亨云:"曹植《齐瑟行》言人当立功名边塞,白拟为《白马篇》,诗义同。"奚禄诒云:"与子建篇义大不同,观结句可知。"朱谏云:"此篇亦游侠言也。"此诗约作于天宝三载(744)李白游长安时。

**【原诗】** 龙马花雪毛<sup>①</sup>,金鞍五陵豪<sup>②</sup>。秋霜切玉剑<sup>③</sup>,落日明珠袍<sup>④</sup>。斗鸡事万乘<sup>⑤</sup>,轩盖一何高。弓摧南山虎<sup>⑥</sup>,手接太行猱<sup>⑦</sup>。酒后竞风采,三杯弄宝刀。杀人如剪草,剧孟同游遨<sup>⑧</sup>。发愤去函谷<sup>⑨</sup>,从军向临洮<sup>⑩</sup>。叱咤经百战,匈奴尽奔逃<sup>⑪</sup>。归来使酒气,未肯拜萧曹<sup>⑫</sup>。羞入原宪室<sup>⑬</sup>,荒径隐蓬蒿。

**【注释】** ①龙马:言马高骏,指骏马。《周礼·夏官》:"马八尺以上为龙。"花雪毛:指马毛色状若雪花。 ②五陵豪:家住在五陵的豪家贵公子。五陵,指长安附近西汉皇帝的五座陵墓:高祖的长陵、惠帝的安陵、景帝的阳陵、武帝的茂陵、昭帝的平陵。汉代帝王每建陵墓皆迁四方豪族于其附近,后世遂以五陵为豪族的聚居之地。 ③秋霜:言宝剑之光,色如秋霜。切玉剑:谓宝剑坚韧锋利,可以切玉。《列子·汤问》:"周穆王大征西戎,西戎献锟铻之剑,火浣之布。其剑长尺有咫,练钢赤刃,用之切玉,如切泥焉。" ④珠袍:饰有珍珠的衣袍,言其华贵也。王僧孺《古意》:"朝风吹锦带,落日映珠袍。" ⑤"斗鸡"句:唐玄宗好斗鸡,故宫中多召斗鸡之徒。万乘:指皇帝。古者帝王车万乘,诸侯千乘。 ⑥"弓摧"句:用周处事。《晋书·周处传》:"南山白额猛兽……为患……处乃入山射杀猛兽。"南山,一作"宜山"。 ⑦"手接"句:曹植《白马篇》:"仰手接飞猱。"此用其典。接,物飞而迎面射之为接。猱,猿猴类。太行,一作"太山"。 ⑧剧孟:西汉大侠。《史记·游侠列传》:"雒阳有剧孟,周人以商贾为资,而剧孟以任侠显诸侯。" ⑨ 函谷:关名,有两处,一处为秦置,在今河南灵宝东北;一处为西汉元鼎三年徙置,在今河南新安县东,西去秦函谷关三百里。 ⑩ 临洮:地名,在今甘肃岷县一带。此指西北边陲之地。 ⑪ 奔逃:一作"波涛"。 ⑫"归来"二句:用灌夫事。《汉书·灌夫传》:"(灌)夫为人刚直使酒。"颜师古曰:"使酒,因酒而使气。"萧、曹,指汉丞相萧何和曹参。 ⑬ 原宪:孔子弟子,以安贫乐道而知名。《韩诗外传》:"原宪居鲁,环堵之室,茨以蒿莱,蓬户瓮牖,桷桑而为枢,上漏下湿,匡坐而弦歌。"原宪室,喻贫士之室。此句谓不甘贫贱之意。

【译文】 五陵的豪家子弟,骑着配有金鞍、毛如雪花的高头大马,身佩色如秋霜、利可切玉的宝剑,穿着可与落日争辉的珠袍。他们有时陪着皇帝斗鸡走狗,有时三五成群,轩车驷马,车盖高耸,在大街上招摇而过,是何等威风!他们闲着无事,便出郊外驰逐行猎,弓摧南山之虎,手射太行之猱,是何等快意!在酒酣饭饱之后,手舞宝刀,竞逞风采,杀人如同剪草,其形迹如同汉朝的大侠剧孟。他们所向往的是发愤从军,立志报国。或东出函谷,或西向临洮,在战场上叱咤风云,身经百战,将胡虏驱出国门之外,立下赫赫战功。得胜归来之后,仗着酒气,傲视公侯,不肯向萧何、曹参一类的权贵下拜。对于像原宪那样隐于荒径蒿莱之下的贫士,他们是不屑为之的。

# 凤笙篇

【题解】 《乐府诗集》列于《清商曲辞》,题作《凤吹笙曲》。萧士赟云:"《乐府遗声》歌舞二十一曲中有《凤笙篇》。"王琦云:"此诗是送一道流应诏入京之作。所谓'仙人十五爱吹笙',正实指其人,非泛用古事。所谓'朝天赴玉京'者,言其入京朝见,非谓其超升轻举。旧注以游仙诗拟之,失其旨矣。"安旗谓此道流者为元丹丘,当是。

【原诗】 仙人十五爱吹笙,学得昆丘彩凤鸣①。始闻炼气餐金液②,

复道朝天赴玉京③。玉京迢迢几千里，凤笙去去无穷已④。欲叹离声发绛唇，更嗟别调流纤指⑤。此时惜别讵堪闻，此地相看未忍分。重吟真曲和清吹，却奏仙歌响绿云⑥。绿云紫气向函关⑦，访道应寻缑氏山⑧。莫学吹笙王子晋，一遇浮丘断不还⑨。

**【注释】**　①"仙人"二句：用王子乔事。《列仙传》："王子乔者，周灵王太子晋也。好吹笙作凤凰鸣。游伊、洛之间，道士浮丘公接以上嵩高山。三十余年后，求之于山上，见桓良曰：'告我家，七月七日待我于缑氏山巅。'至时，果乘白鹤驻山头，望之不得到。举手谢时人，数日而去。"昆丘，即昆仑山，传为仙人所居处。　②炼气：道家的气功。金液：指道家所炼的金丹。《抱朴子·金丹》："金液太乙，所服而仙者也。"　③玉京：即道家所谓的天界仙都。此借指长安。《灵枢金景内经》："下离尘世，上界玉京。"注云："玉京者，无为之天也……三十二帝之都。"　④"凤笙"句：此谓吹笙人渐渐地远去了。　⑤"欲叹"二句：谓所奏的是离别之曲。　⑥"重吟"二句：谓又重奏仙人之曲。　⑦紫气：用老子过函谷关事。《太平御览》引《三一经》："真人尹喜，周大夫也，为关令……登楼四望，见东极有紫气西迈，喜曰：'应有异人过此。'……及老子度关……喜带印绶，设师事之道。"函关，即函谷关。　⑧缑（gōu）氏山：在今河南洛阳偃师。传说王子晋在此得道升仙。　⑨"莫学"二句：意谓成仙得道后莫忘老友。

**【译文】**　你这位仙人从小就入道学王子晋吹笙，吹笙的功夫好着呢，吹出的声音像昆仑山上凤凰的叫声一样好听。一开始只是听说你在学道炼气、炼制金丹，现在又听说你赴玉京（长安）朝见天帝（皇帝）去了。玉京离这里迢迢千里，你吹着凤笙渐渐地远去了。你口中所吹出的、指下所流出的，都是别离的曲调啊。此时此地对此别离之声，我已不堪听闻，我们目光相对，恋恋不舍，难以分离。吹一首快乐的神仙之曲吧，让它响彻入云。绿云间的紫气向着函谷关飘去，应该到缑氏山去求仙访道，那里是王子晋成仙得道之所。但是，你不要像王子晋那样，遇到了仙人浮丘公，成仙得道了就一去不还了，要记住，还有老友我呢！

# 怨歌行

**【题解】** 题下自注云："长安见内人出嫁,友人令予代为《怨歌行》。"《怨歌行》,乐府旧题,《乐府诗集》列于《相和歌辞》。萧士赟云："《怨歌行》,古辞也……王僧虔《技录》相和歌辞楚调十曲有怨诗,亦曰《怨歌行》,亦曰《明月照高楼》。"《乐府诗集》中载有班婕妤所作《怨歌行》,其中抒写了宫人常恐宠爱被夺、恩情中衰的凄情。后世同题之作多沿其意。太白此诗也是沿袭旧题意,借宫人以自伤。盖为天宝初遭谗被疏之后所作。

**【原诗】** 十五入汉宫①,花颜笑春红。君王选玉色②,侍寝金屏中。荐枕娇夕月③,卷衣恋春风④。宁知赵飞燕,夺宠恨无穷⑤。沉忧能伤人,绿鬓成霜蓬⑥。一朝不得意,世事徒为空。鹔鹴换美酒⑦,舞衣罢雕龙⑧。寒苦不忍言,为君奏丝桐⑨。肠断弦亦绝,悲心夜忡忡⑩。

**【注释】** ① 汉宫:实指唐宫,以汉喻唐也。 ② 玉色:美色,美女。 ③ 荐枕:侍寝。《文选》宋玉《高唐赋》:"愿荐枕席。"李善注:"荐,进也。欲亲于枕席,求亲昵之意也。"夕月:指夜间。 ④ 卷衣:侍候更衣,亦侍寝之意。庾信《灯赋》:"卷衣秦后之床,送枕荆台之上。"春风:喻皇帝恩泽。 ⑤ "宁知"二句:用班婕妤事。《汉书·班婕妤传》:"其后,赵飞燕姊弟亦从自微贱兴,逾越礼制,浸盛于前,班婕妤及许皇后皆失宠,稀复进见……赵氏姊弟常骄妒,婕妤恐久见危,求共养太后长信宫,上许焉。婕妤退处东宫,作赋自伤悼。"赵飞燕,喻朝中宠幸专权之人。 ⑥ 绿鬓:青发。霜蓬:白发。 ⑦ "鹔鹴"句:用司马相如事,谓生活困迫。《西京杂记》:"司马相如初与卓文君还成都,居贫愁懑,以所著鹔鹴裘就市人阳昌贳酒,与文君为欢。"鹔鹴裘,谓鹔鹴鸟羽所织之裘,极为名贵。 ⑧ 雕龙:瞿、朱注云:"疑龙当作栊,较合唐人习惯。"雕栊,指雕花的窗子。代指宫廷或富贵人家。 ⑨ 丝桐:指琴瑟等弦乐器。 ⑩ 忡忡:忧伤貌。《诗经·召南·草虫》:"未见君子,忧心忡忡。"

【译文】　十五岁就入宫当了宫女，容颜比春花还要美丽。君王选美，将伊人安排在宫中侍寝。曾经受到君王的爱幸，深荷恩宠。想不到后来来了一个赵飞燕，宠夺后宫，使人含恨无穷。沉重的忧伤催人衰老，满头的青丝愁成了霜草一样的白发。一朝失意，顿觉万事皆空。于是将价值千金的美裘和舞衣，都换作销愁的美酒。从此与宫廷告别，去过苦寒交迫的日子，暂且为你弹奏一曲《怨歌行》吧。一曲未终已肠断弦绝，在凄冷的寒夜里忧心忡忡，不能自已。

# 塞下曲六首

【题解】　《塞下曲》，乐府新题。《乐府诗集》列于《新乐府辞》。萧士赟云："《乐府遗声》征戍十五曲中有《塞下曲》。"又《出塞》题解云："《晋书·乐志》曰：'《出塞》《入塞》曲，李延年造。'……按《西京杂记》曰：'戚夫人善歌《出塞》《入塞》《望归》之曲。'则高帝时已有之，疑不起于延年也。唐又有《塞上》《塞下》曲，盖出于此。"此组边塞诗，歌颂了守边将士忠心报国的英勇精神，描绘了他们在沙场上征战的艰苦生活。诗约作于天宝二年（743）李白在长安时。

## 其　一

【原诗】　五月天山雪①，无花只有寒。笛中闻折柳②，春色未曾看。晓战随金鼓③，宵眠抱玉鞍④。愿将腰下剑，直为斩楼兰⑤。

【注释】　①天山：即祁连山。详见《关山月》注。　②折柳：即《折杨柳》曲。《乐府诗集》："《唐书·乐志》曰：梁乐府有胡吹歌云：'上马不捉鞭，反拗杨柳枝。下马吹横笛，愁杀行客儿。'此歌辞元出北国，即鼓角横吹曲《折杨柳枝》是也。"　③金鼓：古时打仗擂鼓进军，鸣金收兵。金，即锣。　④玉鞍：饰以珠玉的马鞍，为马鞍之美称。　⑤楼兰：西域古国名。《汉书·西域传》："鄯善国，本名楼兰……去长安六千一百里。"此二句用傅介子事。傅介子奉使至楼兰国，楼兰国王贪汉使财物，傅介子使计刺杀楼兰王安归，立尉屠耆为王，改其国名为鄯善，因功封义阳侯。事见《汉书·傅介子传》。

【译文】　五月的天山仍是满山大雪，只有凛冽的寒气，根本看不见花草。只有在笛声《折杨柳》曲子中才能想象春天的柳色，而现实中从来就没有见过春天。战士们白天在金鼓声中与敌人进行殊死的战斗，晚上则抱着马鞍睡觉。但愿腰间的宝剑，能够早日平定边疆，为国立功。

## 其　二

【原诗】　天兵下北荒①，胡马欲南饮②。横戈从百战，直为衔恩甚③。握雪海上餐④，拂沙陇头寝⑤。何当破月氏⑥，然后方高枕⑦。

【注释】　①天兵：指唐朝的军队。北荒：北方的荒远之地。　②胡马：指胡人的军队。南饮：南下饮水。此句指胡人欲南下入侵。　③衔恩：承受朝廷的恩惠。　④海上：此指瀚海沙漠。　⑤陇头：即陇山，六盘山南段，在今陕西陇县西北。此泛指西北边塞地区。　⑥月氏：亦作月支，西域古国名。《汉书·西域传》："大月氏……本居敦煌、祁连间，至冒顿单于攻破月氏……月氏乃远去，过大宛，西击大夏而臣之，都妫水北为王庭，其余小众不能去者，保南山羌，号小月氏。"　⑦高枕：高枕无忧。

【译文】　天朝的大军开向北方的荒塞，是因为胡人的兵马准备南侵。战士们横戈走马纵横百战，是为了报效朝廷的厚恩。他们不畏艰苦，在瀚海握雪而餐，在陇头拂沙而寝。不知何时才能攻破敌国、平定边疆，而使百姓高枕无忧、安居乐业？

## 其　三

【原诗】　骏马如风飙①，鸣鞭出渭桥②。弯弓辞汉月③，插羽破天骄④。

阵解星芒尽⑤,营空海雾消⑥。功成画麟阁,独有霍嫖姚⑦。

**【注释】**　① 风飙：旋风。　② 渭桥：即中渭桥,一名横桥,在今西安市北渭水上。《雍录》："中渭桥……此桥旧止单名渭桥。"　③ 汉月：汉地之月,此借指汉地。　④ 插羽：萧士赟云："插羽,箭在腰也。"天骄：指胡人。《汉书·匈奴传》："单于遣使遗汉书云：'南有大汉,北有强胡。胡者,天之骄子也。'"　⑤ 阵解：指战争结束。星芒：客星之芒。古人认为,客星有白芒乃兵气之象。《后汉书·天文志》："客星芒气白为兵。"星芒尽,谓兵气解也。⑥ 营空：谓拔营撤兵。海雾：瀚海上空之雾。　⑦ 麟阁：麒麟阁,汉高祖时萧何所造。汉宣帝时曾画霍光等十一功臣之像于其上,以为表彰。霍嫖姚：指汉武帝时征匈奴名将霍去病。他曾为票(嫖)姚校尉。按麒麟阁上只有霍光等人之像,并无霍去病,此为借指。

**【译文】**　骏马像一阵旋风,战士们鸣鞭纵马出了渭桥。背着弓箭辞别了汉地的明月,在战场上弯弓射箭打败了胡人。战争结束后天上的客星也为之暗淡,军营渐空,海雾已消。功成之后,在麒麟阁的功臣像中,只有霍嫖姚的画像。

## 其　四①

**【原诗】**　白马黄金塞②,云砂绕梦思③。那堪愁苦节④,远忆边城儿。萤飞秋窗满,月度霜闺迟。摧残梧桐叶,萧飒沙棠枝⑤。无时独不见,泪流空自知。

**【注释】**　① 此首咸本注云："一本无此一首。"敦煌残卷本此首题作《独不见》。　② 黄金塞：边塞多黄沙,或故以黄金塞美称之。　③ 云沙：指白云黄沙。　④ 愁苦节：易生愁苦之季节,当指秋天。古人有悲秋之传统。宋玉《九辩》："悲哉秋之为气也,萧瑟兮草木摇落而变衰。"　⑤ 沙棠：木名,干、叶似棠梨,果红似李。

**【译文】** 战马在黄金塞上奔驰,塞上的白云和黄沙回绕在思妇的梦中。在这易生悲思的秋天里,边城的征夫勾起了闺中少妇的思念。萤火虫在秋窗前飞来飞去,边城之月在闺房门前迟迟徘徊。秋霜凋落了梧桐的残叶,西风在沙棠树枝间沙沙作响。思念的人儿怎么等也等不见,相思的泪水只有暗自空流。

## 其 五

**【原诗】** 塞虏乘秋下①,天兵出汉家②。将军分虎竹③,战士卧龙沙④。边月随弓影,胡霜拂剑花⑤。玉关殊未入⑥,少妇莫长嗟⑦。

**【注释】** ① 塞虏:指胡兵。乘秋下:胡兵常乘秋高马肥弓劲之时出兵入侵。 ② 汉家:指唐朝。唐人常在诗中以汉代唐。 ③ 虎竹:兵符,有铜虎符、竹使符。兵符一剖为二,朝廷和边将各持一半,合成一体者方可发兵。《汉书·文帝纪》:"二年九月,初与郡守为铜虎符、竹使符。" ④ 龙沙:西域有沙漠,旁有地曰白龙堆,故称白龙堆与沙漠为龙沙。《后汉书·班超列传赞》:"坦步葱雪,咫尺龙沙。"李贤注:"葱岭,雪山。白龙堆,沙漠也。"又《西域传》:"楼兰国最在东垂,近汉,当白龙堆。" ⑤ "边月"二句:谓月影弯如弓,霜凝剑如花。 ⑥ 玉关:玉门关,在今甘肃敦煌西北。《汉书·李广利传》:"太初元年,以广利为贰师将军……使使上书言……愿且罢兵,益发而复往。天子闻之大怒,使使遮玉门关,曰:'军有敢入,斩之。'" ⑦ 长嗟:长叹。

**【译文】** 胡虏乘着秋高马肥之际兴兵南侵,唐朝大军出动前去迎敌。将军带着虎符出征,战士在龙沙坚守御敌。夜晚的月亮弯如弓影,胡地的霜雪凝剑成花。大军尚未还入玉门关,闺中的少妇还是耐心等待,不必长吁短叹。

## 其 六

**【原诗】** 烽火动沙漠,连照甘泉云①。汉皇按剑起②,还召李将军③。

兵气天上合④,鼓声陇底闻⑤。横行负勇气⑥,一战净妖氛⑦。

**【注释】**　①甘泉:秦汉宫名。旧址在今陕西淳化县西北甘泉山上。《史记·匈奴列传》:"胡骑入代句注边,烽火通于甘泉、长安。"　②汉皇:即汉武帝。汉武帝时扩建甘泉宫,使其成为仅次于未央宫的重要活动场所。此以汉代唐,指唐玄宗。按剑起:发怒貌。　③李将军:汉飞将军李广。此指唐将。《史记·李将军列传》:"匈奴入杀辽西太守,败韩将军,后韩将军徙右北平。于是天子乃召拜广为右北平太守……匈奴闻之,号曰汉之飞将军,避之数岁,不敢入右北平。"　④兵气:一作"杀气"。天上合:杀气冲天之谓。　⑤陇底:陇山之谷。　⑥横行:纵横驰骋,所向无敌之意。　⑦净妖氛:扫清敌患,平定天下。

**【译文】**　烽火在沙漠上燃烧,战火映红了甘泉宫的天空。汉皇勃然大怒,按剑而起,召李将军率领大军前去迎敌。杀气直冲云霄,鼓声震天动地。天兵英勇战斗,所向无敌,一战而扫清胡虏,平定天下。

# 来日大难

**【题解】**　《来日大难》,即古《善哉行》。《乐府诗集》列于《相和歌辞》。郭茂倩云:"《乐府题解》曰:古辞云:'来日大难,口燥唇干。'言人命不可保,当见亲友,且永长年术,与王乔八公游焉。"李白此诗沿用古辞之意,谓人生苦短,当求仙长生,虽有人讥笑而不顾。诗当作于仕途失意后,欲辞京远游之时。

**【原诗】**　来日一身①,携粮负薪。道长食尽,苦口焦唇②。今日醉饱,乐过千春。仙人相存③,诱我远学。海陵三山④,陆憩五岳⑤。乘龙上三天,飞目瞻两角⑥。授以神药,金丹满握。蟪蛄蒙恩,深愧短促⑦。思填东海,强衔一木⑧。道重天地,轩师广成⑨。蝉翼九五⑩,以求长生。下士大笑⑪,如苍蝇声。

【注释】　① 来日：王琦注："来日，谓已来之日，犹往日也。"　② 以上四句，谓人生苦艰也。　③ 相存：相与慰问。《说文》："存，恤问也。"　④ 三山：传说海上有蓬莱、方壶、瀛洲三神山。　⑤ 五岳：即东岳泰山、西岳华山、南岳衡山、北岳恒山、中岳嵩山。　⑥ "乘龙"二句，用黄帝鼎湖乘龙升仙事。详见《飞龙引》注。"乘龙"二句：一作"乘龙天飞，目瞻两角"。　⑦ "蟪蛄"二句：《庄子·逍遥游》："蟪蛄不知春秋。"司马彪注："蟪蛄，寒蝉也……春生夏死，夏生秋死。"　⑧ "思填"二句：指精卫填海事。《山海经·北山经》："炎帝之少女名曰女娃。女娃游于东海，溺而不返，故为精卫，常衔西山之木石，以堙于东海。"　⑨ 轩：指轩辕黄帝。广成：即广成子，古仙人，传说黄帝曾向他问道。《庄子·在宥》："广成子南首而卧，黄帝顺下风，膝行而进，再拜稽首而问曰：'闻吾子达于至道，敢问治身奈何而可以长久？'"　⑩ 蝉翼：喻其轻也。九五：九五之尊，谓皇帝之位。《周易·乾》："九五，飞龙在天，利见大人。"此句谓视帝王之尊，轻如蝉翼。　⑪ 下士：下愚之人。《老子》："上士闻道勤而行之，中士闻道若存若亡，下士闻道大笑之。"

【译文】　人生在世，一身携带着吃的、用的，忍辱负重。但因道长路远，饮食易尽，常搞得口干舌燥，狼狈不堪。今日若能醉饱，便觉得其乐融融，千春难得。有仙人对我十分关心，劝诱我远游学仙，可凌海飞达三山胜境，可周游栖身五岳宝地。乘着飞龙凌天而翔，在龙背上眼看着一对龙角。并还授我以满把的金丹神药，吃了便可长生久视。人生蒙天地造化之恩，然犹如蟪蛄，生命苦短。虽思欲东填沧海，以效精卫衔木，但又有何补益呢？还是大道重于天地，虽贵如轩辕黄帝，犹师事广成。视九五之尊轻如蝉翼，舍弃天下，以求长生。下愚之士对此大笑，我听之如苍蝇之声过耳。

# 塞上曲

【题解】　《塞上曲》，《乐府诗集》列于《新乐府辞》。郭茂倩谓此曲和《塞下曲》皆出于汉《出塞》《入塞》曲。萧士赟云："乐府《塞上曲》者，古征戍十五曲之一也。"此诗借汉喻唐。王琦云:"此篇盖追美太宗武功之盛而作也。"良是。约作于天宝二年(743)。

**【原诗】**　大汉无中策<sup>①</sup>,匈奴犯渭桥<sup>②</sup>。五原秋草绿<sup>③</sup>,胡马一何骄。命将征西极,横行阴山侧<sup>④</sup>。燕支落汉家,妇女无花色<sup>⑤</sup>。转战渡黄河,休兵乐事多。萧条清万里<sup>⑥</sup>,瀚海寂无波<sup>⑦</sup>。

**【注释】**　① 大汉:汉朝,实指唐朝。中策:中等之策。《汉书·匈奴传》:"严尤谏曰:'臣闻匈奴为害,所从来久矣。未闻上世有必征之者也。后世三家周、秦、汉征之,然皆未有得上策者也。周得中策,汉得下策,秦无策焉。当周宣王时,猃允内侵,至于泾阳,命将征之,尽境而还。其视戎狄之侵,譬犹蚊虻之螫,驱之而已。故天下称明,是称中策。汉武帝选将练兵,约赍轻粮,深入远戍,虽有克获之功,胡辄报之,兵连祸结三十余年,中国罢耗,匈奴亦创艾,而天下称武,是为下策。秦始皇不忍小耻而轻民力,筑长城之固,延袤万里,转输之行,起于负海。疆界既完,中国内竭,以丧社稷,是为无策。'"　② 匈奴:实指突厥。犯渭桥:指唐武德九年(626),突厥颉利可汗自率十万余骑进寇武功,京师戒严。颉利至于渭水便桥之北,太宗率大臣高士廉、房玄龄等六骑,驰至渭水,与颉利隔河而语,责其负约。后众军皆至,军威大盛,颉利请和,引兵而退。见《旧唐书·突厥传》。　③ 五原:唐郡名,在今陕西定边县一带。史称颉利曾建牙于五原之北,常骚扰唐边境。④ 阴山:在今内蒙古境内,东西走向,横亘二千余里。　⑤ 燕支:山名,在今甘肃山丹县东南。参见《王昭君二首》其一注。　⑥ 萧条:平静之意。班固《封燕支山铭》:"萧条万里,野无遗寇。"　⑦ 瀚海:指大漠。寂无波:谓沙漠之沙丘静寂如无波也。

**【译文】**　由于大汉无灭匈奴之计策,致使匈奴进犯至渭桥。离长安不远的五原,就驻扎着胡人骄悍的兵马。将士们受命西征,大军横行于阴山之侧。攻下了燕支山,使胡人惊叹:失我燕支山,使我妇女无颜色! 天兵转战万里,大获全胜,回渡黄河,凯旋收兵。从此休兵,人民乐其太平。茫茫瀚海,沙浪寂寂,萧条万里,和平安宁。

# 玉阶怨

**【题解】** 《玉阶怨》,《乐府诗集》列于《相和歌辞》。胡震亨云:"班婕妤失宠,借养太后长信宫,作赋自悼,有'华尘兮玉阶苔'之句,谢脁取之作《玉阶怨》,白又拟脁作。"王琦云:"题始自谢脁,太白盖拟之。"谢脁诗云:"夕殿下珠帘,流萤飞复息。长夜缝罗衣,思君此何极。"

**【原诗】** 玉阶生白露,夜久侵罗袜。却下水精帘①,玲珑望秋月②。

**【注释】** ① 却:还。水精:即水晶。水精帘,即用水晶石穿制成的帘子。② 玲珑:透明貌。一作"聆胧"。聆胧,月光也。

**【译文】** 夜晚,玉阶上渐生白露,在门前站久了便浸湿了罗袜。她放下了水晶帘,隔着透明的帘子在凝望秋月。

# 襄阳曲四首

**【题解】** 《襄阳曲》,乐府旧题。《乐府诗集》列于《杂歌谣辞》。王琦云:"《襄阳曲》,即《襄阳乐》也。《旧唐书》:《襄阳乐》,宋随王诞所作也。诞始为襄阳郡,元嘉二十六年仍为雍州。夜闻诸女歌谣,因作之。其歌曰:'朝发襄阳来,暮至大堤宿。大堤诸女儿,花艳惊郎目。'"此诗作于开元二十二年(734)太白游襄阳时。

## 其 一

**【原诗】** 襄阳行乐处,歌舞《白铜鞮》①。江城回渌水,花月使人迷。

**【注释】** ① 白铜鞮(dī)：即《白铜蹄》。乐府曲名。吴兢《乐府古题要解》："都邑二十四曲有《白铜鞮歌》，亦曰《襄阳白铜鞮》。"王注："《隋书》：梁武帝之在雍镇，有童谣曰：'襄阳白铜蹄，扫缚扬州儿。'识者言铜蹄谓马也。白，金色也。及义师之兴，实以铁骑，扬州之士皆面缚，如谣言。故即位之后，更造新声，帝自为之词三首。又令沈约为三曲，以被弦管。后人改蹄为鞮，未详其义。"

**【译文】** 在襄阳行乐之处，至今犹有人歌舞《白铜鞮》之曲。汉江之清水回绕着江城，襄阳之花容月色实在是令人着迷。

## 其 二

**【原诗】** 山公醉酒时，酩酊高阳下①。头上白接䍦②，倒著还骑马。

**【注释】** ①"山公"二句：用山简事。山简，字季伦，晋人。《世说新语·任诞》："山季伦为荆州，时出酣畅，人为之歌曰：'山公时一醉，径造高阳池。日莫倒载归，茗芋无所知。复能乘骏马，倒著白接䍦。举手问葛彊，何如并州儿？'高阳池在襄阳，彊是其爱将，并州人也。"高阳：一作"襄阳"。② 白接䍦(lí)：白帽子。

**【译文】** 晋人山简醉酒之时，在高阳池醉态可掬。他头上反戴着白接䍦之帽骑在马上，样子实在是可笑。

## 其 三

**【原诗】** 岘山临汉江①，水绿沙如雪。上有堕泪碑②，青苔久磨灭。

**【注释】** ① 岘山：山名，在今湖北襄阳，东临汉水。 ② 堕泪碑：晋羊祜镇襄阳，有惠政，尝登岘山。羊祜死后，后人立碑于其登临处，望之悲戚，因称之堕泪碑。详见《襄阳歌》注。

**【译文】** 岘山面对汉江,水绿如碧,沙白似雪。山上有纪念羊祜的堕泪碑,上面的字已久为青苔所没,看不清楚了。

## 其 四

**【原诗】** 且醉习家池[1],莫看堕泪碑。山公欲上马,笑杀襄阳儿。

**【注释】** [1] 习家池:在襄阳岘山南。《世说新语·任诞》注:"《襄阳记》曰:汉侍中习郁于岘山南,依范蠡养鱼法作鱼池,池边有高堤,种竹及长楸。芙蓉菱芡覆水,是游燕名处也。山简每临此池,未尝不大醉而还。曰:'此是我高阳池也!'襄阳小儿歌之。"

**【译文】** 姑且在习家池觅得一醉,不去山上看堕泪碑了。也学一学山公欲上马的醉态,让襄阳小儿笑上一笑。

## 大堤曲

**【题解】** 《大堤曲》,南朝乐府旧题。《乐府诗集》列于《清商曲辞》。《大堤曲》源于西曲歌《襄阳乐》和梁简文帝《雍州曲》。雍州即襄阳。郭茂倩云:"《通典》曰:雍州,襄阳也。《禹贡》荆河州之南境,春秋时楚地,魏武始置襄阳郡,晋兼置荆河州。宋文帝割荆州置雍州,号南雍。魏晋以来,常为重镇,齐梁因之。"萧士赟云:"《乐府遗声》都邑三十四曲有《大堤曲》。"此诗作于开元二十二年(734)太白游襄阳时。

**【原诗】** 汉水临襄阳,花开大堤暖[1]。佳期大堤下,泪向南云满[2]。春风复无情,吹我梦魂散[3]。不见眼中人,天长音信断[4]。

**【注释】** [1] 大堤:在襄阳府城外,东临汉江,西自万山,经澶溪、土门、白龙池、东津渡绕城北老龙堤,复至万山之麓,周围四十余里。古辞《襄阳乐》:

"朝发襄阳城,暮至大堤宿。大堤诸女儿,花艳惊郎目。"　②　南云:陆机《思亲赋》:"指南云而寄款,望归风以效诚。"江总《于长安归还扬州九月九日行微山亭赋韵》:"心逐南云逝,形随北雁来。"此用二诗典,有思归之意。③"春风"二句:乐府《子夜歌》:"春风复多情,吹我罗裳开。"此二句反其意而用之。散,一作"断"。　④　眼中人:谓心中想念之人。何逊《从主移西州寓直斋内霖雨不晴怀郡中游聚》:"不见眼中人,空想南山寺。"

**【译文】**　汉水面对襄阳城,大堤上春暖花开。在大堤上想起了与佳人相会的日子,不禁望着南天的白云而潸然泪下。本是多情的春风,如今也显得无情起来,将我的好梦吹散。梦里的眼中人不见了,想给她寄封信,也因天长地远,而无由到达。

# 宫中行乐词八首

**【题解】**　《宫中行乐词》,乐府新题。《乐府诗集》列于《近代曲辞》。萧士赟云:"《乐府遗声》行乐四十八曲有《宫中行乐词》。"孟启《本事诗·高逸》:"(玄宗)尝因宫人行乐,谓高力士曰:'对此良辰美景,岂可独以声伎为娱?倘时得逸才词人吟咏之,可以夸耀于后。'遂命召白……上知其薄声律,谓非所长,命为宫中行乐五言律诗十首……白取笔抒思,略不停缀,十篇立就,更无加点,笔迹遒利,凤跱龙拏,律度对属,无不精绝。"王定保《唐摭言·敏捷》:"开元中李翰林应诏草《白莲花开序》及宫词十首。时方大醉,中贵人以冷水沃之,稍醒,白于御前索笔一挥,文不加点。"宋蜀本题下注云:"奉诏作五言。"《才调集》将一、二、四、五、六五首题作《紫宫乐五首》,三、七、八三首题作《宫中行乐三首》。唐写本录一、二、三三首题作《宫中三章》,署"皇帝侍文李白"。《文苑英华》录其二,题作《醉中侍宴应制》。按原作十首,今存八首。此为天宝二年(743)春太白在长安奉诏而作。

## 其 一

【原诗】 小小生金屋①,盈盈在紫微②。山花插宝髻,石竹绣罗衣③。每出深宫里,常随步辇归④。只愁歌舞散,化作彩云飞。

【注释】 ① 小小:少小时。金屋:用汉武帝王皇后故事。详见《白头吟二首》其一注。 ② 盈盈:体态美好貌。紫微:星座名,后代指天子宫殿。《晋书·天文志》:"紫宫垣,十五星,其西蕃七,东蕃八。在北斗北,一曰紫微,大帝之坐也,天子之常居也。" ③ 石竹:花草名。《通志·草木昆虫略》:"瞿麦……曰石竹……其叶细嫩,花如钱,可爱。唐人多像此为衣服之饰,所谓'石竹绣罗衣'。" ④ 步辇:古代的一种代步工具,为人所抬,类似轿子。

【译文】 自幼入宫,成长于金屋之中,轻盈的舞姿经常在宫殿中皇帝面前表演。头上插戴鲜艳的山花,身穿绣着石竹花图案的罗衣。经常出入深宫大殿之中,常常侍从于皇帝的步辇之后。只怕有朝一日,歌舞一散,自己便像天上的彩云一样随风而去,再也见不到皇帝的面了。

## 其 二

【原诗】 柳色黄金嫩,梨花白雪香①。玉楼巢翡翠②,珠殿锁鸳鸯。选妓随雕辇③,征歌出洞房④。宫中谁第一,飞燕在昭阳⑤。

【注释】 ①"柳色"二句:王琦注:"本阴铿诗,太白全用之。"按现存阴铿诗无此二句。嫩,一作"暖"。 ② 玉楼:华美之楼。巢:一作"关",一作"开",一作"藏"。翡翠:鸟名,形似燕。赤而雄曰翡,青而雌曰翠。 ③ 妓:同"伎",此指歌女、舞女。雕辇:有雕饰彩画的辇车。 ④ 洞房:房屋之深邃者。 ⑤ 飞燕:指汉成帝皇后赵飞燕。此似喻指杨贵妃。《西京杂记》:"赵后体轻腰弱,善行步进退,女弟昭仪不能及也。但昭仪弱骨丰肌,尤工笑语,二人并色如红玉,为当时第一,皆擅宠后宫。"昭阳:汉宫名。

《三辅黄图》:"成帝赵皇后居昭阳殿……有女弟,俱为婕妤。"

**【译文】**　春日杨柳的嫩芽,色泽像黄金,雪白的梨花散发着芳香。宫中的玉楼珠殿之上,有翡翠鸟在结巢,殿前的池水中圈养着成对的鸳鸯。于是皇上从后宫中选能歌善舞的宫人,随辇游乐。能歌善舞者,在宫中谁可推为第一呢? 当然非居住于昭阳殿的赵飞燕莫属了。

## 其 三

**【原诗】**　卢橘为秦树<sup>①</sup>,蒲桃出汉宫<sup>②</sup>。烟花宜落日,丝管醉春风。笛奏龙鸣水<sup>③</sup>,箫吟凤下空<sup>④</sup>。君王多乐事,还与万方同<sup>⑤</sup>。

**【注释】**　① 卢橘:《史记·司马相如列传》:"卢橘夏熟。"《集解》引郭璞曰:"今蜀中有给客橙,似橘而非,若柚而芬香,冬夏华实相继,或如弹丸,或如拳,通岁食之,即卢橘也。"《索隐》引晋灼曰:"此虽赋上林,博引异方珍奇,不系于一也。"又引《广州记》云:"卢橘皮厚,大小如甘,酢多,九月结实,正赤,明年二月更青黑。夏熟。"又云:"卢即黑是也。"　② 蒲桃:即葡萄。原产西域,西汉时引种长安。《史记·大宛列传》:"宛左右以蒲陶为酒……汉使取其实来,于是天子始种苜蓿、蒲陶肥饶地。及天马多,外国使来众,则离宫别观旁,尽种蒲陶苜蓿极望。"　③ "笛奏"句:谓笛声如龙吟水中。马融《长笛赋》:"近世双笛从羌起,羌人伐竹未及已。龙鸣水中不见己,截竹吹之声相似。"　④ "箫吟"句:此句用箫史典。《列仙传》:"萧史者,秦穆公时人也。善吹箫……穆公有女,字弄玉,好之。公遂以女妻焉。日教弄玉作凤鸣,居数年,吹似凤声,凤凰来止其屋。"　⑤ 万方:即天下,此指天下百姓。此二句即天子与万民同乐之意。此句一作"何必向回中"。

**【译文】**　苑林中长着卢橘,宫廷中种着葡萄。在落日烟花之下,丝管齐鸣,春风骀荡。羌笛之声如龙吟出水,箫管之声如凤鸣下空。莫说君王多游乐之事,如今天下太平,天子正与万民同乐呢!

# 其 四

**【原诗】** 玉树春归日,金宫乐事多①。后庭朝未入②,轻辇夜相过。笑出花间语,娇来烛下歌③。莫教明月去,留着醉姮娥④。

**【注释】** ① 金宫:即金殿,指宫中大殿。 ② 后庭:指后宫寝殿,天子嫔妃所居处。《战国策·秦策》:"君之骏马盈外厩,美女充后庭。" ③ 烛:一作"竹"。 ④ 姮娥:即嫦娥。传说中月中的仙女。《淮南子·览冥训》:"羿请不死之药于西王母,姮娥窃以奔月。"高诱注:"姮娥,羿妻,羿请不死之药于西王母,未及服之,姮娥盗食之,得仙,奔入月中为月精。"

**【译文】** 玉树影斜,日暮下朝之时,宫中多有乐事。由于君王白天忙于政务,至夜晚才乘着轻辇来到后宫。嫔妃们在花间恣意谈笑,在明烛下娇声唱歌。在月光下尽情地唱吧跳吧,莫要叫明月归去,我们还要请月宫中的嫦娥一起来欢歌醉舞呢!

# 其 五

**【原诗】** 绣户香风暖,纱窗曙色新①。宫花争笑日②,池草暗生春③。绿树闻歌鸟,青楼见舞人④。昭阳桃李月,罗绮自相亲⑤。

**【注释】** ① 曙色新:曙光初照之意。 ② 争笑日:对着日光竞相开放。刘勰《新论》:"春葩含日似笑,秋叶泫露如泣。" ③ "池草"句:用谢灵运《登池上楼》"池塘生春草"之意。 ④ 青楼:指女子所居之楼。曹植《美女篇》:"青楼临大路,高门结重关。" ⑤ 罗绮:本指罗衣,此代指穿罗绮之美女。

**【译文】** 宫殿内香风和暖依旧,纱窗外已现出黎明的曙光。宫中的花朵竞相对朝日开放,池塘中已暗暗地长出了春草。绿树间的小鸟开始歌唱,宫殿中舞女的身影在晨光中逐渐清晰。昭阳殿前桃李树间,明月渐斜,虽天色已明,但宫中的美人狂欢了一夜,兴犹未尽,仍在追逐嬉戏。

## 其 六

【原诗】 今日明光里①,还须结伴游。春风开紫殿②,天乐下珠楼③。艳舞全知巧④,娇歌半欲羞。更怜花月夜,宫女笑藏钩⑤。

【注释】 ① 明光:汉宫名。此代指唐代宫殿。《三黄辅图》:"武帝求仙,起明光宫,发燕赵美女二千人充之。" ② 紫殿:指皇宫。 ③ 天乐:天上的音乐。此指宫中之妙乐。珠楼:珠帘翠幕之楼。 ④ 全知巧:皆为巧妙之意。 ⑤ 藏钩:古代的一种游戏。手握东西让别人猜,猜中者即胜。《采兰杂志》:"每月下九,置酒为妇女之欢,名曰阳会……女子于是夜为藏钩诸戏,以待月明,至有忘寐而达曙者。"

【译文】 今日在明光宫中,还要结伴相游。春风吹开了紫殿大门,一阵天乐吹下了珠楼。舞女们的舞蹈精彩绝伦,歌女们的歌声娇里娇气。更令人开心的是在花香月明之夜,宫女们在玩藏钩的游戏,好一幅春宫游乐图!

## 其 七

【原诗】 寒雪梅中尽,春风柳上归。宫莺娇欲醉,檐燕语还飞。迟日明歌席①,新花艳舞衣。晚来移彩仗②,行乐好光辉③。

【注释】 ① 迟日:春日。春日渐长,故曰迟日。《诗经·豳风·七月》:"春日迟迟。"毛传:"迟迟,舒缓也。"孔颖达疏:"迟迟者,日长而暄之意,故为舒缓。" ② 彩仗:宫中的彩旗仪仗。 ③ 好:一作"泥"。

【译文】 梅上的白雪已消,春风染绿了杨柳。宫莺唱着醉人的歌,檐前的燕子呢喃着比翼双飞。春日迟迟照着歌舞酒筵,春花灿烂映着绚丽舞衣。傍晚时斜晖照着皇帝出游的彩仗,光彩一片,好不气派!

# 其　八

【原诗】　水绿南薰殿①,花红北阙楼②。莺歌闻太液③,凤吹绕瀛洲④。素女鸣珠佩⑤,天人弄彩球⑥。今朝风日好,宜入未央游⑦。

【注释】　① 南薰殿:唐兴庆宫之宫殿名。《长安志》:"兴庆殿,前有瀛洲门,内有南薰殿,北有龙池。"　② 北阙楼:汉未央宫中有玄武阙为北阙。此指唐宫。《史记·高祖本纪》:"萧丞相营作未央宫,立东阙、北阙。"《集解》:"《关中记》曰:'东有苍龙阙,北有玄武阙,玄武,所谓北阙。'"　③ 莺歌:歌如莺鸣。太液:唐大明宫内有太液池,池中有蓬莱山。见《唐两京城坊考》。　④ 凤吹:指吹笙。瀛洲:指太液池中之蓬莱山。　⑤ 素女:神女名,善音乐。此指宫中乐妓。《史记·封禅书》:"太帝使素女鼓五十弦瑟。"　⑥ 天人:此指宫中美人。弄彩球:玩打彩球游戏。《文献通考》:"蹴球盖始于唐,植两修竹,高数丈,络网于上为门以度球,球工分左右朋,以角胜负否,岂非蹴鞠之变欤?"　⑦ 风日好:天气好。未央:汉宫名。此指唐宫。

【译文】　龙池之水映绿了南薰殿,北阙楼在一片红花中隐现。从太液池上传来阵阵莺鸣似的歌声,笙箫之音绕着池上的蓬莱山打转。一阵仙女珠佩碰击的叮咚响声传来,原来是宫人们在玩打彩球的游戏。今日天气真好,正是宫中行乐的好日子。

# 清平调词三首

【题解】　《清平调词》为乐府新辞。《乐府诗集》列于《近代曲辞》,题为《清平调》。王琦认为此诗"盖天宝中所制供奉新曲,如《荔枝香》《伊州曲》《凉州曲》《甘州曲》《霓裳羽衣曲》之侪"。据李濬《松窗杂录》载:"开元中,禁中初重木芍药,即今牡丹也。得四本,红、紫、浅红、通白者。上因移植于兴庆池东沉香亭前。会花方繁开,上乘照夜白,太真妃以步辇从。诏特选梨园子弟中尤者,得乐十六色,李龟年以歌擅一时之名,手捧檀板,押众乐前,欲歌之,上曰:'赏名花,对妃子,焉用旧乐词为?'遂命龟年持金花笺,宣赐翰林学士李白进《清平调词》三章,白欣承诏旨,犹苦宿醒未解,因援笔赋之……龟年遽以词进,上命梨园子弟约略调抚丝竹,遂促龟年以歌。太真妃持颇梨七宝杯,酌西凉州蒲萄酒,笑领歌,意甚厚。上因调玉笛以倚曲,每曲遍将换,则迟其声以媚之。太真饮罢,饰绣巾重拜上意……上自是顾李翰林尤异于他学士。"按"开元中"当为天宝中。王灼《碧鸡漫志》:"明皇宣白进《清平调词》,乃是令白于清、平调中制词。盖古乐取声律高下,合为三,曰清调、平调、侧调,此为之三调。明皇止令就择上两调,偶不乐侧调故也。"任半塘《唐声诗·格调》:"《清平调》三字,是唐代曲牌名,前所未有。其始义指清商乐中之清调、平调,其后来之义乃就古清商乐曲内'有声无辞'之平调、清调二曲名,从而更订……李白三章乃倚声而成,李龟年之歌乃循谱而发。"此诗作于天宝二年(743)春李白供奉翰林时。

## 其 一

**【原诗】** 云想衣裳花想容①,春风拂槛露华浓②。若非群玉山头见③,会向瑶台月下逢④。

**【注释】** ①"云想"句:悬想之辞,谓贵妃之美,连天上之彩云也想变作她的衣裳,牡丹花也想变作她的容颜。想,亦可解作"如"字。朱谏云:"想,想其相似也。言其衣裳如云,而容貌如花也。" ②槛:栏杆。露华:露珠。③群玉山:仙山名。《穆天子》:"癸巳,至于群玉之山。"郭璞注:"即《西山经》玉山,西王母所居者。" ④瑶台:王嘉《拾遗记》"昆仑山":"第九层山形渐小狭,下有芝田蕙圃,皆数百顷,群仙种耨焉。傍有瑶台十二,各广千步,皆五色玉为台基。"

**【译文】** 云想变作贵妃的衣裳,花想变为贵妃之容貌,贵妃之美,如沉香亭畔春风拂煦下的带露之牡丹。若不是群玉仙山上才能见到的西王母,定是只有在瑶台月下才能遇到的仙女。

## 其 二

【原诗】 一枝红艳露凝香<sup>①</sup>，云雨巫山枉断肠<sup>②</sup>。借问汉宫谁得似，可怜飞燕倚新妆<sup>③</sup>。

【注释】 ① 红：一作"秾"，一作"浓"。 ② 云雨巫山：宋玉《高唐赋》："玉曰：昔者，先王（指楚怀王）尝游高唐，怠而昼寝，梦见一妇人曰：'妾，巫山之女也，为高唐之客，闻君游高唐，愿荐枕席。'王因幸之。去而辞曰：'妾在巫山之阳，高丘之岨。旦为朝云，暮为行雨。朝朝暮暮，阳台之下。'" ③ 可怜：犹可爱、可喜之意。飞燕：即汉成帝皇后赵飞燕。详见《宫中行乐词八首》其二注。倚：依凭。

【译文】 美丽得像一枝凝香带露的红牡丹，那朝为行云暮为行雨的巫山神女与之相比也只能是枉断肝肠。那汉宫中的赵飞燕，也只有凭借着新妆才差可与之比拟。

## 其 三

【原诗】 名花倾国两相欢<sup>①</sup>，长得君王带笑看。解释春风无限恨<sup>②</sup>，沉香亭北倚阑干<sup>③</sup>。

【注释】 ① 名花：指牡丹。倾国：绝世之美人。此指杨贵妃。 ② 解释：解散、消解之意。 ③ 沉香亭：在兴庆宫内。《唐两京城坊考》"兴庆宫"："宫之正门西向，曰兴庆门。其内兴庆殿，殿后为龙池。池之西为交泰殿，殿西北为沉香亭。"阑干：即栏杆。

【译文】 名花和美人相与为欢，长使得君王带笑而看。沉香亭北倚栏销魂之时，无限春愁都随春风一扫而光。

# 鼓吹入朝曲

**【题解】** 《鼓吹入朝曲》，乐府旧题。《乐府诗集》列于《鼓吹曲辞》。此诗乃仿谢朓《齐随王鼓吹曲十首》其四《入朝曲》，拟写六朝之故事。谢诗云："江南佳丽地，金陵帝王州。逶迤带绿水，迢递起朱楼。飞甍夹驰道，垂杨荫御沟。凝笳翼高盖，叠鼓送华辀。献纳云台表，功名良可收。"此诗为开元十四年(726)初游金陵时所作。

**【原诗】** 金陵控海浦<sup>①</sup>，渌水带吴京<sup>②</sup>。铙歌列骑吹<sup>③</sup>，飒沓引公卿<sup>④</sup>。捶钟速严妆<sup>⑤</sup>，伐鼓启重城<sup>⑥</sup>。天子凭玉案<sup>⑦</sup>，剑履若云行<sup>⑧</sup>。日出照万户，簪裾烂明星。朝罢沐浴闲<sup>⑨</sup>，邀游阆风亭<sup>⑩</sup>。济济双阙下<sup>⑪</sup>，欢娱乐恩荣。

**【注释】** ① 海浦：江河入海处。此指长江口。 ② 吴京：即金陵。三国时吴国之都在金陵，故曰吴京。 ③ 铙(náo)歌、骑吹：《鼓吹曲》曰铙歌。王琦云："列于殿庭者为《鼓吹》，今之从行鼓吹曰《骑吹》。"以下十二句，皆悬想六朝情形，非实写也。 ④ 飒沓：众多貌。鲍照《咏史》："宾御纷飒沓，鞍马光照地。" ⑤ 捶钟：撞钟。速：催促。严妆：装束齐整。 ⑥ 伐鼓：击鼓。启：开。重城：有内城和外城者谓之重城，此谓几重城门。 ⑦ 玉案：饰玉之几案。 ⑧ 剑履：重臣上朝时可以佩剑着履。此代指朝臣。 ⑨ 沐浴：洗发曰沐，濯身曰浴。此指官吏休假。 ⑩ 阆风亭：在金陵(今南京)。初建于南朝梁代。 ⑪ 济济：人多貌。双阙：《六朝事迹》："(建康)县北五里有四石阙，在台城之门南，高五丈，广三丈六寸，梁武帝所造。"

**【译文】** 金陵靠近长江的入海口，有清澈的江水在城边流过。铙歌声声，引得众公卿纷纷出来。晨钟催促着朝臣们赶快穿好衣服，击过鼓后城门大开。天子在朝堂上凭几案而坐，朝臣们如云行般向殿前走去，向天子叩拜。太阳高悬，照临万家，大臣的冠簪衣裾像明星般闪耀。朝罢休闲之时，大家都纷纷到阆风亭、双阙等处遨游,沐浴着天子的恩荣,乐而忘返。

# 秦女休行

【题解】 《秦女休行》,乐府旧题。《乐府诗集》列于《杂曲歌辞》,解题云:"左延年辞,大略言女休为燕王妇,为宗报雠,杀人都市,虽被囚系,终以赦宥,得宽刑戮也。"宋蜀本题下注:"古词,魏朝协律都尉左延年所作,今拟之。"李白踵事增华,全拟旧题。诗作年不详。

【原诗】 西门秦氏女,秀色如琼花①。手挥白杨刀②,清昼杀仇家。罗袖洒赤血,英声凌紫霞③。直上西山去,关吏相邀遮④。婿为燕国王,身被诏狱加⑤。犯刑若履虎⑥,不畏落爪牙。素颈未及断,摧眉伏泥沙。金鸡忽放赦⑦,大辟得宽赊⑧。何惭聂政姊⑨,万古共惊嗟。

【注释】 ① 琼花:一种微黄而有香味的珍贵名花,当年隋炀帝开运河游扬州以赏琼花。 ② 白杨刀:即白羊子刀,古之名刀。左延年《秦女休行》:"左执白杨刃,右据宛鲁矛。"此用其句义。 ③ 英声:一作"英气"。紫霞:紫霄,即天空。 ④ 邀遮:拦截之意。 ⑤ 诏狱:奉诏命缉拿犯人入狱。加:加之罪。左延年诗:"女休前置辞,平生为燕王妇,于今为诏狱囚。"此用其意。 ⑥ 履虎:踩着了老虎尾巴。喻遇到了危险。《周易·履》:"履虎尾,不咥人,亨。" ⑦ 金鸡放赦:古时皇帝大赦时,于城门悬放金鸡。《隋书·刑法志》:"赦日,则武库令设金鸡及鼓于阊阖门外之右。勒集囚徒于阙前,挝鼓千声,释枷锁焉。" ⑧ 大辟:即死刑。《尚书·吕刑》:"大辟疑赦。"孔传:"大辟,死刑也。"宽赊:宽大赦免。 ⑨ 聂政姊:刺客聂政之姊,名聂荣,有大勇。聂政,战国时齐人,为人报仇,刺杀韩相侠累。因恐连累其姊,乃自毁其容自尽。韩取其尸暴于市,悬千金购求其姓名。其姊聂荣闻之,至韩国,伏尸而哭之,曰:"是轵深井里所谓聂政者也。"众人皆问其何敢来认尸,聂荣说:"妾其奈何畏殁身之诛,终灭贤弟之名!"然后自杀于聂政之旁。事见《史记·刺客列传》。

**【译文】** 西门有秦氏之女名女休,其色美如琼花。她为了报宗亲之仇,手持白杨刀,大白天前去刺杀仇家。她衣袖上洒满了仇人的鲜血,赢得了为亲人报仇的好名声。杀人之后,她逃至西山,被关吏所截获。她的夫婿是燕国王,今日她却被诏拿入狱。虽然她明知犯刑如履虎尾,却丝毫也不畏惧。正当她低眉伏于泥沙之上、行将临刑之时,忽传来金鸡放赦的消息,赦免了她的死罪。比起古代的侠义之女聂政姊来,她一点也不逊色。她的事迹受到后人的热烈颂扬。

# 秦女卷衣

**【题解】** 《秦女卷衣》,乐府旧题。《乐府诗集》列于《杂曲歌辞》。郭茂倩云:"《乐府解题》曰:'《秦王卷衣》,言咸阳春景及宫阙之美,秦王卷衣以赠所欢也。'唐李白有《秦女卷衣》。"此李白改"秦王"为"秦女",并以秦女自喻,以效忠君之情。诗当作于开元间未遇时。

**【原诗】** 天子居未央①,妾来卷衣裳②。顾无紫宫宠③,敢拂黄金床。水至亦不去④,熊来尚可当⑤。微身奉日月⑥,飘若萤火光。愿君采葑菲,无以下体妨⑦。

**【注释】** ①未央:汉宫名。此借指唐宫。 ②来:一作"侍"。 ③紫宫:本指星座紫微垣,谓上帝所居。后借指皇宫。 ④"水至"句:《列女传》楚昭贞姜:"王出游,留夫人渐台之上而去,王闻江水大至,使使者迎夫人,忘持其符。使者至,请夫人出,夫人曰:'王与宫人约,令召宫人必以符。今使者不持符,妾不敢从使者行。'……于是使者取符,则水大至,台崩,夫人流而死。" ⑤"熊来"句:《汉书·外戚传》:"上幸虎圈斗兽,后宫皆坐。熊佚出圈,攀槛欲上殿。左右贵人傅昭仪等皆惊走,冯倢伃直前当熊而立,左右格杀熊。上问:'人情惊惧,何故前当熊?'倢伃对曰:'猛兽得人而止。妾恐熊至御坐,故以身当之。'元帝嗟叹,以此倍敬重焉。" ⑥日月:喻君王。 ⑦"愿君"二句:《诗经·邶风·谷风》:"采葑采菲,无以下体。"郑笺:"此二菜者,蔓菁与葍之类也。皆上下可食。然而其根有美时,有恶时,采之者不可以根恶时并弃其叶。"

**【译文】** 天子居住在未央宫之中,妾在天子身旁侍奉衣裳。因无皇帝的恩宠,岂敢擅自为皇上荐枕席?但妾有对君王的一片忠款之心,愿效楚昭王时贞姜水至不去和汉时冯婕妤挺身挡熊的区区之诚。虽妾身如萤光之微,但愿奉君王日月之明。祈君对妾多加体谅,如采葑菲之时,无以根茎之恶而弃其叶。

# 东武吟

**【题解】** 《东武吟》,一作《还山留别金门知己》,旧题乐府。《乐府诗集》列于《相和歌辞》。郭茂倩云:《古今乐录》曰:"王僧虔《技录》有《东武吟行》,今不歌。"《乐府解题》曰:"鲍照云'主人且勿喧',沈约云'天德深且旷',伤时移事异,荣华徂谢也。"左思《齐都赋》注:"《东武》《泰山》皆齐之土风,弦歌讴吟之曲名也。"按东武,汉县名,即今山东诸城。萧士赟云:"即《乐府正声·东门行》也。晋乐奏。古辞云:'出东门,不顾归。'言士有贫不安其居,拔剑去,妻子牵衣留之,愿共餔糜斯足,不求富贵也。太白诗则自述其志也。"又云:"此诗乃太白放黜之后,作此以别知己者。抱材于世,始遇而卒不合,见知而不见用……眷恋不忘之意悠悠然见于辞外,亦可慨叹也已。"宋蜀本题下注:"一作《出金门后书怀留别翰林诸公》。"此诗作于天宝三载(744)出京时,借旧题以抒己怀。

**【原诗】** 好古笑流俗①,素闻贤达风②。方希佐明主,长揖辞成功。白日在高天,回光烛微躬③。恭承凤凰诏④,欻起云萝中⑤。清切紫霄迥⑥,优游丹禁通⑦。君王赐颜色,声价凌烟虹。乘舆拥翠盖,扈从金城东⑧。宝马丽绝景⑨,锦衣入新丰⑩。依岩望松雪,对酒鸣丝桐⑪。因学杨子云,献赋甘泉宫⑫。天书美片善⑬,清芬播无穷⑭。归来入咸阳⑮,谈笑皆王公。一朝去金马⑯,飘落成飞蓬。宾客日疏散,玉樽亦已空。才力犹可倚，不惭世上雄。闲作东武吟，曲尽情未终。书此谢知己，吾寻黄绮翁⑰。

**【注释】**　① 流俗：世俗，指庸俗的世风。　② 贤达风：贤士之风。贤达，指那些有德望和才能的人。　③ 烛：照。微躬：自谦之辞，即贱躯之意。④ 凤凰诏：《初学记》引《邺中记》："石季龙皇后在观上，有诏书五色纸，著凤口中，凤既衔诏，侍人放数百丈绯绳，辘辘回转，凤皇飞下。凤以木作之，五色漆画，咮脚皆用金。"　⑤ 欻（xū）：忽然。云萝：山中多白云松萝。此代指山林隐居之处。　⑥ 清切：清贵之意。紫霄：天帝居处。此指帝王居处，即皇宫。梁简文帝《围城赋》："升紫霄之丹地，排玉殿之金扉。"　⑦ 丹禁：即紫禁，皇宫禁地。　⑧ 扈从：随帝王出行。《封氏闻见记·卤簿》："百官从驾，谓之扈从。"金城：喻城之坚固。此指长安。张协《咏史》："昔在西京时，朝野多欢娱……朱轩曜金城，供帐临长衢。"　⑨ 丽：附。绝景：美景。　⑩ 新丰：汉县名。治所在今西安临潼新丰街道。　⑪ 丝桐：指琴。琴用桐木制成，用丝为弦，故谓之丝桐。　⑫ 献赋：用扬雄典。《汉书·扬雄传》："正月，从上甘泉还，奏《甘泉赋》以风。"甘泉宫：汉宫名。⑬ 天书：诏书。片善：小善。　⑭ 清芬：喻好名声。　⑮ 咸阳：此指长安。　⑯ 金马：金马门，即宫门。《史记·滑稽列传》："金马门者，宦署门也。门傍有铜马，故谓之曰金马门。"　⑰ 黄绮翁：汉初高士商山四皓中有夏黄公、绮里季。以此代指四皓。此句一作"扁舟寻钓翁"。

**【译文】**　我信而好古，对庸俗的世俗之风看不顺眼，而一向仰慕贤达之风。我所希望的是能够辅佐明主，功成之后再长揖而去。皇帝像高悬在天空中的白日一样，它的光辉有幸地照到了我的身上。我恭承皇上的诏书，起身草中，奔赴长安。从此在皇帝身边任清贵切要之职，在紫禁城内自由进出。由于君王的另眼相待，我声名鹊起，如凌烟虹。常扈从天子的銮舆，进出于长安城东的温泉宫中。我乘着宝马来到这风景佳丽之地，身穿锦衣进入新丰。在骊山温泉宫里，有时游山逛景望松雪而寄傲，有时在筵席上对酒弹琴。也曾像汉代的扬子云献赋甘泉宫一样向皇上献赋。皇上下诏对我的雕虫小技加以赞美，我的美名从此传播开来，天下皆晓。从温泉宫回到长安后，王公权贵争相交结,好不热闹。一旦我离开金马门,辞京还山,就如同一棵蓬草随风飘落。门前的宾客日稀,案上的酒杯已空。但我自觉才力可倚,与当世之雄才相比也不逊色。闲来作一曲《东武吟》,曲尽而情犹未尽。书此诗向诸知己告别,从此我将追随往昔之四皓,啸傲山林去了。

# 邯郸才人嫁为厮养卒妇

**【题解】** 此诗属乐府旧题。《乐府诗集》列于《杂曲歌辞》。萧士赟云:"《乐府遗声》佳丽四十八曲有《邯郸才人嫁为厮养卒妇》,盖古有是事也。"胡震亨云:"谢朓有此诗。薪仆曰厮,炊仆曰养。朓盖设言其事,寓臣妾沦掷之感。"李白此诗蹈谢诗旨,当作于天宝十一载(752)游邯郸时。

**【原诗】** 妾本丛台女<sup>①</sup>,扬蛾入丹阙<sup>②</sup>。自倚颜如花,宁知有凋歇。一辞玉阶下,去若朝云没<sup>③</sup>。每忆邯郸城,深宫梦秋月。君王不可见,惆怅至明发<sup>④</sup>。

**【注释】** ① 丛台:战国时赵王所筑。《元和郡县图志·河东道邯郸县》:"丛台,在县城内东北隅。" ② 蛾:蛾眉。丹阙:指赵王王宫。 ③ 朝云:用巫山神女事。宋玉《高唐赋》:"妾在巫山之阳,高丘之岨。旦为朝云,暮为行雨。" ④ 明发:天明。

**【译文】** 妾本是邯郸丛台之女,当初被选为才人,扬眉入宫。自恃容颜如花,岂知红颜会一日日老去。自从辞别宫阶之后,便像朝云一样消失了。每忆起在邯郸王宫的生活,就像是做梦一样。从此再也见不到君王了,为此往往彻夜不眠,愁坐达旦。

# 出自蓟北门行

**【题解】** 《出自蓟北门行》，乐府旧题。《乐府诗集》列于《杂曲歌辞》，引《乐府解题》曰："《出自蓟北门行》，其致与《从军行》同，而兼言燕蓟风物，及突骑勇悍之状。若鲍照云'羽檄起边亭'，备叙征战苦辛之意。"萧士赟云："《乐府遗声》都邑三十四曲有《出自蓟北门行》。太白此词则必为开元、天宝之际，命将征伐吐谷浑、奚怒、吐蕃而作也。"李白此诗乃拟鲍照诗，写边塞征战，将士勠力报国之事。

**【原诗】** 虏阵横北荒，胡星曜精芒①。羽书速惊电②，烽火昼连光。虎竹救边急③，戎车森已行。明主不安席，按剑心飞扬④。推毂出猛将⑤，连旗登战场。兵威冲绝幕⑥，杀气凌穹苍。列卒赤山下⑦，开营紫塞旁⑧。孟冬风沙紧，旌旗飒凋伤⑨。画角悲海月⑩，征衣卷天霜。挥刃斩楼兰⑪，弯弓射贤王⑫。单于一平荡⑬，种落自奔亡⑭。收功报天子，行歌归咸阳。

**【注释】** ①胡星：《汉书·天文志》："昴曰旄头，胡星也。" ②羽书：军中插着羽笔的紧急文书。 ③虎竹：天子命诸将发兵用的虎符或竹符。 ④"明主"二句：用鲍照《出自蓟北门行》"天子按剑怒"句意。 ⑤推毂(gǔ)：推车。古之王者对出征大将的一种礼遇。《汉书·冯唐传》："臣闻上古王者遣将也，跪而推毂曰：'阃以内寡人制之，阃以外将军制之。'" ⑥绝幕：一作"绝漠"，即绝远处的沙漠。《汉书·卫青传》："卫青复将六将军绝幕，大克获。"应劭注："幕，沙幕。匈奴之南界也。"臣瓒注："沙土曰幕。直度曰绝。"颜师古注："幕者，即今之突厥中碛耳。歌曰：'径万里兮渡沙幕。'" ⑦赤山：山名。《后汉书·乌桓列传》："赤山在辽东西北数千里。" ⑧紫塞：北方边塞，因塞土紫色而名紫塞。 ⑨凋伤：凋零。 ⑩画角：军中之号角，因号角上绘以彩色图案，故名画角。海月：瀚海之月。 ⑪楼兰：西域古国名，故址在今新疆若羌。 ⑫贤王：匈奴首领之一。《汉书·匈奴传》："单于者，广大之貌也……置左右贤王……自左右贤王以下至当户,大者万余骑,小者数千,凡二十四长,立号曰万骑。"
⑬ 单于:匈奴之酋长。　⑭ 种落:即部落。王琦注:"种落谓其种类及部落也。"

【译文】　胡虏在北部边境摆开了阵势,胡星也发出耀眼的光芒。军中的紧急文书快得像闪电,报警的烽火也昼夜不停地燃烧着。向边境调兵遣将的符节急如星火,救边的戎车已经大批出动。君王坐不安席,手按宝剑雄心飞扬,亲自为出征的将士推车送行。大军旌旗连结,奔向战场。天兵威震绝域沙漠,杀气腾腾,直冲云霄。在赤山下陈兵列阵,在紫塞旁安营下寨。塞外初冬的风沙凄紧,连旌旗都被刮得七零八落。凄凉的画角声使海月生悲,战士的征衣凝满了霜雪。但是,他们不畏艰苦,英勇作战,挥刀直取楼兰,弯弓射杀匈奴的贤王。一旦扫平了敌酋单于,其他部落就会各自奔逃,不战而自溃。等大功告成后,便可以报功天子,高唱着凯歌,回师长安了。

# 洛阳陌

【题解】　《洛阳陌》,乐府旧题。《乐府诗集》列于《横吹曲辞》,梁简文帝、沈约、庾肩吾、徐陵等有《洛阳道》,皆写洛阳士女游乐之事。李白始题《洛阳陌》。萧士赟云:"《乐府遗声》都邑三十四曲有《洛阳陌》。"李白诗沿旧乐府题旨。当作于开元二十三年(735)游洛阳时。

【原诗】　白玉谁家郎①,回车渡天津②。看花东陌上,惊动洛阳人③。

【注释】　① 白玉:喻面目姣好,白皙如玉。　② 天津:洛阳桥名。在洛水上。　③ 用潘岳典。《世说新语·容止》:"潘岳妙有姿容,好神情。少时挟弹出洛阳道,妇人遇者,莫不连手共萦之。"梁简文帝《洛阳道》:"玉车争晓入,潘果溢高箱。"

【译文】 那个面白如玉的是谁家的少年郎？他已回车过了天津桥。在城东的大道上看花，惊动得洛阳人都来看他。

# 北上行

【题解】 《北上行》，乐府旧题。《乐府诗集》列于《相和歌辞》，引《乐府解题》曰："晋乐奏魏武帝《北上》篇，备言冰雪溪谷之苦。其后或谓之《北上行》，盖因武帝辞而拟之也。"萧士赟云："太白此词则言从军征戍之苦。"按魏武帝曹操《苦寒行》，又名《北上》篇，概取诗首句"北上太行山"首二字"北上"名篇。太白此诗盖取曹诗之旨，写安史之乱后北方备受叛军蹂躏的苦难状况。此诗当作于至德初、安史初叛之时。

【原诗】 北上何所苦，北上缘太行①。磴道盘且峻②，巉岩凌穹苍。马足蹶侧石，车轮摧高冈③。沙尘接幽州④，烽火连朔方⑤。杀气毒剑戟，严风裂衣裳⑥。奔鲸夹黄河⑦，凿齿屯洛阳⑧。前行无归日，返顾思旧乡。惨戚冰雪里，悲号绝中肠。尺布不掩体，皮肤剧枯桑。汲水涧谷阻，采薪陇坂长⑨。猛虎又掉尾，磨牙皓秋霜。草木不可餐，饥饮零露浆。叹此北上苦，停骖为之伤⑩。何日王道平⑪，开颜睹天光。

【注释】 ① 太行：山名，在山西高原与河北平原之间。北起拒马河谷，南至黄河北岸，绵延千里。 ② 磴(dèng)道：有石阶的山道。 ③ "马足"二句：用曹操《苦寒行》句意："北上太行山，艰哉何巍巍。羊肠坂诘屈，车轮为之摧。" ④ 幽州：地名，在今北京一带，为安禄山三镇节度使府所在地。 ⑤ 朔方：地名，在今山西朔州一带。 ⑥ 严风：严冬的寒风。 ⑦ 奔鲸：奔驰的长鲸。喻安禄山叛军。鲸，古喻不义之人。《左传·宣公十二年》："古者明王伐不敬，取其鲸鲵而封之，以为大戮。"杜预注："鲸鲵，大鱼名，以喻不义之人，吞食小国。" ⑧ 凿齿：传说中的猛兽。喻安禄山。《淮南子·本经训》："逮至尧之时……凿齿……皆为民害。尧乃使羿诛凿齿于畴华之野。"高诱注："凿齿，齿长三尺，其状如凿，下彻颔下而持戈盾。羿善射,尧使羿射杀之。" ⑨ 陇坂:本指陇山。此指山之冈陇坡坂。⑩ 骖(cān):驾车时辕马两旁的马。 ⑪ 王道平:谓天下太平。《尚书·洪范》:"王道平平。"

【译文】 北上之苦,是因为上太行山。太行山上的磴道盘曲险峻,巉岩峭壁,上凌苍天。马足为侧石所蹶,车轮为高冈所摧,真是行路难啊。况且从幽州到朔方,战尘不断,烽火连天。剑戟闪耀着杀气,寒风吹裂了衣裳。安史叛军像奔鲸一样夹着黄河,像凿齿一样屯居着洛阳。前行无有归日,回首眷思故乡。在冰天雪地中挣扎,哭天悲地,痛绝肝肠。身上衣不掩体,皮肤粗如枯桑。想去汲些水来,又被涧谷所阻;想去采些柴来,又苦于山高路远。更何况在山中还可能遇到磨牙掉尾的老虎,时时有生命之危。山上仅有草木,没有吃的东西,饥渴之时,唯有饮些露水。叹此北上之苦,只有停车为之悲伤。何时才能天下太平,使人一消愁颜、重见天光?

# 短歌行

【题解】 《短歌行》,乐府旧题。《乐府诗集》列于《相和歌辞》,引《乐府解题》曰:"《短歌行》,魏武帝'对酒当歌,人生几何',晋陆机'置酒高堂,悲歌临觞',皆言当及时为乐也。"并引《古今乐录》曰:"王僧虔《技录》云:《短歌行》'仰瞻'一曲,魏氏遗令,使节朔奏乐,魏文制此辞,自抚筝和歌。"萧士赟云:"乐府诗古皆有此词,言人寿不可得长,思与知友及时为乐,并自戒勖之意。太白此词虽拟之,然其辞意则出于《骚》,肆为诞辞以寄兴而已。"此诗沿古诗之旨,然加入游仙之辞。

【原诗】 白日何短短,百年苦易满①。苍穹浩茫茫,万劫太极长②。麻姑垂两鬓③,一半已成霜。天公见玉女,大笑亿千场④。吾欲揽六龙,回车挂扶桑⑤。北斗酌美酒⑥,劝龙各一觞。富贵非所愿,为人驻颓光⑦。

【注释】 ①"白日"二句：曹操《短歌行》："对酒当歌，人生几何。譬如朝露，去日苦多。"此用其句意。 ②浩茫茫：一作"浩浩茫"。万劫：即万世。杨齐贤注："劫，世也，儒谓之世，道谓之尘，佛谓之劫。" ③麻姑：女仙名。④"天公"二句：传说天公与玉女在一起玩投壶之戏，投不中则天公大笑。详见《梁甫吟》注。玉女，仙女。 ⑤"吾欲"二句：《楚辞·九歌·远游》："维六龙于扶桑。"此化用其句意。扶桑，神话中的树名，在东海中，日出于其上。 ⑥"北斗"句：《楚辞·九歌·东君》："援北斗兮酌桂浆。"此用其意。 ⑦驻：留住。颓光：逝去的光阴。

【译文】 白天何其太短，百年光阴很快就过去了。苍穹浩渺无际，万劫之世实在是太长了。就连以长寿著名的仙女麻姑，头发也白了一半了。天公和玉女玩投壶的游戏，每当不中即大笑，也笑了千亿次了。我想驾日车揽六龙，转车东回，挂车于扶桑之上。用北斗酌酒浆，每条龙都各劝一觞酒，让它们都沉睡不醒，不能再驾日出发。富贵荣华非我所愿，只愿为人们留住光阴，永驻青春。

# 空城雀

【题解】 《空城雀》，乐府旧题，《乐府诗集》列于《杂曲歌辞》，引《乐府解题》曰："鲍照《空城雀》云：'雀乳四轂，空城之阿。'言轻飞近集，茹腹辛伤，免网罗而已。"萧士赟云："乐府内鸟兽二十一曲有《空城雀》，却不言所始。太白之词则假雀以兴孤介之士，安于命义，幸得禄仕以自养，苟避谗妒之患足矣，不肯依附权势，逾分贪求也。"此诗为动物寓言诗，作年不详。

【原诗】 嗷嗷空城雀，身计何戚促①。本与鷦鹩群②，不随凤凰族。提携四黄口③，饮乳未尝足。食君糠秕余，常恐乌鸢逐④。耻涉太行险，羞营覆车粟⑤。天命有定端，守分绝所欲。

**【注释】** ① 戚促：悲戚紧迫。 ② 鹪鹩(jiāo liáo)：鸟名，似黄雀而小，头淡棕色，有黄色眉纹，营巢精巧，又名"巧妇鸟"。 ③ 黄口：雏鸟。因雏鸟口黄，故称黄口。《孔子家语·六本》："孔子见罗雀者，所得皆黄口小雀。" ④ 乌鸢：鸢鸟，似鹰而小。常食小鸟。 ⑤ 覆车粟：《艺文类聚》引《益都耆旧传》："杨宣为河内太守，行县有群雀鸣桑树上，宣谓吏曰：'前有覆车粟。此雀相随，欲往食之。'行数里，果如其言。"

**【译文】** 雀在空城上嗷嗷待哺，其生计是何等的促迫。它本与鹪鹩为伍，不攀附凤凰之族。它哺乳的四个黄口小儿，常常吃不饱。它平常能吃得上些糠秕就不错了，还常常提心吊胆被乌鸢追逐。它耻涉太行之险，羞食覆车之粟。深信天命有定，故安守本分，从无非分之想。

# 发白马

**【题解】** 《发白马》，乐府旧题。《乐府诗集》列于《鼓吹歌辞》，题解："《通典》曰：'白马，春秋时卫国曹邑有黎阳津，一曰白马津。郦生云"守白马之津"是也。'《发白马》，言征戍而发兵于此也。"萧士赟云："《乐府遗声》车马六曲有《白马篇》，亦曰《齐瑟行》。"白马，黄河古津名，在今河南滑县东北。

**【原诗】** 将军发白马，旌节渡黄河①。箫鼓聒川岳②，沧溟涌涛波。武安有震瓦③，易水无寒歌④。铁骑若雪山，饮流涸滹沱⑤。扬兵猎月窟⑥，转战略朝那⑦。倚剑登燕然⑧，边烽列嵯峨。萧条万里外，耕作五原多⑨。一扫清大漠，包虎戢金戈⑩。

**【注释】** ① 旌节：将军的仪仗。唐时将遣使或遣将时，皆请旌节。② 箫鼓：原指乐器，此指军乐。 ③ "武安"句：《史记·廉颇蔺相如列传》："秦军军武安西，秦军鼓噪勒兵，武安屋瓦尽振。"武安，战国赵地名，在今河北武安。 ④ "易水"句：荆轲将之秦，太子丹及宾客皆白衣冠送至易水之上,高渐离击筑,荆轲和而歌曰:"风萧萧兮易水寒,壮士一去兮不复还。"见《战国策·燕策》。易水,即今中易水,源出于易县西南,东流至定兴县南入拒马河。无寒歌:无悲怆之感。　⑤ 滹沱(hū tuó):即今滹沱河,源出山西五台山,东南流入河北平原,经海河入海。　⑥ 月窟:谓极西之地,传说月所生处。　⑦ 朝那:故地在唐原州平高县,即今宁夏固原。⑧ 燕然:山名,即今蒙古国境内之杭爱山。东汉时,车骑将军窦宪率大军与北匈奴作战,获大胜,在燕然山刻石勒铭,以记战功。　⑨ 五原:唐县名,在今陕西定边县。　⑩ "包虎"句:《礼记·乐记》:"武王克殷……倒载干戈,包之以虎皮。"郑玄注:"包干戈以虎皮,明能以武服兵也。"戢(jí),收藏兵器。

**【译文】**　将军从白马发兵,旌旗和仪仗渡过了黄河。箫鼓之声震动了山川,大海也涌起了波涛。鼓噪之声震落了武安之瓦,易水河畔响起了雄壮的军歌。铁骑像雪山的雪崩一样威猛,饮马滹沱,可使河水干涸。向西进军猎兵月窟,转战之中可略取朝那。功成之后,仗剑登上燕然山,只见边塞烽火台一座连着一座。万里辽阔,五原之内百姓们安居乐业。扫清大漠之后,便可刀枪入库、放马南山了。

# 陌上桑

**【题解】**　《陌上桑》,乐府旧题。《乐府诗集》列于《相和歌辞·相和曲下》,题解曰:"一曰《艳歌罗敷行》。《古今乐录》曰:'《陌上桑》歌瑟调。古辞《艳歌罗敷行》《日出东南隅篇》……'《乐府解题》曰:'古辞言罗敷采桑,为使君所邀,盛夸其夫为侍中郎以拒之。'"萧士赟曰:"按《乐府诗集》,张永《元嘉技录》相和歌有十五曲,其十五曰《陌上桑》。"太白此篇系拟古辞而作。

**【原诗】**　美女渭桥东①,春还事蚕作。五马如飞龙②,青丝结金络。不知谁家子,调笑来相谑。妾本秦罗敷,玉颜艳名都。绿条映素手,采桑向城隅③。使君且不顾④,况复论秋胡⑤。寒螿爱碧草⑥,鸣凤栖青梧⑦。托心自有处,但怪旁人愚。徒令白日暮,高驾空踟蹰⑧。

**【注释】** ① 渭桥:原名中渭桥,单名渭桥,又名横桥。《元和郡县图志·关内道京兆府咸阳县》:"中渭桥,在县东南二十二里,本名横桥,驾渭水上。"此句宋蜀本注:"一作美女缃绮衣。" ② 五马:汉代太守乘五马。如飞龙:一作"飞如花",一作"如飞花"。 ③"妾本"四句:古辞《陌上桑》:"秦氏有好女,自名为罗敷。罗敷喜采桑,采桑城南隅。青丝为笼系,桂枝为笼钩。"此化用其意。 ④ 使君:太守之尊称。 ⑤ 秋胡:春秋时鲁人。此用秋胡戏妻故事。《西京杂记》:"昔鲁人秋胡,娶妻三月而游宦,三年休,还家。其妇采桑于郊,胡至郊而不识其妻也,见而悦之,乃遗重金一镒。妻曰:'妾有夫,游宦不返,幽闺独处,三年于兹,未有被辱如今日也。'采不顾,胡惭而退。至家,问家人:'妻何在?'曰:'行采桑于郊,未返。'既还,乃向所挑之妇也。夫妻并惭,妻赴沂水而死。" ⑥ 寒螿(jiāng):秋蝉。 ⑦"鸣凤"句:凤非梧桐不栖。以上二句喻人各有志,不可勉强。 ⑧ 踟蹰:欲进不进之貌。

**【译文】** 春天的渭桥之东,有个如花之美女在田间采桑。这时有一个人驾着五马之车来郊外游春,马首套着用青丝结成的饰金辔头。不知那个采桑女是谁家的女孩子,故上前去戏谑。罗敷说:我就是秦罗敷,美艳扬名都城。如今绿条映着素手,在城隅采桑。就是太守也不曾瞧他一眼,更何况是什么鲁国的秋胡。寒螿喜爱碧草,鸣凤喜栖青梧。人各有志,各有各的选择,只怪有人太愚,不通此理。此人碰了一鼻子灰,只好空驾着马车,浪费了一天大好的时光。

# 枯鱼过河泣

**【题解】** 《枯鱼过河泣》,乐府旧题。《乐府诗集》列于《杂曲歌辞》。古辞云:"枯鱼过河泣,何时悔复及。作书与鲂鲕,相教慎出入。"萧士赟云："《乐府遗声》龙鱼六曲有《枯鱼》，却无'过河泣'字。"王琦云："太白拟作与古意同，而以万乘微行为戒，更为深切。"玄宗在天宝后期屡幸杨氏姊妹家，李白此诗似为此而作，有微讽之意。

**【原诗】**　白龙改常服，偶被豫且制。谁使尔为鱼，徒劳诉天帝[①]。作书报鲸鲵，勿恃风涛势。涛落归泥沙，翻遭蝼蚁噬[②]。万乘慎出入，柏人以为诫[③]。

**【注释】**　①"白龙"四句：《说苑》："吴王欲从民饮酒，伍子胥谏曰：'不可。昔白龙下清泠之渊，化为鱼，渔者豫且射中其目。白龙上诉天帝。天帝曰："当是之时，若安置而形？"白龙对曰："我下清泠之渊，化为鱼。"天帝曰："鱼固人之所射也。若是豫且何罪？"夫白龙，天帝贵畜也；豫且，宋国贱臣也。白龙不化，豫且不射，今君弃万乘之位而从布衣之士饮酒，臣恐其有豫且之患矣。'王乃止。"　②"作书"句：《韩诗外传》："夫吞舟之鱼，大矣。荡而失水，则为蝼蚁所制。失其辅也。"鲸鲵：即鲸鱼。雄曰鲸，雌曰鲵。古时比作不义之人。　③柏人：秦县名。汉高祖过赵，得罪了赵王。后高祖又从赵国经过，欲宿，心动，问人："县名为何？"曰："柏人。"他认为"柏人"，迫于人也，不宿而去。结果使得赵相贯高等人欲在柏人县谋害高祖的计划落空。见《史记·张耳陈余列传》。

**【译文】**　白龙改换常服，化为凡鱼，却被渔人豫且偶然射中。谁让你变为凡鱼呢？告到天帝那里也是徒然。同时我也要给鲸鲵写封信，告诉它不要倚仗风涛之势兴风作浪。一旦风息涛落，就可能搁浅泥沙之中，反为蝼蚁所噬。万乘之尊出入一定要慎重啊，要从汉高祖过"柏人"之事中吸取教训。

# 丁都护歌

**【题解】**　《丁都护歌》，乐府旧题，一作《丁督护歌》。《乐府诗集》列于《清商曲辞》，引《宋书·乐志》曰："《督护歌》者，彭城内史徐逵之为鲁轨所杀,宋高祖使府内直督护丁旿收敛殡埋之。逯之妻,高祖长女也,呼旿至阁下,自问殡送之事,每问辄叹息曰:'丁督护!'其声哀切,后人因其声广其曲焉。"《乐府诗集》中载有宋武帝《丁督护歌五首》。督护,魏晋间凡居节镇者,其部将有督护。太白此诗拟其歌调,而不用其意。诗写丹阳百姓拖船运石之苦。当作于天宝六载(747)游丹阳时。

【原诗】 云阳上征去①,两岸饶商贾②。吴牛喘月时③,拖船一何苦。水浊不可饮,壶浆半成土。一唱《都护歌》,心摧泪如雨。万人系盘石④,无由达江浒⑤。君看石芒砀⑥,掩泪悲千古。

【注释】 ① 云阳:即丹阳县,旧称云阳,天宝元年改为丹阳。上征:指逆水北上。 ② 商贾:即商人。朱谏注:"行货曰商,居货曰贾。" ③ 吴牛喘月:《世说新语·言语》:"(满)奋答曰:'臣犹吴牛,见月而喘。'"刘孝标注:"今之水牛,惟生江淮间,故谓之吴牛也。南土多暑,而此牛畏热,见月疑是日,所以见月则喘。"吴牛喘月时,指三暑天。 ④ 系:一作"凿"。盘石:大石。 ⑤ 江浒:江边。浒,水边。《诗经·大雅·绵》:"率西水浒。"毛传:"浒,水涯也。" ⑥ 芒砀(dàng):石大且多貌。

【译文】 从云阳沿运河上行,两岸商贾云集。吴牛喘月之盛暑,拖船是何等的辛苦啊。河水浑浊不堪饮用,壶中的水一半都是泥土。水浅难行,唱起了《都护歌》以助挽力,音调凄切悲凉,使挽夫们都流下了伤心的眼泪。盘石之重且大,即使万人系着用力来拉,也无法运至江边。你看山上的大石这么多,挽石运石之苦何时才能止息?见了真令人掩泪叹息。

# 相逢行

【题解】 题下注云:"一作有赠。"《相逢行》,乐府旧题。《乐府诗集》列于《相和歌辞》,题解曰:"一曰《相逢狭路间行》,亦曰《长安有狭斜行》。《乐府解题》曰:'古词文意与《鸡鸣曲》同。晋陆机《长安狭斜行》云:

"伊洛有歧路,歧路交朱轮。"则言世路险狭邪僻,正直之士无所措手足矣。'"萧士赟云:"王僧虔《技录》曰:相和清调六曲有《相逢狭路间行》,亦曰《长安有狭邪行》,亦曰《相逢行》。"此诗作于天宝初在长安时,记一次狭邪艳遇。或云此为太白失意于君,托男女以致辞。

**【原诗】** 朝骑五花马①,谒帝出银台②。秀色谁家子,云车珠箔开③。金鞭遥指点,玉勒近迟回④。夹毂相借问⑤,疑从天上来⑥。邀入青绮门⑦,当歌共衔杯。衔杯映歌扇,似月云中见。相见不得亲,不如不相见。相见情已深,未语可知心。胡为守空闺,孤眠愁锦衾⑧。锦衾与罗帏⑨,缠绵会有时。春风正澹荡,暮雨来何迟⑩。愿因三青鸟⑪,更报长相思。光景不待人,须臾发成丝。当年失行乐⑫,老去徒伤悲。持此道密意,毋令旷佳期⑬。

**【注释】** ①五花马:马名。唐宫内厩有五花马。或云五花是剪马鬃为五花,或云马身有花如梅花者。杜甫《高都护骢马行》:"五花散作云满身。"②银台:宫门名。大明宫紫宸殿侧有左、右银台门。 ③云车:车身饰有云纹者,多指妇女所乘之车。珠箔:车窗上的珠帘。 ④玉勒:马嚼子,此代指马。迟回:徘徊不前貌。 ⑤夹毂(gǔ):行近车旁。毂,本指车轮中心的圆木,此代指车。古辞《相逢行》:"夹毂问君家。" ⑥"疑从"句:意即疑是天上下来的仙女。《乐府诗集》本此句下多"怜肠愁欲断,斜日复相催。下车何轻盈,飘然似落梅"四句。 ⑦邀:一作"邀"。青绮门:即长安东门。 ⑧锦衾:锦被。 ⑨罗帏:罗帐。 ⑩暮雨:用巫山神女故事,指男女欢爱之事。 ⑪三青鸟:相传为西王母的传信使者。薛道衡《豫章行》:"愿作王母三青鸟,飞来飞去传消息。" ⑫当年:指少壮之时。⑬佳期:男女欢会。

**【译文】** 早晨谒见过皇帝之后,从银台门出来,乘上五花马去郊外野游。路上遇到一驾云车,车帘开处,从里面露出一个姑娘美丽的脸来。我摇动金鞭,来到车前,勒住了马儿,上前相问:你是何方仙女,下得凡来? 于是便邀她一道进入青绮门的一个酒家,一起唱歌饮酒。此女歌扇半掩,含羞而饮,扇遮半面,如同彩云遮月一样美丽。相见而不得相亲,还不如不相见。但与她一见情深,虽未言语而灵犀已通。你为什么要独守空闺呢?长夜孤眠的滋味,可真是难挨啊。她说:与君幽会的日子请待以来日。可是,现在不正是春风和煦的好日子吗,为什么要待以来日呢?愿托王母的三青鸟,为我捎去相思的书信。就说光阴荏苒,时不我待,转瞬之间,黑发已成白丝。少壮时不及时行乐,老大时就会徒然伤悲。请将此中密意转告给她,不要令良辰佳日,白白地浪掷虚度。

# 千里思

【题解】 《千里思》,乐府旧题。《乐府诗集》列于《杂曲歌辞》。题下注云:"一作《千里曲》。"王琦注:"北魏祖叔辨作《千里思》,其辞曰:'细君辞汉宇,王嫱即虏衢。无因上林雁,但见边城芜。'盖为女子之远适异国者而言。太白拟之,另以苏李别后相思为辞。"

【原诗】 李陵没胡沙①,苏武还汉家②。迢迢五原关③,朔雪乱边花④。一去隔绝国⑤,思归但长嗟。鸿雁向西北⑥,因书报天涯⑦。

【注释】 ① 李陵:字少卿,西汉时将领。《史记·李将军列传》:"(李)陵将其射士步兵五千人,出居延北可千余里,欲以分匈奴兵,毋令专走贰师也。陵既至期还,而单于以兵八万围击陵军,陵军五千人,兵矢既尽,士死者过半,而所杀伤匈奴亦万余人。且引且战,连斗八日,还,未到居延百余里,匈奴遮狭绝道,陵食乏而救兵不到,虏急击招降陵。陵曰:'无面目报陛下。'遂降匈奴。" ② 苏武:字子卿,西汉时人。汉武帝天汉元年,奉命以中郎将持节出使匈奴,被扣。匈奴欲使其降,多方威胁利诱,未遂。后迁其至北海牧羊,历十九年,持节不屈。昭帝时,匈奴与汉和亲,始获释回朝,官至典属国。见《汉书·苏武传》。 ③ 五原关:在今陕西定边县。《汉书·地理志》:"代郡有五原关。" ④ 朔雪:北方朔地之雪。此句宋蜀本注:"一作愁见雪如花。" ⑤ 绝国:即绝地,绝远之地。江淹《别赋》:"一去绝国,讵相见期。"李善注:"绝国,绝远之国也。" ⑥ 鸿雁:古有鸿雁传书的故事。⑦ "因书"句:王琦注:"《文选》有李少卿《答苏武书》,李周瀚注:'……(李陵)在匈奴中与苏武相见,武得归,为书与陵,令归汉,陵作书答之。'此诗末联正用其事。"

【译文】 李陵陷没在胡中,苏武却回到了汉土。五原关外迢迢万里,朔雪乱如边地的花朵。从此李陵远隔绝国,思归不得,只能遥望乡关,长嗟不已。苏武因此给李陵作书一封,远托鸿雁,寄往西北天涯。

# 树中草

【题解】 《树中草》,乐府旧题。《乐府诗集》列于《杂曲歌辞》。萧士赟云:"《乐府遗声》草木二十一曲有《树中草》。"梁简文帝《树中草》云:"幸有青袍色,聊因翠幄涧。虽间珊瑚蒂,非是合欢条。"王琦云:"梁简文帝有《树中草》诗,太白盖拟之也。"此诗慨叹同枝而各有枯荣者,似讽肃宗之不容永王,当作于永王败后李白长流夜郎前后。

【原诗】 鸟衔野田草,误入枯桑里①。客土植危根②,逢春犹不死。草木虽无情,因依尚可生。如何同枝叶,各自有枯荣。

【注释】 ① "鸟衔"二句:萧士赟注:"此谓桑寄生也。《本草图经》曰:'桑寄生出弘农山谷桑上,今处处有之。'云是乌鸟食物,子落枝节间,感气而生。叶似橘而厚软,茎似槐枝而肥脆,三四月生,花黄白色,六月七月结实,黄色如小豆大。'" ② 客土:言非本土也。草本应生于田中,而今寄生桑中,犹如他土作客。危根:其根不牢,故曰危根。

【译文】 鸟衔野田之草,误入枯桑之中。虽然其根在枯桑之上岌岌可危,但是不死,逢春即生。草木二者虽不同类,且是无情之物,尚且可因依相生。而今同根同枝之金枝玉叶,却为何有枯有荣呢?

# 君马黄

【题解】 《君马黄》,乐府旧题。《乐府诗集》列于《鼓吹曲辞》。萧士赟云:"《乐录》汉短箫铙歌二十四曲有《君马黄》。"王琦云:"按《宋书》,汉鼓吹铙歌十八曲有《君马黄歌》。"古辞云:"君马黄,臣马苍。二马同逐臣马良。易之有骊蔡有赭。美人归以南,驾车驰马,美人伤我心。佳人归以北,驾车驰马,佳人安终极。"此诗拟古辞而作,似责交友之不终者。

【原诗】 君马黄,我马白。马色虽不同,人心本无隔。共作游冶盘①,双行洛阳陌②。长剑既照曜,高冠何赩赫③。各有千金裘,俱为五侯客④。猛虎落陷井,壮士时屈厄。相知在急难⑤,独好亦何益。

【注释】 ① 游冶盘:盘游娱乐。盘,游乐。《尚书·五子之歌》:"(太康)乃盘游无度。" ② 洛阳陌:洛阳大道。陌,道路。南北为阡,东西为陌。③ 赩(xì)赫:红色。潘岳《射雉赋》:"搞朱冠之赩赫。"徐爰注:"赩赫,赤色貌。" ④ 五侯客:五侯之贵客。五侯:《汉书·元后传》:"河平二年,上(汉成帝)悉封舅谭为平阿侯、商成都侯、立红阳侯、根曲阳侯、逢时高平侯,五人同日封,故世谓之五侯。"此五侯泛指公侯权贵。 ⑤ 急难:急人之难,即在患难时及时救助。《诗经·小雅·棠棣》:"脊令在原,兄弟急难。"毛传:"急难,言兄弟之相救于急难。"

【译文】 你的马色黄,我的马色白。马的毛色虽不相同,但我们二人的心是相通无隔的。我们一同在洛阳大道上游乐,身佩的长剑在阳光下闪耀,头上的红冠是何等显赫。各穿着千金之裘,俱为五侯门上的贵客。就如同猛虎有时会落入陷阱,壮士也有倒霉的时候。朋友的相知贵在急难之时相互救助,关键时各顾各,这朋友之交还有什么意思?

# 拟　古

**【题解】**　《拟古》，萧士赟云："莆阳夹漈郑先生曰：始于太白。"安旗曰："此盖拟古诗误辑入乐府者，郑樵谓《拟古》系始于太白乐府诗题，恐非。"按《乐府诗集》中不载此题，应是古风，非乐府题。此诗有思人怀归之意。

**【原诗】**　融融白玉辉，映我青蛾眉①。宝镜似空水②，落花如风吹。出门望帝子，荡漾不可期③。安得黄鹤羽，一报佳人知④。

**【注释】**　① 蛾眉：古代女子画眉，如蛾之须细长而弯曲，故曰蛾眉。② 似空水：形容镜之明亮。庾信《咏镜诗》："光如一片水。"　③ "出门"二句：江淹《王征君微养疾》："北渚有帝子，荡漾不可期。"吕延济注："帝子，娥皇、女英。荡漾，言随波上下，不可与之结期。"帝子，此指佳人。　④ "安得"二句：江淹《去故乡赋》："愿使黄鹤兮报佳人。"此用其句意。

**【译文】**　融融的月光像白玉之辉，遥想此月光也一定映照着我那心上人的蛾眉。宝镜明亮似水，落花如被风吹散。出门在外的他乡游子，远望着远方的佳人，与她团聚的日子像水波荡漾一样不能确定。多么希望能有一只报信的黄鹤，给她捎去我心中的思念啊。

# 折杨柳

**【题解】**　《折杨柳》，乐府旧题。《乐府诗集》列于《横吹曲辞》，《汉横吹曲》解题云："《乐府解题》曰：'汉横吹曲二十八解，李延年造。魏晋以来，唯传十曲：一曰《黄鹄》、二曰《陇头》、三曰《出关》、四曰《入关》、五曰《出塞》、六曰《入塞》、七曰《折杨柳》……'"并引《唐书·乐志》云："梁乐府有胡吹歌云：'上马不捉鞭，反拗杨柳枝。下马吹横曲，愁杀行客儿.'此歌辞元出北国,即鼓角横吹曲《折杨柳枝》是也。"胡震亨云:"本古横吹曲,辞亡。梁、陈后拟者,皆作闺人思远戍之辞,太白诗亦同此意。"

**【原诗】** 垂杨拂渌水,摇艳东风年①。花明玉关雪②,叶暖金窗烟。美人结长想③,对此心凄然。攀条折春色,远寄龙庭前④。

**【注释】** ① 东风年:即春风刮起的时节。年,此指季节。 ② 玉关:玉门关,故址在今甘肃敦煌西北。隋唐时迁至今山西定襄附近。 ③ 长想:长相思。一作"长恨"。 ④ 龙庭:亦称龙城,故址在今蒙古国鄂尔浑河一带。此处泛指边塞。《后汉书·窦融列传》李贤注:"匈奴五月大会龙庭,祭其先、天地、鬼神。"龙庭前,一作"龙沙边"。

**【译文】** 垂杨拂着渌水,正是春风摇艳的好时节。但当此地遍处花开、金窗叶暖之时,玉门关外仍是雪花满天。对此大好春色,美人却因思念远人而心情凄然。她手折杨柳,想遥寄给远在龙庭守边的征夫。

# 凤凰曲

**【题解】** 《凤凰曲》,乐府旧题。《乐府诗集》列于《清商曲辞》。此咏秦穆公女弄玉吹箫故事,似游秦中时所作。

**【原诗】** 嬴女吹玉箫①,吟弄天上春。青鸾不独去②,更有携手人。影灭彩云断,遗声落西秦③。

**【注释】** ① "嬴女"句:用弄玉吹箫事。《列仙传》:"箫史者,秦穆公时人也。善吹箫,能致孔雀、白鹤于庭。穆公有女,字弄玉,好之。公遂以女妻焉。日教弄玉作凤鸣,居数年,吹似凤声,凤凰来止其屋。公为作凤台,夫妇止其上,不下数年,一旦皆随凤凰飞去。故秦人为作凤女祠于雍宫中,时有箫声而已。"嬴,秦姓也。故称秦女曰嬴女。　②青鸾:神鸟名。《艺文类聚》引《决录注》:"凡像凤者有五:多赤色者凤……多青色者鸾。"青鸾,当指箫史。　③"遗声"句:鲍照《代升天行》:"凤台无还驾,箫管有遗声。"此用其意。

【译文】　嬴氏之女吹箫招来了彩凤,她骑凤升天,在天上还吹着玉箫。箫史也骑着青鸾,与她并驾齐飞。他们的身影没入彩云之中消失了,而他们的箫声还时时在秦宫中鸣响。

# 少年子

【题解】　《少年子》,乐府旧题。《乐府诗集》列于《杂曲歌辞》。萧士赟云:"《乐府遗声》游侠二十一曲有《少年子》。"齐王融、梁吴均皆有《少年子》,言少年游冶之事。太白此篇沿旧题之旨,有及时行乐之意。当作于青年时期。

【原诗】　青云少年子①,挟弹章台左②。鞍马四边开,突如流星过。金丸落飞鸟③,夜入琼楼卧。夷齐是何人,独守西山饿④。

【注释】　①"青云"句:指贵公子。青云,喻高位。　②章台:宫名,战国时建,以宫内有章台得名。《史记·廉颇蔺相如列传》:"秦王坐章台见相如,相如奉璧奏秦王。"　③"金丸"句:《西京杂记》:"韩嫣好弹,常以金为丸,所失者日有十余。长安为之语曰:'苦饥寒,逐金丸。'京师儿童每闻嫣出弹,辄随之,望丸之所落,辄拾焉。"　④"夷齐"二句:《史记·伯夷列传》:"武王已平殷乱,天下宗周,而伯夷、叔齐耻之,义不食周粟,隐于首阳山,采薇而食之。及饿且死,作歌。其辞曰:'登彼西山兮,采其薇矣。以暴易暴兮,不知其非矣。神农、虞、夏忽焉没兮,我安适归矣?于嗟徂兮,命之衰矣。'遂饿死于首阳山。"西山,即首阳山。

【译文】 一个青云贵公子,他骑着骏马,在章台边像流星一样闪过。他挟弹用金丸击飞鸟,晚上到琼楼华帐寻欢作乐。伯夷和叔齐算是什么高人?他们只能独守着清高在西山挨饿。

# 紫骝马

【题解】 《紫骝马》,乐府旧题。《乐府诗集》列于《横吹曲辞》,《汉横吹曲》解题云:"《乐府解题》曰:'汉横吹曲二十八解,李延年造。魏晋以来,唯传十曲……后又有《关山月》《洛阳道》《长安道》《梅花落》《紫骝马》……合十八曲。'"《紫骝马》题解云:"《紫骝马》古辞云:'十五从军征,八十始得归。道逢乡里人,家中有阿谁?'又梁曲曰:'独柯不成树,独树不成林。念郎锦裲裆,恒长不忘心。'盖从军久戍,怀归而作也。"王琦云:"若梁简文帝、梁元帝、陈后主、徐陵诸作,但只咏马而已。太白则咏马而兼及从军远戍,不恋室家之乐,仍不失古辞之意。"

【原诗】 紫骝行且嘶<sup>①</sup>,双翻碧玉蹄<sup>②</sup>。临流不肯渡,似惜锦障泥<sup>③</sup>。白雪关山远,黄云海戍迷<sup>④</sup>。挥鞭万里去,安得念春闺。

【注释】 ① 紫骝(liú):赤色之马,谓之紫骝。 ② 双翻碧玉蹄:沈佺期《骢马》:"四蹄碧玉片,双眼黄金瞳。" ③ 惜障泥:《世说新语·术解》:"王武子善解马性,尝乘一马,著连钱障泥,前有水,终日不肯渡。王云:'此必是惜障泥。'使人解去,便径渡。"障泥,马鞍下所悬用以遮挡泥土之布,或以锦为之。 ④ 黄云:指瀚海中的黄色风沙。海戍:瀚海之戍。

【译文】 紫骝马边跑边嘶鸣,四蹄飞翻,宛如碧玉一般。到河边它不肯径渡,好像是怕湿了锦制的障泥。骑着它不怕远征白雪皑皑的关山,更何惧黄沙漫天的沙海迷云?大丈夫挥鞭万里而去,怎能只顾念家中的妻小呢!

# 少年行二首

**【题解】** 《少年行》,乐府旧题。《乐府诗集》列于《杂曲歌辞》。宋有鲍照《结客少年场行》、齐有王融、梁有吴均《少年子》,皆写少年任侠行乐事。李白诗本出于此二题,因题为《少年行》。当作于青年时。

## 其　一

**【原诗】** 击筑饮美酒①,剑歌易水湄②。经过燕太子③,结托并州儿④。少年负壮气,奋烈自有时。因声鲁勾践,争博勿相欺⑤。

**【注释】** ①"击筑"句:用高渐离事。荆轲至燕,与燕市之屠狗者高渐离相善,日饮于酒市,酒酣已往,渐离击筑,荆轲和而歌,相乐也,已而相泣,旁若无人。见《史记·刺客列传》。筑:一种乐器,其状似琴而大,头安弦,以竹击之,故曰筑。 ②"剑歌"句:用荆轲故事。荆轲赴秦,燕太子丹与众宾客送荆轲于易水之上,高渐离击筑。荆轲和而歌曰:"风萧萧兮易水寒,壮士一去兮不复还!"湄,水边。 ③燕太子:名丹,燕王喜之太子。秦灭韩前夕,为质于秦,后逃归。秦灭韩、赵后,他派荆轲往秦行刺秦王政,事败后,秦急发兵攻燕,太子丹被燕王喜所杀。事见《战国策·燕策》。 ④并州儿:指并州游侠。并州,古地名,在今河北西部、陕西北部。《晋书·山简传》:"童儿歌曰:'……举鞭向葛疆,何如并州儿。'" ⑤鲁勾践:赵国之侠客。《史记·刺客列传》:"荆轲游于邯郸,鲁勾践与荆轲博,争道,鲁勾践怒而叱之,荆轲嘿而逃去……鲁勾践已闻荆轲之刺秦王,私曰:'嗟乎,惜哉其不讲于刺剑之术也。甚矣吾不知人也。曩者吾叱之,彼乃以我为非人也。'"

**【译文】** 像高渐离一样在燕市击筑饮酒,像荆轲一样在易水上弹剑悲歌。应结识像太子丹这样的爱贤之士,要结交像并州侠士一般的朋友。少年身负壮志,将来自有奋发激烈之时。若再遇到像鲁勾践这样的侠士,应该事先自报家门,若有争博之时,还望不要相欺。

# 其 二①

【原诗】 五陵少年金市东②,银鞍白马度春风。落花踏尽游何处,笑入胡姬酒肆中③。

【注释】 ① 宋蜀本注:"此首一作《小放歌行》。" ② 五陵少年:指长安豪门贵公子。参见《白马篇》注。金市:此指长安西市。 ③ 胡姬:当时长安多有胡人开酒肆者,店中多胡姬歌舞侍酒。

【译文】 在长安金市之东,五陵的贵公子骑着银鞍白马,满面春风。他们在游春赏花之后,最爱到哪里去呢? 一定是笑入胡姬的酒肆中去饮酒寻乐。

# 白鼻䯄

【题解】 《白鼻䯄》,乐府旧题。《乐府诗集》列于《横吹曲辞》,《高阳乐人歌》题解云:"《古今乐录》曰:'魏高阳王乐人所作也。又有《白鼻䯄》,盖出于此。'"辞曰:"可怜白鼻䯄,相将入酒家。无钱但共饮,画地作交赊。"《乐府诗集》又有北魏温子升《白鼻䯄》:"少年多好事,揽辔向西都。相逢狭邪路,驻马诣当垆。"太白诗沿其题旨,言纵酒行乐意。作年不详。

【原诗】 银鞍白鼻䯄①,绿地障泥锦②。细雨春风花落时,挥鞭直就胡姬饮③。

【注释】 ① 白鼻䯄(guā):白鼻黑喙的黄马。黄马黑喙曰䯄。 ② 绿地:以绿色为底色。障泥锦:用锦线绣制的障泥。参见《紫骝马》注。 ③ 直就:敦煌残卷本作"且就"。

**【译文】** 白鼻骓配着银饰的马鞍和绿地绣锦的障泥，真是威风极了。在春风细雨落花之时，骑上它挥鞭直就胡姬的酒肆，痛饮一番，何等惬意！

# 豫章行

**【题解】** 《豫章行》，乐府旧题。《乐府诗集》列于《相和歌辞》，引《古今乐录》曰："《豫章行》，王僧虔云《荀录》所载《古白杨》一篇，今不传。"又引《乐府解题》曰："陆机'泛舟清川渚'，谢灵运'出宿告密亲'，皆伤离别，言寿短景驰，容华不久。傅玄《苦相篇》二云'苦相身为女'，言尽力于人，终以华落见弃。亦题曰《豫章行》也。"豫章，唐郡名，即洪州，今江西南昌。此诗借旧题以写时事。约作于上元元年(760)。

**【原诗】** 胡风吹代马①，北拥鲁阳关②。吴兵照海雪③，西讨何时还。半渡上辽津④，黄云惨无颜。老母与子别，呼天野草间。白马绕旌旗，悲鸣相追攀。白杨秋月苦，早落豫章山⑤。本为休明人⑥，斩虏素不闲⑦。岂惜战斗死，为君扫凶顽。精感石没羽⑧，岂云惮险艰。楼船若鲸飞，波荡落星湾⑨。此曲不可奏，三军发成斑⑩。

**【注释】** ①胡风：北风。代马：代郡以产良马著称，为代马。此指胡马。代郡在今山西代县。 ②鲁阳关：战国时称鲁关，汉称鲁阳关，在今河南鲁山县西南。 ③吴兵：吴越之地征调的士兵。 ④上辽津：在豫章郡建昌县，即今江西永修县。县中有潦水流过，入鄱阳湖。 ⑤"白杨"二句：古辞《豫章行》："白杨初生时，乃在豫章山。"豫章山，泛指豫章郡内之山。 ⑥休明人：太平时期的人。 ⑦闲：通"娴"，娴熟。 ⑧"精感"句：《西京杂记》："李广与兄弟共猎于冥山之北，见卧虎焉，射之，一矢即毙……他日复猎于冥山之阳，又见卧虎。射之，没矢饮羽。进而视之，乃石也。其形类虎。退而更射，镞破干折而石不伤。余尝以问扬子云，子云曰：'至诚则金石为开。'"此用其意。 ⑨落星湾：即鄱阳湖西北之彭蠡湾。传说有星坠此，故又名落星湾。 ⑩三军：古制天子置六军，诸侯置三军。又称军置上、中、下三军,或步、车、骑三军。后为军队通称。

**【译文】** 北风吹着胡马,占据着汝州的鲁阳关。吴越新征集的兵马冒着鄱阳湖上的大雪,要西上征讨胡虏。吴地的官军在上辽津渡水,黄云惨淡。老母别子,一片悲天怆地的哭声,人尽愁颜。白马绕着旌旗,悲鸣追逐。白杨为之萧萧,秋月为之惨淡,早早地落入了豫章山中。生于太平盛世,素不惯与胡人打仗。但为了尽忠报主,扫灭敌顽,不惜战斗牺牲。其精诚可感,金石为开,岂能惧怕艰险?楼船像长鲸一样在水中飞驰,波涛汹涌,激荡着落星湾。我这一曲悲歌,就暂停到这里,再奏下去的话,三军将士的头发都要白了。

# 沐浴子

**【题解】** 《沐浴子》,乐府旧题。《乐府诗集》四列于《杂曲歌辞》。萧士赟云:"《乐府遗声》游侠二十一曲有《沐浴子》。"胡震亨云:"《沐浴子》,梁陈间曲也。古辞:'澡身经兰汜,濯发傃芳洲。折荣聊踯躅,攀桂且淹留。'太白拟作,专用《楚辞·渔父》事。"诗似作于去朝时。

**【原诗】** 沐芳莫弹冠,浴兰莫振衣①。处世忌太洁,至人贵藏晖②。沧浪有钓叟,吾与尔同归③。

**【注释】** ①"沐芳"二句:《楚辞·渔父》:"渔父曰:'圣人不凝滞于物,而能与世推移。世人皆浊,何不淈其泥而扬其波?众人皆醉,何不铺其糟而歠其酾?何故深思高举,自令放为?'屈原曰:'吾闻,新沐者必弹冠,新浴者必振衣。安能以身之察察,爱物之汶汶者乎?宁赴湘流葬于鱼腹之中,安能以皓皓之白,而蒙世俗之尘埃乎?'渔父莞尔而笑,鼓枻而去。歌曰:'沧浪之水清兮,可以濯吾缨。沧浪之水浊兮,可以濯吾足。'遂去,不复与言。"沐芳、浴兰:《楚辞·九歌》:"浴兰汤兮沐芳。" ② 至人:道家所推崇的有道之人。藏晖:掩其锋芒。《老子》:"和其光,同其尘,是谓玄同。" ③ "沧浪”二句：谓将从渔父而隐。此二句反《渔父》之意而用之。钓叟：指《楚辞·渔父》中的渔父。

【译文】　用芳汤洗头，莫要弹冠；用兰汤洗澡，莫要振衣。处世最忌过于高洁，有道的至人推崇不露锋芒、与世无争的处世之道。沧浪之水的钓叟啊，我要与你携手一同归隐。

# 高句骊

【题解】　《高句骊》，即《高句丽》，乐府旧题。《乐府诗集》列于《杂曲歌辞》。郭茂倩云：“《通典》曰：‘高句丽，东夷之国也。其先曰朱蒙，本出于夫馀。朱蒙善射，国人欲杀之，遂弃夫馀，东南走，渡普述水，至纥升骨城居焉。号曰句丽，以高为氏。’按：唐亦有《高丽曲》，李勣破高丽所进，后改《夷宾引》者是也。”《旧唐书·东夷传》：“高丽者，本夫馀别种也。其国都平壤城，即汉乐浪郡之故址，在京师东五千一百里。”此诗似写朝鲜舞蹈的情景，当作于天宝初在长安时。

【原诗】　金花折风帽①，白马小迟回②。翩翩舞广袖，似鸟海东来③。

【注释】　① 折风帽：《北史·高丽传》：“人皆头著折风，形如弁，士人加插二鸟羽。贵者其冠曰苏骨，多用紫罗为之，饰以金银。服大袖衫，大口裤，素皮带，黄革履。”　② 迟回：缓缓而进貌。萧注：“金花帽、白马广袖者。当时乐舞之饰，即所见而咏之。”　③ 海东：高丽在渤海之东，故云海东。

【译文】　头戴金花折风之帽，骑着白马缓缓走来。风吹舞袖翩翩而起，好似鸟儿从海东款款飞来。

# 静夜思

**【题解】** 《静夜思》,乐府新题。《乐府诗集》列于《新乐府辞》,题解云:"新乐府者,皆唐世之新歌也。以其辞实乐府,而未常被于声,故曰新乐府也。"此诗为李白自创新题。作年不详。

**【原诗】** 床前看月光①,疑是地上霜。举头望山月②,低头思故乡。

**【注释】** ① 看月光:各本均作"看月光",《万首唐人绝句选》《唐诗别裁集》作"明月光"。 ② 山月:各本均作"山月",《唐宋诗醇》《唐诗三百首》作"明月"。

**【译文】** 看到床前的一片月光,疑是地上下了一层霜。抬头望见了明亮的山月,低头不禁思念起远方的故乡。

# 渌水曲

**【题解】** 《渌水曲》,乐府旧题。《乐府诗集》列于《琴曲歌辞》。王琦注:"《渌水》,本琴曲名,太白袭用其题以写所见,其实则《采菱》《采莲》之遗意也。"

**【原诗】** 渌水明秋日①,南湖采白蘋②。荷花娇欲语,愁杀荡舟人。

**【注释】** ① 渌水:清澈透明之水。 ② 白蘋:俗称四叶菜、田字草,叶浮水面,根连水底,季春始生,夏秋开小白花,故称白蘋。

**【译文】** 明净的秋水映着丽日,一群姑娘在南湖采摘白蘋。湖中的荷花娇美得好像会说话,比得荡舟的姑娘惆怅万分。

# 凤台曲

**【题解】**　《凤台曲》,乐府旧题。《乐府诗集》列于《清商曲辞》。萧士赟云:"即古乐府《萧史曲》也。"王琦云:"按《乐府诗集》,梁武帝制《上云乐》七曲,其一曰《凤台曲》。"此咏秦穆公女弄玉吹箫故事,与《凤凰曲》同意,似同时所作。

**【原诗】**　尝闻秦帝女①,传得凤凰声。是日逢仙子②,当时别有情。人吹彩箫去,天借绿云迎。曲在身不返③,空余弄玉名。

**【注释】**　① 秦帝女:即秦穆公女弄玉。详见《凤凰曲》注。　② 仙子:指箫史。　③ 曲:一作"心"。

**【译文】**　曾听说秦穆公的女儿,学会了凤凰的叫声。当时遇到了仙人箫史,二人结成了鸾凤之好。他们一起骑凤吹箫而去,在天空中的绿云中翱翔。如今有时还能听到他们的箫声,而人却一去不返了,只有弄玉吹箫学仙的故事尚在人间广泛地流传。

# 猛虎行

**【题解】**　《猛虎行》,乐府旧题。《乐府诗集》列于《相和歌辞》,解题云:"古辞曰:'饥不从猛虎食,暮不从野雀栖。野雀安无巢,游子为谁骄?'……《乐府解题》曰:'晋陆机云"渴不饮盗泉水",言从远役,犹耿介,不以艰险改节也。又有《双桐生空井》,亦出于此。'王琦注:"古辞云……盖取首句二字以命题也。"此诗以乐府旧题写时事。盖作于至德元载(756)春南奔溧阳时。

【原诗】　朝作《猛虎行》，暮作《猛虎吟》①。肠断非关陇头水②，泪下不为雍门琴③。旌旗缤纷两河道④，战鼓惊山欲倾倒。秦人半作燕地囚⑤，胡马翻衔洛阳草⑥。一输一失关下兵，朝降夕叛幽蓟城⑦。巨鳌未斩海水动，鱼龙奔走安得宁⑧。颇似楚汉时，翻覆无定止。朝过博浪沙⑨，暮入淮阴市⑩。张良未遇韩信贫，刘项存亡在两臣。暂到下邳受兵略⑪，来投漂母作主人⑫。贤哲栖栖古如此⑬，今时亦弃青云士⑭。有策不敢犯龙鳞⑮，窜身南国避胡尘。宝书玉剑挂高阁⑯，金鞍骏马散故人。昨日方为宣城客⑰，掣铃交通二千石⑱。有时六博快壮心⑲，绕床三匝呼一掷。楚人每道张旭奇⑳，心藏风云世莫知。三吴邦伯皆顾盼㉑，四海雄侠两追随㉒。萧曹曾作沛中吏㉓，攀龙附凤当有时㉔。溧阳酒楼三月春㉕，杨花茫茫愁杀人。胡雏绿眼吹玉笛，吴歌《白纻》飞梁尘㉖。丈夫相见且为乐，槌牛挝鼓会众宾㉗。我从此去钓东海㉘，得鱼笑寄情相亲㉙。

【注释】　①"朝作"二句：宋蜀本注："一作行亦猛虎吟，坐亦猛虎吟。"猛虎，多喻恶人。此喻安禄山叛军。　②陇头水：古乐府别离之曲。《陇头歌辞》云："陇头流水，鸣声呜咽。遥望秦川，心肝断绝。"　③雍门琴：战国时鼓琴名家雍门子周所鼓之琴。《说苑·善说》："雍门子周以琴见乎孟尝君……引琴而鼓之，徐动宫徵，微挥羽角，切终而成曲，孟尝君涕浪汗增，歔而就之曰：'先生之鼓琴，令文立若破国亡邑之人也。'"　④两河道：谓唐之河北道和河南道。此二道于天宝十四载已先后被安禄山叛军所攻陷。⑤"秦人"二句：秦人指秦地的官军和百姓。燕地：指安禄山叛军。⑥"胡马"句：指洛阳被胡兵攻陷。⑦一输一失：天宝十四载十二月，安禄山攻陷洛阳，封常清领兵拒敌，败退陕县，高仙芝退守潼关。当时宦官监军边令诚向玄宗奏封常清、高仙芝兵败，封常清以贼摇众，高仙芝弃陕地数百里。玄宗大怒，遣边令诚即于军斩高仙芝、封常清。"一输"即指封常清、高仙芝兵败事。而玄宗听宦官一言，不听坚守潼关、力保长安的战略，而斩军中大将，可谓失策，故曰"一失"。关下兵：指唐廷防守潼关的部队。"朝降"句：天宝十四载十一月，安禄山起兵范阳，十二月，常山太守颜杲卿起兵抗贼，于是河北诸郡皆响应，凡十七郡皆归朝廷。但不久颜杲卿兵败，河北原已归顺朝廷的诸郡,又多叛归安禄山,故曰"朝降夕叛"。幽蓟,幽州和蓟州,在今北京和天津蓟州一带。　⑧ 巨鳌:传说中的海中大鳖。此指安禄山。鱼龙:此指唐朝的君臣百姓。　⑨ 博浪沙:在今河南原阳县东南。　⑩ 淮阴:在今江苏淮阴。　⑪ 下邳:古地名,在今江苏邳州东南。　⑫ 漂母:漂洗衣絮的老妇人。以上六句,"博浪沙""下邳受兵略"指张良事。"淮阴市""投漂母"指韩信事。《史记·留侯世家》:"(张)良与客狙击秦皇帝博浪沙中,误中副车,秦皇帝大怒……良乃更名姓,亡匿下邳。良尝闲从容步游下邳圯上,有一老父……出一编书,曰:'读此则为王者师矣。'……旦日视其书,乃《太公兵法》也。"《史记·淮阴侯列传》:"淮阴侯韩信者,淮阴人也……信钓于城下,诸母漂,有一母见信饥,饭信。"　⑬ 栖栖:急迫不安貌。　⑭ 青云士:有才能的国士。　⑮ 犯龙鳞:传说龙的颈部有逆鳞,触则怒而杀人。此指触怒皇帝。　⑯ 窜:奔逃。南国:指溧阳。因在江南,故曰南国。胡尘:指安史之乱的战尘。　⑰ 宣城:在今安徽宣城。⑱ 掣铃:摇动门铃。王琦注:"唐时官署多悬铃于外,有事报闻,则引铃以代传呼。"二千石:指太守、刺史一类的官员。汉代郡守俸禄为二千石,故以二千石称郡守。　⑲ 六博:古代的一种博戏。共有十二棋,六黑六白,两人相博,每人执六棋,故曰六博。　⑳ 张旭:字伯高,吴郡人,唐代书法家,精楷法,尤善狂草,世称草圣。曾任常熟县尉、左率府长史,故又称张长史。或疑此张旭另是一人。　㉑ 三吴:古谓吴兴、吴郡、会稽为三吴。见《水经注·浙江水》。唐以吴兴、吴郡、丹阳为三吴。见《元和郡县图志》。邦伯:指郡守一类地方长官。　㉒ 两追随:一作"相追随",一作"皆相推"。㉓ 萧曹:指萧何和曹参。二人皆为汉初丞相。高祖未起事时,萧何曾为沛县吏,曹参为沛县狱吏。后佐刘邦起义,皆功勋卓著。　㉔ 攀龙附凤:此指君臣际遇。　㉕ 溧阳:即今江苏溧阳。㉖ 白纻:即《白纻歌》,乐府曲名。为吴地歌舞曲。　㉗ 椎牛:谓宰牛。㉘ 钓东海:用任公子钓大鱼故事。《庄子·外物》:"任公子为大钩巨缁,五十犗以为饵,蹲乎会稽,投竿东海,旦旦而钓,期年不得鱼。已而大鱼食之,牵巨钩……任公子得若鱼,离而腊之。自制河以东,苍梧以北,莫不厌若鱼者。"　㉙ 情相亲:谓知己。

【译文】　早上作《猛虎行》,晚上作《猛虎吟》。我之所以伤心,与《陇头歌》

的别离之辞无关;怆然泪下,也并非是因为听了雍门子周悲切的琴声。河南河北战旗如云,咚咚的战鼓声震得山动地摇。秦地的百姓半为燕地的胡人所虏,东都沦陷,胡人的战马已在洛阳吃草。抗敌的官兵败退守至潼关之下,将帅被诛,实是大大的失策。幽蓟之地的城池朝降夕叛,安禄山这只翻江倒海的巨鳌未除,朝野上下君臣百姓奔走不暇,不得安宁。这就好像楚汉相争时的情况一样,双方翻来覆去,胜负不见分晓。我到过博浪沙和淮阴市,想起了张良和韩信这两位决定楚汉命运的人物。那时张良未遇,韩信穷苦潦倒,张良在下邳受了黄石公的兵略,韩信还在淮南依靠漂母的接济为生。从古至今贤哲之士都栖栖遑遑,不得其所,而如今也是如此,将青云之士弃而不用。我胸有灭胡之策,但不敢触怒皇帝,只好逃奔南国以避战乱。却敌的宝书和玉剑,只好束之高阁、挂在壁间,杀敌的金鞍宝马也只好送给了朋友。昨日还在宣城作客,与宣州太守交游。心中的郁愤无从发泄,只好玩玩赌博的游戏,绕床三匝,大呼一掷,以快壮心。楚人都说张旭是位奇士,胸怀韬略而世人不晓,三吴的官长都对他特别垂青,四海的英侠也都争相追随。萧何和曹参都曾做过沛中的小吏,他们后来有了风云际遇的机会。阳春三月,在溧阳酒楼相会,楼前的杨花茫茫,使人惆怅。楼上酒筵有绿眼的胡儿在吹玉笛,有歌女唱着吴歌《白纻》,余音绕梁。大丈夫相见应杯酒为乐,宰牛擂鼓大会众宾。我从此就要去东海垂钓,钓得大鱼即寄与诸位知己,与好友共享友于之情。

# 从军行

【题解】 《从军行》,乐府旧题。《乐府诗集》列于《相和歌辞·平调曲》,题解云:"《古今乐录》曰:'《从军行》,王僧虔云,《荀录》所载左延年《苦哉》一篇今不传。'《乐府解题》曰:'《从军行》皆军旅苦辛之辞。'"

【原诗】 从军玉门道①,逐虏金微山②。笛奏《梅花曲》③,刀开明月环④。鼓声鸣海上⑤,兵气拥云间。愿斩单于首⑥,长驱静铁关⑦。

**【注释】** ① 玉门：即玉门关。 ② 金微山：山名，即今阿尔泰山。《后汉书·窦宪列传》："（窦）宪以北虏微弱，遂欲灭之，明年，复遣右校尉耿夔、司马任尚、赵博等将兵击北虏于金微山，大破之，克获甚众。" ③ 梅花曲：即《梅花落》，萧士赟注："《古今乐录》：'鼓角横吹十五曲中有《梅花落》，乃胡笳曲也。'" ④ 明月环：古代大刀刀柄头饰以圆环，形似圆月。 ⑤ 海：指瀚海沙漠。 ⑥ 单于：匈奴君长名。 ⑦ 铁关：西域关名。即铁门关，在今新疆焉耆县东南。

**【译文】** 从军到过玉门关，逐虏上过金微山。笛声高奏《梅花落》之曲，手中大刀的刀环像明月一样圆。瀚海之上战鼓咚咚，杀气直冲云霄。愿斩敌酋单于之首，永息战尘，长驱直下铁门关。

# 秋 思

**【题解】** 《秋思》，乐府旧题。《乐府诗集》列于《琴曲歌辞》。萧士赟云："《秋思》，古琴操商调之曲。"此叹春光易逝、时不我待之意。

**【原诗】** 春阳如昨日，碧树鸣黄鹂①。芜然蕙草暮②，飒尔凉风吹。天秋木叶下③，月冷莎鸡悲④。坐愁群芳歇，白露凋华滋⑤。

**【注释】** ① 黄鹂：即黄莺。 ② 蕙草：又名蕙兰，叶似兰而瘦长，暮春开花，浅黄绿色。色、香都较兰为深。 ③ 木叶下：《楚辞·九歌·湘夫人》："袅袅兮秋风，洞庭波兮木叶下。"此用其诗意。 ④ 莎鸡：虫名。即络纬，俗名纺织娘。 ⑤ 华滋：花朵茂盛。此指花朵。《古诗十九首》："庭中有奇树，绿叶发华滋。"

**【译文】** 春阳还如同昨天，碧树上黄鹂还在叫着。可转眼间已吹起秋风，蕙草芜然凋零。秋风中黄叶在飘落，冷月下络纬在悲唱。白露凋落了花朵，群芳消歇令人惆怅。

# 春　思

**【题解】**　《春思》，李白所写新题乐府。此诗写思妇思边之苦及对爱情的坚贞。

**【原诗】**　燕草如碧丝①，秦桑低绿枝②。当君怀归日，是妾断肠时③。春风不相识，何事入罗帷④。

**【注释】**　①燕草：燕地之草。燕，今河北北部一带。此泛指北部边地，征夫所在之处。　②秦桑：秦地之桑。秦，今陕西一带。此指思妇所在之地。③"当君"二句：萧士赟注："燕北地寒，草生迟，当秦桑低绿之时，燕草方生如丝之碧也。秦桑低枝者，兴思妇之断肠也。言其夫方萌怀归之心，犹燕草之方生，妾则思君之久，先已断肠矣。犹秦桑之已低枝也。"　④"春风"二句：萧士赟注："末句则兴此心贞洁，非外物所能动。"

**【译文】**　燕草刚如碧丝之时，秦地的桑树已绿树成荫了。当你才开始想家的时候，我已相思得肝肠欲断了。春风啊春风，我与你并不相识，你为何进入我的罗帷之中？

# 秋　思

**【题解】**　《秋思》，乐府旧题。《乐府诗集》列于《琴曲歌辞》。萧士赟云："《秋思》，古琴操商调曲。"此亦是思妇思边之作。

**【原诗】**　燕支黄叶落①，妾望白登台②。海上碧云断，单于秋色来③。胡兵沙塞合，汉使玉关回④。征客无归日⑤，空悲蕙草摧。

**【注释】**　①燕支：山名，在今甘肃山丹县东南。　②白登台：台名。在今山西大同东北白登山上，是匈奴单于冒顿围汉高祖处。 ③ 单于：指单于都护府，在今内蒙古和林格尔西北。此泛指边塞。 ④ 汉使：此指唐使。 ⑤ 征客：征夫。

**【译文】** 燕支山上黄叶飘零，妾登上白登台登高而望。瀚海上碧云望断，也听不到征夫归来的消息。单于地区秋色又来，正是胡人秋高马肥的时候。出使玉门关外的使者已经回来，听说胡人又将在沙塞会合兴兵了。出征的将士没有归来的消息，妾只有在闺中空悲一年的时光又过。

# 子夜吴歌

**【题解】** 《子夜吴歌》，旧题乐府。《乐府诗集》列于《清商曲辞》。郭茂倩云："《唐书·乐志》：'《子夜歌》者，晋曲也。晋有女子名子夜，造此声，声过哀苦。'《宋书·乐志》：'晋孝武太元中，琅琊王轲之家有鬼歌《子夜》，殷允为豫章，豫章侨人庾僧虔家亦有鬼歌《子夜》。'殷允为豫章亦是太元中，则子夜是此时以前人也……《乐府解题》曰：'后人更为四时行乐之词，谓之《子夜四时歌》。又有《大子夜歌》《子夜警歌》《子夜变歌》，皆曲之变也。'"胡震亨云："清商吴曲《子夜歌》，后人更为《子夜四时》等歌，其歌本四句，太白拟六句为异。然当时歌此者，亦自有送声，有变头，则古辞固未可拘也。"宋蜀本题下注："春、夏、秋、冬。"此四首诗分以四时情景写了四件事。其一写秦罗敷的故事，其二写西施的故事，其三写戍妇为征人织布捣衣之事，其四写戍妇为征夫缝制征衣之事。

## 春

**【原诗】** 秦地罗敷女①，采桑绿水边。素手青条上，红妆白日鲜。蚕饥妾欲去②，五马莫留连③。

**【注释】** ① 罗敷：汉乐府《陌上桑》的采桑女。详见《陌上桑》注。

②"蚕饥"句:梁武帝《子夜四时歌》:"君住马已疲,妾去蚕欲饥。"此用其句意。 ③ 五马:太守代称。《汉宫仪》:"四马载车,此常礼也。惟太守出则增一马,故称五马。"

【译文】 秦地有位罗敷女,曾在绿水边采桑。素手在青条上采来采去,在阳光下其红妆显得特别鲜艳。她委婉地拒绝了太守的纠缠,说:蚕儿已饥,我该赶快回去了;太守大人,切莫在此耽搁您宝贵的时间了。

## 夏

【原诗】 镜湖三百里①,菡萏发荷花②。五月西施采,人看隘若耶③。回舟不待月,归去越王家④。

【注释】 ① 镜湖:又名鉴湖,在今浙江绍兴县东南境。 ② 菡萏(hàn dàn):含苞未放的荷花。《说文》:"芙蓉华未发为菡萏,已发为芙蓉。" ③ 若耶:溪名。在今浙江绍兴。源出会稽山,北入镜湖。《方舆胜览》绍兴府若耶溪:"在会稽县东南,北流二十五里,与鉴湖合⋯⋯西施采莲、欧冶铸铁之所。" ④ 越王:指越王勾践。

【译文】 镜湖之大有三百里,到处都开满了欲放的荷花。西施五月曾在此采莲,来观看的人挤满了若耶溪。西施回家不到一个月,便被选进了越王宫中。

## 秋

【原诗】 长安一片月,万户捣衣声①。秋风吹不尽,总是玉关情②。何日平胡虏,良人罢远征③。

【注释】 ① 捣衣:捣帛、捶衣。古时制衣先将丝织衣料捶打,使之松软,准备裁剪。亦指捶洗衣服。谢惠连《捣衣》:"檐高砧响发,楹长杵声哀。微芳起两袖,轻汗染双题。"纨素既已成,君子行未归。裁用笥中刀,缝为万里衣。" ② 玉关:即玉门关。 ③ 良人:丈夫。《诗经·唐风·绸缪》:"今夕何夕,见此良人。"《正义》:"妻谓夫为良人。"

**【译文】** 长安城上一片明月,千家万户都传来阵阵的捣衣之声。秋风吹不尽的是,思妇们对玉门关外的绵绵思念之情。何日才能扫平胡虏?夫君从此不再远征。

## 冬

**【原诗】** 明朝驿使发①,一夜絮征袍②。素手抽针冷,那堪把剪刀。裁缝寄远道③,几日到临洮④。

**【注释】** ① 驿使:古时驿站传送邮件的人。 ② 絮:做棉衣时向衣服里絮丝绵。 ③ 裁缝:指裁制好的征衣。 ④ 临洮:在今甘肃岷县一带。唐时属边疆地区。

**【译文】** 明晨驿使就要出发,思妇们连夜为远征的丈夫赶制棉衣。纤纤素手连抽针都冷得不行,更不说用那冰冷的剪刀来裁衣服了。妾将裁制好的衣物寄向远方,几时才能到达边关临洮?

# 对 酒

**【题解】**《对酒》,《乐府诗集》列于《相和歌辞》,题解云:"《乐府解题》曰:'魏乐奏武帝所赋《对酒歌太平》,其旨言王者德泽广被,政理人和,万物咸遂。若梁范云"对酒心自足"则言但当为乐,勿徇名自欺也。'"王琦云:"太白此诗以浮生若电,对酒正当乐饮为辞,似拟《短歌行》'对酒当歌'之一篇也。"

【原诗】　松子栖金华①,安期入蓬海②。此人古之仙,羽化竟何在③。浮生速流电,倏忽变光彩④。天地无凋换,容颜有迁改。对酒不肯饮,含情欲谁待⑤。

【注释】　① 松子:赤松子。金华:山名,在今浙江金华市北。《元和郡县图志·江南道婺州金华县》:"金华山,在县北二十里,赤松子得道处。"② 安期:即安期生,神仙名。《抱朴子·极言》:"安期先生者,卖药于海边,琅琊人传世见之,计已千年。秦始皇请与语,三日三夜,其言高,其旨远,博而有证。始皇异之,乃赐之金璧,可直数千万。安期受而置之于阜乡亭,以赤玉舄一量为报。留书曰:'复数千载,求我于蓬莱山。'"③ 羽化:王琦注:"道家谓仙去曰羽化。"④ 光彩:即光景之意。⑤ "含情"句:王粲《公宴诗》:"今日不极欢,含情欲谁待。"此用其句。

【译文】　传说赤松子在金华山成仙,安期生成仙入了东海的蓬莱仙岛。这两位都是古代的仙人,他们羽化成仙都到哪里去了?人生如电闪一样一闪而过,一瞬间就变了光景。天地虽然没有变化,可是人的容颜却变得很快。面对美酒而不饮,还要一往情深地等待谁呢?

# 估客乐

【题解】　《估客乐》,一作《估客行》,乐府旧题。《乐府诗集》列于《清商曲辞》,题解云:"《古今乐录》曰:'《估客乐》者,齐武帝之所制也。帝布衣时,尝游樊邓,登祚以后,追忆往事而作歌……'《唐书·乐志》曰:'梁改其名为《商旅行》。'"胡震亨云:"《估客行》即西曲之《估客乐》。西曲中有'长樯铁鹿子,布帆阿那起,诧侬安在间,一去数千里'。此云'一去无踪迹',更难为情。"齐释宝月辞云:"有信数寄书,无信心相忆。莫作瓶落井,一去无消息。"太白诗拟此。

【原诗】　海客乘天风①,将船远行役②。譬如云中鸟,一去无踪迹。

**【注释】**　① 海客：乘海船出外经商的商人。　② 行役：本指远出跋涉,此指远道经商。

**【译文】**　海客乘着海船扬帆乘风,到远处经商。就像飞入云中的鸟儿一样,一去就没有踪影了。

# 少年行

**【题解】**　《少年行》,乐府旧题。《乐府诗集》列于《杂曲歌辞》。此一题与前面二首《少年行》在《文苑英华》中合为《少年行三首》,为歌行体。当是李白青年时游淮南所作。

**【原诗】**　君不见淮南少年游侠客①,白日球猎夜拥掷。呼卢百万终不惜②,报仇千里如咫尺。少年游侠好经过,浑身装束皆绮罗。兰蕙相随喧妓女,风光去处满笙歌。骄矜自言不可有,侠士堂中养来久。好鞍好马乞与人③,十千五千旋沽酒④。赤心用尽为知己,黄金不惜栽桃李⑤。桃李栽来几度春,一回花落一回新。府县尽为门下客,王侯皆是平交人。男儿百年且乐命,何须徇书受贫病⑥。男儿百年且荣身,何须徇节甘风尘⑦。衣冠半是征战士,穷儒浪作林泉民。遮莫枝根长百丈⑧,不如当代多还往。遮莫姻亲连帝城,不如当身自簪缨⑨。看取富贵眼前者,何用悠悠身后名。

**【注释】**　① 淮南：唐淮南道,治所在扬州。　② 呼卢：古代的一种博戏。用骰子五颗。黑为上彩,白为下彩,掷之全黑者为卢,掷者大呼来黑的,故称呼卢。　③ 乞与：给予。即他人乞之则予之也。　④ 旋：马上。或作漫然、随意讲。　⑤ 栽桃李：犹树桃李。培植、扶持他人。桃李,嘉树也,多指人才。此言朋友。　⑥ 徇书：做书的奴隶。徇,以身从物也。徇书,一作"读书"。　⑦ 徇节：即殉节,为节义而献身。　⑧ 遮莫：尽教、尽管之意。《鹤林玉露》："诗家用'遮莫'字,盖今俗语所谓'尽教'是也。"　⑨ 簪缨：

官帽,此指做官。簪,头上插官帽所用的簪子;缨,系官帽的带子。

**【译文】** 你没见过淮南的少年游侠吗?他们白天踢球打猎,晚上聚众赌博,一掷百万而不以为惜,为人报仇于千里之外如近在咫尺。他们出外游玩好生排场,浑身上下遍体绮罗。有头插兰蕙的妓女相陪,所去的地方皆笙歌风光之处。虽然他们曾自言不可有骄矜之气,可是他们在侠士的风气中熏染太久。好鞍好马随意与人,十千五千旋来沽酒。为知己赤心用尽,不惜花费金钱来结交朋友。年年结交朋友,旧的去了又来新的。府县之中,尽是门下之客,与王侯权贵相交也是平起平坐。人生百年,男儿当乐天知命,且得欢乐,何必做书奴甘受贫病?当朝衣冠之士多是征战立功的武人,读书人只好沦落林下,做一介平民。尽管根深枝长,福荫百代,不如今天就自由自在地欢度交游;尽管亲戚婚娅遍于京城权贵,不如自己就做个高官。要看取和享受眼前的功名富贵,身后的名声再好,又有什么用?

# 捣衣篇

**【题解】** 《捣衣篇》,李白此辞《乐府诗集》未收,但在《乐府诗集·新乐府辞》中有《捣衣曲》,言此题从汉班婕妤《捣素赋》来,并云:“盖言捣素裁衣,缄封寄远也。”李白此诗类此。

**【原诗】** 闺里佳人年十余,颦蛾对影恨离居①。忽逢江上春归燕,衔得云中尺素书②。玉手开缄长叹息,狂夫犹戍交河北③。万里交河水北流,愿为双鸟泛中洲。君边云拥青丝骑④,妾处苔生红粉楼。楼上春风日将歇,谁能揽镜看愁发。晓吹员管随落花⑤,夜捣戎衣向明月。明月高高刻漏长⑥,真珠帘箔掩兰堂⑦。横垂宝幄同心结⑧,半拂琼筵苏合香⑨。琼筵宝幄连枝锦⑩,灯烛荧荧照孤寝⑪。有使凭将金剪刀,为君留下相思枕。摘尽庭兰不见君,红巾拭泪生氤氲⑫。明年若更征边塞,愿作阳台一段云⑬。

**【注释】** ① 颦(pín) 蛾：蹙眉。蛾，指蛾眉。离居：分居。 ② 尺素书：指书信。在纸未发明或通行前，古人多用一尺见方的绢写信，故云尺素书。《文选》蔡邕《饮马长城窟行》："客从远方来，遗我双鲤鱼。呼儿烹鲤鱼，中有尺素书。"吕向注："尺素，绢也。" ③ 狂夫：指征夫。交河：古城名，在今新疆吐鲁番市境。有二水源出城北天山，交流于城下，故名。 ④ 青丝骑：用青丝为饰的马。刘孝绰《淇上戏荡子妇示行事》："不见青丝骑，徒劳红粉妆。"此用其句意。 ⑤ 员管：即篔管，西域一种类似笛的乐器。 ⑥ 刻漏：即漏壶。古代的计时器。 ⑦ 真珠：即珍珠。兰堂：芳香华贵的居室，多指女子居室。 ⑧ 宝幄：华丽珍贵的帐幔。同心结：以锦带结成的菱形回文结，以象征爱情的坚贞。 ⑨ 苏合香：大秦国合多种香所煎制成的一种香料。《法苑珠林》："《广志》曰：'苏合香出大秦国，或云苏合国。国人采之，笮其汁以为香膏，乃卖其滓与贾客。或云，合诸香草，煎为苏合，非自然一种物也。'" ⑩ 连枝锦：用连理枝所装饰的图案。 ⑪ 荧荧：微光闪烁貌。 ⑫ 氤氲(yīn yūn)：原意为云气迷漫貌，此指润湿貌。 ⑬ 阳台：在巫山。此用巫山神女事。参见《久别离》注。

**【译文】** 闺中的佳人是一个十几岁的少妇。她面对镜中的孤影，深感与丈夫离别的凄苦。江上的燕子忽然给她衔来了一封书信，她用纤纤玉手拆封一看，不禁发出了长长的叹息。原来她的丈夫，如今仍在西域的交河以北守边。悠悠的交河之水万里北流，她多么想与丈夫化作一对鸳鸯在河洲中双栖并游啊。夫君的战马绕着边云，而她的红粉楼下也长满了青苔。眼看着楼上春风将歇，一年之春又过，谁老愿意对镜看着形容不整的鬓发发愁呢？她早晨在落花中吹着员管，夜晚在明月下捣着征衣。明月高高刻漏渐长，夜色已深，兰房门前垂着珍珠帘子。床帐之上垂着同心结，琼筵上飘来了阵阵苏合香。琼筵和宝帐都用连理枝的图案装饰着，荧荧的灯烛照她一人孤眠。她将用剪刀为夫君裁做一个相思枕，让来使给他捎去。她将庭中的兰花摘尽也不见夫君回来，红手帕都让她的眼泪湿透了。明年夫君若是再出征边塞，她多想化作巫山顶上的一片行云，远随夫君而去呀。

# 去妇词

**【题解】**《去妇词》，萧士赟云："此篇是顾况《弃妇辞》也，后人增添数句而窜入《太白集》中，语俗意重，斧凿之痕，斑斑可见。"《校注》本云："王本虽列此诗，而《才调集》明指为顾况作，题为《弃妇词》，所多不过四句，其他差异亦甚少，《英华》选此诗，亦以为疑。"按顾况集中有《弃妇词》，此诗当按《才调集》，定为顾况。姑存原诗，注译从略。

**【原诗】** 古来有弃妇，弃妇有归处。今日妾辞君，辞君遣何去。本家零落尽，恸哭来时路。忆昔未嫁君，闻君却周旋。绮罗锦绣缎，有赠黄金千。十五许嫁君，二十移所天①。自从结发日未几，离君缅山川②。家家尽欢喜，孤妾长自怜。幽闺多怨思，盛色无十年。相思若循环③，枕席生流泉。流泉咽不扫，独梦关山道。及此见君归，君归妾已老。物华恶衰贱，新宠方妍好。掩泪出故房，伤心剧秋草。自妾为君妻，君东妾在西④。罗帏到晓恨，玉貌一生啼。自从离别久，不觉尘埃厚。常嫌玟瑁孤⑤，犹羡鸳鸯偶。岁华逐霜霰⑥，贱妾何能久。寒沼落芙蓉，秋风散杨柳。以此憔悴颜，空持旧物还。余生欲何寄，谁肯相牵攀。君恩既断绝，相见何年月。悔倾连理杯，虚作同心结⑦。女萝附青松⑧，贵欲相依投。浮萍失绿水，教作若为流。不叹君弃妾，自叹妾缘业⑨。忆昔初嫁君，小姑才倚床。今日妾辞君，小姑如妾长⑩。回头语小姑，莫嫁如兄夫。

# 长歌行

**【题解】**《长歌行》，乐府旧题。《乐府诗集》列于《相和歌辞》，题解云："《乐府解题》曰：'古辞云："青青园中葵，朝露待日晞。"言芳华不久，当努力为乐，无至老大乃伤悲也。'魏改奏文帝所赋曲'西山一何高'，言仙道茫茫不可识,如王乔、赤松皆空言虚词,迂怪难信,当观圣道而已。若陆机'逝矣经天日,悲哉带地川',则复言人运短促,当乘间长歌,与古文合也。"此诗言时不我待,要及时行乐。

**【原诗】** 桃李得日开,荣华照当年。东风动百物,草木尽欲言。枯枝无丑叶①,涸水吐清泉。大力运天地,羲和无停鞭②。功名不早著,竹帛将何宣③。桃李务青春④,谁能贳白日⑤。富贵与神仙,蹉跎成两失。金石犹销铄,风霜无久质。畏落日月后,强欢歌与酒。秋霜不惜人,倏忽侵蒲柳⑥。

**【注释】** ①"枯枝"句:谓枯枝生新叶,皆可爱也。 ②羲和:传说中为日驾车者。《淮南子·天文训》:"爰止羲和,爰息六螭,是谓悬车。"高诱注:"日乘车,驾以六龙,羲和御之。" ③竹帛:指史籍。《文选》曹植《求自试表》:"名称垂于竹帛。"吕延济注:"古无纸,史书皆书竹帛。" ④务:须。 ⑤贳(shì):出借,赊欠。 ⑥蒲柳:蒲、柳皆为易落叶之木。比喻人之早衰。《世说新语·言语》:"蒲柳之姿,望秋而落,松柏之质,经霜弥茂。"

**【译文】** 桃李花得日而开,花朵缤纷,装点新春。东风复苏万物,草木皆欣欣欲语。枯枝上发出了美丽的新叶,涸流中也清泉汩汩,一片生机。造化运转着天地,太阳坐着日车不停地飞奔。如果不早立功名,史籍怎能写上你的名字?桃李须待春天,但谁能使春日永驻不逝? 时不我待,富贵与神仙两者皆会错肩而过。金石之坚尚会销蚀殆尽,风霜日月之下,没有长存不逝的东西。我深深地畏惧日月如梭而逝,因此才欢歌纵酒,强以为欢。就像是秋天寒霜下的蒲柳,倏忽之间,老之将至,身已衰矣!

# 长相思

**【题解】** 《长相思》,乐府旧题。《乐府诗集》列于《杂曲歌辞》,题解云:"古诗曰:'客从远方来,遗我一书札。上言长相思,下言久离别。'李陵诗曰:‘行人难留久,各言长相思。’苏武诗曰:‘生当复来归,死当长相思。’长者久远之辞,言行人久戍,寄书以遗所思也。古诗又曰:‘客从远方来,遗我一端绮。文彩双鸳鸯,裁为合欢被。著以长相思,缘以终不解。’谓被中著绵以致相思绵绵之意。故曰长相思也。”萧士赟云:“此亦戍妇词也。”此诗沿乐府旧题,写男女相思之情。当作于青年时期。

【原诗】　日色欲尽花含烟,月明如素愁不眠①。赵瑟初停凤凰柱②,蜀琴欲奏鸳鸯弦③。此曲有意无人传,愿随春风寄燕然④,忆君迢迢隔青天。昔时横波目⑤,今作流泪泉。不信妾肠断,归来看取明镜前⑥。

【注释】　① 欲尽:一作“色尽”。如素:一作“欲素”。素,没有染色的白绢。　② 赵瑟:战国时,赵人以鼓瑟著名。《史记·货殖列传》说,赵地中山女子多能鼓瑟。凤凰柱:指瑟柱,刻以凤凰形。吴均《酬别王主簿屯骑诗》:“赵瑟凤凰柱。”　③“蜀琴”句:用司马相如以琴挑卓文君事。蜀人司马相如善弹琴,故曰蜀琴。鸳鸯弦:杨齐贤注:“《蜀都赋》:‘巴姬弹弦。’鸳鸯弦以雌雄也。”此谓司马相如与卓文君因琴而成夫妇,故曰鸳鸯弦。　④ 燕然:山名,即今蒙古国杭爱山。东汉时大将军窦宪破匈奴勒铭记功处。此泛指边塞。　⑤ 横波目:目光斜盼,形容女子眼神活泼动人。《文选》傅毅《舞赋》:“目流睇而横波。”李善注:“横波言目邪视,如水之横流也。”　⑥“不信”二句:武则天《如意娘》:“不信比来长下泪,开箱验取石榴裙。”此套用其意而略有变化。

【译文】　日色将尽,花影迷蒙,如含烟雾。明月如练,照得闺中少妇愁思万端,长夜难眠。才停赵瑟,复弹蜀琴,皆欲奏鸳鸯合欢之意。此曲虽然有意,但无人能传至征夫之耳。但愿借春风能远寄琴声于远如燕然山的边塞之上,妾忆夫君远隔迢迢之青天。昔日像横波一样的美目,而今因相思成了泪水之泉。如若夫君不信,可归来看取明镜之前,皆妾相思之泪。

三、歌　吟

# 襄阳歌

**【题解】** 《襄阳歌》为李白自创辞,《乐府诗集》列于《杂歌谣辞》中。晋《襄阳儿童歌》云:"山公出何许,往至高阳池。日夕倒载归,茗芋无所知。时时能骑马,倒著白接䍦。举鞭向葛疆,何如并州儿。"朱谏云:"《襄阳歌》亦为乐府之曲,故《唐书》志于礼乐卷内,于古乐府宜为一类。"襄阳,唐属山南道襄州,即今湖北襄阳。李白此诗乃拟《襄阳儿童歌》之作,写得放浪恣肆,潇洒自如,鲜明地体现了李白倜傥不羁、旷放豁达的思想个性。宋蜀本题下注:"襄汉。"此诗作于开元二十二年(734)游襄阳时。

**【原诗】** 落日欲没岘山西①,倒著接䍦花下迷②。襄阳小儿齐拍手,拦街争唱《白铜鞮》③。傍人借问笑何事,笑杀山公醉似泥④。鸬鹚杓,鹦鹉杯⑤。百年三万六千日,一日须倾三百杯⑥。遥看汉水鸭头绿⑦,恰似葡萄初酦醅⑧。此江若变作春酒⑨,垒曲便筑糟丘台⑩。千金骏马换少妾⑪,醉坐雕鞍歌《落梅》⑫。车旁侧挂一壶酒,凤笙龙管行相催⑬。咸阳市中叹黄犬⑭,何如月下倾金罍⑮。君不见晋朝羊公一片石⑯,龟头剥落生莓苔⑰。泪亦不能为之堕,心亦不能为之哀。谁能忧彼身后事,金凫银鸭葬寒灰⑱。清风朗月不用一钱买⑲,玉山自倒非人推⑳。舒州杓,力士铛㉑,李白与尔同死生。襄王云雨今安在㉒,江水东流猿夜声。

【注释】 ①岘山：在今襄阳东南，东临汉水。 ②接䍦：白帽。 ③白铜鞮：本指马蹄。鞮，通"蹄"。此指童谣"襄阳白铜蹄"歌。《隋书·乐志》："初，（梁）武帝之在雍镇，有童谣云：'襄阳白铜蹄，反缚扬州儿。'识者言，白铜蹄谓马也。白，金色也……即位之后，更造新声。帝自为之词三曲，又令沈约为三曲，以被弦管。" ④山公：指山简。西晋时人，字季伦。竹林七贤山涛之子。永嘉三年出任征南将军。镇守襄阳，好酒，荆州豪族习氏有佳园池，简常出游，多往池上，每醉酒而归。儿童为之歌曰："山公出何许？往至高阳池。"事见《晋书·山简传》及《世说新语·任诞》。此李白以山公自喻。醉似泥：即烂醉如泥之意。 ⑤"鸬鹚杓"二句：杨齐贤注："鸬鹚，水鸟也，其颈长，刻杓为之形……鹦鹉，镂杯为之形。今人以海螺如鹦鹉形，作之，亦曰鹦鹉杯。并酒器名也。" ⑥"一日"句：《世说新语·文学》："郑玄在马融门下。"刘孝标注引《郑玄别传》："袁绍辟玄，及去，饯之城东，欲去必醉。会者三百余人，皆离席奉觞，自旦及暮，度玄饮三百余杯。而温克之容，终日无怠。"陈暄《与兄子秀书》："郑康成一饮三百杯，吾不以为多。" ⑦鸭头绿：颜色如鸭头之绿毛色。《急就章》颜师古注："一曰：春草、鸡翅、兔翁，皆谓染彩而色似之。若今染家言鸭头绿、翠毛碧云。" ⑧葡萄：做酒之原料。其酒色绿。程大昌《演繁露续集》："钱希白《南部新书》曰，太宗破高昌，收马乳蒲萄，种于苑中，并得酒法，仍自损益之，造酒绿色，长安始识其味。太白命蒲萄之色以为绿者，本此也。"酦醅（pō pēi）：即再酿而未过滤之酒。酦，酒再酿也。醅，酒未滤也。 ⑨春酒：《诗经·豳风·七月》："为此春酒，以介眉寿。"毛传："春酒，冻醪也。"马瑞辰《毛诗传笺通释》："周制盖以冬酿，经春始成，因名春酒。" ⑩曲：即酒母，做酒之酵母。糟：酒滓。糟丘，即言积糟如山。《论衡·语增篇》："传语曰：纣沉湎于酒，以糟为丘，以酒为池。" ⑪骏马换妾：《独异志》："后魏曹彰性倜傥，偶逢骏马爱之，其主所惜也。彰曰：'予有美妾可换，惟君所选。'" ⑫落梅：即《落梅花》，笛曲名。《乐府杂录》："笛者，羌乐也，古曲有《折杨柳》《落梅花》。" ⑬凤笙：竹笙其形似凤，故云凤笙。或云笙之鸣似凤之声。《风俗通·声音》："笙，长四寸，十二簧，像凤之身。"龙管：指笛。以笛声似龙吟故名。马融《长笛赋》："近世双笛从羌起，羌人伐竹未及已。龙鸣水中不见己，截竹吹之声相似。" ⑭叹黄犬：用李斯事。《史记·李斯列传》：

"(秦)二世二年七月,具(李)斯五刑,论腰斩咸阳市。(李)斯出狱,与其中子俱执,顾谓其中子曰:'吾欲与若复牵黄犬,俱出上蔡东门逐狡兔,岂可得乎?'"　⑮ 金罍:酒器名。罍,酒樽也。《诗经·周南·卷耳》:"我姑酌彼金罍。"　⑯ 羊公:指羊祜,西晋名将。羊公一片石,一作"一片古碑材",指堕泪碑。《晋书·羊祜传》:"祜乐山水,每风景必造岘山,置酒言咏,终日不倦……襄阳百姓于岘山祜平生游憩之所,建碑立庙,岁时飨祭焉。望其碑者,莫不流涕。杜预因名为堕泪碑。"　⑰ 龟:古时石碑下面负碑的石雕龟形动物名屃屭(bì xì),屃屭传说是龙的一种,有力,善于负重。剥落:剥蚀脱落。　⑱ "谁能"二句:宋蜀本有此二句,他本或无。金凫银鸭:指墓葬品。《太平御览》引《续征记》曰:"秦始皇冢……金银为凫雁。"寒灰:一作"死灰"。指墓中化为灰土的死人。　⑲ 清风朗月:《世说新语·言语》:"刘尹云:'清风朗月辄思玄度。'"李诗本此。　⑳ 玉山自倒:指酒醉欲倒貌。《世说新语·容止》:"嵇叔夜之为人也,岩岩若孤松之独立,其醉也,傀俄若玉山之将崩。"　㉑ 舒州杓、力士铛:皆当时贵重的饮器。舒州,唐属淮南道,即今安徽潜山,盛产酒器。《新唐书·地理志》:"舒州同安郡……土贡:纻布、酒器、铁器、石斛、蜡。"力士铛:唐豫章郡所产的三足温酒器。《新唐书·韦坚传》:"豫章力士瓷饮器、茗铛、釜。"　㉒ "襄王"句:用楚襄王游高唐事。宋玉《高唐赋》:"昔者楚襄王与宋玉游于云梦之台,望高唐之观,其上独有云气……王问玉曰:'此何气也?'……玉曰:'昔者先王尝游高唐,怠而昼寝,梦见一妇人曰:"妾,巫山之女也,为高唐之客,闻君游高唐,愿荐枕席。"王因幸之。去而辞曰:"妾在巫山之阳,高丘之岨。旦为朝云,暮为行雨。朝朝暮暮,阳台之下。"'旦朝视之,如言。"

【译文】　落日将没于岘山之西,我戴着山公的白帽子在花下饮得醉态可掬。襄阳的小儿一起拍着手在街上拦着我高唱《白铜鞮》之童谣。路旁之人问他们所笑何事,他们原来是笑我像山公一样烂醉如泥。提起鸬鹚杓把酒添得满满的,高举起鹦鹉杯开怀畅饮。百年共有三万六千日,我要每天都畅饮它三百杯。遥看汉水像鸭头的颜色一样绿,好像是刚刚酿好还未曾过滤的葡萄酒。此江之水若能变为一江春酒,就在江边垒上一个曲山和酒糟台。学着历史上的曹彰,来一个骏马换妾的风流之举,醉坐在马鞍上,口唱着《落梅花》,车旁再挂上一壶美酒,在一派笙歌之中出游行乐。那咸阳市中行将腰斩徒叹黄犬的李斯,何如我在月下自由自在地倾酒行乐?你不是见过在岘山上晋朝羊公的那块堕泪碑吗?驮碑的赑屃头上剥落,长满了青苔。看了它我既不为之流泪,也不为之悲哀。谁能为自己的身后之事而伤忧?人死不过成了一堆伴着金凫银鸭的没有知觉的死灰罢了。唯有这山间的清风朗月,不用花钱就可任意地享用。既喝就要喝得大醉欲倒,如玉山之自颓。舒州杓啊,力士铛啊,李白要与你同死生啊。楚襄王的云雨之梦哪里去了?在这静静的夜晚所见到的只有月下的江水,所听到的只有夜猿的悲啼。

# 南都行

**【题解】** 《文选》张衡《南都赋》李善注引挚虞曰:"南阳郡治宛,在京之南,故曰南都。"王琦注:"南阳是光武旧里,即位之后,建都洛阳,以南阳为别都,谓之南都。"南都即南阳之旧称,唐时为山南东道邓州(南阳郡),即今河南南阳。此诗对南阳的地杰人灵表示由衷的赞叹,并以卧龙自比,以申用世之志,抒发怀才不遇的感叹。

**【原诗】** 南都信佳丽,武阙横西关①。白水真人居②,万商罗廛阛③。高楼对紫陌,甲第连青山。此地多英豪,邈然不可攀。陶朱与五羖④,名播天壤间。丽华秀玉色⑤,汉女娇朱颜⑥。清歌遏流云,艳舞有余闲。遨游盛宛洛⑦,冠盖随风还。走马红阳城⑧,呼鹰白河湾⑨。谁识卧龙客⑩,长吟愁鬓斑。

**【注释】** ① 武阙:山名。《文选》张衡《南都赋》:"尔其地势,则武阙关其西,桐柏揭其东。"李善注:"武阙山为关而在西。"西关:即武关,在今陕西丹凤县东南。 ② 白水真人:指汉光武帝。汉光武帝起于舂陵之白水乡,故曰白水真人。《文选》张衡《东京赋》:"我世祖忿之,乃龙飞白水。"薛综注:"世祖,光武也……白水,谓南阳白水县,世祖所起之处也。"《文选》张衡《南都赋》："真人革命之秋也。"李善注："真人，光武也。" ③ 廛闤（chán huán）：指市井。廛，市宅。闤，市垣。 ④ 陶朱：即范蠡。越灭吴后，范蠡辞去相位，至陶经商，自称陶朱公，致财巨万。见《史记·越世家》。五羖（gǔ）：指百里奚。虢为晋所灭，百里奚逃至楚，被执为奴，秦穆公闻其贤，以五羖羊皮赎之，授以国政，号曰五羖大夫。见《史记·秦本纪》。史载，范蠡和百里奚皆南阳人。 ⑤ 丽华：即阴丽华，汉光武帝皇后。《后汉书·皇后纪》："光烈阴皇后讳丽华，南阳新野人。初，光武适新野，闻后美，心悦之。后至长安，见执金吾车骑甚盛，因叹曰：'仕宦当作执金吾，娶妻当得阴丽华。'更始元年六月，遂纳后于宛当成里。" ⑥ 汉女：汉水旁的女子。《文选》张衡《南都赋》："游女弄珠于汉皋之曲。"李善注：《韩诗外传》曰：'郑交甫将南适楚，遵彼汉皋台下，乃遇二女，佩两珠大如荆鸡之卵。' ⑦ "遨游"句：《古诗十九首》："驱车策驽马，游戏宛与洛。"此用其句意。 ⑧ 红阳：地名。据《汉书·地理志》记载，南阳郡有红阳侯国。王先谦补注："《一统志》：故城在今舞阳县西北，红山南。"即今河南舞阳县西北。 ⑨ 白河：一作"白水"，源出今河南嵩县西南，南流经今南阳东，至湖北襄阳入汉水。俗称白河。 ⑩ 卧龙：即诸葛亮，王琦注："《三国志》：诸葛亮字孔明，躬耕陇亩，好为《梁父吟》。先主屯新野，徐庶谓先主曰：'诸葛孔明者，卧龙也，将军岂愿见之乎？'《汉晋春秋》：亮家于南阳之邓县，在襄阳城西二十里，号曰隆中，《出师表》所谓'臣本布衣，躬耕南阳'是也。"

【译文】 南都果然是佳丽之地，名不虚传，巍峨的武阙山就横在西关。这是白水真人汉光武帝的老家。市井繁荣，万商云集，高楼对着紫色的大道，房宅鳞次栉比，直连城外的青山。此地出了许多英豪，他们功绩彪炳，渺不可攀。如号曰陶朱公的范蠡和五羖大夫的百里奚，都名播天地。这里还是出美人的地方，有以美色著名的汉光武皇后阴丽华、娇艳美丽的汉皋游女等，她们清歌响遏流云，舞姿优游从容，令人赞叹。南阳之盛与洛阳齐名，古来都是有名的游览胜地，冠盖来往，车马不断。我在红阳城外走马，在白河湾呼鹰逐猎，有谁能像刘备那样的明主来识我这个卧龙客呢？长吟着诸葛亮的《梁父吟》，我的头发都要愁白了。

# 江上吟

**【题解】** 《江上吟》,李白自创之歌行体。谢朓有《江上曲》,《乐府诗集》列入《杂曲歌辞》,与此诗不类。此诗宋蜀本题下注:"一作《江上游》"。诗中歌咏了自由放浪的生活,表现了一定的及时行乐的颓放情绪,但诗人对屈原的词赋极为景仰,对自己的文学才能也相当自负,并以文章诗歌的不朽来傲视功名富贵的速朽。诗作于李白游江夏时。

**【原诗】** 　木兰之枻沙棠舟①,玉箫金管坐两头②。美酒樽中置千斛③,载妓随波任去留④。仙人有待乘黄鹤⑤,海客无心随白鸥⑥。屈平词赋悬日月⑦,楚王台榭空山丘⑧。兴酣落笔摇五岳⑨,诗成啸傲凌沧洲⑩。功名富贵若长在,汉水亦应西北流⑪。

**【注释】** 　①木兰:木名,又名杜兰、林兰,形似楠木。《文选》左思《蜀都赋》:"其树则有木兰梫桂。"刘逵注:"木兰,大树也。叶似长生,冬夏荣,常以冬华。"枻(yì):船楫。或云船柁、船舷。沙棠:木名。《述异记》:"汉成帝时,与赵飞燕游太液池,以沙棠木为舟。其木出昆仑山,人食其实,入水不溺。诗曰:'安得沙棠木,剡以为舟船。'"此喻船之华贵,非实指。　②玉箫金管:此指吹玉箫金管的乐人。　③斛:古量器名,十斗为一斛。千斛,言其多也。《三国志·吴书·吴主传》注引《吴书》曰:"郑泉,字文渊,陈郡人,博学有奇志,而性嗜酒。其闲居每曰:'愿得美酒满五百斛船,以四时甘脆置两头,反覆没饮之,愈即住而啖肴膳,酒有斗升减,随即益之,不亦快乎!'"此用其意。　④任去留:任意来去之意。郭璞《山海经赞》:"安得沙棠,制为龙舟。泛彼沧海,眇然遐游。聊以逍遥,任波去留。"此用其意。⑤"仙人"句:指黄鹤楼事。黄鹤楼原在今湖北武昌西江边黄鹄矶上,黄鹄即黄鹤也。又传此楼是因仙人乘黄鹤过此而命名。唐阎伯理《黄鹤楼记》引《图经》曰:"费祎登仙,尝驾黄鹤返憩于此,遂以名楼。"《舆地纪胜》引《南齐志》,以为世传仙人王子安每乘黄鹤过此,故名。　⑥"海客"句:《列子·黄帝》:"海上之人有好沤鸟者,每旦之海上,从沤鸟游。沤鸟之至者百住而不止。其父曰：'吾闻沤鸟皆从汝游，汝取来，吾玩之。'明日之海上，沤鸟舞而不下也。"沤鸟，即白鸥。无心，没有机心。　⑦ 屈平：即屈原，名平，字原，号灵均。悬日月：与日月并辉之意。《史记·屈原列传》："国风好色而不淫，小雅怨诽而不乱。若《离骚》者，可谓兼之矣……虽与日月争光可也。"　⑧ "楚王"句：王琦注："楚王台榭若章华台、阳云台之类，皆楚君所尝游也。"按楚灵王建有章华台，楚庄王建有钓台，皆楚王之台榭也。集土四方而高者为台，于台上建屋者为榭。空山丘：空余山丘。谓台榭已无，空余山丘也。曹植《箜篌引》："生存华屋处，零落归山丘。"此用其意。　⑨ 五岳：指东岳泰山、西岳华山、南岳衡山、北岳恒山、中岳嵩山。《后汉书·桓谭列传》："欲摇太山而荡北海。"此用其意，下句同此。　⑩ 啸傲：一作"笑傲"。沧洲：沧海之意。《南史·袁粲传》："粲负才尚气，爱好虚远……尝作五言诗言：'访迹虽中宇，循寄乃沧洲。'盖其志也。"太白此二句乃摇山撼海之意。沧洲亦作隐者之所。谢朓《之宣城郡出新林浦向板桥》："既欢怀禄情，复协沧洲趣。"　⑪ 汉水：源出今陕西宁强县，东南流经陕西南部、湖北西北部和中部，至汉口流入长江。

【译文】　在木兰为桨沙棠为舟的船上，箫管之乐在船的两头吹奏着。船中载着千斛美酒和美艳的歌妓，任凭它在江中随波逐流。黄鹤楼上的仙人还有待于乘黄鹤而仙去，我这个海客却毫无机心地与白鸥狎游。屈原的词赋至今仍与日月并悬，而曾有楚王台榭的山丘之上如今却空无一物了。我兴酣之时，落笔可摇动五岳，诗成之后，啸傲之声直凌越沧海。功名富贵若能长在，汉水恐怕就要西北倒流了。

# 侍从宜春苑，奉诏赋龙池柳色初青、听新莺百啭歌

【题解】　宋蜀本题下注："长安。"为天宝二年（743）春在长安宜春苑侍从皇帝的应制之作。宜春苑，亦称宜春北苑，在东宫宜春宫之北。《唐两京城坊考》："宜春之北为北苑。"注引《通鉴注》云："天宝中，即东宫置宜春北苑。按既曰北苑，当在宜春宫之北。"龙池，在兴庆宫内。《唐两

京城坊考·兴庆宫》:"宫之正门西向,曰兴庆门,其内兴庆殿,殿后为龙池。本是平地,垂拱、载初后,雨水流潦成小池。后又引龙首渠支分溉之,曰以滋广。至神龙、景龙中,弥亘数顷,深至数丈,常有云气,或见黄龙出其中。本以坊名池,俗亦呼五王子池,置宫后,谓之龙池。"

**【原诗】** 东风已绿瀛洲草①,紫殿红楼觉春好。池南柳色半青青,萦烟袅娜拂绮城②。垂丝百尺挂雕楹③,上有好鸟相和鸣,间关早得春风情④。春风卷入碧云去,千门万户皆春声。是时君王在镐京⑤,五云垂晖耀紫清⑥。仗出金宫随日转,天回玉辇绕花行⑦。始向蓬莱看舞鹤⑧,还过茝若听新莺⑨。新莺飞过上林苑⑩,愿入箫韶杂凤笙⑪。

**【注释】** ① 瀛洲:兴庆宫内有瀛洲门,见《唐两京城坊考》。 ② 绮城:城墙之美称。指兴庆宫东倚长安城墙之夹城。 ③ 雕楹:即雕梁画柱。楹,柱子。 ④ 间关:鸟鸣声。 ⑤ 镐京:西周的都城。此处代长安。《元和郡县图志·关内道京兆府长安县》:"周武王宫,即镐京也,在县西北十八里。" ⑥ 五云:五色祥云。《宋书·符瑞志》:"云有五色,太平之应也。曰庆云。"天子之气:《宋书·王昙首传》:"景平中,有龙见西方。半天腾上,荫五彩云,京都远近聚观,太史奏曰:'西方有天子气。'"紫清:王琦注:"似谓紫微清都之所,天帝之所居也。"此指天空。 ⑦ 玉辇:帝后所乘之辇车。 ⑧ 蓬莱:指大明宫内太液池中之蓬莱山。太液池在蓬莱宫之北。见《唐两京城坊考》。 ⑨ 茝(chǎi)若:汉殿名,在未央宫中。见《三辅黄图》。 ⑩ 上林:汉代苑林,在长安西北。《元和郡县图志·关内道京兆府长安县》:"上林苑,在县西北一十四里,周匝二百四十里,相如所赋也。" ⑪ 箫韶:舜乐。即圣人之乐。《尚书·益稷》:"箫韶九成,凤皇来仪。"凤笙:笙有十三簧管,排列之形似凤,故云凤笙。

**【译文】** 东风已吹绿了瀛洲之草,宫中的紫殿和红楼,在春色里显得格外的美丽。龙池之南的柳色才着半绿,远望似一片绿烟;柳条在春风中袅娜,拂着壮丽的城墙。春天的游丝高高地挂在雕梁画柱上,上面有美丽的小鸟在间关和鸣,好像它们已早知春天的消息。春风将鸟语吹入云中,给千家万户带来春天的声音。这时君王正在京城的宫廷之中游乐,天上有五彩祥云笼罩,仪仗在阳光的照耀下出了金宫,玉辇绕着花丛而行。先到蓬莱岛去看仙鹤跳舞,又过莒若宫去听黄莺唱歌。黄莺在上林苑中飞鸣而去,但愿它的歌声能与凤笙一起,奏出一曲箫韶之乐。

# 玉壶吟

**【题解】** 《玉壶吟》,李白自创歌行。萧士赟曰:"此诗乃太白自述其知遇始末之辞也。观太白传及前后诗集序,其意自见矣。"朱谏曰:"按《玉壶吟》者,撮篇首二字以为题,白所自为之辞也。是供奉之时,被力士、贵妃谗间,将求还山之日欤?"朱说是。诗作于天宝二年(743)李白辞京还山前。

**【原诗】** 烈士击玉壶,壮心惜暮年①。三杯拂剑舞秋月,忽然高咏涕泗涟②。凤凰初下紫泥诏③,谒帝称觞登御筵④。揄扬九重万乘主⑤,谑浪赤墀青琐贤⑥。朝天数换飞龙马⑦,敕赐珊瑚白玉鞭⑧。世人不识东方朔,大隐金门是谪仙⑨。西施宜笑复宜颦,丑女效之徒累身⑩。君王虽爱蛾眉好⑪,无奈宫中妒杀人。

**【注释】** ①"烈士"二句:《世说新语·豪爽》:"王处仲(即王敦)每酒后辄咏'老骥伏枥,志在千里。烈士暮年,壮心不已'。以如意打唾壶,壶口尽缺。"此即咏此事。玉壶,指玉唾壶。 ②涕泗涟:即涕泪滂沱。涕指眼泪,泗指鼻涕。《诗经·陈风·泽陂》:"寤寐无为,涕泗滂沱。"此句宋蜀本注:"一作秋月忽高悬。" ③"凤凰"句:《初学记》引《邺中记》曰:"石季龙皇后在观上,有诏书五色纸,著凤口中。凤既衔诏,侍人放数百丈绯绳,辘轳回转,凤皇飞下。凤以木作之,五色漆画,咮脚皆用金。"紫泥诏:用紫泥钤印的诏书。《汉旧仪》:"皇帝六玺……皆以武都紫泥封之。"《元和郡县图志·陇右道武州》:"武都有紫水,泥亦紫,汉朝封玺书用紫泥,即此水之泥也。" ④称觞:犹举杯也。御筵:皇帝的筵席。 ⑤揄扬:称颂宣扬。九重：喻皇宫之深。《楚辞·九辩》："君之门以九重。"万乘：周制，天子地千里，出兵车万乘；诸侯地百里，出兵车千乘。故以万乘称天子。《孟子·梁惠王上》："万乘之国，弑其君者，必千乘之家。"注："万乘，兵车万乘，谓天子也。千乘，诸侯也。"　⑥谑(xuè)浪：戏谑、嘲弄。赤墀(chí)：即丹陛也。皇宫中台阶和地面皆以丹漆涂之，故称赤墀。墀，宫殿台阶上的空地。青琐：宫殿门窗上涂以青色的连环文。《汉书·元后传》："曲阳侯根骄奢僭上，赤墀青琐。"孟康注："以青画户边，镂中，天子制也。"颜师古注："孟说是，青琐者，刻为连环文，而青涂之也。"贤：此指朝廷大臣。　⑦朝天：朝见天子。飞龙马：即御马。飞龙，唐宫中御厩名。《新唐书·兵志》："其后禁中又增置飞龙厩。"《翰林志》："凡学士……飞龙司借马一匹。"　⑧敕赐：皇帝御赐。敕，皇帝诏令。珊瑚白玉鞭：珊瑚和白玉镶嵌的名贵马鞭。珊瑚：一种由海中珊瑚虫的骨骼形成的树枝状石头。　⑨"世人"二句：用东方朔典。东方朔，汉武帝时近臣。《史记·滑稽列传》："（东方）朔行殿中，郎谓之曰：'人皆以先生为狂。'朔曰：'如朔等，所谓避世于朝廷间者是也。古之人，乃避世于深山中。'时坐席中，酒酣，据地歌曰：'陆沉于俗，避世金马门。宫殿中可以避世全身。何必深山之中，蒿庐之下？'金马门者，宦者署门也，门傍有铜马，故谓之曰金马门。"金门：即金马门。谪仙：谓神仙被贬谪凡间。朱谏注："西王母谓东方（朔）曰：'蟠桃三千岁一结实，此儿已三偷矣。'故曰谪仙"《风俗通义》："东方朔，太白星精，黄帝时为风后，尧时为务成子，周时为老聃，在越为范蠡，在齐为鸱夷子皮。"李白此以东方朔自比，亦隐然自称谪仙矣。贺知章曾以此号称李白，此后，李白常以自指。⑩"西施"二句：谓以西施之美，或笑或颦仪态皆美，而丑女效之，举止徒增其丑矣。《庄子·天运》："故西施病心而颦其里，其里之丑人，见而美之，归亦捧心而颦其里。其里之富人见之，坚闭门而不出，贫人见之，挈妻子而去之走。"梁简文帝《鸳鸯赋》："亦有佳丽自如神，宜羞宜笑复宜颦。"宜笑，一作"宜美"。　⑪"君王"二句：蛾眉，美女。此指西施，李白自比。宫中，即上句效颦之丑女也。实指谗佞之徒。《楚辞·离骚》："众女嫉余之蛾眉兮，谣诼谓余以善淫。"

【译文】　昔者烈士击玉壶而悲歌，以抒壮心之蹉跎，而惜其暮年将至；如今我三杯老酒下肚,拔剑对舞秋月,慷慨高咏,想起今后的日子,不觉涕泪滂沱! 想当年初接诏书之时,侍宴宫中,御筵上举杯朝贺,颂扬万乘之主于九重之内,嘲弄王公权贵于赤墀之上。朝见天子曾屡换飞龙之马,手中挥舞着御赐珊瑚玉鞭。我像东方朔一样,好像是天上的谪仙下凡,大隐于朝堂之内,而世人不识。我又像西施一样笑颦皆宜,大得君王恩宠;而丑女们却东施效颦,愈学愈丑。当是之时,我是何等的得意和高兴啊! 而今日却不同了,君王虽仍爱蛾眉之好,但无奈宫中的丑女们百口攒毁,我即使是西施一般的美人,也无法在宫中存身啊。

# 笑歌行

**【题解】** 《笑歌行》,乐府新题。《乐府诗集》列于《新乐府辞》。咸本题下注云:"天宝年间作。"宋以来,皆以为此诗非太白之作,为五代人伪托。萧士赟注引苏轼语云:"唐末五代文章衰陋,诗有贯休,书有亚栖,村俗之气,大率相似……近见曾子固编《太白集》,自云颇获遗亡,如《赠怀素草书歌》及"笑矣乎""悲来乎"数首,皆贯休以下辞格……皆世俗无知者所托也。"此诗与《悲歌行》后人定为伪作,皆依苏轼之语,而并无实证。此诗中"巢由洗耳有何益,夷齐饿死终无成"等句,与白诗"洗耳徒买名,洗心得其情""夷齐是何人,独守西山饿"之意相似;诗中"君爱身后名,我爱眼前酒",与白诗"且乐生前一杯酒,何须身后千载名"之意相似;诗中"男儿穷当有时",与白诗"天生我材必有用,千金散尽还复来"之意相同。可见定此二首诗为伪作,理由不足。

**【原诗】** 笑矣乎,笑矣乎。君不见曲如钩,古人知尔封公侯。君不见直如弦,古人知尔死道边①。张仪所以只掉三寸舌②,苏秦所以不垦二顷田③。笑矣乎,笑矣乎。君不见沧浪老人歌一曲,还道沧浪濯吾足④。平生不解谋此身,虚作《离骚》遣人读⑤。笑矣乎,笑矣乎。赵有豫让楚屈平⑥,卖身买得千年名。巢由洗耳有何益⑦,夷齐饿死终无成⑧。君爱身后名,我爱眼前酒。饮酒眼前乐,虚名何处有。男儿穷通当有时，曲腰向君君不知。猛虎不看机上肉⑨，洪炉不铸囊中锥⑩。笑矣乎，笑矣乎。宁武子⑪，朱买臣⑫，叩角行歌背负薪。今日逢君君不识，岂得不如佯狂人⑬。

**【注释】** ①"君不见"四句：《后汉书·五行志》引顺帝时童谣："直如弦，死道边；曲如钩，反封侯。" ②张仪：战国纵横家，为秦谋士，以连横之说游说诸侯附秦。《史记·张仪列传》载，张仪通楚，遭掠笞数百。归家，其妻曰："嘻，子毋读书游说，安得此辱乎？"张仪谓其妻曰："视吾舌尚在不？"其妻笑曰："舌在也。"仪曰："足矣。"掉，摇也。三寸舌，谓巧舌也。《史记·平原君列传》："毛先生以三寸之舌，强于百万之师。" ③苏秦：战国时纵横家。曾以合纵之策游说六国，联合抗秦。《史记·苏秦列传》："苏秦喟然叹曰：'此一人之身，富贵则亲戚畏惧之，贫贱则轻易之，况众人乎！且使我有雒阳负郭田二顷，吾岂能佩六国相印乎！'" ④沧浪老人：指渔父。《楚辞·渔父》："渔父莞尔而笑，鼓枻而去。歌曰：'沧浪之水清兮，可以濯吾缨；沧浪之水浊兮，可以濯吾足。'" ⑤此二句谓屈原遵道直行，不善谋身，实为激愤之语。 ⑥豫让：春秋末刺客。赵襄子灭智伯，豫让为智伯报仇，漆身吞炭，谋杀襄子，被执，拔剑击襄子衣而自杀。事见《史记·刺客列传》。屈平：即屈原。 ⑦巢由：即巢父、许由。二人为尧时隐士。洗耳，皇甫谧《高士传·巢父传》："巢父者，尧时隐人也……尧之让许由也，由以告巢父。巢父曰：'汝何不隐汝形，藏汝光？若非吾友也。'击其膺而下之。由怅然不自得，乃过清泠之水洗其耳，拭其目，曰：'向闻贪言，负吾之友矣。'遂去，终身不相见。" ⑧夷齐：指伯夷、叔齐。殷末孤竹国君之二子。武王伐纣时，二人扣马而谏，武王不听，灭纣。"武王已平殷乱，天下宗周，而伯夷、叔齐耻之，义不食周粟，隐于首阳山，采薇而食之……遂饿死于首阳山。"事见《史记·伯夷列传》。 ⑨机上肉：案板上的肉。机，同"几"。 ⑩囊中锥：本为毛遂自荐之故事，此喻其材小也。 ⑪宁武子：即宁戚，春秋时卫人。《吕氏春秋·离俗览》："宁戚欲干齐桓公，穷困无以自进，于是为商旅，将任车以至齐，暮宿于郭门之外。桓公郊迎客，夜开门辟任车，爝火甚盛，从者甚众。宁戚饭牛居车下，望桓公而悲，击牛角疾歌。桓公闻之，抚其仆之手曰：'异哉，之歌者非常人也。'命后车载之。桓公反至，从者以请,桓公赐之衣冠,将见之。宁戚见,说桓公以治境内。明日复见,说桓公以为天下。桓公大说。"　⑫朱买臣:汉武帝时人,后官至会稽太守。《汉书·朱买臣传》:"家贫好读书,不治产业,常艾薪樵,卖以给食,担束薪,行且诵书。其妻亦负载相随,数止买臣毋歌呕道中,买臣愈益疾歌,妻羞之,求去……其后,买臣独行歌道中,负薪墓间。"　⑬佯狂:故作狂态。《史记·殷本纪》:"箕子惧,乃详狂为奴。"详狂即佯狂。

【译文】　真可笑呀,真可笑! 你不是见过曲如钩吗? 古人知此可以封公侯;你不是见过直如弦吗? 古人知此可要死道边。张仪之所以愿鼓三寸不烂之舌,苏秦之所以不愿种洛阳负郭二顷田,皆是由此之故。真可笑呀,真可笑! 你不是听过沧浪老人唱一曲吗?"沧浪之水浊兮,可以濯吾足!"可怜的屈大夫,连自己保身都无术,却虚作《离骚》教人读。真可笑呀,真可笑! 赵国有个豫让,楚国有个屈平,卖身却只买得千载虚名。许由洗耳又有什么用? 伯夷和叔齐饿死也终无所成。你爱身后之名,我爱眼前之酒。饮酒眼前即能享乐,虚名身后又在何处? 男儿穷通当有时,今日之不遇,并非将来也没有时机。如今我曲腰向你,你却不明白这个道理。猛虎向来不食案上之死肉,洪炉也不铸囊中锥一类的小玩意儿。真可笑呀,真可笑! 宁武子和朱买臣,当年也是叩着牛角唱歌,背着柴薪诵书。这些一时遭困顿的贤士若今日遇见你,你却看不出来,岂不令人佯狂而悲哉!

## 悲歌行

【题解】　《悲歌行》为乐府旧题。《乐府诗集》列于《杂曲歌辞》。古辞写游子思归不得的悲感。此诗写忠贞被贬、志士不遇的悲哀。当作于晚年。旧时认为此诗与《笑歌行》俱为伪作,非是。

【原诗】　悲来乎,悲来乎。主人有酒且莫斟,听我一曲《悲来吟》。悲来不吟还不笑,天下无人知我心。君有数斗酒,我有三尺琴①。琴鸣酒乐两相得,一杯不啻千钧金②。悲来乎,悲来乎。天虽长,地虽久,金玉满堂应不守③。富贵百年能几何，死生一度人皆有。孤猿坐啼坟上月，且须一尽杯中酒。悲来乎，悲来乎。凤鸟不至河无图④，微子去之箕子奴⑤。汉帝不忆李将军⑥，楚王放却屈大夫。悲来乎，悲来乎。秦家李斯早追悔⑦，虚名拨向身之外。范子何曾爱五湖⑧，功成名遂身自退。剑是一夫用，书能知姓名⑨。惠施不肯千万乘⑩，卜式未必穷一经⑪。还须黑头取方伯⑫，莫谩白首为儒生。

【注释】 ① 三尺琴：古琴约为三尺。《博雅·释琴》："神农氏琴长三尺六寸六分。" ② 钧：古时计量单位。《说文·金部》："钧，三十斤也。" ③"金玉"句：《老子》九章："金玉满堂，莫之能守。富贵而骄，自遗其咎。" ④"凤鸟"句：《论语·子罕》："凤鸟不至，河不出图，吾已矣夫！" ⑤ 微子：殷纣王之庶兄。箕子：纣王之叔父。二人皆为当时之贤臣。《史记·殷本纪》："纣欲淫乱不止，微子数谏不止，不听，乃与太师、少师谋，遂去……箕子乃佯狂为奴。" ⑥ 李将军：指李广。李广抗击匈奴四十余年，大小七十余战，其下属多封侯，而李广终生不得爵位。事见《史记·李将军列传》。此句谓李广功高盖世，而不为汉帝所重。 ⑦ 李斯：秦国丞相，辅秦始皇成帝业，位至三公，后"论腰斩咸阳市。斯出狱，与其中子俱执，顾谓其中子曰：'吾欲与若复牵黄犬，俱出上蔡东门逐狡兔，岂可得乎？'遂父子相哭，而夷三族"。 ⑧ 范子：即范蠡，春秋越国大夫，曾辅越王勾践灭吴，以成霸业。后以勾践其为人只可共患难而不可共安乐，遂去越，泛五湖，经商至富，人称陶朱公。事见《史记·越王勾践世家》。 ⑨"剑是"二句：《史记·项羽本纪》："项籍少时，学书不成，去；学剑，又不成。项梁怒之，籍曰：'书，足以记名姓而已；剑，一人敌，不足学。学万人敌。'" ⑩ 惠施：战国时名家代表人物之一。《吕氏春秋·审应览》："魏惠王谓惠子曰：'上世之有国，必贤者也。今寡人实不若先生，愿得传国。'惠子辞。王又固请曰：'寡人莫有之国于此者也。而传之贤者，民之贪争之心止矣。欲先生以此听寡人也。'惠子曰：'若王之言，则施不可而听矣。王固万乘之主也，国与人犹尚可；今施布衣也，可以有万乘之国而辞之，此其止贪争之心愈甚也。'……惠子易衣变冠，乘舆而走。" ⑪ 卜式：汉时河南人，以田畜为事，多次以财助边，输官。元鼎中，代石庆为御史大夫，但不习文章。事见《汉书·卜式传》。　⑫黑头：即满头青丝，指青年时期。方伯，古之诸侯，后引申为一州之长。《汉书·何武传》："武曰：'刺史，古之方伯，上所委任，一州表率也。'"

**【译文】**　真可悲呀，真可悲！主人有酒且莫先斟，听我唱一曲《悲来吟》。悲来时不吟也不笑，天下有谁能知道我的心？你有几斗酒，我有三尺琴。弹琴饮酒乐其两得，一杯之乐其价不下于千两黄金。真可悲呀，真可悲！天虽长，地虽久，金玉满堂也难守。富贵百年能享受几时？死生一度人人都有。到终了不过是孤猿空悲坟上月，不如生前且尽一杯酒。真可悲呀，真可悲！凤鸟不至，河图不出，殷纣王的兄长微子逃走了，其叔父箕子也佯狂为奴。汉帝记不起功高盖世的飞将军李广，楚王放逐了忠心耿耿的三闾大夫屈原。真可悲呀，真可悲！秦朝的丞相李斯早已追悔，虚名只在身之外。范蠡何曾喜爱五湖浪游的生活？功成名遂之后，最好的出路是抽身自退。西楚霸王说，剑只是一夫所用，书能识姓名足矣。战国时的惠施不肯接受魏王所让的万乘之国，汉朝的卜式未必读完一本经书。还是要趁年轻时争取弄个一方之长的官当当，莫要做一辈子的白头书生啊！

# 豳歌行上新平长史兄粲

**【题解】**　豳，古国名。周之先公刘所居之地。汉属右扶风，东汉置新平郡，后魏置豳州，隋改为新平郡，唐武德元年复为豳州。开元十三年，改为邠州。天宝元年改为新平郡，乾元元年复为邠州。郡治在新平县。见《元和郡县图志》。新平县，即今陕西彬州。长史，王琦注："唐制：州之佐职有长史一人，上州者从五品上，中州者正六品下。下州则不设。其位在别驾之下，司马之上。如今之通判是也。"李粲，《新唐书·宰相世系表二上》赵郡李氏东祖房人："粲，濮州刺史。"乃武后时宰相李峤子，当即其人。此诗宋署本题下注："陕西。"当作于开元年间李白西游邠州时。对李粲有求助之意。

**【原诗】** 幽谷稍稍振庭柯①,泾水浩浩扬湍波②。哀鸿酸嘶暮声急③,愁云苍惨寒气多。忆昨去家此为客,荷花初红柳条碧。中宵出饮三百杯④,明朝归揖两千石⑤。宁知流寓变光辉⑥,胡霜萧飒绕客衣。寒灰寂寞凭谁暖⑦,落叶飘扬何处归。吾兄行乐穷曛旭⑧,满堂有美颜如玉。赵女长歌入彩云,燕姬醉舞娇红烛。狐裘兽炭酌流霞⑨,壮士悲吟宁见嗟。前荣后枯相翻覆⑩,何惜余光及棣华⑪。

**【注释】** ①幽谷:王琦注:"何大复《雍大记》:幽谷在邠州东北三十里,故三水县,公刘立国处。"稍稍:即梢梢,风声。鲍照《野鹅赋》:"风梢梢而过树。" ②泾水:源于宁夏泾源县东六盘山,东南流经陕西彬州,至泾阳县东南入渭水。 ③哀鸿:鸿雁鸣声悲哀,故名哀鸿。酸嘶:谓嘶鸣之声令人心酸也。 ④中宵:中夜。三百杯:云其饮酒多也。 ⑤揖:作揖,拱手行礼。两千石:汉代的郡守秩俸为二千石禄米,后代遂以两千石指郡守、刺史。 ⑥流寓:客舍也。 ⑦寒灰:谓穷愁潦倒之意。 ⑧穷曛旭:从暮达旦。曛,日落;旭,日出。 ⑨兽炭:兽形之炭。《晋书·羊琇传》:"琇性豪侈,费用无复齐限,而屑炭和作兽形以温酒。洛下豪贵咸竞效之。"流霞:一种酒杯名。此代指美酒。江总《玛瑙碗赋》:"翠羽流霞之杯。" ⑩"前荣"句:喻前后态度不一,交道不终。 ⑪余光:余泽。《史记·甘茂列传》:"臣闻贫人女与富人女会绩,贫人女曰:'我无以买烛,而子之烛光幸有余,子可分我余光,无损子明而得一斯便焉。'"棣华:喻弟。《诗经·小雅·常棣》:"常棣之华,鄂不韡韡。"郑笺:"承华者曰鄂。不,当作拊。拊,鄂足也。鄂足得华之光明,则韡韡然盛。兴者,喻弟以敬事兄,兄以荣覆弟,恩义之显,亦韡韡然。"

**【译文】** 幽谷之风吹动庭中的树梢,发出呜呜的鸣声,泾水也扬起了浩荡的波涛。鸿雁在夜空中发出令人心酸的悲鸣,愁云惨淡,寒气袭人。回忆从前刚来此做客的时候,正是荷花初红、柳色已碧的初夏时节。那时深夜与朋友畅饮,白天在太守的家中欢聚。哪知在客中日子过得真快,转眼间已是胡霜萧飒客衣单薄的时候了。我像寒灰一样没有一点热气,有谁来给些许温暖?像飘扬的落叶一般无依无靠,将要落到何处?老兄你不分昼夜地行欢作乐,满堂有如花似玉的美人。有善歌的赵女,清歌入云;又有善舞的燕姬,醉娇红烛。你身穿轻软的狐裘,室内燃着红红兽炭,口中喝着流霞般的美酒。当此之时,你对一个冻饿之中的壮士悲吟,可有过怜悯之情? 何必要前恭后倨、变化无常呢? 借给兄弟一点余光,对你又能有什么损失呢?

# 西岳云台歌送丹丘子

**【题解】**　西岳,华山,亦名太华山。在今陕西华阴市南,黄河在其北二十里,在山上望中可见。《尔雅·释山》:"华山为西岳。"云台,华山北峰,此峰上冠景云,下通地脉,形如楼台,上耸入云,故名云台峰。丹丘子,即元丹丘,又称丹丘生、元丹子等,李白好友,为胡紫阳弟子,天宝二年曾为西京大昭成观威仪,与玉真公主关系密切,并与玉真公主一道向玄宗推荐召李白入京。一生与李白关系密切,屡见于李白诗中。此诗当作于华山上,送友人丹丘子归长安。

**【原诗】**　西岳峥嵘何壮哉,黄河如丝天际来①。黄河万里触山动,盘涡毂转秦地雷②。荣光休气纷五彩③,千年一清圣人在④。巨灵咆哮擘两山⑤,洪波喷流射东海。三峰却立如欲摧⑥,翠崖丹谷高掌开⑦。白帝金精运元气⑧,石作莲花云作台⑨。云台阁道连窈冥⑩,中有不死丹丘生。明星玉女备洒扫⑪,麻姑搔背指爪轻⑫。我皇手把天地户⑬,丹丘谈天与天语⑭。九重出入生光辉⑮,东求蓬莱复西归⑯。玉浆倘惠故人饮⑰,骑二茅龙上天飞⑱。

**【注释】**　①"黄河"句:此言在华山顶观黄河之状。周密《癸辛杂识》:"五岳惟华岳极峻,直上四十五里,遇无路处,皆挽铁环以上。有西岳庙在山顶,望黄河一衣带水耳。"　②盘涡毂转:旋涡像车轮一样转动。《文选》郭璞《江赋》:"盘涡毂转,凌涛山颠。"李善注:"涡,水旋流也。"张铣注:"盘涡,言水深风壮,流急相冲,盘旋作深涡,如毂之转。"　③荣光休气:指五彩云气。《初学记》:"《尚书中候》曰……'荣光出河,休气四塞。'"荣光,即五色。休,美也。　　④"千年"句:《文选》李康《运命论》:"夫黄河清而圣人生,里社鸣而圣人出。"《拾遗记》:"黄河千年一清,至圣人之君以为大瑞。"　　⑤"巨灵"句:巨灵,河神。《初学记》引薛综注:"华山对河东首阳山,黄河流于二山之间。古语云,此本一山,当河,河水过之而曲行,河神巨灵以手擘开其上,以足蹈离其下,中分为两,以通河流。今睹手迹于华岳上,指掌之形具在。"　　⑥三峰:即东峰朝阳峰、南峰落雁峰、西峰莲花峰。王琦注:"《华山记》:太华山削成而四方,直上至顶,列为三峰,其西为莲花峰,峰之石窬隆不一,皆如莲叶倒垂,故名是峰曰莲花。其南曰落雁峰,上多松桧,故亦曰松桧峰。白帝宫在其间,俯眺三秦,旷莽无际,黄河如一缕水,缭绕岳下。其东峰曰朝阳峰,峰之左胁中有一峰,壮甚秀异,如为东峰所抱者,曰玉女峰,乃东峰之支峰也。世之谈三峰者,数玉女而不数朝阳,非矣。"　　⑦高掌:即仙人掌。王琦注:"山之东北则为仙人掌,即所谓巨灵掌也。岩壁黑色,石膏自墨中流出,凝结成痕,黄白相间,远望之见其大者五岐如指,好奇者遂传为巨灵劈山之掌迹。"　　⑧白帝:为西方之神,治华山。葛洪《枕中书》:"金天氏为白帝,治华阴山。"金精:即指白帝。五行中西方属金,于色属白。帝名曰少昊。《初学记》:"《古史考》曰:少昊以金德王,故号金天氏。"唐玄宗于先天二年封华岳神为金天王。玄宗《西岳大华山碑铭序》:"加视王秩,进号金天。"　　⑨"石作"句:王琦注:"慎蒙《名山记》:李白诗'石作莲花云作台',今观山形外罗诸山如莲瓣,中间三峰特出如莲心,其下为云台峰,自远望之,宛如青色莲花开于云台之上也。"　　⑩阁道:山中之栈道。窈冥:幽暗不明貌。连窈冥,一作"人不到"。　　⑪明星玉女:传说中华山的女仙。《太平广记》引《集仙录》曰:"明星玉女者,居华山,服玉浆,白日升天。"⑫麻姑:传说中的女仙人。《列异传》:"神仙麻姑降东阳蔡经家,手爪长四寸,经意曰:'此女实好佳手,愿得以搔背。'"　　⑬我皇:指唐玄宗。把:把持,主宰。天地户:天地之门户。《汉武帝内传》:"王母命侍女法安婴歌《元灵之曲》曰:'天地虽廓寥,我把天地户。'"　　⑭谈天:即言天地之道也。与天语:与皇帝谈话。此处之"天"字,指天子、皇帝。　　⑮九重:天子之门九重,此指天子居处,即皇宫。　　⑯东求蓬莱:即求仙。蓬莱,东海中有蓬莱仙岛。西归:西入长安。　　⑰玉浆:即琼浆。《太平广记》载《仙传拾遗·嵩山叟》:"嵩山叟,晋时人也。《世说》云:嵩山北有大穴,莫测其深

浅,百姓每岁游观其上,叟尝误堕穴中……巡穴而行十许日,忽旷然见明,在
草屋一区。中有二仙对棋。局下有数杯白饮,堕者告以饥渴,棋者与之饮。
饮毕,气力十倍……半年许,乃出蜀青城山,因得归洛下,问张举,举曰:'此
仙馆丈夫,所饮者玉浆。'傥:倘。惠:赠。故人:李白自指。　⑱茅龙:
《列仙传》:"呼子先者,汉中关下卜师也。老寿百余岁。临去,呼酒家老姬
曰:'急装,当与姬共应中陵王。'夜有仙人持二茅狗来至,呼子先,子先持一
与酒家姬,得而骑之,乃龙也。上华阴山,常于山上大呼,言:'子先酒家母
在此。"

【译文】　西岳华山是何等的高峻雄伟,站在云台上北望,只见黄河像游丝
一样从天际蜿蜒而来。黄河奔腾万里,浪涛冲击着华山,旋涡像车轮般转
动,发出山摇地动的声音,巨雷一样在秦川大地上回响。黄河的上空笼罩着
五色云气,千年一清,圣人即将出现。河神巨灵大吼一声,将首阳山和华山
劈开,让黄河之水喷流而过,直射东海。而华山三峰,后退欲倒,在高高的崖
丹谷之上,留下了巨灵神的掌印。西天的金精白帝,运作元气,将华山西峰
化作莲花,北峰化作云台。云台阁道层层直通幽冥,山中有位不死的神仙叫
丹丘生。明星玉女为他清洁洒扫,麻姑为他轻轻地搔背。吾皇御驭天下,手
把天地之门户,邀丹丘生共谈天地之至道。丹丘生将从蓬莱西归京师,出入
于九重,沐浴着圣上的光辉。倘若丹丘生的玉浆能赐故人一饮的话,我将与
你一起骑上二茅龙上天而飞,同去京师。

# 元丹丘歌

【题解】　此诗当是李白与元丹丘开元二十二年(734)于嵩山偕隐时所
作。诗为游仙体。

【原诗】　元丹丘,爱神仙。朝饮颍川之清流①,暮还嵩岑之紫烟②。
三十六峰常周旋③。长周旋,蹑星虹④。身骑飞龙耳生风⑤。横河跨
海与天通⑥,我知尔游心无穷⑦。

**【注释】** ① 颍川：又称颍水，即今颍河。源出今河南登封西南阳乾山，流至今安徽颍上东南入淮河。 ② 嵩岑：即嵩山。岑，山小而高曰岑，此泛指山。紫烟：紫色的云气。郭璞《游仙诗》："赤松临上游，驾鸿乘紫烟。" ③ 三十六峰：王琦注引《河南通志》："嵩山居四岳之中，故谓之中岳……其山有三十六峰，曰朝岳、曰望洛、曰太阳、曰少阳、曰石城、曰石笋、曰檀香、曰丹砂、曰钵盂、曰香炉、曰连天、曰紫霄、曰罗汉、曰七佛、曰来仙、曰清凉、曰宝胜、曰瑞应、曰璃璧、曰紫盖、曰翠华、曰药室、曰紫薇、曰白道、曰帝宇、曰卓剑、曰白云、曰金牛、曰明月、曰凝壁、曰迎霞、曰玉华、曰宝柱、曰系马、白鹿、曰灵隐。" ④ 蹑星虹：即升天飞行，追赶流星。蹑，追。星虹，流星。《春秋元命苞》："大星如虹，下流华渚。" ⑤ 身骑飞龙：道家有驾龙飞升之说。《云笈七签》："昔黄帝登峨眉诣天皇真人，请受此法，驾龙玄升。"耳生风：言快貌。 ⑥ 与天通：上通天界。《列仙传·陶安公传》："朱雀止冶上曰：'安公，安公，冶与天通。七月七日，迎汝以赤龙。'" ⑦ "我知"句：此句《文苑英华》作"我知尔心游无穷"。《庄子·在宥》："广成子曰：'……故余将去女，入无穷之门，以游无极之野。'"

**【译文】** 元丹丘啊，爱神仙。早上你还在颍川的清流中饮水，晚上就回到紫烟缭绕的嵩山中来了。你常在嵩山的三十六峰上来回盘旋。来往于群峰之间时，身骑飞龙，耳边呼呼生风，其速度之快可追赶流星。你可横河跨海与天相通，我知你是想尽游无穷之境，追求无边的快乐啊。

# 扶风豪士歌

**【题解】** 扶风，唐属关内道。《元和郡县图志·关内道凤翔府》："（隋）大业三年，罢州为扶风郡，武德元年复为岐州。至德元年改为凤翔群，乾元元年改为凤翔府。"故址在今陕西宝鸡凤翔一带。扶风豪士，萧士赟曰："扶风乃三辅郡，意豪士亦必同时避乱于东吴，而与太白衔杯酒，接殷勤之欢者。"《宁国府志·人物志·隐逸类》："万巨，世居震山，天宝间以材荐不就，李白有《赠扶风豪士歌》，即巨也。因巨远祖汉槐里侯修封扶风,因以为名。"未知何据。又李白《溧阳濑水贞义女碑铭》中有"主簿扶风窦嘉宾"者,不知是否其人。此诗作于至德元载(756)三月李白避乱于溧阳时。

**【原诗】** 洛阳三月飞胡沙①,洛阳城中人怨嗟。天津流水波赤血②,白骨相撑如乱麻③。我亦东奔向吴国④,浮云四塞道路赊⑤。东方日出啼早鸦,城门人开扫落花⑥。梧桐杨柳拂金井⑦,来醉扶风豪士家。扶风豪士天下奇,意气相倾山可移⑧。作人不倚将军势⑨,饮酒岂顾尚书期⑩。雕盘绮食会众客⑪,吴歌赵舞香风吹⑫。原尝春陵六国时⑬,开心写意君所知⑭。堂中各有三千士,明日报恩知是谁。抚长剑,一扬眉⑮。清水白石何离离⑯。脱吾帽,向君笑。饮君酒,为君吟⑰。张良未逐赤松去,桥边黄石知我心⑱。

**【注释】** ①飞胡沙:谓洛阳已陷入胡人安禄山之手。天宝十四载十一月,安禄山反于范阳,十二月陷洛阳。 ②天津:桥名。《元和郡县图志·河南府河南县》:"天津桥,在县北四里,隋大业元年初造此桥,以架洛水。用大缆维舟,皆以铁锁钩连之。南北夹路,对起四楼,其楼为日月表胜之象。然洛水溢,浮桥辄坏。贞观十四年更令石工累方石为脚。《尔雅》'箕斗之间为天汉之津',故取名焉。"波赤血:流水为血染红,谓胡兵杀人之多。 ③"白骨"句:谓尸首遍地之意。《史记·天官书》:"秦遂以兵灭六王,并中国,外攘四夷,死人如乱麻。"陈琳《饮马长城窟行》:"君独不见长城下,死人骸骨相撑拄。" ④"我亦"句:宋蜀本注:"一作我亦来奔溧溪上。"吴国,溧阳在春秋、三国时属吴国,此指吴地。 ⑤浮云四塞:谓形势如浮云而动荡不安。司马相如《长门赋》:"浮云郁而四塞。"道路赊:道路长远。赊(shē),长、远。此言安禄山陷东京,自己避乱入吴。 ⑥"东方"二句:萧士赟注:"此太白避乱东土时,言道路艰阻,京国乱离,而东土之太平自若也。" ⑦金井:井口有金属之饰者。为井之美称。费昶《行路难》:"唯闻哑哑城上乌,玉栏金井牵辘轳。" ⑧"意气"句:谓意气可移山岳。鲍照《代雉朝飞》:"握君手,执杯酒,意气相倾死何有?"江总《杂曲三首》:"泰山言应可转移。" ⑨"作人"句:辛延年《羽林郎》:"昔有霍家奴,姓冯名子都。依倚将军势,调笑酒家胡。"此句反其意而用之,谓扶风豪士为人不倚仗权势。 ⑩"饮酒"句:《汉书·游侠传》:"(陈)遵嗜酒,每大饮,宾客满堂,辄关门,取客车辖投井中。虽有急,终不得去。尝有部刺史奏事,过遵,值其方饮,刺史大穷,候遵沾醉时,突入见遵母。叩头自白当对尚书有期会状,母乃令从后阁出去。" ⑪ 雕盘绮食:雕花的盘子和精美的食品。 ⑫ 吴歌赵舞:相传吴姬善歌,赵女善舞。 ⑬ 原尝春陵:指战国时四公子:赵之平原君、齐之孟尝君、楚之春申君、魏之信陵君。《文选》班固《西都赋》:"节慕原尝,名亚春陵。"李善注:"《史记》曰:平原君赵胜者,赵之诸公子也。诸子中胜最贤,宾客盖至者数千人。又曰:孟尝君,名文,姓田氏。孟尝君在薛,招致诸侯宾客,食客数千人。又曰:春申君者,楚人也,名歇,姓黄氏。孝烈王以歇为相,封春申君,客三千余人。又曰:魏公子无忌者,魏安釐王弟也。安釐王封公子为信陵君,致食客三千。" ⑭ 开心写意:谓推心置腹。写,同"泻"。写意即倾怀。阮籍《咏怀》:"日暮思亲友,晤言用自写。" ⑮ "抚长剑"二句:咏自己才能非同一般。《孟子·梁惠王下》:"夫抚剑疾视曰:彼恶敢当我哉!"江晖《雨雪曲》:"恐君不见信,抚剑一扬眉。" ⑯ "清水"句:谓其胸怀光明磊落。古辞《艳歌行》:"语卿且勿眄,水清石自见。"离离,清晰貌。 ⑰ "脱吾帽"四句:《资治通鉴·梁纪十》:"(尔朱)荣方与上党王天穆博,(城阳王)徽脱荣帽,欢舞盘旋。"胡三省注:"唐李太白诗云:'脱君帽,为君笑。'脱帽欢舞,盖夷礼也。" ⑱ "张良"二句:《史记·留侯世家》:"留侯乃称曰:'家世相韩,及韩灭,不爱万金之资,为韩报雠强秦,天下振动。今以三寸舌为帝者师,封万户,位列侯,此布衣之极,于良足矣。愿弃人间事,欲从赤松子游耳。'"《索隐》:"(赤松子)神农时雨师也。能入火自烧,昆仑山上随风雨上下也。"黄石:秦时隐者,曾于沂水圯上遇张良。命良圯下取履,良以其年老,为其取履而跪进之。后老人出一编书与良,曰:"读是编可为帝王师矣。后十三年孺子见我于济北,谷城山下黄石即我矣。"良旦视其书,乃《太公兵法》。后十三年,从高祖过济北谷城山下,得黄石,良乃宝祠之。及良死,与黄石并葬。事详见《高士传》。

【译文】 三月的洛阳,飞漫着胡骑横行的尘沙,洛阳城中到处是人们的悲苦怨嗟之声。天津桥下的流水被鲜血染红,遍地是白骨相撑,尸体纵横。我也只好同逃难的人群千里迢迢,像浮云一样四处飘浮,一路上艰难险阻,东奔吴地。吴地毕竟与洛阳不同,日出东方之时,早鸦已啼;城门开时,有人在扫落花。没有一点动乱之象。友人扶风豪士来邀喝酒,醉饮之处梧桐金井,杨柳轻拂,便是扶风豪士之家。扶风豪士乃天下之奇杰,其意气相倾,山岳可移。其为人不倚仗权势,饮起酒来,不管有什么权贵之约,都一概不理。他以精美的饮馔来招待大家,还请歌儿舞女鼓乐助兴。扶风豪士对众客推心置腹,像六国时的平原、孟尝、春申、信陵四公子,然而堂中三千客,他日能报恩的有谁人呢?唯有我手抚长剑,扬眉当之。脱吾之帽,向君微笑,饮君之酒,为君长吟。就像当年的张良一样,今日没有追随赤松子学仙而去,只有桥边的黄石,才知道我报国的壮心啊。

## 同族弟金城尉叔卿烛照山水壁画歌

**【题解】** 金城,唐属京畿道京兆府,即今陕西兴平。李叔卿,王琦云:"李季卿《三坟记》:先侍郎之子曰叔卿,字万。天质琅琅,德光文蔚,识度标迈。弱冠以明经擢国,授荐邑虞、乐二尉,魏守崔公沔泊相国晋公甲科第之进等举之,转金城尉,吏不敢欺。"此诗当作于天宝三载(744)李白离京之前。

**【原诗】** 高堂粉壁图蓬瀛[1],烛前一见沧洲清[2]。洪波汹涌山峥嵘,皎若丹丘隔海望赤城[3]。光中乍喜岚气灭[4],谓逢山阴晴后雪[5]。回谿碧流寂无喧,又如秦人月下窥花源[6]。了然不觉清心魂,只将叠嶂鸣秋猿[7]。与君对此欢未歇,放歌行吟达明发[8]。却顾海客扬云帆[9],便欲因之向溟渤[10]。

**【注释】** [1] 粉壁:白壁。蓬瀛:指蓬莱、瀛洲等海上仙山。 [2] 沧洲:水滨之地,多指隐者所居之地。 [3] 丹丘:神仙之所。《楚辞·远游》:"仍羽人于丹丘。"王逸注:"丹丘,昼夜常明也。"赤城:山名,在今浙江天台县北。

《清一统志·台州府》:"孔灵符《会稽记》:赤城山,土色皆赤,状似云霞,望之如雉堞。"故名赤城。 ④ 岚气:山中之雾气。 ⑤ 山阴:县名,在今浙江绍兴。《水经注·浙江水》:"山阴县……川土明秀,亦为胜地。故王逸少云:'从山阴道上,犹如镜中行也。'"晴后雪:谓雪后山川景色之美。此处暗用王子猷山阴雪夜访戴事。见《世说新语·任诞》。 ⑥ 花源:即桃花源。此用陶渊明《桃花源记》典。 ⑦ 只将:好似。 ⑧ 明发:天明。 ⑨ 海客:海上的船客。云帆:船帆。 ⑩ 溟渤:指大海。《文选》鲍照《代君子有所思》:"穿池类溟渤。"李善注:"溟、渤,二海名。"

【译文】 在高堂白壁之上,有一幅海上仙山图。举烛前观,但见沧洲清逸,招人欲去。仙山高峻峥嵘,四周洪波汹涌,神山光华四照,犹如丹丘,遥隔大海,可以直望赤城。山中岚气已灭,山光清明一片,好像是山阴晴后之雪景。碧溪回流宛转,却寂然无声,就好像秦人在月下偷看桃花源。见此图画,胸中了然,清人心魄,好像在叠嶂之中听到了秋猿的叫声。与你对此,欢赏不已,于是放歌高吟直到天明。回首看见画中的海客高扬云帆,便不禁产生了入海求仙的出世之思。

# 白毫子歌

【题解】 白毫子,当与参廖子一样,同为道隐者流。开元十五年(727),李白隐居于安陆寿山,此诗当是为寿山隐者白毫子而作。

【原诗】 淮南小山白毫子,乃在淮南小山里①。夜卧松下云,朝餐石中髓②。小山连绵向江开,碧峰巉岩渌水回③。余配白毫子,独酌流霞杯④。拂花弄琴坐青苔,绿萝树下春风来。南窗萧飒松声起,凭崖一听清心耳。可得见,未得亲。八公携手五云去⑤,空余桂树愁杀人⑥。

【注释】 ① 淮南小山:《楚辞·招隐士》王逸序:"《招隐士》者,淮南小山之所作也。昔淮南王安,博雅好古,招怀天下俊伟之士。自八公之徒,咸慕其德，而归其仁，各竭才智，著作篇章，分造辞赋，以类相从，故或称小山，或称大山。其义犹《诗》之有《小雅》《大雅》也。"王琦注："琦按：上句之淮南小山，本《楚辞序》以赞美白毫子之才；下句之淮南小山，则指白毫子隐居之地而言。"李白《代寿山答孟少府移文书》中有"淮南小寿山"之称，淮南小山或即安陆之寿山。　②松下云：一作"松下雪"。石中髓：即石髓，石钟乳之类。传云食之可以延年益寿。《列仙传》："邛疏者，周封史也。能行气炼形，煮石髓而服之，谓之石钟乳。"　③渌水：清澈透明之水。　④流霞：传说中的仙酒名。《抱朴子·祛惑》："曼都曰：……仙人但以流霞一杯与我，饮之辄不饥渴。"　⑤八公：淮南王时的八位术士。《水经注·淮水》："淮南王刘安折节下士，笃好儒学，养方术之徒数十人，皆为俊异焉。多神仙秘法鸿宝之道。忽有八公，皆须眉皓素，诣门希见，门者曰：'吾王好长生，今先生无住衰之术，未敢相闻。'八公咸变成童，王甚敬之。八士并能炼金化丹，出入无间，乃与安登山，埋金于地，白日升天，余药在器，鸡犬舐之者，俱得上升。"　⑥桂树：淮南王《招隐士》："桂树丛生兮山之幽。"

**【译文】**　白毫子是淮南小山一样的人物，住在淮南的小山里。夜间在松云下睡觉，早晨以石髓作早餐。小山连绵沿着江岸，渌水在碧峰悬崖间萦回。我陪同白毫子，喝着流霞仙酒。白毫子坐在青苔上拂花弹琴，绿萝树下春风徐来。南窗之下松涛飒然而起，我凭崖坐听，觉得心耳清爽。我与白毫子可得相见，未得相亲。八公曾携手登仙而去，空留有山中桂树，令人惆怅。

# 梁园吟

**【题解】**　宋蜀本题下注："一作《梁园醉酒歌》。梁宋。"敦煌残卷本作《梁园醉时歌》。梁园，故址传说有二：一说在今河南开封东南，一说在河南商丘东南。李白所写乃开封之梁园。《史记·梁孝王世家》："孝王筑东苑，方三百余里。"王琦注："《一统志》：梁园在河南开封府城东南。一名梁苑，汉梁孝王游赏之所。"《元和郡县图志·河南道宋州宋城县》："兔园，县东南十里，梁孝王园。"此诗乃李白天宝三载(744)出京游梁宋时所作。

**【原诗】** 我浮黄河去京阙,挂席欲进波连山①。天长水阔厌远涉,访古始及平台间②。平台为客忧思多,对酒遂作《梁园歌》。却忆蓬池阮公咏③,因吟渌水扬洪波。洪波浩荡迷旧国④,路远西归安可得⑤。人生达命岂暇愁⑥,且吟美酒登高楼。平头奴子摇大扇⑦,五月不热疑清秋。玉盘杨梅为君设,吴盐如花皎白雪⑧。持盐把酒但饮之⑨,莫学夷齐事高洁⑩。昔人豪贵信陵君,今人耕种信陵坟⑪。荒城虚照碧山月,古木尽入苍梧云⑫。梁王宫阙今安在⑬,枚马先归不相待⑭。舞影歌声散渌池,空余汴水东流海⑮。沉吟此事泪满衣,黄金买醉未能归。连呼五白行六博⑯,分曹赌酒酣驰晖⑰。歌且谣⑱,意方远。东山高卧时起来,欲济苍生未应晚⑲。

**【注释】** ① 挂席:即挂帆、扬帆之义。《文选》谢灵运《游赤石进帆海》:"扬帆采石华,挂席拾海月。"李善注:"扬帆、挂席,其义一也。"波连山:波浪如连绵的山峰。木华《海赋》:"波如连山,乍合乍散。" ② 平台:故址在今河南商丘。《史记·梁孝王世家》:"于是孝王筑东苑,方三百余里。广睢阳城七十里,大治宫室,为复道,自宫连属于平台三十余里。"一说平台在河南开封东北。《汉书·梁孝王传》:"(梁孝王)大治宫室,为复道,自宫连属于平台三十余里。"如淳注:"平台在大梁东北,离宫所在也。"颜师古注:"今其城东二十里所有故台基,其处宽博,土俗云平台也。" ③ 蓬池:其遗址在今河南尉氏县境内。《文选》阮籍《咏怀》:"徘徊蓬池上,还顾望大梁。渌水扬洪波,旷野莽茫茫。"李善注:"《汉书·地理志》曰:河南省开封县东北有蓬池,或曰即宋蓬泽也。" ④ 旧国:旧都,指大梁。 ⑤ 西归:萧士赟注:"唐都长安在西,白远离京国,故发'西归安可得'之叹。所谓身在江海而心存魏阙。" ⑥ 达命:通达知命。暇:谓空闲、功夫。暇,一作"假"。 ⑦ 平头奴子:戴平头巾的奴仆。平头,头巾名,一种庶人所戴的帽巾。 ⑧ 吴盐:吴地所产之盐,其质地洁白如雪。《史记·货殖列传》:"夫吴……东有海盐之饶。" ⑨ 持盐把酒:古人有持盐饮酒之习。《魏书·崔浩传》:"太宗大悦,语至中夜,赐浩御缥醪酒十觚,水精戎盐一两,曰:'朕味卿言,若此盐酒,故与卿同其旨也。'" ⑩ 夷齐:伯夷和叔齐。二人为殷孤竹国君之子。父亡,皆不欲继其位,共奔周,武王伐纣,叩马而谏。殷亡,义不食周粟,饿死于首阳山。　⑪信陵君:魏公子名无忌,魏安釐王之少子,封为信陵君。仁而下士,当时诸侯以公子贤,有门客三千,不敢加兵于魏。曾窃虎符而救赵,为战国四公子之一。事见《史记·信陵君列传》。信陵坟:墓址在今河南开封。《太平寰宇记·河南道开封府浚仪县》:"信陵君墓在县南十二里。"　⑫苍梧云:《文选》谢朓《新亭渚别范零陵》:"云去苍梧野,水还江汉流。"李善注:"《归藏·启筮》曰:有白云出自苍梧,入于大梁。"按苍梧即九嶷山,在今湖南宁远县南。大梁,即今河南开封。　⑬"梁王"句:阮籍《咏怀》:"梁王安在哉?"此化用其句。梁王,指梁孝王。　⑭枚马:指汉代辞赋家枚乘和司马相如。《汉书·枚乘传》:"枚乘,字叔,淮阴人……复游梁,梁客皆善属辞赋,乘尤高。"《汉书·司马相如传》:"司马相如,字长卿,蜀郡成都人……会景帝不好辞赋,是时梁孝王来朝,从游说之士齐人邹阳、淮阴枚乘、吴严忌夫子之徒,相如见而说之。因病免,客游梁,得与诸侯游士居。"　⑮汴水:古水名。从荥阳鸿沟引黄河水,途经汴州、宋州,东入泗水汇入淮。全程通曰汴水。　⑯五白、六博:皆为古代博戏。五白,游戏时用五个骰子,骰子为六面,其一面为白色。投时五个骰子皆白者为五白,头彩。故掷者常呼五白而投之。六博:博戏时用十二个骰子,六白六黑,两人游戏时各用六子,全黑者为胜。　⑰分曹:分对。两人一对为曹。宋玉《招魂》:"分曹并进,道相迫些。"宋蜀本于"酣驰晖"下又多"酣驰晖"三字。驰晖:指飞驰的太阳。　⑱歌且谣:《诗经·魏风·园有桃》:"心之忧矣,我歌且谣。"毛传:"曲合乐曰歌,徒歌为谣。"　⑲"东山"二句:《世说新语·排调》:"谢公在东山,朝命屡降而不动。后出为桓宣武司马,将发新亭,朝士咸出瞻送,高灵……戏曰:'卿屡违朝旨,高卧东山,诸人每相与言:安石不肯出,将如苍生何?'"

**【译文】**　我离开了京城,从黄河上乘舟而下。船上挂起了风帆,大河中波涛汹涌,状如山脉起伏。连日行船,天长水阔,饱尝远游之辛苦,才来到平台访古。在平台之上,感慨万千,举酒感怀,遂作《梁园之歌》。又感阮籍《咏怀》"徘徊蓬池上"之诗,念及"渌水扬洪波"之句,深感长安与梁园隔着千山万水,道路迢遥,想再重返西京希望已经不大了。人生要看得开,岂可自寻烦恼?不如登高楼以饮美酒。身旁有平头奴子摇着扇子,虽是五月的炎热天气,可觉得却像清秋一样凉爽。玉盘中的杨梅和如雪的吴盐,都是为你所设,请你持盐把酒,喝个痛快,莫学伯夷、叔齐空自洁身自好。当年信陵君是何等富贵奢华,而如今他的墓地却荒芜不存,成了百姓的耕地。只剩下几株老树古木,高耸入云,一轮明月虚照在荒城之上。昔日繁盛一时的梁王宫阙,如今安在?当年的梁王贵客枚乘和司马相如等人,也都一个个先后归去了。当年的舞影歌声也都消散于眼前的一池渌水之中,现在所能见到的只有一条汴水,依然空流入海,供人凭吊。吟到这里,我不由得泪洒衣襟,未能得归长安,只好以黄金买醉。或呼白喊黑,一掷千金;或分曹赌酒,以遣时日。我且歌且谣,暂以为隐,但仍寄希望于将来,就像当年谢安东山高卧一样,一旦时机到了,再起来大济苍生,时犹未晚!

# 鸣皋歌送岑征君

**【题解】** 题下自注:"时梁园三尺雪,在清泠池作。"鸣皋,山名,在今河南嵩县东北。唐时属河南道河南府陆浑县。岑征君即岑勋。本集有《酬岑勋见寻就元丹丘对酒相待以诗见招》诗,《将进酒》中之"岑夫子"或即其人。征君,或称征士,古称朝廷征聘而不就者。清泠池,《元和郡县图志·河南道宋州宋城县》:"兔园,县东南十里,汉梁孝王园。清泠池,在县东二里。"故址在今河南商丘。《送岑征君归鸣皋山》诗云:"余亦谢明主,今称偃蹇臣。"当与此诗俱作于去朝游梁宋时。唐汝询《唐诗解》云:"此送征君归隐,因发衰世之慨也。"

**【原诗】** 若有人兮思鸣皋[1],阴积雪兮心烦劳[2]。洪河凌兢不可以径度[3],冰龙鳞兮难容舠[4]。邈仙山之峻极兮[5],闻天籁之嘈嘈[6]。霜崖缟皓以合沓兮[7],若长风扇海涌沧溟之波涛[8]。玄猿绿罴[9],舔舕崟岌[10]。危柯振石,骇胆栗魄群呼而相号。峰峥嵘以路绝,挂星辰于岩嶅[11]。送君之归兮,动《鸣皋》之新作。交鼓吹兮弹丝,觞清泠之池阁。君不行兮何待,若返顾之黄鹄[12]。扫梁园之群英[13],振大雅于东洛[14]。巾征轩兮历阻折[15],寻幽居兮越巇崿[16]。盘白石兮坐素月[17],琴

《松风》兮寂万壑⑱。望不见兮心氛氲⑲，萝冥冥兮霰纷纷⑳。水横洞以下渌㉑，波小声而上闻。虎啸谷而生风，龙藏溪而吐云㉒。冥鹤清唳，饥鼯颠呻㉓。块独处此幽默兮㉔，愀空山而愁人㉕。鸡聚族以争食，凤孤飞而无邻㉖。蝘蜒嘲龙㉗，鱼目混珍㉘。嫫母衣锦㉙，西施负薪㉚。若使巢由桎梏于轩冕兮㉛，亦奚异乎龚龙蟊蠚于风尘㉜。哭何苦而救楚㉝，笑何夸而却秦㉞。吾诚不能学二子沽名矫节以耀世兮㉟，固将弃天地而遗身。白鸥兮飞来，长与君兮相亲。

**【注释】**　①"若有人"句：《楚辞·九歌·山鬼》："若有人兮山之阿。"为此句所本。若，语气词。若有人，指岑征君。　②心烦劳：烦恼之意。张衡《四愁诗》："何为怀忧心烦劳。"　③洪河：指黄河。《文选》班固《西都赋》："右界褒斜陇首之险，带以洪河泾渭之川。"吕向注："洪河，大河也。"凌兢：言黄河结冰令人胆战心惊。凌，冰凌。兢，小心谨慎的样子。《诗经·小雅·小旻》："战战兢兢，如临深渊，如履薄冰。"　④冰龙鳞：形容河冰参差，有如龙鳞。舠（dāo），刀形小船，字本作刀。《诗经·魏风·河广》："谁谓河广？曾不容刀。"郑笺："小船曰刀。"　⑤峻极：高大至极。《诗经·大雅·崧高》："崧高维岳，骏极于天。"毛传："峻，大；极，至也。""骏"同"峻"。　⑥天籁：谓自然之声响，无借于人工者。《庄子·齐物论》："子游曰：'地籁则众窍是已，人籁则比竹是已，敢问天籁。'子綦曰：'夫吹万不同，而使其自已也，咸其自取，怒者其谁邪？'"嘈嘈：声音嘈杂貌。　⑦霜崖：积霜雪之山崖。缟皓：洁白。合沓：重叠貌。　⑧沧溟：海之别名。　⑨玄猿：即黑色的猿猴。《文选》司马相如《上林赋》："玄猿素雌。"李善注："玄猿，言猿之雄者，玄色也。"绿黑：毛有绿光的大熊。《西京杂记》："熊黑毛有绿光，皆长二尺者，直百金。"　⑩舚舕（tàn）：吐舌貌。崟岌（yín jí）：山峰高危貌。　⑪岩嶅（ào）：多石的小山。　⑫黄鹄：《文选》苏武诗："黄鹄一远别，千里顾徘徊。"此句化用其意。　⑬梁园之群英：指枚乘、邹阳、司马相如辈。　⑭大雅：大雅是《诗经》的一部分，此指典雅的文风。东洛：指东部洛阳。　⑮巾征轩：以巾拭征车。征轩，远行之车。轩，指轩车。　⑯嶻嶭（yǎn ē）：山崖。　⑰"盘白石"句：此句意谓盘坐于白石之上，皓月之下。素月：皓洁之明月。　⑱松风：即《风入松》，琴曲名。　⑲氛氲：同“纷纭”，乱貌。 ⑳ 萝：女萝。冥冥：暗貌。《楚辞·九歌·山鬼》：“被薜荔兮带女罗。”又：“杳冥冥兮羌昼晦。”霰（xiàn）：雪珠。 ㉑ 水横洞：水横穿洞穴。渌：清澈貌。 ㉒“虎啸”二句：王褒《圣主得贤臣颂》：“虎啸而谷风冽，龙兴而致云气。”意本此二句。 ㉓“冥鹤”二句：冥，一作“寡”。清唳，鹤的叫声清亮。唳，鹤鸣。鼯，飞鼠。谢朓《敬亭山》：“独鹤方朝唳，饥鼯此夜啼。” ㉔ 块独：孤独貌。《楚辞·九辩》：“块独守此无泽兮，仰浮云而永叹。”幽默：谓寂然无声。 ㉕ 愀：忧惧貌。 ㉖“鸡聚族”二句：谓小人结朋而君子无党。 ㉗ 蝘（yǎn）蜓：即石龙子，又称龙子，蜥蜴之属。嘲龙：扬雄《解嘲》：“今子乃以鸱枭而笑凤皇，执蝘蜓而嘲龟龙，不亦病乎？” ㉘ 鱼目混珍：即鱼目混珠。《文选》张协《杂诗》：“鱼目笑明月。”李善注：“《雒书》曰：‘秦失金镜，鱼目入珠。’《韩诗外传》曰：‘白骨类象，鱼目似珠。’” ㉙ 嫫母：传说为黄帝之妻，貌丑。《淮南子·说山训》：“嫫母有所美。”高诱注：“嫫母，古之丑女。” ㉚ 西施负薪：《吴越春秋》：“（越王）乃使相者国中，得苎萝山鬻薪之女曰西施、郑旦。” ㉛ 巢由：即巢父、许由，唐尧时之隐者。桎梏：刑具。轩冕：官车与官帽。 ㉜ 夔（kuí）、龙：虞舜时之贤臣。《尚书·舜典》：“伯拜稽首，让于夔、龙。”蹩躠（bié xiè）：跛行用力貌。 ㉝“哭何苦”句：此句用申包胥救楚事。《左传·定公四年》：吴入郢，“申包胥如秦乞师，立依于庭墙而哭，日夜不绝声，勺饮不入口七日……秦师乃出”。 ㉞“笑何夸”句：此用鲁仲连却秦事。见《古风五十九首》其十注。左思《咏史》：“吾慕鲁仲连，谈笑却秦军。” ㉟ 二子：指申包胥、鲁仲连。矫节：矫揉造作，以求高节。

**【译文】** 有人如岑征君者思归鸣皋，苦阻于大雪冰封而忧心忡忡。若走水路，则大河冰封，令人战战兢兢不可以渡过，河冰如龙鳞参差，不能行船。若走旱路，则群山高峻，天风阵阵，难于登攀。白皑皑的雪崖霜峰连绵合沓，像长风吹起的汹涌波涛。山顶上有玄猿绿罴瞪目吐舌，又有枯树危石摇摇欲坠，其群呼与相号之声，无不骇心动魄。群峰峥嵘而路断，层峦叠嶂上与星辰相接。我送你归去，作《鸣皋歌》以相送。且设别饯于清泠池上，伴之以鼓弦之乐。你却不行如返顾之黄鹄，还期待着什么呢？想必是要一扫梁园之群英，振大雅于东洛，一展雄才而后始上征轩，历经阻折，翻山越岭，以入幽居,去过那种坐白石而赏清月,弹《松风》而寂万壑的宁静生活吧。自你去后,我怅望不见而心烦意乱。想象在鸣皋山中,松萝昏暗而雪霰纷纷,泉水穿崖过洞,一清见底,流水声声,流喧不已;虎啸生风,震响山谷,龙藏深溪,吐云涧中。更有夜鹤唳叫,鼯鼠呻吟,块然独居于如此幽冷清寂之地,真使人愀心担忧。当今之世,小人得志如群鸡会聚而争食于朝堂,君子失势如孤凤无邻而远飞于山林;是非不分如同蜥蜴敢嘲巨龙,而鱼目可以混同珍珠;美丑不辨竟如丑女嫫母衣锦入宠,而美女西施负薪为奴。这一切何异于将以隐为高的巢父、许由囚于轩车冠冕,让夔、龙这样善理朝政的贤臣沦落于风尘之中?昔申包胥矫情哭于秦庭而救楚,鲁仲连假谈笑以却秦兵,我实在不能学此二人沽名钓誉、矫立名节以夸耀于后世。我将遗世独立,同白鸥相狎,与你长于山水之中相亲相随。

## 鸣皋歌奉饯从翁清归五崖山居

**【题解】** 从翁,即从祖。李清,据《新唐书宗室世系表》,乃太宗皇帝之孙,越王贞之子。《唐诗记事》:"(李)清登天宝十二载(753)进士第。"五崖山居,似在鸣皋山中。《求阙斋读书录》云:"公此时与从翁俱在梁园,故从翁归鸣皋应由嵩、少经过也。"此诗当为李白天宝间出京后游梁宋时所作。

**【原诗】** 忆昨鸣皋梦里还,手弄素月清潭间。觉时枕席非碧山[1],侧身西望阻秦关[2]。麒麟阁上春还早[3],著书却忆伊阳好[4]。青松来风吹石道,绿萝飞花覆烟草。我家仙公爱清真,才雄草圣凌古人[5],欲卧鸣皋绝世尘。鸣皋微茫在何处,五崖峡水横樵路[6]。身披翠云裘[7],袖拂紫烟去。去时应过嵩少间[8],相思为折三花树[9]。

**【注释】** [1] 碧山:指鸣皋山。 [2] 秦关:指潼关,是关东通秦地必由之路,关之西即秦地,故亦称秦关。 [3] 麒麟阁:汉代阁名,在长安未央宫中。《三辅黄图》:"麒麟阁,萧何造,以藏秘书,处贤才也。"此借指唐代翰林院。

④ 伊阳:县名。唐属河南道河南府,在陆浑县西南,其地在今嵩县西南。鸣皋山在其东北。 ⑤ 草圣:汉张芝、唐张旭皆有草圣之名。此曰"古人",当指张芝。《三国志·魏书·刘劭传》裴松之注:"弘农张伯英者,因而转精其巧,凡家之布帛,必书而后练之。临池学书,池水尽黑。下笔必为楷则,号匆匆不暇草。寸纸不见遗,至今世人尤宝之。韦仲将谓之草圣。" ⑥ 樵路:即樵夫所走的山路。 ⑦ 翠云裘:言名贵之裘。宋玉《讽赋》:"臣承日之华,披翠云之裘。" ⑧ 嵩少:指嵩高山和少室山。《元和郡县图志·河南道河南府颍阳县》:"嵩高山,在县西北三十三里。少室山在县西北五十里。" ⑨ 三花树:即贝多树,生于嵩山中。《齐民要术》:"《嵩山记》曰:嵩寺中忽有思惟树,即贝多也。有人坐贝多树下思惟,因以名焉。汉道士从外国来,将子于山西脚下种,极高大,今有四树,一年三花。"

【译文】 昨日我还梦见回到了鸣皋山,在清水潭边玩赏水中的月影。一觉醒来才发现在床上躺着,并没有在山中。侧身西望远隔秦关,不禁想起了往事。那年春天辞别了长安翰林院,来到伊阳山中作诗著文。山中的松风吹着古道,到处是青松绿萝、飞花烟草。如今,我家仙翁心尚清真,才雄一世,草书写得超过了古之草圣张芝,准备到鸣皋山去隐居。鸣皋山缥缈微茫,五崖峡水断路横。我家仙翁却身披翠云之裘,袖拂紫烟而去。去时一定会在嵩山、少室间路过,请折三花树一枝相寄,聊表相思吧!


# 僧伽歌

【题解】 《太平广记》引《纪闻录》:"僧伽大师,西域人也,俗姓何氏。唐龙朔初,来游北土,隶名于楚州龙兴寺。后于泗州临淮县信义坊乞地施标,将建伽蓝。于其标下掘得古香积寺铭记并金像一躯,上有普照王佛字,遂建寺焉。唐景龙二年,中宗皇帝遣使迎师,入内道场,尊为国师。寻出居荐福寺……至景龙四年(710)三月二日于长安荐福寺端坐而终。"胡僧号为僧伽者甚多,太白所遇之僧伽,盖不必为中宗时之僧伽也。

**【原诗】** 真僧法号号僧伽,有时与我论三车①。问言诵咒几千遍,口道恒河沙复沙②。此僧本住南天竺③,为法头陀来此国④。戒得长天秋月明⑤,心如世上青莲色⑥。意清净,貌棱棱⑦。亦不减,亦不增⑧。瓶里千年舍利骨⑨,手中万岁胡孙藤⑩。嗟予落泊江淮久,罕遇真僧说空有⑪。一言忏尽波罗夷⑫,再礼浑除犯轻垢⑬。

**【注释】** ① 三车:佛家以羊车、鹿车、牛车喻学佛的三种境界(即三乘)。王琦注:"三车,谓羊车、鹿车、牛车也。《法华经》:长者告诸子言:'羊车、鹿车、牛车,今在门外,可以游戏,汝等于此火宅,宜速出来。'注云:羊车,喻声闻乘;鹿车,喻缘觉乘;牛车,喻菩萨乘。俱以运载为义,方便设施……琦谓:当是以三兽之力有大小,三车之载有多寡,喻三乘诸贤圣道力之浅深耳。" ② 恒河:即今印度、孟加拉国境中之大河。沙复沙:喻沙之多,难以数清。王琦注:"恒河……广四十里,水中之沙微细如面,佛说法之处皆与此河相近。故常取以为喻云。如恒河中所有沙数,盖言其数之极多,非算数所能知者耳。" ③ 南天竺:天竺,即今印度。古印度分五天竺,南天竺居其一。《旧唐书·西戎传》:"天竺国,即汉之身毒国,或云婆罗门地也。在葱岭西北,周三万余里。其中分为五天竺:其一曰中天竺,二曰东天竺,三曰南天竺,四曰西天竺,五曰北天竺。地各数千里,城邑数百。南天竺际大海。" ④ 头陀:僧人之别称。原意为抖擞浣洗烦恼。行脚乞食僧人亦称头陀。 ⑤ 秋月明:谓其禅心明如秋月。王琦注:"陈永阳王《解讲疏》:戒与秋月共明,禅与春池共洁。" ⑥ 青莲色:青莲,天竺花名。似莲花,青白色。佛经喻尘心不染,犹如莲花之不沾污垢。僧肇《维摩诘经注》:"天竺有青莲花,其叶修广,青白分明。" ⑦ 貌棱棱:相貌清癯,棱角分明。 ⑧ 不减、不增:王琦注:"《心经》:是诸法空相,不生不灭,不垢不净,不减不增。" ⑨ 舍利:佛骨,亦称舍利子。《魏书·释老志》:"佛既谢世,香木焚尸,灵骨分碎,大小如粒,击之不坏,焚亦不燋,或有光明神验,胡言谓之舍利,弟子收奉,置之宝瓶,竭香花,致敬慕,建宫宇,谓为塔。" ⑩ 胡孙藤:杨齐贤注:"胡孙藤,乃藤杖,手所执者。" ⑪ 空有:《后汉书·西域列传》:"详其清心释累之训,空有兼遣之宗。"章怀太子注:"不执着为空,执着为有。兼遣谓不空不有,虚实两忘也。"王琦注:"鸠摩罗什《维摩诘经注》:佛法有二种,一者有,二者空。若常在有,则累于想着;若常在空,则舍于善本。若空有迭用,则不设二过,犹日月代明,万物以成。" ⑫ 波罗夷:梵语音译,意为重罪。王琦注:"胡三省《通鉴注》:释氏以面陈悔过为忏。波罗夷者,华言'弃',谓犯此罪者,永弃佛法边外。《法苑珠林》云:波罗夷者,此云极重罪是也。轻垢罪者,比重减轻一等,凡玷污净行之类皆是。据《梵网经》:重戒有十,犯者得波罗夷罪,轻戒有四十八,犯者为轻垢罪。" ⑬ 轻垢:轻罪。

**【译文】** 有一个真僧的法号叫僧伽,有时他与我一起探讨有关"三车"的佛教哲理。我问他经咒诵了几千遍,他说他所诵之经咒如恒河沙数一样多。此僧本来住在南天竺,作为头陀行脚僧来到中国。其戒行圆满如长天之秋月,其禅心明净如洁净之青莲。其意清净无为,其貌清癯,棱角分明。其佛法圆融,不减不增。瓶中装着千年的佛骨舍利,手中拿着万年的胡孙藤拐杖。叹我久在江淮间落魄,很难有机会遇到这样的真僧谈空说有。一言即能忏尽波罗夷般的重罪,再施礼即可免除浑身的小过失。

# 白云歌送刘十六归山

**【题解】** 萧士赟云:"刘十六,楚人而游于秦。其归山者,楚山也。"据诗意刘十六为一隐者,所归之山乃湘中之山也。此诗约天宝初作于长安。

**【原诗】** 楚山秦山皆白云,白云处处长随君。长随君,君入楚山里,云亦随君渡湘水①。湘水上,女萝衣②,白云堪卧君早归。

**【注释】** ① 湘水:即湘江。《水经注·湘水》:"湘水出零陵始安县阳海山。"郦注:"即阳朔山也……湘、漓同源,分为二水,南为漓水,北则湘川,东北流。罗君章《湘水记》曰:湘水之出于阳朔,则觞为之舟。至洞庭,日月若出入于其中也。" ② 女萝衣:指隐者之服。《楚辞·九歌·山鬼》:"若有人兮山之阿,被薜荔兮带女萝。"王逸注:"女萝,兔丝也……故衣之以为饰

1

。"朱熹曰:"则言被服之芳者,自明其志行之洁也。"

【译文】  楚山和秦山之上皆是白云,白云处处长随你行。长随你行,你入楚山之中,白云也跟着渡过湘江水。湘水之上,有你爱穿的女萝衣,白云深处最适于隐居,你还是早些回去归隐吧!

# 金陵歌送别范宣

【题解】  宋蜀本题下注:"金陵。"范宣,生平不详。此诗约作于天宝中游金陵时。诗咏古伤今,慨叹金陵形势虽虎踞龙盘,但历代帝王如走马灯似的轮换,可见江山之固在人事而不在天险。此诗似有警告当政者不可学陈后主荒淫误国之意。

【原诗】  石头巉岩如虎踞①,凌波欲过沧江去。钟山龙盘走势来②,秀色横分历阳树③。四十余帝三百秋④,功名事迹随东流。白马小儿谁家子,泰清之岁来关囚⑤。金陵昔时何壮哉,席卷英豪天下来。冠盖散为烟雾尽⑥,金舆玉座成寒灰⑦。扣剑悲吟空咄嗟,梁陈白骨乱如麻。天子龙沉景阳井⑧,谁歌玉树后庭花⑨。此地伤心不能道,目下离离长春草。送尔长江万里心,他年来访南山皓⑩。

【注释】  ① 虎踞:《清一统志·江宁府》:"石头山,《建康志》:在上元县西二里,北缘大江,南抵秦淮口……诸葛亮尝驻此以观形势,谓之'石头虎踞'是也。"  ② 龙盘:《清一统志·江宁府》:"钟山,在上元县东北朝元门外,诸葛亮尝使建业,谓孙权曰:'钟山龙盘。'"  ③ 历阳:即今安徽和县,与金陵隔江相望。  ④ "四十余帝"句:萧士赟注:"按史书,自吴大帝建都金陵,后历晋、宋、齐、梁、陈,凡六代,共三十九主。此言四十余帝者,并其推尊者而混言之也。自吴大帝黄武元年壬寅岁至陈祯明三年己酉,共三百六十八年。吴亡后歌三十六年,只三百三十二年。此言三百秋者,举成数而言耳。"  ⑤ "白马"二句:指侯景叛梁事。《梁书·侯景传》:"普通(梁武帝年号)中,童谣曰:'青丝白马寿阳来。'后景果乘白马,兵皆青衣。"《梁书·武帝纪》:"(太清二年秋八月)戊戌,侯景举兵反。"萧士赟注:"泰清,梁武帝年号。时遭侯景之难,困于台城,以所求不供,忧愤成疾,崩于净居殿,乃泰清三年五月丙辰也。"关囚,指梁武帝被囚禁于台城事。此二句宋蜀本注:"一作白马金鞍谁家子,吹唇虎啸凤凰楼。"　⑥冠盖:指达官权贵。冠指官帽,盖指车盖。　⑦金舆玉座:指皇帝的舆辇和宝座。　⑧"天子"句:指陈后主事。《陈书·后主纪》:"后主闻(隋)兵至,从宫人十余出后堂景阳殿,将自投于井,袁宪侍侧,苦谏不从,后阁舍人夏侯公韵又以身蔽井,后主与争久之,方得入焉。及夜,为隋军所执。"　⑨"谁歌"句:《陈书·张贵妃传》:"后主每引宾客对贵妃等游宴,则使诸贵人及女学士与狎客共赋新诗,互相赠答,采其尤艳丽者以为曲词,被以新声,选宫女有容色者以千百数,令习而歌之。分部迭进,持以相乐。其曲有《玉树后庭花》《临春乐》等,大指所归,皆美张贵妃、孔贵嫔之容色也。其略曰:'璧月夜夜满,琼树朝朝新。'"　⑩南山皓:指商山四皓。

**【译文】**　石头城巉岩峭壁如猛虎雄踞,好像要凌波跃过大江;钟山走势如苍龙盘城,秀色欲与江对岸的历阳树媲美。金陵三百余年曾出了四十多个皇帝,他们的功名事业都已随流水东去。骑白马的那个小儿姓甚名甚? 泰清年间曾将梁武帝困死于台城。金陵昔年是何等的壮伟,曾引得天下的英雄席卷而来。达官权贵如今都烟消雾散,皇帝的玉辇和宝座也成了灰烬。我对此扣剑悲歌,空自嗟叹,梁陈的白骨如今已散乱如麻。天子自沉于景阳井中,还有谁来歌唱《玉树后庭花》这样的艳曲呢? 见此伤心无言以道,眼下只剩离离的春草。范宣老兄,我在此为你送别,此情此心如长江万里之水,悠悠不尽;他年归来,你再访我这个南山的皓发绮公吧。


# 劳劳亭歌

**【题解】**　宋蜀本题下注:"在江宁县南十五里,古送别之所,一名临沧观。"此诗约作于天宝八载(749)游金陵时。诗中太白自比于谢灵运,自矜其才不减于袁宏,而叹时无谢尚,无人赏识,只有独宿空帘,寄情于归梦而已。

**【原诗】** 金陵劳劳送客堂,蔓草离离生道旁①。古情不尽东流水,此地悲风愁白杨②。我乘素舸同康乐③,朗咏清川飞夜霜④。昔闻牛渚吟五章⑤,今来何谢袁家郎⑥。苦竹寒声动秋月⑦,独宿空帘归梦长⑧。

**【注释】** ① 离离:草盛貌。 ②《古诗十九首》:"白杨多悲风,萧萧愁杀人。" ③ 素舸:未经油漆过的船。舸,大船。康乐:指谢灵运,曾袭康乐公,故世称谢康乐。谢灵运《东阳溪中赠答诗》:"可怜谁家郎,缘流乘素舸。" ④ 朗咏:高声吟咏。清川:指长江。孙绰《天台山赋》:"朗咏长川。" ⑤ 牛渚:即今安徽马鞍山采石矶。五章:五首诗。 ⑥ 袁家郎:指袁宏,字彦伯,小字虎,晋人。《世说新语·文学》:"袁虎少贫,尝为人佣载运租。谢镇西(即谢尚)经船行,其夜清风朗月,闻江渚间估客船上有咏诗声,甚有情致,所诵五言又其所未尝闻,叹美不能已。即遣委曲讯问,乃是袁自咏其所作咏史诗。因此相要,大相赏得。" ⑦ 苦竹:竹有苦竹、淡竹二种。其茎叶不异,其笋味有别。 ⑧ 帘:指船上的窗帘。

**【译文】** 金陵之南有一座送客的劳劳亭,道旁长满了离离的野草。自古以来,别情不尽如长江东流之水,再加上此地的白杨悲风,更令人情伤。我像谢灵运一样"缘流乘素舸",清霜之夜在长江的清流上朗咏。曾闻昔日的袁宏在牛渚之下咏诗,被谢尚知遇;而今,我之诗才不在袁家郎之下,而所遇唯有苦竹寒声动秋月而已,只好空帘独宿,寄情于归梦之中。

# 横江词六首

**【题解】** 横江,指今安徽马鞍山和县与对面采石矶相夹的一段江面。江水险恶。《元和郡县图志·淮南道和州历阳县》:"横江,在县东南二十六里,直江南采石渡处。"此六首诗约作于天宝十三载(754)游历阳时,其中备言横江风浪之险恶,隐含着诗人对天宝末政治形势的担忧。

## 其 一

【原诗】 人道横江好,侬道横江恶①。一风三日吹倒山②,白浪高于瓦官阁③。

【注释】 ① 侬:我。吴方言。 ② 一风三日:即一连刮了三天大风的意思。 ③ 瓦官阁:《舆地纪胜·江南东路建康府》:"升元阁,又名瓦官阁,乃梁朝所建,高二百四十尺,李白诗有'日月隐檐楹'之句,今之升元阁非古基矣。"《焦氏笔乘》:"晋哀帝兴宁二年,诏移陶官于淮水北,遂以南岸窑地施僧慧力造寺,因以瓦官名之。"

【译文】 别人都说横江好,我却说横江恶。一连三日的大风能吹倒山,江中的白浪比瓦官阁的屋顶还要高。

## 其 二

【原诗】 海潮南去过寻阳①,牛渚由来险马当②。横江欲渡风波恶,一水牵愁万里长。

【注释】 ① "海潮"句:古时海潮冲入长江可至达寻阳。张继《奉寄皇甫补阙》:"潮至浔阳回去,相思无处通书。"寻阳:即浔阳,即今江西九江。 ② 牛渚:即牛渚山,在今安徽马鞍山市长江边。山下有矶突入江中,即采石矶。《方舆胜览·太平州》:"牛渚山在太平州当涂县北三十里。山下有矶,古津渡也。与和州横江渡相对。"马当:即马当山,在今江西彭泽县东北。《舆地纪胜·江州景物》:"马当山在古彭泽县北一百二十里。其山横枕大江,山象马形,舟船艰阻,乃立庙。陆笠泽记曰:'言天下之险者,在山曰太行,在水曰吕梁,合二险而为一,吾又闻乎马当。'"

【译文】　海潮向南而去,远至寻阳,牛渚山历来比马当山还要险峻。欲渡横江又嫌风高浪险,愁似长江之水,长流万里。

## 其　三

【原诗】　横江西望阻西秦①,汉水东连扬子津②。白浪如山那可渡,狂风愁杀峭帆人③。

【注释】　①西秦:指陕西一带,春秋战国时属秦国,地处六国之西,故曰西秦。此代指长安。　②汉水:源出今陕西汉中宁强县,东南流经陕西南部、湖北西北部和中部,至汉口流入长江。扬子津:《资治通鉴·隋纪》:"素帅舟师自扬子津入。"胡三省注:"扬子津在今真州扬子县南。"在今江苏扬州邗江区南长江北岸。　③峭帆人:指高挂船帆之船夫。峭帆,即高帆。

【译文】　在横江上西望长安,归路为大江所阻,向东而望,汉水连着扬子津。白浪如山哪可径渡?江上的狂风使船夫失色皱眉,不敢贸然行船。

## 其　四

【原诗】　海神来过恶风回①,浪打天门石壁开②。浙江八月何如此③,涛似连山喷雪来④。

【注释】　①海神:《博物志》:"武王梦妇人当道夜哭,问之,曰:'吾是东海神女,嫁于西海神童……我行必有大风雨。'"　②天门:山名。《方舆胜览·太平州》:"天门山在当涂县西南三十里,又名峨眉。山夹大江,东曰博望,西曰梁山。"　③"浙江"句:《水经注·浙江水》:"钱塘……县东有定、包诸山,皆西临浙江。水流于两山之间,江川急浚,兼涛水昼夜再来,来应时刻,常以月晦及望尤大,至二月、八月最高,峨峨二丈有余。"　④连山:喻波涛如连绵的山峰。

**【译文】** 好像是海神来过之后一样,又来了一阵恶风,巨浪拍击着天门山,打开了山门石壁。浙江八月的海潮能比得上这里的风浪吗?浪涛像连绵的山峰喷雪而来。

# 其　五

**【原诗】** 横江馆前津吏迎①,向余东指海云生。郎今欲渡缘何事②,如此风波不可行。

**【注释】** ① 横江馆:王琦注:"《太平府志》:采石驿在采石镇,滨江。即唐时之横江馆也。"后毁坏无存,遗址在今马鞍山采石矶上。津吏:管理津渡的官员。　②"郎今"句:梁简文帝《乌栖曲》:"采莲渡头拟黄河,郎今欲渡畏风波。"此诗化用其意。郎,对男子的尊称。缘,因,为了。

**【译文】** 横江馆的津吏上前相迎,向我指着东边生起的海云说:相公有何事这么着急过江?像这么大的风波是不能开船的。

# 其　六

**【原诗】** 月晕天风雾不开①,海鲸东蹙百川回②。惊波一起三山动③,公无渡河归去来④。

**【注释】** ① 月晕:月晕主风,日晕主雨。　②"海鲸"句:木华《海赋》:"鱼则横海之鲸……吹涝则百川倒流。"蹙,促迫之意。百川,众水。此指长江。　③ 三山:《太平寰宇记·升州江宁县》:"三山在县西南五十七里,周回四里,其山孤绝,面东,西截大江。按《舆地志》云:其山积石滨于大江,有三峰南北接,故曰三山。旧为吴津所。"山在今江苏南京西南长江东岸。　④ 公无渡河:见《公无渡河》注。本诗此处仅借用其语。归去来:陶渊明《归去来兮辞》中语,即归去之意。

【译文】 月出晕天起大风,江雾不开,海潮就像是海中大鲸东游一样,压挤着百川之水往回倒流。惊涛骇浪冲击得三山摇动,先生不要渡河,还是回去吧!

# 金陵城西楼月下吟

【题解】 金陵城西楼,《景定建康志》"李白酒楼"条下引有此诗,当即城西孙楚酒楼。该卷考证曰:"李白玩月城西孙楚酒楼达晓,歌吹日晚,乘醉著紫绮裘、乌纱巾,与酒客数人棹歌秦淮,往石头访崔四侍御。白有诗云:'朝沽金陵酒,歌吹孙楚楼。'"李白对六朝诗人谢朓多所敬慕,此诗表达了他对谢的仰慕之情,当是早年游金陵时所作。

【原诗】 金陵夜寂凉风发,独上高楼望吴越①。白云映水摇空城,白露垂珠滴秋月②。月下沉吟久不归,古来相接眼中稀。解道澄江净如练③,令人长忆谢玄晖④。

【注释】 ① 吴越:杨齐贤注:"越州会稽郡,勾践所都。苏州吴郡,阖闾所都。今浙东西之地皆吴越也。"即今江、浙一带。 ② 白露垂珠:江淹《别赋》:"秋露如珠。"此化用其意。 ③ 澄江净如练:谢朓《晚登三山还望京邑》:"余霞散成绮,澄江静如练。"此径引其后句,而改动一字。 ④ 谢玄晖:即谢朓,其字玄晖。

【译文】 在金陵一个静悄悄的夜晚,凉风习习,我独自一人登上高楼,眺望吴越。白云低垂,水摇空城,白露好像是从秋月上垂滴的水珠。我在月下沉吟,久久不归,思念古人,而古人能与我心目相接者,也很稀少。唯有能写出"澄江净如练"这样清丽之诗的谢玄晖,方令人长忆不已。

# 东山吟

**【题解】** 宋蜀本题下注："土山,去江宁城三十五里,晋谢安携妓之所。一作《醉过谢安东山》。"《舆地纪胜·建康府景物》:"东山,《金陵览古》云:在县东二十五里。谢安于土山筑营,安放情丘壑,游赏必妓女,与人同乐,必与人同忧。"此为太白初游金陵时作。太白一生甚慕谢安既有安邦定国的人生理想,又能过携妓行乐的生活方式。此诗即以谢安自比,自负其才不下于谢安。

**【原诗】** 携妓东土山①,怅然悲谢安②。我妓今朝如花月,他妓古坟荒草寒。白鸡梦后三百岁③,洒酒浇君同所欢。酣来自作青海舞④,秋风吹落紫绮冠。彼亦一时,此亦一时⑤。浩浩洪流之咏何必奇⑥。

**【注释】** ① 东土山:一作"东山去"。 ② 谢安:《晋书·谢安传》:"(谢安)于土山营墅,楼馆林竹甚盛,每携中外子侄往来游集,肴馔亦屡费百金。世颇以此讥焉,而安殊不以屑意。" ③ 白鸡梦:谓谢安之死。《晋书·谢安传》:"安虽受朝寄,然东山之志始末不渝,每形于言色。及镇新城,尽室而行,造泛海之装,欲须经略粗定,自江道还东。雅志未就,遽遇疾笃,上疏请量宜旋旆……诏遣侍中慰劳,遂还都。闻当舆入西州门,自以本志不遂,深自慨失,因怅然谓所亲曰:'昔桓温在时,吾常惧不全。忽梦乘温舆行十六里,见一白鸡而止。乘温舆者,代其位也。十六里,止今十六年矣。白鸡主酉,今太岁在酉,吾病殆不起乎?'……寻薨,时年六十六。"三百岁:宋蜀本作"五百岁",按三是。三百岁,概言之。 ④ 青海舞:即青海波舞。魏颢《李翰林集序》:"间携昭阳、金陵之妓,迹类谢康乐,世号为李东山……饮数斗,醉则奴丹砂抚(舞)青海波。" ⑤ "彼亦一时"二句:谓二人皆为一时之才也。 ⑥ 浩浩洪流:《世说新语·雅量》:"桓公(温)伏甲设馔,广延朝士,因此欲诛谢安、王坦之。王甚遽,问谢曰:'当作何计?'谢神意不变,谓文度曰:'晋祚存亡,在此一行。'相与俱前。王之恐状,转见于色。谢之宽容,愈表于貌,望阶趋席,方作洛生咏,讽'浩浩洪流'。桓惮其旷远,乃趣解兵。"

【译文】 携妓登上东土山,不禁怅然想起晋朝携妓游东山的谢安。我的歌妓现今如花似月,而他的歌妓却已成了寒草荒坟下的枯骨。谢君你梦白鸡而亡后三百年,我来此地以酒浇坟,愿与你欢饮一场。酒至酣处,自作青海波之舞,为你尽情一跳。跳到畅怀之时,头上的紫绮冠也被秋风吹落了。你为一时之雄,我也是一时之杰。“浩浩洪流”之咏我也能为之,有什么值得惊奇的呢?

# 秋浦歌十七首

【题解】 秋浦,县名,唐时先属宣州,后属池州,在今安徽池州。境内有秋浦水,县因以得名。秋浦景色优美,李白天宝十三载(754)来游。此组诗即作于此次游览中。

## 其 一

【原诗】 秋浦长似秋,萧条使人愁。客愁不可度,行上东大楼①。正西望长安,下见江水流。寄言向江水,汝意忆侬不②。遥传一掬泪,为我达扬州。

【注释】 ① 东大楼:山名,即大楼山,又名大龙山,在今安徽池州。② 侬:吴语,即我。

【译文】 秋浦水像秋一样的长,景色萧条令我心愁。客愁像秋浦水一样不可度量,我东行至大楼山以散心忧。站在山顶西望长安,只见长江之水正滚滚东流。我问江水:你还记得我李白吗?请你将我的一掬泪水,遥寄给扬州的朋友去吧!

## 其 二

【原诗】 秋浦猿夜愁,黄山堪白头<sup>①</sup>。青溪非陇水,翻作断肠流<sup>②</sup>。欲去不得去,薄游成久游<sup>③</sup>。何年是归日,雨泪下孤舟。

【注释】 ① 黄山:此指安徽池州的黄山岭,为区别今黄山市之黄山,当地俗称小黄山。白头:山顶积雪之谓。 ② 青溪:即清溪,源出贵池涛溪山,入大江。陇水:陇山之水,源自陇山。汉乐府有《陇头歌》云:"陇头流水,鸣声鸣咽。遥望秦川,心肝断绝。" ③ 薄游:即暂游。

【译文】 夜猿在秋浦水上哀鸣,连附近的小黄山也愁白了头。青溪虽非陇水,但也像陇水一样发出悲咽之声,令人肠断。我想离开这里,但因故不能成行;本来打算暂游此地,却迟滞于此而成了久游。何年何月才能回家啊?念此不觉在孤舟上潸然泪流。

## 其 三

【原诗】 秋浦锦驼鸟<sup>①</sup>,人间天上稀。山鸡羞渌水<sup>②</sup>,不敢照毛衣。

【注释】 ① 锦驼鸟:又名楚雀,形似吐绶鸡。体长尺余,尾长三尺。翎下青白相映,毛色美丽,羽有金光,秋浦多产之。 ② 山鸡:即锦鸡。雄者全身红黄色,有黑斑,尾长三尺余,有彩色斑纹,羽毛极美。张华《博物志》:"山鸡有美毛,自爱其色毛,终日映水,目眩则溺死。"

【译文】 秋浦产一种锦驼鸟,其羽毛之美,为人间天上所少有。以美丽著称的山鸡,见了它也羞得不敢走近水边映照自己华美的羽毛。

## 其 四

【原诗】 两鬓入秋浦,一朝飒已衰。猿声催白发,长短尽成丝<sup>①</sup>。

**【注释】**　① 丝：纷乱的素丝,此指乱发。

**【译文】**　入了秋浦之境,一个早晨就愁白了我的双鬓。头发也被那凄切的猿声催白,成了纷乱的素丝。

### 其　五

**【原诗】**　秋浦多白猿,超腾若飞雪①。牵引条上儿,饮弄水中月。

**【注释】**　① 超腾：跳跃飞腾。

**【译文】**　秋浦河畔的树丛中多有白猿,其跳跃飞腾如一团白雪。它们在树枝上牵引着儿女,在玩水中捞月的游戏。

### 其　六

**【原诗】**　愁作秋浦客,强看秋浦花。山川如剡县①,风日似长沙②。

**【注释】**　① 剡县：唐时属江南东道越州(治所在会稽),即今浙江嵊州。《世说新语·言语》："顾长康(即顾恺之)从会稽还,人问山川之美,顾云：'千岩竞秀,万壑争流,草木蒙笼,其上若云兴霞蔚。'"　② 长沙：唐时属江南西道潭州,即今湖南长沙。《明一统志》："秋浦……四时景物,宛如潇湘、洞庭。"

**【译文】**　愁作秋浦之客,强看秋浦之花。它的山川如同秀丽的剡县,而风光却像长沙一带的潇湘之景。

### 其　七

**【原诗】**　醉上山公马①,寒歌宁戚牛②。空吟白石烂,泪满黑貂裘③。

【注释】 ① 山公:指晋代的征南将军山简。他在镇守襄阳时,常纵情山水,醉饮高阳池上。时有儿童歌曰:"山公出何许?往至高阳池。日夕倒载归,酩酊无所知。时时能骑马,倒著白接蓠。" ② 宁戚:春秋时卫人。早年家贫,为人挽车。后至齐国,候桓公出,遂牵牛叩角而歌曰:"南山矸,白石烂,生不遭尧与舜禅,短布单衣适至骭。从昏饭牛薄夜半,长夜漫漫何时旦?"齐桓公听其出语不凡,便召拜为上卿。见《吕氏春秋·离俗览》。③ 黑貂裘:用苏秦事。据《战国策·秦策》记载,苏秦曾身着黑貂裘,西入秦,上书十次,劝说秦惠王并吞天下,但不被采纳,天长日久,生活窘迫,以至于"黑貂之裘敝,黄金百斤尽"。

【译文】 我像晋朝的山简一样酩酊大醉,骑马而归;我像春秋的宁戚一样放声高歌,牵牛叩角。空吟《饭牛歌》而无人知遇,便只有像苏秦那样泪落黑貂裘了。

# 其 八

【原诗】 秋浦千重岭,水车岭最奇①。天倾欲堕石,水拂寄生枝。

【注释】 ① 水车岭:在今安徽池州桃坡村龙舒河畔。其峭壁临渊,奔流冲激,若桔槔声,故名水车岭。水车岭周围山峰奇秀,怪石峥嵘,风景奇特。

【译文】 在秋浦的千重山岭中,水车岭的风景最为奇特。天空好像要随着大石一道倾落下来,山石上的松萝在临水飘拂。

# 其 九

【原诗】 江祖一片石①,青天扫画屏。题诗留万古,绿字锦苔生。

【注释】 ① 江祖:即江祖石。其石临河壁立数十丈,似将堕于清溪河中。位于今安徽池州清溪河北岸。

**【译文】** 巨石江祖耸立在清溪河畔,就像青天涂抹出的一扇天然画屏。上面古人的题诗千年犹在,绿字之上长满了美丽的苔藓。

# 其　十

**【原诗】** 千千石楠树①,万万女贞林②。山山白鹭满,涧涧白猿吟。君莫向秋浦,猿声碎客心。

**【注释】** ① 石楠树:蔷薇科常绿乔木。叶质厚,花小,核果小球形。木材有香气。　② 女贞:又名冬青树。冬青科常绿乔木。夏季开白花。《汉书》颜师古注云:"女贞树,冬夏常青,未尝凋落,若有节操,故以名焉。"

**【译文】** 秋浦河岸的两旁,长着千千万万棵石楠树和女贞林。各个山头上都落满了白鹭,各个山涧里都有白猿在哀吟。劝你千万不要去游秋浦,那悲哀的猿声会叫碎你这位他乡游子的客心。

# 其十一

**【原诗】** 逻人横鸟道①,江祖出鱼梁②。水急客舟疾,山花拂面香。

**【注释】** ① 逻人:即逻人石,又名逻人矶,位于今安徽池州万罗山的北山腰,下临清溪河,高数十丈。鸟道:只有飞鸟才可飞过的险道。此句极言逻人石之高险。　② 鱼梁:拦鱼的小水坝。即以土石为之,截断水流,中留一缺口,以鱼网或鱼筍承之,以捕鱼。

**【译文】** 逻人石极其高峻,上只有鸟儿才可飞过;江祖石前,有渔人筑起了捕鱼的小堤坝。急流使得小舟飞快地行驶,山花拂着人面,散发阵阵香气。

## 其十二

**【原诗】** 水如一匹练,此地即平天①。耐可乘明月②,看花上酒船。

**【注释】** ① 平天:即水与天平之意。一说指平天湖,遗址在今安徽池州齐山脚下。据《池州志·山川》载:"平天湖,在城西南十里。本清溪之水,由江祖潭、上洛岭以下,潴而为湖,李白《秋浦歌》所云'水如一匹练,此地即平天'者是也。" ② 耐可:何不。

**【译文】** 水如一匹静静的白练,此地之水即与天平。何不乘此舟直升云天一览明月,一边赏两岸的鲜花,一边在船中饮酒呢?

## 其十三

**【原诗】** 渌水净素月①,月明白鹭飞。郎听采菱女,一道夜歌归。

**【注释】** ① 渌水:清澈透明的水。素月:素净白色的月亮。

**【译文】** 清澈透明的水中映着一轮素净的明月,一行白鹭在月光下飞行。田郎荷锄听见采菱女歌唱,一道唱和着山歌踏月而归。

## 其十四

**【原诗】** 炉火照天地①,红星乱紫烟。赧郎明月夜②,歌曲动寒川。

**【注释】** ① 炉火:唐代,秋浦乃产铜之地,此指炼钢之炉火。王琦注:"秋浦固产银、产铜之区,所谓'炉火照天地,红星乱紫烟'者,正是开矿处冶铸之火,乃足当之。" ② 赧(nǎn)郎:红脸汉,此指炼铜工人。赧,原指因羞愧而脸红,此指脸被炉火映红。

【译文】　炉火照彻天地,紫烟中红星乱闪。炼铜工人在明月之夜,一边唱歌一边劳动,他们的歌声响彻了寒峭的山谷。

## 其十五

【原诗】　白发三千丈,缘愁似个长①。不知明镜里②,何处得秋霜。

【注释】　① 个:这样的意思。　② 明镜:指玉镜潭,在今安徽池州大楼山下清溪河上。

【译文】　白发三千丈,是因为愁才长得这样长。不知在明镜之中,是何处的秋霜落在了我的头发上。

## 其十六

【原诗】　秋浦田舍翁,采鱼水中宿。妻子张白鹇①,结罝映深竹②。

【注释】　① 白鹇(xián):鸟名,又名银雉、越禽。雄鸟与上体白色并具黑纹,下体黑色;雌鸟以棕褐色为主,下体具白色或黄色细纹。　② 罝(jū):捕鸟的网。

【译文】　秋浦的田舍老翁,为捕鱼而睡在水上的船中。他的妻子在竹林深处张结鸟网,捕捉林中的白鹇。

## 其十七

【原诗】　桃波一步地①,了了语声闻②。暗与山僧别,低头礼白云③。

【注释】　① 桃波:即桃坡或桃陵,又称胡桃陵,在今安徽池州桃坡村。

② 了了：清晰的意思。　③ 白云：一说为寺名，故址在今安徽池州轿顶山西侧，白云峰山脚。

**【译文】**　桃波离这里只有一步之遥，那里的人说话这里都听得清清楚楚。我在这里暗与山僧告别，遥向白云作揖而去。

## 当涂赵炎少府粉图山水歌

**【题解】**　当涂，唐属江南东道宣州，今为安徽马鞍山属县。赵炎，即赵四，天宝中为当涂县尉，与李白过从甚密，李白有《送当涂赵少府赴长芦》《寄当涂赵少府炎》等诗，均是赠赵炎之作。少府，县尉之别称。粉图，即在粉墙上所绘之图。此诗是一首赏画之诗，表现出诗人神与物游的审美情趣，篇末表达了诗人出世的愿望。诗作于天宝十四载（755）游当涂时。

**【原诗】**　峨眉高出西极天①，罗浮直与南溟连②。名工绎思挥彩笔，驱山走海置眼前。满堂空翠如可扫，赤城霞气苍梧烟③。洞庭潇湘意渺绵④，三江七泽情回沿⑤。惊涛汹涌向何处，孤舟一去迷归年。征帆不动亦不旋，飘如随风落天边。心摇目断兴难尽，几时可到三山颠⑥。西峰峥嵘喷流泉，横石蹙水波潺湲。东崖合沓蔽轻雾⑦，深林杂树空芊绵⑧。此中冥昧失昼夜，隐几寂听无鸣蝉。长松之下列羽客，对坐不语南昌仙⑨。南昌仙人赵夫子，妙年历落青云士。讼庭无事罗众宾，杳然如在丹青里。五色粉图安足珍，真山可以全吾身。若待功成拂衣去，武陵桃花笑杀人⑩。

**【注释】**　① 峨眉：山名，位于四川盆地西南边缘，两山相对如蛾眉，故名。② 罗浮：山名，位于今广东增城、博罗、河源等地之间，长百余里，风景秀丽，为粤中名山。　③ 赤城：山名，在今浙江台州天台县。其山石皆赤，状似云霞,远望壁立如城,故名。孙绰《天台山赋》:"赤城霞起而建标,瀑布飞流以界道。"苍梧:山名,即九嶷山,位于今湖南宁远县南。《太平御览》引《归藏》云:"有白云出自苍梧,入于大梁。"  ④ 潇湘:二水名,潇水源出九嶷山,湘水源出阳海山,二水在零陵合流,称潇湘,北入洞庭。  ⑤ 三江:所指不一,《元和郡县图志》称岷江、澧江、湘江为三江;《太平御览》引《郡中志》称松江、钱塘江、浦阳江为三江。此泛指众江河。七泽:司马相如《子虚赋》谓楚有七泽,云梦居其一。此泛指众泽。  ⑥ 三山:指传说中的东海蓬莱、方壶、瀛洲三仙山。  ⑦ 合沓:山峦重叠貌。  ⑧ 芊绵:草木繁盛貌。⑨ 南昌仙:汉代梅福曾为南昌县尉,后弃官归里。王莽专政时,又舍妻子而去,不知所终,据说得道成了神仙。后遂以南昌仙称县尉。此指赵炎。⑩ 武陵桃花:据陶渊明《桃花源记》,晋有武陵渔人偶入桃花源,宛如世外仙境。此用其典。

**【译文】**  画中之山,如峨眉挺拔于西极之天,如罗浮之山与南海相连。此画工真是一位善于巧思的能工巧匠,用彩笔驱赶着高山大海置于我的眼前。满堂空翠,迹如可扫,赤城的霞气和苍梧的岚烟,仿佛可从画中飘浮而出。洞庭潇湘的美景意境深远,我之情意随着三江七泽之水而回返往复。那汹涌的波涛要流向何处?江海上的孤舟一去而无归日。舟上的征帆不动亦不旋,任由小舟随风而动漂至天边。我心摇目断,逸兴难尽,不知何时此舟才可到海中三仙山。西峰山势峥嵘,上有一道流泉喷射而出,泉水在山石中蜿蜒曲折流淌,泉声潺潺;东崖层峦叠嶂,云遮雾障,林深树密,草木繁盛。在此深山之中,岁月不知,昼夜难分。我凭几独坐,静听寂然,静得连一声蝉鸣也听不到。在长松之下,有仙人数位,对坐不语,南昌仙人梅福也似列坐其中。赵炎夫子如南昌仙尉,正当妙年华龄,为磊落青云士。庭中讼息,政简无事,与众宾在堂中宴坐,杳然如画中之神仙。此乃五色图画,并不足珍;还是真山真水好,可以远离世尘,隐居全身。有朝一日功成之后,我将拂衣而去,武陵的桃花在含笑待人呢!

# 永王东巡歌十一首

**【题解】** 永王,名李璘,唐玄宗第十六子,天宝十五载(756)六月,唐玄宗在奔蜀的途中,诏命李璘为山南东道及岭南、黔中、江南西道节度、采访等使,江陵郡大都督。九月,李璘至江陵,以抗击叛军为号召,招募将士数万人。当时唐肃宗已在灵武即位,下诏令李璘归觐于蜀,李璘不从。十二月,引舟师东下。抵达九江时曾三次遣使征召李白入幕。此诗宋蜀本题下注:"永王军中。"此十一首《永王东巡歌》即在永王幕府中所作。

## 其 一

**【原诗】** 永王正月东出师①,天子遥分龙虎旗②。楼船一举风波静③,江汉翻为雁鹜池④。

**【注释】** ① 正月:指至德二载(757)正月。 ② 天子:此指唐玄宗。龙虎旗:绘有龙虎之形的旗帜。此句即指唐玄宗天宝十五载任命事。 ③ 楼船:古时战船,因船高首宽、外观似楼而得名。 ④ 江汉:指长江、汉水一带。雁鹜池:汉梁孝王曾在梁苑建有雁鹜池。

**【译文】** 永王在至德二载正月出师东巡,天子向他遥分龙虎之旗委以重任。永王的楼船所过之处,波涛汹涌的长江和汉水,顿时变得像雁鹜池一样波平浪静。

## 其 二

**【原诗】** 三川北虏乱如麻①,四海南奔似永嘉②。但用东山谢安石③,为君谈笑静胡沙④。

**【注释】** ① 三川:秦时郡名,因有黄河、洛水、伊水三川,故名。北虏:指安史叛军。　②四海：指中原地区。永嘉：晋怀帝年号。晋永嘉五年，前赵匈奴君主刘曜陷洛阳，中原地区士庶相率南奔，避乱江左。天宝十五载，安禄山叛军陷洛阳、长安，中原吏民争相南奔避难，重演永嘉一幕，故云"似永嘉"。　③谢安石：即东晋宰辅谢安，字安石。他曾隐居会稽之东山。晋孝武帝太元八年，前秦苻坚率大军南侵，谢安起为大都督，派谢玄等人前去拒敌，在淝水破苻坚之军。事见《晋书·谢安传》。此李白以谢安自比。④谈笑：谓从容指挥，运筹帷幄，破敌于谈笑之中。胡沙：即胡尘，此指安史叛军。

【译文】　北方的胡虏在三川一带纷乱如麻，中原地区的人民争相南奔避难，似晋朝的永嘉之难。只要起用东山谢安石来辅佐平叛，一定能为君王在谈笑中扫靖胡沙。

## 其　三

【原诗】　雷鼓嘈嘈喧武昌①，云旗猎猎过寻阳②。秋毫不犯三吴悦③，春日遥看五色光④。

【注释】　①嘈嘈：鼓声嘈杂。武昌：在今湖北鄂州鄂城区。　②猎猎：风吹旌旗的声音。寻阳：即今江西九江。　③三吴：《水经注·浙江水》以吴兴、吴郡、会稽为三吴；《通典·州郡》以吴郡、吴兴、丹阳为三吴。此泛指江东一带。　④五色光：五色祥云。此谓永王出兵上应天象，故天呈祥瑞。

【译文】　鼓声如雷，嘈杂之声喧动了武昌；旌旗如云，呼啦啦地过了寻阳。所过之处秋毫无犯，三吴之地的民众箪食壶浆，呈现出一派春光明媚的祥瑞气象。

## 其　四

【原诗】　龙盘虎踞帝王州①，帝子金陵访古丘②。春风试暖昭阳殿③，明月还过鳷鹊楼[④]。

【注释】 ①“龙盘”句:《太平御览》引《吴录》:“刘备曾使诸葛亮至京,因睹秣陵山阜,叹曰:‘钟山龙盘,石头虎踞,此帝王之宅。’”此谓金陵地势险要。 ② 帝子:指永王。 ③ 昭阳殿:南朝金陵宫殿名。 ④ 鳷鹊楼:南朝金陵宫殿名。

【译文】 钟山龙盘,石城虎踞,金陵果然是帝王之州,如今帝子永王来访金陵之旧迹。春风吹暖了旧苑中的昭阳宫殿,明月高高地照耀着鳷鹊楼。

## 其 五

【原诗】 二帝巡游俱未回[①],五陵松柏使人哀[②]。诸侯不救河南地[③],更喜贤王远道来[④]。

【注释】 ① 二帝:指唐玄宗和唐肃宗。时唐玄宗避难入蜀,唐肃宗即位灵武,俱未回到长安,故谓“巡游俱未回”。巡游:此为帝王蒙难外逃之代词。② 五陵:指高祖之献陵、太宗之昭陵、高宗之乾陵、中宗之定陵、睿宗之桥陵。 ③ 诸侯:指各地将帅和地方长官。河南地:指唐河南道,时为安史叛军所盘踞。 ④ 贤王:指永王。

【译文】 太上皇和皇上在外巡游俱未回到首都长安,诸先帝陵寝松柏蒙受胡尘而使人悲哀。各路诸侯都不来救河南之地,可喜的是贤王却率领兵马远道前来勤王。

## 其 六

【原诗】 丹阳北固是吴关[①],画出楼台云水间[②]。千岩烽火连沧海,两岸旌旗绕碧山。

**【注释】**　① 丹阳：即润州。北固：山名,在今江苏镇江,下临长江,其势险固,因以为名。　②"画出"句：因丹阳临江,故其楼台隐映于云水之间。

**【译文】**　丹阳的北固山就是古来的吴关,其临江的楼台隐映于云水之间,美如画图。如今战火遍地,已燃及沧海,永王大军东巡的旌旗在大江两岸围绕飘扬于碧山之间。

## 其　七

**【原诗】**　王出三江按五湖<sup>①</sup>,楼船跨海次扬都<sup>②</sup>。战舰森森罗虎士<sup>③</sup>,征帆一一引龙驹<sup>④</sup>。

**【注释】**　① 三江：古人说法不一,此泛指永王所经的诸水。五湖：一说指太湖的五个湖湾;一说指太湖附近的五个湖。此泛指江左诸湖。　② 扬都：即扬州,此泛指金陵、扬州一带。　③ 森森：众多貌。虎士：勇士。④ 龙驹：指战马。

**【译文】**　永王大军出巡三江,按兵五湖,楼船欲出征跨海行次扬州。战舰上森森地站满了貔虎之士,战船满载着征战的骏马。

## 其　八

**【原诗】**　长风挂席势难回<sup>①</sup>,海动山倾古月摧<sup>②</sup>。君看帝子浮江日,何似龙骧出峡来<sup>③</sup>。

**【注释】**　① 挂席：挂帆。席,船帆。　② 古月：即胡之析字,指胡人安禄山叛军。　③ 龙骧：指晋龙骧将军王濬。晋武帝咸宁五年十一月,大举伐吴,遣龙骧将军王濬、广武将军唐彬,率巴蜀之卒,浮江而下。

**【译文】**　长风吹着船帆,其势一往无前,军威所震,海动山倾,誓摧胡虏。

你看永王率兵浮江而下,多么像当年晋朝的龙骧将军出峡伐吴呀!

# 其 九①

【原诗】 祖龙浮海不成桥②,汉武寻阳空射蛟③。我王楼舰轻秦汉④,却似文皇欲渡辽⑤。

【注释】 ① 此首元萧士赟、近人郭沫若等俱以为是伪作。 ② 祖龙:谓秦始皇。《水经注》引《三秦略记》说,秦始皇于海中作石桥,海神为其竖柱,秦始皇求与海神相见,海神说自己貌丑,不要为他画像。秦始皇入海四十里见海神,其手下画工暗画海神像,海神怒,桥崩,始皇仅得登岸,画工悉落海溺死。 ③ "汉武"句:《汉书·武帝纪》:"(元封)五年冬,(武帝)行南巡狩……自寻阳浮江,亲射蛟江中,获之。" ④ 轻秦汉:即轻视秦皇、汉武之意。 ⑤ 文皇:即唐太宗。贞观十九年,太宗亲征辽东。二月兵发洛阳,五月车马渡辽,至冬初始班师。事见《旧唐书·太宗本纪》。

【译文】 秦始皇浮海造桥不成,汉武帝在寻阳射蛟也是空忙一场。我家贤王的楼舰是为平叛而来,其举可轻秦汉,最似太宗文皇帝渡海伐辽。

# 其 十

【原诗】 帝宠贤王入楚关①,扫清江汉始应还②。初从云梦开朱邸③,更取金陵作小山④。

【注释】 ① 帝:指唐玄宗。入楚关:指永王受命任四道节度使、江陵大都督事。楚关,犹楚地。 ② 江汉:指长江和汉水流域。 ③ 云梦:古泽名,在今湖南北部和湖北中西部,此指湖北江陵一带。朱邸:指永王的江陵大都督府。 ④ 金陵:此指钟山。小山:用淮南王小山事,此借为地名用。意谓将钟山作为永王苑中的小山。

【译文】 皇帝宠命贤王以重任入楚关,扫清江汉地区就胜利而还。先在云梦开建大都督府,再在金陵取钟山作王府的苑中小山。

## 其十一

【原诗】 试借君王玉马鞭<sup>①</sup>,指麾戎虏坐琼筵<sup>②</sup>。南风一扫胡尘静<sup>③</sup>,西入长安到日边<sup>④</sup>。

【注释】 ① 玉马鞭:喻指挥权。此句指借用君王赐予永王的军权。 ② 戎虏:即胡虏,指安史叛军。坐琼筵:用谢安事。谓于琼筵之上即可指挥平敌。 ③ 南风:谓永王军队。时永王在江汉,胡虏在北,故谓永王军以"南风"为喻。 ④ 日边:日为君象,故京城谓之日边,即君王身边。此句谓凯旋入朝,朝拜天子。

【译文】 试借我王君主所赐的玉马鞭一用,我将坐在琼筵之上为君指挥平叛。南风所向,将胡尘一扫而尽,然后再西入长安,朝拜天子。

## 上皇西巡南京歌十首

【题解】 上皇,指唐玄宗。天宝十五载(756)六月,安禄山兵破潼关,玄宗西幸,是谓西巡。七月,太子李亨即位于灵武,是为肃宗,尊玄宗为上皇天帝。至德二载(757)十月,肃宗还长安,遣使迎玄宗。十二月丁未,玄宗还长安,戊午,以蜀都(成都)为南京,凤翔为西京,西京(长安)为中京。此时李白在寻阳被判长流夜郎,他忍着悲痛写了这组颂诗,为玄宗的还朝而欣喜,为国家形势的好转而高兴。

## 其 一

【原诗】 胡尘轻拂建章台<sup>①</sup>,圣主西巡蜀道来<sup>②</sup>。剑壁门高五千尺,石为楼阁九天开③。

**【注释】** ① 建章台:汉代长安有建章宫,宫中有建章台。此代指唐代宫苑。 ② 圣主:指玄宗。 ③ "剑壁"二句:此写剑门的险要形势。剑门关,在今四川剑阁县北。大剑山、小剑山夹峙如门。张载《剑阁铭》:"唯蜀之门,作固作镇。是曰剑阁,壁立千仞。"

**【译文】** 胡兵的战尘使长安的宫殿受到污染,圣主西巡来到蜀道。剑门高耸达五千尺,石壁像楼阁一样昂首九天。

# 其 二

**【原诗】** 九天开出一成都,万户千门入画图。草树云山如锦绣,秦川得及此间无①。

**【注释】** ① 秦川:即秦岭以北、渭水流域的关中平原。此指长安。

**【译文】** 锦城成都如九天所开,万户千门像画图一样美丽。其地草树云山如同锦绣,秦川长安的风光能比得上这里吗?

# 其 三

**【原诗】** 华阳春树似新丰①,行入新都若旧宫②。柳色未饶秦地绿,花光不减上阳红③。

**【注释】** ① 华阳:蜀国的国号,此指成都。新丰:汉县名,唐代存有新丰故城,故址在今陕西西安临潼新丰。华阳,一作"德阳"。 ② 新都:成都西北有新都县,此指成都。 ③ 上阳:唐宫名,高宗所建,在今河南洛阳。

**【译文】** 华阳国的春树绝似新丰,太上皇所驾幸的新都如同长安的旧宫。

柳色之青绿不下秦地之柳,花光之红艳不减上阳之花。

## 其　四

【原诗】　谁道君王行路难,六龙西幸万人欢①。地转锦江成渭水②,天回玉垒作长安③。

【注释】　① 六龙:皇帝之车驾。龙,马之美称,马高八尺曰龙。古代天子车驾为六马,故称六龙。　② 锦江:又称濯锦江,为岷江支流,在成都南,旧称"此水濯锦,鲜于他水",故名锦江。渭水:即今之陕西渭河,唐时流经长安北。　③ 玉垒:山名,在成都西北旧灌县境内。

【译文】　谁说君王行路难呢?皇帝的车驾西幸使得万众欢腾。好像是地将锦江转成了渭水,天将玉垒变作了长安。

## 其　五

【原诗】　万国同风共一时①,锦江何谢曲江池②。石镜更明天上月③,后宫亲得照娥眉④。

【注释】　① 同风:即风俗同一。《汉书·终军传》:"今天下为一,万里同风。"　② 曲江池:又名曲江,在长安城东南。　③ 石镜:据《华阳国志》记载,有一美艳的山精被蜀王纳为宫妃,死后蜀王为她作冢,盖地数亩,高七丈,上有石镜,晶莹照人。　④ 娥眉:细而弯的双眉。

【译文】　天下一时,万国同风,锦江风光哪一点比不上长安的曲江?蜀国的石镜明莹可比天上之明月,后宫的嫔妃得以前去映照丽影。

## 其 六

【原诗】 濯锦清江万里流<sup>①</sup>,云帆龙舸下扬州<sup>②</sup>。北地虽夸上林苑<sup>③</sup>,南京还有散花楼<sup>④</sup>。

【注释】 ① 万里流:锦江为岷江的支流,岷江下通大江,可长流万里,直达扬州。 ② 龙舸:皇帝的舟船。 ③ 上林:汉长安宫苑名,此指唐宫。 ④ 散花楼:一名锦江楼,在成都锦江边。

【译文】 濯锦江水长流万里,龙舸挂上云帆,向东可以直下扬州。北方的长安虽有上林苑可以夸耀,南京成都也有散花楼可与之媲美。

## 其 七

【原诗】 锦水东流绕锦城<sup>①</sup>,星桥北挂象天星<sup>②</sup>。四海此中朝圣主,峨眉山上列仙庭<sup>③</sup>。

【注释】 ① 锦城:又称锦官城,即成都。 ② 星桥:据《元和郡县图志·成都府》记载,成都"西南两江共七桥,李冰所造,言上应七星"。 ③ 仙庭:即仙人洞府。唐时,峨眉山为道教盛地。

【译文】 锦水东流绕过锦城,江上七桥恰似北天上的北斗七星。天下士庶云集此地来朝见圣主,峨眉山上有座座仙庭相连。

## 其 八

【原诗】 秦开蜀道置金牛<sup>①</sup>,汉水元通星汉流<sup>②</sup>。天子一行遗圣迹,锦城长作帝王州。

【注释】 ① 金牛:即金牛道,是由秦入蜀的要道。据《水经注·沔水》记载,"秦惠王欲伐蜀而不知道,作五石牛,以金置尾下,言能屎金。蜀王负力,令五丁引之,成道"。　②汉水:即汉江,源出今陕西宁强县嶓冢山,流经陕西南部、湖北西北部和中部,由汉口入大江。星汉:即河汉,银河。

**【译文】**　秦惠王时置金牛以引诱蜀王来开蜀道,所经之汉水仿佛与银河相通。天子西巡一路留下了许多圣迹,锦城成都从此可以长为帝王之州。

## 其　九

**【原诗】**　水渌天青不起尘,风光和暖胜三秦①。万国烟花随玉辇②,西来添作锦江春。

**【注释】**　① 三秦:项羽灭秦后,将秦地三分,封给雍王章邯、塞王司马欣和翟王董翳,谓之三秦。　② 烟花:谓春景。玉辇:皇家所乘之车。

**【译文】**　蜀中水清天蓝,了无纤尘;风光和暖,气候宜人,远胜三秦。一路上烟水春花伴随玉辇,都一起西来为锦江增添春色。

## 其　十

**【原诗】**　剑阁重关蜀北门,上皇归马若云屯①。少帝长安开紫极②,双悬日月照乾坤③。

**【注释】**　① 云屯:集聚如云,形容人多。　② 少帝:指唐肃宗李亨。紫极:星名,王者为宫以象之。后指帝王宫殿。　③ 双悬日月:谓二日并耀,指唐玄宗和唐肃宗。日月,偏义复词,此单指日。日者君象。

**【译文】**　剑阁为蜀北门的一座重关,上皇的车驾归回长安,随驾的车马如云。少帝在长安大开宫门迎接上皇的归来,二帝如双日并耀,朗照天地。

# 峨眉山月歌

**【题解】** 宋蜀本题下注:"峡路。"峨眉山是蜀中大山,也是蜀地的代称。李白是蜀人,因此峨眉山月也就是故园之月。李白开元十二年(724)"仗剑去国,辞亲远游",这是他在离蜀途中所作。

**【原诗】** 峨眉山月半轮秋①,影入平羌江水流②。夜发清溪向三峡③,思君不见下渝州④。

**【注释】** ① 半轮:半边,半个。指初七、初八的半月。 ② 平羌:即今青衣江。在峨眉山东北,发源于芦山县,经夹江至乐山,与大渡河、岷江合流。③ 清溪:即清溪驿。一说清溪驿在今四川犍为县。《舆地纪胜》:"清溪驿在嘉州犍为县。"一说清溪驿当是嘉州附近的板桥驿。《乐山县志》:"板桥溪,出平羌峡口五里,庐居十余家,高临大江傍岸。清邑宰迎大僚于此。盖唐时清溪驿,即宋平羌驿也。"三峡:一说为嘉州三峡,即平羌峡、背峨峡、犁头峡。一说为长江三峡,即瞿塘峡、巫峡、西陵峡。此当指长江三峡,因清溪驿已在嘉州三峡的下游。 ④ 君:一语双关,兼指峨眉山月和故乡亲友。渝州:唐时属剑南道,即今重庆。

**【译文】** 峨眉山的半轮秋月,倒影映在平羌江的粼粼江流中。在静静的夜晚,我从清溪乘船向三峡进发。多么思念你呀,我的朋友!相思而不得见,我只好怀着恋恋不舍的心情,乘流东去,直下渝州。

# 峨眉山月歌送蜀僧晏入中京

**【题解】** 此诗是李白在江夏送蜀僧晏上人入长安之作。晏上人事不详。据两《唐书》载,唐肃宗至德二载(757),原西京长安改为中京,上元二年(761),中京又复为西京。此诗当作于乾元至上元年间李白流夜郎遇赦释归至武昌时。诗中充溢着李白对故乡友人的怀恋与对故乡的思念之情。

**【原诗】** 我在巴东三峡时①，西看明月忆峨眉。月出峨眉照沧海②，与人万里长相随。黄鹤楼前月华白③，此中忽见峨眉客④。峨眉山月还送君，风吹西到长安陌。长安大道横九天，峨眉山月照秦川⑤。黄金师子乘高座⑥，白玉麈尾谈重玄⑦。我似浮云滞吴越⑧，君逢圣主游丹阙⑨。一振高名满帝都⑩，归时还弄峨眉月。

**【注释】** ①巴东：即归州，天宝元年改巴东郡。治所在今湖北巴东县。②沧海：此泛指江湖。③黄鹤楼：原在今湖北武汉长江南岸蛇山黄鹤矶上。月华：即月光。④峨眉客：指蜀僧晏。⑤秦川：指长安附近的渭河平原，古为秦地，故称秦川。此指长安。⑥黄金师子：据《法苑珠林》载，龟兹王造金狮子座，上铺大秦锦褥，请高僧鸠摩罗什升座说法。⑦麈尾：麈是似鹿而大的一种动物。其尾可制为拂尘，魏晋以来的清谈家执之以示高雅。重玄：即老子所言"玄之又玄"之意。此指援引老庄之道以释佛。⑧吴越：此指长江中下游地区。⑨丹阙：指皇宫。⑩帝都：即首都，指长安。

**【译文】** 我以前在巴东三峡之时，曾西望明月，遥忆家乡的峨眉山。月从峨眉而出，普照沧海，长与人万里相随。在黄鹤楼前的月光下，我忽然遇到了你这位从家乡峨眉来的客人。如今，峨眉山月又将随风伴送你西入长安。长安的大道直通九天，峨眉山月也随你朗照八百里秦川。在京师，你乘坐黄金狮子的高座，手执麈尾，高谈重玄之道。我像浮云一样在吴越游荡，而你却能遭逢圣主，一游丹阙。等你一振高名、誉满帝都之时，再归来故地，与我一起玩赏峨眉的山月吧！

# 赤壁歌送别

**【题解】** 赤壁,在今湖北赤壁西北。《元和郡县图志·江南道鄂州蒲圻县》:"赤壁山,在县西一百二十里,北临大江,其北岸即乌林,与赤壁相对,即周瑜用黄盖策,焚曹公舟船败走处,故诸葛亮论曹公'危于乌林'是也。"此诗宋蜀本题下注:"江夏。"为开元二十二年(734)李白游江夏时送别友人而作。

**【原诗】** 二龙争战决雌雄①,赤壁楼船扫地空。烈火张天照云海,周瑜于此破曹公②。君去沧江望澄碧③,鲸鲵唐突留余迹④。一一书来报故人,我欲因之壮心魄。

**【注释】** ① 二龙:指争战双方,此指曹操与孙权。雌雄:指输赢。②"周瑜"句:建安十三年,刘备、孙权联合,与曹操在赤壁作战。周瑜用黄盖诈降计,"(黄)盖放诸船,同时发火,时风盛猛,悉延烧岸上营落,顷之,烟炎张天,人马烧溺死者甚众"。见《三国志·吴书·周瑜传》。 ③ 沧江:指长江,以江水呈青苍色,故称。 ④ 鲸鲵:大鱼名,喻不义之人。《左传·宣公十二年》:"古者明王伐不敬,取其鲸鲵而封之,以为大戮。"杜预注:"鲸鲵,大鱼名,以喻不义之人吞食小国。"此指縻兵的军队。

**【译文】** 犹如二龙争战以决雌雄,赤壁一战,曹操的楼船被一扫而空。烈火熊熊烟焰冲天,照耀云海,周瑜曾于此地大破曹公。你去大江观看青碧澄明的江水,看到了当年留下的大鲸横行争斗的遗迹。请将实地的观感一一写信给我,使我看过信后也快慰一下壮心。

# 江夏行

**【题解】**　《江夏行》，李白自创乐府新辞。《乐府诗集》列于《新乐府辞》。江夏，郡名，唐属江南西道，开元间为鄂州，在今湖北武汉。此诗作于开元年间游江夏时。

**【原诗】**　忆昔娇小姿，春心亦自持①。为言嫁夫婿，得免长相思。谁知嫁商贾，令人却愁苦。自从为夫妻，何曾在乡土。去年下扬州②，相送黄鹤楼③。眼看帆去远，心逐江水流。只言期一载，谁谓历三秋。使妾肠欲断，恨君情悠悠。东家西舍同时发，北去南来不逾月。未知行李游何方④，作个音书能断绝⑤。适来往南浦⑥，欲问西江船⑦。正见当垆女⑧，红妆二八年。一种为人妻⑨，独自多悲凄。对镜便垂泪，逢人只欲啼。不如轻薄儿⑩，旦暮长追随。悔作商人妇，青春长别离。如今正好同欢乐，君去容华谁得知。

**【注释】**　① 春心：思春之心。自持：自我控制。　② 扬州：唐属淮南道，为大都督府，商业繁荣，万商云集，为东南一大都会。　③ 黄鹤楼：故址在武汉长江南岸的蛇山黄鹤矶上。　④ 行李：行人携带之衣物，此代指行人。⑤ 音书：即书信。　⑥ 南浦：地名，在旧江夏县南三里。《楚辞·离骚》："送美人兮南浦。"　⑦ 西江：江夏以西的长江。　⑧ 当垆女：卖酒女。⑨ 一种：一样。　⑩ 轻薄儿：游手好闲的浮浪子弟。

**【译文】**　回忆起以前未嫁之时，尚是一个娇小之女，虽有思春之情，芳心亦可自持。想早日嫁个夫婿，免得常在空闺相思。谁知今日嫁给了个商人，令人好不愁苦。自从结婚为夫妻以来，他何曾一日在家呆过？去年他下扬州时，我在黄鹤楼前为他送行，眼看帆已去远，我的心也随江流逐他而去。只说去一年就回来，可是过了三年也没有消息。这使我愁肠欲断，怨恨夫君之情如悠悠的江水。与他一起出发的东邻西舍，人家北去南来不到一个月都回来了。也不知道夫婿的影踪如今在何方？给他写封书信也没处投递。于是前来南浦,想打听一下是否有西江来的商船。正好见到一个卖酒的少妇,年方二八,红妆靓然,与丈夫一同当垆卖酒。同样是为人之妻,唯有我形单影只,独栖一身,好不凄然。我如今对镜垂泪,逢人欲泣,好不后悔。还不如当初就嫁给一个轻薄少年,也能与他早晚相随。我悔做商人之妇,长期过着别离的生活,空度青春年华。如今正是一同欢乐的大好时光,夫君一去,我的青春容华能给谁看?

# 怀仙歌

【题解】 《怀仙歌》,乃向往求仙之辞。此诗当作于李白的晚年,对仕途彻底绝望之时。

【原诗】 一鹤东飞过沧海①,放心散漫知何在②。仙人浩歌望我来③,应攀玉树长相待④。尧舜之事不足惊⑤,自余嚣嚣真可轻⑥。巨鳌莫载三山去⑦,吾欲蓬莱顶上行。

【注释】 ①"一鹤"句:此句暗用丁令威化鹤成仙归辽东的故事。参见《送李青归华阳川》注。沧海:指海上仙岛沧海岛。《海内十洲记》:"沧海岛,在北海中,地方三千里,去岸三十一万里,海四面绕岛,各广二千里,水皆苍色,仙人谓之沧海也。"此指渤海。 ②放心:即放逸之心。放心散漫,意即无拘无束,自由自在。 ③浩歌:放声高歌。 ④玉树:传说中仙境的仙木。《列子·汤问》:"(蓬莱)其上台观皆金玉,其上禽兽皆纯缟,珠玕之树皆丛生,华实皆有滋味,食之皆不老不死。"李白《杂诗》:"传闻海水上,乃有蓬莱山。玉树生绿叶,灵仙每登攀。一食驻玄发,再食留红颜。"⑤"尧舜"句:儒家所传尧舜禅让之事,古人传为美谈。李白认为,此言不足凭,他在《远别离》中说:"尧幽囚,舜野死。" ⑥"自余"句:意谓尧舜尚且如此,尧舜以下的事,更是代代相篡相残,不值一提。嚣嚣,喧闹声。⑦巨鳌:神话传说中的海中大龟。据说海中有岱舆、员峤、方壶、瀛洲、蓬莱五座神山,在海中漂流,上帝恐其下沉于海,命十五只巨鳌驮着它们。龙伯国有大人在东海连钓六鳌，于是岱舆、员峤二仙山流于北极，沉于大海，而东海中只剩下了蓬莱、方壶、瀛洲三神山。事见《列子·汤问》。

【译文】　一只仙鹤正向东方的沧海飞去，它自由自在要飞往何处？蓬莱仙山的仙人在放声高唱，望我前去，他们折下玉树之枝翘首以待。尧舜相禅之事本为虚妄，不足为奇，尧舜以下嚣嚣万世的争权夺位之事更是令人嗤之以鼻。海中的巨鳌啊，莫要载三神山而去，我将要远离尘世，意欲到蓬莱山顶上一游呢！

# 玉真仙人词

【题解】　玉真公主，睿宗第十女，玄宗之妹。始封崇昌县主，太极元年（712）出家为女道士。以方士史崇玄为师，改称玉真公主。后从司马承祯修道，道号为持盈法师，与李白和元丹丘关系甚为密切。天宝初，李白在玉真公主的帮助下被玄宗征诏入官。此诗当作于开元二十三年（735）李白游洛阳时。

【原诗】　玉真之仙人①，时往太华峰②。清晨鸣天鼓③，飙欻腾双龙④。弄电不辍手⑤，行云本无踪。几时入少室⑥，王母应相逢⑦。

【注释】　① 仙人：一作"真人"。　② 时往：一作"西上"。太华峰：即华山。　③ 鸣天鼓：鸣雷。一说为道家叩齿之养生法，似非。此首诗拟玉真公主为神仙，当为击天鼓之意。　④ 飙欻（xū）：疾风。　⑤ 弄电：放闪电。　⑥ 少室：即少室山。嵩山东为太室，西为少室。在今河南登封西北。　⑦ 王母：即西王母，神话中女仙的首领。

【译文】　仙人玉真公主，时常来往于少室与华山之间。清晨响起了天鼓，她驾驭双龙乘风而去。她边飞行边不停地打着闪电，像行云一般，一会儿就不见了踪影。我几时到少室山去，一定能够遇见这位西王母式的神仙。

# 清溪行

**【题解】** 宋蜀本题下注:"宣城。一作《宣州清溪》。"为李白天宝十三载(754)游宣城时所作。清溪,源出安徽池州洴溪山,流经贵池境,至清溪口入大江。

**【原诗】** 清溪清我心,水色异诸水。借问新安江①,见底何如此②。人行明镜中③,鸟度屏风里④。向晚猩猩啼⑤,空悲远游子。

**【注释】** ① 新安江:源出安徽黄山,东南流入钱塘江。 ② 沈约《新安江至清浅深见底贻京邑同好》:"洞澈随清浅,皎镜无冬春。千仞写乔树,百丈见游鳞。"为此句所本。 ③ 明镜:喻水。释惠标《咏水》:"舟如空里泛,人似镜中行。" ④ 屏风:喻指清溪两岸重叠的山峰。 ⑤ 猩猩啼:左思《蜀都赋》:"猩猩夜啼。"李善注:"猩猩生交趾、封溪。似猿,人面,能言语,夜闻其声,如小儿啼。"

**【译文】** 清溪使我的心感到清静,其水色和众水大不相同。请问新安江,你为什么如此清澈见底?人乘船如行明镜之中,鸟儿也如同在美丽的屏风里飞翔。到晚上可听到猩猩像小儿般的啼哭,使远行之客格外伤心。

# 酬殷佐明见赠五云裘歌

**【题解】** 殷佐明曾官正字、仓部郎中,与颜真卿有亲戚关系。大历年间曾与颜真卿等联句。五云裘,杨齐贤云:"五云裘者,五色绚烂如云,故以五云名之。"此诗为李白晚年作于当涂。此诗之妙不仅在于对五云裘极尽形容之能事,而且巧妙地将二谢的名句融入诗篇之中。

**【原诗】** 我吟谢朓诗上语,朔风飒飒吹飞雨①。谢朓已没青山空②,

后来继之有殷公。粉图珍裘五云色③,晔如晴天散彩虹④。文章彪炳光陆离⑤,应是素娥玉女之所为⑥。轻如松花落金粉⑦,浓似锦苔含碧滋⑧。远山积翠横海岛⑨,残霞霏丹映江草。凝毫采掇花露容,几年功成夺天造。故人赠我我不违⑩,著令山水含清晖。顿惊谢康乐,诗兴生我衣。襟前林壑敛暝色,袖上云霞收夕霏⑪。群仙长叹惊此物,千崖万岭相萦郁⑫。身骑白鹿行飘飖,手翳紫芝笑披拂⑬。相如不足夸鹔鹴⑭,王恭鹤氅安可方⑮。瑶台雪花数千点⑯,片片吹落春风香。为君持此凌苍苍,上朝三十六玉皇⑰。下窥夫子不可及⑱,矫手相思空断肠⑲。

**【注释】** ①"朔风"句:谢朓《观朝雨诗》:"朔风吹飞雨,萧条江上来。" ② 青山:宋蜀本原注:"谢朓宅,在当涂青山下。"青山在当涂东南三十里,谢尝筑室山南,又名谢公山。 ③ 粉图:犹云绘画,即刺绣图案之意。五云色:即五彩之云。 ④ 晔:光彩耀人。 ⑤ 彪炳:文采焕发。陆离:色彩斑斓貌。 ⑥ 素娥:即嫦娥,因嫦娥居月宫,月色白,故称素娥。玉女:即仙女。 ⑦ 金粉:此指松花的金黄色花粉。 ⑧ 碧滋:谓色翠而滋润。 ⑨ 远山积翠:远山如层层翠色相积。 ⑩ 不违:不拒绝。 ⑪ "襟前"二句:云此裘上之画有谢康乐(即谢灵运)之诗意。谢灵运《石壁精舍还湖中》:"昏旦变气候,山水含清辉……林壑敛暝色,云霞收夕霏。"霏:云飞貌。 ⑫ 萦郁:萦绕聚集。 ⑬ 翳:掩,隐蔽。紫芝:即灵芝。古人认为服食灵芝可以成仙。披拂:披衣拂动。 ⑭ 鹔鹴:鸟名,其羽可以织裘。《西京杂记》云,司马相如有鹔鹴裘,"与卓文君还成都……以所著鹔鹴裘就市人阳昌贳酒,与文君为欢"。 ⑮ 鹤氅(chǎng):用鹤羽所制之外衣。《世说新语·企羡》:"孟昶未达时,家在京口,尝见王恭乘高舆披鹤氅裘。于时微雪,昶于篱时窥之,叹曰:'此真神仙中人!'" ⑯ 瑶台:传说西王母在昆仑山上所居之处,其台皆以玉为之,故云瑶台。 ⑰ 三十六玉皇:即道家所谓三十六天帝。 ⑱ 夫子:对殷佐明的尊称。 ⑲ 矫手:举手。

**【译文】** 我吟咏着谢朓诗中的语句,朔风飒飒吹着飞雨而来。谢朓已去,青山再也见不到这样文采风流的诗人了,后来却有殷公佐明继之。殷公所赠我之珍裘上刺绣着五色云彩,如晴天散出的彩虹,光彩夺目。上面的花纹图案璀璨陆离,一定是天上的嫦娥和玉女所织成的。上面金粉洒落轻如松花,翠色滋润浓似锦苔。所绣之图有海岛边的远山积翠,落霞残红映着江草。还有用彩笔所绘的花朵,含着晶莹露珠,数年之功,巧胜天造。老友赠我,我不推辞,穿上它使山水也增添了几分清丽的色彩。我惊喜地发现,谢康乐的诗意竟然在我的裘衣上现了出来:襟前的图案绣的是"林壑敛暝色",袖上绣的是"云霞收夕霏"。就是神仙也惊叹千崖万岭之美景,竟然能收于一衣之上。我将身骑白鹿,飘然而去,手执紫芝,笑披此裘。司马相如的鹔鹴裘何足夸耀,王恭的鹤氅怎能与此相提并论?此裘之上还有瑶台的千点雪花,仿佛被春天的香风片片吹落,真是一件宝物啊!我要为你持此裘上凌苍天,前去朝拜上天的三十六玉皇。那时我将在天上遥望夫子而不可及,那就只好举手相思空断肝肠了!

# 临路歌

**【题解】** 代宗宝应元年(762)冬,李白"疾殛"(李阳冰《草堂集序》),"年六十有二不偶,赋《临终歌》而卒"(李华《故翰林学士李君墓志并序》)。《临终歌》当作《临路歌》。广陵王刘胥死前作歌云:"奉天期兮不得须臾,千里马兮驻待路。黄泉下兮幽深,人生要死,何为苦心。"此用其意。李白一生以大鹏自喻,故死前也以大鹏中天被摧自比。

**【原诗】** 大鹏飞兮振八裔[1],中天摧兮力不济。余风激兮万世,游扶桑兮挂石袂[2]。后人得之传此,仲尼亡兮谁为出涕[3]。

**【注释】** ① 八裔:即八方。 ② 扶桑:神木名。神话中说,日出于旸谷,浴乎咸池,拂于扶桑。石袂:当作"左袂"。王琦注:"当作左。"即左袖之意。③仲尼:孔子字。出涕:王琦注:"诗意谓西狩获麟,孔子见之而出涕。今大鹏摧于中天,时无孔子,遂无有人为出涕者。喻己之不遇于时,而无人为之隐惜。太白尝作《大鹏赋》,实以自喻,兹于临终作歌,复借大鹏以寓言耳。"

【译文】　大鹏飞啊震动八方,中天被摧啊力量不济。所余之风可以激励万世,东游扶桑挂住了衣袖。后人得此消息而相传,仲尼已亡,还有谁能为其之死伤心出涕?

## 历阳壮士勤将军名思齐歌并序

【题解】　历阳,即今安徽马鞍山,唐时属淮南道历阳郡。勤将军,即勤思齐,武后时名将,开元九年尚在世。事见张说《举陈光乘等表》。此诗盖作于太白游历阳时,作年不详。

【原序】　历阳壮士勤将军,神力出于百夫。则天太后召见,奇之,授游击将军①,赐锦袍玉带,朝野荣之。后拜横南将军②,大臣慕义,结十友,即燕公张说③、馆陶公郭元振④为首。余壮之,遂作诗。

【原诗】　太古历阳郡,化为洪川在⑤。江山犹郁盘⑥,龙虎秘光彩。蓄泄数千载,风云何霮䨴⑦。特生勤将军,神力百夫倍。

【注释】　① 游击将军:武官名,从五品下武散官。　② 横南将军:对武官临时加封的官号。　③ 张说:玄宗开元时大臣,曾任中书令等职,封燕国公。　④ 郭元振:玄宗时大臣,曾任兵部尚书等职,封馆陶县男。　⑤ 洪川:传说历阳古时曾一夕化而为湖。事见《淮南子·俶真训》。　⑥ 郁盘:蜿蜒曲折貌。　⑦ 霮䨴(dàn duì):云密貌。

【译文】　曾听说,历阳郡在太古的时候,一夜之间就化为了湖泊。在其蜿蜒曲折的江山之中,有龙虎潜光秘影,藏于其间。其洪湖蓄泄数千载,风云变幻,神秘莫测。于是生了一个勤将军,其神力有百夫不当之勇。

# 草书歌行

**【题解】** 自苏轼定此诗为伪作之后,后人皆从之。郭沫若力为之辩。其实,苏轼等人皆为臆断,并未有实据。诗当作于乾元二年(759)李白游零陵时。

**【原诗】** 少年上人号怀素①,草书天下称独步。墨池飞出北溟鱼②,笔锋杀尽中山兔③。八月九月天气凉,酒徒辞客满高堂。笺麻素绢排数箱④,宣州石砚墨色光⑤。吾师醉后倚绳床⑥,须臾扫尽数千张。飘风骤雨惊飒飒,落花飞雪何茫茫。起来向笔不停手⑦,一行数字大如斗。恍恍如闻神鬼惊,时时只见龙蛇走。左盘右蹙如惊电,状同楚汉相攻战。湖南七郡凡几家⑧,家家屏障书题遍。王逸少、张伯英⑨,古来几许浪得名。张颠老死不足数⑩,我师此义不师古。古来万事贵天生,何必要公孙大娘浑脱舞⑪。

**【注释】** ① 上人:和尚的尊称。怀素:姓钱,字藏真,长沙人,唐僧人,善草书,与张旭齐名,时号"张颠素狂"。怀素生于开元二十三年,比李白小二十五岁,故李白称他为"少年上人"。 ② 墨池:谓书家洗砚涮笔之池。北溟鱼:《庄子·逍遥游》中说,北溟有巨鱼,其名为鲲。鲲之大,不知几千里也。此以北溟喻墨池之大。 ③ 中山兔:王羲之《笔经》:"诸郡毫惟中山兔肥而毫长可用。"古以兔毛制笔。杀尽中山兔,谓怀素秃笔成冢,因制笔杀尽了中山之兔。 ④ 笺麻:谓纸。素绢:白绢。二者皆写书法所用之材料。排数箱:谓写书法用料之多。 ⑤ 宣州:唐属江南东道宣城郡,治所在今安徽宣城。 ⑥ 吾师:指怀素。绳床:古之坐具,形似即今之交椅。 ⑦ 向笔:一作"向壁"。 ⑧ 湖南七郡:王琦注:"谓长沙郡、衡阳郡、桂阳郡、零陵郡、连山郡、江华郡、邵阳郡。此七郡皆在洞庭湖之南,故曰湖南。" ⑨ 王逸少:晋书法家王羲之,字逸少。张伯英:东汉书法家张芝,字伯英。 ⑩ 张颠:即唐著名书法家张旭。《旧唐书·张旭传》:"旭善草书而好酒,每醉后号呼狂走,索笔挥洒,变化无穷,若有神助,时人号为张颠。" ⑪ 公孙大娘：盛唐时著名舞蹈家，善剑器浑脱舞。据说，张旭见公孙大娘舞西河剑器而草书技艺大进。

**【译文】**　有位年轻的和尚名叫怀素，他的草书可谓天下独步。其涮笔墨池之大可飞出北溟之鱼，其笔锋之犀利已杀尽中山之兔。八九月天气凉爽之时，堂上坐满了酒徒词客，都在观看怀素的书法表演。堂前排着几箱子的麻纸和素绢，宣州石砚中也研好了闪着亮光的墨汁。只见怀素醉后倚着交椅，不一会儿，几千张纸都被他的健笔一扫而尽。只见他笔下飘风骤雨飒飒而来，落花飞雪茫茫而下。纸写完了仍不停手，又站起来向墙壁上大笔挥洒，一行字个个都有斗那么大。其书法恍恍如见神愕鬼惊，又时时好像龙奔蛇走。它们左盘右蹙疾如惊电，如同楚汉相争时的两军交战。湖南七郡家家户户的屏障，似乎都被怀素的书法题遍了。王逸少和张伯英这些古来的大书家和怀素相比，简直是浪得虚名。当代的草圣张颠已老死，不足为数，怀素的书法后出转精，只师古人之意，不师古人之形。古来万事只贵自然天生，何必一定要看公孙大娘的浑脱舞之后，书艺才能长进呢？

# 古　意

**【题解】**　此诗作年不详。太白以"君为女萝草，妾作兔丝花"作比，言夫因攀附权贵而春风得意，妇则被弃不得共享荣华，幽怨之意溢于言表。此诗虽托为弃妇之词，其实或为讽谕故人而作。

**【原诗】**　君为女萝草，妾作兔丝花①。轻条不自引，为逐春风斜。百丈托远松，缠绵成一家。谁言会面易，各在青山崖。女萝发馨香②，兔丝断人肠③。枝枝相纠结，叶叶竟飘扬④。生子不知根，因谁共芬芳⑤。中巢双翡翠⑥，上宿紫鸳鸯⑦。若识二草心，海潮亦可量。

**【注释】**　①女萝、兔丝：皆攀援植物。在木曰女萝，在草曰兔丝。　②此言女萝因附远松而得意。　③此言兔丝因委草地而断肠。　④"枝枝"二句：言女萝得意貌。 ⑤"生子"二句：言兔丝被弃，无物可攀而怨嗟。
⑥ 翡翠：鸟名。 ⑦ 紫鸳鸯：即鸳鸯，因雄性头部有紫黑色羽冠，故称紫
鸳鸯。

【译文】 夫君好比女萝草，而妾好比兔丝花。二者之轻条皆不能自立，总
是随着春风寻找依托之物。二者皆得依附于百丈之高松，才能缠绵而成一
家。谁说见面会合容易呢？各在山之一崖啊。如今，女萝因得附松树而发
出馨香，兔丝却因找不到依托之物而断肠枯萎。女萝与松树枝枝相纠结，叶
叶随风飘扬；而兔丝虽生子却无根又无依，能跟谁共发芬芳呢？松树之上，
中间结有一对翡翠的爱巢，顶上又有紫鸳鸯双宿双飞，多么令人羡慕。女萝
和兔丝能结合在一起是多么不易啊，夫君若是能识得二草之心，为妾就是将
以斗来量海潮也在所不惜。

# 山鹧鸪词

【题解】 《山鹧鸪》，江南曲名。胡震亨《唐音癸签》"唐曲山鹧鸪"条引
《韵语阳秋》云："李白有听此曲诗：'清风动窗竹，越鸟起相呼。'盖其曲
效鹧鸪之声为之。"王琦亦云："按《教坊记》，《山鹧鸪》是曲名。郑谷诗：
'座中亦有江南客，莫向清风唱鹧鸪。'知《山鹧鸪》者，乃当时南地之新
声。"李白有《秋浦清溪雪夜对酒，客有唱鹧鸪者》，诗云："客有桂阳至，
能吟《山鹧鸪》。"此诗当是李白天宝十三载（754）冬在秋浦为唱《山鹧
鸪》者所作的新歌辞。

【原诗】 苦竹岭头秋月辉①，苦竹南枝鹧鸪飞②。嫁得燕山胡雁婿③，
欲衔我向雁门归④。山鸡翟雉来相劝⑤，南禽多被北禽欺。紫塞严霜
如剑戟⑥，苍梧欲巢难背违⑦。我心誓死不能去，哀鸣惊叫泪沾衣。

【注释】 ① 苦竹岭：在今安徽池州西南。 ② 鹧鸪：鸟名，雉科，体形似
鸡而小，头如鹑，胸前有白圆点，背上杂有紫赤色。岭南多产，啼声如"行不

得也哥哥"。传云此鸟其志怀南而不思北,虽东西回翔,然开翅之始,必先南飞。　③燕山:在河北平原北部。　④雁门:山名,古称句注山,在今山西忻州代县西北。其上有关,即雁门关。　⑤翟雉:山鸡的一种。　⑥紫塞:北方之边塞,其土色多紫,故称紫塞。　⑦苍梧:山名,即九嶷山,在今湖南宁远县南。

**【译文】**　苦竹岭头秋月明朗,苦竹南枝有一只鹧鸪鸟在飞翔。这只鹧鸪将要嫁给燕山的胡雁,胡雁就要衔它飞回雁门的边塞地区。山鸡翟雉都来相劝,说南禽多被北禽所欺。况且北方边塞的冰雪严霜刺如剑戟,不如在南方的苍梧山筑巢为家,胡雁却难以同意。于是,鹧鸪誓死也不愿随胡雁前去,哀鸣惊叫,泪洒毛衣。

# 和卢侍御通塘曲

**【题解】**　卢侍御,名虚舟,字幼真,至德后曾为殿中侍御史。卢侍御之《通塘曲》今已不存。李白此篇为和作。此诗约与《庐山谣寄卢侍御虚舟》俱作于上元元年(760)隐居庐山时。

**【原诗】**　君夸通塘好,通塘胜耶溪①。通塘在何处,远在寻阳西②。青萝袅袅拂烟树,白鹇处处聚沙堤③。石门中断平湖出④,百丈金潭照云日⑤。何处沧浪垂钓翁,鼓棹渔歌趣非一。相逢不相识,出没绕通塘。浦边清水明素足,别有浣纱吴女郎⑥。行尽渌潭潭转幽,疑是武陵春碧流。秦人鸡犬桃花里,将比通塘渠见羞⑦。通塘不忍别,十去九迟回。偶逢佳境心已醉,忽有一鸟从天来。月出青山送行子,四边苦竹秋声起。长吟《白雪》望星河,双垂两足扬素波。梁鸿德耀会稽日⑧,宁知此中乐事多。

**【注释】**　①耶溪:即若耶溪,在今浙江绍兴。　②寻阳:即今江西九江。　③白鹇:鸟名,又名银雉,似山鸡而色白。　④石门:山形如门者。

⑤ 金潭：潭水清澈，下见金沙，故曰金潭。　⑥ 浣纱吴女郎：原指西施，此泛指吴地的浣纱女。　⑦ "行尽"四句：以桃花源拟通塘。桃花源在武陵，陶渊明《桃花源记》中说，秦人避乱于桃花源中，其中土地平旷，屋舍俨然，有良田美池桑竹之属，阡陌交通，鸡犬相闻。渠，它，指桃花源。　⑧ 梁鸿：东汉人，家贫好学，不求仕进，与妻同隐霸陵山中，以耕织为业，每归，妻孟光举案齐眉，夫唱妇随。后来又与其妻一起到会稽郡归隐。事见《后汉书·梁鸿列传》。

【译文】　你夸通塘好，说通塘比若耶溪还要美。通塘在哪里呢？原来就在寻阳之西。那里烟树上挂有袅袅的青萝，沙堤上处处聚集着美丽的白鹇。石门中断处，出现了一个如镜的平湖，中有百丈金沙潭映照着云日。不知从何处来的一个老翁在沧浪边垂钓，还有几个渔夫在鼓棹叩舷而歌，其趣非一，各得其乐。这些人相见而不相识，都时常在通塘出没。在湖边还时常有浣纱的吴女，在清清的湖畔濯着素足。沿着绿潭行走，潭尽而溪路转幽，我怀疑自己是不是误入了武陵的碧溪。这里的景色，就是鸡犬之声相闻的秦人桃花源，与之相比也不免逊色。真是不忍与通塘相别，十次要走倒有九次流连不舍。偶然的机会里，碰到这样的佳境，确实使人心醉。就好像突然有一只好鸟从天上飞了下来，落在我的身边。在月出青山的时候，我乘舟为朋友送行，这时四边的苦竹传来飒飒的秋声。我长吟着你《白雪》一样的诗篇，遥望星河，双足在素波里摇荡，就像是梁鸿隐居在会稽的时日，谁能体会到这其中的诸多乐趣呢！

# 四、赠　诗

# 赠孟浩然

**【题解】**  宋蜀本题下注:"襄汉。"孟浩然,襄阳(今属湖北)人。早年在家隐居读书,四十岁出游京师,复归隐,漫游吴越。终身未仕。李白深深敬仰其为人,此诗表达了李白对他的深切敬慕之情。

**【原诗】**  吾爱孟夫子,风流天下闻①。红颜弃轩冕②,白首卧松云③。醉月频中圣④,迷花不事君。高山安可仰⑤,徒此揖清芬⑥。

**【注释】**  ① 风流:风雅偶傥之意。  ② 轩冕:卿大夫的车驾和帽子。此指官爵。  ③ 卧松云:此指隐逸不仕。  ④ 中(zhòng)圣:喝醉酒。《三国志·魏书·徐邈传》:"时科禁酒,而邈私饮至于沉醉,校事赵达问以曹事,邈曰:'中圣人。'达白之太祖,太祖甚怒,度辽将军鲜于辅进曰:'平日醉客谓酒清者为圣人,浊者为贤人,邈性修慎,偶醉言耳。'竟坐得免刑。"⑤ "高山"句:《诗经·小雅·车辖》:"高山仰止,景行行止。"句谓孟浩然品德高迈,不可企及。  ⑥ 清芬:清雅芬芳,此指孟浩然之品德。陆机《文赋》:"诵先人之清芬。"

**【译文】**  我敬爱孟夫子的为人,他风流儒雅,天下闻名。年轻时就不愿意做官,白头时归隐山中与松云为伴。在月下喝酒常常是一醉方休,迷恋山花不愿入朝面君。您是我高山仰止的人物,我只能望风遥拜,礼赞您高洁的人品。

# 赠从兄襄阳少府皓

**【题解】** 一本题无"襄阳少府"四字。皓，宋蜀本注云："一作晤。"据《新唐书·宰相世系表》，赵郡李氏东祖房有李皓，许州司马，未知孰是。襄阳，县名，唐属山南东道襄州。此诗是太白在开元二十二年(734)游襄阳时所作，当对李皓有所求。

**【原诗】** 结发未识事①，所交尽豪雄。却秦不受赏②，击晋宁为功③。托身白刃里，杀人红尘中。当朝揖高义，举世钦英风。小节岂足言，退耕春陵东④。归来无产业，生事如转蓬⑤。一朝狐裘敝，百镒黄金空⑥。弹剑徒激昂，出门悲路穷。吾兄青云士⑦，然诺闻诸公⑧。所以陈片言，片言贵情通。棣华傥不接⑨，甘与秋草同。

**【注释】** ① 结发：谓青年。古代男子二十岁开始束发戴冠。 ②"却秦"句：用鲁仲连事。战国时齐人鲁仲连为赵却秦，义不受赏。事见《史记·鲁仲连列传》。 ③"击晋"句：用朱亥事。战国时魏人朱亥为信陵君击杀魏将晋鄙，信陵君始得发兵救赵。事见《史记·信陵君列传》。 ④ 春陵：汉县名，在今湖北枣阳市南。春陵东，指湖北安陆。 ⑤ 转蓬：在空中飞转的蓬草。喻生活漂泊不定。 ⑥"一朝"二句：战国时纵横家苏秦说秦王，书十上而说不行，黑貂之裘弊，黄金百斤尽。见《战国策·秦策》。镒，二十四两。 ⑦ 青云士：做高官者。 ⑧ 然诺：答应和实现诺言。 ⑨ 棣华：兄弟之代称。

**【译文】** 在我年轻尚未识事之时，所结交的朋友都是英雄豪杰。我也像鲁仲连一样救赵功成而义不受赏，像大侠朱亥一样为报信陵君知遇之恩不以击晋为功。像古侠士一样，托身白刃，击杀不义之人于红尘之中。被当朝人视为高义，赢得世人的称赞。一般的小节岂足道？我退居春陵东而躬耕。但是归隐却无产业可供衣食之资，生活像空中飞转的蓬草一样无有着落。就像苏秦游说秦王归来时一样，裘弊金空。只好弹剑高歌，大叹途穷。吾兄为青云之士,乐于助人,一诺必应。所以我才向你开口求助,希望能够片言以达兄弟之情。倘若兄弟间都不能相助,我就只好像秋天的蓬草一样,一任秋风飘零了。

# 赠张公洲革处士

**【题解】**　张公洲,在武昌城南二十里,晋处士张公灌园处,因名。革处士,名不详。处士,谓不仕之士。此诗对革处士的隐居生涯表示赞美。

**【原诗】**　列子居郑圃,不将众庶分①。革侯遁南浦②,常恐楚人闻。抱瓮灌秋蔬③,心闲游天云。每将瓜田叟,耕种汉水滨。时登张公洲,入兽不乱群④。井无桔槔事,门绝刺绣文⑤。长揖二千石⑥,远辞百里君⑦。斯为真隐者,吾党慕清芬。

**【注释】**　①“列子”二句:《列子·天瑞》:“子列子居郑圃四十年,人无识者,国君卿大夫眎之犹众庶也。”　②革侯:对革处士的尊称。唐时,布衣也可以称为侯。南浦:王琦谓南浦即张公洲,以在城南,故曰南浦。　③抱瓮:《庄子·天地》载,子贡在汉阴见一老人灌园,凿隧入井,抱瓮而灌,用力多而见功少。子贡劝其用桔槔,老人忿然作色而笑曰:“有机械者必有机事,有机事者必有机心。机心存于胸中则纯白不备;纯白不备,则神生不定。神生不定者,道之所不载也。吾非不知,羞而不为也。”　④“入兽”句:《庄子·山木》:“(孔子)逃于大泽,衣裘褐,食杼栗,入兽不乱群,入鸟不乱行,鸟兽不恶,而况人乎?”　⑤刺绣文:刺绣的花纹。句指衣着朴素。　⑥二千石:汉朝太守官俸为二千石,故后以二千石称太守。　⑦百里君:古之县境约方圆百里,故以百里君称县令。

**【译文】**　列子在郑圃居住时,国君和官吏都不认识他,将他视同于一般的老百姓。革侯隐遁于南浦,常恐楚人知晓。他像抱瓮老人一样浇灌蔬菜不用机械,心之闲澹如南天之游云。他与瓜田的老汉一起在汉水之滨耕种。

常常登上张公洲,因其无机心,入兽群而兽群不乱。井上从不用桔槔提水,家中衣着素朴,衣无刺绣之纹。他与太守素无瓜葛,与县令也从无交往。这才是真隐士啊,我们临风而拜,钦佩不已。

# 淮海对雪赠傅霭

**【题解】** 宋蜀本题下注:"一作《淮南对雪赠孟浩然》。"傅霭为李白友人,时在梁园,生平不详。淮海,泛指古淮水下游近海一带,约在今江苏中北部。

**【原诗】** 朔雪落吴天,从风渡溟渤①。海树成阳春,江沙皓明月②。飘飖四荒外,想象千花发。瑶草生阶墀,玉尘散庭阙。兴从剡溪起③,思绕梁园发④。寄君郢中歌⑤,曲罢心断绝⑥。

**【注释】** ① 溟渤:指渤海。 ② "海树"二句:似指雪花着树,如同阳春花开;江沙蒙雪,使明月更加明亮。 ③ "兴从"句:用王子猷雪夜访戴事。剡溪,指越中。 ④ "思绕"句:谓李白思念梁园友人。此指傅霭。梁园,一作"梁山"。 ⑤ 郢中歌:即《阳春白雪》,见《古风五十九首》其二十一注。 ⑥ 末四句一作"剡溪兴空在,郢路歌未歇。寄君《梁父吟》,曲尽心断绝"。

**【译文】** 朔方的大雪,伴随着北风,远渡渤海,在吴中降下。海边的树落上了点点雪花,好像是阳春已到,万树花开;江沙上也落了一层积雪,使月光更加明亮。雪花飘摇四野,好像是千花在树头竞放。又像是在阶墀上生满瑶草,庭阙中遍洒玉尘。我真想像王子猷雪夜访戴一样,从剡溪出发,到梁园去找你。寄给你一首郢中《阳春白雪》之曲,歌此曲时,我都要肠断心碎了。

# 赠徐安宜

**【题解】** 徐安宜,安宜县令,名字不详。安宜县,唐属淮南道楚州,即今江苏扬州宝应县。此诗歌颂徐县令有政声,感其款待之意。

**【原诗】** 白田见楚老①,歌咏徐安宜。制锦不择地,操刀良在兹②。清风动百里,惠化闻京师③。浮人若云归④,耕种满郊岐。川光净麦陇,日色明桑枝。讼息但长啸,宾来或解颐⑤。青槐拂户牖,白水流园池。游子滞安邑⑥,怀恩未忍辞。翳君树桃李⑦,岁晚托深期。

**【注释】** ① 白田:地名,在安宜县。 ②"制锦"二句:《左传·襄公三十一年》:"子皮欲使尹何为邑,子产曰:'少,未知可否?'子皮曰:'愿,吾爱之,不吾叛也。使夫往而学焉,夫亦愈知治矣。'子产曰:'不可,人之爱人,求利之也。今吾子爱人则以政。犹未能操刀而使割也,其伤实多……子有美锦,不使人学制焉。大官大邑,身之所庇也,而使学者制焉,其为美锦,不亦多乎?'"此处意谓徐安宜娴于吏治,可不择地而治。 ③ 惠化:以恩惠化及百姓。 ④ 浮人:流散人口。 ⑤ 解颐:开颜之意。 ⑥ 安邑:即安宜县。 ⑦ 翳(yī):通"繄",发语词。

**【译文】** 在白田我遇到一个楚地老人,他对安宜县的徐县令满口称赞。说你治理的才能极高,不论是何地何处,你都能将其治理得很好。你的清明之治犹如清风,使这方圆百里的百姓向风而化,其官声闻于京师。外地逃亡的人口纷纷来归如云,郊野都种上了庄稼。麦垄青青一片,使川原一片明亮,桑枝在阳光下闪耀。百姓友好相处,你政简讼息官闲无事,吟诗长啸,逍遥自在;宾客来时见到县政治理得这么好,都高兴得笑逐颜开。庭院中青槐拂窗,田园中清水绕池。我这位他乡的游子在安宜县滞留不归,主要是舍不得离开徐县令你呀。你种了桃李,嘉惠后人,将来一定会得到报答的。

# 赠任城卢主簿潜

**【题解】** 宋蜀本题下注:"鲁中。"任城,唐时属河南道鲁郡兖州,即今山东济宁。主簿,县令之佐,位在丞以下、尉之上。卢潜,事迹不详。此诗谓自己虽然暂栖于鲁地,但并不甘心仅以诗酒度日,而思欲一飞,上鸣九天。表现出李白一展宏图壮志的愿望。

**【原诗】** 海鸟知天风,窜身鲁门东。临觞不能饮,矫翼思凌空。钟鼓不为乐,烟霜谁与同①。归飞未忍去,流泪谢鸳鸿②。

**【注释】** ①"海鸟"六句:《庄子·至乐》:"昔者海鸟止于鲁郊,鲁侯御而觞之于庙,奏《九韶》以为乐,具太牢以为膳。鸟乃眩视忧悲,不敢食一脔,不敢饮一杯,三日而死。"六句用其意,谓己如海鸟,思欲凌空,不愿享庙堂之乐,而乐于逍遥自在。 ②鸳鸿:鸳鸯和鸿鹄。此指卢主簿。

**【译文】** 海鸟知天风未到,于是在鲁门东暂时隐身。它面对美酒不能饮,想着要振翼上凌九天。钟鼓之乐也不能使它高兴,一心想的是要与烟霜为伴。它想飞辞而去,却又未忍遽别,于是含着眼泪向鸳鸯与鸿鹄告辞。

# 早秋赠裴十七仲堪

**【题解】** 裴仲堪,排行十七,其身世不详。详诗意,裴仲堪将游京师,李白作诗勉之。此诗当开元末作于鲁地。

**【原诗】** 远海动风色,吹愁落天涯。南星变大火①,热气余丹霞。光景不可回,六龙转天车②。荆人泣美玉③,鲁叟悲瓠瓜④。功业若梦里,抚琴发长嗟。裴生信英迈,崛起多才华。历抵海岱豪,结交鲁朱家⑤。良图竟未展,意欲飞丹砂。破产且救人,遗身不为家。复携两少女,艳色惊荷花。双歌入青云,但惜白日斜。穷溟出宝贝⑥,大泽饶龙蛇。明主傥见收,烟霄路非赊⑦。知飞万里道,勿使岁寒嗟⑧。

**【注释】** ① 南星:南方之星。大火:即心星。初昏之时,大火于南方,于时为夏。若转而西流,则变为秋。 ②"六龙"句:传说羲和驾六龙而驭日车,巡天而行。天车即日车。 ③"荆人"句:用卞和事。荆人卞和在荆山下得到了一块璞玉,献给楚厉王、武王,都被认为是石头,被刖双足,文王即位,于是卞和在荆山下抱璞而哭,王乃使人削其璞,乃得宝玉,名为和氏之璧。见《韩非子·和氏》。 ④"鲁叟"句:用孔子典。《论语·阳货》:"子曰:'……吾岂匏瓜也哉?焉能系而不食?'"鲁叟,指孔子。瓟瓜,同匏瓜,一种葫芦。 ⑤ 鲁朱家:秦汉时侠客。鲁人皆以儒闻,而朱家却以侠闻。所藏活豪士以百数,一般人更不计其数。不自夸其能,表其德,振穷乏,自俭约,衣不完采,食不重味。见《史记·游侠列传》。以上二句,一作"历游赵魏豪,结交列如麻"。 ⑥ 穷溟:即深海。 ⑦ 赊:远也。 ⑧"知飞"二句:一作"时命若不会,归应炼丹砂"。

**【译文】** 远海开始起风,将我的愁思吹落在天涯之外。南方出现了大火星,虽已是初秋天气,但热气未消,丹霞彤然。时光一去不返,六龙驾着日车不停地在空中运行。荆人卞和泣其美玉未被人识,鲁叟孔子悲其命运不如匏瓜,整日惶惶然为衣食奔走。功业如梦,不能实现,令人抚琴慨然长叹。裴生是位英迈的才俊之士,傲然不屈,胸中多有才华。他遍交海岱地区的豪杰,结交的都是鲁朱家一样的侠士。但他宏图未展,只好寄意于求仙炼丹。他宁肯破产也要救助他人,从不为个人着想。身旁跟随着两位少女,长得像荷花一样美艳。她们歌喉嘹亮,声动青云,裴生听歌观舞,行乐不已,但惜时光就这样流逝了。深海出真正的宝贝,大泽才是生出龙蛇的地方。明主一旦收揽人才,云霄之路并非十分遥远。那时将鹏程万里,一展宏图,莫要为今日的一时坎坷而嗟叹。

# 赠范金乡二首

**【题解】** 范金乡,金乡县令。金乡唐属河南道兖州,即今山东金乡县。其一感激范金乡热情相邀,并望其能助己一臂之力,予以荐拔。其二赞颂范宰治理有方,在县内到处都可以看到他的政绩,听到百姓的赞扬。诗约作于开元间居东鲁时期。

## 其 一

**【原诗】** 君子枉清盼①,不知东走迷②。离家未几月,络纬鸣中闺③。桃李君不言,攀花愿成蹊④。那能吐芳信,惠好相招携。我有结绿珍⑤,久藏浊水泥。时人弃此物,乃与燕珉齐⑥。拂拭欲赠之,申眉路无梯。辽东惭白豕⑦,楚客羞山鸡⑧。徒有献芹心⑨,终流泣玉啼⑩。只应自索漠⑪,留舌示山妻⑫。

**【注释】** ①清盼:顾盼、照顾之意。 ②东走迷:《淮南子·说山训》:"狂者东走,逐者亦东走。"句谓东鲁之行如狂者东走而失路。 ③络纬:俗名纺织娘,蟋蟀的一种。 ④"桃李"二句:《汉书·李广传》:"桃李不言,下自成蹊。"此用其意。 ⑤结绿:宝玉名。珍:珍宝。 ⑥燕珉:燕山所产之石,似玉。昔有一愚人得一燕石,以为是比和氏璧还珍贵的宝玉,归而藏之,识者见而笑之曰:"此燕石也,与瓦甓无殊。"见《后汉书·应劭列传》注。 ⑦辽东白豕:《后汉书·朱浮列传》:"往时辽东有豕,生子白头,异而献之。行至河东,见群豕皆白,怀惭而还。" ⑧"楚客"句:楚人不识凤,见一人担山鸡而卖,以为是凤而以千金买之,献给楚王。楚王感其诚,厚赐之,过其买价十倍。 ⑨献芹:此为谦词,言己之言并不宝贵。嵇康《与山巨源绝交书》:"野人有快炙背而美芹子者,欲以献之至尊,虽有区区之意,亦已疏矣。" ⑩泣玉啼:谓卞和泣玉的故事。见《早秋赠裴十七仲堪》注。 ⑪索漠:沮丧孤凄之状。 ⑫"留舌"句:用张仪典故。《史记·张仪列传》载,张仪曾在楚国被怀疑盗了楚周的玉璧,被掠笞数百,不服,释之。其妻曰:"嘻,子毋读书游说,安得此辱乎?"张仪谓其妻曰:"视吾舌尚在不?"其妻笑曰:"舌在也。"张仪曰:"足矣。"

**【译文】** 你对我如此高看,我东鲁之行实在是个失误。我离家尚未有几个月,不知不觉秋天已到,络纬已经在房中叫了。你像桃李一样虽然不言,可是攀花之人闻芳而至,下自成蹊。你捎信相招,我哪能不去呢?我有结绿之珍玉,好像一直藏在浊水污泥之中,时人都不重视此物,把它看得如同石头一样不值一顾。我把它揩拭干净,想赠送给你。我想扬眉吐气,直干青云,可惜的是上天无梯啊。辽东人因将白猪视为珍异而自惭,楚客因将山鸡看成凤凰而羞愧。我徒有献芹之心,只好像卞和一样,身怀宝玉而痛哭。我只应自甘寂寞,但实际上又不甘心,就像张仪对其妻所说的那样,只要舌还在,我是不会罢休的。

# 其　二

**【原诗】** 范宰不买名,弦歌对前楹①。为邦默自化②,日觉冰壶清③。百里鸡犬静,千庐机杼鸣。浮人少荡析④,爱客多逢迎。游子睹佳政,因之听颂声。

**【注释】** ①弦歌:王琦注:"《淮南子》:弦歌鼓舞,缘饰诗书,以买名誉于天下。"此二句谓范县令弦歌以治,非为买名。孔子弟子宓子贱为单父宰,弹琴,身不下堂而单父治。见《史记·仲尼弟子列传》。　②默自化:潜移默化之意。　③冰壶清:鲍照《代白头吟》:"清如玉壶冰。"此喻政治清明。　④浮人:流民。荡析:离散。

**【译文】** 范县令对金乡弦歌而治,并非为了买名。他采取无为而治使百姓潜移默化的治理方针,使县内之治日趋清明。在百里县境之内,鸡犬无声,人民生活安静,家家户户机杼和鸣,乐于耕织。流民的生活得到了安置,对外来的客人热情接待。我这位游子目睹如此之佳政,所到之处,处处都可听到百姓的赞颂之声。

# 赠瑕丘王少府

【题解】 瑕丘,为唐河南道兖州的治所,在今山东济宁兖州。王少府,事不详。少府,县尉的别称。此诗当作于开元间居东鲁时。

【原诗】 皎皎鸾凤姿①,飘飘神仙气。梅生亦何事,来作南昌尉②。清风佐鸣琴③,寂寞道为贵。一见过所闻,操持难与群。毫挥鲁邑讼,目送瀛洲云④。我隐屠钓下,尔当玉石分⑤。无由接高论,空此仰清芬。

【注释】 ① 鸾凤姿:喻姿态高逸。 ② "梅生"二句:梅生,即梅福,字子真,西汉时人,曾为南昌县尉,辞官归里,王莽篡位后,弃家而去,传说成了神仙。见《汉书·梅福传》。 ③ 鸣琴:用孔子弟子宓子贱故事。见《赠范金乡二首》其二注。此代指县令。 ④ "毫挥"二句:谓王少府身理县事,心寄神仙。瀛洲:海中仙山名。 ⑤ 玉石分:分清玉与石的区别。此二句谓自己隐于屠钓,王少府要善于识别人才。

【译文】 你有皎皎鸾凤之姿,飘飘神仙之气。就像汉朝的梅福一样,本是一位神仙,却来做南昌县尉。为政穆如清风,辅佐县令治理县务,道以寂寞为贵。所见远胜于所闻,你的风操高标如鹤立鸡群。你虽然在处理鲁邑的案件,心里却在想着蓬瀛的神仙之事。我现在隐于屠钓之中,你一定要注意区分玉和石的区别,善于识拔人才。我没有机会与你见面谈话,对你的高风亮节只有仰慕而已。

# 东鲁见狄博通

**【题解】** 东鲁,即鲁郡,唐属河南道,在今山东济宁兖州。狄博通,据《新唐书·宰相世系表》,是梁国公狄仁杰的孙子。

**【原诗】** 去年别我向何处,有人传道游江东①。谓言挂席度沧海②,却来应是无长风③。

**【注释】** ① 江东:长江流至芜湖,呈南北走向,江以东为江东,即今安徽、江苏南部和浙江北部地区。 ② 沧海:此指东海。 ③ 却来:返回之意。

**【译文】** 去年我们相别,有人传话说你游江东去了。又说你挂帆东海,直渡沧溟,一路上平安无事,风平浪静。

# 见京兆韦参军量移东阳二首

**【题解】** 京兆,唐时长安有京兆府,管辖长安地区。韦参军,名字不详。量移,《日知录》:"唐朝人得罪贬窜远方,遇赦改近地,谓之量移。"东阳,县名,唐时属江南东道婺州,即今浙江东阳。其二备言越中山水之美,以释韦参军远流之悲,欲以慰老友之心。宋蜀本题下注:"吴中。"诗当作于天宝间游江东时。

## 其 一

**【原诗】** 潮水还归海,流人却到吴①。相逢问愁苦,泪尽日南珠②。

**【注释】** ① 流人:流放的罪人。 ② 日南:汉郡名,其地在今越南南部。

传说其海中有鲛人,流泪为珠。日南珠,此指眼泪。

**【译文】** 潮水还有归向大海之时,如今你却作为罪臣被贬官于远离京城的吴地。我们在此相逢,问起你的流放之苦,你的泪水像日南之珠一样潸然而下。

# 其　二

**【原诗】** 闻说金华渡,东连五百滩①。全胜若耶好②,莫道此行难。猿啸千谷合,松风五月寒。他年一携手,摇艇入新安③。

**【注释】** ① 王琦注:"《一统志》:'五百滩,在金华府城西五里。滩之最大者,俗传身行挽牵五百人方可渡。'"金华,县名,唐时属婺州,即今浙江金华。　② 若耶:溪名,在今浙江绍兴。传说西施浣纱处。　③ 新安:江名。源出黄山,东南入浙江。

**【译文】** 听说金华渡这个地方,东面连着五百滩头。风景比若耶溪还要好,不要嫌此行艰难。猿鸣之声在千山万谷中回应,松风阵阵,五月间还令人顿生寒意。来年如果我们能够携手同游,一定要坐在小艇上,到新安江上观览风光。

## 赠丹阳横山周处士惟长

**【题解】** 丹阳,汉县名,即当涂县,在今安徽马鞍山。横山,即横望山,在当涂县东北六十里。周惟长,李白之友,事迹不详。此诗对周惟长的隐逸生活备加赞赏,并深表羡慕。

**【原诗】** 周子横山隐,开门临城隅。连峰入户牖,胜概凌方壶①。时枉《白纻词》②,放歌丹阳湖③。水色傲溟渤④,川光秀菰蒲⑤。当其得意时,心与天壤俱。闲云随舒卷,安识身有无。抱石耻献玉[6],沉泉笑探珠[7]。羽化如可作,相携上清都[8]。

**【注释】**　①方壶:海上仙山名。　②《白纻词》:江南歌曲名。　③丹阳湖:在今安徽马鞍山市当涂县东南。周长三百余里。与溧水分湖为界。④溟渤:指东海、渤海。　⑤菰蒲:菰和蒲。也借指湖泽。　⑥"抱石"句:用卞和典故。参见《早秋赠裴十七仲堪》注。　⑦探珠:《庄子·列御寇》载一则寓言说,有一农夫之子,没于深渊,探得骊龙之珠,价值千金。参见《送蔡山人》注。　⑧清都:天帝所居之处。

**【译文】**　周子隐居在横山,开门便对着城墙角。在窗户中便可以看到接连的山峰,其风景赛过方壶仙境。你经常在丹阳湖上放歌,高唱江南民歌《白纻词》。丹阳湖碧波荡漾,比海水还要清澈。河水闪着亮光,水边菰蒲茂盛。当你高兴之时,心胸开阔,可与云天比高。心情闲静之时,闲情逸志,可随空中之白云自由卷舒。此时身与风云俱化,不知身之有无。隐居山中,不愿出仕,以卞和献玉为耻;沉潜林泉之间,不去做那入深渊于骊龙颔下探珠的危险之举。如果神仙之事可求,我将与你携手,共赴清都仙境。

# 玉真公主别馆苦雨赠卫尉张卿二首

**【题解】**　玉真公主为唐睿宗女,唐玄宗之妹。太极元年出家为道士。玉真公主的别馆,在终南山楼观台。卫尉张卿,即右相张说之次子张垍,尚宁亲公主,拜驸马都尉,为玉真公主之侄婿。据郁贤皓先生考证,卫尉张卿可能是另一人,此人可能即玉真公主之丈夫。宋蜀本题下注:"长安。"诗当作于李白游长安之时。

## 其　一

**【原诗】**　秋坐金张馆[1],繁阴昼不开。空烟迷雨色,萧飒望中来。翳翳昏垫苦<sup>②</sup>，沉沉忧恨催。清秋何以慰，白酒盈吾杯。吟咏思管乐<sup>③</sup>，此人已成灰。独酌聊自勉，谁贵经纶才<sup>④</sup>。弹剑谢公子，无鱼良可哀<sup>⑤</sup>。

**【注释】**　①金张馆：指玉真公主别馆。当汉宣帝之时，金日磾和张安世并为显臣，后世以金、张喻贵族。　②翳翳：昏暗貌。昏垫苦：《文选》谢灵运《游南亭》："久痗昏垫苦。"张铣注："昏雾垫溺也，言病此霖雨之苦也。"　③管乐：指春秋时齐相管仲和战国时燕将乐毅。　④经纶才：治国之才能。　⑤"弹剑"二句：用孟尝君门客冯谖弹铗事。战国时士人冯谖闻孟尝君好客，前往见之，孟尝君置其传舍，十日，弹其剑而歌曰："长铗归来乎，食无鱼。"孟尝君迁之幸舍。见《史记·孟尝君列传》。

**【译文】**　秋天我坐在玉真公主的别馆之内，愁看天色，一片阴霾。雨色空蒙，潇潇在眼前下个不停。阴沉多雨的天气，使人昏朦，心情十分沉重。在此清秋之际，唯一能慰我之心的便是眼前这盈杯的白酒了。我吟咏怀思古代的管仲和乐毅，但他们早都已死去了。我一个人饮着闷酒，聊以古人自勉，但现在谁还重视治国的经纶之才呢？我也学着冯谖弹剑而歌，唱着"长铗归来乎，食无鱼"的歌，心中充满了悲哀。

## 其　二

**【原诗】**　苦雨思白日，浮云何由卷。稷契和天人<sup>①</sup>，阴阳仍骄蹇<sup>②</sup>。秋霖剧倒井<sup>③</sup>，昏雾横绝巘<sup>④</sup>。欲往咫尺涂，遂成山川限。漻漻奔溜泻<sup>⑤</sup>，浩浩惊波转。泥沙塞中途，牛马不可辨<sup>⑥</sup>。饥从漂母食<sup>⑦</sup>，闲缀羽陵简<sup>⑧</sup>。园家逢秋蔬，藜藿不满眼<sup>⑨</sup>。蟏蛸结思幽<sup>⑩</sup>，蟋蟀伤褊浅<sup>⑪</sup>。厨灶无青烟，刀机生绿藓。投箸解鹔鹴<sup>⑫</sup>，换酒醉北堂。凡徒布衣者，慷慨未可量。何时黄金盘，一斛荐槟榔<sup>⑬</sup>。功成拂衣去，摇曳沧洲旁<sup>⑭</sup>。

**【注释】**　①稷、契：稷为周人始祖，教百姓种百谷。契为商人始祖，助禹治水有功。二人皆为古之贤相，比喻时相。和天人：调和天意与人心。
② 骄蹇(jiǎn)：傲慢不顺。　③ 秋霖：秋雨。剧：甚于。倒井：井水倒翻，
喻下雨之暴猛。　④ 绝巘(yǎn)：险峻的山峰。　⑤ 漎漎(cōng cōng)：
水声。　⑥ "牛马"句：《庄子·秋水》："秋水时至，百川灌河，泾流之大，两
涘渚崖之间，不辩牛马。"　⑦ "饥从"句：用韩信典。韩信微贱时，尝从漂
母乞食。见《史记·淮阴侯列传》。　⑧ 羽陵简：代指所作诗文。《穆天子
传》："天子东游，次于雀梁，□蠹书于羽陵。"　⑨ 藜藿(lí huò)：野菜。
⑩ 蟏蛸(xiāo shāo)：小蜘蛛。　⑪ "蟋蟀"句：《诗经·唐风·蟋蟀》："蟋
蟀在堂，岁聿其莫。今我不乐，日月其除。"褊浅：困窘之意。　⑫ 鹔鹴：即
鹔鹴裘。一种用鹔鹴羽毛织成的裘衣。《西京杂记》："司马相如初与卓文
君还成都，居贫愁懑，以所著鹔鹴裘就市人阳昌贳酒，与文君为欢。"
⑬ "丹徒布衣"四句：用南朝刘穆之故事。丹徒人刘穆之未贵时，常到妻兄
家乞食。食毕求槟榔，其妻兄戏之曰："槟榔消食，君乃常饥，何忽须此？"后
来刘穆之当了丹阳尹，召其妻兄弟饮酒，刘穆之乃令厨人以金盘贮一斛送
之。见《南史·刘穆之传》。　⑭ 沧洲：滨水之地，隐者所居。

**【译文】**　苦于阴雨，我思念晴天，怎样才能使浮云一扫而光？稷契之相的
责任应是调和天人，可是阴阳偏偏就是不听话。秋天的大雨比井水倒出还
要厉害，云雾昏昏横绕在悬崖峭壁之间。就算越过一条几尺宽的路，也像跨
过一条大川那样困难。水流发出漎漎的声响，浩浩的惊波在旋旋打转。道
路上塞满了泥沙，一片汪洋，对面牛马都难以分辨。饿了我只好向人求食，
闲来无事，便整理断章残简来打发光阴。在菜地里，只能见到稀稀拉拉的藜
藿一类的野菜。室内结满了蜘蛛网，蟋蟀在忧伤地啼叫。厨内久已断烟，案
板上长满了绿苔。我只好解下我的鹔鹴之裘，换来美酒一醉北堂。当年的
丹徒布衣刘穆之，虽然穷困潦倒于一时，但其前途不可估量。将来我也像他
一样，用黄金盘盛满一斛槟榔还给你。我功成之后便拂衣而去，辞京还山，
到沧洲去隐居。

# 赠韦秘书子春

【题解】 韦子春,曾官秘书省著作郎。韦子春为永王璘的谋士之一,至德元载(756)十二月,永王领四道节度使镇守江陵时,韦奉命前来说李白入幕。此诗即叙此事,作于庐山。诗前言贤者不当终生高隐,而应度时济世;中言韦子春昔年归隐事,后以留侯请商山四皓出山为喻,说韦子春请自己出山;终言将功成身退,归隐江湖。

【原诗】 谷口郑子真,躬耕在岩石①。高名动京师,天下皆藉藉②。其人竟不起,云卧从所适。苟无济代心③,独善亦何益。惟君家世者,偃息逢休明④。谈天信浩荡⑤,说剑纷纵横⑥。谢公不徒然,起来为苍生⑦。秘书何寂寂,无乃羁豪英。且复归碧山,安能恋金阙。旧宅樵渔地,蓬蒿已应没。却顾女几峰⑧,胡颜见云月。徒为风尘苦,一官已白发。气同万里合,访我来琼都⑨。披云睹青天,扪虱话良图⑩。留侯将绮季⑪,出处未云殊。终与安社稷,功成去五湖⑫。

【注释】 ①"谷口"句:据《汉书·王吉传》载,郑子真为西汉隐士,成帝时,大将军王凤以礼聘郑子真,子真拒绝不出而终。谷口,在今陕西礼泉县东北,当泾水之口,故名。 ②藉藉:众口腾说貌。 ③济代心:即济世之心。 ④偃息:安卧。休明:即政治清明。 ⑤"谈天"句:战国齐人邹衍,善于论辩天地宇宙之事,齐人称其"谈天衍"。 ⑥说剑:《庄子》中有《说剑》篇,此言韦子春亦善于武事。 ⑦"谢公"二句:《晋书·谢安传》云,谢安早年高卧东山,放情丘壑,朝廷屡辟不就。诸人每相与言:"安石不肯出,将如苍生何?" ⑧女几峰:山名,在今河南洛阳宜阳县西南部。 ⑨琼都:本指天都,此指庐山。 ⑩"扪虱"句:《初学记》引《前燕录》:"王猛隐华山,桓温入关,猛被褐而诣之,一面说当代之事,扪虱而言,傍若无人。" ⑪"留侯"句:汉高祖欲废太子盈而立赵王如意,吕后请教张良,张良乃请商山四皓辅佐太子,后汉高祖对戚夫人说:"我欲易之,彼四人辅之,羽翼已成,难动矣。"见《史记·留侯世家》。 ⑫"功成"句:春秋时范

蠡佐越王勾践灭吴,功成后乃乘扁舟出三江,入五湖,人莫知其所终。事见
《国语·越语》。

【译文】　以前在谷口有位郑子真,他在岩石之下隐居躬耕。其高名震动京
师,天下人交口称赞。他被征引而坚辞不赴,高卧云林而不起。以我看来,
一个人若无济世之心,独善又有什么用呢?而你的家世,几代人生逢盛世,
偃然高卧。你又上识天文下识地理,知识渊博;对于武事和外交也很精通。
东晋的谢安不徒然高卧东山,终于为苍生而起。韦秘书你却为什么寂然不
动呢?为何要羁束自己的英风豪气?且要重回碧山去隐居,金阙有什么好留
恋的?你所隐居的旧宅,想来已被蓬蒿所掩没了。回看女几山之峰峦,你有何
面目再见故园之云月呢?以前徒为风尘所苦,做一个小官已经熬白了头发。
我二人虽是万里相隔,却气同而道合,你特来琼都访我。我们扪虱而谈,如同
拨云上见青天,心中豁然开朗。留侯张良请绮里季等商山四皓出山,他们的归
处都是一致的。那就是当安定了社稷之后,便功成而身退,归隐江湖。


# 赠韦侍御黄裳二首

【题解】　韦黄裳尝为万年县尉,后为殿中侍御史。此为赠友之诗,勉励
友人要学长松,勿以风霜改色,并勉励老友要为官清正廉洁,不要叹老
嗟卑。


## 其　一

【原诗】　太华生长松①,亭亭凌霜雪。天与百尺高,岂为微飙折②。
桃李卖阳艳③,路人行且迷。春光扫地尽,碧叶成黄泥。愿君学长松,
慎勿作桃李。受屈不改心,然后知君子。

【注释】　①太华:即西岳华山。　②微飙:微风。　③阳艳:亮丽美艳。

【译文】 华山顶上的高松,亭亭玉立凌霜傲雪。天生的百尺长松,岂能为微风所折?而桃李却与长松不同,它们所卖弄的是艳丽的美色,使行路之人为之着迷。当春光已尽之时,它们的碧叶就化成了黄泥。望你要学长松,切勿做桃李。遭受屈辱而心志不改,然后才能辨别谁是真君子。

## 其 二

【原诗】 见君乘骢马①,知上太行道。此地果摧轮②,全身以为宝。我如丰年玉③,弃置秋田草。但勖冰壶心④,无为叹衰老。

【注释】 ① 骢马:毛色青白的马。 ② 摧轮:谓山路难行。曹操《苦寒行》:"北上太行山,艰哉何巍巍。羊肠坂诘屈,车轮为之摧。" ③ 丰年玉:《世说·赏誉》:"世称庾文康为丰年玉。"刘孝标注:"谓亮(即庾文康)有廊庙之器。" ④ 勖:勉励。冰壶心:谓冰清玉洁。鲍照《代白头吟》:"清如玉壶冰。"

【译文】 见你乘着骢马,知你要上太行之山道。果然此地摧车毁轮,道路十分艰险,千万要注意安全,保全性命才是最重要的。我如丰年之玉,被弃置在秋田的草丛中。你要为官清正廉洁,努力工作,不要以年老为叹。

## 赠薛校书

【题解】 薛校书,名字不详。校书,据《新唐书·百官志》,弘文馆、集贤殿书院、秘书省、著作局、崇文馆、司经局,均有校书或校书郎。皆九品。此诗以姑苏台将庭生蔓草、麋鹿来游,喻朝廷政治之腐败,以"空郁钓鳌心"喻此次入京壮志未遂。诗当作于天宝三载(744)将离长安时。

【原诗】 我有吴越曲①,无人知此音。姑苏成蔓草②,麋鹿空悲吟③。未夸观涛作④,空郁钓鳌心⑤。举手谢东海⑥,虚行归故林⑦。

**【注释】** ① 吴越曲：指《乌栖曲》,刺吴王淫乐之诗。 ② 姑苏:姑苏台,在今苏州西南姑苏山上。《吴越春秋》:"子胥受剑,徒跣褰裳下堂中庭,仰天呼怨曰:'……汝不用吾言,反赐我剑,吾今日死,吴宫为墟,庭生蔓草,越人掘汝社稷,安忘我乎?'" ③ "麋鹿"句:《汉书·伍被传》:"昔子胥谏吴王,吴王不用,乃曰:'臣今见麋鹿游姑苏之台也。'" ④ 观涛作:指枚乘《七发》。《七发》中有"将以八月之望,与诸侯远方交游兄弟,并往观涛乎广陵之曲江"。 ⑤ 钓鳌:传说渤海之东有大壑,中有五仙山,为群圣所居,随波动荡,不得暂峙。天帝使巨鳌十五,举首而戴之。龙伯国有大人,一钓而连六鳌,二山漂流于北极。仙圣播迁者巨亿。见《列子·汤问》。 ⑥ 谢:辞也。 ⑦ 虚行:白来一趟,一无所获。

**【译文】** 我作有吴越之曲,无人能明白我的用心。姑苏台终成废墟,长满了蔓草。麋鹿来游台上,空自悲鸣。我未写观涛之作,空有钓鳌之心。举手辞别东海,虚此一行,徒然返回故林。

# 赠何七判官昌浩

**【题解】** 何昌浩,排行第七,故称何七。安旗云:"似为幽州节度使判官。"当是。判官,节度使属官。诗前半写不愿白首为儒,而愿拂剑沙漠,建立功业;后半赞何判官有管、乐之才,愿与之同驱疆场,为国立功。诗中洋溢着努力进取的积极精神。

**【原诗】** 有时忽惆怅,匡坐至夜分①。平明空啸咤,思欲解世纷②。心随长风去,吹散万里云。羞作济南生,九十诵古文③。不然拂剑起,沙漠收奇勋。老死阡陌间,何因扬清芬④。夫子今管乐⑤,英才冠三军。终与同出处,岂将沮溺群⑥。

**【注释】** ① 匡坐:正坐。夜分:夜半。 ② 平明:天明。啸咤:呼号长啸。世纷:世间的纷争。 ③ 济南生:即西汉伏生,名胜,济南人,曾为秦博士,秦时禁《书》,伏生壁藏之,得传二十九篇,即今文《尚书》,教于齐鲁之间,汉文帝时召伏生,时伏生年九十余,老而不能行,使晁错前往受之。见《汉书·伏生传》。　④清芬:即芳名。　⑤夫子:指何昌浩。管乐:指春秋齐相管仲,战国时燕国名将乐毅。　⑥沮溺:即长沮、桀溺,春秋时两位著名隐士。见《论语·微子》。

【译文】　有时我忽觉心情惆怅,兀然独坐直至夜半。天明时空怀壮志,仰天长啸,欲为世间解乱释纷,一展怀抱。我的心随长风直上万里,吹散天空中的浮云。我羞做济南伏生,九十多岁了还在啃书本,诵古文。不如拂剑而起,到沙漠上去拼杀战斗,为国立功。一辈子老死于阡陌之间,怎能传扬大名呢?夫子你是当今的管仲和乐毅,英才名冠三军。我与你终会一起建功立业,岂能一辈子与长沮、桀溺为伍呢?

# 读诸葛武侯传书怀赠长安崔少府叔封昆季

【题解】　崔叔封,为长安县尉。按《新唐书·宰相世系表二》清河大房崔氏有叔封,乃同州刺史崔子源之子,或即此人。少府,县尉之别称。昆季,兄弟。此诗以诸葛亮自比,而将崔氏兄弟比作善于识人的崔州平和厚于交道的崔瑗,似有恳求援引之意,诗当作于开元间未达时。

【原诗】　汉道昔云季①,群雄方战争。霸图各未立,割据资豪英。赤伏起颓运②,卧龙得孔明③。当其南阳时,陇亩躬自耕。鱼水三顾合,风云四海生。武侯立岷蜀④,壮志吞咸京⑤。何人先见许,但有崔州平⑥。余亦草间人⑦,颇怀拯物情。晚途值子玉⑧,华发同衰荣。托意在经济⑨,结交为弟兄。无令管与鲍⑩,千载独知名。

【注释】　①"汉道"句:谓汉朝末年。季,末年。　②赤伏:《后汉书·光武帝纪》载,刘秀在长安时,有人献赤伏符曰:"刘秀发兵捕不道,四夷云集龙斗野,四七之际火为主。"预言刘秀当做皇帝。起颓运:谓挽回汉朝的衰落命运,此指刘备。 ③卧龙:指诸葛亮。诸葛亮字孔明。 ④武侯:指诸葛亮。亮曾封为武乡侯。岷蜀:即巴蜀。蜀有岷山、岷江,故也称岷蜀。 ⑤咸京:指秦汉之都咸阳、长安一带。诸葛亮六出祁山北伐关中,故曰"吞咸京"。 ⑥崔州平:诸葛亮之好友。此处李白自比诸葛亮,而以崔叔封比崔州平。《三国志·蜀书·诸葛亮传》:"诸葛亮字孔明,琅邪阳都人也……躬耕陇亩,好为《梁父吟》,身长八尺,每自比于管仲、乐毅,时人莫之许也,惟博陵崔州平、颍川徐庶元直与亮友善,谓为信然。" ⑦草间人:谓未出仕的布衣之士。 ⑧子玉:东汉人崔瑗字。《后汉书·崔骃列传》:"瑗字子玉,早孤,锐志好学,尽能传其父业……与扶风马融、南阳张衡特相友好。"此以崔瑗比崔叔封。 ⑨经济:经世济民之意。 ⑩管与鲍:管仲与鲍叔牙。据《史记·管晏列传》,管仲与鲍叔牙为好友,二人曾在一起做生意,管仲常欺鲍叔牙,鲍以为管仲家贫,不以为意。后鲍叔牙事公子小白,管仲事公子纠,及小白立为桓公,公子纠死,管仲被囚,鲍叔牙向桓公推荐管仲。管仲既用,齐桓公以霸,九合诸侯,一匡天下。鲍叔牙既进管仲,以身下之。天下人不赞管仲之贤,而赞鲍叔牙知人。

【译文】 东汉末年,群雄纷起,龙争虎斗。争王图霸之业未立,各自割据称雄。刘备像汉光武一样一挽汉朝之颓运,得到了孔明这条"卧龙"的辅佐。诸葛亮在南阳之时,躬耕于陇亩之中。刘备三顾诸葛亮于茅庐,如鱼之得水,叱咤风云于天下。诸葛武侯在岷蜀佐助刘备立国,其凌云壮志,直吞咸京。诸葛亮未显达之时,是谁对他最为赞许呢? 就是博陵的崔州平。我也是一个布衣之士,胸怀报国忧民之情。在晚年遇到了你们二位像崔州平和崔瑗这样的朋友,华发之际同衰共荣。我们都寄意于经国济民,结成了兄弟般的朋友。让我们的友谊像管仲和乐毅一样,在历史上千载传名。

# 赠郭将军

【题解】 郭将军,名字事迹不详。似是一宿卫官中之失意武官,太白时在宫中,与其遭遇相似,因而同病相怜。诗当作于天宝三载(744)将去朝时。

【原诗】 将军少年出武威①,入掌银台护紫微②。平明拂剑朝天去③,薄暮垂鞭醉酒归。爱子临风吹玉笛,美人腾月舞罗衣。畴昔雄豪如梦里,相逢且欲醉春辉④。

【注释】 ① 武威:郡名,即凉州,唐属陇右道,即今甘肃武威。 ② 银台:唐宫中的门名。《唐六典》:"大明宫……紫宸殿……殿之东曰左银台门,西曰右银台门。"紫微,星垣名,此指皇宫。 ③ 朝天:即上朝朝见天子。 ④ "畴昔"二句:《文苑英华》作"今日相逢俱失路,何年灞上弄春晖"。

【译文】 将军少年时即从军边塞,曾经于武威镇守边疆,现在于银台门守卫皇宫。天明时佩着长剑上朝去朝见天子,到了晚上便骑马垂鞭醉酒而归。在家中看着爱子临风吹笛,美人在月下翩翩起舞。昔日疆场的雄姿豪气,都宛如梦中。如今相逢,且与你在春光中醉饮一场。

# 驾去温泉宫后赠杨山人

【题解】 温泉宫,原名汤泉宫,咸亨二年(672)改温泉宫,天宝六载(747)又更名为华清宫,在今陕西骊山脚下。杨山人,名字不详。此诗备言少年时落魄之状,又写当今恩遇之荣,虽不无炫耀之嫌,但却刻画了当时权贵们趋炎附势的嘴脸,吐露出自己对他们的厌恶之情。最后向志同道合的杨山人表白终将功成身退的愿望。诗作于天宝初在长安时。

【原诗】 少年落托楚汉间①,风尘萧瑟多苦颜。自言管葛竟谁许②,长吁莫错还闭关③。一朝君王垂拂拭④,剖心输丹雪胸臆。忽蒙白日回景光,直上青云生羽翼。幸陪鸾辇出鸿都⑤,身骑飞龙天马驹⑥。王公大人借颜色,金章紫绶来相趋⑦。当时结交何纷纷,片言道合惟有君。待吾尽节报明主,然后相携卧白云。

**【注释】**　① 落托：不得意貌。楚汉间：指湖北安陆一带。　② 管葛：即管仲、诸葛亮。　③ 莫错：寂寞失意貌。闭关：即闭门谢客，隐居不仕。④ 拂拭：拂去尘埃，显出光彩。此喻发现人才。　⑤ 銮舆：皇帝车驾。鸿都：东汉宫门名，此指京都长安。　⑥ 飞龙：唐宫内马厩名。　⑦ 金章紫绶：指朝中显贵。金章，即金印。紫绶，系印的紫色绶带。

**【译文】**　我年轻时在楚汉一带落魄失意，处处受到冷遇，流落风尘而郁郁寡欢。自言有管葛之才而有谁推许？只好长吁短叹，闭门谢客，在家赋闲。一旦天子垂顾，加以拂拭之恩，我便尽心竭力以输忠诚。忽蒙天子白日之光垂照，我如同胁生两翅，直飞青云之上。有幸陪天子銮驾东入鸿都之门，身骑宫中之龙马，好不威风。这时王公大人无不借我以颜色，金章紫绶之高官也来奔走相趋。当时与我结交的人是何等之多，但只有你才与我真正志同道合。待我尽节报效明主之后，我要与你一起隐居南山，同卧白云。

# 温泉侍从归逢故人

**【题解】**　此诗为天宝初供奉翰林时作。诗人自言在侍从玄宗时曾献赋，并得到赞赏，表示要向皇上推荐朋友，共同为国效力。

**【原诗】**　汉帝长杨苑①，夸胡羽猎归②。子云叨侍从，献赋有光辉③。激赏摇天笔④，承恩赐御衣。逢君奏明主，他日共翻飞。

**【注释】**　① 长杨苑：汉宫名，故址在今陕西西安周至县。　② 羽猎：射箭打猎。羽，指羽箭。　③ "子云"二句：子云，扬雄字。献赋：《汉书·扬雄传》："上将大夸胡人以多禽兽，秋，命右扶风发民入南山，西自褒斜，东至弘农，南驱汉中，张罗罔罝罘，捕熊罴豪猪，虎豹狖玃，狐菟麋鹿，载以槛车，输长杨射熊馆……雄从至射熊馆，还，上《长杨赋》。"　④ 摇天笔：感动皇上的文章。

【译文】 汉帝在长杨苑打猎归来，向胡人夸赞禽兽之多。扬子云有幸跟从皇上打猎，献上的《长杨赋》非常精彩。他的文章被皇上所激赏，他深受皇恩，被赏赐御衣。我若有机会上奏明主，他日与你同飞青云。

# 赠裴十四

【题解】 裴十四，名字不详。详诗意，当是裴政，为李白好友，"竹溪六逸"之一。此以晋之名士裴叔则喻裴十四，极赞裴之容仪俊美、心胸阔大、态度高亢，而不为世人所知，只好像天上之浮云，飘然世间而无所用。

【原诗】 朝见裴叔则，朗如行玉山①。黄河落天走东海，万里写入胸怀间②。身骑白鼋不敢度③，金高南山买君顾④。徘徊六合无相知⑤，飘若浮云且西去。

【注释】 ①"朝见"二句：裴叔则，名楷，晋人。《世说·容止》："裴令公有俊容仪，脱冠冕，粗服乱头皆好。时人以为玉人，见者曰：'见裴叔则如玉山上行，光映照人。'"此以裴叔则喻裴十四。 ②"黄河"二句：以黄河入海喻裴十四胸怀的阔大。 ③"身骑"句：《楚辞·九歌·河伯》："乘白鼋兮逐文鱼，与女游兮河之渚。"此谓裴十四之才学心胸之深广，己不敢轻易测度。 ④"金高"句：《列女传·节义传》："郑瞀者，郑女之嬴媵，楚成王之夫人也。初，成王登台，临后宫，宫人皆倾观，子瞀直行不顾……王曰：'顾，吾又与女千金而封若父兄。'子瞀遂不顾。"此句谓须千金才可买裴十四之一顾，可见李白对友人裴十四推许之重。 ⑤ 六合：上下四方谓之六合。此指天地之间。

【译文】 见你如见晋人裴叔则，如行玉山之上，朗然照人。你的胸怀阔大，如黄河落天，直入东海，万里江山皆纳入其间；你的浩瀚，即使是河伯也不敢骑白鼋冒然横渡；你的高亢，即使用高如南山之金买你一顾，也是值得的。你徘徊于六合之中，而无有相知之人，如今若天上的浮云，即将飘然西去。

# 赠崔侍御

**【题解】**　崔侍御,即崔成甫,崔沔长子,曾官监察御史。此诗约作于开元二十三年(735),在洛阳献赋之后。言己虽然遍干诸侯,献赋朝廷,但终未得遇,依然以布衣而归。望崔侍御能更荐自己入朝。

**【原诗】**　黄河三尺鲤,本在孟津居①。点额不成龙,归来伴凡鱼②。故人东海客,一见借吹嘘③。风涛傥相因,更欲凌昆墟④。何当赤车使,再往召相如。

**【注释】**　①孟津:黄河津口名,在今河南孟津东北黄河上。　②“点额”二句:《水经注·河水》:“(鲤)三月则上渡龙门,得渡为龙矣,否则点额而还。”　③吹嘘:揄扬推奖之意。　④昆墟:地名。《水经注·河水》:“昆仑墟在西北……其高万一千里,河水出其东北陬。”

**【译文】**　黄河中的三尺鲤鱼,本住在孟津口中,它跳龙门没有跳过,未能成龙,归来又与凡鱼为伴。老友你是东海客,能不能助我一臂之力?倘若有机会再乘风涛,我要再跳一次,直凌昆仑之墟!何时能像司马相如那样,被皇帝派赤车再次召见呢?

# 上李邕

**【题解】**　李邕,盛唐时著名书法家、文学家。开元八、九年(720、721),李邕任渝州刺史,李白前去拜访他。为其所轻。李白于是就写了这首诗。诗中表达了李白的凌云壮志和强烈的用世之心,对李邕瞧不起年轻人的态度非常不满。此诗敢于向大人物挑战,充满了初生牛犊不怕虎的锐气。

**【原诗】** 大鹏一日同风起,抟摇直上九万里①。假令风歇时下来,犹能簸却沧溟水。世人见我恒殊调②,见余大言皆冷笑。宣父犹能畏后生③,丈夫未可轻年少④。

**【注释】** ①《庄子·逍遥游》:"鹏之徙于南冥也,水击三千里,抟扶摇而上者九万里。" ②恒:常。殊调:特殊论调。 ③宣父:指孔子。唐贞观十一年,诏尊孔子为宣父。见《新唐书·礼乐志》。畏后生:《论语·子罕》:"后生可畏,焉知来者之不如今也?" ④丈夫:古时男子通称。此指李邕。

**【译文】** 大鹏一日从风而起,扶摇直上九万里。如果在风歇时停下来,其力量之大犹能将沧海之水簸干。世人见我好发奇谈怪论,听了我的大言皆冷笑不已。孔圣人还说后生可畏,大丈夫可不能轻视年轻人啊!

## 述德兼陈情上哥舒大夫

**【题解】** 哥舒大夫,当指玄宗时名将哥舒翰。其先人为突厥施酋长哥舒之裔。哥舒翰天宝初为王忠嗣部将,天宝六载(747)被召入朝,代王忠嗣为陇右节度使。天宝八载(749),因攻吐蕃石堡城有功,加摄御史大夫。此诗有述德而无陈情,疑有阙文。诗当作于天宝八载(749)以后。

**【原诗】** 天为国家育英才,森森矛戟拥灵台①。浩荡深谋喷江海,纵横逸气走风雷。丈夫立身有如此,一呼三军皆披靡②。卫青漫作大将军③,白起真是一竖子④。

**【注释】** ①灵台:心。 ②披靡:倒貌。 ③卫青:汉武帝时名将。前后七次出击匈奴,屡立战功,官至大将军。见《史记·卫将军骠骑列传》。 ④白起:秦昭王时名将。善用兵,攻取六国七十余城,封武安君。见《史记·白起列传》。

**【译文】** 老天为国家生育出大夫这样的英才,胸中矛戟森森如武库一般。智谋韬略深如江海,逸气纵横如风雷奔走。大丈夫立身当如此也,向空一呼,三军皆倒。汉朝的卫青比起你来真是妄做了大将军,而战国时秦国名将白起比起你来简直是一个黄口小儿!

# 雪谗诗赠友人

**【题解】** 此诗之旨,众说纷纭,洪迈《容斋随笔》:"大率言妇人淫乱败国。"刘克庄《后山诗话·新集》:"(白)刚棱嫉恶,坡公疑其以召怨,力士因借此以报脱靴之辱。"郭沫若《李白与杜甫》推断为"那位刘氏与李白离异后,曾向李白的'友人'处播弄是非,故李白乃'雪谗'自辩"。按诸说当以郭说近是。诗当作于开元末年李白居东鲁时。

**【原诗】** 嗟余沉迷,猖獗已久①。五十知非②,古人常有。立言补过③,庶存不朽。包荒匿瑕,蓄此顽丑④。月出致讥,贻愧皓首⑤。感悟遂晚,事往日迁。白璧何辜,青蝇屡前⑥。君轻折轴,下沉黄泉。众毛飞骨,上陵青天⑦。萋菲暗成,贝锦粲然⑧。泥沙聚埃,珠玉不鲜。洪炎烁山,发自纤烟。沧波荡日,起于微涓。交乱四国⑨,播于八埏⑩。拾尘掇蜂,疑圣猜贤⑪。哀哉悲夫,谁察余之贞坚。彼妇人之猖狂,不如鹊之强强,彼妇人之淫昏,不如鹑之奔奔⑫。坦荡君子,无悦簧言⑬。擢发赎罪,罪乃孔多⑭。倾海流恶,恶无以过⑮。人生实难,逢此织罗。积毁销金⑯,沉忧作歌。天未丧文,其如余何⑰。妲己灭纣⑱,褒女惑周⑲。天维荡覆,职此之由⑳。汉祖吕氏,食其在傍㉑。秦皇太后,毒亦淫荒㉒。蟊蜮作昏,遂掩太阳㉓。万乘尚尔,匹夫何伤。辞殚意穷,心切理直。如或妄谈,昊天是殛㉔。子野善听㉕,离娄至明㉖。神靡遁响,鬼无逃形。不我遐弃㉗,庶昭忠诚。

**【注释】** ① 猖獗:狂放之意。丘迟《与陈伯之书》:"直以不能内审诸己,外受流言,沉迷猖蹶,以至于此。"二句本此。　②五十知非:用蘧伯玉事。《淮南子·原道训》:"蘧伯玉年五十而知四十九年非。"　③立言:谓著述之事。《左传·襄公二十四年》:"太上有立德,其次有立功,其次有立言。虽久不废,此之谓不朽。"　④包荒:包含荒秽之物。匿瑕:即使是美玉也有暗藏的瑕疵。顽丑:不光彩之事。　⑤月出致讥:《诗经·陈风·月出》,小序云:"刺好色也。"　⑥"白璧"二句:谓青蝇玷污白玉。喻人被诬。《埤雅·释虫》:"青蝇粪尤能败物,虽玉犹不免。所谓蝇粪点玉是也。"　⑦"群轻"四句:《汉书·中山靖王胜传》:"丛轻折轴,羽翮飞肉。"颜师古注:"言积载轻物,物多至令车轴毁折。而鸟之所以能飞翔者,以羽翮扇扬之故也。"此言谣言屡兴,谗言屡进,便能致祸。　⑧"萋菲"二句:喻小人罗织罪状。《诗经·小雅·巷伯》:"萋兮斐兮,成是贝锦。彼谮人者,亦已大甚。"萋斐,即萋菲,文采相杂貌。　⑨交乱四国:《诗经·小雅·青蝇》:"谗人罔极,交乱四国。"四国犹四方。　⑩八埏(yán):犹八方。　⑪拾尘:用颜回事。孔子厄于陈蔡,从者七日不食。子贡谋得米一石,颜回炊于屋檐下。有灰尘落入锅中,颜回认为弃之可惜,拾而食之,子贡误以为颜回窃食,告于孔子,孔子问颜回,颜回如实答之,误始得解。见《孔子家语·在厄》。掇蜂:用伯奇事。伯奇为周大夫尹吉甫之子。吉甫之后妻,欲陷前妻子伯奇,乃居空室,取蜂缘衣领,伯奇仁孝,前掇之,吉甫远见之,以为其戏之,大怒,乃放伯奇于野。后感悟,召回伯奇而杀后妻。见《琴操·履霜操序》。陆机《君子行》:"掇蜂灭天道,拾尘惑孔颜。"二句用此诗意。　⑫"彼妇人"四句:《诗经·鄘风·鹑之奔奔》:"鹑之奔奔,鹊之强强。"状鸟之双宿双飞貌。原诗讽刺卫宣姜淫乱。　⑬簧言:花言巧语。　⑭"擢发"二句:谓拔着头发数罪,也数不清其罪。赎,当作"续",数也。孔,甚也。⑮"倾海"二句:谓其恶比东海之水还要多。　⑯积毁销金:谓谗毁聚积多了,连金属之物也会销毁。　⑰"天未丧文"二句:《论语·子罕》:"子畏于匡,曰:'……天之未丧斯文也,匡人其如予何?'"　⑱妲己:殷纣王之爱妃。相传纣王因宠爱妲己,荒废国政,为周所灭。见《史记·殷本纪》。⑲褒女:即褒姒,周幽王之宠妃。周幽王为取得褒姒的欢心,曾经举烽火以戏诸侯。后来周幽王为犬戎所灭。见《史记·周本纪》。　⑳职:主也。㉑吕氏:即汉高祖皇后吕雉。相传吕雉当皇太后时与左丞相审食其私通。

见《史记·吕太后本纪》。　㉒"秦皇太后"二句：秦始皇之母与宫人嫪毐私通。事见《史记·吕不韦列传》。　㉓螮蝀(dì dòng)：即虹。　㉔昊天：即苍天。　㉕子野：春秋时晋国乐师师旷字。　㉖离娄：古之明目者，能在百里之外，察秋毫之末。　㉗遐弃：《诗经·周南·汝坟》："既见君子，不我遐弃。"

**【译文】**　叹我沉迷于酒，狂傲疏放已久，五十而知非，古人常有。立言以补过，希望永存不朽。包藏缺点和瑕疵，将它们掩遮不漏。《诗经》中《月出》一诗已有好色之讥，使陈国之君终生抱愧惭羞。由于时日迁延，大错已铸，明白过来时已经晚了。白璧竟有何罪？青蝇屡次上前玷污。轻的东西积多了，会将车轴压断下沉黄泉，众多的毛羽也能将鸟的肉身抬上青天。谣言就像是织贝锦的花纹一样，说多了就会粲然成章，不由你不信。聚集的泥沙，掩住了珠玉的光辉。烧山的大火，来自一缕青烟；荡日的狂涛，起自一点水珠。谣言传播于四面八方，可使四邻之国无事生非。颜回拾尘，使孔圣人疑其窃食；伯奇掇蜂，使贤大夫尹吉甫猜其淫乱。真是令人悲哀啊，有谁能明白我的坚贞呢？那个妇人的猖狂，还不如《诗经》中所说的"鹊之强强"；那个妇人的淫昏，还不如《诗经》中所说的"鹑之奔奔"。坦荡的君子啊，不要被那些花言巧语迷惑了。那个妇人就是擢发数其罪，也说不尽其罪；决东海之波，流恶也难尽。人生实难啊，使我遭此罗织的灾祸。毁谤积得多了，就是金子也会被销蚀，深深的忧患，使我悲歌长叹。但是天既未丧斯文，他们能奈我何？妲己毁掉了殷纣王，褒姒使周幽王迷惑丧乱。他们的天下之所以丧失，都是因她们之故。汉高祖的吕后，与其臣下审食其私通；秦始皇的母后，也与其宫人嫪毐淫乱。虹霓所发出的阴昏之气，掩遮了太阳之光。万乘之君此事尚不能免，而何况是平民百姓呢？我已词尽意穷，但是心切理直。如有一句不实之言，我愿受苍天的惩罚。师旷善于听音，离娄的眼光最为明亮。任何声响和形影都逃不过神的耳朵和眼睛，鬼蜮之辈无可逃遁。苍天如不弃我，请昭示我的一片忠诚吧。

# 赠参廖子

**【题解】** 参廖子,名不详,当是一位隐士的名号。孟浩然有诗《赠道士参廖》,所赠当是同一人。诗当作于天宝三载(744)将辞京还山时。

**【原诗】** 白鹤飞天书<sup>①</sup>,南荆访高士。五云在岘山<sup>②</sup>,果得参廖子。肮脏辞故园<sup>③</sup>,昂藏入君门。天子分玉帛,百官接话言<sup>④</sup>。毫墨时洒落,探玄有奇作<sup>⑤</sup>。著论穷天人<sup>⑥</sup>,千春秘麟阁<sup>⑦</sup>。长揖不受官,拂衣归林峦。余亦去金马<sup>⑧</sup>,藤萝同所欢。相思在何处,桂树青云端<sup>⑨</sup>。

**【注释】** ①“白鹤”句:谓天子下诏书。白鹤,一种似鹤头的书体。天书,即诏书。 ②五云:《太平御览》引京房《易·飞候》:“视四方常有大云五色,其下贤人隐也。”岘山,在今湖北襄阳南。 ③肮脏(kǎng zǎng):刚直倔强貌。 ④话言:善言。《诗经·大雅·抑》:“其人维哲,告之话言。” ⑤探玄:探索奥妙。 ⑥天人:即天人之际,谓天道和人事的各种学问。司马迁《报任安书》:“亦欲以究天人之际,通古今之变,成一家之言。” ⑦麟阁:即麒麟阁,汉代阁名,以藏皇家图书。 ⑧金马:即金马门,汉代宫门名。此借指唐宫。 ⑨“桂树”句:吴均《山中杂诗》:“山中自有宅,桂树笼青云。”谓隐者居处。

**【译文】** 皇帝下了诏书,要在南荆之地寻访高士,在五色祥云笼罩的岘山,果然访到了你参廖子。参廖子傲然辞别了故乡,意气昂扬地走进了宫门。天子亲赐玉帛,百官争相与言。参廖子当场挥毫,写下了一篇玄妙之文。其文穷究天人之际,可藏之麟阁,传之千秋。你长揖辞却,不愿做官,拂衣而返,归隐林泉。我也要辞京还山,和你一起归隐,同攀藤萝。我们的相思之处,就在那桂树青云之端啊!

# 赠饶阳张司户燧

**【题解】**　宋蜀本题下注:"燕魏太原。"饶阳,郡名,即深州,唐属河北道,即今河北深州。司户,司户参军之省称,州郡属官。张燧,生平不详。从诗中看,张燧亦为一仕途不得志者,故李白有邀其共同携隐之语。诗当于天宝十一载(752)赴幽州经饶阳时所作。

**【原诗】**　朝饮苍梧泉,夕栖碧海烟①。宁知鸾凤意,远托椅桐前②。慕蔺岂曩古③,攀嵇是当年④。愧非黄石老,安识子房贤⑤。功业嗟落日,容华弃徂川⑥。一语已道意,三山期著鞭⑦。蹉跎人间世,寥落壶中天⑧。独见游物祖⑨,探玄穷化先⑩。何当共携手,相与排冥筌⑪。

**【注释】**　① 苍梧:山名,即九嶷山。此泛指南方。碧海:即北海,泛指北方。此二句谓鸾凤高飞远举。　② 椅桐:即梧桐。《庄子·秋水》:"夫鹓雏发于南海而飞于北海,非梧桐不止,非练实不食,非醴泉不饮。"　③ 慕蔺:《史记·司马相如列传》:"相如既学,慕蔺相如之为人,更名相如。"曩古:往古。　④ 攀嵇:颜延年《五君咏》:"交吕既鸿轩,攀嵇亦凤举。"嵇,指嵇康。以上二句以蔺相如和嵇康喻张燧。　⑤"愧非"二句:张良于圯上遇隐者黄石公,受太公兵法。事见《史记·留侯世家》。此二句以张良喻张燧。　⑥ 徂川:即逝川。　⑦ 三山:即海上蓬莱、方壶、瀛洲三神山。⑧ 壶中天:指仙境。用费长房故事。据《神仙传》,费长房肆中见一人悬壶于屋上,日入之后,此人跳入壶中。费知其为仙人。仙人邀费长房同入壶中,其间原来是一个仙宫世界。　⑨ 物祖:万物之祖。《庄子·山木》:"浮游乎万物之祖,物物而不物于物。"　⑩ 化先:即万物生成之先。　⑪ 排冥筌:即超脱世尘。《文选》江淹《杂体诗》:"一时排冥筌,泠然空中赏。"李善注:"筌,捕鱼之器。"言鱼在筌中,犹人之处尘俗,今既排而去之,超在埃尘之外。

**【译文】**　早上饮了苍梧山的泉水,晚上就飞到了北方的碧海。可知鸾凤远飞之意，是为了托身于梧桐之上。倾慕蔺相如，高攀嵇康，岂能只有古人？我自愧非黄石老人，能识张子房这样的大贤。功业随落日而去，容华也随流水一去不返。你的一言已道破了世尘，想求仙学道，托身三山。人间的路是何等蹉跎难行，只有壶中的仙境才是天高地广。你钻研道经，已能游乎万物之祖，探玄索奥直至宇宙生成之先。何时我们一起携手而去，超凡脱尘，远离人间？

## 赠清漳明府侄

**【题解】** 此题一作《赠清漳明府侄聿》。清漳，在今河北邯郸。明府，唐人称县令为明府。李聿，《全唐文》有小传："聿，玄宗朝官，清漳令，迁尚书郎。"此诗为李白天宝十一载（752）上幽州途经清漳县时所作。诗中描写了李聿为县令政简讼息、无为而治的政绩，百姓们风俗淳朴，乐于耕织，一派太平景象，其中有不少夸饰成分，多是诗人政治理想的主观想象。

**【原诗】** 我李百万叶，柯条布中州[①]。天开青云器[②]，日为苍生忧。小邑且割鸡，大刀伫烹牛[③]。雷声动四境，惠与清漳流[④]。弦歌咏唐尧[⑤]，脱落隐簪组[⑥]。心和得天真，风俗由太古。牛羊散阡陌，夜寝不扃户。问此何以然，贤人宰吾土。举邑树桃李，垂阴亦流芬。河堤绕渌水，桑柘连青云。赵女不冶容，提笼昼成群。缫丝鸣机杼，百里声相闻。讼息鸟下阶，高卧披道帙[⑦]。蒲鞭挂檐枝，示耻无扑抶[⑧]。琴清月当户，人寂风入室。长啸无一言，陶然上皇逸[⑨]。白玉壶冰水[⑩]，壶中见底清。清光洞毫发，皎洁照群情。赵北美嘉政，燕南播高名[⑪]。过客览行谣，因之颂德声。

**【注释】** ①"我李"二句：叶、柯条，喻宗族支派。中州，即中国。 ②青云器：能飞黄腾达的大器。 ③"小邑"二句：《论语·阳货》中说，孔子到了武城，听见一片弦歌之声，莞尔而笑曰："割鸡焉用牛刀？"后以"割鸡"为治理县政之代称。烹牛，喻施展大本领。 ④清漳：水名，源出于山西阳泉南,南流入浊漳。　⑤"弦歌"句:歌颂唐尧的无为而治。　⑥簪组:官帽。簪,插戴官帽用的簪子。组,系帽的带子。句谓李聿隐于簪组之间,即谓吏隐。　⑦道帙:道书的书衣,此指道书。　⑧"蒲鞭"二句:《后汉书·刘宽列传》上说,刘宽为太守时,对人宽厚仁恕,人有过失,"但用蒲鞭罚之,示辱而已,终不加苦"。蒲鞭,用蒲草做成的鞭子,用来进行象征性的惩罚。扑挞,鞭打。　⑨上皇:即羲皇,伏羲。　⑩玉壶冰:喻品德高洁。姚崇《冰壶赋》:"冰壶者,清洁之至也。君子对之,示不忘乎清也。"　⑪赵北、燕南:指河北中部地区。

**【译文】**　我们李家如同一棵大李树,枝叶百万遍布中州。老侄为天生的青云之器,天天为百姓操心。治理小县如同"割鸡",将来还会大刀宰牛,将有大用。你的官声如雷贯耳,惊动四邻,你的惠政将与清漳同流。县境内一片太平盛世的景象,老侄无为而治,官帽也不戴,形同吏隐。百姓为德政所化,心平气和,有天真烂漫的赤子之心,风俗像太古一样淳朴。牛羊散在阡陌之中,百姓家家夜不闭户。问为什么能这样,他们回答说,是县令贤明。县中遍植桃李树,到处散发出桃李花的芬芳。河中流的是清清的河水,两岸桑柘茂密如云。赵地的女子不爱梳洗打扮,成群地在田野里提笼采桑。家家都在忙着缫丝和纺织,百里之间,机杼之声相闻。由于无人告状,县衙前门可罗雀,县令高卧无事,在闲读道书。檐前挂着蒲鞭,对有过失的百姓只施与象征性的惩罚。政闲时明月当头,琴声清越;庭中寂然,清风入室。老侄但长啸无言,陶然如上皇之逸人。政清德高,洁如玉壶之冰,壶中透明见底。清光一片,可鉴毫发,从中可映出百姓的身影。清漳县令的高名和佳政,在赵北燕南一带到处传颂。我这位过客听了百姓赞颂县令美政的民谣,因此写出了这篇颂诗。

# 赠临洺县令皓弟

**【题解】**　宋蜀本题下注:"时被讼停官。"临洺,唐属河北道洺州,在今河北邯郸永年。李皓,事迹不详。诗中以陶渊明不为五斗米折腰,辞去彭泽令事,安慰李皓,与其当官受气,不如辞官归隐,以乐逍遥。

**【原诗】** 陶令去彭泽①,茫然太古心。大音自成曲,但奏无弦琴②。钓水路非远,连鳌意何深。终期龙伯国③,与尔相招寻。

**【注释】** ① 陶令:指陶渊明。曾为彭泽县令,因不愿为五斗米折腰,而解印归田。彭泽:县名,唐时属江南东道江州,即今江西九江彭泽县。② "大音"二句:陶渊明尝言,夏月高卧北窗之下,清风飒至,自谓羲皇上人。性不解音,而蓄素琴一张,弦徽不具,每朋酒之会,则抚而和之,曰:"但识琴中趣,何劳弦上声?"见《晋书·陶潜传》。 ③ 龙伯国:相传东海中有五座神山,下面有十五个巨鳌驮着。后来龙伯国有大人,在东海钓鱼,一连钓了六只巨鳌,于是有两神山沉入了水底,只剩下蓬莱、方壶、瀛洲三座了。事见《列子·汤问》。

**【译文】** 陶渊明辞去了彭泽县令,其心茫然如太古时人。天地之音自成曲调,他只奏无弦之琴。要想去隐居垂钓,其路不远。一连而钓六鳌,是何等令人快意。我与你相期,将来一起像龙伯国的大人一样,到东海钓鳌去!

# 赠郭季鹰

**【题解】** 郭季鹰,事迹不详。当是太白在开元二十三年(735)游并州时所交的友人。此诗对郭季鹰的高尚品德表示倾慕,愿与他一起像凤凰一样展翅高翔。

**【原诗】** 河东郭有道①,于世若浮云。盛德无我位,清光独映君。耻将鸡并食,长与凤为邻。一击九千仞,相期凌紫氛②。

**【注释】** ① 郭有道:即郭泰,字林宗,东汉时太原人。博通经典,居家教授弟子千余人。举有道，不就。死后蔡邕为其撰铭，谓卢植曰："吾为碑铭多矣，皆有惭德，唯郭有道无愧色耳。"此以郭泰比郭季鹰。 ②"一击"二句：宋玉《对楚王问》："凤皇上击九千里，绝云霓，负苍天，足乱浮云，翱翔乎杳冥之中。"紫氛，紫霄。

【译文】 你像河东的郭有道，将人世看作如同变幻的浮云。盛德之世我无禄位，你也清光一片独善其身。耻与群鸡为伍，愿以凤凰为邻。凤凰一飞上击九千仞，我与你相期像凤凰一样凌空翱翔。

## 邺中赠王大劝入高凤石门山幽居

【题解】 邺中，即邺郡，唐属河北道，治所在今河南安阳。邺可能是叶之误，叶是叶县。高凤，东汉隐士，南阳叶县人，曾隐于西唐山中，《后汉书》有传。石门，山名，在叶县西唐山东北。因高凤曾隐于此处，故称高凤石门。幽居，即山居。此诗约作于开元末。据诗意当是王大劝李白归隐高凤石门山中，李白作诗以答之，不同意王大的归隐之劝。诗中充满了李白与王大的相知相与之情，但对归隐一事，二人却意见相左。盖王大已倦于游宦，而李白尚未出仕之故也。此诗题他本一作《邺中王大劝入高凤石门幽居》。按诗意，题中不应有"赠"字。

【原诗】 一身竟无托，远与孤蓬征①。千里失所依，复将落叶并。中途偶良朋，问我将何行。欲献济时策②，此心谁见明。君王制六合，海塞无交兵③。壮士伏草间，沉忧乱纵横。飘飘不得意，昨发南都城④。紫燕枥上嘶⑤，青萍匣中鸣⑥。投躯寄天下，长啸寻豪英。耻学琅邪人，龙蟠事躬耕⑦。富贵吾自取，建功及春荣⑧。我愿执尔手，尔方达我情。相知同一己，岂唯弟与兄。抱子弄白云⑨，琴歌发清声。临别意难尽，各希存令名⑩。

【注释】 ①孤蓬：蓬草，无根而随风飘转者。 ②济时策：救国济民之策。　③海塞：近海之边塞，此指河北道北部渤海湾营州一带，奚与契丹所居处。无交兵：时奚与契丹已平。　④南都：南阳，即今河南南阳。东汉时为南都，唐时为邓州南阳郡，此沿旧称。　⑤紫燕：良马名。汉文帝有骏马九匹，其一名紫燕。　⑥青萍：宝剑名，古之名剑。《抱朴子·博喻》："青萍、豪曹，剡锋之精绝也。"　⑦琅邪人：指诸葛亮。琅邪，秦汉郡国名，在今山东诸城一带，诸葛亮祖籍在此，诸葛亮后随其叔父至南阳，躬耕陇亩。⑧春荣：春天开花。此喻青春年华，早日得志。　⑨抱子：携子。子，对人之尊称。　⑩令名：美名。

**【译文】**　我一身无所依托，像孤蓬一样随风远征。离家千里失去依靠，将随落叶一起飘零。正在此时我遇到了你这位良朋好友，问我将去何方。我想要进献济时之策，可此心谁能为我明达于朝廷？如今边境上已偃兵息武，六合无事，天下太平。壮士只能伏于草莱，没有表现才能的机会，胸怀沉忧，心乱如麻。飘然四方，无人重用，昨日从南阳出发，再去寻找出路。骏马在枥中嘶叫，宝剑在匣中鸣跃，我要遍游天下，去寻找英雄豪杰。耻于像琅邪人诸葛亮一样，龙蟠南阳，隐居躬耕。富贵要自己去争取，建功立业要趁青春年华。我愿与你携手，你也明白我的心。我们二人相知相爱得如一人，岂止是像亲弟兄？与你相携一起赏弄白云，弹着素琴高声吟唱。临分别时情意难尽，我们要各自珍重，好自为之吧！

# 赠华州王司士

**【题解】**　宋蜀本题下注："陕西。"华州，唐属关内道，州治郑县在今陕西渭南华州。司士，即司士参军之省称，州郡之佐吏。王司士，名字不详。此诗以王姓之典，喻王司士当继承祖业，终成大器。

**【原诗】**　淮水不绝波澜高①，盛德未泯生英髦②。知君先负庙堂器③，今日还须赠宝刀④。

**【注释】** ① 淮水：即淮河，发源于河南桐柏山，流经河南、安徽境入海。此句用王导典。《晋书·王导传》："初导渡淮，使郭璞筮之，璞曰：'吉，无不利。淮水绝，王氏灭。'其后子孙繁衍，竟如璞言。"波澜高：谓王氏后裔兴旺，子孙有成。此指王司士能继祖业。 ② 英髦：豪俊也。 ③ 庙堂器：谓大器，王佐之才。 ④ 赠宝刀：《晋书·王祥传》："吕虔有佩刀，工相之，以为必登三公，可服此刀。虔谓祥曰：'苟非其人，刀或为害，卿有公辅之量，故以相与。'"

**【译文】** 淮水长流不绝，波澜汹涌，王氏的盛德未泯，生出像你这样的英豪。知你有大才当为廊庙之器，今日当赠你宝刀，望你早登高位。

# 赠卢征君昆弟

**【题解】** 卢征君，有人疑是玄宗时隐士卢鸿，恐未确。征君，不就朝廷征辟的隐士。此诗叙与二卢交游，并对隐逸求仙活动表示兴趣，表达了对隐士生活的向往。

**【原诗】** 明主访贤逸，云泉今已空①。二卢竟不起，万乘高其风。河上喜相得②，壶中趣每同③。沧洲即此地，观化游无穷④。木落海水清，鳌背睹方蓬⑤。与君弄倒影⑥，携手凌星虹。

**【注释】** ① 云泉：指隐士隐居之地。二句与王维诗"圣代无隐者，英灵尽来归"同意。 ② 河上：指河上公，传说为汉文帝时人，曾注老子《道德经》。见葛洪《神仙传》。 ③ "壶中"句：用费长房故事。据《神仙传》，费长房肆中见一人悬壶于屋上，日入之后，此人跳入壶中。费知其为仙人。仙人邀费长房同入壶中，其间原来是一个仙宫世界。 ④ 沧洲：隐士所居之地。观化：观察万物之变化。 ⑤ "鳌背"句：方蓬，皆为海上仙山。参见《赠临洺县令皓弟》注。 ⑥ 弄倒影：谓升天。因从天上向下看，人间的景物都是倒着的，故云倒影。

【译文】 明主下访贤逸之士,林泉中的隐士差不多已经空了。二卢竟然屡征而不起,皇上对你们的高风大加赞扬。遇见你们如同遇见精通道家经典的河上公,我们求仙学道的志趣每每相同。此地即修道之所,在这里可以观物自化,优游其中,其乐无穷。叶落之后,海水清澈,可以远观东海,巨鳌背上的蓬莱、方壶、瀛洲三仙岛隐约可见。我要与你们携手升天,同凌星虹。

# 赠新平少年

【题解】 新平,原邠州,天宝元年改为新平郡,治所在新平县,即今陕西咸阳彬州。此诗当是开元末年太白游邠州时所作。诗中反映了李白新交旧友不予帮助,自己生活困顿、仕途不遇的艰难情景,以及希图摆脱困境的愿望。

【原诗】 韩信在淮阴,少年相欺凌①。屈体若无骨,壮心有所凭。一遭龙颜君②,啸咤从此兴③。千金答漂母④,万古共嗟称。而我竟胡为,寒苦坐相仍⑤。长风入短袂⑥,内手如怀冰⑦。故友不相恤⑧,新交宁见矜⑨。摧残槛中虎,羁绁韝上鹰⑩。何时腾风云,搏击申所能。

【注释】 ①“韩信”二句:据《史记·淮阴侯列传》,韩信少年时贫困,曾在淮水边向漂母乞食,曾受淮阴市井中少年胯下之辱。 ②龙颜君:指汉高祖。《史记·高祖本纪》:“高祖为人,隆准而龙颜。” ③啸咤:叱咤风云。 ④“千金”句:《史记·淮阴侯列传》说,韩信封楚王后,将从前在淮水畔接济过他的漂母找来,予以千金作为报答。 ⑤相仍:相续。 ⑥短袂:短袖。 ⑦内手:将手纳入袖中取暖。内,同“纳”。 ⑧相恤:相互体贴怜恤。 ⑨矜:怜悯。 ⑩羁绁:用绳子拴住。韝(gōu):臂上架鹰的皮套袖。

【译文】 韩信在淮阴的时候,有市井少年欺凌他。他屈体而就,形若无骨,而其胸中却怀有雄心壮志。他一遇上汉高祖这样的真龙天子后,从此叱咤风云。后来对在淮阴接济过他的漂母报以千金,赢得了被人称赞的千古美名。而我今天如何呢? 苦寒相仍,坐立不宁。长风带着寒气吹入了短袖,袖手取暖却手冷如冰。故友不相体恤帮助,而新交不予怜悯同情。就像老虎被囚在笼子里,雄鹰被拴在臂架上。何时才能高飞入云,长天搏击,一申所能呢?

# 赠崔侍御

**【题解】**　崔侍御,即崔成甫,李白好友之一。天宝三载(744),李白将要辞京还山,与崔成甫告别。诗中历叙二人从洛阳交往到长安再次结交的友谊,赞美了崔侍御的风标和胸襟,同时还倾吐了自己心中的烦恼和苦闷,希望能够得到老友的援引和帮助。

**【原诗】**　长剑一杯酒,男儿方寸心。洛阳因剧孟①,托宿话胸襟。但仰山岳秀,不知江海深②。长安复携手,再顾重千金③。君乃辎轩佐④,余叨翰墨林⑤。高风吹秀木⑥。虚弹落惊禽⑦。不取回舟兴,而来命驾寻⑧。扶摇应借力⑨,桃李愿成阴⑩。笑吐张仪舌⑪,愁为庄舄吟⑫。谁怜明月夜,肠断听秋砧。

**【注释】**　① 剧孟:西汉大侠。《汉书·剧孟传》:“剧孟者,洛阳人也。周人以商贾为资,剧孟以侠显。”　② 山岳秀:谓姿容美也。江海深:谓心胸大也。　③“再顾”句:谢朓《和王主簿怨情》:“生平一顾重,宿昔千金贱。”此用其诗意。　④ 辎轩佐:即任监察御史的意思。辎轩,一种使者所乘的轻车。此指宪车,即御史大夫所乘之车,监察御史乃御史大夫的下级,故称为辎轩佐。　⑤ 翰墨林:即翰林之意。　⑥“高风”句:《文选》李康《运命论》:“木秀于林,风必摧之。”李善注:“秀,出也。”　⑦“虚弹”句:更赢为魏王引弓虚发而下一鸿雁,王问何故,更赢对曰:“其飞徐而鸣悲。飞徐者,故疮痛也;鸣悲者,久失群也。故疮未息而惊心未忘也。闻弦音,引而高飞,故疮裂而陨也。”见《战国策·楚策》。此句一作“惊弹落虚禽”。

⑧ "不取"二句：谓作者不取王子猷雪夜访戴、兴尽而返的态度，而是专命寻访。　⑨ "扶摇"句：谓大鹏扶摇直上九万里，需借风力。《庄子·逍遥游》："鹏之徙于南冥也，水击三千里，抟扶摇而上者九万里……风之积也不厚，则其负大翼也无力。故九万里则风斯在下矣。"借力，一作"借便"。⑩ "桃李"句：《史记·李将军列传》："谚曰：'桃李不言，下自成蹊。'"⑪ 张仪舌：张仪曾在楚国被怀疑盗了楚国的玉璧，被掠笞数百，不服，释之。其妻曰："嘻，子毋读书游说，安得此辱乎？"张仪谓其妻曰："视吾舌尚在不？"其妻笑曰："舌在也。"张仪曰："足矣。"　⑫ 庄舃吟：越人庄舃仕于楚。一次病倒了，楚王问手下人说，不知庄舃思越否？手下人说："彼思越则越声，不思越则楚声。"使人往听之，庄舃正在用越声歌吟。

【译文】　倚着长剑痛饮一杯美酒，男儿的胸中跳荡着一颗红心。在洛阳我遇到了你这位剧孟式的人物，因此与你彻夜倾谈，一吐胸襟。但只景仰你一表人才，没想到你的胸怀像江海一样深。在长安我们又见了面，再次相见我们的友谊重似千金。你为御史台的副佐，我此时也忝居翰林。木秀于林，风必摧之，受伤的鸟听见虚弓也会吓掉了魂。我不学王子猷雪夜访戴，兴尽而返，而是专程前来拜访你。大鹏扶摇九霄需借风力，桃李之下，愿成蹊荫。你口若悬河，笑吐张仪之舌，我有思归之叹，常作庄舃之吟。在这明月当头的夜晚，断续的秋砧之声恰似肠断之音。

# 走笔赠独孤驸马

【题解】　独孤驸马，当是独孤明，玄宗女信成公主之夫。此诗是李白的干谒之作，望独孤驸马加以援引，使自己再受朝廷的重用。诗当作于离朝之后。

【原诗】　都尉朝天跃马归，香风吹人花乱飞。银鞍紫鞚照云日①，左顾右眄生光辉②。是时仆在金门里，待诏公车谒天子③。长揖蒙垂国士恩④，壮心剖出酬知己。一别蹉跎朝市间，青云之交不可攀。傥其公子重回顾,何必侯嬴长抱关⑤?

**【注释】**　① 紫鞚(kòng):紫色的马勒。《说文》:"勒,马头络衔也。"
② 左顾右眄(miǎn):得意之貌。　③ 金门,即金马门。《三辅黄图》:"金
马门,宦者署。武帝得大宛马,以铜铸像,立于署门,因以为名。东方朔、主
父偃、严安、徐乐,皆待诏金马门,即此。"公车:汉代官署名。卫尉的下属机
构,设公车令,掌管宫中司马门的警卫,并负责接待征召的征士。《汉书·
东方朔传》:"朔文辞不逊,高自称誉,上伟之,令待诏公车。"　④ 国士:国
中杰出的人才。《史记·淮阴侯列传》:"诸将易得耳,至如信者,国士无
双。"　⑤ 侯嬴:战国时魏国的隐士,年七十,为大梁夷门的守门者。信陵
君延为上客。后以计谋助信陵君却秦救赵。抱关:守门。

**【译文】**　驸马都尉上朝骑马归来,香风扑人鲜花乱飞。银鞍紫勒光照云
日,左顾右盼光彩照人。当时我也在金门里,担任天子的翰林供奉。我长揖
天子,蒙受国士之恩,剖心沥胆以酬知己。自从离京以来,岁月蹉跎,以前交
往的那些青云之士就高不可攀了。如果公子能对我重新垂顾,我何必学侯
嬴做抱关者一样的隐士呢!

## 赠嵩山焦炼师并序

**【题解】**　宋蜀本题下注:"洛阳。"嵩山,又名嵩高山,乃五岳之中岳。在
今河南登封市北。东曰太室,西曰少室。炼师,道士中德高思精者。
《太平广记》:"唐开元中有焦练师修道,聚徒甚众。有黄裙妇人自称阿
胡,就焦学道术。经三年,尽焦之术而固辞去……乃于嵩顶设坛,启告老
君。"此焦练师不知男女,不知是否即此女道士。而"黄裙妇人"又未言
姓焦,似与李白所指未是一人。此外,李颀有《寄焦炼师》、王昌龄有《谒
焦炼师》、钱起有《题嵩阳焦道士石壁》等,知焦在当时声名甚盛。此诗
颇有神话色彩,当是李白据传闻而作。

**【原序】** 嵩丘有神人焦炼师者,不知何许妇人也①。又云生于齐梁时,其貌可称五六十。常胎息绝谷②,居少室庐,游行若飞,倏忽万里。世或传其入东海,登蓬莱,竟不能测其往也。余访道少室,尽登三十六峰,闻风有寄,洒翰遥赠③。

**【原诗】** 二室凌青天,三花含紫烟④。中有蓬海客,宛疑麻姑仙⑤。道在喧莫染,迹高想已绵。时餐金鹅药⑥,屡读青苔篇⑦。八极恣游憩,九垓长周旋⑧。下瓢酌颍水⑨,舞鹤来伊川⑩。还归空山上,独拂秋霞眠。萝月挂朝镜,松风鸣夜弦。潜光隐嵩岳,炼魄栖云幄⑪。霓衣何飘飘,风吹转绵邈。愿同西王母,下顾东方朔⑫。紫书傥可传⑬,冥骨誓相学。

**【注释】** ①何许妇人:钱起《题嵩阳焦道士石壁》:"三峰花畔碧堂悬,锦里真人此得仙。玉体才飞西蜀雨,霓裳欲向大罗天。"知此女道士为蜀人。而李白云"不知何许妇人",乃故神其词也。 ②胎息绝谷:一种道家修炼之功。胎息,呼吸不用口鼻,如胎儿在胞胎之中。绝谷,不吃食物。《后汉书》李贤注引《汉武内传》:"王真,字叔经,上党人。习闭气而吞之,名曰胎息。习嗽舌下泉而咽之,名曰胎食。真行之,断谷二百余日,肉色光美,力并数人。" ③洒翰:写诗之意。 ④二室:即太室山、少室山。三花:《述异记》:"少室山有贝多树,与众木有异,一年三放花。" ⑤麻姑:女仙名。以长指爪、貌美著名。 ⑥金鹅药:一作"金鹅蕊",指桂花。 ⑦青苔篇:指道书。以纸如青苔,故名。 ⑧九垓:九天。 ⑨"下瓢"句:用许由事。尧以天下让许由,许由不受,回箕山之下、颍水之阳,隐居不出。《太平御览》引《琴操》:"许由无有杯器,常以手捧水。人见由无器,以一匏瓢遗之。由操饮,饮讫,挂瓢于树。风吹树,瓢动历历有声,由以为烦扰,遂取捐之。"颍水:出河南登封西境颍谷,东南流,入于淮。 ⑩"舞鹤"句:用王子乔事。《列仙传》:"王子乔者,周灵王太子晋也。好吹笙作凤凰鸣。游伊、洛之间,道士浮丘公接以上嵩高山。三十余年后,求之于山上,见桓良曰:'告我家,七月七日待我于缑氏山巅。'至时,果乘白鹤驻山头,望之不得到。举手谢时人,数日而去。"伊川:伊水。 ⑪炼魄:道家修炼之术。

⑫ 东方朔：汉武帝时人，善诙谐，长文辞。《博物志》载西王母会汉武帝事，时东方朔窃从殿南厢朱雀牖中窥王母，王母顾之谓帝曰："此窥牖小儿，尝三来盗吾此桃。"帝大怪之，由此世人谓东方朔神仙也。　⑬ 紫书：道家秘典。

**【译文】**　太室、少室上凌青天，三花树花含紫烟。山中有位蓬莱仙客，宛如麻姑仙子。大道在心，喧尘不染，踪迹高邈令人想象翩翩。常食金鹅之蕊，屡读道家仙籍。八极任其遨游，九天随其周旋。像高士许由，下酌颍河之水；如王子晋，舞鹤前临伊川。归隐于空山之上，拂秋霞而独眠。藤萝之月如挂朝镜，松风夜鸣如闻琴弦。潜其光隐于嵩岳，炼金魄栖于云间。其衣如霓裳之飘飘，吹笙之声音调宛转。愿同西王母相会，下视东方朔之窥窗。神仙之书如可传授，我将专心致学，得道升仙。

# 口号赠阳征君

**【题解】**　此诗题下注云："此公时被征。"口号，随口吟成的诗。阳征君，事不详。此诗前四句以陶渊明和梁鸿相比，点出隐士身份，后四句言被召。末以关西孔子杨伯起相比，切其姓与被征。

**【原诗】**　陶令辞彭泽①，梁鸿入会稽②。我寻《高士传》③，君与古人齐。云卧留丹壑，天书降紫泥④。不知杨伯起，早晚向关西⑤。

**【注释】**　①"陶令"句：陶渊明任彭泽令，不愿为五斗米折腰，辞官归田。彭泽，在今江西彭泽县。　②"梁鸿"句：据《后汉书·梁鸿列传》，梁鸿是东汉扶风平陵人。早年在灞陵山中躬耕，后过洛阳，曾作《五噫歌》。居齐鲁，有顷，又适吴，依大家皋伯通，居庑下为人赁春。吴，秦时属会稽郡，故李白云"入会稽"。　③高士传：书名，皇甫谧撰。　④天书：诏书。紫泥：用以封玺书的印泥。　⑤杨伯起：《后汉书·杨震列传》："杨震，字伯起，弘农华阴人也……少好学，受欧阳《尚书》于太常桓郁。明经博览，无不穷究。诸儒为之语曰:'关西孔子杨伯起。'"

**【译文】** 陶渊明辞去了彭泽县令而归田,梁鸿入会稽而隐耕。我看你的事迹完全可与《高士传》中的古人相比。皇上召你入京,你却在丹壑中云卧不起。不知你这位杨伯起式的人物,何时才能入关西?

# 秋日炼药院镊白发赠元六兄林宗

**【题解】** 此诗作于天宝九载(750)。炼药院,郁贤皓《李白丛考》疑在石门山(今河南叶县西南)。元林宗,即元丹丘,李白好友。李白写此诗时已五十岁,岁月蹉跎,功业无成,但仍对未来充满了希望。

**【原诗】** 木落识岁秋,瓶水知天寒①。桂枝日已绿,拂雪凌云端。弱龄接光景②,矫翼攀鸿鸾。投分三十载③,荣枯同所欢。长吁望青云,镊白坐相看。秋颜入晓镜,壮发凋危冠④。穷与鲍生贾⑤,饥从漂母餐⑥。时来极天人,道在岂吟叹。乐毅方适赵⑦,苏秦初说韩⑧。卷舒固在我,何事空摧残。

**【注释】** ①"木落"二句:《淮南子·说山训》:"见一叶落而知岁之将暮,睹瓶中之冰而知天下之寒。" ②弱龄:谓少年。 ③投分:定交。 ④危冠:高冠。 ⑤鲍生:鲍叔牙。《史记·管晏列传》:"管仲曰:'吾始困时,尝与鲍叔贾,分财利多自与,鲍叔不以我为贪,知我贫也。'" ⑥漂母:漂洗衣物的老妇,曾救济韩信。参见《淮阴书怀寄王宗成》注。 ⑦乐毅:战国时燕将乐毅。据《史记·乐毅列传》:燕昭王欲伐齐,问乐毅,乐毅建议与赵、楚、魏联合。于是使乐毅约赵惠文王,别使楚、魏。诸侯害齐湣王之骄暴,皆响应之。燕昭王起兵,使乐毅为上将军,赵惠文王以相国印授乐毅。乐毅合赵、楚、魏、韩、燕之兵以伐齐,破之济西。 ⑧苏秦:战国时著名说客。据《史记·苏秦列传》:他游说六国,先说燕文侯,二说赵肃侯,三说韩宣惠王,四说魏襄王,五说齐宣王,六说楚威王。

**【译文】**　一片叶落便知已是秋天，看瓶子里的冰水就晓得天已严寒。桂树此时却仍枝发绿色，披拂着白雪上冲云端。年轻时我就和你有了交往，我展开翅膀追随着你这只鸿鹄凤鸾。意气相合三十年，或穷顿或显达，我们都同苦共欢。如今，我镊下白发才引起对年龄的注意，眼望青云，浩然长叹。镜子里映入一幅苍老之态，高冠下的壮发已经脱落凋残。穷困时，管仲曾和鲍叔牙做买卖；饥饿时，韩信也曾跟着漂衣老妇吃饭。时运到来时位极人臣，大道永在，我们又何必长吁短叹！我此时或许如乐毅正前往赵国，苏秦刚刚去游说韩国。或卷或舒，或出或处，本来决定于我，为什么要徒然把自己摧残？

# 书情赠蔡舍人雄

**【题解】**　宋蜀本题下注："梁宋。"当作于天宝十二载（735）。是时李白从幽燕归来，又将南游而告别蔡雄。诗中叙述了自己遭谗去国、浪迹江湖的遭遇，表达了高蹈遗世的思想感情。蔡雄，事迹不详，舍人是其官职。唐制，中书省有中书舍人、通事舍人和起居舍人。东宫官属太子右春坊有中舍人、舍人。

**【原诗】**　尝高谢太傅①，携妓东山门②。楚舞醉碧云，吴歌断清猿。暂因苍生起③，谈笑安黎元④。余亦爱此人，丹霄冀飞翻。遭逢圣明主，敢进兴亡言。娥眉积谗妒，鱼目嗤玙璠⑤。白璧竟何辜，青蝇遂成冤⑥。一朝去京国，十载客梁园⑦。猛犬吠九关⑧，杀人愤精魂。皇穹雪天枉，白日开氛昏⑨。太阶得夔龙⑩，桃李满中原。倒海索明月⑪，凌山采芳荪⑫。愧无横草功⑬，虚负雨露恩。迹谢云台阁⑭，心随天马辕⑮。夫子王佐才，而今复谁论。曾飙振六翮⑯，不日思腾鶱⑰。我纵五湖棹⑱，烟涛恣崩奔。梦钓子陵湍⑲，英氛缅犹存。徒希客星隐⑳，弱植不足援㉑。千里一回首，万里一长歌。黄鹤不复来，清风奈愁何。舟浮潇湘月㉒，山倒洞庭波㉓。投汨笑古人㉔，临濠得天和㉕。闲时田亩中,搔背牧鸡鹅。别离解相访㉖,应在武陵多㉗。

**【注释】** ① 谢太傅:即谢安。谢安官至太保,死后赠太傅。据《晋书·谢安传》,谢安初寓居会稽,在东山畜妓,纵情山水游乐,无出世意。 ② 东山:其址一在今浙江绍兴上虞区上浦镇,一在今江苏南京江宁区东山街道。 ③ "暂因"句:《晋书·谢安传》:谢安"累辟不就,简文帝时为相,曰:'安既与人同乐,必不得不与人同忧,召之必至。'……征西大将军桓温请为司马,将发新亭,朝士咸送,中丞高崧戏之曰:'卿累违朝旨,高卧东山,诸人每相与言,安石不肯出,将如苍生何! 苍生今亦将如卿何!'安甚有愧色。" ④ 黎元:黎民,百姓。 ⑤ 玙璠:美玉。 ⑥ "青蝇"句:化用陈子昂《宴胡楚真禁所》诗句:"青蝇一相点,白璧遂成冤。" ⑦ 梁园:汉梁孝王苑囿,故址在今河南商丘市东南,又名兔园。又今河南开封市东南,亦有梁园,本名吹台,又称繁台,汉梁孝王坛筑,以为游赏之所。本诗以梁园指代宋州,李白天宝中在此漫游最久,故诗中屡以梁园为言。 ⑧ 九关:犹九门、九重,指君门。《楚辞·九辩》:"岂不郁陶而思君兮,君之门以九重。猛犬狺狺而迎吠兮,关梁闭而不通。" ⑨ 白日:喻皇帝。天宝十二载二月,追削故相李林甫在身官爵,其子将作监岫、宗党李复道等五十人皆流贬。皇穹、白日二句,似指此政局变化。 ⑩ 太阶:星座名,又称三台,古时以天上三台喻指朝廷三公。夔龙:传说舜时的两个贤臣。天宝十一载十一月,杨国忠新任右相,当指此。 ⑪ 明月:宝珠名。 ⑫ 荪:亦名荃,香草名。 ⑬ 横草功:轻微的功劳。《汉书·终军传》:"军无横草之功。"颜师古注:"言行草中,使草偃卧,故云横草也。" ⑭ 云台:汉宫中高台名,汉元帝曾图画中兴功臣三十二人于云台。此代指朝廷。 ⑮ 天马辕:皇帝的车乘。 ⑯ 曾飙:高风。六翮(hé):鸟的劲羽。 ⑰ 腾骞(xiān):振翅而飞。 ⑱ 五湖棹:战国时,范蠡助越王勾践灭吴后,即泛舟五湖,退隐世外。五湖,即太湖。 ⑲ 子陵:东汉初隐士严光的字。子陵湍,即严陵濑,在今浙江桐庐县富春江岸,严光垂钓处。 ⑳ 希:通"睎",仰慕。客星:指严光。据《后汉书·逸民列传》:严光与东汉光武帝刘秀曾是同学,刘秀即位,严光变易姓名隐于江湖。刘秀多次征聘才入京。二人叙旧甚欢,共仰卧,严光足加刘秀腹上,太史次日奏夜观天象,见客星犯御座甚急。后隐富春江边,

㉑ 弱植：言志向软弱，不能扶植树立。　㉒ 潇湘：湘江与潇水在零陵合流后称潇湘。泛指今湖南地区。　㉓ 洞庭：古称云梦，处于长江中游荆江南岸。　㉔ 汨：汨罗江，在今湖南东北部。战国时楚大夫屈原忧国忧民忧己投此江而死。　㉕"临濠"句：《庄子·秋水》："庄子与惠子游于濠梁之上。庄子曰：'儵鱼出游从容，是鱼之乐也。'"又《庄子·知北游》："齧缺问道乎被衣，被衣曰：'若正汝形，一汝视，天和将至。'"天和，谓自然和顺之气。　㉖ 解：知道。　㉗ 武陵：郡名，州治在今湖南常德。

**【译文】**　我曾经推崇东晋名士谢安，带着美妓高隐东山。轻盈的楚舞令天上的云彩陶醉，清美的吴歌使凄厉的猿声中断。为了苍生暂且出山入仕，谈笑间打败了前秦军队，使百姓平安。我也想做一个这样的人，希望有一天展翅翱翔云天。况且又生活在英明圣世，因此敢于向天子献上治乱兴亡的意见。然而美好的姿容招来嫉妒和谗毁，就好似美玉遭到鱼眼的嘲贬。洁白的玉石又有什么罪过？如同苍蝇遗屎白璧，谗言使我蒙受冤屈。一旦离开了帝都长安，十年里客居在梁园。朝廷的门前奸臣如猛犬猖狂狂吠，枉杀忠良，使多少灵魂含恨九泉！皇帝如今昭雪了冤案，太阳的光辉扫除了世界的黑暗。三公之位又得到夔龙这样的辅弼大臣，贤人才士如同桃李树满中原。倾倒大海索取明月珠，跨越高山采摘芳草。很惭愧我连横草的微功也没有，白白地承受了雨露一样的皇恩。身子虽然离开了云台阁，心却常常跟随在天子的马后车前。你是辅佐朝廷的命世之才，可如今又有谁把你结念？然而你迎风振动有力的翅膀，不久就会改变命运，重新升迁。我则要到五湖去纵舟放桨，一任小舟在烟涛浩渺的水中漂转。夜里梦见自己垂钓在严陵濑，历史悠悠，严光的高风却长存世间。我徒然仰慕严光作为客星归隐，志弱才疏岂能把大任承担？南行千里时时回首长安，一路漂泊常常长歌感叹。高翔的黄鹤不会再回来，清风怎能把我的忧愁吹散？一叶小舟漂流潇湘的月下，洞庭湖里倒映着岸上的青山。想那屈原何必投汨罗江而死？像庄子那样悠游濠水的桥上就会得到和顺自然。闲时漫步在田野里，一边搔着背，一边放牧鸡鹅。分离后你如果想来找我，那时我很可能生活在桃花源。

# 忆襄阳旧游赠济阴马少府巨

**【题解】**　此诗当是李白由江夏北上途经襄阳时作,时在天宝九载(750)。襄阳,郡名,即襄州,治所在今湖北襄阳。济阴,县名,治所在今山东定陶县西。昔日,李白与马巨曾同游襄阳。现在,诗人重游旧地,感慨岁月蹉跎,故人不能同在,因有此赠。

**【原诗】**　昔为大堤客①,曾上山公楼②。开窗碧嶂满,拂镜沧江流。高冠佩雄剑,长揖韩荆州③。此地别夫子,今来思旧游。朱颜君未老,白发我先秋。壮志恐蹉跎,功名若云浮。归心结远梦,落日悬春愁。空思羊叔子④,堕泪岘山头。

**【注释】**　①大堤:堤名,在今湖北襄阳市郊汉江岸上。　②山公:西晋山简曾为征南将军,镇襄阳。好酒,每饮必醉。　③韩荆州:即韩朝宗。曾为右拾遗、监察御史、兵部员外郎、荆州大都督府长史、山南采访史等职,卒于天宝九载。开元二十二年(734),李白曾至襄州拜见韩朝宗,有《与韩荆州书》。当时韩朝宗以荆州大都督府长史兼襄州刺史。　④羊叔子:晋羊祜,字叔子。羊祜镇襄阳时,乐山水,每风景,必造岘山,置酒言咏,终日不倦。尝慨然叹息,顾谓从事中郎邹湛等曰:"自有宇宙,便有此山。由来贤达胜士登此远望,如我与卿者多矣!皆湮灭无闻,使人悲伤。如百岁后有知,魂魄犹应登此也。"祜卒后,襄阳百姓在岘山为其建碑,望其碑者莫不流涕,名为堕泪碑。

**【译文】**　昔日客居大堤,我曾经登过山公楼。打开窗户挤进碧绿的群山,擦净镜子映入汉江的水流。头戴高冠,身佩宝剑,长揖拜谒韩荆州。就在这里我告别了你,如今来此又想起旧日的同游。你红光满面仍是青春模样吧?我则一头白发已近暮秋。担心一生壮志付了流水,功名像白云一样飘浮。归心萦绕于魂梦之中,落日更增春日的忧愁。徒然思念羊叔子,把迁逝的悲泪洒在岘山山头。

# 对雪献从兄虞城宰

**【题解】** 虞城,县名,唐属河南道宋州。虞城宰,指李锡。据李白《虞城县令李公去思颂碑》,知其字元勋,陇西成纪人。天宝四载(745)为虞城县令。天宝八载(749)秩满离任。此诗作于天宝四载,地在梁园。

**【原诗】** 昨夜梁园雪①,弟寒兄不知。庭前看玉树,肠断忆连枝②。

**【注释】** ① 梁园:故址在今河南商丘东南,一说在今河南开封东南。② 连枝:指兄弟。

**【译文】** 昨夜雪降梁园,兄却不知我忍受着严寒。庭前观看披雪之树,思念你令我肝肠寸断。

# 访道安陵遇盖寰为予造真箓,临别留赠

**【题解】** 天宝四载(745),李白在齐州请高如贵授道箓后,即访道安陵遇道士盖寰。盖寰为李白书造真箓,李白临别留此诗为赠,以表达他对盖寰的钦敬与感激。安陵,唐代县名,属河北道德州,故址在今河北吴桥县北。真箓,即道箓,凡入道者必受箓。

**【原诗】** 清水见白石①,仙人识青童②。安陵盖夫子,十岁与天通。悬河与微言③,谈论安可穷。能令二千石④,抚背惊神聪。挥毫赠新诗,高价掩山东⑤。至今平原客⑥,感激慕清风。学道北海仙⑦,传书蕊珠宫⑧。丹田了玉阙⑨,白日思云空。为我草真箓,天人惭妙工⑩。七元洞豁落⑪,八角辉星虹⑫。三灾荡璇玑⑬,蛟龙翼微躬。举手谢天地,虚无齐始终⑭。黄金献高堂,答荷难克充。卜笑世上事⑯,沉魂北罗酆⑮。昔日万乘坟,今成一科蓬⑰。赠言若可重,实此轻华嵩⑱。

**【注释】** ①"清水"句:《相和歌辞·艳歌行》:"语卿且勿眹,水清石自见。" ②青童:仙人,此指盖寰。 ③微言:精微玄妙之言。 ④二千石:谓太守。 ⑤山东:泛指今华山或崤山以东黄河下游地区。 ⑥平原客:谓平原郡中宾客。河北道德州,天宝初曾改为平原郡。 ⑦北海仙:指北海高天师如贵。 ⑧蕊珠宫:仙宫名。梁丘子《黄庭内景经注》:"蕊珠,上清境宫阙名也。"此指道观。 ⑨丹田:穴位名,在脐下三寸处。玉阙:指肾中白气上与肺相连的通道。 ⑩"天人"句:据《隋书·经籍志》:道箓上记诸天曹、官属、佐吏之名,又有诸符错杂其间,文章诡怪,世所不识。 ⑪七元:当作"七元",道教的符箓。《云笈七签》:"《太微黄书》八卷,素诀乃含于九天玄母结文空胎。历岁数劫,以成自然之章。太皇中岁,成《洞真金真玉光八景飞经》,元始天王名之《八景飞经》,广生太真名之《八素上经》,青真小童名之《豁落七元》。"《道藏》有《北帝说豁落七元经》。 ⑫八角:指道箓的字体。《隋书·经籍志》:"凡八字,尽道体之奥,谓之天书。字方一丈,八角垂芒,光辉照耀,惊心眩目,虽诸天仙,不能省视。" ⑬三灾:指天地三灾变:火灾变、水灾变、风灾变。或谓疾疫灾、兵灾、饥馑灾。璇玑:指北斗星。 ⑭始终:谓生死。 ⑮罗酆:道教传说中的山名。传为酆都大帝统领的鬼所。据《真诰》:罗酆山在北方癸地,山高二千六百里,周围三万里,山下有洞穴,周围一万五千里,上下并有鬼神宫室。山上有六洞,洞中有六宫,是六天鬼神之宫。 ⑯卜笑世上事:一作"下笑世上士"。 ⑰科蓬:即蓬科、蓬颗,坟上长有蓬草的土块。 ⑲华嵩:华山、嵩山。

**【译文】** 水清自然看得见白石,仙人中谁不知道青童?安陵的盖寰先生,十岁时就上与天通。谈起玄妙的道理口若悬河,滔滔汩汩岂能词穷!能使二千石的太守,抚着你的背惊异你的神异聪明。挥笔题诗赠给你,遂使你的名声遮掩山东。如今来到平原郡的人,哪个不感动激发、钦仰你的清风?向北海的高天师学习道术,蕊珠宫里得到传授真经。修炼内气打通了丹田与玉阙,白日里即可凌空飞升。为我书写道教的符箓,神人都佩服你的高妙精工。《豁落七元》清晰明了,八角字体耀映群星。北斗神宿荡除了天地三灾,护卫我身体的还有蛟龙。举起手来作别天地,我将与混沌虚无同死同生。黄金有价,符箓无价,堆满高堂又岂能答谢你的厚赠? 可笑那些沉迷不醒的世上人,一个个魂寄鬼王的都城。昔日的君主又有什么了不起? 他的坟如今也不免长满蒿蓬。临别的赠言值得珍重,华山嵩山与之相比不也很轻?

# 杂言用投丹阳知己兼奉宣慰判官

**【题解】**   丹阳,郡名,即润州,唐属江南东道,治所在今江苏镇江。判官,为地方长官辅理政事的僚属,唐节度使、观察使、防御使均置判官。丹阳知己,未详何人。肃宗至德元载(756)十一月,以崔涣为江南宣慰使,此宣慰判官,或即涣之僚属。诗当作于至德二载(757),表达了希望有人引荐的心曲。

**【原诗】**   客从昆仑来,遗我双玉璞①。云是古之得道者西王母食之余②,食之可以凌太虚③。爱之颇谓绝今昔,求识江淮人犹乎比石。如今虽在卞和手④,口口正憔悴,了了知之亦何益。恭闻士有调相如⑤,始从镐京还⑥,复欲镐京去。能上秦王殿,何时回光一相昐。欲投君,保君年,幸君持取无弃捐。无弃捐,服之与君俱神仙。

**【注释】**   ① 玉璞:道教以其为仙药,服之可以长生。《抱朴子·仙药》:"玉亦仙药,但难得耳。《玉经》曰:服金者寿如金,眼玉者寿如玉也。又曰:服玄真者,其命不极。玄真者,玉之别名也。令人身飞轻举,不但地仙而已……当得璞玉,乃可用也。"   ② 西王母:神话中的女仙人。参见《古风五十九首》其四十三注。   ③ 太虚:谓空寂玄奥之境。《庄子·知北游》:"是以不过乎昆仑,不游乎太虚。"   ④ 卞和:春秋时楚人,善识玉,曾得玉璞于山中,以献楚王。参见《早秋赠裴十七仲堪》注。   ⑤ 相如:谓战国时赵人蔺相如,曾奉和氏璧入秦,且完璧归赵。详见《史记·蔺相如列传》。⑥ 镐京:周武王迁都于此。此指长安。

【译文】　有客人从昆仑来,送我一对玉璞,说是古代得道的仙人西王母吃剩的,吃了它可以飞升到太虚。我十分珍惜它,认为它古今绝无仅有;但让江淮间的人鉴定,却说它不过是块平常的顽石。现在这块玉虽在卞和手里,却仍旧困顿不得志,了解它的价值又有什么用?听说有个志向非凡的士人蔺相如,刚从长安回来,又想要到长安去,能够登上秦王的宫殿,什么时候能回头把玉看一看?想要投靠你,保佑你的天年,请你收下,不要遗弃。不要遗弃,吃了玉可以与你同成神仙。

# 赠崔郎中宗之

【题解】　宋蜀本题下注:"金陵。"詹锳《李白诗文系年》认为诗作于天宝六载(747),安旗注本认为作于开元二十年(732)。崔宗之,李白好友,曾任起居郎、礼部员外郎、礼部郎中、右司郎中。李白与其有多首酬答诗。此诗以胡鹰、惊云起兴,表达了诗人不遇于时而产生的孤凄迷茫的心境。

【原诗】　胡鹰拂海翼,翱翔鸣素秋①。惊云辞沙朔②,飘荡迷河洲。有如飞蓬人③,去逐万里游。登高望浮云,仿佛如旧丘④。日从海旁没,水向天边流。长啸倚孤剑,目极心悠悠。岁晏归去来⑤,富贵安所求。仲尼七十说⑥,历聘莫见收⑦。鲁连逃千金⑧,珪组岂可酬⑨。时哉苟不会,草木为我俦。希君同携手,长往南山幽⑩。

【注释】　①素秋:即秋天。　②沙朔:北方沙漠之地。　③飞蓬人:似蓬草一样漂泊不定的人,李白自指。　④旧丘:犹故里。　⑤归去来:即归去,回去。　⑥仲尼:孔子字仲尼。《淮南子·泰族训》:"孔子欲行王道,东西南北,七十说而无所偶。"　⑦聘:寻访。　⑧鲁连:即战国时齐人鲁仲连。鲁仲连游赵,会秦围赵,赵求救于魏。魏将辛垣衍欲令赵尊秦为帝以求罢兵。鲁仲连见辛垣衍以说帝秦之害,解赵之围。平原君欲封鲁仲连,又赠其千金,均为鲁仲连辞却。事见《史记·鲁仲连列传》。　⑨珪组:

珪,王侯所用玉制礼器,代指爵位。组,佩印用的丝带,代指官印。珪组,即官爵。 ⑩ 南山:指隐居之地。刘向《列女传·陶答子妻》:"妾闻南山有玄豹,雾雨七日而不下食者,何也?欲以泽其毛而成文章也,故藏而远害。"

【译文】 胡地的雄鹰拍动着劲羽,翱翔啸鸣于秋空。惊飞之云离开北方的沙漠,飘荡弥漫在河中的小洲。它们多么像漂泊的人,离开故土万里漫游。我登高眺望天边的浮云,好似看到了熟识的家乡山丘。看着太阳沉没于海边,心潮随着河水向天际奔流。身倚长剑激楚地长啸,望尽天涯,思念充满了心头。一年将尽,我应归去,富贵怎么可以求得?孔仲尼游说七十多个地方,到处寻访都没有人理睬。鲁仲连逃避千金的馈赠,对于他这样的人,怎可以用官爵报酬?如果时运不济,生不逢时,我要与草木为伍,终老山丘。希望你与我一同携手,永远隐居在南山深处。

# 赠崔谘议

【题解】 此诗詹锳《李白诗文系年》认为系天宝六载(747)去朝后作。诗以天马自比,希望能得到崔谘议的赏识与推荐。崔谘议,名不详。谘议,官名,《新唐书·百官志》:"王府官有谘议参军事一人,正五品上,掌讦谋议事。"

【原诗】 骁骥本天马①,素非伏枥驹②。长嘶向清风,倏忽凌九区③。何言西北至,却是东南隅④。世道有翻覆,前期难预图。希君一剪拂⑤,犹可骋中衢⑥。

【注释】 ① 骁骥:指良马。周穆王八骏有赤骥和骁耳。天马:神马。 ② 伏枥驹:指凡马。枥,马槽。 ③ 倏忽:迅疾貌。九区:九州。 ④ "何言"二句:庾肩吾《爱妾换马》:"来从西北道,去逐东南隅。" ⑤ 剪拂:修整擦拭。比喻赏识。 ⑥ 中衢:中道。

【译文】 骅骝本是神马，不是趴在槽头的凡驹。向着清风一声长嘶，转眼间就飞越了九区。为什么从西北而来，却跑到了东南一隅？人世间的道路变幻不定，未来很难事先预期。希望能得到你的修剪和擦洗，使我这匹良马仍可以在大道上驰驱。

# 赠升州王使君忠臣

【题解】 升州，唐州名，乾元元年(758)改江宁郡置，上元二年(761)废，治所在今江苏南京。此诗约作于上元二年。王忠臣，事迹不详。使君，即刺史。王忠臣为升州刺史，当在上元元年后。诗中以侯嬴自比，希望能得到王忠臣的援引。

【原诗】 六代帝王国①，三吴佳丽城②。贤人当重寄③，天子借高名。巨海一边静，长江万里清④。应须救赵策，未肯弃侯嬴⑤。

【注释】 ① 六代：指吴、东晋、宋、齐、梁、陈，六朝均建都金陵。 ② 三吴：《水经注》以吴郡(今苏州)、吴兴(今浙江湖州)、会稽(今浙江绍兴)为三吴。《元和郡县志》则以吴郡、吴兴、丹阳(今江苏镇江)为三吴。 ③ 重寄：犹重任。 ④ "长江"句：当指平定刘展叛乱事。唐肃宗上元元年，淮南东、江南西、浙西节度使刘展叛乱，陷润州、升州、宣州、苏州、湖州。上元二年，为平卢兵马使田神功击败，展死，乱平。 ⑤ 侯嬴：战国时魏国隐士。年七十，家贫，为大梁夷门监者。信陵君引为上客。魏安釐王二十年(前257)，秦军围赵都邯郸，魏王使晋鄙率军救赵。晋鄙畏秦，屯兵于邺以观望。侯嬴向信陵君献计，使魏王所宠如姬窃得兵符，并荐力士朱亥。信陵君至邺，使朱亥击杀晋鄙，夺其兵权，遂解邯郸之围。此处李白以侯嬴自比。

【译文】 这里是六个王朝的国都，三吴中秀丽的京城。贤人就应被委以重任，天子也要借助你的高名。汪洋大海宁静了一边，长江万里得到了澄清。你也许还需救赵的良策，不要遗弃我这个当世的侯嬴。

# 赠别从甥高五

**【题解】** 李白有《醉后赠从甥高镇》诗,高五当即高镇,五是其兄弟排行。诗中抒发了功名无成、一生漂泊的忧愤,声情沉郁顿挫。诗当写于天宝八载(749)。

**【原诗】** 鱼目高太山①,不如一玙璠②。贤甥即明月③,声价动天门。能成吾宅相,不减魏阳元④。自顾寡筹略,功名安所存。五木思一掷⑤,如绳系穷猿。枥中骏马空,堂上醉人喧。黄金久已罄,为报故交恩。闻君陇西行⑥,使我惊心魂。与尔共飘飖,雪天各飞翻。江水流或卷,此心难具论。贫家羞好客,语拙觉辞繁。三朝空错莫⑦,对饭却惭冤。自笑我非夫⑧,生事多契阔⑨。蓄积万古愤,向谁得开豁⑩。天地一浮云,此身乃毫末⑪。忽见无端倪⑫,太虚可包括⑬。去去何足道,临歧空复愁。肝胆不楚越⑭,山河亦衾裯⑮。云龙若相从⑯,明主会见收。成功解相访,溪水桃花流⑰。

**【注释】** ①鱼目:鱼的眼珠子。 ②玙璠:美玉。 ③明月:珍珠名。 ④魏阳元:晋人魏舒,字阳元。《晋书·魏舒传》:"少孤,为外家宁氏所养。宁氏起宅,相宅者云:'当出贵甥。'外祖母以魏氏甥小而慧,意谓应之。舒曰:'当为外氏成此宅相。'" ⑤五木:古代博具。以斫木为子,一具五枚。古博戏樗蒲用五木掷采打马,其后则掷以决胜负。后世所用骰子相传即由五木演变而来。 ⑥陇西:郡名,唐陇右道有陇西郡,即渭州,治所在今甘肃陇西县东南。 ⑦三朝:即三日。错莫:犹落寞,寂寞冷落之意。 ⑧非夫:非丈夫。 ⑨契阔:勤苦。 ⑩开豁:解除,消除。 ⑪毫末:毫毛的末端,比喻十分细微。 ⑫端倪:边际。 ⑬太虚:谓气这一宇宙万物最原始的实体。 ⑭"肝胆"句:《庄子·德充符》:"自其异者视之,肝胆楚越也;自其同者视之,万物皆一也。" ⑮衾裯:一作"衾裯",衾裯,被子和帐子。 ⑯云龙:《周易·乾》:"云从龙,风从虎。"云龙相从,喻君臣遇合。 ⑰桃花:用《桃花源记》典,言其归隐之地。

【译文】　鱼的眼珠即使堆得比泰山还高,却哪里比得上一块美玉?贤甥就是珍贵的明月珠,声望和身价震动了天门。一定会成为我家的宰相外甥,如同寄居外祖父家的魏舒。再看看我自己却缺少良谋大略,至今仍未取得功名。我的处境好似被绳拴住的猿猴,穷途末路,真想像赌博一样奋力一掷五木。槽头没有驰骋千里的骏马,堂上充满醉酒的狂呼。为了酬报故友的恩情,黄金早已挥散全无。听说你要去陇西郡,真使我心里吃惊不已。我与你同是漂泊的人,如今又要分手各奔前途。江水流淌时或弯曲,我的心绪难以一一发抒。贫困的人家难于好客,笨嘴的人总会感到言词繁缛。徒然让你冷落寂寞了三日,对着薄饭惭愧自己的无能。嘲笑自己不是个大丈夫,生活中充满了勤劳辛苦。心里蓄积着不尽的忧愁,发泄给谁才能获得解脱?天地如同一片小小的浮云,我如同细微的毫毛尖。看起来天地似乎无边无际,然而天地又被笼括进太虚。不要说什么越走越远,面对分离的岔路口心中又充满忧愁。你我肝胆相近,不似楚越两地一样远隔,远离山河却如同盖一床被褥。如果有一天我这朵不定的云遇上了腾龙,英明的君主还会把我起用。功成名就时,你如果想起要寻找我,我正在一溪清流、两岸桃花的世外隐居。

# 赠裴司马

【题解】　此诗全为比兴,以秀色女子的失宠自比受谗被放的遭遇,当为天宝间出朝后所作。裴司马,名字不详,或疑裴政。司马,为州郡属官,位在别驾、长史之下。

【原诗】　翡翠黄金缕,绣成歌舞衣。若无云间月①,谁可比光辉。秀色一如此,多为众女讥。君恩移昔爱,失宠秋风归。愁苦不窥邻②,泣上流黄机③。天寒素手冷,夜长烛复微。十日不满匹,鬓蓬乱若丝。犹是可怜人④,容华世中稀。向君发皓齿⑤,顾我莫相违。

【注释】　①"若无"句:《乐府诗集·相和歌辞·白头吟》:"皑如山上雪,

皎若云间月。" 　②窥邻：宋玉《登徒子好色赋》："此女登墙窥臣三年,至今未许也。" 　③流黄：褐黄色。 　④可怜：可爱。 　⑤"向君"句：曹植《杂诗七首》："时俗薄朱颜,谁为发皓齿。"

**【译文】** 　翡翠羽毛,黄金丝线,绣成华美的舞衣。如果不是有那云间的月亮,什么能比得上它的光辉？秀美的姿容一旦如此,就招来众多的妒忌。夫君转移了昔日的恩爱,秀女在秋风中失宠而归。心中愁苦,不再想窥邻求偶,流着眼泪坐上褐黄的织布机。天寒地冷,冻僵了洁白的双手,漫长的夜晚烛光稀微。十天里织不成一匹布,头发蓬乱得像团丝。尽管如此,她仍是一个可爱的女子,绝美的姿容世上有几？向着夫君启齿微笑,希望你留意我,不要遗弃。


# 叙旧赠江阳宰陆调

**【题解】** 　此诗当写于长安放还后漫游江南期间。李白在"京洛"时曾与斗鸡之徒发生冲突,得到陆调的解救。此诗回顾了这一段经历,赞扬了陆调的风流倜傥和为县令的政绩。江阳,县名,唐属淮南道扬州,治所在今江苏扬州。

**【原诗】** 　太伯让天下,仲雍扬波涛①。清风荡万古②,迹与星辰高。开吴食东溟③,陆氏世英髦④。多君秉古节⑤,岳立冠人曹⑥。风流少年时,京洛事游遨⑦。腰间延陵剑⑧,玉带明珠袍。我昔斗鸡徒⑨,连延五陵豪⑩。邀遮相组织⑪,呵吓来煎熬。君开万丛人,鞍马皆辟易⑫。告急清宪台⑬,脱余北门厄。间宰江阳邑⑭,剪棘树兰芳⑮。城门何肃穆,五月飞秋霜⑯。好鸟集珍木⑰,高才列华堂。时从府中归,丝管俨成行⑱。但苦隔远道,无由共衔觞。江北荷花开⑲,江南杨梅熟⑳。正好饮酒时,怀贤在心目。挂席候海色㉑,当风下长川。多酤新丰醁㉒,满载剡溪船㉓。中途不遇人,直到尔门前。大笑同一醉,取乐平生年。

【注释】　①太伯、仲雍：周文王姬昌的两位伯父。《史记·吴太伯世家》载，周太王有三子：太伯、仲雍、季历。季历是周文王父。太伯和仲雍知太王欲立季历，乃逃到南方，自号句吴，为吴人拥立为君主。太伯卒，无子，仲雍立。周武王灭殷，封仲雍曾孙周章为吴国诸侯，周章弟虞仲为虞国诸侯。陆机《吴趋行》："太伯导仁风，仲雍扬其波。"　②清风：清惠的风化。③东溟：东海。　④"陆氏"句：陆姓为吴地士族。"陆氏"句以下，一作"夫子时峻秀，岳立冠人曹。风流少年时，京洛事游遨。骖骊红阳燕，玉剑明珠袍。一诺许他人，千金双错刀。满堂青云士，望美期丹霄。我昔北门厄，摧如一枝蒿。有虎挟鸡徒，连延五陵豪。邀遮来组织，呵吓相煎熬。君披万人丛，脱我如牵牢。此耻竟未刷，且食绥山桃。非天雨文章，所祖托风骚。苍蓬老壮发，长策未逢遭。别君几何时，君无相思否。鸣琴坐高楼，渌水净窗牖。政成闻雅颂，人吏皆拱手。投刃有余地，回车摄江阳。错杂非易理，先威挫豪强。"　⑤多：赞美。　⑥岳立：形容品行如山岳般耸立。人曹：人众。　⑦京洛：东京洛阳。一说指京城长安与东都洛阳。　⑧延陵剑：春秋时吴公子延陵季子之剑。据《史记·吴太伯世家》：季札封于延陵，故号延陵季子。季札聘于晋，路过徐国，拜访徐君。徐君好季札剑，口不敢言。季札心知之。季札从晋归来至徐，徐君已死。于是解其剑系之徐君冢树而去。从者曰："徐君已死，尚谁予乎？"季札曰："不然，始吾心已许之，岂以死倍吾心哉！"延陵，春秋时吴国邑名，故址在今江苏常州。此以佩剑暗示陆调重然诺。　⑨鸡徒：据陈鸿《东城老父传》记载：唐玄宗喜欢斗鸡，治鸡坊于两宫间。开元间诸王、外戚、公主等养鸡成风。斗鸡者因善斗鸡而得宠，气焰嚣张，不可一世。　⑩五陵豪：指当时的贵族子弟。五陵，西汉五个皇帝的陵墓，即高帝长陵、惠帝安陵、景帝阳陵、武帝茂陵和昭帝平陵，均置县，在渭水北岸今咸阳市附近。唐代时，五陵为贵族王孙宴集之地。⑪邀遮：拦阻。　⑫辟易：退避。　⑬清宪台：御史台，专司弹劾的官署。　⑭间：近来。宰：动词。　⑮棘：喻小人。兰芳：即芳兰，喻君子。袁宏《三国名臣序赞》："思树芳兰，剪除荆棘。"　⑯飞秋霜：喻吏治之严。⑰好鸟：喻贤才。　⑱俨：整齐貌。　⑲江北：指江阳县。　⑳江南：指李白所在的江南。杨梅熟：一作"杨梅鲜"。　㉑海色：将晓时的天色。候海色，一作"拾海月"。谢灵运《游赤石进帆海》："扬帆采石华，挂席拾海月。" ㉒ 酤：通"沽"，买酒。新丰：指江南丹徒县的新丰。醁：美酒。
㉓ 剡溪船：用王子猷雪夜访戴故事。参见《秋山寄卫尉张卿及王征君》注。

**【译文】** 太伯让出了天下，仲雍发扬了这种仁让之风。清惠的风化激荡万世，天上的星斗高不过他们的德行。东海岸边开创了吴国大业，吴国的陆氏一门又多出英雄。赞美你秉承了古人高尚的气节，众人之中，你像山岳一样高耸。在风流倜傥的少年时，你曾经游历东都洛阳。腰间插着延陵季子的宝剑，玉石镶佩带，明珠缀衣裳。那时，我曾与斗鸡之徒发生冲突，斗鸡徒和咸阳贵少合起手来把我围攻。拦截住我加以构陷，呵斥恐吓，把我折磨。危难之际，贵族子弟纷纷退避，是你排开无数围攻的人。御史台内请求救助，把我解救出了受困的北门。近年你又任江阳县令，扶植兰花一样的君子，铲除荆棘一样的小人。县城四门严肃静谧，如同五月里降下凛冽的秋霜。华堂上聚集了高才贤士，如同好鸟聚集在珍稀的树上。有时从府中归来，乐队整齐地排列成行。可惜我隔着遥远的路途，没机会与你衔杯举觞。长江北岸荷花正开，长江南岸杨梅熟了。正是喝酒的好时候，我的心中思念你这个贤才。扬起风帆等待天亮，我就要乘风驶向长江。多多地买来新丰的美酒，满载于划向剡溪的船舱。半路上一个也不拜访，一直划到你的门前。纵声大笑中一同喝得烂醉，饮酒求乐度过此生。

# 赠从孙义兴宰铭

**【题解】** 义兴，唐县名，治所在今江苏宜兴。义兴县令李铭，李白从孙，事迹不详。此诗作于上元二年(761)刘展乱平之后。诗题下李白原注："亚相李公重之以能政，中丞李公免罢以移官。"亚相，谓御史大夫李峘。据《旧唐书·李峘传》，乾元初兼御史大夫持节都统淮南、江南、江西节度宣慰观察处置等使。汉时，御史大夫位为宰相之副，故唐人谓之亚相。刘展作乱，李铭因避难奔走而失官，幸得二李公而复官。此诗即叙述了李铭的这段经历，赞赏了他任职期间教化一方、移风易俗的政绩。

**【原诗】** 天子思茂宰①，天枝得英才②。朗然清秋月，独出映吴台③。落笔生绮绣，操刀振风雷④。蠖屈虽百里⑤，鹏骞望三台⑥。退食无外事，琴堂向山开⑦。绿水寂以闲，白云有时来。河阳富奇藻⑧，彭泽纵名杯⑨。所恨不见之，犹如仰昭回⑩。元恶昔滔天⑪，疲人散幽草。惊川无活鳞，举邑罕遗老。誓雪会稽耻⑫，将奔宛陵道⑬。亚相素所重，投刃应《桑林》⑭。独坐伤激扬⑮，神融一开襟。弦歌欣再理⑯，和乐醉人心。蠹政除害马⑰，倾巢有归禽。壶浆候君来⑱，聚舞共讴吟。农夫弃蓑笠，蚕女堕缨簪⑲。欢笑相拜贺，则知惠爱深。历职吾所闻，称贤尔为最。化洽一邦上，名驰三江外⑳。峻节冠云霄，通方堪远大㉑。能文变风俗，好客留轩盖。他日一来游，因之严光濑㉒。

**【注释】** ①茂宰：犹良宰。 ②天枝：皇帝的宗室。 ③吴台：即姑苏台，春秋时吴王夫差所筑，在今江苏苏州市西南姑苏山上。 ④操刀：比喻做官任事，用子产语。参见《赠徐安宜》注。 ⑤蠖(huò)屈：《周易·系辞》："尺蠖之屈，以求信也。"百里：谓一县之地。 ⑥骞(xiān)：高飞貌。三台：指三公之位。 ⑦"琴堂"句：用宓子贱鸣琴而治典。《吕氏春秋·察贤》："宓子贱治单父，弹鸣琴，身不下堂而单父治。"后称县署为琴堂。⑧河阳：指晋潘岳。潘岳曾任河阳县令，才名冠世，词藻绝丽。见《晋书·潘岳传》。 ⑨彭泽：指陶渊明。陶渊明曾为彭泽令，在县，公田悉令种秫谷，曰："令吾常醉于酒，足矣。"详见《晋书·陶潜传》。 ⑩昭回：指星辰。⑪元恶：指刘展。上元中，宋州刺史刘展举兵为乱，连陷扬、润、升、苏、湖、濠、楚、舒、和、徐、庐诸州，经三月始平乱。义兴县在唐代属江南东道常州，与苏、湖、扬、润四州地界相接，故亦受乱离之苦。 ⑫会稽耻：指春秋时吴灭越，囚越国君臣事。《史记·越王勾践世家》载：吴王夫差悉发精兵击越，败之夫椒。越王以余兵五千人保栖于会稽。吴王追而围之，勾践降。后吴赦越，勾践返国，乃卧薪尝胆，与五大夫谋伐吴，遂灭之，雪会稽之耻。此指刘展叛乱事。 ⑬宛陵：汉县名，治所在唐之宣州，即今安徽宣城。⑭桑林：古乐曲名，相传为殷天子之乐。《庄子·养生主》："庖丁为文惠君解牛，手之所触，肩之所倚，足之所履，膝之所踦，砉然向然，奏刀騞然，莫不中音，合于《桑林》之舞，乃中《经首》之会。" ⑮独坐：谓御史中丞。

⑯ 弦歌：用子游宰武城事。《论语·阳货》记孔子学生子游任武城宰，以礼乐弦歌为教化民众的工具，后因以"弦歌"为出任邑令之典。　⑰ 害马：《庄子·徐无鬼》："夫为天下者，亦奚以异乎牧马者哉？亦去其害马者而已矣。"　⑱ 壶浆：茶水、酒浆，以壶盛之，故称。此言壶中盛满酒浆茶水以欢迎之。　⑲ 缨簪：妇人所佩。　⑳ 三江：松江、钱塘江、浦阳江。　㉑ 通方：通晓为政之道。　㉒ 严光濑：即严陵濑，在今浙江桐庐县西南钱塘江侧富春山。严光，字子陵，东汉会稽余姚人。少与光武帝刘秀同游学。秀即位，光变姓名隐遁。诏除谏议大夫，严光不受，退隐于富春山。

**【译文】**　天子想要贤良的县令，从宗室中得到了杰出的才士。你如同清秋明朗的月亮，光照吴王姑苏台。挥笔写出绮绣般的文章，做官任事震起如雷的名声。出宰一县虽似尺蠖暂屈其体，然而又如大鹏展翅，有望升为三公。退堂进食没有外事相扰，琴堂的门窗向着青山敞开。绿水在堂前静悄悄地流过，有时白云轻轻地飘来。你如同河阳县令潘岳词藻富丽，你好似彭泽县令陶渊明以纵酒名世。遗憾的是我一直未曾见到你，仰慕你如同仰望天上的星辰。昔日，叛乱的元凶掀起滔天恶浪，疲惫的百姓奔散流离于草莽。湍急的河水中怎能有活鱼？整个县城很少有存活下来的老人。你发誓要雪洗这奇耻大辱，暂时避难到了宛陵。亚相对你一直就很器重，认为你治政如庖丁解牛游刃有余。御史中丞有感你的遭遇而激浊扬清，使人精神和融高兴万分。你如同子游重新以礼乐治理一县，和睦欢乐醉了人心。扫除腐蚀政教的害马，倾覆的巢上又有了归来的鸟禽。百姓们端着茶和酒迎接你的归来，欢聚一起跳舞歌吟。农夫快活得扔掉了蓑笠，养蚕女舞掉了头上的簪缨。欢笑着互相庆贺，由此可知你对百姓的恩德有多深！就我所知道的先后连续任职的人中，你是最有贤能的。使教化普沾一县民众，名声远扬三江以外。高尚的气节上冠云霄，堪称通晓远大的为政之道。能够用文治移风易俗，喜欢待客，门前常常留下贵宾的车马。有一天功成名就弃官来游，到富春江垂钓于严光濑。

# 草创大还赠柳官迪

**【题解】** 此诗当作于长安放还、请高天师授道箓后。大还,道家金丹名,即九还金丹。草创大还,即初炼大还丹。柳官迪,事迹不详。诗中描写了诗人悟道炼丹以及期望升仙的生活。

**【原诗】** 天地为橐籥<sup>①</sup>,周流行太易<sup>②</sup>。造化合元符<sup>③</sup>,交构腾精魄<sup>④</sup>。自然成妙用,熟知其指的<sup>⑤</sup>。罗络四季间,绵微一无隙。日月更出没,双光岂云只<sup>⑥</sup>。姹女乘河车<sup>⑦</sup>,黄金充辕轭<sup>⑧</sup>。执枢相管辖,摧伏伤羽翮。朱鸟张炎威,白虎守本宅。相煎成苦老,消铄凝津液<sup>⑨</sup>。仿佛明窗尘,死灰同至寂。铸冶入赤色,十二周律历。赫然称大还,与道本无隔<sup>⑩</sup>。白日可抚弄,清都在咫尺<sup>⑪</sup>。北酆落死名<sup>⑫</sup>,南斗上生籍<sup>⑬</sup>。抑予是何者<sup>⑭</sup>,身在方士格<sup>⑮</sup>。才术信纵横,世途自轻掷。吾求仙弃俗,君晓损胜益。不向金阙游<sup>⑯</sup>,思为玉皇客<sup>⑰</sup>。鸾车速风电,龙骑无鞭策<sup>⑱</sup>。一举上九天,相携同所适。

**【注释】** ① 橐籥:古代冶炼时用以鼓风吹火的装置,犹今之风箱。《老子》:"天地之间,其犹橐籥乎? 虚而不屈,动而愈出。" ② 太易:指原始混沌的状态。 ③ 造化:谓阴阳。元符:大的祥瑞。 ④ 交构:指阴阳交合。精魄:谓阴阳交合而产生的精灵之气。 ⑤ 熟知:一作"孰知"。 ⑥ "罗络"四句:《周易参同契》:"坎戊月精,离己日光。日月为易,刚柔相当。土旺四季,罗络始终……蟾蜍与兔魄,日月气双明。"四句由此化出。罗络:连绵,绵延。 ⑦ 姹(chà)女:即炼丹所用的药物汞。河车:指炼丹所用的原料铅。此句言炼丹时以汞合铅。《周易参同契》:"河上姹女,灵而最神。得火则飞,不见埃尘。" ⑧ 黄金:《抱朴子·黄白》:"《铜柱经》曰:丹沙可为金,河车可作银。立则可成,成则为真。子得其道,可以仙身。"辕轭:车前驾牲口的直木和套在牲口脖子上的曲木。此以辕轭为喻,言以汞铅炼成黄金。 ⑨ "执枢"六句:《周易参同契》:"升熬于甑山兮,炎火张于下。白虎唱前导兮,苍龙和于后。朱雀翱翔戏兮,飞扬色五彩。遭遇罗网施兮,压止不得举。嗷嗷声甚悲兮,婴儿之慕母。颠倒就汤镬兮,摧折伤毛羽。"李白诗本此。朱鸟,即朱雀,二十八宿中南方七宿井、鬼、柳、星、张、翼、轸的总称。白虎,西方七宿奎、娄、胃、昴、毕、参、觜的总称。杨齐贤注:"朱鸟属火,为心;白虎属金,为肺。津液者,华池神水也。"萧士赟注:"老者,炼丹火候之老嫩,悉铅汞相制伏之道耳。" ⑩"仿佛"六句:《周易参同契》:"岁月将欲讫,毁性伤寿年……形体为灰土,状若明窗尘,捣合并治之,驰入赤色门……固塞其际会,务令致完坚。炎火张于下,昼夜声正勤。始文使可修,终竟武乃陈。候视加谨慎,审察调寒温。周旋十二节,节尽更须亲……气索命将绝,体死亡魄魂。色转更为紫,赫然成还丹。"李白诗本此。⑪ 清都:天帝居处。 ⑫ 北酆(fēng):即罗酆山。道家谓山上有六天鬼神主断人间的生死祸福。山在北方癸地,故称"北酆"。 ⑬ 南斗:星名,即斗宿,有星六颗。在北斗星以南。《搜神记》:"南斗主生,北斗主死。" ⑭ 抑予:一作"伊人"。 ⑮ 方士:方术之士,古代自称能访仙炼丹以求长生不老的人。 ⑯ 金阙:阙,谓朝廷之门阙。金阙,犹金门。 ⑰ 玉皇:道教称天帝曰玉皇大帝,简称玉帝、玉皇。 ⑱ 鸾车、龙骑:俱为仙人所乘。

【译文】 空虚的天地如同一个皮风箱,阴阳二气周转流行于太易。阴阳相合就是大的祥瑞,由此而生成精灵之气。自然变化有它微妙的功用,可是有谁了解它的目的?它绵延于四季之间,细微得没有一点缝隙。日月轮番落了又升起,日光月光也是成双成对。我要让姹女乘上河车,再以黄金作为车上的辕轭。掌握关键使其相克相制,摧折制伏伤其羽毛。南方朱雀扬起熊熊火势,西方白虎守住本宅。熬炼的火候苦于过老,在华池神水中使消溶的丹沙凝结。这时水中的丹药如同窗前的飞尘,闪闪烁烁终归沉寂。再把它放入火中冶炼,谨遵周旋十二节的律法。炼成了耀眼的九还金丹,我与大道终于走到一起。天上的太阳都可以抚摸,天帝的清都近在咫尺。罗酆山除去要死的姓名,南斗注上永生的户籍。我是个什么样的人?我正是一个方术之士。有方术的才能可以纵横驰骋,世俗的生活自然可以轻弃。我求仙访道远离了世俗,你知道谦退胜于进取。我们双双离开宫阙,想要成为玉皇的客人。鸾车快得如风似电,龙的坐骑无须用鞭驱策。一举飞上九天,携手同奔一个地方。

# 赠崔司户文昆季

**【题解】** 诗为天宝十二载(753)暮秋作于南陵。唐制,州之属吏有司户参军事。崔文弟兄事迹不详。诗中陈述了自己入京攀龙终遭谗毁、被迫离京的遭遇。感慨十年失意,已近迟暮之年,希望能得到崔氏兄弟的关照。

**【原诗】** 双珠出海底①,俱是连城珍。明月两特达②,余辉照傍人。英声振名都,高价动殊邻③。岂伊箕山故④,特以风期亲⑤。惟昔不自媒⑥,担簦西入秦⑦。攀龙九天上,别忝岁星臣⑧。布衣待丹墀⑨,密勿草丝纶⑩。才微惠渥重⑪,谗巧生缁磷⑫。一去已十年,今来复盈旬。清霜入晓鬓,白露生衣巾。侧见绿水亭,开门列华茵。千金散义士,四坐无凡宾。欲折月中桂,持为寒者薪。路傍已窃笑,天路将何因⑬。垂恩倘丘山,报德有微身。

**【注释】** ① 双珠:指崔氏兄弟。 ② 明月:珠名。特达:特出。 ③ 殊邻:远方异城。 ④ 箕山:又名许由山,在今河南登封东南。相传尧让天下于许由,许由不受,隐居于箕山之下。许由死后,葬于箕山。事见《高士传》。 ⑤ 风期:风度品格。 ⑥ 自媒:自荐。 ⑦ 簦(dēng):长柄笠,犹今雨伞。《史记·平原君虞卿列传》:"蹑蹻檐簦,说赵孝成王。"秦:指长安。 ⑧ 岁星臣:谓东方朔。相传东方朔仕太中大夫。朔尝谓同舍郎曰:"天下知朔者唯大王公耳。"及朔卒,武帝召大王公问之,对以不知。问何能,对以善星历。乃问诸星皆在否,曰:"诸星具在,独不见岁星十八年,今复见耳。"帝仰天叹曰:"东方朔生在朕傍十八年,而不知是岁星哉!"事见旧题汉郭宪《东方朔传》。 ⑨ 丹墀(chí):指宫殿的赤色台阶或地面。 ⑩ 密勿:机要。丝纶:帝王诏书。《礼记·缁衣》:"王言如丝,其出如纶。"孔颖达疏:"王言初出,微细如丝;及其出行于外,言更渐大,如似纶也。" ⑪ 惠渥:犹厚恩。 ⑫ 缁磷:《论语·阳货》:"不曰坚乎?磨而不磷。不曰白乎?涅而不缁。"磷,磨薄。缁,染黑。此言谗言致变。 ⑬ 天路:指京都。

**【译文】** 一对宝珠捞出海底,都是价值连城的奇珍。你们弟兄就是两颗明月珠,旁边的人都照到了你们的余辉。美好的名声震动了名都,高贵的声价传到异城远邻。不只是因为都有箕山之志,更因风度品格相近才使我们成为友人。昔日,并不是我自己推荐自己,肩荷长柄笠西入长安。来到九天攀附真龙天子,做一个不称职的岁星大臣。一介布衣侍立宫廷之上,典掌起草机要诏文。才华虽小却受到朝廷的重用,谗邪巧佞使我遭到疏远。离开长安已经十年,现在来到南陵也快满一旬。白发如清冷的霜雪侵入我的双鬓,白露打湿了我单薄的衣巾。这时见到绿水旁的亭台,敞开的大门里铺着华美的坐褥。主人是挥散千金的慷慨义士,座席上都是不同凡俗的嘉宾。你们想要折断月中的桂树枝,送给我这个贫寒之士作为柴薪。路旁的人此时已偷偷地讥笑,我要回长安又将依靠何人? 你们对我的恩德有如山岳之重,回报你们的将是我这七尺之躯。

# 赠溧阳宋少府陟

**【题解】** 诗作于肃宗至德元载(756)。溧阳,唐县名,属江南西道宣州,治所在今江苏溧阳西北。少府,即县尉。诗中分叙二人行迹,表达诗人对友人的真挚情感以及对国事的关心。

**【原诗】** 李斯未相秦①,且逐东门兔。宋玉事襄王②,能为《高唐赋》。常闻《绿水曲》③,忽此相逢遇。扫洒青天开,豁然披云雾④。威蕤紫鸳鸟⑤,巢在昆山树。惊风西北吹,飞落南溟去⑥。早怀经济策,特受龙颜顾。白玉栖青蝇⑦,君臣忽行路⑧。人生感分义⑨,贵欲呈丹素⑩。何日清中原,相期廓天步⑪。

**【注释】** ①李斯:秦始皇时丞相。《史记·李斯列传》载:秦二世二年七月,李斯将腰斩咸阳市上。李斯临刑前对其子曰:"吾欲与若复牵黄犬,俱出上蔡东门逐狡兔,岂可得乎?" ②宋玉:战国时楚国诗人。曾与楚襄王游于云梦之台,望高唐之观,作《高唐赋》。 ③绿水:古雅曲名。

④"扫洒"二句：赞宋陟胸襟识见。徐干《中论·审大臣》："文王之识也，灼然若披云而见日，霍然若开雾而观天。" ⑤ 威蕤(ruí)：此形容羽毛丰满。⑥ 南溟：南海。 ⑦ 青蝇：喻进谗小人。《诗经·小雅·青蝇》："营营青蝇，止于樊。岂弟君子，无信谗言。"陈子昂《宴胡楚真禁所》："青蝇一相点，白璧遂成冤。" ⑧ 行路：路人。 ⑨ 分义：情义。 ⑩ 丹素：丹心。⑪ 天步：天之行步，指国运。

**【译文】** 你如李斯，未做秦丞相时，只能暂时在上蔡东门猎兔；你如宋玉，一旦侍从楚襄王，就能写出千古不朽的《高唐赋》。曾经听过你高雅的《绿水曲》，想不到今天偶然在此相遇。见到你如同见到雨水洗过的蓝天，你的胸襟识见使人如同拨开云雾，豁然开朗。我则是一只羽毛丰满的紫色鸾鸟，在昆仑山的玉树上筑巢。随着从西北吹起的疾风，飞落到茫茫的南海。早年我胸怀经国济民的大略，后来受到皇帝特殊的优待。谁知洁白的玉石落上了青蝇，谗言相毁，使我与皇帝忽然变成陌生的路人。人生总要为情义所动，可贵的是互相献出赤诚的心。什么时候靖清中原战乱？我与你相约共同开扩国运。

# 戏赠郑溧阳

**【题解】** 郑溧阳，当即《溧阳濑水贞义女碑铭》序中所说的溧阳县令郑晏。此诗当作于天宝十三载(754)。诗中以陶渊明喻郑晏，表现了郑晏琴酒自乐、悠然自得的生活。

**【原诗】** 陶令日日醉①，不如五柳春②。素琴本无弦③，漉酒用葛巾④。清风北窗下，自谓羲皇人⑤。何时到溧里⑥，一见平生亲。

**【注释】** ① 陶令：即陶渊明，他曾任彭泽县令，故称。据《晋书·陶潜传》：陶渊明性嗜酒，尝著《五柳先生传》以自况曰："先生不知何许人，不详姓字，宅边有五柳树，因以为号焉。" ② 不如：一作"不知"。 ③"素琴"

句：陶渊明性不解音声，而畜素琴一张，无弦，每有酒适，辄抚弄以寄其意。
④ 葛巾：用葛布制成的头巾。《宋书·陶潜传》：“郡将候潜，值其酒熟，取
头上葛巾漉酒，毕，还复著之。”　⑤ 羲皇人：伏羲氏时人。古人认为羲皇
时代其民皆恬静闲适，故隐逸之士多以之自称。陶渊明《与子俨等疏》：“尝
言：五六月北窗下卧，遇凉风暂至，自谓是羲皇上人。”　⑥ 溧里：即溧阳。

【译文】　陶令天天喝醉酒，不知五柳树何时回春。不加装饰的琴上本没有
琴弦，过滤酒就用头上的葛巾。清风暂来时卧在北窗下，称自己就是恬静闲
适的羲皇时人。什么时候我到溧阳一游，会一会你这位平生交好的友人。

# 赠僧崖公

【题解】　此诗叙述了李白一生学佛的经过，当为晚年所作。《李白诗文
系年》认为作于天宝十三载（754）。诗题一作《赠僧道崖》。

【原诗】　昔在朗陵东①，学禅白眉空②。大地了镜彻③，回旋寄轮风④。
揽彼造化力⑤，持为我神通。晚谒太山君⑥，亲见日没云。中夜卧山
月⑦，拂衣逃人群。授余金仙道⑧，旷劫未始闻⑨。冥机发天光⑩，独朗
谢垢氛⑪。虚舟不系物⑫，观化游江濆⑬。江濆遇同声，道崖乃僧英⑭。
说法动海岳，游方化公卿⑮。手秉玉麈尾⑯，如登白楼亭⑰。微言注百
川⑱，亹亹信可听⑲。一风鼓群有⑳，万籁各自鸣。启开七窗牖，托宿
掣雷霆。自云历天台㉑，搏壁蹑翠屏㉒。凌兢石桥去㉓，恍惚入青冥。
昔往今来归，绝景无不经。何日更携手，乘杯向蓬瀛㉔。

【注释】　① 朗陵：山名，在今河南确山县西北。　② 白眉空：疑为当时僧
人之名。　③ 了：了然分明之意。镜彻：清晰透辟。《楞严经》：“观诸世间
大地山河如镜鉴明，来无所粘，过无踪迹。”　④ 轮风：即风轮，为构成大千
世界的四轮之一。王琦注：“《法苑珠林》：依《华严经》云：三千大千世界，
以无量因缘乃成。且如大地依水轮，水依风轮，风依空轮，空无所依。然众

生业感,世界安住。故《智度论》云:三千大千世界,皆依风轮为基。"
⑤造化力:王琦注:"《维摩诘经》:维摩诘即入三昧,现神通力,示诸大
众。"神通:谓通过修持禅定所得到的神秘法力。 ⑥太山君:王注以为即
太山之神。并引《广博物志》:"东岳太山君领群神五千九百人,主治死生,
百鬼之主帅也。太山君服青袍,戴苍璧七称之冠,佩通阳太平之印,乘青
龙。"然玩诗意,太山君,当为一位僧人。 ⑦此句一作"夜卧雪上月"。
⑧金仙:指佛。王琦注:"《金光明经》:如来之身,金色微妙。后世称佛,有
金仙之号,以此。" ⑨旷劫:佛教语,指久远之劫。《隋书·经籍志》:"天
地之外,四维上下,更有天地,亦无终极。然皆有成有败。一成一败,谓之一
劫。" ⑩冥机:天机。天光:自然的智慧之光。 ⑪垢氛:污浊的气氛。
⑫虚舟:无人驾驶的船只。比喻自由而无所牵挂。《庄子·列御寇》:"巧
者劳而知者忧,无能者无所求,饱食而敖游,泛若不系之舟,虚而敖游者
也。" ⑬观化:观察造化。江濆(fén):江岸。 ⑭僧英:僧中佼佼者。
⑮游方:谓僧人云游四方。 ⑯玉麈尾:即玉麈,东晋士大夫清谈时常执
的玉柄麈尾。 ⑰白楼亭:在今浙江绍兴西北隅卧龙山上。《世说新语·
赏誉》:"孙兴公、许玄度共在白楼亭,共商略先往名达。" ⑱微言:精深微
妙的言辞。 ⑲亹亹(wěi wěi):谓谈论动人,有吸引力,使人不知疲倦。
⑳群有:谓万物。 ㉑天台:指天台山,在今浙江天台县北。 ㉒翠屏:
《文选》孙绰《游天台山赋》:"跨穹隆之悬磴,临万丈之绝冥。践莓苔之滑
石,搏壁立之翠屏。"李善注:"翠屏,石桥之上石壁之名也。" ㉓凌兢:战
栗恐惧的样子。石桥:在天台山北峰,极狭险,仅可侧足而行。 ㉔乘杯:
《法苑珠林》:"宋京师有释杯渡者,不知俗姓名字是何。常乘大杯渡水,因
而为目。初见在冀州,不修细行,神力卓越,世莫能测其由来。尝于北方寄
宿一家,家有一金像,渡窃而将去。家主觉而追之,见渡徐行,走马逐而不
及。至孟津河,浮木杯于水,凭之渡河,无假风棹,轻疾如飞。俄而渡岸,达
于京师。"

【译文】 昔日,我曾在朗陵山东向白眉空学禅,清晰透彻地了解了大地,知
道它的回旋依靠风轮。揽取那造化的力量,拿来作为我的神秘法力。后来,
我又去拜谒太山君,亲眼看到日没云中。半夜里卧在山中的月光下,毅然逃

离芸芸众生。太山君授给我佛家的大道,知道了从未听说过的久远之劫。天机启发了我自然的智慧之光,独自朗悟,远离污浊的气氛。如同无人驾驶的小船无牵无挂,观察造化来到江滨。在江滨遇到了知音,那就是道崖这个杰出的僧人。他演说佛法震动了五岳四海,云游四方劝化王侯公卿。手里拿着玉柄的麈尾,仿佛是东晋名僧孙绰登上了白楼亭。精深微妙的言辞如同倾泻河水,如此有吸引力,如此动听。如同风吹万物,万籁皆鸣。如同打开所有的窗户,寄托以迅疾的雷霆。自己说曾经游过天台山,身贴石壁,小心地走在翠屏;心惊胆战越过石桥,身临深涧,仿佛进入了天空。昔日前往,今又归来,欣赏尽所有的绝佳风景。什么时候能再携手,乘着木杯一同渡向神山蓬瀛?

# 游溧阳北湖亭,望瓦屋山怀古,赠同旅

**【题解】**　诗题一作《赠孟浩然》,则同旅或即孟浩然。溧阳,今江苏溧阳市西北,离金陵不远,故《李白诗文系年》疑为开元十四年(726)李白初游金陵时作。瓦屋山,在今溧阳市西北。此诗为怀古之作,诗中赞扬了溧阳义女的事迹。

**【原诗】**　朝登北湖亭,遥望瓦屋山。天清白露下,始觉秋风还。游子托主人,仰观眉睫间。目色送飞鸿①,邈然不可攀。长吁相劝勉,何事来吴关。闻有贞义女②,振穷溧水湾。清光了在眼,白日如披颜。高坟五六墩,崒兀栖猛虎③。遗迹翳九泉,芳名动千古。子胥昔乞食,此女倾壶浆。运开展宿愤,入楚鞭平王④。凛冽天地间⑤,闻名若怀霜。壮夫或未达,十步九太行⑥。与君拂衣去,万里同翱翔。

**【注释】**　①目:一作"日"。此句用卫灵公事。《史记·孔子世家》:"他日,灵公问兵陈。孔子曰:'俎豆之事则尝闻之,军旅之事未之学也。'明日与孔子语,见蜚雁,仰视之,色不在孔子,孔子遂行。"　②贞义女:《越绝书》:"(伍)子胥遂行,至溧阳界中,见一女子击絮于濑水之中。子胥曰:'岂可得托食乎？'女子曰：'诺。'即发箪饭，清其壶浆而食之。子胥食已而去，谓女子曰：'掩尔壶浆，毋令之露。'女子曰：'诺。'子胥行五步，还顾，女子自纵于濑水之中而死。"溧水，即濑水，在今江苏溧阳。　③"皋（zú）兀"句：言坟势高耸有如猛虎。唐时，贞义女坟尚存。　④鞭平王：《史记·伍子胥列传》载：楚平王听信费无忌谗言，杀伍子胥父兄，伍子胥逃亡至吴。吴王伐楚，攻入楚国郢都。伍子胥掘楚平王墓，出其尸，鞭之三百。　⑤凛冽：形容事迹高尚，令人敬畏。　⑥太行：山名，比喻世事之艰。

【译文】　早晨登上北湖亭，遥望西北的瓦屋山。清朗的天空降下白露，才感觉又到了秋天。游客托身主人，把主人的眉宇仰观，却见他望着天上的鸿雁，淡漠遥远得不可高攀。因此长吁短叹，又互相劝勉，相问为什么来到此间。听说有一个贞义的女子，救济窘困之士正在这溧水湾。清美的风采了然在眼，白日好似她的笑颜。远远地望着五六墩坟头，坟势高耸，好似猛虎卧在山前。遗迹虽然埋在九泉之下，美好的名声却万里流传。伍子胥昔日求食时，正是她送给汤饭。时运到来时伍子胥一申昔日的怨愤，攻入楚都，鞭打平王的尸体。贞义的事迹令世人感佩，听到她的名字就叫人肃然起敬。壮士有时穷愁困顿，好似走路，十步有九步跋涉在太行山。因此，我要和你振衣而去，一同翱翔在万里蓝天。

# 醉后赠从甥高镇

【题解】　此诗与《赠别从甥高五》当为先后之作。前诗写于分别之时，此诗则作于初遇之际，抒发了怀才不遇的悲苦。

【原诗】　马上相逢揖马鞭，客中相见客中怜。欲邀击筑悲歌饮①，正值倾家无酒钱。江东风光不借人，枉杀落花空自春。黄金逐手快意尽，昨日破产今朝贫。丈夫何事空啸傲②，不如烧却头上巾。君为进士不得进③，我被秋霜生旅鬓。时清不及英豪人，三尺童儿唾廉蔺④。匣中盘却装鳣鱼⑤，闲在腰间未用渠。且将换酒与君醉，醉归托宿吴专诸⑥。

【注释】　① 筑：古代乐器名。《史记·刺客列传》载：荆轲嗜酒，日与狗屠及高渐离饮于燕市，酒酣以往，高渐离击筑，荆轲和而歌于市中，相乐也。已而相泣，旁若无人。　② 啸傲：放歌长啸，傲然自得，形容放旷不受拘束。③ 进士：唐制取士之科，有秀才、明经、进士等。　④ 廉蔺：战国时赵国将相廉颇和蔺相如。　⑤ 鳝(cuò)鱼：鱼名，即鲨鱼，皮可为刀剑鞘。盘却：一作"盘剑"。　⑥ 专诸：春秋时吴国的刺客，公子光欲杀吴王僚，伍子胥荐专诸于光。吴王僚十二年，光具酒请王僚，使专诸置匕首鱼炙之腹中而进之。因杀王僚，专诸亦为王僚左右所杀。事见《史记·刺客列传》。李白当时似寄居在一个有侠士风度者的家中，因有"托宿吴专诸"之说。

【译文】　马上相逢，执着马鞭向客作揖，相见于他乡，都为此而深表同情。想要邀你击筑放歌豪饮，正赶上用尽家财没有沽酒钱。然而江东的春光不会为人停留，如不及时痛饮取欢，岂不枉使春天流逝，落花飘零？黄金随手快活地挥散尽，昨天破产今天顿入贫穷。大丈夫为什么空自放歌长啸，傲然自得？还不如烧掉头上的儒巾！你考进士未能及第，我在漫游中白了双鬓。时世清平，无人重用英豪，廉颇、蔺相如这样的英雄，也被小儿看轻。匣中宝剑装在鱼皮剑鞘里，闲挂在腰间无处使用。那就用它换酒与你喝个大醉，醉后就睡在专诸的家中。

# 赠秋浦柳少府

【题解】　此诗天宝十三载(754)作于秋浦。秋浦，唐县名，即今安徽池州。此秋浦县尉当即《赠柳圆》诗所说的柳圆，诗中赞美了他种桃树李、惠化一方的政绩。

【原诗】　秋浦旧萧索，公庭人吏稀。因君树桃李①，此地忽芳菲。摇笔望白云，开帘当翠微②。时来引山月，纵酒酣清辉。而我爱夫子，淹留未忍归。

【注释】 ①树桃李:用潘岳事。潘岳为河阳令,种桃李花,人号曰"河阳一县花"。 ②翠微:指青翠掩映的山腰幽深处。

【译文】 过去秋浦十分荒凉,公庭里人吏稀少。只因你栽桃树李,这里忽见鲜花芳草。你望着白云挥笔著文,打开窗帘面对青翠掩映的山腰。我有时乘着山月而来,清辉下纵酒逍遥。我喜欢你这位夫子,留恋怎肯归巢?

# 赠崔秋浦三首

【题解】 三诗均为天宝十三载(754)游秋浦时作。所赠崔姓秋浦县令,名不详。三诗表现了崔秋浦的陶令之风,表达了诗人的爱慕之情。

## 其 一

【原诗】 吾爱崔秋浦,宛然陶令风①。门前五杨柳②,井上二梧桐。山鸟下听事③,檐花落酒中。怀君未忍去,惆怅意无穷。

【注释】 ①陶令:晋诗人陶渊明,曾为彭泽令。 ②五杨柳:陶渊明宅边有五棵柳树,自称五柳先生。 ③听事:厅堂,官府治事之所。

【译文】 我喜欢崔秋浦,宛然有陶渊明的作风。门前栽上五棵柳树,井上长着两棵梧桐。山鸟落在厅堂,檐前的花瓣飘入酒中。留恋你不忍离去,心中充满不尽的惆怅。

## 其 二

【原诗】 崔令学陶令,北窗常昼眠①。抱琴时弄月,取意任无弦②。见客但倾酒,为官不爱钱。东皋多种黍③,劝尔早耕田。

【注释】　① 北窗：当夏月，陶渊明高卧北窗之下，清风飒至，自谓羲皇上人，见《晋书·陶潜传》。　② 无弦：陶渊明性不解音，而畜无弦琴一张，每朋酒之会，则抚而和之。曰："但识琴中趣，何劳弦上声。"　③ 种黍：陶渊明为彭泽令，悉令公田种秫谷，曰："令吾常醉于酒，足矣。"

【译文】　崔县令学陶县令，白天在北窗下睡眠。有时抱琴弹于月下，取其意趣，任它无弦。见了客人就倒酒，做官不贪爱钱。东边田地多种黍，劝你尽早去耕田。

## 其　三

【原诗】　河阳花作县①，秋浦玉为人②。地逐名贤好，风随惠化春。水从天汉落③，山逼画屏新。应念金门客④，投沙吊楚臣⑤。

【注释】　① "河阳"句：见《赠秋浦柳少府》注。　② 玉为人：《晋书·裴楷传》："楷风神高迈，容仪俊爽，博涉群书，特精理义，时人谓之'玉人'。"　③ 天汉：指九华山之瀑布。　④ 金门客：李白自谓。金门，即金马门，汉代官门名，为学士待诏之处。李白曾待诏翰林，故称。　⑤ 投沙：用贾谊事。《史记·屈平贾生列传》载：贾谊为长沙王太傅，既以适去，意不自得。及渡湘水，为赋以吊屈原。

【译文】　河阳以花作县，秋浦以玉为人。地方因名贤而显赫，风俗随教化而如春。九华山瀑布如银河落下，近山好似新的画屏。应顾念我这来自金门的客人，远投长沙凭吊屈原。

## 望九华山赠韦青阳仲堪

【题解】　九华山，即九子山，在今安徽青阳县境内，为我国佛教四大名山之一。李白有《改九子山为九华山联句并序》。本诗作于该诗之后，当为天宝十三载(754)李白溯江览胜,经池州而作。青阳县,唐属宣州。韦仲堪,青阳县令,疑即与李白联句的韦权舆,仲堪其字。诗中以数笔勾画出九华山秀美之景。

**【原诗】** 昔在九江上①,遥望九华峰。天河挂绿水,秀出九芙蓉。我欲一挥手,谁人可相从。君为东道主,于此卧云松。

**【注释】** ① 九江:长江自浔阳分为九派,故称九江。此指池州之江。

**【译文】** 我曾在九江上,遥望九华山峰。绿色的瀑布如同天河倒挂,九华山似美丽特出的九朵芙蓉。如今我想约友同隐,不知有谁肯与我共行。你是我的东道主,早已在此高卧白云缭绕的松林。

# 赠柳圆

**【题解】** 此诗与《赠秋浦柳少府》作于同时,柳圆即柳少府。诗中表达了对柳圆慷慨相助的感激之情。

**【原诗】** 竹实满秋浦①,凤来何苦饥。还同月下鹊②,三绕未安枝。夫子即琼树③,倾柯拂羽仪④。怀君恋明德,归去日相思。

**【注释】** ① 竹实:竹子所结的子实。《庄子·秋水》:"南方有鸟,其名为鹓雏……发于南海而飞于北海,非梧桐不止,非练实不食,非醴泉不饮。"练实,即竹实。鹓雏,凤凰。 ② 月下鹊:曹操《短歌行》:"月明星稀,乌鹊南飞。绕树三匝,何枝可依?" ③ 琼树:即琼枝,传说中的玉树。《艺文类聚》:"南方有鸟,其名为凤,所居积石千里,天为生食,其树名琼枝,高百仞,以璆琳琅玕为实。" ④ 羽仪:犹翼翅。

**【译文】** 秋浦长满竹子的子实,飞来的凤凰岂会挨饿?又如月下的乌鹊,绕树三周,何枝可栖? 你就是长满琅玕的琼树,垂下枝条抚摸凤凰的羽翼。思念你,留恋你的美德,归去后日日把你相忆。

## 闻谢杨儿吟猛虎词因有此赠

【题解】　此诗作于天宝十三载(754)李白游秋浦期间。谢杨儿,生平不详。《猛虎词》,似指古乐府相和歌辞《猛虎行》。

【原诗】　同州隔秋浦①,闻吟《猛虎词》。晨朝来借问,知是谢杨儿。

【注释】　① 同州:谓同在池州。

【译文】　同在一州,仅隔秋浦一水,听到有人夜吟《猛虎词》。到了早晨前来打听,知道吟诗的是谢杨儿。

## 宿清溪主人

【题解】　此诗作于天宝十三载(754)。清溪,源出今安徽池州九华山,北流经池州市城东折西北入长江。此诗描写了主人居处清幽的夜境。

【原诗】　夜到清溪宿,主人碧岩里。檐楹挂星斗①,枕席响风水。月落西山时,啾啾夜猿起②。

【注释】　① 楹:柱子,此句形容宅高天低。　② 啾啾:猿鸣声。

【译文】　夜里到清溪住下,主人的家高在碧岩中。屋檐上挂着闪亮的星星,枕席上响着风声水声。当月亮落入西山的时候,响起了啾啾的猿鸣。

# 赠王判官,时余归隐居庐山屏风叠

**【题解】** 至德元载(756)秋,李白从吴越归来,隐居庐山五老峰下屏风叠,写此诗以赠王判官。王判官,名不详。判官是其官职名。唐代节度使、观察使、防御使均置判官辅理政事,为地方长官的僚属。写此诗时,洛阳以北地区沦陷于安史叛军之手。故诗中表达了一生漂泊、知音难遇的感慨,当国难之际报国无门的悲愤。

**【原诗】** 昔别黄鹤楼①,蹉跎淮海秋②。俱飘零落叶,各散洞庭流。中年不相见,蹭蹬游吴越③。何处我思君,天台绿萝月④。会稽风月好⑤,却绕剡溪回⑥。云山海上出,人物镜中来⑦。一度浙江北⑧,十年醉楚台⑨。荆门倒屈宋⑩,梁苑倾邹枚⑪。苦笑我夸诞,知音安在哉。大盗割鸿沟⑫,如风扫秋叶。吾非济代人⑬,且隐屏风叠。中夜天中望⑭,忆君思见君。明朝拂衣去,永与海鸥群⑮。

**【注释】** ①黄鹤楼:故址在今湖北武汉蛇山黄鹤矶上。 ②淮海:指今江苏扬州一带。开元中,李白在湖北与王判官告别,遂东游扬州。 ③蹭蹬(cèng dèng):不得志。 ④天台:山名,在今浙江天台县。绿萝:即女萝、松萝。 ⑤会稽:今浙江绍兴。 ⑥剡溪:即今浙江绍兴嵊州境内的主要河流。 ⑦镜中:喻水明净。 ⑧浙江:即今钱塘江。 ⑨楚台:战国时楚国的楼台亭榭,泛指江汉一带。 ⑩荆门:山名,在今湖北宜都市西北长江西岸。此处泛指荆楚一带。屈宋:战国时楚诗人屈原、宋玉。⑪梁苑:即梁园,又称兔园,梁孝王苑囿。故址在今河南商丘东南,一说在开封东南。邹枚:西汉辞赋家邹阳、枚乘。 ⑫大盗:指安禄山。鸿沟:古运河名,故道自今河南荥阳北引黄河水东流,经今中牟、开封两地后,复折而东南,至淮阳东南入于颍水。楚、汉相争曾划鸿沟为界。 ⑬济代:济世。唐人避唐太宗李世民讳,改"世"为"代"。 ⑭中夜:一作"中望"。 ⑮海鸥群:与海鸥为群,指隐居生活。

**【译文】** 当年,在黄鹤楼与你分手,东游淮海虚度了春秋。你我如同飘零的落叶,分散似洞庭的支流。中年后再也无缘相见,我失意地在吴越漫游。我曾在什么地方思念你?月照女萝的天台山头。会稽的风光十分秀美,我却绕着剡溪归回。云山仿佛升自海上,人物像是从镜中走来。自从北渡浙江之后,十年间就沉醉在楚台。在荆州,我的诗文压倒了屈原、宋玉;在梁苑,我的才华盖住了邹阳、枚乘。但人们嘲笑我的夸诞,真正的知音究竟何在? 安禄山叛军分割了国家,来势凶猛如同扫除落叶的秋风。我并非匡时济世的人,无奈隐居庐山屏风叠。半夜起来仰望长天,思念你,急切地想见到你。明天我要拂衣而去,永远和海鸥相伴相怜。

# 在水军宴赠幕府诸侍御

**【题解】** 宋蜀本题下注:"永王军中。"当是至德二载(757)二月以前在永王璘水军中所作。诗中表达了靖乱报国、不惜微躯的决心。

**【原诗】** 月化五白龙①,翻飞凌九天。胡沙惊北海,电扫洛阳川。虏箭两宫阙,皇舆成播迁②。英王受庙略③,秉钺清南边④。云旗卷海雪,金戟罗江烟。聚散百万人,弛张在一贤。霜台降群彦⑤,水国奉戎旃⑥。绣服开宴语⑦,天人借楼船⑧。如登黄金台⑨,遥谒紫霞仙。卷身编蓬下⑩,冥机四十年⑪。宁知草间人,腰下有龙泉⑫。浮云在一决⑬,誓欲清幽燕⑭。愿与四座公,静谈《金匮篇》⑮。齐心戴朝恩,不惜微躯捐。所冀旄头灭⑯,功成追鲁连⑰。

**【注释】** ①"月化"句:《十六国春秋·后燕录》载,后燕慕容熙建始元年,太史丞梁延年梦月化为五白龙。梦中占之曰:"月,臣也;龙,君也。月化为龙,当有臣为君。"比喻安禄山称帝。 ②皇舆:皇帝坐的车,代指唐玄宗。播迁:流亡。 ③英王:指永王李璘。庙略:指朝廷的谋划。 ④秉钺:指执掌兵权。 ⑤霜台:御史台,御史职司纠弹,严肃如霜,故名。此处借以赞美永王幕府诸侍御。 ⑥戎旃(zhān):军旗。奉戎旃,谓参加永王军队。　⑦绣服：指侍御。　⑧天人：才能杰出者，谓永王璘。　⑨黄金台：又称金台、燕台，故址在今河北易县东南。战国时，燕昭王筑此台，置千金于台上，延请天下贤士。　⑩编蓬：编结蓬草以为门户，喻平民居处。⑪冥机：息机，不问世事。　⑫龙泉：即龙渊，古代传说中著名铸工欧冶子、干将所造的利剑。　⑬决：劈开。《庄子·说剑》："上决浮云，下绝地纪。"　⑭幽燕：今北京、河北北部以及辽宁西部一带，是安禄山的根据地。⑮金匮篇：兵书名。《隋书·经籍志》有《太公金匮》二卷。　⑯旄头：即昴宿，胡星。旄头灭，指平定安史之乱。　⑰鲁连：即战国时鲁仲连。曾为赵国退秦军，事后不受赏赐，功成身退。

【译文】　月亮化为五条白龙，飞上了九重云天。范阳叛军如胡地黄沙飞离北海，闪电一般横扫洛阳。胡虏的箭雨一般射向宫阙，皇帝的车驾逃往四川。英明的王子秉受朝廷的谋划，执掌兵权靖清南边。军旗漫卷，如大海波涛；武器森列，似江上的云烟。一人指挥百万大军，张弛聚散，号令森严。御史台来了众多英贤，在南方水国，举起了军旗。绣衣御史宴集一起，杰出的永王借给楼船。好似登上黄金台，谒见紫霞中的神仙。我藏身于茅屋里面，不问世事四十年。岂知隐居草泽的人，腰里有着锋利的龙泉？一剑挥去，劈开浮云，发誓要扫清幽燕。如今很想与诸位御史，静心讨论金匮兵书。大家都感谢王子的恩德，不惜献出自己的生命。所希望的是平定叛乱，功成身退，追随鲁仲连。

# 赠潘侍御论钱少阳

【题解】　此诗《李白诗文系年》疑为至德二载（757）在永王军中作，潘侍御或即《在水军宴赠幕府诸侍御》的侍御之一。钱少阳，不受朝廷征聘的隐士，事迹不详。此诗是在向潘侍御推荐钱少阳，希望潘侍御礼贤下士。

【原诗】　绣衣柱史何昂藏①，铁冠白笔横秋霜②。三军论事多引纳，阶前虎士罗干将③。虽无二十五老者④,且有一翁钱少阳。眉如松雪齐四皓⑤,调笑可以安储皇⑥。君能礼此最下士,九州拭目瞻清光。

**【注释】** ① 绣衣:御史所服,此指潘侍御。柱史:即柱下史,周秦官名,即汉以后的御史。 ② 铁冠:御史所戴的法冠。以铁为柱卷,故名。白笔:指御史用的笔。《太平御览》引三国魏鱼豢《魏略》:"明帝时,尝大会。殿中御史簪白笔,侧阶而坐。上问左右:'此何官?'侍中辛毗对曰:'此谓御史,旧簪笔以奏不法,今但备官耳。'" ③ 干将:良剑名。 ④ 二十五老者:《说苑·尊贤》:"介子推行年十五而相荆,仲尼闻之,使人往视之。还曰:'廊下有二十五俊士,堂上有二十五老人。'仲尼曰:'合二十五人之智,智于汤武;并二十五人之力,力于彭祖。以治天下,其固免矣乎!'" ⑤ 四皓:秦汉之际隐居商山的东园公、甪里先生、绮里季、夏黄公。汉高祖召,不应。后高祖欲废太子,吕后用张良计,迎四皓,使辅太子。高祖以太子羽翼已成,乃打消改立太子之意。 ⑥ 储皇:本指太子,此似指永王璘。

**【译文】** 绣衣御史何等的气宇轩昂!头戴铁冠,手执白笔,严肃得好似秋霜。三军论事多所引纳,阶前的勇士陈列刀枪。虽然没有二十五位老人,却有一位老翁钱少阳。眉如松上白雪,德如商山四皓,谈笑间就能辅佐储王。你如能对他礼贤下士,九州百姓会擦亮眼睛,领略清美的风采。

# 赠武十七谔并序

**【题解】** 此诗为至德元载(756)春所作。安禄山乱起,李白逃避兵乱,来到东南。子伯禽留在沦陷区东鲁。李白门人武谔要冒险接出伯禽,李白感赋此诗相赠。

**【原序】** 门人武锷,深于义者也。质木沉悍,慕要离之风。潜钓川海,不数数于世间事。闻中原作难,西来访余。余爱子伯禽在鲁,许将冒胡兵以致之。酒酣感激,授笔而赠。

**【原诗】** 马如一匹练,明日过吴门<sup>①</sup>。乃是要离客<sup>②</sup>,西来欲报恩。笑开燕匕首,拂拭竟无言。狄犬吠清洛<sup>③</sup>,天津成塞垣<sup>④</sup>。爱子隔东鲁,空悲断肠猿<sup>⑤</sup>。林回弃白璧<sup>⑥</sup>,千里阻同奔。君为我致之,轻赍涉淮原<sup>⑦</sup>。精诚合天道,不愧远游魂<sup>⑧</sup>。

**【注释】** ①"马如"二句:《韩诗外传》载:颜回望吴门,见一匹练。孔子曰:"马也。" ②要离:春秋末吴国刺客。相传吴王阖闾派专诸刺杀王僚后,又派要离谋刺出奔在卫的王子庆忌。要离请吴王断其右手,杀其妻子,诈称得罪出逃。及至卫国,见庆忌,庆忌喜,与之谋。当同舟渡江时,庆忌被其刺中要害。庆忌释其归吴,要离行至江陵,也伏剑自杀。 ③狄犬:指安史乱军。清洛:即洛水。 ④天津:指天津桥。故址在今河南洛阳旧城西南隋唐皇城正南之洛水上。塞垣:边关城墙。 ⑤断肠猿:《世说新语·黜免》:桓公入蜀,至三峡中。部伍中有得猿子者,其母缘岸哀号,行百余里不去,遂跳上船,至便即绝。破视其腹中,肠皆寸断。 ⑥林回:《庄子·山木》:"林回弃千金之璧,负赤子而趋。或曰:'为其布与?赤子之布寡矣。为其累与?赤子之累多矣。弃千金之璧,负赤子而趋,何也?'林回曰:'彼以利合,此以天属也。'" ⑦轻赍(jī):随身携带少量资装。 ⑧远游魂:一作"邓攸魂"。《晋书·邓攸传》载:永嘉末,邓攸没于石勒。石勒过泗水,邓攸以牛马负妻子而逃。又遇贼掠其牛马,担其儿及其弟之子绥逃走,度不能两全,乃弃其子。其后无嗣,时人哀之,为之语曰:"天道无知,使邓伯道无儿。"

**【译文】** 马如一匹白练,明天要来吴门。那是门人要离,西来报答我的恩情。笑着打开燕地匕首,默默无言地擦拭。胡兵像狗一样狂吠于洛水,天津桥成了边关的城墙。爱子被远隔东鲁,我徒然像断肠猿一样悲伤。你会如林回一样丢掉白璧,远隔千里,携子同奔。你为了给我找来孩子,轻装上溯淮水之源。人的精诚与天道相合,不会有愧远游的灵魂。

# 赠张相镐二首

**【题解】**　宋蜀本题下注:"时逃难,病。在宿松山作。"又称:"后一首亦作《书怀重寄张相公》。"宿松山,在今安徽安庆宿松县,李白因从永王而系寻阳狱,遇赦出狱后寻求用世机会。张镐,博州人,曾随玄宗入蜀,肃宗时任谏议大夫,寻迁中书侍郎,同中书门下平章事,兼河南节度使、持节都统淮南等道诸军事,至德二载(757)出兵解睢阳之围,李白闻知,赠诗求用。此二首作于至德二载十月。

## 其　一

**【原诗】**　神器难窃弄①,天狼窥紫宸②。六龙迁白日③,四海暗胡尘④。昊穹降元宰⑤,君子方经纶⑥。澹然养浩气,欻起持天钧⑦。秀骨象山岳⑧,英谋合鬼神。佐汉解鸿门,兴唐思退身⑨。拥旄秉金钺⑩,伐鼓乘朱轮。虎将如雷霆,总戎向东巡⑪。诸侯拜马首,猛士骑鲸鳞。泽被鱼鸟悦⑫,令行草木春。圣智不失时,建功及良辰。丑虏安足纪⑬?可贻帼与巾⑭。倒泻溟海珠,尽为入幕珍⑮。冯异献赤伏⑯,邓生欻来臻⑰。庶同昆阳举,再睹汉仪新⑱。昔为管将鲍⑲,中奔吴隔秦⑳。一生欲报主,百代期荣亲㉑。其事竟不就㉒,哀哉难重陈。卧病古松滋,苍山空四邻。风云激壮志,枯槁惊常伦㉓。闻君自天来㉔,目张气益振。亚夫得剧孟,敌国空无人㉕。扣虮对桓公㉖,愿得论悲辛。大块方噫气㉗,何辞鼓青蘋㉘。斯言傥不合,归老汉江滨。

**【注释】**　① 神器:帝位。　② 天狼:星名,喻贪残之人,此指安史之乱的罪魁。紫宸:天子居住的地方,指朝廷。　③ 六龙:古称太阳乘六龙所驾之车由东向西而行,比喻皇帝车驾。白日,以太阳比唐玄宗。安史之乱爆发,叛军入潼关,唐玄宗西奔入蜀。　④ 四海:指全国各地。　⑤ 昊穹:上天。元宰:即丞相,指张镐。　⑥ 君子:指张镐。经纶:经营治理。

⑦欻(xū)：忽然。天钧：本指自然，此处指天下局势。钧，古代做陶器用的转轮。自然界形成万物好像钧能造各种陶器，故称。　⑧秀骨：此指张镐的长相。魏晋时崇尚人物的秀骨清像。　⑨"佐汉"二句：汉时张良解刘邦的鸿门宴之厄。此处以张良比张镐。　⑩旄：竿顶用旄牛尾为饰的旗，借指军权。钺：古兵器，状如大斧，借指军权。　⑪总戎：统管军事，统帅。　⑫泽：恩泽。被：覆盖。　⑬丑虏：群虏，指安史叛军。　⑭"可贻"句：三国时司马懿与诸葛亮对峙，诸葛亮数挑战，司马懿不出，诸葛亮便遣人送给司马懿巾帼妇人之服。巾，头巾；帼，妇女覆于发上的首饰。⑮"倒泻"二句：指张镐幕下的贤才如大海珍珠一般多而美材，有所作为。⑯"冯异"句：《后汉书》载，群臣要刘秀登基称尊，刘秀召问冯异，冯异拜贺；又恰逢诸生强华自长安奉赤伏符来献，内称："刘秀发兵捕不道，四夷云集龙斗野，四七之际火为主。"于是刘秀即皇帝位。此处以光武中兴比唐代。　⑰"邓生"句：《后汉书·邓禹列传》载，邓禹闻光武帝集兵河北，杖策北游，至邺地与光武相见。臻，至。　⑱"庶同"二句：《汉书·王莽传》载，刘秀在昆阳一战，歼灭王莽主力，为汉代中兴奠定基础。此以汉比唐。⑲管将鲍：管与鲍。将，与。管鲍相为知己，《说苑》载：鲍叔死，管仲举上衽而哭之，泪下如雨。从者曰："非君父子也，此亦有说乎？"管仲曰："非夫子之所知也。吾尝与鲍子负贩于南阳，吾三辱于市，鲍子不以我为怯，知我之欲有所明也。鲍子尝与我有所说王者，而三不见听，鲍子不以我为不肖，知我之不遇明君也。鲍子尝与我临财分货，吾自取多者三，鲍子不以我为贪，知我之不足于财也。生我者父母，知我者鲍子也。士为知己者死，而况为之衰乎？"此以管鲍知己喻张镐与自己的昔日友谊。　⑳中奔：指战乱离散。吴隔秦：指相隔遥远，如吴地与秦地，一东南一西北。　㉑荣亲：爵禄名誉。　㉒"其事"句：指上述"欲报主"之事未能实现。李白本怀报国平乱之心入永王幕下，不料永王心存叛逆之心，李白亦因之而被流放，故称。就，实现，成功。　㉓常伦：指世人。　㉔天：指皇帝所在之处。　㉕"亚夫"句：《史记·游侠列传》："吴楚反时，条侯（周亚夫）为太尉，乘传车将至河南，得剧孟，喜曰：'吴楚举大事而不求孟，吾知其无能为已矣。'天下骚动，宰相得之，若得一敌国云。"此以剧孟自比，以亚夫比张镐，表示欲得张镐任用。　㉖"扪虱"句：《晋书·王猛传》载：桓温入关，王猛被褐而谒之，边

扪虱边谈当世之事,旁若无人。此以王猛自比。 ㉗ 大块:大地。噫气:气雍塞而突然通畅。 ㉘ 鼓青蘋:指小风。宋玉《风赋》:"夫风生于地,起于青蘋之末。"

**【译文】** 朝廷帝位是不能够窃自抢夺戏弄的,却有贫贱之人窥伺着它。皇上车驾西迁入蜀,天下陷入叛军铁蹄,笼罩在胡尘之下。上天为我朝降临一位元宰丞相,这就是你啊,正在经营治理天下局势。你内心恬静安定而又有浩荡正气,起自布衣倏忽间大权在握,左右总持天下局势。你秀骨清像如山岳耸立,英明智谋与鬼神合契。汉时有张良解刘邦的鸿门之厄,此时有你力挽狂澜,你原是张良在唐朝的后身吧!拥举旄旗秉持金钺,你统掌军事大权;擂响讨伐的战鼓,你乘着朱轮高车。你麾下战将如云,个个如雷霆怒吼;都由你统领向东进发。各地将领拜叩在你的马首,诸多猛士骑鲸跨鲵般夹侍左右。你的恩泽广覆大地鱼鸟也欢悦不已,你的命令一下那草木也如逢春一般生气勃勃。你的智慧在圣朝正当发挥,建功立业就在当前这良好的时辰。叛军丑类何足论道?送他们妇人衣饰让其自羞自愧。如同大海倾泻珍珠,进入你的幕府就能有所作为。向光武帝奉敬赤伏符,又有冯异进言,远方的贤人邓禹也策杖来归。眼前多么像光武帝建立基业之时啊,昆阳一战全胜而百姓又得以看到堂堂朝廷的仪礼威严。以往我与你情同管仲与鲍叔,只是遭逢战乱相隔两地。我一生最大的愿望就是报答皇上的恩德而有所成功,家世百代之下仍能享有爵禄荣誉。不曾想我的抱负未能实现,内心的悲哀痛苦难以再次陈述。眼下我卧病于宿松山中,孤寂一人而四邻空无,一片苍茫。风云变幻能激发人们壮志,我却在此风云之中枯萎干槁,令世人惊讶不已。听说你从天子身边来,我猛地双眼有神胆气倍振。昔日周亚夫得到剧孟,目中更无敌国之人。我亦向往王猛会见桓公扪虱长谈,何日能与你倾诉衷肠与满腔悲辛?大地上风吹呼呼,不应拒绝起于青蘋之末的小风。我这小小的愿望还请你考虑,倘若与你的意见不合,那我就去汉水之滨隐居养老,了却残生。

# 其　二

**【原诗】**　本家陇西人,先为汉边将①。功略盖天地,名飞青云上。苦战竟不侯,当年颇惆怅②。世传崆峒勇③,气激金风壮④。英烈遗厥孙,伯代神犹王⑤。十五观奇书,作赋凌相如⑥。龙颜惠殊宠,麟阁凭天居⑦。晚途未云已⑧,蹭蹬遭谗毁⑨。想像晋末时,崩腾胡尘起⑩。衣冠陷锋镝⑪,戎虏盈朝市。石勒窥神州,刘聪劫天子⑫。抚剑夜吟啸,雄心日千里。誓欲斩鲸鲵⑬,澄清洛阳水。六合洒霖雨⑭,万物无凋枯。我挥一杯水,自笑何驱驱。因人耻成事⑮,贵欲决良图⑯。灭虏不言功,飘然陟蓬壶⑰。唯有安期舄,留之沧海隅⑱。

**【注释】**　①“本家”二句:李白以李广为自己的祖先。李广,汉武帝时抵御匈奴的良将。陇西,郡名,今甘肃东部皆其故地。　②“苦战”二句:《史记·李将军列传》载:李广曾说:“自汉击匈奴而广未尝不在其中。而诸部校尉以下才能不及中人,然以击胡军功取侯者数十人。而广不为后人,然无尺寸之功以得封邑者,何也?岂吾相不当侯邪?且固命也?”　③崆峒:崆峒山,在今甘肃境内。《尔雅·释地》:“空桐之人武。”　④金风:秋风。⑤伯:通“百”。王:通“旺”。　⑥凌:凌驾,超越。相如:司马相如,汉武帝时的辞赋大家,汉大赋的奠定者。　⑦“龙颜”二句:指李白曾供奉翰林,得到玄宗的恩宠眷顾。龙颜,皇帝的颜貌。惠,赐。麟阁,麒麟阁,图绘功臣的地方。凭,倚。⑧晚途:晚年。未云已:没什么可说的。　⑨蹭蹬:指人的困顿失意。此指李白遭人谗毁,以附逆永王而被判流放。　⑩“想像”二句:西晋末年,北方大乱,各族陆续建立十多个政权。　⑪衣冠:士大夫的穿戴,此指士大夫、官绅。　⑫“石勒”二句:《晋书·孝怀帝纪》载:永嘉五年六月癸未,刘曜、王弥、石勒同寇洛川,王师颇为所败,死者甚众。丁酉,刘曜、王弥入京师,怀帝开华林园门出河阴藕池,欲幸长安。刘曜等焚烧宫庙,逼辱妃后,百官士庶死者三万余人。在平阳,怀帝被刘聪停获,刘聪以怀帝为会稽公。石勒,羯族,上党武乡人,字世龙,后赵的创始人。刘聪,匈奴族,前汉的统治者。　⑬鲸鲵:此喻凶恶之人。此指安史叛军。⑭六合:上下与四方,指整个天下。霖雨:甘雨。　⑮“因人”句:耻于依赖他人之力而成事。　⑯ 决良图：对宏图大局有所决策。　⑰ 陟(zhì)：
登。蓬壶：古代传说中的仙山。　⑱ "唯有"二句：安期生，仙人，传说他曾从
河上丈人习黄帝、老子之说，卖药东海边。秦始皇东游，与语三日三夜，赐金璧
数千万，皆置之阜乡亭而去，留书及赤玉舄一双为报。舄(xì)，鞋。

**【译文】** 我本是陇西人氏，祖先是汉代御边名将李广。李广功绩谋略上比
天，下比地，英名传播青云之上。但是，历经苦战却不曾封侯封邑，当年他也
颇为惆怅苦恼。李家人具有崆峒人的英武，世代相传；多事之秋，临风气烈，
壮志满怀。英烈之气遗留给百代子孙，至今神采犹旺。我十五岁就观览天
下奇书，撰作辞赋立志要超越司马相如。当年皇上赐予我特殊的恩宠，我如
同登上麒麟高阁倚天而居。如今晚年没什么好说的，命运困顿遭人谗毁诽
谤。想那西晋末年，天下动荡烟尘四起。士大夫官绅陷于刀丛枪林，戎虏丑
类横行朝廷商市。羯族石勒领兵窥伺神州大地，匈奴刘聪劫持俘获西晋怀
帝。想到这些我夜不成眠抚剑长啸，雄心壮志想要一日千里奔赴国难。誓
欲斩杀凶恶残暴的叛军，澄清洛阳之水。那天地四方承受甘霖，万物欣欣向
荣无一凋枯。其中有我挥洒的小小一杯啊，笑自己努力作为却只有这么一
点点。我耻于依赖他人之力而成就事业，只欲凭借个人的才力决策良图大
计。消灭戎虏后我并不自夸功劳，飘飘然访道寻仙登上蓬壶之山。我要学
那仙人安期生，只把赤玉舄留在人间，留在那沧海一隅。

# 赠间丘宿松

**【题解】** 间丘，复姓，名字不详，是当时的宿松县令。此诗作于至德二
载(757)，当时李白暂住安徽宿松县。全诗以阮籍、宓子贱、陶渊明比间
丘氏，美其治县事简清仁爱。

**【原诗】** 阮籍为太守，乘驴上东平①。剖竹十日间②，一朝风化清③。
偶来拂衣去，谁测主人情。夫子理宿松，浮云知古城④。扫地物莽
然⑤，秋来百草生。飞鸟还旧巢，迁人返躬耕。何惭宓子贱⑥，不减陶

渊明⑦。吾知千载后,却掩二贤名。

**【注释】** ①"阮籍"二句:《晋书·阮籍传》载:文帝辅政,籍尝从容言于帝曰:"籍平生曾游东平,乐其风土。"帝大悦,即拜东平相,籍乘驴到郡,坏府舍屏障,使内外相望,法令清简,旬日而归。此以指阐丘县令治理的清简。东平,今属山东。 ②剖竹:授官。古代以竹为符证,剖而为二,授官时,一给本人,一留官府,故以剖竹为授官之称。 ③风化:风俗教化。 ④知:主掌,管理。 ⑤"扫地"句:指县城曾遭受战火而破坏无余。 ⑥宓子贱:《孔子家语》载,宓不齐,字子贱,仕为单父宰,有才智仁爱,百姓不忍欺,孔子美之。 ⑦陶渊明:曾为彭泽令,公田悉令吏种秫稻以酿酒,妻子固请种粳,乃使二项五十亩种秫,五十亩种粳。

**【译文】** 阮籍出任东平地方官,骑着小毛驴就去了。在任十日之间,使风俗教化一下就清纯浑朴。阮籍只是偶然去东平一趟便拂衣而去,谁能够猜透他到底是什么心思呢?夫子你治理宿松县这座古城,心思淡泊清简,如同浮云一般。宿松古城当年遭战火破坏无余,如今可是百草丰茂万物欣荣。远来的飞鸟归还故巢,旧日的居民返乡躬耕。你的政绩面对宓子贱的才智仁爱又有什么差距?相比陶渊明自食其力治理县城也不差分毫。你的政绩必将千年万载流传下去,日后恐怕要在宓子贱、陶渊明的声名之上呢!

# 狱中上崔相涣

**【题解】** 崔涣,至德元载(756)七月为门下侍郎、同中书门下平章事,十一月为江南宣慰大使,二载八月罢为左散骑常侍、余杭郡太守。李白因从永王而系寻阳狱,作此诗上崔涣,后李白释狱曾得崔涣之助。诗中颂崔涣之功,并冀望其为己昭雪释狱。宋蜀本题下注:"寻阳。"

**【原诗】** 胡马渡洛水①,血流征战场。千门闭秋景,万姓危朝霜。贤相燮元气②,再欣海县康③。台庭有夔龙④,列宿粲成行⑤。羽翼三元圣⑥,发辉两太阳⑦。应念覆盆下⑧,雪泣拜天光⑨。

**【注释】**　①胡马:指安史叛军。　②贤相:指崔涣。燮(xiè):和。元气:指天地未分前的混一之气。　③海县:海宇,即天下。　④台庭:指朝廷各部门。夔(kuí)龙:相传为虞舜的两位臣子名,夔为乐官,龙为谏官。　⑤列宿:二十八星宿,指朝廷众官。粲:整齐明亮的样子。　⑥三元圣:指玄宗、肃宗、广平王。　⑦两太阳:指玄宗、肃宗。　⑧覆盆:倒扣的盆,指自己处于监狱之中。　⑨雪:拭。天光:日光,指朝廷的恩典。

**【译文】**　安史叛军渡过洛水横行天下,征战场上血流遍地。走出千门万户再不见美妙的秋日景色,凌晨的寒霜透入百姓的肌骨。贤相你和理阴阳元气,于是人们欣喜海宇之内再次安康。朝廷各重要部门有夔、龙一样的贤臣能人,众官员如列宿般粲然有序排列成行。他们辅佐玄宗、肃宗、广平王这三大元圣,他们让玄宗、肃宗这两太阳放出更灿烂的光辉。此时此刻应想到还有我这样的囚犯如同在覆盆之下,正擦拭眼泪拜叩天日,渴望迎来朝廷的恩典。

# 系寻阳上崔相涣三首

**【题解】**　此题三首作于至德二载(757)。第一首写白起坑赵卒以喻永王兵败,囚徒命在旦夕,求崔相宽恕。第二首以古人自况,为入永王幕辩解。第三首以楚王高唐之事喻自己并非永王死党。

## 其　一

**【原诗】**　邯郸四十万,同日陷长平①。能回造化笔②,或冀一人生③。

**【注释】**　①"邯郸"二句:战国时,白起击败赵军,在长平坑杀赵降卒四十万人,继而围攻邯郸。　②造化:自然界的创造化育。　③冀:希望。

【译文】　赵国降卒四十万人,一日之内被同时坑杀于长平之地。若能回转造化者创造化育之笔,或许希望能有一人活下来。

# 其　二

【原诗】　毛遂不堕井<sup>①</sup>,曾参宁杀人<sup>②</sup>。虚言误公子,投杼惑慈亲<sup>③</sup>。白璧双明月,方知一玉真。

【注释】　①"毛遂"句:《西京杂记》载:赵有两毛遂,一野人毛遂坠井而死,客以告平原君,平原君曰:"嗟乎天丧予矣!"既而知为野人毛遂,非平原君客也。　②"曾参"句:《史记·甘茂列传》载:鲁人有与曾子同姓名者杀人,人告其母曰:"曾参杀人。"其母织自若也。顷之一人又告之曰:"曾参杀人。"其母尚织自若也。顷又一人告之曰:"曾参杀人。"其母投杼下机,逾墙而走。　③杼:机梭。

【译文】　毛遂本没有堕入井中,曾参哪里会去杀人。虚妄未经查实的话语差点让平原君相信了,如此的话语重复数次,也会让最了解亲子的母亲迷惑而投杼远避。那如同明月的两块白璧,只有这一块是真正的啊!

# 其　三

【原诗】　虚传一片雨,枉作阳台神<sup>①</sup>。纵为梦里相随去,不是襄王倾国人<sup>②</sup>。

【注释】　①"虚传"二句:宋玉《高唐赋》载:楚襄王梦一妇人,自称为巫山之女,在巫山之阳,高丘之岨,旦为朝云,暮为行雨,朝朝暮暮,阳台之下。②倾国人:美女。《汉书·外戚传》载李延年歌:"北方有佳人,绝世而独立。一顾倾人城,再顾倾人国。宁不知倾城与倾国,佳人难再得。"又:诗末注:"此一首恐非上崔相。"

**【译文】**　相传巫山有一片云雨与楚王相会,神女白白地处于阳台之下。即便梦里相随楚王而去,她也不是楚王意中的美人。

# 中丞宋公以吴兵三千赴河南,军次寻阳,<br>脱余之囚,参谋幕府,因赠之

**【题解】**　宋公,即宋若思,李白友人宋之悌之子,他于天宝十五载(756)为御史中丞。李白系狱寻阳,得到崔涣、宋若思之助而释,若思并聘李白入其幕府参谋军事。诗中一方面赞美宋若思,一方面表现了自己渴望用世的昂扬之情。

**【原诗】**　独坐清天下①,专征出海隅②。九江皆渡虎③,三郡尽还珠④。组练明秋浦⑤,楼船入郢都⑥。风高初选将,月满欲平胡。杀气横千里,军声动九区⑦。白猿惭剑术⑧,黄石借兵符⑨。戎虏行当剪,鲸鲵立可诛。自怜非剧孟,何以佐良图⑩。

**【注释】**　① 独坐:指御史中丞与司隶校尉、尚书令会同,可得专席独坐。② 专征:受命自主征伐。　③ “九江”句:《后汉书·宋均列传》载:宋均迁九江太守,郡多虎豹,数为民患。常募设槛穽,而犹多伤害。宋均到,下记属县曰:“夫虎豹在山,鼋鼍在水,各有所托……今为民害,咎在残吏,而劳动张捕,非忧恤之本也。其务退奸贪,思进忠善,可一去槛穽,除削课制。”其后传言虎相与东游渡江。此喻宋若思的德政。　④ “三郡”句:《后汉书·孟尝列传》载:孟尝迁合浦太守,郡不产谷实,而海出珠宝。与交趾比境,常通商贩,贸籴粮食。先时宰守并多贪秽,诡人采求,不知纪极。珠遂渐徙于交趾郡界。于是行旅不至,人物无资,贫者死饿于道。孟尝到官,革易前弊,求民病利。曾未逾岁,去珠复还,百姓皆返其业,商货流通,称为神明。此喻宋若思的善政。　⑤ 组练:战争的物资装备。《左传·襄公三年》:楚子重伐吴,克鸠兹,至于衡山,使邓廖帅组甲三百,被练三千以侵吴。秋浦:治所在今安徽贵池。　⑥ 楼船:有叠层的大船,多用作战舰。郢都:楚故

都,在今湖北江陵。　　⑦ 九区:九州,泛指全国。　　⑧ "白猿"句:用袁公与越女击剑事。详见《结客少年场行》注。此称赞宋若思及其部下的武艺。⑨ "黄石"句:《史记·留侯世家》载,有圯上老人黄石公曾赠张良兵法。此以张良喻宋若思。兵符,兵法。　　⑩ "自怜"二句:《史记·游侠列传》载,周亚夫平定吴、楚七国之乱时,得剧孟之助。

**【译文】**　 你身任御史中丞,专席独坐,澄清天下;如今又担任主帅,独当一面,征伐海隅。你来到此地实行美政,有如东汉宋均抵郡而恶虎纷纷渡江逸去,又如东汉孟尝为合浦太守而珍珠还郡,商货流通。你的部队所准备的组甲被练映明秋浦一带,高大的楼船战舰开进郢都。秋深风高之际,你便选将遣兵;天朗月满之时,你坚定了平叛灭胡的决心。杀气横亘千里,军声响彻九州。你与你的部下武艺高强,身手矫健的白猿甘拜下风,黄石公借赠给你绝密兵法。万恶的戎虏即将被消灭,凶残的鲸鲵马上会被诛杀。只可惜我并没有剧孟般的良才谋略,如何来辅佐你实现雄才大略呢!

# 流夜郎赠辛判官

**【题解】**　 李白以从永王璘事坐罪流夜郎,夜郎在今贵州正安县西北。此诗作于乾元元年(758)流放途中,以今昔对比写出此时此刻盼望赦还之情。辛判官,李白早年友人,名字不详。宋蜀本题下注:"流夜郎。"

**【原诗】**　 昔在长安醉花柳,五侯七贵同杯酒①。气岸遥凌豪士前②,风流肯落他人后。夫子红颜我少年③,章台走马著金鞭④。文章献纳麒麟殿⑤,歌舞淹留玳瑁筵⑥,与君自谓长如此,宁知草动风尘起。函谷忽惊胡马来⑦,秦宫桃李向明开⑧。我愁远谪夜郎去,何日金鸡放赦回⑨。

**【注释】**　 ① 五侯:《汉书·元后传》载:河平二年,汉成帝悉封舅王谭为平阿侯,王商成都侯,王立红阳侯,王根曲阳侯,王逢时高平侯,五人同日封,故世谓之五侯。七贵：《文选》潘岳《西征赋》称："窥七贵于汉廷。"李善注："七姓，谓吕、霍、上官、赵、丁、傅、王也。"此以五侯七贵比拟唐时长安的达官贵人。 ②气岸：意气神情。 ③红颜：指年少时。 ④走马章台：《汉书·张敞传》称张敞无威仪，下朝后走马章台街。章台，宫名，以宫内有章台而名，台下有街名章台街，为歌楼酒馆所在地。 ⑤麒麟殿：朝廷藏秘书之处。 ⑥玳瑁筵：豪华绮靡的筵席。 ⑦函谷：关名，为进入关中的要道。 ⑧"秦宫"句：指斥宫掖不忧外患而仍歌舞升平。 ⑨金鸡放赦：古颁赦诏日，设金鸡于竿，以示吉辰。鸡以黄金饰首，故称金鸡。

**【译文】** 昔日酣饮在长安的花前柳下，与五侯七贵挥手碰杯。我神情意气傲凌豪士，风流倜傥岂肯落于他人之后？那时夫子你是红颜少年，我也青春焕发，走马章台街下，挥舞金鞭。美文妙诗献纳给朝廷麒麟殿，沉浸于欢歌艳舞，淹留在玳瑁华筵。我与你常以为日子会长久如此，哪里知道草木摇动、战火风尘已经兴起？函谷关前突然驰来叛军铁骑，人人惊慌万分；可宫殿之中仍然歌舞升平，桃李花开。此刻我为远谪夜郎忧愁不已，何时金鸡挂上高竿，颁诏大赦让我返还呢？

# 赠刘都使

**【题解】** 刘都使，铜官地方官，名字不详。此诗是李白流放夜郎归后所作，时为上元二年(761)，李白以此诗向刘都使示借贷之意。

**【原诗】** 东平刘公干，南国秀余芳①。一鸣即朱绂②，五十佩银章③。饮冰事戎幕④，衣锦华水乡⑤。铜官几万人⑥，诤讼清玉堂⑦。吐言贵珠玉⑧，落笔回风霜⑨。而我谢明主⑩，衔哀投夜郎。归家酒债多，门客粲成行。高谈满四座，一日倾千觞。所求竟无绪⑪，裘马欲摧藏。主人若不顾，明发钓沧浪⑫。

**【注释】** ①"东平"二句：东平，今属山东。刘公干，即刘桢，字公干，建安七子之一，东平人。此二句以刘桢称颂刘都使，古人有以同姓前辈来称赏人的习惯。　②一鸣：古语："不鸣则已，一鸣惊人。"朱绂：红色的官服。③银章：按唐制，五品以上，衣绯，佩银鱼袋。凡唐人称朱绂银章者，皆指散官至五品以上者而言。　④饮冰：《庄子·人间世》："今吾朝受命而夕饮冰，我其内热与？"这是说忧心。戎幕：军事幕府。　⑤衣锦：仕宦得到荣华富贵。《史记·项羽本纪》："富贵不归故乡，如衣绣夜行，谁知之者？"华：使荣耀。　⑥铜官：当时属宣州南陵。　⑦诤讼：争抢诉讼。诤，同"争"。玉堂：县衙大堂。　⑧"吐言"句：《庄子·秋水》："子不见夫唾者乎？喷则大者如珠，小者如雾。"　⑨"落笔"句：《西京杂记》载：淮南王刘安著《鸿烈》二十一篇，自云字中皆挟风霜。　⑩谢：辞别。　⑪无绪：没有头绪。　⑫明发：明晨出发。

【译文】　东平刘公干，是建安时期大名鼎鼎的人物；刘都使你，则是刘公干在南国的余芳。你一鸣惊人，初入仕途便身着朱绂，五十岁时便佩带银章。你为国忧心忡忡而投身军幕，衣锦还乡令吴地增辉添彩。你出任铜官地方官管辖几万百姓，无争无讼大堂上清静安宁。你一语吐出如珠玉飘落，落笔成文则回风挟霜。而我则辞别明主而去，含哀衔苦奔走夜郎。如今归家欠下一身酒债，门下客人又是成排成行。高朋满座高谈阔论，一日之内喝掉百钟千觞。求贷求借不想毫无头绪，家中皮衣马匹也都要卖光。你若不愿眷顾我，明晨我只好弃家去沧浪水边垂钓度日。

# 赠常侍御

【题解】　常侍御，名字不详，李白《泾川送族弟锦》诗自注云："时卢校书草序，常侍御为诗。"或即此人。诗中称颂古时将领的战绩，以喻当时将帅平定安史之乱的功劳，并表露流放夜郎欲获解救之想。

【原诗】　安石在东山①，无心济天下②。一起振横流③，功成复潇洒④。大贤有舒卷⑤，季叶轻风雅⑥。匡复属何人，君为知音者。传闻武安将,气振长平瓦<sup>⑦</sup>。燕赵期洗清<sup>⑧</sup>,周秦保宗社<sup>⑨</sup>。登朝若有言,为访南迁贾<sup>⑩</sup>。

**【注释】** ①"安石"句:东晋谢安,曾隐居东山。 ②济:匡时救世。③"一起"句:北方苻坚侵晋,晋处于危难之中,谢安指挥若定,破敌于淝水之战。 ④"功成"句:战报送来时,谢安正与人下棋,看完战报,似不经意地说:"小儿辈遂已破贼。" ⑤舒卷:指屈伸。 ⑥季叶:季世,乱世。轻风雅:轻视《风》《雅》等经典。 ⑦"传闻"二句:《史记·廉颇蔺相如列传》:"秦军军武安西。秦军鼓噪勒兵,武安屋瓦尽振。"又,白起封武安君,立有大战功。此二句以喻唐时将帅。 ⑧燕赵:指安史叛军的根据地。⑨周秦:周谓洛阳,秦谓长安,此二地为唐的东、西京。宗社:宗庙社稷。⑩南迁贾:汉时贾谊受朝臣排挤,谪居长沙。李白以之自比。

**【译文】** 谢安石隐居东山之时,根本没有心思济助经营天下局势。可是一旦被起用便能力挽狂澜,成功地保全晋朝后又潇洒自得。伟大的贤人都能屈能伸、能卷能舒,在末世混乱之际文章经典不受重视。如今天下陷入战乱之中,匡时济世要依凭哪些人才,你是最清楚不过的。传说秦时武安侯白起为将,军士鼓噪屋瓦尽振。安史叛军的老巢燕赵之地要一举荡平廓清,我大唐宗庙社稷要尽力保护。有朝一日你面见圣上如能说得上话,还请朝廷注意我这南迁之人。

# 赠易秀才

**【题解】** 此诗作于流放夜郎途中。易秀才,李白早年所交的朋友,名字不详。诗中先述久别不遇,后虽述流放之悲,仍不失昂扬之气。

**【原诗】** 少年解长剑<sup>①</sup>,投赠即分离。何不断犀象<sup>②</sup>,精光暗往时。蹉跎君自惜,窜逐我因谁<sup>③</sup>。地远虞翻老<sup>④</sup>,秋深宋玉悲<sup>⑤</sup>。空摧芳桂色,不屈古松姿<sup>⑥</sup>。感激平生意,劳歌寄此辞<sup>⑦</sup>。

**【注释】**　① 解长剑：古时有解剑赠友的习俗。　② 断犀象：斩断犀牛与大象之皮，以称剑之锋利。　③ 因：凭靠。　④ "地远"句：《三国志·吴书·虞翻传》载：东吴虞翻流徙交州，仍讲学不倦，门徒常数百人。　⑤ "秋深"句：宋玉《九辩》："悲哉秋之为气也。"　⑥ "不屈"句：《论语·子罕》："岁寒，然后知松柏之后凋也。"　⑦ 劳歌：送别之歌。

**【译文】**　你我少年相识解剑相赠，不料以后就是长久分离。此刻我为何不能用你所赠之剑斩犀断象呢？这是因为剑的精光比往时暗淡多了。蹉跎岁月你自保重，如今我窜逐异乡又可凭靠谁呢？东吴时虞翻被流放交州，仍讲学不倦一直到老，战国时宋玉为秋色而悲写下《九辩》。那恶劣的环境只能摧残芳桂的美色，却不能改变古松的英姿容貌。对已逝岁月我感愤不已，吟唱相别之歌寄上此辞。

# 经乱离后，天恩流夜郎，忆旧游书怀赠江夏韦太守良宰

**【题解】**　此诗作于乾元二年（759）秋天，时李白于流放途中遇赦，回到江夏。江夏韦太守，名良宰。诗中自叙身世，兼述与韦良宰的三次聚散，国事身世及感慨，全在其中。宋蜀本题下注："江夏岳阳。"

**【原诗】**　天上白玉京①，十二楼五城②。仙人抚我顶，结发受长生③。误逐世间乐，颇穷理乱情。九十六圣君④，浮云挂空名。天地赌一掷，未能忘战争。试涉霸王略，将期轩冕荣。时命乃大谬，弃之海上行。学剑翻自哂⑤，为文竟何成。剑非万人敌，文窃四海声。儿戏不足道，《五噫》出西京⑥。临当欲去时，慷慨泪沾缨。叹君倜傥才，标举冠群英。开筵引祖帐⑦，慰此远祖征。鞍马若浮云，送余骠骑亭。歌钟不尽意，白日落昆明⑧。十月到幽州，戈铤若罗星⑨。君王弃北海⑩，扫地借长鲸⑪。呼吸走百川，燕然可摧倾⑫。心知不得意，却欲栖蓬瀛⑬。弯弧惧天狼⑭，挟矢不敢张。揽涕黄金台，呼天哭昭王⑮。无人贵骏骨⑯，绿耳空腾骧⑰。乐毅倘再生，于今亦奔亡。蹉跎不得意，驱

马过贵乡<sup>⑱</sup>。逢君听弦歌，肃穆坐华堂。百里独太古<sup>⑲</sup>，陶然卧羲皇。征乐昌乐馆<sup>⑳</sup>，开筵列壶觞。贤豪间青娥，对烛俨成行。醉舞纷绮席，清歌绕飞梁<sup>㉑</sup>。欢娱未终朝，秩满归咸阳<sup>㉒</sup>。祖道拥万人，供帐遥相望。一别隔千里，荣枯异炎凉。炎凉几度改，九土中横溃<sup>㉓</sup>。汉甲连胡兵，沙尘暗云海。草木摇杀气，星辰无光彩。白骨成丘山，苍生竟何罪？函关壮帝居<sup>㉔</sup>，国命悬哥舒<sup>㉕</sup>。长戟三十万，开门纳凶渠。公卿奴犬羊，忠谠醢与菹<sup>㉖</sup>。二圣出游豫，两京遂丘墟<sup>㉗</sup>。帝子许专征<sup>㉘</sup>，秉旄控强楚<sup>㉙</sup>。节制非桓文<sup>㉚</sup>，军师拥熊虎<sup>㉛</sup>。人心失去就，贼势腾风雨。惟君固房陵<sup>㉜</sup>，诚节冠终古。仆卧香炉顶<sup>㉝</sup>，餐霞漱瑶泉。门开九江转，枕下五湖连。半夜水军来，寻阳满旌旃。空名适自误，迫胁上楼船。徒赐五百金，弃之若浮烟。辞官不受赏，翻谪夜郎天。夜郎万里道，西上令人老。扫荡六合清<sup>㉞</sup>，仍为负霜草。日月无偏照，何由诉苍昊<sup>㉟</sup>。良牧称神明<sup>㊱</sup>，深仁恤交道<sup>㊲</sup>。一忝青云客<sup>㊳</sup>，三登黄鹤楼<sup>㊴</sup>。顾惭祢处士<sup>㊵</sup>，虚对鹦鹉洲<sup>㊶</sup>。樊山霸气尽<sup>㊷</sup>，寥落天地秋。江带峨眉雪，横穿三峡流。万舸此中来，连帆过扬州。送此万里目，旷然散我愁。纱窗倚天开，水树绿如发。窥日畏衔山，促酒喜见月。吴娃与越艳，窈窕夸铅红<sup>㊸</sup>。呼来上云梯，含笑出帘栊<sup>㊹</sup>。对客小垂手<sup>㊺</sup>，罗衣舞春风。宾跪请休息，主人情未极。览君荆山作，江鲍堪动色<sup>㊻</sup>。清水出芙蓉<sup>㊼</sup>，天然去雕饰。逸兴横素襟，无时不招寻。朱门拥虎士，列戟何森森。剪凿竹石开，萦流涨清深。登楼坐水阁，吐论多英音。片辞贵白璧，一诺轻黄金<sup>㊽</sup>。谓我不愧君，青鸟明丹心。五色云间鹊<sup>㊾</sup>，飞鸣天上来。传闻赦书至，却放夜郎回。暖气变寒谷，炎烟生死灰<sup>㊿</sup>。君登凤池去<sup>[51]</sup>，勿弃贾生才<sup>[52]</sup>。桀犬尚吠尧<sup>[53]</sup>，匈奴笑千秋<sup>[54]</sup>。中夜四五叹，常为大国忧。旌旆夹两山，黄河当中流。连鸡不得进<sup>[55]</sup>，饮马空夷犹<sup>[56]</sup>。安得羿善射<sup>[57]</sup>，一箭落旄头<sup>[58]</sup>。

【注释】　①白玉京：天上仙景。　②"十二"句：《抱朴子·祛惑》：昆仑山上有五城十二楼。　③结发：古代男子自成童起开始束发，因称童年或年轻时为结发。　④"九十六"句：一说自秦始皇至唐玄宗，中国传绪之君凡九十有六。　⑤"学剑"句:《史记·项羽本纪》:"项籍少时,学书不成,去,学剑,又不成。项梁怒之。籍曰:'书,足以记名姓而已;剑,一人敌,不足学,学万人敌。'于是项梁乃教籍兵法。"　⑥《后汉书·梁鸿列传》载,梁鸿东出关过京师,作《五噫之歌》。　⑦祖帐:送行时摆设酒筵的帐篷。⑧昆明:昆明池,在长安西南。　⑨铤:小矛。　⑩北海:泛指幽州以北地区。　⑪扫地:尽数。长鲸:指凶残之人。　⑫燕然:今蒙古杭爱山。⑬蓬瀛:蓬莱与瀛洲,均为海上仙山。　⑭天狼:星名,喻贪残之人。⑮"揽涕"二句:燕昭王曾筑黄金台以招贤才。　⑯骏骨:《战国策·燕策》:郭隗对燕昭王说:"古之人君有以千金求千里马者,三年不能得。涓人言于君曰:'请求之。'君遣之,三月得千里马,马已死,买其首五百金,反以报君。君大怒曰:'所求者生马,安事死马而捐五百金?'涓人对曰:'死马且买之五百金,况生马乎?天下必以王为能市马,马今至矣。'于是不能期年,千里之马至者三。今王诚欲致士,先从隗始。"于是昭王为隗筑宫而师之。乐毅自魏往,邹衍自齐往,剧辛自赵往,士争凑燕。　⑰绿耳:骏马名。腾骧:奔腾超越。　⑱贵乡:在魏州。　⑲百里:一县之地的长官,县令。⑳昌乐:在魏州。　㉑"清歌"句:《列子·汤问》载,韩娥过雍门,高歌,去后余音绕梁,三日不绝。　㉒秩满:服官任满。　㉓九土:九州之土,泛指全国。　㉔函关:函谷关,通向关中的天险之地。　㉕哥舒:哥舒翰,安禄山反,他为先锋兵马元帅,镇守潼关,军败被执,降。　㉖忠谠:忠诚与正直之士。醢(hǎi)与菹(zū):被剁成肉酱。　㉗两京:东京洛阳与西京长安。㉘"帝子"句:指玄宗第十八子永王璘为江陵大都督。　㉙旄:挂有旄牛尾的旗帜,指军权。　㉚桓文:齐桓公、晋文公。　㉛军师:军队师旅。㉜房陵:古邑名,今属湖北。　㉝香炉:庐山香炉峰。　㉞六合:天地中上下四方。　㉟苍昊:苍天。　㊱良牧:即韦良宰。东汉末,州刺史改称州牧。　㊲交道:结交朋友之道。　㊳忝:有愧于。青云客:尊贵的客人。　㊴黄鹤楼:在江夏西临大江处。　㊵祢处士:祢衡,东汉末人,曾在宴会上作《鹦鹉赋》。　㊶鹦鹉洲:东汉黄祖长子射在洲上大会宾客,有人献鹦鹉,因名。　㊷焚山:一作"樊山",在武昌西。　㊸铅红:铅粉与胭脂。　㊹帘栊:室中的蔽隔。　㊺小垂手:一种舞蹈姿式,又为舞曲名。㊻江鲍:南朝诗人江淹与鲍照。　㊼"清水"句:《诗品》载汤惠休称:"谢诗如芙蓉出水。" ㊽"一诺"句：《汉书·季布传》载，楚人谚曰："得黄金百，不如得季布一诺。" ㊾云间鹊：《朝野佥载》载：黎景逸喂鹊，后被冤入狱，鹊为其解冤，并飞来传语。 ㊿死灰：《史记·韩长孺列传》载，韩安国坐法抵罪，蒙狱吏田甲辱安国，安国曰："死灰独不复然乎？"田甲曰："然即溺之。"居无何，安国为梁内史，起徒中为二千石。 51凤池：指中书省。 52贾生：汉人贾谊，初被权贵排挤出京城至长沙，后又被汉文帝召回。 53"桀犬"句：喻坏人的爪牙攻击好人。 54"匈奴"句：《汉书·车千秋传》载：车千秋以一言悟主，旬月取宰相封侯，匈奴单于笑之。 55连鸡：指诸侯难以统一行动，如连鸡难以俱止俱进。 56夷犹：犹豫。 57羿：后羿，古代善射者。古代十日并出，后羿射落九日。 58旄头：即昴星，胡地之星，喻叛军势力。

**【译文】** 天上的白玉京，内有五城十二楼。仙人曾手抚我的头顶，我本童年起便接受仙箓追求长生。不料误为追逐世间欢乐，历尽人生的幸运与苦难。自秦以来共经历九十六圣君，世上万事如同浮云空挂其名。天地之间常有赌博掷骰，时时未能忘却战火连天。我想涉足霸王谋略，又期望有仕宦乘轩车着冕服的荣耀。时命乖谬与我的愿望大相径庭，我想抛弃一切漫游海上。学剑反会自我哂笑，摆弄诗文又会有什么成就？学剑只一人敌而非万人敌，为文倒获得天下四海的名声。但只觉得这是儿戏不足称道，仿效东汉梁鸿吟唱着《五噫之歌》迈步出京。可就在临行之时，心中悲慨眼泪打湿了帽缨。感叹你啊有着风流倜傥的才华，高高耸立超出于群英。摆开筵席设下祖帐，为我送行以慰我远行奔波之怀。鞍马如云涌潮涨，送我到了骠骑亭。歌舞钟鼓犹不尽意，直至红日西下慢慢隐入昆明池后。十月间我来到幽州，只见那地方武器林立如星罗密布。君王放弃了北方一带，尽数交给凶残的长鲸。那长鲸呼风吸雨奔走百川，其气势直可摧倾燕然高山。我心知此地必有叛逆之心却又不能讲，只好说打算隐栖于蓬莱、瀛洲仙山。弯弓指向天狼可又有所惧怕，引箭在握不敢射出手去。登上黄金台遗址揽涕不止，哭地呼天召唤那燕昭王。千里马的骏骨没有被看上，绿耳骏马空自驰骋奔腾。英勇智慧的乐毅倘若再生，如今也一定会奔亡出走。我为岁月蹉跎志不得意而感伤，此刻驱马来到你治理下的地区。正遇到你专注于礼乐教化凝听弦歌,严肃静穆安坐在衙门大堂。县令之中独有你崇尚太古,垂手而治陶然而卧如同羲皇上人。招来乐队在昌乐馆内,举办盛筵满列酒壶杯觞。贤人豪士夹杂青娥美女,烛火相对俨然成行。纷绮席前酒醉欢舞,曲曲清歌声绕屋梁。如此的欢娱未能长久持续,你服官任满要回京城。当时万人出城设筵为你送行,帐幕连帐幕遥遥相望。这样一别又是相隔千里,人间荣枯世态炎凉各自经历不同。寒暑几度岁月倏忽,九州大地忽遭溃乱。汉人甲兵与胡人铁骑相连,战火烟尘弥漫着天空云海。草木摇落杀气阵阵,昏天黑日星辰无光。死人尸骨堆成丘山,无辜苍生竟有何罪?函谷本为捍卫京城帝居的雄关,国家命脉交付给镇守雄关的哥舒将军。谁知三十万长戟之士一日崩溃,国门大开凶渠涌入。公卿士大夫有如奴婢犬羊,忠诚正直之士惨遭杀害被剁成肉酱。二位圣上出京避难,两京沦陷遂成废墟。朝廷准许帝子永王独当一面以事征伐,高举象征军权的旄尾大旗控制强盛的湘楚一带。没有齐桓、晋文那样的调度节制,军旅强大如熊似虎又有何用?军中人心恍惚难定去就,安史叛军凶焰升腾风狂雨暴。只有你固守房陵一带,忠诚节气贯彻古今始终。当时我正隐居高卧在香炉峰顶,上餐云霞下饮瑶泉。门开眺临九江流转,枕下五湖涛水相连。突然夜半水军驰来,寻阳江上旌旆密布。空名误人果然不错,胁迫之下登临战舰。相赐五百余金徒然无用,抛弃废置有如浮云烟雾。推辞不任永王官职未受到朝廷赏赐,反倒坐罪判罚谪放夜郎。夜郎路遥迢迢万里,西进道途催人年老。叛逆扫平天下清澄,独我何罪仍如负霜小草。日月光辉本不偏照,如何才能上诉苍天?只有你这州牧善良神明,仁爱深厚恤我悯我不忘交友之道。曾经愧为你座下的青云之客,三次登上黄鹤高楼。四下顾望有惭于祢衡高士,徒然面对鹦鹉洲前。樊山霸气已尽形势仍旧,天地万物寥落清秋。大江携带峨眉山雪流淌,山川弯曲高峻形成三峡险要。千船万舸此中驰来,连帆接橹直过扬州。站立遥眺万里送目,旷然神怡散我郁愁。高楼纱窗倚天而开,水边树木碧绿如发。远窥落日半衔青山令人心畏,却喜明月早升促开酒筵。吴娃伴着越女相衬愈美,窈窕艳丽争夸铅白脂红。呼来同上凌云高梯,含笑走出帘栊。面对贵客跳起垂手之舞,罗衣飘转有如春风回旋。贵宾引身跪请休息,主人乐极情犹未已。众览你叙写荆山的诗作,江淹鲍照亦要动容惊奇。真可谓清波涟涟出水芙蓉,天然本色毫无雕饰。逸兴雅趣满襟满怀,时时刻刻有所招寻。大红徜门虎士相拥,列戟兵卫森然威武。内院石山夹植竹木,小溪萦流或清或深。登楼坐在临水高阁,谈吐议论多是英旨妙音。片辞既出贵于白璧,一诺相许重于黄金。你我相会心心相印,此刻青鸟捎去我的丹心一片。云间飞翔五色喜鹊,日边而来飞鸣报喜。传道大赦诏书已至,准我即日从夜郎回还。融融暖气涌进萧瑟寒谷,炎炎烈焰引得死灰复燃。你如今身登中书省步上凤池,千万勿弃南迁谪居的贾谊之才。桀犬吠尧叛军余孽仍在猖狂,无甚才能车千秋当然要被匈奴嗤笑。中夜时分难以安眠我屡起长叹,忧国忧君不绝于心直至天明。诸路大军旌旗相拥满山满野,两山相夹黄河穿流而过。诸鸡相连难以统一行动,饮马而归空自犹豫彷徨。哪儿觅得善射之人如同后羿? 一箭射落旄头力定乾坤。

# 江夏使君叔席上赠史郎中

**【题解】** 史郎中,李白的故交,名字不详。此诗作于乾元二年(759),当时李白遇赦后滞留江夏。诗中表达了友谊之情与赦后的庆幸,希冀对方引荐支持。

**【原诗】** 凤凰丹禁里①,衔出紫泥书②。昔放三湘去③,今还万死余。仙郎久为别④,客舍问何如⑤。涸辙思流水⑥,浮云失旧居。多惭华省贵⑦,不以逐臣疏⑧。复如竹林下⑨,而陪芳宴初。希君生羽翼,一化北溟鱼⑩。

**【注释】** ① 丹禁:即紫禁,天子所居之处。天子所居四禁,以丹涂壁,故称。 ② 紫泥:古人书信用泥封,泥上盖印,皇帝诏书则用紫泥。此称皇帝诏书。 ③ 三湘:屈原的流放之地。此借指诗人自己的流放地。 ④ 仙郎:即郎中。郎官上应列宿,故有仙郎之称。 ⑤ 问何如:南北朝时相见问何如,即相见问讯寒暄之语。 ⑥ 涸辙:干涸的车辙之中的鱼。比喻身处困境而急需救助。《庄子·外物》载庄周之语:"周昨来,有中道而呼者,周顾视车辙中,有鲋鱼焉。周问之曰:'鲋鱼来,子何为者邪?'对曰:'我,东海之波臣也,君岂有斗升之水而活我哉？'"　⑦ 华省:华丽的宫中治事之所。　⑧ 逐臣:被放逐之臣。李白自指。　⑨ 竹林:魏末晋初有竹林七贤,在竹林饮酒、清谈、赋诗等。　⑩ "希君"二句:《庄子·逍遥游》:"北冥有鱼,其名为鲲,鲲之大,不知其几千里也。化而为鸟,其名为鹏。鹏之背,不知其几千里也。怒而飞,其翼若垂天之云。"此喻友人高升。

**【译文】**　吉祥的凤凰从紫禁宫里飞出,衔出皇帝下达的大赦诏书。昔日被放逐蛮荒之地的我,历经万死一生今日始得返还。我与仙郎你长久分别,如今客舍相会互致问候互道平安。我如干涸车辙之中的鲋鱼渴望有斗升之水来相救,又如浮云般飘零早已无乡无家。面对华丽尊贵的宫中治所多有惭愧,你并不以我是放逐之臣而有丝毫疏远。我俩相处堪比七贤的竹林之游,欢宴对饮一如当初。望你高升身生羽翼,北溟之鱼一化而为大鹏扶摇直上。

## 流夜郎半道承恩放还,兼欣克复之美,书怀示息秀才

**【题解】**　息秀才,名字不详。此诗作于乾元二年(759),当时李白流放夜郎,遇赦得释,再加上两京收复,甚为欣喜。诗中先述己祸化吉,后述国事中兴,感情较为复杂,欣喜中亦有悲愧及出世之念。

**【原诗】**　黄口为人罗①,白龙乃鱼服②。得罪岂怨天,以愚陷网目。鲸鲵未翦灭③,豺狼屡翻覆④。悲作楚地囚⑤,何由秦庭哭⑥。遭逢二明主⑦,前后两迁逐⑧。去国愁夜郎,投身窜荒谷。半道雪屯蒙⑨,旷如鸟出笼。遥欣克复美,光武安可同⑩。天子巡剑阁⑪,储皇守扶风⑫。扬袂正北辰,开襟揽群雄⑬。胡兵出月窟⑭,雷破关之东。左扫因右拂,旋收洛阳宫。回舆入咸京⑮,席卷六合通⑯。叱咤开帝业,手成天地功,大驾还长安,两日忽再中⑰。一朝让宝位⑱,剑玺传无穷⑲。愧无秋毫力,谁念矍铄翁⑳。弋者何所慕,高飞仰冥鸿。弃剑学丹砂㉑,临炉双玉童。寄言息夫子,岁晚陟方蓬㉒。

**【注释】**　①"黄口"句：《孔子家语》载：孔子见罗雀者,所得皆黄口小雀,问之曰:"大雀独不得,何也?"罗者曰:"大雀善惊而难得,黄口贪食而易得。"黄口,小雀嘴黄,故称小雀为黄口。　②"白龙"句：《说苑》载：昔白龙下清泠之渊,化为鱼,渔者豫且射中其目。　③鲸鲵：喻凶残不义之人。④翻覆：指史思明已降又叛。　⑤"悲作"句：此指为国事而悲伤。《世说新语·言语》："周侯中坐而叹曰:'风景不殊,正自有山河之异!'皆相视流泪。唯王丞相愀然变色曰:'当共戮力王室,克复神州,何至作楚囚相对!'"　⑥"何由"句：《左传·定公五年》载：吴兵入楚,申包胥如秦乞师,立依于庭墙而哭,日夜不绝声,勺饮不入口七日。此指诗人为国事心怀忠愤,志在救亡,有如申包胥。　⑦二明主：玄宗与肃宗。　⑧两迁逐：李白在玄宗时供奉翰林,被谗遭逐;肃宗时又被流放夜郎。　⑨屯蒙：艰难蒙晦。《周易·屯》："屯,刚柔始交而难生。"《周易·蒙》："蒙,山下有险,险而止,蒙。"　⑩光武：东汉光武帝刘秀,重新建立汉朝。　⑪"天子"句：指安史乱起,玄宗西迁入蜀。剑阁,栈道名,在今四川剑阁东北大剑山小剑山之间。　⑫储皇：太子,指肃宗。扶风：属陕西凤翔。　⑬"扬袂"二句：指肃宗所处地方甚好。袂,袖子。北辰,天子之位。　⑭胡兵：指请来助战的回纥之兵。月窟：指西方。古以月的归宿处在西方,故称。　⑮咸京：指长安。　⑯六合：天地上下四方。　⑰两日：指玄宗、肃宗。⑱"一朝"句：指玄宗让位给肃宗。　⑲剑：汉时,皇太子即位,中黄门以斩蛇宝剑相授。玺：皇帝大印。　⑳矍铄翁：《后汉书·马援列传》载：马援年六十二请求出征,并当场披甲上马以示可用,帝笑曰:"矍铄哉是翁也。"此李白以马援自比。　㉑学丹砂：指求道学仙。　㉒方蓬：方丈、蓬莱,海上二仙山。

**【译文】**　黄口小雀易为人们的罗中之物,白龙化鱼被渔者射中眼目。获取罪罚难道可以怨天?正是愚笨使我陷入网中。鲸鲵般凶残不义的叛军尚未完全被消灭,豺狼般罪恶难赎的反逆忽降又叛屡屡翻覆。山河倾覆悲如楚囚相对,心怀忠愤何由在秦庭痛哭求得救兵以解国难?曾遭逢玄宗、肃宗两位明主,我也分别两次遭到迁谪贬逐。离开家国一路愁苦去夜郎,投身流窜于荒谷僻壤。幸而半道遇赦逢凶化吉消解了艰难险顿,鸟儿出笼飞向辽阔开朗的天空。遥望远方欣喜收复失地的胜利,光武帝刘秀中兴汉朝的功绩哪里可相比?天子入蜀西巡剑阁,太子驻守扶风一带。所居之地均为关键险要之地,扬袖开襟之间遍揽天下英雄。回纥兵出自西方月窟,如雷震撼破敌于雄关之东。朝廷大军左扫右荡,不久便收复了洛阳宫城。回转车舆杀入西京长安,要席卷天下打通六合。叱咤风云开创帝业,举手成就天地之功。皇帝大驾返还长安,二位圣上如同红日忽然再上中天。玄宗让出皇帝宝位,斩蛇剑、传国玺永传无穷。惭愧啊我不曾为平叛贡献秋毫之力,谁还会想起我这矍铄之翁?射猎者羡慕的是什么呢?仰头看那高飞云中的鸿鹄远游无祸。不再学剑反去学仙求道烧炼丹砂,守着丹炉有两个玉童作伴。遥遥寄言息夫子,我的晚年志在登陟方丈、蓬莱海上仙山。

# 巴陵赠贾舍人

**【题解】** 巴陵,即岳州,在今岳阳市。贾舍人,诗人贾至,天宝末为中书舍人,乾元元年(758)出为汝州刺史,二年贬岳州司马,在巴陵与李白相遇。诗中以汉人贾谊之事来宽慰对方。

**【原诗】** 贾生西望忆京华,湘浦南迁莫怨嗟。圣主恩深汉文帝①,怜君不遣到长沙②。

**【注释】** ① 汉文帝:贾谊通诸子百家之书,文帝召为博士,超迁至太中大夫。后受排挤,为长沙王太傅。 ② 长沙:在巴陵南,离京师更远。

**【译文】** 贾生你举首西眺忆念京华,如今迁谪湘水之浦可别怨嗟。当前圣上恩典甚于汉文帝,圣上怜爱你而未把你迁谪到长沙去。

# 博平郑太守自庐山千里相寻，入江夏北市门见访，却之武陵，立马赠别

**【题解】** 博平，即博州，治所在今山东聊城东北。郑太守，名字不详。武陵，即朗州，今湖南常德。诗中感谢郑太守千里相访之意，以古之信陵君比之。诗中又多称尚侠好义之人，是诗人一贯的思想。

**【原诗】** 大梁贵公子<sup>①</sup>，气盖苍梧云<sup>②</sup>。若无三千客，谁道信陵君。救赵复存魏，英威天下闻。邯郸能屈节，访博从毛薛<sup>③</sup>。夷门得隐沦，而与侯生亲<sup>④</sup>。仍要鼓刀者，乃是袖锤人<sup>⑤</sup>。好士不尽心，何能保其身。多君重然诺，意气遥相托。五马入市门<sup>⑥</sup>，金鞍照城郭。都忘虎竹贵<sup>⑦</sup>，且与荷衣乐<sup>⑧</sup>。去去桃花源<sup>⑨</sup>，何时见归轩<sup>⑩</sup>。相思无终极，肠断朗江猿<sup>⑪</sup>。

**【注释】** ①"大梁"句：指魏信陵君无忌，战国魏安釐王异母弟，封信陵君，有门客三千。魏安釐王二十年，秦侵赵，魏使晋鄙领兵救赵，晋鄙畏秦而按兵不动。信陵君使如姬窃得兵符，杀晋鄙夺兵权，救赵胜秦。大梁：战国魏都。 ②苍梧云：《归藏》云："有白云出自苍梧，入于大梁。" ③"邯郸"二句：《史记·信陵君列传》载，信陵君留赵国邯郸，闻赵有处士毛公藏于博徒，薛公藏于卖浆家，乃间步往从此二人游，甚欢。后秦兵攻魏，信陵君听从毛、薛的话，驾归救魏，破秦于河外。 ④"夷门"二句：侯嬴，战国魏隐士，亦称侯生。家贫，年七十，为大梁夷门的守门小吏。 ⑤"仍要"二句：侯生推荐朱亥给信陵君。朱亥以鼓刀屠宰为业，后随信陵君以铁锥击杀晋鄙，使信陵君夺得军权以破秦师。 ⑥五马：汉时太守驾五马出巡，故以五马称太守。 ⑦虎竹：谓兵符。虎，虎符；竹，竹符。皆调兵的信物。此指尊贵的身份。 ⑧荷衣：隐士与在野之人之服。 ⑨桃花源：陶渊明有《桃花源记》，记载武陵有桃花源，内中之人五百年不与外界相通。 ⑩轩：车。 ⑪"肠断"句：喻哀伤之极。《世说新语》载，有人执小猿船行，老猿相随数日哀号，肠断而死。朗江，在常德武陵。

**【译文】** 信陵君无忌本为大梁贵公子,豪放逸兴气盖苍梧之云。但若没有那三千门客,谁还会来称颂他呢?他解救赵国又使魏国安存,英武威风天下相闻。身在邯郸时能屈节下士,寻访博徒卖浆之家访得毛、薛二公。身在大梁时得到夷门隐沦之人,那侯生与他亲密无间。他还邀请那鼓刀屠宰者,日后那是以袖锤建有大功者。假如好士又不能尽心,日后信陵君怎能保全自身呢?你啊就如信陵君,人们赞赏你重信义重诺言,把友谊与恩义遥遥相托于你。太守你驾着五马来到北市门,金鞍耀天日照城郭。彼此之间忘却身份的尊贵卑贱,都像在野之人一样快乐欣愉。此行一去桃花源,何时见到你的车轩相归?我的相思无终无极,此时此刻朗江之边悲伤欲绝。

# 江上赠窦长史

**【题解】** 此诗是诗人自寻阳沿江东下途经长风沙时所作。长风沙,在今安徽安庆东。诗作于上元二年(761)。窦长史,名字不详。全诗先述夜郎之放,再述与友人游江之乐,并畅述知心友谊。

**【原诗】** 汉求季布鲁朱家①,楚逐伍胥去章华②。万里南迁夜郎国,三年归及长风沙。闻道青云贵公子,锦帆游弈西江水③。人疑天上坐楼船,水净霞明两重绮。相约相期何太深,棹歌摇艇月中寻。不同珠履三千客④,别欲论交一片心。

**【注释】** ①"汉求"句:《史记·季布列传》载,楚将季布曾数窘刘邦,项羽灭后,刘邦以千金购求季布,敢有舍匿罪及三族。后季布藏匿鲁朱家,朱家求见汝阳侯滕公,后刘邦乃赦季布。 ②"楚逐"句:楚平王囚伍奢而召其二子,伍尚遂归,伍胥出奔吴国。章华台在楚国,故自楚出奔称为"去章台"。 ③西江水:在安陆景陵,襄江之支流。 ④"不同"句:《史记·春申君列传》载,春申君有门客三千人,其上客皆蹑珠履。

**【译文】** 汉世购求季布,季布逃往鲁之朱家;楚时捕逐伍胥,伍胥逃奔离开章华台。我被流谪万里南迁去往夜郎,这是第三年我归还来到长风沙。曾听说贵公子你青云直上,如今你我锦帆桂棹相游于西江之水。人在水面似乎是在天上坐着高大的楼船,清亮的水、明净的霞,上下两重绮练。你我相约会见的愿望如此强烈,摇着桨、唱着歌,直上月中也要相寻。想那春申君三千门客各着不同的珠履,你我相识相交则是知心换知心。

# 赠王汉阳

**【题解】**　王汉阳,汉阳县令,名字不详。李白遇赦回到江夏,此诗作于乾元二年(759)。诗中或述仙道,或叹时逝,最后述欢饮契道,宠辱贫富皆忘。

**【原诗】**　天落白玉棺,王乔辞叶县①。一去未千年,汉阳复相见②。犹乘飞凫舄③,尚识仙人面。鬓发何青青,童颜皎如练。吾曾弄海水,清浅嗟三变④。果惬麻姑言⑤,时光速流电。与君数杯酒,可以穷欢宴。白云归去来⑥,何事坐交战⑦。

**【注释】**　①"天落"二句:《后汉书·方术列传》载,汉时王乔为叶县令,天降白玉棺,王乔曰:"天帝独召我邪?"乃沐浴服饰寝其中,盖便立覆。②"一去"二句:此以王汉阳比王乔,故称。　③飞凫舄:东汉时叶县县令王乔每月朔望常自县诣台朝。帝怪其来数而不见车骑,密令太史伺望之。言其临至辄有双凫从东南飞来,于是候凫至,举罗张之,但得一双舄。乃诏上方诊视,则四年中所赐尚书官属履也。　④"吾曾"二句:《神仙传》载,麻姑云:"见东海三为桑田,向到蓬莱,水又浅于往日。"　⑤惬:恰如。⑥归去来:陶渊明有《归去来兮辞》述隐居之愿。　⑦交战:陶渊明《咏贫士》:"贫富常交战,道胜无戚颜。"

**【译文】**　汉时天上降落白玉棺,王乔辞官上天成仙。此一去未及千年,我在汉阳又见到王乔,这就是县令你啊!还是乘着舄履化成的飞凫,人们都认得这是仙人的面孔。鬓发仍是那么乌黑发亮,颜如童子润泽有光有如绢练。麻姑曾言三过东海,嗟叹沧海桑田历经三次变化。果如其言一点不差,时光流逝似飞如电。如今与你对酌数杯,酣饮欢乐尽在其中。眼望白云高吟《归去来兮辞》,何必要为宠辱贫富而内心交战?

# 赠汉阳辅录事二首

**【题解】** 录事,唐时刺史属官司马之下有录事参军事,州县亦有录事。辅录事,名翼,诗人作诗之时他已被解职。此二首,其一咏隐居生活,宽慰友人罢官;其二述说相思。

## 其 一

**【原诗】** 闻君罢官意,我抱汉川湄①。借问久疏索②,何如听讼时。天清江月白,心静海鸥知③。应念投沙客④,空余吊屈悲⑤。

**【注释】** ① 抱:此为居住之意。湄:水边。 ② 疏索:冷落。 ③ "心静"句:《列子·黄帝》载:海上之人有好鸥鸟者,每旦之海上从鸥鸟游,鸥鸟之至者百住而不止。其父曰:"吾闻鸥鸟皆从汝游,汝取来,吾玩之。"明日之海上,鸥鸟舞而不下也。 ④ 投沙客:谓迁谪于长沙之人。 ⑤ "吊屈"句:贾谊迁谪长沙,为赋以吊屈原。

**【译文】** 听闻你罢官的消息,我正居住汉川水边。请问一声如今长久地冷落清闲,比起以前忙碌地听讼断案怎么样?清明天空上一轮江月色儿发白,内心宁静自有海鸥知晓。此时此刻想到迁谪长沙的贾谊,徒然留有凭吊屈原的悲哀。

## 其 二

**【原诗】**　鹦鹉洲横汉阳渡,水引寒烟没江树。南浦登楼不见君,君今罢官在何处。汉口双鱼白锦鳞①,令传尺素报情人②。其中字数无多少,只是相思秋复春。

**【注释】**　① 双鱼:古乐府曰:"尺素如残雪,结成双鲤鱼。要知心里事,看取腹中书。"古人信函折成双鲤鱼形。　② 尺素:信函。素,生绢,古人写文章或书信用长一尺左右的绢帛,称为尺素。后即用作书信的代称。

**【译文】**　鹦鹉洲横跨汉江相连汉阳渡,寒烟相连碧水苍茫掩没江边树木。赴南浦登高楼不见你的踪影,如今你被罢官身在何处?汉水入江口游来锦鳞银白双鱼,它们捎来书信送交情人。书信之中并未写有多少字,只是反复说着从秋到春的不尽相思。

## 江夏赠韦南陵冰

**【题解】**　乾元二年(759),李白于流放途中遇赦,在江夏遇到南陵县令韦冰,作此诗相赠。诗中叙写流放、流放归来及相会友人的或悲或喜,多有豪放慷慨之语。

**【原诗】**　胡骄马惊沙尘起,胡雏饮马天津水①。君为张掖近酒泉②,我窜三巴九千里③。天地再新法令宽④,夜郎迁客带霜寒。西忆故人不可见,东风吹梦到长安。宁期此地忽相遇,惊喜茫如堕烟雾。玉箫金管喧四筵,苦心不得申一句。昨日绣衣倾绿樽,病如桃李竟何言⑤。昔骑天子大宛马⑥,今乘款段诸侯门⑦。赖遇南平豁方寸⑧,复兼夫子持清论。有似山开万里云,四望青天解人闷。人闷还心闷,苦辛长苦辛。愁来饮酒二千石,寒灰重暖生阳春。山公醉后能骑马⑨,别是风流贤主人。头陀云月多僧气<sup>⑩</sup>，山水何曾称人意。不然鸣箛桵鼓戏沧流，呼取江南女儿歌棹讴<sup>⑪</sup>。我且为君捶碎黄鹤楼，君亦为吾倒却鹦鹉洲。赤壁争雄如梦里，且须歌舞宽离忧。

**【注释】** ①驺(zōu)：奴。《晋书·石勒载记》载：石勒年十四，随邑人行贩洛阳，倚啸上东门。王衍见而异之，顾谓左右曰："向者胡雏，吾观其声视有奇志，恐将为天下之患。"驰遣收之，会勒已去。胡雏，即胡驺。天津：指京师渡口。　②"君为"句：从此句看，韦冰曾在张掖任职。　③"我窜"句：指李白流放夜郎至三巴而遇赦。　④"天地"句：指遇赦。　⑤桃李竟何言：用《史记·李将军列传》中"桃李不言，下自成蹊"之语，实表自己有怀无所诉说之意。　⑥"昔骑"句：指李白当年在长安供奉翰林时的荣耀。大宛马，《史记·大宛列传》载：汉朝得大宛汗血马，更名乌孙马曰西极，名大宛马曰天马。　⑦款段：步履沉重。诸侯门：奔走于诸侯之门。　⑧南平：指南平太守李之遥。　⑧方寸：指心。　⑨"山公"句：晋人山简镇守襄阳，常游高阳池，饮酒辄醉。时人替他写了一首歌，中有"山公时一醉，径造高阳池"句。　⑩头陀：头陀寺，在鄂州。　⑪棹讴：鼓棹而歌。

**【译文】** 胡人骄矜战马惊奔扬起沙尘，时局艰险石勒般的胡雏饮马京师之水。你为官张掖临近酒泉，我被流放来到三巴路程九千。颁诏大赦法令如同天地再新，流放夜郎的迁谪之人携带一身寒霜归还。怀忆西方的老朋友不可相见，东风把我的梦儿带到长安与你相会。哪里想到在此地忽然相遇，惊喜之间又茫然如堕烟雾。筵席上玉箫金管喧响四下，心情苦涩难以用长句淋漓抒发。昨日里绣衣侍御绿樽频倾，我却如得病桃李竟然无言无语。昔日天子恩赐大宛马逍遥迈行，如今骑跛马步履沉重奔走侯门。幸赖相遇南平李之遥心胸豁达，还有夫子你陈述高论清谈。有如青山顶上拨开万里云雾，眺望爽朗青天解除烦闷。人闷最终还是心闷，苦辛依旧长是苦辛。愁懑袭来饮酒二千石，渴望死灰复燃严寒中重生阳春。仿效山公酒醉仍能骑马出行，这也是贤明主人的一番风流。头陀寺的云月烟空带有一股僧气，如此山水哪能称人心意？要不然鸣箛击鼓相戏沧流，呼唤江南女儿鼓棹讴歌。

我将为你捶碎这黄鹤高楼,你也为我翻倒那鹦鹉之洲。三国时赤壁争雄有如梦中之事,还是边歌边舞宽却离别的忧愁。

# 赠别舍人弟台卿之江南

**【题解】** 李台卿,本在永王属下,永王未败亡之前即已归附朝廷。此诗作于乾元二年(759),时李白长流夜郎遇赦于潇湘。诗中先述自己的谪居流放,后述请求援引之意。

**【原诗】** 去国客行远,还山秋梦长。梧桐落金井,一叶飞银床①。觉罢把朝镜,鬓毛飒已霜。良图委蔓草,古貌成枯桑。欲道心下事,时人疑夜光②。因为洞庭叶,飘落之潇湘③。令弟经济士④,谪居我何伤。潜虬隐尺水⑤,著论谈兴亡⑥。玄遇王子乔⑦,口传不死方。入洞过天地⑧,登真朝玉皇⑨。吾将抚尔背,挥手遂翱翔。

**【注释】** ① 银床:井上栏杆,其形四角或八角。 ② "时人"句:《史记·邹阳列传》:"明月之珠,夜光之璧,以暗投人于道路,人无不按剑相眄者。何则?无因而至前也。" ③ "因为"二句:屈原《九歌·湘夫人》:"袅袅兮秋风,洞庭波兮木叶下。"潇湘,潇水、湘水在零陵汇合,称之潇湘。 ④ 令弟:贤弟。经济:经国济世。 ⑤ 潜虬:虬以深潜而保真。谢灵运《登池上楼》:"潜虬媚幽姿。" ⑥ "著论"句:指空谈。 ⑦ 王子乔:仙人。 ⑧ 洞:神仙所居之地。 ⑨ 登真:走向本原、本性。亦指登仙。玉皇:道教称天帝曰玉皇大帝。

**【译文】** 离开家国迁谪远方越行越远,秋日返回只觉时光漫长连梦都如此。梧桐叶飘落入深井,只有一片落在银床栏杆。一觉醒来揽明镜相照,倏忽之间鬓角头发已飒然花白。美好的愿望丢抛入蔓生野草,庄重的美姿已成枯老干瘪的老桑树。我还想论说天下大事,当世之人却视之为莫名出现的夜光璧而疑心重重。我就像那秋日飘落的树叶,从洞庭飘零至潇湘。贤弟你有经国济世之才,面对你,谪居的我是多么感伤。本想深潜保真却只有尺水清浅,只好著论作文空谈兴亡之事而无补于世。期望路途中会遇到仙人王子乔,让他口传我不死的秘方。入仙居过天地,登仙朝见玉皇。那时我将抚拍你的背,挥手相别翱翔于天上仙界。

## 赠卢司户

**【题解】**　卢司户,名象,字伟卿,时贬永州参军。此诗作于乾元二年(759)秋,当时李白遇赦后游零陵。诗中叙待友之情,感叹同为沦落之人。

**【原诗】**　秋色无远近,出门尽寒山。白云遥相识,待我苍梧间①。借问卢耽鹤,西飞几岁还②。

**【注释】**　① 苍梧:山名,地在今湖南宁远县界,又名九嶷山、九疑山,相传舜葬于苍梧之野。　②“借问”二句:《水经注·浪水》载邓德明《南康记》曰:昔有卢耽,仕州为治中。少栖仙术,善解云飞。每夕辄凌虚归家,晓则还州。尝于元会至朝,不及朝列,化为白鹤,至阙前回翔欲下,威仪以石掷之,得一只履。耽惊还就列,内外左右莫不骇异。

**【译文】**　秋色弥漫天地远近皆同,开门望山尽是寒色一片。远处白云仿佛旧时相识,相待我在苍梧之间。我的故友卢兄啊,你如同卢耽化鹤西向飞去,几时才能返归与我相会?

## 赠从弟南平太守之遥二首

**【题解】**　此二首作于乾元二年(759),时李白流放遇赦游江夏。南平,郡名,即渝州,今重庆。第一首历叙生平,并叙与李之遥的友谊。第二首以阮籍与陶渊明相比,既戏谑又有劝慰。诗本有题注:“时因饮酒过度贬武陵,后诗故赠。"

## 其 一

【原诗】 少年不作意,落拓无安居。愿随任公子,欲钓吞舟鱼①。常时饮酒逐风景,壮心遂与功名疏。兰生谷底人不锄②,云在高山空卷舒。汉家天子驰驷马,赤车蜀道迎相如③。天门九重谒圣人,龙颜一解四海春④。彤庭左右呼万岁⑤,拜贺明主收沉沦⑥。翰林秉笔回英盼⑦,麟阁峥嵘谁可见⑧。承恩初入银台门⑨,著书独在金銮殿⑩。龙驹雕镫白玉鞍,象床绮食黄金盘。当时笑我微贱者,却来请谒为交欢⑪。一朝谢病游江海,畴昔相知几人在。前门长揖后门关,今日结交明日改。爱君山岳心不移,随君云雾迷所为。梦得池塘生春草,使我长价登楼诗⑫。别后遥传临海作,可见羊何共和之⑬。

【注释】 ①"愿随"二句:用任公子钓鱼东海之典。详见《金陵望汉江》注。吞舟鱼,形容鱼大。此指心有大志。 ②"兰生"句:《三国志·蜀书·周群传》:"芳兰生门,不得不锄。" ③"汉家"二句:《史记·司马相如列传》载:"蜀人杨得意为狗监侍上,上读《子虚赋》而善之,曰:'独朕不得与此人同时哉!'得意曰:'臣邑人司马相如自言为此赋。'上惊,乃召问相如。" ④龙颜:皇帝的面容。 ⑤彤庭:汉宫以朱色漆中庭,故称。 ⑥沉沦:沦落之人。 ⑦翰林:《石林燕语》载:唐翰林院本供奉艺能技术杂居之所,以词臣侍书诏其间,乃艺能之一尔。开元以前,犹未有学士之称,或曰翰林待诏,或曰翰林供奉,如李太白犹称供奉。自张垍为学士,始别建学士院于翰林院之南,则与翰林院分而为二,然犹冒翰林之名。此李白自指供奉翰林的经历。英盼:皇帝的顾望。 ⑧麟阁:汉代未央宫中有麒麟阁,为图绘功臣之所。 ⑨银台门:据《旧唐书·职官志》:翰林院,天子在大明宫,其院在右银台门。 ⑩金銮殿:大明宫紫宸殿北曰蓬莱殿,其西曰还周殿,还周西北曰金銮殿,殿旁坡名金銮坡。 ⑪谒:拜见。 ⑫"梦得"二句:谢惠连十岁能属文,族兄灵运嘉赏之,云每有篇章,对惠连辄得佳语。尝于永嘉西堂思诗,竟日不就。忽梦见惠连,即得"池塘生春草",大以为

工。尝曰:"此语有神助,非吾语也。"谢灵运《登池上楼》诗:"池塘生春草,
园柳变鸣禽。"此以灵运与惠连喻己与之遥。 ⑬"别后"二句:谢灵运有
《登临海峤初发强中作与从弟惠连可见羊何共和之》诗,此用其意。临海,
即今台州。羊、何,即泰山羊璿之、东海何长瑜,与谢灵运、谢惠连文章赏会,
共为山泽之游。

【译文】 少年时期人生不得意,落魄流徙不曾安居。胸有大志一心追随任
公子,大钩巨缁钓那吞舟大鱼。无奈之间经常酣畅痛饮逐景而游,壮心与功
名都疏远而去。兰生谷底人不识人不锄,云在高山空翻卷空舒展。暴得大
名,天子派驷马来迎,如同赤车去蜀道接司马相如。迈步朝廷走进九重高门
谒见圣上,龙颜笑开令我顿觉四海尽春。宫中彤庭四下里高呼万岁,拜贺明
主收揽沉沦不显的英才。我在翰林院挥笔引来皇上的注目,峥嵘的麒麟阁
上能见到谁呢? 蒙承圣恩举步进入银台门,持笔著书独自待在金銮殿。乘
龙驹蹬雕镫跨上白玉鞍,坐象床倚绮席面对黄金盘。以前讥笑我微贱的那
些人,现在都来拜见请求交友同欢。可我一旦以病辞京漫游江海,之前那些
人谁还与我相识相好? 前门长揖作态,后门插栓硬拒,结交之人一一变了面
孔。最喜你心如山岳终不改变,真想随你不管去做什么。我亦想借你梦得
"池塘生春草"的佳句,使我登楼之诗身价百倍。相别之后我要像谢灵运遥
寄谢惠连诗作一般寄诗给你,还有些人也会有和作。

## 其 二

【原诗】 东平与南平①,今古两步兵②。素心爱美酒,不是顾专城③。
谪官桃源去④,寻花几处行。秦人如旧识⑤,出户笑相迎。

【注释】 ①东平:阮籍曾任东平相。南平:李之遥为南平太守。 ②步
兵:《晋书·阮籍传》载:阮籍闻步兵厨营人善酿,有贮酒三百斛,乃求为步
兵校尉。世称阮步兵。此处以阮籍比李之遥。 ③顾:看重。专城:《陌
上桑》:"三十侍中郎,四十专城居。"专城即郡守。 ④桃源:在武陵,陶渊
明曾作《桃花源记》。 ⑤秦人:《桃花源记》载:内中之人称先世为避秦末

之乱,才进入桃花源中。

【译文】 东平相阮籍与南平太守你,古今都可称喜爱饮酒的步兵校尉。你和阮籍都是打心眼里喜好美酒才去做官,并不是看重眷恋职务。如今因酒而谪官去武陵桃源,寻花觅迹走了几处地方? 桃花源中的秦人有如旧识,定会出门笑脸相迎。


# 醉后赠王历阳

【题解】 历阳,即和州,今安徽和县。王历阳,名字不详。李白在诗中赞赏王历阳勤书善诗与风雅生活。宋蜀本题下注:"历阳。"

【原诗】 书秃千兔毫①,诗裁两牛腰②。笔踪起龙虎③,舞袖拂云霄。双歌二胡姬,更奏远清朝④。举酒挑朔雪,从君不相饶。

【注释】 ① 兔毫:用兔毛制成的毛笔。 ② 牛腰:形容写的诗多,故卷数篇幅大如牛腰。 ③ 龙虎:梁武帝《书评》:王右军书,字势雄强,如龙跳天门,虎卧凤阙。 ④ 远清朝:远离郡县办公之地。

【译文】 你勤于书法,写秃了千支兔毫笔;你长于写诗,诗卷大如牛腰。你的字如龙跳虎卧,又如舞袖上拂云霄。你请来二位胡姬双双唱歌,乐曲次次奏响远离郡县办公之地。举起酒杯向漫天朔风大雪挑战,我跟着你酣饮到底绝不相让。


# 赠历阳褚司马,时此公为稚子舞

【题解】 另本题下还有"故作是诗也"数字。历阳褚司马,名字不详。诗中写褚公侍奉老母及与稚子同舞其乐融融的场面与心境。

【原诗】　北堂千万寿①，侍奉有光辉。先同稚子舞，更著老莱衣②。因为小儿啼，醉倒月下归。人间无此乐，此乐世中希。

【注释】　①北堂：古人以北堂指奉母之地。　②老莱衣：《太平御览》引《孝子传》曰：老莱子者楚人，行年七十，父母俱存，至孝蒸蒸，常著斑兰之衣，为亲取饮，上堂脚跌，恐伤父母之心，因僵仆为婴儿啼。

【译文】　北堂之上老母健康长寿，全靠你的侍奉才如此面容润泽光辉。你先与小儿子共同起舞，又穿起老莱子彩衣以娱老母。你接着又作小儿啼哭之状，跟跄走来如同月下醉饮而归。人世哪有三代相聚的欢娱之乐？即使有也是极为稀少的。

# 对雪醉后赠王历阳

【题解】　此诗与《醉后赠王历阳》为同时期所作。全诗先对自己从政失败有所慨叹，再叙写饮酒的诸事诸趣及与王历阳的友情。

【原诗】　有身莫犯飞龙鳞①，有手莫辫猛虎须②。君看昔日汝南市，白头仙人隐玉壶③。子猷闻风动窗竹④，相邀共醉杯中绿。历阳何异山阴时，白雪飞花乱人目⑤。君家有酒我何愁，客多乐酣秉烛游⑥。谢尚自能鸲鹆舞⑦，相如免脱鹔鹴裘⑧。清晨鼓棹过江去，千里相思明月楼⑨。

【注释】　①飞龙鳞：比喻皇帝或权威者的威严。　②辫：编辫。③"君看"二句：《后汉书·方术列传》载：费长房为市掾，见市中有老翁卖药，悬一壶于肆头，及市罢，辄跳入壶中。后老翁自称神仙之人，请费长房同入壶中饮酒。　④"子猷"句：晋人王子猷，爱竹，尝指竹曰："何可一日无此君邪！"　⑤"历阳"二句：王子猷居山阴时，夜大雪，乘小船访戴逵，至门不入而返，人问其故，答曰："吾本乘兴而行，兴尽而返，何必见戴！"　⑥秉烛游:《古诗十九首》:"昼短苦夜长,何不秉烛游!"　　⑦"谢尚"句:《晋书·谢尚传》载:谢尚曾在王导司徒府的胜会上旁若无人地作鸲鹆舞。⑧"相如"句:马司相如在成都时穷困,曾以鹔鹴裘换酒。　　⑨"千里"句:一作"他日西看却月楼"。

【译文】　有身千万莫要忤逆龙鳞,有手千万莫要拿虎须编辫。你看昔日汝南市上,白头仙人酣饮玉壶之中。你看子猷生性爱竹,风吹窗下竹动便相邀共饮同醉。此时的历阳与昔日子猷所在的山阴有何区别?白雪如飞花乱人眼目。你家有酒我又有何愁?诸位客人愈饮愈乐恨不得秉烛夜游。酒宴胜会谢尚自能跳起鸲鹆舞,酒如此多司马相如不必脱下鹔鹴裘去换酒喝。待到清晨摇棹划桨过江去,相别千里相思在明月楼上。

# 赠宣城宇文太守兼呈崔侍御

【题解】　宇文太守,名字不详,原为九卿之一,时为宣州太守。崔侍御,即崔成甫,于天宝五载由摄监察御史贬湘阴,此时客宣城。本诗叙生平,表心迹,陈情干谒,渴望引荐。诗作于天宝十二载(753)。

【原诗】　白若白鹭鲜①,清如清唳蝉。受气有本性,不为外物迁。饮水箕山上②,食雪首阳巅③。回车避朝歌④,掩口去盗泉⑤。岩峣广成子⑥,倜傥鲁仲连⑦。卓绝二公外,丹心无间然⑧。昔攀六龙飞⑨,今作百炼铅⑩。怀恩欲报主,投佩向北燕⑪。弯弓绿弦开,满月不惮坚⑫。闲骑骏马猎,一射两虎穿。回旋若流光,转背落双鸢。胡虏三叹息,兼知五兵权⑬。铨铨突云将⑭,却掩我之妍。多逢剿绝儿⑮,先著祖生鞭⑯。据鞍空矍铄⑰,壮志竟谁宣。蹉跎复来归,忧恨坐相煎⑱。无风难破浪⑲,失计长江边。危苦惜颓光,金波忽三圆⑳。时游敬亭上㉑,闲听松风眠。或弄宛溪月㉒,虚舟信洄沿。颜公三十万,尽付酒家钱㉓。兴发每取之,聊向醉中仙。过此无一事,静谈《秋水篇》㉔。君从九卿来㉕,水国有丰年。鱼盐满市井,布帛如云烟。下马不作威㉖,冰壶照清川㉗。霜眉邑中叟,皆美太守贤。时时慰风俗,往往出东田㉘。竹马数小儿,拜迎白鹿前㉙。含笑问使君,日晚可回旋。遂归池上酌,掩抑清风弦。曾标横浮云㉚,下抚谢朓肩㉛。楼高碧海出,树古青萝悬。光禄紫霞杯,伊昔忝相传㉜。良图扫沙漠,别梦绕旌旃。富贵日成疏,愿言杳无缘。登龙有直道㉝,倚玉阻芳筵㉞。敢献绕朝策㉟,思同郭泰船㊱。何言一水浅,似隔九重天。崔生何傲岸,纵酒复谈玄。身为名公子,英才苦迍邅㊲。鸣凤托高梧,凌风何翩翩。安知慕群客㊳,弹剑拂秋莲。

【注释】　①白鹭鲜:白鹭洁白的羽毛。《隋书·食货志》载:"是岁翟雉尾一值十缣,白鹭鲜半之。"　②箕山:在河南登封东南,相传尧时巢父、许由隐于此。尧要让天下给许由,许由认为此话污染了耳朵,于是洗耳;巢父认为许由洗耳污染了清水,另择上游而饮牛。　③首阳:在今河南偃师,伯夷、叔齐隐于此,不食周粟。　④"回车"句:墨子非乐,听到朝歌这地名,便回车离去。朝歌,殷之邑名。　⑤"掩口"句:《尸子》曰:孔子过于盗泉,渴矣而不饮,恶其名也。　⑥岧峣(tiáo yáo):高峻貌。广成子:黄帝时人,居崆峒山中,黄帝曾见之而问道。　⑦鲁仲连:战国齐人,功成不受爵赏。曾为赵退秦兵,为齐下聊城。　⑧间然:置身其间。　⑨六龙:古时认为太阳乘御之车由六龙腾驾。此喻皇帝。　⑩百炼铅:谓十分柔软。铅性不刚,经百炼则益柔。　⑪投佩:丢弃配饰,弃文就武之意。　⑫满月:拉开弓。　⑬知:执掌。五兵:泛指各种兵器。　⑭铛铛:象声。突云将:云朵飘来。　⑮剽绝:勇猛狠绝之人。　⑯祖生鞭:《晋书·刘琨传》载:刘琨与范阳祖逖为友,闻逖被用,与亲故书曰:"吾枕戈待旦,志枭逆虏,常恐祖生先吾著鞭。"　⑰"据鞍"句:《后汉书·马援列传》载:马援请求出征,帝愍其老,未许之。援自请曰:"臣尚能被甲上马。"帝令试之。援据鞍顾眄,以示可用。帝笑曰:"矍铄哉是翁也。"矍铄,老而勇健。　⑱坐:深。　⑲"无风"句:《宋书·宗悫传》:"愿乘长风破万里浪。"　⑳金波:喻月或月光。　㉑敬亭:敬亭山,在宣城。　㉒宛溪:在宣城南。　㉓"颜公"句:《宋书·陶潜传》载:颜延之与陶渊明情款,后为始安郡,日日造潜,每往必酣饮致醉。归去留钱与潜,潜悉送酒家,稍就取酒。　㉔《秋水篇》:《庄子》中的一篇。　㉕ 九卿:唐以太常、光禄、卫尉、宗正、太仆、大理、鸿胪、司农、太府为九卿。　㉖ 下马:指到官。　㉗ 冰壶:指廉洁。　㉘ 东田:谢朓曾任宣城太守,有《游东田》诗。　㉙ "竹马"二句:《后汉书·郭伋列传》载:郭伋调为并州牧,始至行部,到西河美稷,有童儿数百各骑竹马道次迎拜。郭伋问曰:"儿曹何自远来?"对曰:"闻使君到喜,故来奉迎。"又,谢承《后汉书》载:郑弘为临淮太守,有两白鹿随车夹毂而行。弘怪,问主簿黄国鹿为吉凶。国拜贺曰:"闻三公车辐画作鹿,明府当为宰相。"后弘果为太尉。　㉚ 曾标:高标。　㉛ 谢朓:南朝齐时著名诗人,曾任宣城太守。　㉜ "光禄"二句:李白以陶渊明自比,以颜延之比宇文太守。颜延之官终金紫光禄大夫,后人称为颜光禄。忝,愧。　㉝ 登龙:登龙门,黄河有龙门,江海大鱼集其下,上则为龙。此指被宇文及崔侍御容接,身价顿高。　㉞ 倚玉:《世说新语·容止》:"魏明帝使后弟毛曾与夏侯玄共坐,时人谓蒹葭倚玉树。"此指倚宇文及崔侍御。阻:拥。　㉟ 绕朝:春秋秦大夫,《左传·文公十三年》:士会乃行,绕朝赠之以策,曰:"子无谓秦无人,吾谋适不用也。"　㊱ 郭泰:汉人,字林宗,《后汉书·郭泰列传》载:郭泰游于洛阳,始见河南尹李膺,膺大奇之,遂相友善,于是名震京师。后归乡里,衣冠诸儒送至河上,车数千辆。郭泰唯与李膺同舟而济,众宾望之,以为神仙。　㊲ 迍邅(zhūn zhān):困顿难进。　㊳ 慕群客:李白自谓,有攀援之意。

**【译文】**　洁白有如白鹭的羽毛,清明有如清唳的寒蝉。本性气质乃上天所赐予,不以外界事物而有所迁移。在箕山清清的泉源饮水,在首阳高高的山巅食雪。遇朝歌回车相避,经盗泉掩口远去。思慕耸立天地的广成子,企羡风流倜傥的鲁仲连。除这两位卓绝的先生,我的心中没有什么可说的了。昔时追攀六龙想飞黄腾达,如今历受挫折变得柔软百屈。心怀恩宠想要报答明主,弃文从武故而走向北燕。拉硬弓弦张开,弓弦如满月不畏强劲。闲时身骑骏马外出打猎,一箭射出连穿两虎。回旋转身捷如流光,转背反身射落双鸢。胡虏戎狄相见再三叹息,我还会手执诸种武器挥舞突刺。铿铿锵锵云朵飘来,掩却了我勇武的身姿。但我多遇见凶猛狠绝之人,他们早已先吾著鞭。我身据马鞍空有一身矍铄之姿,胸中壮志凭借什么抒发表现？岁月蹉跎又来到此,忧愁痛恨心内如油相煎。无长风可乘难以破万里浪,今在长江边上真是无计可施。危苦艰难又可惜时光流逝,月儿忽然之间已圆了三次。时时相游敬亭山上,闲愁无事耳听松风卧眠。时或赏玩宛溪之月,独乘小舟任它上溯下漂。友人赠送三十万钱,早已交付酒家预支酒钱。酒兴一来每往取酒痛饮,聊做一位醉中之仙。除此之外再无一事,静来清谈《秋水》之篇。宇文太守是从九卿之位上下来的,来到这水乡之国又恰逢丰年。鱼儿虾儿摆满市场,布匹衣帛如同云烟。你到任伊始并不作威作福,廉洁之心如同冰壶相照清川。霜眉雪发的邑中老叟,个个称美太守贤能。你时时抚慰存问民间疾苦,往往出游巡视乡村山庄。数位小儿骑着竹马而来,你正乘着白鹿夹毂的车子被他们欢迎拜见。他们含笑问你,日落时分可能回旋返归？归来登上池边高楼酌饮,清风吹拂掩抑琴弦乐声悠扬。你人格高标横截浮云,并肩而立比谢朓高出一筹。眼前的高楼如峙立碧海,古树久远上有青青的萝藤悬缠。你有颜光禄的紫霞杯,我承蒙眷顾以前曾受传赠。我的雄心壮志是扫平胡虏,相别之后仍情牵梦绕猎猎战旗。富贵荣华对我来说日渐疏远,愿望的实现越来越杳无缘由。我结识了你身登龙门便有了捷径,倚玉般依靠你参与芳美盛筵。大胆地献上绕朝那无人施用的计策,向往与郭泰般的人物同乘船行。为何要说浅浅的一水之间,似乎就隔着九重高天呢？崔生你傲岸不随世俗,酣饮纵酒又清谈玄言。身为有名的公子,高具英才而命运迍邅。飞鸣的凤凰托身高大的梧桐,如何才能凌风而起翩翩而翔？哪里知道我这孤独之人憧憬与群才在一起,弹宝剑而唱、拂秋莲而吟！

# 赠宣城赵太守悦

**【题解】** 赵悦曾任监察御史、县令,又进御史台、尚书省,后历任三郡太守。诗中历述赵的生平经历及与自己的友谊,最后希望其汲引。此诗作于天宝十四载(755)。

**【原诗】** 赵得宝符盛[①],山河功业存。三千堂上客,出入拥平原[②]。

六国扬清风③，英声何喧喧。大贤茂远业④，虎竹光南藩⑤。错落千丈松⑥，虬龙盘古根。枝下无俗草，所植唯兰荪⑦。忆在南阳时⑧，始承国士恩⑨。公为柱下史⑩，脱绣归田园⑪。伊昔簪白笔⑫，幽都逐游魂⑬。持斧佐三军，霜清天北门。差池宰两邑⑭，鹗立重飞翻⑮。焚香入兰台⑯，起草多芳言。夔龙一顾重⑰，矫翼凌翔鹓。赤县扬雷声⑱，强项闻至尊⑲。惊飙摧秀木，迹屈道弥敦⑳。出牧历三郡㉑，所居猛兽奔㉒。迁人同卫鹤，谬上懿公轩㉓。自笑东郭履㉔，侧惭狐白温㉕。闲吟步竹石，精义忘朝昏。憔悴成丑士，风云何足论。猕猴骑土牛㉖，羸马夹双辕。愿借羲和景㉗，为人照覆盆㉘。溟海不震荡，何由纵鹏鲲㉙。所期要津日㉚，倜傥假腾骞㉛。

**【注释】**　①"赵得"句：《史记·赵世家》载：赵简子告诸子曰："吾藏宝符于常山上，先得者赏。"诸子驰之常山上求无所得。毋恤还曰："已得符矣。"简子曰："奏之。"毋恤曰："从常山上临代，代可取也。"简子于是知毋恤贤，而以毋恤为太子。　②"三千"二句：赵公子赵胜，封平原君，喜宾客，有门客三千人。　③"六国"句：指平原君在六国中名声远扬。　④"大贤"句：指赵悦继承平原君之风。　⑤虎竹：接受任命的信物。南藩：指宣城。宣城在南方，故称。　⑥千丈松：指赵悦为栋梁之才。《世说新语·赏誉》："庾子嵩目和峤：森森如千丈松，虽磊砢有节目，施之大厦，有栋梁之用。"　⑦兰荪：指聚集在赵悦周围的人，谓其能培养人才。　⑧南阳：今河南南阳。李白天宝三载赐金放还路经南阳时与赵悦相识。　⑨国士：国中才能出众的人。　⑩柱下史：周秦官名，相当于汉以后的御史。以其所掌及侍立常在殿柱之下，故名。　⑪绣：御史所穿绣衣。　⑫簪白笔：御史头插白笔以奏不法。　⑬"幽都"句：赴幽燕地区讨寇。　⑭差池：蹉跎。宰：主持政务。　⑮鹗立：鹗性好跱，每立而不移处。指久未升迁。　⑯兰台：御史台。　⑰夔、龙：虞舜的二臣名。　⑱赤县：京都所治之县，唐之西京以长安、万年为赤县。　⑲强项：性格刚强，不肯低首下人。至尊：指皇帝。　⑳迹屈：指又遭罢黜。　㉑牧：州牧，州郡太守。㉒猛兽奔：指残暴敛迹。《后汉书·宋均列传》载：九江多虎患，宋均到郡，清明政治，猛虎渡江而去。　㉓"迁人"二句：《左传·闵公二年》载：卫懿公好鹤,鹤有乘轩者。指自己谬受赵悦宠遇。　㉔东郭履:《史记·滑稽列传》:东郭先生久待诏公车,贫困饥寒,衣敝履不完。行雪中,履有上无下,足尽践地,道中人笑之。　㉕狐白:以狐腋之白毛为裘。王微《杂诗》:"讵忆无衣苦,但知狐白温。"　㉖"猕猴"句:喻晋升缓慢。《三国志·魏书·邓艾传》注引《世语》曰:"君,名公之子,少有文采,故守吏职;猕猴骑土牛,又何迟也!"　㉗羲和景:指阳光。古时以羲和为太阳的御者。　㉘覆盆:倒扣的盆。　㉙"何由"二句:《庄子·逍遥游》载:"北冥有鱼,其名为鲲。鲲之大,不知其几千里也,化而为鸟,其名为鹏。鹏之背,不知其几千里也。怒而飞,其翼若垂天之云。是鸟也,海运则将徙于南冥。"　㉚要津:仕宦居于要职。《古诗十九首》:"何不策高足,先据要路津。"　㉛骞:高举。

【译文】　赵国藏有宝符兴旺发达,山河壮大功业永存。三千门人堂上贵客,出出入入相拥平原君。那平原君啊,六国之间清风高扬,英名伟声多么显赫。平原君真是大贤之人后世兴旺,你手持虎竹奉君之命在南方光宗耀祖。你如同错落雄峙的千丈高松,虬龙般的枝干古根相盘。树下枝下无有俗草,所植所见皆为兰草香荪。忆起当年我在南阳时,那时刚刚承蒙国士般的宠遇。你这侍立于殿柱之下的御史,刚刚脱下绣袍回归田园。以前你为御史时簪插白笔以奏不法,后又北到幽燕征讨贼寇。你手持大斧佐理三军,严霜般肃清国家的北大门。后遇蹉跎曾为两任县令,久久滞留下官又重新高飞翻翔。烧焚兰香再入兰台任御史,起草撰文多为金玉芳言。一经夔、龙般的大臣眷顾器重,你如同展开双翅凌空翱翔的凤凰。京都附近高扬名声,刚强不屈的性格为人被圣上知晓。狂风惊飙摧毁秀枝良木,虽遭罢黜却持道愈敦。外任为州牧历经三郡,所到之处仁风扇扬猛兽纷纷离开。我这迁谪之人如同卫国之鹤,错蒙眷爱照顾如同登上卫懿公的高车。笑自己脚穿东郭破履,面对身着狐裘大衣者多有羞愧。闲来吟咏漫步于竹石之间,专注于精义而忘却了朝暮。日渐憔悴自惭低贱鄙陋,哪里还能去议论风云大计?晋升之慢如同猕猴骑土牛,困顿疲累如同羸马驾双辕。愿有人替我引来明亮的阳光,辉照温暖那覆盆之下的我啊!溟海若不震荡翻腾,鲲鹏哪能纵身而徙?所期望的就是你占据要津的那一天,我亦豪迈洒脱借此机会腾跃高飞。

# 赠从弟宣州长史昭

**【题解】** 李昭,时任宣州长史。唐制,州刺史别驾下,有长史一人。诗作于天宝十二载(753),诗中赞扬李昭,慨叹自身,最后述结为鹏程之交的愿望。

**【原诗】** 淮南望江南①,千里碧山对。我行倦过之,半落青天外。宗英佐雄郡②,水陆相控带。长川豁中流,千里泻吴会③。君心亦如此,包纳无小大。摇笔起风霜,推诚结仁爱。讼庭垂桃李④,宾馆罗轩盖。何意苍梧云⑤,飘然忽相会。才将圣不偶,命与时俱背。独立山海间⑥,空老圣明代。知音不易得,抚剑增感慨。当结九万期⑦,中途莫先退。

**【注释】** ①"淮南"句:唐时的淮南道、江南道皆古扬州之境,中隔一江,江之北为淮南,江之南为江南。 ② 宗英:宗族中的英才人物。 ③ 吴会:泛指吴地。 ④ 桃李:《韩诗外传》:"夫春树桃李,夏得阴其下,秋得食其实;春树蒺藜,夏不可采其叶,秋得其刺焉。"后因以桃李多喻所栽培门生或所荐士之众。 ⑤ 苍梧云:《归藏》:"有白云出自苍梧,入于大梁。" ⑥ 独立:《史记·滑稽列传》载:"今世之处士,时虽不用,崛然独立,块然独处。" ⑦ 九万:指鹏程。《庄子·逍遥游》:"抟扶摇而上者九万里。"

**【译文】** 淮南与江南一江相望,沿江千里碧山相对。人生之旅已倦我经过这里,碧山隐现如有一半落于青天之外。你是宗族中的英才,辅佐治理雄伟的宣城,这里控山带水与山水相为屏依。大江在此浩浩荡荡豁然奔流,一泻千里直奔吴会大地。你的心胸也是如此宽广,招贤纳才大小皆容。你执笔疾书风云骤起,以诚待人仁爱忠信。你的讼庭下桃李成行门生众多,你打开宾馆大门贤才乘车纷沓而至。我也未想到自己如同苍梧云入于大梁之地,飘然来此与你相会。身怀才艺虽逢圣君而未能施展,命运与天时都与我相背相反。无所施用我独立于山海之间,在这圣明的年代我空自一天天老去。知音难以相遇,我手抚宝剑更增百倍感慨。我要与你共结九万里鹏程之交,绝不要有人中途先退。

# 书怀赠南陵常赞府

**【题解】** 南陵,在今安徽,唐时属宣州。赞府,即县丞。此诗约作于天宝十四载(755),诗中叙自己在朝与去朝的经历,并对当时征战南诏发表了看法,最后感慨身世。

**【原诗】** 岁星入汉年,方朔见明主①。调笑当时人②,中天谢云雨③。一去麒麟阁④,遂将朝市乖⑤。故交不过门,秋草日上阶。当时何特达,独与我心谐。置酒凌歊台⑥,欢娱未曾歇。歌动白纻山⑦,舞回天门月⑧。问我心中事,为君前致辞。君看我才能,何似鲁仲尼。大圣犹不遇,小儒安足悲。云南五月中,频丧渡泸师⑨。毒草杀汉马,张兵夺秦旗。至今西二河⑩,流血拥僵尸。将无七擒略⑪,鲁女惜园葵⑫。咸阳天地枢⑬,累岁人不足。虽有数斗玉,不如一盘粟⑭。赖得契宰衡⑮,持钧慰风俗⑯。自顾无所用,辞家方未归。霜惊壮士发,泪满逐臣衣。以此不安席,蹉跎身世违。终当灭卫谤,不受鲁人讥⑰。

**【注释】** ①"岁星"二句:岁星指东方朔。参见《赠崔司户文昆季》注。此以东方朔自比。 ②"调笑"句:东方朔以诙谐滑稽著名。 ③云雨:恩泽。 ④麒麟阁:朝廷图绘功臣之处。 ⑤将:与。 ⑥凌歊台:在当涂西北。 ⑦白纻山:在当涂东,本名楚山,桓温领妓游此山,奏乐,好为《白纻歌》,因改名。 ⑧天门:山名,在当涂西大江上。 ⑨"云南"二句:此以下述说唐征讨南诏之事。 ⑩西二河:西洱河,源出云南西部洱海,故称。 ⑪"将无"句:《三国志·蜀书·诸葛亮传》载,诸葛亮曾七纵七擒孟获,安定南方。 ⑫"鲁女"句:《列女传》载:鲁漆室邑之女忧鲁君老,太子幼。邻妇笑曰:"此乃鲁大夫之忧,妇人何与焉?"漆室女曰:"不然,非子所知也。昔晋客舍吾家,系马园中,马佚驰走,践吾葵,使我终岁不食葵……今鲁君老悖,太子少愚,愚伪日起,夫鲁国有患者,君臣父子皆被其辱,祸及众庶。妇人独安所避乎?吾甚忧之。子乃曰妇人无与者,何哉?"邻妇谢曰:"子之所虑,非妾所及。"三年,鲁果乱,齐楚攻之。鲁连有寇,男子战斗,妇人转输,不得休息。　⑬咸阳:指长安。枢:枢纽地区。　⑭"虽有"二句:天宝十二载、十三载,霖雨,米价暴贵。　⑮宰衡:宰相。殷汤时伊尹为阿衡,周武王时周公为太宰,故称。　⑯钧:喻国政。　⑰"终当"二句:萧士赟注:"叔孙武叔毁仲尼,子贡曰:仲尼不可毁也。"瞿蜕园、朱金城注:"叔孙武叔为鲁大夫,萧氏以此释卫谤,似未切。"

【译文】　岁星化人进入汉朝那一年,东方朔来见英明的圣上。我如东方朔调笑当时人士,正值日上中天之时而辞却圣上的恩宠。一旦离开了麒麟高阁,于是就与朝廷闹市长久背绝。故交旧友不再上门,门前台阶秋草茂盛。你在当时却特别通达,偏偏仍与我心意相谐、交好不衰。置酒于凌歊高台之上,饮酒欢娱不曾停歇。歌声响彻白纻山,环绕天门山上的月亮边歌边舞。你问我心中有何事煎熬,我上前一步为你详细叙说。你看我的才能本领,与鲁国孔仲尼多么相似。他老人家那样的大圣犹且未被任用未能实现理想,我这样的小儒被闲置一旁又有何悲?远方云南夏日五月,渡泸之师屡屡战败军丧人亡。有毒之草毒杀我军战马,勇蛮之兵布阵夺掠我军战旗。今日的西二河中,血水流淌卷拥着尸体。战将没有诸葛亮七纵七擒的谋略,平民百姓虽有鲁女般的忧国之心却徒然无用。长安作为京都是天下枢纽,好几年了百姓食用不足。米价腾贵,虽然有数斗珍珠美玉,还不如一盘米粟那样宝贵。幸赖有阿衡、太宰那样的宰相,执掌国政恤慰百姓。我看自己无所用世,辞家出游还未有归。空许壮士鬓发如霜令人心惊,自为谪臣泪水如流沾湿衣襟。因此我坐不安席,蹉跎岁月所经之事违人心意。终要消除他人的诽谤,不再受到他人的讥讽。

# 于五松山赠南陵常赞府

【题解】　此首与上首同期而作。五松山在铜陵。诗中先述己与常赞府为松兰之交,视为同心之人并希望得到援引,后述寂寞与思归之情。

**【原诗】** 为草当作兰，为木当作松。兰秋香风远，松寒不改容①。松兰相因依，萧艾徒丰茸②。鸡与鸡并食，鸾与鸾同枝。拣珠去沙砾，但有珠相随。远客投名贤，真堪写怀抱。若惜方寸心，待谁可倾倒。虞卿弃赵相，便与魏齐行③。海上五百人，同日死田横④。当时不好贤，岂传千古名。愿君同心人，于我少留情。寂寂还寂寂，出门迷所适。长剑归乎来⑤，秋风思归客⑥。

**【注释】** ①"松寒"句：《论语·子罕》："岁寒，然后知松柏之后凋也。"②萧艾：野蒿，臭草。比喻小人。丰茸：茂盛。③"虞卿"二句：《史记·范雎列传》载：秦昭王乃遗赵王书，书中曰："范君之仇魏齐在平原君之家，王使人疾持其头来。不然，吾举兵而伐赵，又不出王之弟于关。"赵孝成王乃发卒围平原君家，急，魏齐夜亡出，见赵相虞卿，虞卿度赵王终不可说，乃解其相印，与魏齐亡。④"海上"二句：《史记·田儋列传》载：刘邦灭项籍，田横惧诛而与其徒属五百余人入海，刘邦恐其为乱，乃使使赦田横罪而召之。田横乃与其客二人乘传诣洛阳，未至三十里，自到。后二客及五百人皆自杀。于是乃知田横兄弟能得士也。⑤"长剑"句：《史记·孟尝君列传》："先生又尝弹剑而歌曰：长铗归来乎，无以为家。"⑥"秋风"句：晋人张翰见秋风起，思故乡菰菜、莼羹、鲈鱼脍，辞官回乡。

**【译文】** 做草就要做兰草，做树就要做松树。秋日里兰草的幽香随风而远，松树遇寒而不改容姿。松树与兰草相因相依，萧艾之类的野蒿只是徒然丰茸茂盛。鸡与鸡相并而食，鸾鸟与鸾鸟同枝而栖。拣起珍珠弃去沙砾，人们只要珍珠与己相随。远来的客人投靠名士贤人，真值得他们来倾诉怀抱。如若怜惜方寸心中所怀，那么等待何人可尽数倾倒？虞卿甘愿放弃相国之位，在魏齐有难之时与他一同出行。海上那五百壮士，听说田横已死，同日里一起自杀。如果他们不喜好贤才，哪能流传下来这千古名声？希望你这与我同心同德之人，对我稍加留意与眷顾。寂寞啊万分的寂寞，刚一出门便迷失方向不知走向何方。弹剑高吟"长铗归来乎，无以为家"，秋风吹起我思家之情愈发浓烈。

# 自梁园至敬亭山见会公,谈陵阳山水兼期同游,因有此赠

**【题解】** 本诗描写陵阳山水之美,并期与僧人会公同游。诗作于天宝十二载(753)。敬亭山,在宣城北。陵阳山,在泾县西南,西二峰下有黄鹤池,传说昔窦子明跨鹤飞升于此。宋蜀本题下注:"宣州。"

**【原诗】** 我随秋风来,瑶草恐衰歇①。中途寡名山,安得弄云月。渡江如昨日,黄叶向人飞。敬亭恔素尚②,弭棹流清辉③。冰谷明且秀,陵峦抱江城。粲粲吴与史④,衣冠耀天京⑤。水国饶英奇,潜光卧幽草。会公真名僧,所在即为宝。开堂振白拂⑥,高论横青云。雪山扫粉壁⑦,墨客多新文⑧。为余话幽栖,且述陵阳美。天开白龙潭⑨,月映清秋水。黄山望石柱⑩,突兀谁开张。黄鹤久不来,子安在苍茫⑪。东南焉可穷,山鸟绝飞处。稠叠千万峰,相连入云去。闻此期振策⑫,归来空闭关。相思如明月,可望不可攀。何当移白足⑬,早晚凌苍山⑭。且寄一书札⑮,令余解愁颜。

**【注释】** ① 瑶草:指芳草。 ② 恔:契合。 ③ 弭:止。 ④ 吴与史:宣城的吴姓、史姓人士,名字不详。 ⑤ 衣冠:文明礼教。 ⑥ 白拂:白色拂尘。 ⑦ "雪山"句:在粉壁上画雪山。 ⑧ 墨客:舞文弄墨之人。 ⑨ 白龙潭:在宣城西南。当年窦子明弃官学道,钓得白龙而放之此潭。后五年,龙来迎子明上陵阳山,子明成仙。 ⑩ 石柱:石柱山,在宣州旌德县西,双石挺立如柱。 ⑪ "黄鹤"二句:子明成仙后,大呼山下人,告言溪中子安当来。后二十余年,子安死,有黄鹤来栖其家边高树,鸣呼子安。 ⑫ 振策:举杖。 ⑬ 白足:《高僧传》载:"义熙初,复还关中,开导三辅。始足白于面,虽跣涉泥水,未尝沾湿,天下咸称白足和上。" ⑭ 早晚:何时。 ⑮ 书札:书信。札,木简之薄小者,古时没有纸,故书写于札。

**【译文】** 我相随秋风来至此地,芳草恐怕早已衰歇。来的途中名山很少,

哪里能游玩欣赏云月？渡江之日如同昨日，树叶枯黄向人飘来。敬亭山可人心意契合平生愿望，停船止桨于此让清波流辉。冰雪山谷明洁秀丽，层峦高峰相抱江边之城。声名赫赫的吴氏史氏，文明礼教光耀京都。水乡之地多英奇之人，隐藏光辉潜卧于幽深草间。会公你真是一位名僧，所到之处即为宝地。摆下讲堂你振挥白色拂尘，高谈阔论横绝青云。你提笔在粉壁上画雪山，文人墨客多作新文赞美。你多给我讲幽栖隐居之趣，并且多述陵阳山水之美。一片蓝天映在白龙潭上，清秋之水托着一轮明月。黄山与石柱山遥遥相望，耸立突兀由何造就？黄鹤久久未来，仙人子安身在苍茫之处。东南之方焉可穷尽？山鸟飞到此地也该歇翅止飞。层层叠叠千峰万峰，相依相连伸向云中。听说有此风景胜地就期望举杖一游，归来之日尽可闭门谢客不问世事。相盼相思如同遥望明月，可睹明光而难以攀升。什么时候能与你相伴而行，登临茫茫苍山？你早做决定给我一个答复，那我一定会十分高兴一解愁颜。

# 赠友人三首

**【题解】**　此三首诗意不相类，大概是编者任意置于一处。其一以兰草自喻，称自己曾受清风沐浴，仍有余芳，希望友人提携。其二另本题作《赠赵四》，赵四即当涂尉赵炎；诗中以荆轲自喻，慷慨激昂。其三自慨没有受到应有礼遇，幻想日后的发达。

## 其　一

**【原诗】**　兰生不当户<sup>①</sup>，别是闲庭草。凤被霜露欺<sup>②</sup>，红荣已先老。谬接瑶华枝<sup>③</sup>，结根君王池。顾无馨香美<sup>④</sup>，叨沐清风吹<sup>⑤</sup>。余芳若可佩，卒岁长相随。

**【注释】**　①户：门。　②凤：早。　③瑶华：高贵的草木。　④顾：不过，只是。　⑤叨：忝，谦词。

【译文】　这是一棵生不当户的兰草,被别人当作闲庭闲草而已。凌晨时分霜欺露压,红颜刚焕发便已衰老。也曾错被看重,相接于瑶华之枝,植栽于宫廷水池。不过如今已无馨香之美,虽然曾经承蒙阳光沐浴清风吹拂。仅剩那一点点芬芳如若还可相佩,那就将终年累月长久相随。

## 其　二

【原诗】　袖中赵匕首,买自徐夫人①。玉匣闭霜雪②,经燕复历秦。其事竟不捷,沦落归沙尘。持此愿投赠,与君同急难。荆卿一去后,壮士多摧残。长号易水上,为我扬波澜③。凿井当及泉,张帆当济川。廉夫惟重义,骏马不劳鞭。人生贵相知,何必金与钱。

【注释】　①“袖中”二句:《史记·刺客列传》载:“太子豫求天下之利匕首,得赵人徐夫人匕首,取之百金。”　②霜雪:指匕首。　③“长号”二句:荆轲临行时唱道:“风萧萧兮易水寒,壮士一去兮不复还。”

【译文】　袖中所怀赵人匕首,是从徐夫人处买来的。宝玉剑匣中盛着霜雪般的利刃,从燕国出发直向秦国。刺杀秦王之事最后没有成功,匕首也失落隐埋沙尘之中。手持匕首愿有所奉献投赠,让它与君子共应急同赴难。但自荆卿离燕一去后,壮士多被摧残少有留存。我在易水之上慷慨悲歌,易水也为我扬起波澜。凿井就要挖至深泉见水,张帆就指望靠此渡过深川大河。有节气不苟取的廉夫且重信义,如此骏马不劳鞭策也能快速奔驰! 人生贵在理解相知,哪里要靠金钱财物?

## 其　三

【原诗】　慢世薄功业①,非无胸中画。谑浪万古贤②,以为儿童剧③。立产如广费④,匡君怀长策。但苦山北寒,谁知道南宅⑤。岁酒上逐风,霜鬓两边白。蜀主思孔明⑥,晋家望安石⑦。时来列五鼎⑧,谈笑期一掷⑨。虎伏避胡尘,渔歌游海滨。弊裘耻妻嫂⑩,长剑托交亲⑪。

夫子秉家义，群公难与邻。莫持西江水，空许东滇臣<sup>⑫</sup>。他日青云去，黄金报主人。

**【注释】** ① 慢世：傲慢于世。　② 谑浪：诙谐开玩笑。　⑧ 剧：游戏。　④ "立产"句：《汉书·疏广传》载：疏广既归乡里，日令家供具设酒食，请族人故旧宾客，与相娱乐。别人劝其为子孙立产，他称："今复增益之以为赢余，但教子孙怠堕耳。贤而多财，则损其志；愚而多财，则益其过。"　⑤ 道南宅：《三国志·吴书·周瑜传》载："坚子策与瑜同年，独相友善，瑜推道南大宅以舍策。"　⑥ 蜀主：刘备。孔明：诸葛亮，字孔明。此与下句皆为自许。　⑦ 安石：谢安，字安石，晋朝重臣，主导了淝水之战的胜利。　⑧ 五鼎：古代祭礼，大夫以五鼎盛羊豕肤鱼腊。《史记·主父偃列传》载："且丈夫生不五鼎食，死即五鼎烹耳。"　⑨ 一掷：指轻财挥霍。《宋书·武帝纪》："刘毅家无担石之储，樗蒲一掷百万。"　⑩ "弊裘"句：《战国策·秦策》载：苏秦说秦王，书十上而说不行，黑貂之裘弊，黄金百斤尽，资用乏绝，去秦而归。归至家，妻不下纴，嫂不为炊。　⑪ "长剑"句：《史记·孟尝君列传》载：孟尝君门客冯谖曾弹铗而歌："长铗归来乎，无以为家。"　⑫ "莫持"二句：《庄子·外物》："庄周家贫，故往贷粟于监河侯。监河侯曰：'诺。我将得邑金，将贷子三百金，可乎？'庄周忿然作色曰：'周昨来，有中道而呼者，周顾视车辙中，有鲋鱼焉。'周问之曰：'鲋鱼来！子何为者邪？'对曰：'我，东海之波臣也，君岂有斗升之水而活我哉？'周曰：'诺。我且南游吴越之王，激西江之水而迎子，可乎？'鲋鱼忿然作色曰：'吾失我常与，我无所处，吾得升斗之水然活耳。君乃言此，曾不如早索我于枯鱼之肆。'"此二句为求助之词。

**【译文】**　傲慢视世鄙薄功业，并非胸无雄图英略。诙谐调笑古来贤人，视其所作所为是儿童之间的嬉戏罢了。对待产业如同疏广般散财，立志匡助君王胸怀良策。只苦于山北地带寒冷，谁知道还有道南美宅赠送友人居住之事。岁岁饮酒只是随俗而行，如霜两鬓今已全为雪白。蜀主刘备思得孔明，晋家王朝指望谢安保全。待到时来运转我则家列五鼎，期望谈笑之间一掷千金。老虎伏地是为了躲避袭来的胡尘，高唱渔歌漫游海滨。远出求用只落得裘弊金尽让妻嫂耻笑,长剑归来乎我已无以为家。夫子你秉执家风世德,群公诸贤难与你较量比邻。我只需些许援助便可安身立命,你千万别以持西江水救东溟臣来诳哄于我。他日我必能青云直上,待那时当以万斛黄金回报主人你!

# 陈情赠友人

**【题解】**　诗所赠的友人,姓名均不可考。诗人向友人陈情,述说自己被佞人陷害,又借典故述说交友之道。

**【原诗】**　延陵有宝剑①,价重千黄金。观风历上国,暗许故人深。归来挂坟松,万古知其心。懦夫感达节②,壮气激青衿③。鲍生荐夷吾④,一举致齐相。斯人无良朋,岂有青云望。临财不苟取,推分固辞让。后世称其贤,英风邈难尚。论交但若此,友道孰云丧。多君骋逸藻,掩映当时人。舒文振颓波,秉德冠彝伦⑤。卜居乃此地,共井为比邻⑥。清琴弄云月,美酒娱冬春。薄德中见捐,忽之如遗尘。英豪未豹变⑦,自古多艰辛。他人纵以疏,君意宜独亲。奈何成离居,相去复几许。飘风吹云霓⑧,蔽目不得语。投珠冀有报,按剑恐相拒⑨。所思采芳兰,欲赠隔荆渚。沉忧心若醉,积恨泪如雨。愿假东壁辉,余光照贫女⑩。

**【注释】**　①"延陵"句:用延陵季子挂剑徐君墓树事。参见《叙旧赠江阳宰陆调》注。　②达节:通达事理而不拘常格。　③青衿:《诗经·郑风·子衿》:"青青子衿,悠悠我心。"毛传:"青衿,青领也,学子之所服。"此以学子代朋友。　④"鲍生"句:《史记·管仲列传》载:管仲(字夷吾)少时贫困,与鲍叔牙游。后鲍叔牙荐管仲于齐桓公,桓公用以为相,遂霸天下。管仲曾说:"吾始困时,尝与鲍叔贾,分财利多自与,鲍叔不以我为贪,知我贫也。"此以下数句述说此事。　⑤彝(yí)伦:常辈。　⑥井:相传古代八家一井,后引申为乡里、人口聚居地。　⑦豹变:《周易·革》:"君子豹变,其文蔚也。"喻地位转变,由贫贱而显贵。　⑧"飘风"句:《离骚》曰:"飘风屯其相离兮,帅云霓而来御。"王逸注:"飘风,无常之风,以兴邪恶之众。""云霓,恶气,以喻佞人。"　⑨"投珠"二句:《史记·邹阳列传》载:"臣闻明月之珠,夜光之璧,以暗投人于道路,人无不按剑相眄者,何则?无因而至前也。"　⑩"愿假"二句:《列女传》载:齐东海上贫妇人徐吾,与邻妇李吾之属会烛相从夜绩。徐吾最贫而烛数不属。李吾谓其属曰:"徐吾烛数不属,请无与夜也。"徐吾曰:"是何言与?妾以贫,烛不属之故,起常先,息常后,洒扫陈席以待来者,自与蔽薄,坐常处下,凡为贫,烛不属故也。夫一室之中,益一人烛不为暗,捐一人烛不为明。何爱东壁之余光,不使贫妾得蒙见哀之恩,长为妾役之事?使诸君常有惠施于妾,不亦可乎?"李吾莫能应,遂复与夜,终无后言。

【译文】　延陵季子有把珍贵的宝剑,价值高达千两黄金。他出使观乐要身佩宝剑到大国去,心中把剑暗许给友人徐君。归来之时他把宝剑挂在徐君墓头之树,万古以来都知晓他崇友爱友之心。懦弱之夫会因为如此达节而感动,壮心之士会因为如此友谊而激奋。鲍叔牙推荐管仲给齐桓公,一举之间便成齐国之相。此人若不是有好朋友,哪里敢产生青云直上的念头?面对财物绝不随便求取,推托辞让自己那份给更需要的人。后代之人非常称赏鲍生的贤明,英名高风已远真是难以再见。与人相交只要如此,交友之道谁说已经沦丧?友人你驰骋美文美词,才华遮掩当时众人。文章舒展力振文风颓波,秉持道德居于常辈之上。占卜择居就确定住在此地,与你共井比邻相傍而居。对云望月弹弄清琴,美酒佳酿欢娱冬春。德性浅薄中道被朝廷抛弃,轻蔑忽视如同遗弃尘土。英豪之人难逢时运地位未变,自古以来多有艰辛。纵然他人对我且疏又远,唯有你对我愈发亲近。为了什么如今离居相分?此一相别又要经历多少时日?无常之风吹拂恶气云霓,遮蔽眼目不可得语。投人明珠期望有所报答,人不理解按剑而恐推而拒之。心有所思采集一把芳兰,欲有所赠还远隔着荆渚。沉郁烦闷中心如醉,恨积于胸泪下如雨。愿借东壁邻居那一点点蜡炬光辉,让那余光照我这贫贱的织女。

# 赠从弟冽

**【题解】**　李冽属李氏姑臧大房,与李凝为兄弟。此诗为失意之作,处处写自己不能为国为君贡献才力,最后以磻溪垂钓自慰。

**【原诗】**　楚人不识凤,重价求山鸡①。献主昔云是,今来方觉迷。自居漆园北②,久别咸阳西。风飘落日去,节变流莺啼。桃李寒未开,幽关岂来蹊③。逢君发花萼,若与青云齐。及此桑叶绿,春蚕起中闺。日出拨谷鸣,田家拥锄犁。顾余乏尺土,东作谁相携④。傅说降霖雨,公输造云梯⑤。羌戎事未息⑥,君子悲途泥⑦。报国有长策,成功羞执圭⑧。无由谒明主,杖策还蓬藜。他年尔相访,知我在磻溪⑨。

**【注释】**　①"楚人"二句:《笑林》载:楚人有担山鸡者,路人问曰:"何鸟也?"担者欺之曰:"凤皇也。"路人曰:"我闻有凤皇久矣,今真见之,汝卖之乎?"曰:"然。"乃酬千金,弗与。请加倍,乃与之。方将献楚王,国人传之,咸以为真凤而贵,宜欲献之。遂闻于楚王,王感其欲献己也,召而厚赐之,过买凤之价十倍。　②漆园:地名,庄周曾为漆园吏。漆园北,代指东鲁。③"桃李"二句:反用"桃李不言,下自成蹊"古谚。　④东作:春耕。⑤"傅说"二句:谓朝廷虽有仁惠之政,亦有征伐之事。傅说,仕商贤相。霖雨,喻皇上恩泽。公输,公输班,曾造云梯欲攻宋。　⑥羌戎事:此指与吐蕃的战事。　⑦途泥:犹泥途,指地位卑下。《左传·襄公三十年》:"以晋国之多虞,不能由吾子,使吾子辱在泥涂久矣。"　⑧执圭:春秋时诸侯国爵位名,以圭赐功臣,执以相见,故称。　⑨磻(pán)溪:在陕西宝鸡东南,源出南山,北流入于渭,一名璜河。传说为周太公望未遇文王时垂钓之处。

**【译文】**　有位楚人不认识凤凰,高价求购得一只山鸡。献给君主以前认为确是凤凰,如今方觉有点儿不对头。我自居漆园之北的东鲁,与咸阳已是长久相别。风儿飘飘随落日而去,节气转换流莺啼鸣。桃李之花因天寒地冻尚未开放,兼之僻静闭塞又何能自成蹊径?遭逢君子开放花蕊,一定要与直上的青云等齐。待到此时桑叶碧绿,春日养蚕之事使闺中妇女忙碌。太阳一出布谷鸟鸣叫,田家老少荷锄扛犁去农作。你看我一尺土地也没有,谁伴随我去春耕播种?时代如传说为相天降霖雨恩泽四布,仍然有公输班建造云梯攻打宋国之类的征伐之事。西北方羌戎战事尚未止息,君子之人为地位卑下辱在泥途而悲伤。报效国家我胸怀壮志与良策,成功之时亦羞于执圭受爵。没有机会谒见明主,只有策杖举步还归蓬门草野之中。他年你若是想来寻访,告诉你我是在太公望待过的磻溪之上。

# 赠闾丘处士

**【题解】** 闾丘处士,名字不详。南唐沈汾《续仙传》有闾丘方远,字大方,舒州宿松人,有人即认为是他。诗中赞美闾丘处士的闲适生活,表达与之交友的愿望。诗约作于至德二载(757)。

**【原诗】** 贤人有素业①,乃在沙塘陂②。竹影扫秋月,荷衣落古池。闲读《山海经》③,散帙卧遥帷④。且耽田家乐,遂旷林中期⑤。野酌劝芳酒,园蔬烹露葵⑥。如能树桃李⑦,为我结茅茨⑧。

**【注释】** ① 素业:清素之业,指不同于仕宦的另一种生活。 ② 沙塘陂(bēi):在宿松城外。 ③《山海经》:大约成书于战国,经秦汉有增删。书中多记载远古神话之事。 ④ 帙:书套。 ⑤ 旷:耽误。林中期:指隐士们的聚会。 ⑥ 露葵:一种野菜。 ⑦ 树桃李:即结交朋友。 ⑧ 茅茨:茅草屋。

**【译文】** 贤明之人有自己的清素之业,你隐居在宿松沙塘陂。透过竹叶相望,竹影在明月上拂动,古池之中或挺立或漂浮着荷叶。闲来阅读《山海经》,伴着散开的书套,卧在远处的帷席上。一时间沉浸在田家之乐中,遂对与诸隐士的林下之会有所耽误。野地里斟酒相劝酣饮美酒,园中的菜蔬与露葵一起烹煮。你如愿与我结交为友,请为我也盖一座茅草屋。

# 赠钱征君少阳

**【题解】** 此诗以饮酒慨叹人生短促,诗末渴望一遇帝王建功立业。征君,不就朝廷征聘之士。宋蜀本题下注:"一作《送赵云卿》。"

**【原诗】** 白玉一杯酒,绿杨三月时。春风余几日,两鬓各成丝。秉烛唯须饮①,投竿也未迟②。如逢渭水猎,犹可帝王师。

**【注释】** ① 秉烛:《古诗十九首》:"昼短苦夜长,何不秉烛游。" ② 投竿:姜太公未遇时,在渭水上垂钓,遇文王出猎,被聘为师。

**【译文】** 举起白玉杯痛饮美酒,在这绿杨飘垂的三月之时。春风还能吹拂几日,你我两鬓各已斑白。秉烛夜游惟须饮酒,此时投竿垂钓也许未迟。如能遇到文王渭水之猎,我也可以成为帝王之师。

# 赠宣州灵源寺冲濬公

**【题解】** 诗中冲濬与《听蜀僧濬弹琴》之僧濬当为一人,此时冲濬在宣州。诗中先述宣州景色,再赞冲濬风韵与文章。诗作于天宝十二载(753)。

**【原诗】** 敬亭白云气,秀色连苍梧。下映双溪水,如天落镜湖。此中积龙象①,独许濬公殊。风韵逸江左,文章动海隅。观心同水月②,解领得明珠③。今日逢支遁④,高谈出有无⑤。

**【注释】** ① 龙象:王琦注:"释子中能负荷大法者,谓之龙象。《翻译名义·大论》云：那伽或名龙，或名象，是五千阿罗汉诸罗汉中最大力，以是故言如龙如象。水行中龙力最大，陆行中象力最大。" ② 水月：王琦注："水月，谓水中月影，非有非无，了不可执，慧者观心，亦复如是。" ③ 解领：理解领悟。明珠：喻大道真谛。 ④ 支遁：支道林，亦称支公、林道人、林法师，晋时僧人，以清谈玄佛之理著称于世。 ⑤ 有无：佛教与玄学都讲有无问题。

**【译文】** 敬亭山上白色云雾缭绕，秀丽的景色直连苍梧。灵源寺下双溪辉映，如青天一片落入镜般的湖中。寺中法师能负荷大法如龙如象者，就数冲濬公你杰出优秀最可推许。你的风韵气度驰名江左，你的诗文撰作轰动海隅。你观心如同水月非有非无，你对佛理的理解领悟真是探得明珠所在。今日与你这支道林般的名僧相遇，你我清谈佛玄之理出入于有无之间。


# 赠僧朝美

**【题解】** 朝美，僧人名。诗中以泛海溺没反探得明月之珠，喻烦恼之中不昧本来者可悟得如来真法，认为此理只有自己与朝美识得。

**【原诗】** 水客凌洪波①，长鲸涌溟海②。百川随龙舟③，嘘吸竟安在。中有不死者，探得明月珠。高价倾宇宙④，余辉照江湖。苞卷金缕褐⑤，萧然若空无。谁人识此宝，窃笑有狂夫。了心何言说⑥，各勉黄金躯。

**【注释】** ① 水客：驾舟泛海者。 ② 长鲸：即鲸鱼，因身巨长，故称。 ③ 龙舟：刻有龙饰的大舟。 ④ 倾：竭尽，全。 ⑤ 金缕褐：金缕织成的衣服。 ⑥ 了心：了然于心。 ⑦ 黄金躯：喻指身体的珍贵。

**【译文】** 驾舟泛海出入洪波之中，巨大的鲸鱼涌起溟海浪涛。百川翻滚龙舟飞驰，在长鲸的嘘吸之下全被吞没。此中竟然还有不死的人，反而探得了明月之珠。明珠价高为宇宙之冠,漏出些许光辉便照耀江湖。凌驾超越于金缕之衣,其在明珠面前全无光彩。谁人识得如此之宝? 私下暗笑有你我这样的狂夫。了然于心不必再说些什么,各自保重劝勉我们自身吧!

# 赠僧行融

【题解】　诗中以鲍照与僧惠休、陈子昂与僧怀一的交游,喻自己与行融。诗作于开元十六年(728)。

【原诗】　梁日汤惠休①,常从鲍照游②。峨眉史怀一③,独映陈公出④。卓绝二道人,结交凤与麟⑤。行融亦俊发,吾知有英骨。海若不隐珠⑥,骊龙吐明月⑦。大海乘虚舟,随波任安流。诗赋旃檀阁⑧,纵酒鹦鹉洲⑨。待我适东越,相携上白楼⑩。

【注释】　① 汤惠休:南朝宋齐时人。《宋书·徐湛之传》载:“沙门释惠休,善属文,辞采绮艳,湛之与之甚厚。世祖命使还俗。本姓汤,位至扬州从事史。”　② 鲍照:南朝刘宋时诗人。作有《秋日示休上人》《答休上人》诸诗。　③ 史怀一:峨眉山僧人,与陈子昂为岁寒之交。　④ 陈公:陈子昂,初唐诗人。　⑤ 凤与麟:指鲍照与陈子昂。　⑥ 海若:海神。　⑦ “骊龙”句:《庄子·列御寇》载:“夫千金之珠,必在九重之渊而骊龙颔下。”明月,指明月珠。　⑧ 旃檀(zhān tán):檀香木。　⑨ 鹦鹉洲:在江夏,三国时黄祖宴宾客,祢衡在此作《鹦鹉赋》,故名。　⑩ 白楼:《世说新语·赏誉》:“孙兴公、许玄度共在白楼亭,共商略先往名达。林公既非所关,听讫云:‘二贤故自有才情。’”刘孝标注:“《会稽记》曰:亭在山阴,临流映壑也。”此以林公比僧行融。林公,东晋名僧支道林。

【译文】　梁时有僧人汤惠休,常常与鲍照交往相游。峨眉山僧人史怀一,与陈公子昂相互辉映优秀杰出。这两位卓绝的僧人,结交的都是凤凰、麒麟一类的人物。僧人行融你啊,也是一位俊逸豪放的人物,我知道你有凛凛的英骨。你像海神不隐藏大海的珍珠般显现才学，又像骊龙吐出明月珠一般表现风韵。你内心自由驰骋才华如大海行舟，随着波澜任其停流。赋诗在旃檀阁上，纵酒畅饮在鹦鹉之洲。待我到达东越之日，我要像孙兴公、许玄度与支道林共游一样，与你再携手登上白楼。

# 赠黄山胡公求白鹇并序

**【题解】**　此诗作于天宝十三载(754)。胡公，或曰名晖。诗中叙述胡公赠白鹇给李白并向李白求诗。

**【原序】**　闻黄山胡公有双白鹇①，盖是家鸡所伏，自小驯狎，了无惊猜。以其名呼之，皆就掌取食。然此鸟耿介，尤难畜之。予平生酷好，竟莫能致。而胡公辍赠于我②，唯求一诗。闻之欣然，适会宿意。因援笔三叫，文不加点以赠之。

**【原诗】**　请以双白璧，买君双白鹇。白鹇白如锦，白雪耻容颜。照影玉潭里，刷毛琪树间③。夜栖寒月静，朝步落花闲。我愿得此鸟，玩之坐碧山。胡公能辍赠，笼寄野人还。

**【注释】**　① 白鹇：鸟名，又名银雉，似山鸡而色白。《黄山志》载：白鹇性耿介难畜，雄采而文，素角玄英，二角壮时，隆起出英上，有时靡缩，盖因气鼓而后壮也。嘴爪皆赤，其羽末黑文如洒，戢若缘絜，又如界地锦，惟尾妥二茎无缁文，班如也。　② 辍赠：放弃而相赠。　③ 琪树：李绅《琪树序》称："琪树垂条如弱柳，结子如碧珠，三年子可一熟，每岁生者相续，一年绿，二年碧，三年者红。"

**【译文】**　请允许我以一双珍贵的白璧，来换你一双珍贵的白鹇。白鹇白如素锦，白雪也自愧容颜不如。它们在玉一般的潭水中照影，在琪树的枝条间啄刷羽毛。夜间伴着寒月静静地栖止，清晨悠闲地散步落花小径。我真愿得到这种高贵的鸟儿,面对碧山赏玩它们。胡公忍痛割爱相赠于我,白鹇被竹笼携来而胡公独自一人携着空笼返还山野。

# 登敬亭山南望怀古赠窦主簿

**【题解】** 《溧阳濑水贞义女碑铭》中有主簿扶风窦嘉宾,不知与此窦主簿是否为一人。此诗约作于天宝末年,叙述诸位神仙之事,表明愿随仙人窦子明而去,但诗末又有无可奈何之情。

**【原诗】** 敬亭一回首,目尽天南端。仙者五六人,常闻此游盘。溪流琴高水①,石耸麻姑坛②。白龙降陵阳③,黄鹤呼子安④。羽化骑日月⑤,云行翼鸳鸾。下视宇宙间,四溟皆波澜。决绝目下事⑥,从之复何难。百岁落半途,前期浩漫漫。强食不知味,清晨起长叹。愿随子明去,炼火烧金丹⑦。

**【注释】** ① 琴高水:即琴溪,相传为琴高乘鲤之处。琴溪在宣州泾县。《搜神记》:"琴高,赵人也。能鼓琴,为宋康王舍人。行涓彭之术,浮游冀州涿郡间二百余年。后辞入涿水中,取龙子,与诸弟子期之曰:'明日皆洁斋,候于水旁,设祠屋。'果乘赤鲤出,来坐祠中,且有万人观之。留一月,乃复入水去。" ② 麻姑坛:宣州宣城郡有花姑山,亦谓之麻姑山,昔麻姑修道于此升天,有仙坛。 ③ "白龙"句:白龙潭在宣城西南,相传窦子明弃官学道,钓得白龙,放于此。后五年,龙来迎子明上陵阳山成仙。陵阳山,在宣州泾县。 ④ "黄鹤"句:相传窦子明成仙后,大呼山下人,告言溪中子安当来。后二十余年,子安死,有黄鹤来栖其冢树上,鸣呼子安。 ⑤ 羽化:飞升成仙。 ⑥ 决绝:断绝。 ⑦ "炼火"句:炼丹成仙。相传陵阳山中有窦子明炼丹台。

**【译文】** 敬亭山上回首远眺,放眼极目天之南端。有五六位仙人,听说经常在此游戏逗留。小溪流水那曾是琴高乘鲤之处,山石高耸那曾是麻姑修道的法坛。白龙降临载子明先生上陵阳山成仙,黄鹤高鸣呼叫着子安。羽化成仙驾日骑月,云雾中行与鸳鸯比翼齐飞。下视茫茫宇宙之间,四海之内皆为波澜。断绝抛却眼中之事,从仙遨游又有何难?人生百年今已半程,前途难以预测浩浩漫漫。勉强进食不知滋味,清晨起床仰首长叹。愿随子明先生成仙高飞,点火炼成升天金丹。

# 赠汪伦

**【题解】** 此诗一作《桃花潭别汪伦》,宋蜀本题下注:"白游泾县桃花潭,村人汪伦常酝美酒以待白。伦之裔孙至今宝其诗。"诗作于天宝十四载(755),李白自秋浦往泾县游桃花潭,临行送别时写下此诗。全诗写友情自然朴素。

**【原诗】** 李白乘舟将欲行,忽闻岸上踏歌声①。桃花潭水深千尺②,不及汪伦送我情。

**【注释】** ① 踏歌:连手而歌,以足踏地为节奏。 ② 桃花潭:在今安徽泾县西南。

**【译文】** 李白乘舟将要离别远行,忽然听到岸上传来踏歌之声。桃花潭水深至千尺,也比不上汪伦送我之情。

# 经乱后将避地剡中留赠崔宣城

**【题解】** 剡中,今浙江宁波鄞州、绍兴新昌县一带。崔宣城,即宣城县令崔钦。此诗是至德元载(756)李白拟往剡中避难离宣城时作。诗先写安史之乱带给天下的灾难,次写乱世中自己无能为力及与崔令的友谊,最后写剡中的美景,劝崔令与自己一起隐居学道。

【原诗】　双鹅飞洛阳①,五马渡江徼②。何意上东门,胡雏更长啸③。中原走豺虎,烈火焚宗庙。太白昼经天④,颓阳掩余照。王城皆荡覆,世路成奔峭⑤。四海望长安,嚬眉寡西笑⑥。苍生疑落叶⑦,白骨空相吊。连兵似雪山,破敌谁能料。我垂北溟翼⑧,且学南山豹⑨。崔子贤主人,欢娱每相召。胡床紫玉笛⑩,却坐青云叫⑪。杨花满州城,置酒同临眺。忽思剡溪去⑫,水石远清妙。雪昼天地明,风开湖山貌。闷为洛生咏⑬,醉发吴越调⑭。赤霞动金光,日足森海峤⑮。独散万古意,闲垂一溪钓。猿近天上啼,人移月边棹。无以墨绶苦⑯,来求丹砂要⑰。华发长折腰,将贻陶公诮⑱。

【注释】　①“双鹅”句:《晋书·五行志》载:“孝怀帝永嘉元年二月,洛阳东北步广里地陷,有苍白二色鹅出。苍者飞翔冲天,白者止焉……陈留董养曰:‘步广,周之狄泉,盟会地也。白者,金色,国之行也。苍为胡象,其可尽言乎?’是后,刘元海、石勒相继乱华。”　②“五马”句:《宋书·五行志》载:“太安中童谣曰:‘五马游度江,一马化为龙。’后中原大乱,宗蕃多绝,唯琅邪、汝南、西阳、南顿、彭城同至江表,而元帝嗣晋矣。”徼(jiào),边界。　③“何意”二句:《晋书·石勒载记》载:石勒,上党武乡羯人。年十四,随邑人行贩洛阳,倚啸上东门。王衍见而异之,顾谓左右曰:“向者胡雏,吾观其声视有奇志,恐将为天下之患。”　④“太白”句:古称太白金星昼出经天主凶祸。　⑤奔峭:崎岖险阻。　⑥“四海”二句:桓谭《新论》:“关东鄙语曰:‘人闻长安乐,则出门向西而笑。’”此说长安已乱,无所可笑。　⑦疑:似。　⑧北溟翼:《庄子·逍遥游》:“北冥有鱼,其名为鲲,鲲之大,不知其几千里也。化而为鸟,其名为鹏,鹏之背,不知其几千里也,怒而飞,其翼若垂天之云。”此指施展才能。　⑨南山豹:《列女传》:“南山有玄豹,雾雨七日而不下食者,何也?欲以泽其毛而成文章也,故藏而远害。”此指全身远害。　⑩胡床:可折叠的坐椅。　⑪青云叫:指笛声如来自云端。　⑫剡溪:在鄞县南,溪有二源,一出天台,一出武义。　⑬洛生咏:《世说新语·轻诋》载:“人问顾长康:‘何以不作洛生咏?’答曰:‘何至作老婢声?’”洛生咏,洛阳一带书生吟咏诗歌之声,其声重浊。　⑭吴越调:吴越歌曲。　⑮海峤:近海高山。　⑯墨绶:官印上的黑色丝带。　⑰丹砂要：炼丹要诀。　⑱陶公：陶渊明，东晋隐士，曾说："我不能为五斗米折腰向乡里小人。"于是辞去彭泽县令。

**【译文】**　双鹅飞出洛阳兆示凶象，五马渡江只因为中原变乱。哪里能想到上东门那声视异样的胡雏，又一次长啸引起战火连天？中原大地豺虎奔腾，烈火焰焰焚烧宗庙。太白金星白昼经天，太阳无光余照暗淡。京师王城倾覆荡平，奔走世路艰难险阻。天下四海尽望长安，只见长安已乱，人人皱起眉头，不再向西而笑。苍生百姓似落叶飘零，白骨之间相互凭吊。朝廷部伍相连如雪山一般强大，但能否破敌谁能预料？我低垂大鹏双翼难以施展才华，暂且先学南山之豹隐雾避害。崔县令你真是位贤明的主人，每有欢娱必然召呼我来。坐胡床吹紫玉笛，那笛声如来自青云嘹亮昂扬。暮春时节杨花开满州城，摆下酒肴同去观眺。忽然动念要到剡溪去游玩，那儿水清石妙景色空远。白昼时分天地明亮如同雪色相映，轻风徐来湖光山色妍容尽展。烦闷之时学学洛生吟咏诗歌，酒醉之后漫唱吴越歌曲。清晨时分朝霞发出金光，傍晚时刻太阳垂落海边，高山一片森然。我独自一人消散万古忧愁，闲来垂钓小溪之旁。猿在近天处啼叫，摇桨划船似驶向月边。别再以官职印绶来苦累自身，去追求炉火炼丹的要诀吧！如此华发还为区区五斗米折腰，将要被陶公渊明笑话！

# 献从叔当涂宰阳冰

**【题解】**　李阳冰，字少温，赵郡人，善词章，工篆书，名重当世，时任当涂县令。此诗作于上元二年（761）冬，时李白从金陵来投奔。诗前半部分歌颂李阳冰的才华政绩，后半部分陈述自己的困境。宋蜀本题下注："当涂。"

**【原诗】**　金镜霾六国①，亡新乱天经②。焉知高光起③，自有羽翼生。萧曹安岷岘④，耿贾摧槐枪⑤。吾家有季父，杰出圣代英。虽无三台位⑥，不借四豪名⑦。激昂风云气，终协龙虎精⑧。弱冠燕赵来⑨，贤彦多逢迎。鲁连擅谈笑⑩，季布折公卿⑪。遥知礼数绝⑫，常恐不合并。惕想结宵梦⑬，素心久已冥。顾惭青云器⑭，谬奉玉樽倾⑮。山阳五百年⑯，绿竹忽再荣。高歌振林木⑰，大笑喧雷霆。落笔洒篆文，崩云使人惊⑱。吐辞又炳焕⑲，五色罗华星。秀句满江国，高才捵天庭⑳。宰邑艰难时㉑，浮云空古城。居人若薙草㉒，扫地无纤茎。惠泽及飞走㉓，农夫尽归耕。广汉水万里，长流玉琴声㉔。《雅》《颂》播吴越㉕，还如太阶平㉖。小子别金陵，来时白下亭㉗。群凤怜客鸟，差池相哀鸣㉘。各拔五色毛，意重太山轻。赠微所费广，斗水浇长鲸。弹剑歌《苦寒》㉙，严风起前楹。月衔天门晓㉚，霜落牛渚清㉛。长叹即归路，临川空屏营㉜。

【注释】　①金镜：明道。霾：阴霾晦暗。六国：指被秦国所灭的六国。②新：王莽篡汉自立，建国号为新。天经：天之常道。　③高光：汉高祖刘邦与光武帝刘秀。　④萧曹：指辅佐刘邦平定天下的萧何、曹参。屼嵲（niè wù）：不安的样子。　⑤耿贾：辅佐刘秀的耿弇、贾复。欃枪：彗星，古视之为不祥之物，此喻王莽。　⑥三台：三公之位为三台。　⑦四豪：指战国四公子，即孟尝君、信陵君、平原君、春申君。　⑧"激昂"二句：用"云从龙，风从虎"之意。　⑨弱冠：《礼记·曲礼》："二十曰弱冠。"指刚成年。　⑩"鲁连"句：鲁仲连，曾于谈笑之间退却围赵之秦军。⑪"季布"句：《史记·季布列传》载：匈奴单于为书辱吕后，樊哙称可以十万兵众横行匈奴之中，遭到季布的驳斥，公卿大臣无人能应。　⑫礼数绝：指李阳冰与人结交不拘泥于名位品第。　⑬惕：忧。　⑭青云器：杰出之材。　⑮谬奉：自谦之词，不恰当地受到。　⑯"山阳"句：指五百年前竹林七贤在山阳的竹林之游。其中有阮籍、阮咸叔侄，李白用此来比阳冰与己。　⑰"高歌"句：《列子·汤问》："抚节悲歌，声振林木，响遏行云。"指歌声嘹亮。　⑱"落笔"二句：指阳冰书法之妙。　⑲炳焕：光辉灿烂。⑳捵（shàn）：盖。　㉑"宰邑"句：指安史之乱时当涂艰难。　㉒薙（tì）草：除草。　㉓惠泽：县令对百姓的恩泽。飞走：飞禽走兽。　㉔"广汉"二句：《诗经·周南·汉广》有"汉之广矣，不可泳思"，汉水之下流经当涂。又，古时宓子贱弹琴而单父治，此指玉琴之声与汉广之水相应。

㉕《雅》《颂》：《诗经》中的《雅》《颂》，称为盛世与开明之世的音乐。
㉖ 太阶：即泰阶，星名，又名三台。太阶平则阴阳和、天下平。　㉗ 白下
亭：在金陵北。　㉘ 差池：不齐的样子。　㉙ 弹剑：《史记·孟尝君列传》
载冯谖弹剑而歌之事。苦寒：乐府有《苦寒行》，歌吟行军或行役途中的艰
苦。　㉚ 天门：山名，在当涂西南。　㉛ 牛渚：水名，在当涂北。　㉜ 屏
营：惶恐不安貌。

**【译文】**　金镜晦暗六国灭亡，新朝建立天乱常道。谁知高祖与光武的兴
起，自然有其羽翼辅佐之人产生。萧何与曹参平乱安天下，耿弇与贾复摧灭
王莽。我家叔父也是这类人物，圣明时代的杰出英雄。虽然没有三公的官
职，也不借用四贤的名气；但激扬奋发之气，云从龙风从虎而风云际会。年
轻时便从燕赵之地而来，当代贤人英才都来迎接。像鲁仲连一般谈笑退却
敌军，又像季布一般折服诸位公卿。我遥闻叔父交友不拘名位品第，但又害
怕与我两不相谐。积愁成忧夜来成梦，其实早已心心相印两下冥合。只惭
愧身非青云之器，难以承蒙倾倒玉樽的款待。山阳之地五百年前的竹林七
贤之游，绿竹再荣又在我们身上体现。高歌一曲震动林木，欢语大笑喧撼雷
霆。挥笔写下篆书文字，崩云塌岸令人惊奇。清谈吐辞光耀灿烂，如同五色
绫罗华丽星布。秀美诗句传遍水乡泽国，高才盖覆天庭。安史乱起当涂艰
难，黑云袭来古城尽空。居民百姓如草被割，空村空门如扫地无留纤茎。任
职县令恩惠润泽遍及飞禽走兽，农夫归返从事耕犁。子贱弹琴而单父治，汉
水之广流水万里与玉琴之声相伴相应。盛世之乐《雅》《颂》广播吴越，天上
星相也阴阳和谐告示天下太平。小子我告别金陵诸公，从白下亭出发来到
这里。此处群公如群凤怜惜我这外来客鸟，哀鸣叹惜参差相间不绝于耳。
各自拔下五色羽毛赠我，情意深重与之相比泰山倒显得轻。所赠虽然轻微
但所费之心深广，于我则如斗水浇长鲸可解眼前之急。我像冯谖一样弹剑
唱起《苦寒行》之歌，严寒的冷风在屋前的楹柱间刮起。天将晓时，月垂天
门山顶；严霜洒落，牛渚之水清冷。长叹一声又走上归路，面临河川空自惶
恐彷徨。

# 五、寄　诗

# 安陆白兆山桃花岩寄刘侍御绾

**【题解】**　白兆山,在安陆县西三十里,下有桃花岩及李白读书处。诗中描绘桃花岩的美丽景色及诗人沉浸其中的心情。刘绾,御史台侍御,生平不详。题下原有注:"安陆。一作《春归桃花岩贻许侍御》。"

**【原诗】**　云卧三十年,好闲复爱仙。蓬壶虽冥绝①,鸾凤心悠然②。归来桃花岩,得憩云窗眠。对岭人共语,饮潭猿相连③。时升翠微上④,邈若罗浮巅⑤。两岑抱东壑⑥,一嶂横西天。树杂日易隐,崖倾月难圆。芳草换野色,飞萝摇春烟。入远构石室,选幽开山田。独此林下意⑦,杳无区中缘⑧。永辞霜台客⑨,千载方来旋⑩。

**【注释】**　①蓬壶:蓬莱、方壶,海上的仙山。　②鸾凤:指神鸟。　③饮潭:猿好攀援,饮水辄自高崖或大树上累累相接下饮。　④翠微:轻淡青葱的山色。　⑤罗浮:位于今广东惠州,浮山与罗山并体,故称。山极高,相传只有羽化登仙才能登其巅。　⑥岑:山小而高者。　⑦林下意:隐居之意。　⑧区中:人世间。　⑨霜台:御史台。　⑩旋:返。

**【译文】**　居山卧云已三十年,个性好清闲又爱神仙。蓬莱、方壶与我虽然遥遥隔绝,鸾鸟、凤凰仍令我悠然向往。如今来到白兆山桃花岩下,倚凭云朵出入的小窗憩眠。两岭之间游人相对共语,猿猴足爪相连而下饮用潭中之水。时时登上轻淡青葱的山气缭绕之处,高耸邈缅如同登上罗浮之巅。两座山岑怀抱东边山壑,一座山峰似屏障横挡西边青天。杂树丛生太阳最易隐没,高崖倾侧月儿出没难现圆脸。芳草不同变换着山野的景色,藤萝飘动轻摇着春日的云烟。远入深山构筑山室,选个幽僻之处开几亩山田。我偏偏只有这林下隐居之意,杳杳然与人世间毫无牵连。在此向你这御史台的侍御告辞,千年之后我才返归回旋。

# 淮南卧病书怀寄蜀中赵征君蕤

**【题解】** 征君,朝廷征召而不赴之人;赵蕤,字太宾,梓州人,是李白居蜀中时结识的友人。此诗大约是诗人开元年间出蜀东游卧病扬州时所作,诗中自叹功业未成、贫病交加及远离家乡,诗末怀念蜀中友人。宋蜀本题下注:"淮南。"

**【原诗】** 吴会一浮云,飘如远行客①。功业莫从就,岁光屡奔迫。良图俄弃捐,衰疾乃绵剧。古琴藏虚匣,长剑挂空壁。楚怀奏钟仪②,越吟比庄舄③。国门遥天外④,乡路远山隔。朝忆相如台⑤,夜梦子云宅⑥。旅情初结缉,秋气方寂历⑦。风入松下清,露出草间白。故人不在此,而我谁与适。寄书西飞鸿,赠尔慰离析。

**【注释】** ①"吴会"二句:曹丕《杂诗》:"西北有浮云,亭亭如车盖。惜哉时不遇,适与飘风会。吹我东南行,行行至吴会。" ②"楚怀"句:《左传·成公九年》载:楚囚钟仪,戴南冠,弹琴,操南音。范文子曰:"乐操土风,不忘旧也。" ③"越吟"句:《史记·张仪列传》载:"越人庄舄仕楚执圭,有顷而病。楚王曰:'舄,故越之鄙细人也。今仕楚执圭,贵富矣,亦思越不?'中谢对曰:'凡人之思故,在其病也。彼思越则越声,不思越则楚声。'使人往听之,犹尚越声也。" ④国门:国都之门。 ⑤相如台:汉代蜀人司马相如琴台,在成都。 ⑥子云宅:汉代蜀人扬雄故宅,在成都。 ⑦寂历:凋落疏离。

**【译文】** 我是吴会的一片浮云,飘然无依如同远行之客。功业无处可以成就,岁月时光奔促急迫。雄心壮志即刻放弃消失,衰老疾病日甚一日加剧。古琴放入空匣无人弹奏,长剑挂在空壁无处可用。楚囚钟仪奏乐歌吟皆用楚音心在怀楚,越人庄舄贵富不忘家乡病中仍是越声。国都之门尚在遥远的天外,还乡之路远隔崇山峻岭。清晨我回忆起司马相如的琴台,夜晚我梦中见扬子云的故宅。旅途之情此时刚刚了结,秋气肃杀正是凋落万物之时。风吹入林松下清冷寒冷,露水下降草间白茫茫一片。故人如今已不可见,幽幽长梦我与谁人相合? 托西飞长鸿捎去一封书信,赠给你安慰那离别分隔之情。

# 寄弄月溪吴山人

**【题解】** 诗中把吴山人比作汉末高士庞德公,描写他的隐居生活,亦寄托着诗人隐居寻仙的愿望。弄月溪、吴山人,均无考。

**【原诗】** 尝闻庞德公①,家住洞湖水②。终身栖鹿门,不入襄阳市。夫君弄明月③,灭景清淮里④。高踪邈难追,可与古人比。清扬杳莫睹⑤,白云空望美。待我辞人间,携手访松子⑥。

**【注释】** ① 庞德公:《后汉书·逸民列传》:"庞公者,南郡襄阳人也。居岘山之南,未尝入城府。夫妻相敬如宾,荆州刺史刘表数延请,不能屈,乃就候之……后遂携其妻子登鹿门山,因采药不反。" ② 洞湖:不详。③ "夫君"句:指吴山人。 ④ 灭景:消灭踪迹。景,通"影"。 ⑤ 清扬:眉目婉然之美。 ⑥ 松子:赤松子,古之仙人。

**【译文】** 曾经听说汉末的庞德公,家住在洞湖水边。终身隐栖在鹿门山中,一步不曾入襄阳闹市。吴山人你溪边赏月,目送月的清辉在清清淮水里隐没。你高远的踪迹缅邈难以追寻,真可与古人相比。眉目清扬,但杳然无人亲睹,极目远望空见秀美的白云。待到我也宣布告辞人间时,我将与你携手去寻访仙人赤松子。

# 秋山寄卫尉张卿及王征君

**【题解】** 卫尉张卿即张垍,尚玄宗女宁亲公主,为驸马都尉。王征君,事迹不详。诗中对张垍没有引荐自己有暗暗的怨懑。宋蜀本题下注:"会稽。"

**【原诗】** 何以折相赠,白花青桂枝。月华若夜雪,见此令人思。虽然剡溪兴,不异山阴时①。明发怀二子②,空吟《招隐》诗③。

**【注释】** ①"虽然"二句:《世说新语·任诞》:"王子猷居山阴,夜大雪,眠觉,开室命酌酒。四望皎然,因起彷徨,咏左思《招隐》诗。忽忆戴安道。时戴在剡,即便夜乘小船就之。经宿方至,造门不前而返。人问其故,王曰:'吾本乘兴而行,兴尽而返,何必见戴!'" ②明发:天明出发。 ③《招隐》诗:左思、陆机都有《招隐》诗,表达了对世俗的厌弃和对隐士生活的向往。

**【译文】** 折什么花来寄赠你俩呢? 是那白白的花朵与青青的桂枝。月光普照如夜降大雪,见此情景令我倍思友人。虽未见到你俩,但我在剡溪的情兴,与在山阴时并无两样。明晨出发此刻更加怀念你俩,空自吟咏《招隐》之诗。

# 望终南山寄紫阁隐者

**【题解】** 终南山有紫阁峰,形如楼阁,日射则生紫光,故名。诗中赞美景色,心为之舒,表现了诗人对宁静生活的向往。此诗作于天宝三载(744)李白供奉翰林时。宋蜀本题下注:"长安。"

**【原诗】** 出门见南山①,引领意无限②。秀色难为名,苍翠日在眼。

有时白云起,天际自舒卷。心中与之然,托兴每不浅。何当造幽人,灭迹栖绝巘③。

**【注释】** ① 南山:终南山,又名太乙山。 ② 引领:伸颈远望。 ③ 绝巘(yǎn):高峰。

**【译文】** 出门只见终南山高高耸立,伸颈远望情意无限。美丽的景色难以称述描摹,苍苍翠翠日日呈现眼前。有时白云从山岫升起,飘浮天边自在卷舒。心中情意与山景相谐,托此感兴怎会浅薄?什么时候去造访幽栖之人,扫迹灭踪隐居在高峰之上?

# 夕霁杜陵登楼寄韦繇

**【题解】** 杜陵,又名乐游原,汉宣帝在此筑陵,改名杜陵,在今陕西西安东南。韦繇,事迹不详。此诗约作于天宝二年(743)。诗中先写景,再写对韦繇的思念。

**【原诗】** 浮阳灭霁景①,万物生秋容。登楼送远目,伏槛观群峰。原野旷超缅,关河纷错重。清晖映竹日,翠色明云松。蹈海寄遐想②,还山迷旧踪。徒然迫晚暮,未果谐心胸。结桂空伫立③,折麻恨莫从④。思君达永夜,长乐闻疏钟⑤。

**【注释】** ① 浮阳:日光。霁:雨止。 ② 蹈海:战国时鲁仲连以一箭书下聊城后,不受爵而逃至海上。参见《古风五十九首》其三十六注。 ③ 结桂:在桂枝上打结、系扎,指为誓。 ④ 折麻:折花。屈原《九歌·大司命》:"折疏麻兮瑶华,将以遗兮离居。"洪兴祖补注曰:"瑶华,麻花也,其色白,故比于瑶。此花香,服食可致长寿,故以为美,将以赠远。" ⑤ 长乐:汉代宫名。

**【译文】** 傍晚浮动的阳光渐渐使雨后的景色消失了,万物显露出秋天的姿容。登上高楼极目远眺,伏在栏杆上观望群峰。只见原野超旷缅远,雄关大河纷然交错相重。待到清亮的光辉照耀竹林之时,直入云端的松树便更加青翠明耀。鲁仲连蹈海隐居之事令我遐思远想,回到山中却迷失了往日的踪迹。徒然感受着傍晚日暮透露出的那种急迫,却未能让万物世事与心胸相和相谐。系挽桂枝久久地伫立,只能折下白花相赠而遗憾未能从友相去。思念友人长夜不寐直至天明,此刻已听到长乐宫中敲响了稀稀落落的钟声。

# 秋夜宿龙门香山寺奉寄王方城十七丈、奉国莹上人、从弟幼成令问

**【题解】** 此诗是开元年间诗人浪游方城、嵩山后至龙门时所作,全诗描摹秋日景色,寄托相思。龙门山在河南府城西南,两山对峙,东曰香山,西曰龙门,石壁峭立,伊水出其间。香山寺在龙门山上。王方城,方城县令;莹上人,奉国寺莹禅师。宋蜀本题下注:"洛阳。"

**【原诗】** 朝发汝海东,暮栖龙门中①。水寒夕波急,木落秋山空。望极九霄迥,赏幽万壑通。目皓沙上月,心清松下风。玉斗生网户②,银河耿花宫③。兴在趣方逸,欢余情未终。凤驾忆王子④,虎溪怀远公⑤。桂枝坐萧瑟⑥,棣华不复同⑦。流恨寄伊水,盈盈焉可穷。

**【注释】** ①"朝发"二句:刘琨《扶风歌》:"朝发广莫门,暮宿丹水山。"汝海,指颍阳,离龙门五十里。 ②玉斗:北斗。网户:门窗上雕刻的方格,如网罗织,故称。 ③耿:明亮。花宫:指佛寺。佛师讲法处,天雨众花,故称。 ④王子:仙人王子乔,好吹笙,作凤凰鸣。参见《凤笙篇》注。此以指王方城。 ⑤远公:晋时高僧慧远。慧远居庐山送客过虎溪,虎辄鸣号,故名虎溪。 ⑥桂枝:桂林一枝,喻人才之美。《晋书·郤诜传》:"武帝于东堂会送,问诜曰:'卿自以为何如?'诜对曰:'臣举贤良对策,为天下第一,犹桂林之一枝,昆山之片玉。'" ⑦棣华:《诗经·小雅·常棣》:

"常棣之华,鄂不韡韡。凡今之人,莫如兄弟。"后因以棣华喻兄弟。此指从弟幼成、令问。

**【译文】** 清晨从汝海东边出发,晚上已栖止于龙门山中。秋日水寒傍晚时分波浪愈急,树叶纷纷而落山中显得空空荡荡。举目远眺望到九霄之遥,观赏幽美之景走遍千川万壑。月照沙上令人眼目皓亮,风吹松下令人心境清静。从门窗扉格望去,北斗横空;银色月光倾泻,佛寺光耀如明。兴致所在只觉趣味超逸,欢乐之余只感情犹未终。思念如王子乔驾凤而游的王方城,怀恋如远公送客不过虎溪的莹上人。桂林一枝、昆山片玉般的美才兄弟,如今也未能团聚在一起。我的遗憾与感伤寄托给滔滔伊水,那盈盈盛水又哪里可以流尽呢?

# 春日独坐寄郑明府

**【题解】** 郑明府,一般认为即《溧阳濑水贞义女碑铭》中的郑晏,天宝末任溧阳县令。诗的上部分写春日景色,下部分写思念,盼望相聚共饮新丰美酒。

**【原诗】** 燕麦青青游子悲①,河堤弱柳郁金枝②。长条一拂春风去,尽日飘扬无定时。我在河南别离久,那堪对此当窗牖。情人道来竟不来③,何人共醉新丰酒④。

**【注释】** ①燕麦:野麦,穗细长而疏,燕雀食之,故称。 ②郁金:树名,其花黄色。 ③情人:唐人称挚友为情人。 ④新丰:治所在今西安临潼东北,汉高祖以骊邑县改置。

**【译文】** 燕麦青青正是游子伤悲之时,那河堤上柔弱的柳树有着郁金般的黄花枝条。长长的柳枝在春风的吹拂下,尽日里飘扬没有定止之时。我在河南与你相别久远,哪能忍受如此面对窗牖观望柳枝? 我的朋友啊你说来却始终未来,谁能与我在此时共饮新丰美酒相醉一场呢?

# 寄淮南友人

**【题解】** 淮南,此指扬州。诗的前半部分述说以往的经历,诗的后部分写隐居的打算。

**【原诗】** 红颜悲旧国①,青岁歇芳洲②。不待金门诏③,空持宝剑游。海云迷驿道,江月隐乡楼。复作淮南客,因逢桂树留④。

**【注释】** ① 红颜:指青春年少时。 ② 青岁:春日。 ③ 金门:金马门的省称,此代朝廷。 ④ 桂树:忠贞之士。淮南小山《招隐士》:"桂树丛生兮山之幽。"王逸注:"桂树芳香,以兴屈原之忠贞也。"

**【译文】** 红颜年少时悲伤是因为离别家乡,春日时分来到这芳草丛生的水洲。未在金马门等待朝廷的征召,徒然地手持宝剑四方浪游。前行的驿道迷失于大海的云雾中,家乡的楼阁隐藏在大江的明月里。真想再来淮南客游,借着与你这忠贞之士的相逢机会就留下来隐居。

# 沙丘城下寄杜甫

**【题解】** 天宝三载(744)秋李白与杜甫、高适等同游,第二年写下这首别后相思之诗。沙丘,指兖州(鲁郡)治城瑕丘。全诗以景带出思念之情,情深意长,表现出诗人之间的深厚友谊。宋蜀本题下注:"齐鲁。"

**【原诗】** 我来竟何事,高卧沙丘城。城边有古树,日夕连秋声。鲁酒不可醉①,齐歌空复情。思君若汶水②,浩荡寄南征③。

**【注释】** ①鲁酒: 古来有鲁国酒薄之称。 ②汶水: 汶水其源有三: 一发泰山之旁仙台岭, 一发莱芜县原山之阳, 一发莱芜县寨子村。汶水流经兖州瑕丘县北, 西南行, 入大野泽。 ③南征: 南流之水。

**【译文】** 我来这里究竟是为了什么事? 高枕安卧在沙丘城。城边有苍老的古树, 白日黑夜沙沙作响与秋声相连。鲁地酒薄难使人醉, 齐歌情浓徒然向谁? 我思念你啊此情如滔滔汶水, 浩浩荡荡向南流去寄托着我的深情。

# 闻丹丘子于城北山营石门幽居, 中有高凤遗迹, 仆离群远怀, 亦有栖遁之志, 因叙旧以寄之

**【题解】** 丹丘子, 即元丹丘, 所隐居之处在东汉隐士高凤授业的西唐山。诗中叙述思念之情及两人聚散经历, 又叙述自己辞朝归园后的思想情绪。此诗作于天宝十载(751)。

**【原诗】** 春华沧江月, 秋色碧海云。离居盈寒暑①, 对此长思君。思君楚水南②, 望君淮山北。梦魂虽飞来, 会面不可得。畴昔在嵩阳③, 同衾卧羲皇④。绿萝笑簪绂⑤, 丹壑贱岩廊⑥。晚涂各分析, 乘兴任所适。仆在雁门关⑦, 君为峨眉客。心悬万里外, 影滞两乡隔。长剑复归来, 相逢洛阳陌。陌上何喧喧, 都令心意烦。迷津觉路失, 托势随风翻。以兹谢朝列⑧, 长啸归故园。故园恣闲逸, 求古散缥帙⑨。久欲入名山, 婚娶殊未毕⑩。人生信多故, 世事岂惟一。念此忧如焚, 怅然若有失。闻君卧石门, 宿昔契弥敦。方从桂树隐, 不羡桃花源。高凤起遐旷, 幽人迹复存。松风清瑶瑟, 溪月湛芳樽。安居偶佳赏, 丹心期此论。

**【注释】** ①盈寒暑: 满一年。 ②楚水南: 泛指自己这几年的行踪。 ③嵩阳: 县名, 今河南登封西南。 ④羲皇: 此处自称是羲皇上人, 指返朴归真的上古之人。 ⑤簪绂(fú): 冠簪与丝制的缨带, 皆古礼服之制,

喻显贵。　⑥岩廊：朝廷的代称。　⑦雁门关：在河东道代州雁门县北，开元二十四年，李白游太原时曾北往雁门关，其时元丹丘在蜀中。　⑧谢朝列：指供奉翰林时失意，遂辞朝出游。　⑨缥帙(piǎo zhì)：帛制书套。缥，青白色帛，用制书套。　⑩"婚娶"句：《后汉书·逸民列传》："向长，字子平……建武中，男女娶嫁既毕，敕断家事勿相关，当如我死也。于是遂肆意，与同好北海禽庆俱游五岳名山，竟不知所终。"

【译文】　春花盛开在青苍色的江边与月光辉映，秋日美景笼罩在碧海般的云彩之下。我俩相离已满一年，对此美景我长久地思念。我在楚山楚水边思念，远望你所在的淮山淮水。梦魂虽然常来又常往，会面却是永无时日。忆往昔我们会面在嵩阳，同衾共被高卧如羲皇。坐在青绿的藤萝之下讥笑插簪戴绂的显贵之人，住在炼丹的山壑轻贱朝廷庙堂生活。后来我俩各自分离，依己意愿任心所动各奔所适。我曾到过雁门关，你去蜀中为峨眉之客。你我心心相印各自牵挂于万里之外，你我的身影则滞留两地相隔遥远。怀抱长剑你从远游中归来，相逢在洛阳的大道进入官场。大道上传出阵阵喧闹的噪声，这一切都令你我心烦意乱。你我都觉得迷失了方向迷失了道路，只是随着时俗风气翻滚追逐而已。于是我辞官告别朝廷同列，肆意长啸归返故乡。返回故乡恣意所为闲适放逸，追古探古散开书套钻研古书。早就想进入名山浪游弃世，只是儿女的婚娶尚未办理。人生在世确实多有不顺，世上之难事难道仅此一件？想到这里便忧心如焚，怅然长叹若有所失。听说你高卧隐居在石门，早晚之间都契合心愿隐志愈坚。你正隐居以待明君，并非羡慕那世外桃源。高凤居于遐远的旷野之上，那隐居幽人的足迹尚存。松风之下瑶瑟乐声清亮泠泠，月上涧溪芳樽之酒无比清湛。安居隐逸期望有人同赏美景，赤诚的友情必然要使这种愿望实现。

# 淮阴书怀寄王宗成一首

【题解】　王宗成一作王宋城，即宋城县令王某。诗人先遇王，离别后至淮阴寄上此诗，先述梁苑相聚，再述至淮阴后的心迹，暗寓求援之意。宋蜀本题下注："再至淮南。一作王宋城。"

**【原诗】**　沙墩至梁苑，二十五长亭①。大舶夹双橹②，中流鹅鹳鸣③。云天扫空碧，川岳涵余清。飞凫从西来，适与佳兴并。眷言王乔舄④，婉娈故人情。复此亲懿会，而增交道荣。沿洄且不定⑤，飘忽怅徂征。暝投淮阴宿，欣得漂母迎⑥。斗酒烹黄鸡，一餐感素诚。予为楚壮士⑦，不是鲁诸生⑧。有德必报之，千金耻为轻。缅书羁孤意⑨，远寄棹歌声。

**【注释】**　①长亭：古时建制十里为一长亭。　②舶：大舟。　③鹅鹳鸣：或称船上人声喧哗如鹅鹳声，或称橹声如鹅鹳声。　④王乔舄(xì)：汉明帝时王子乔为叶令。每初一、十五自县诣朝，不乘车骑，太史伺其临至，辄有双凫从东南飞来。于是候凫至，举罗张之，得一舄，视之则所赐尚书官属履。　⑤沿洄：逆流而上与顺流而下。　⑥漂母：洗衣妇。《史记·淮阴侯列传》：韩信在淮阴时尝钓于城下。诸母漂，有一母见信饥，饭信，竟漂数十日。信谓母曰："吾必有以重报母。"母怒曰："大丈夫不能自食，吾哀王孙而进食。岂望报乎！"后信归汉，为大将。召所从食漂母赐千金。　⑦楚壮士：以韩信自比。　⑧鲁诸生：《史记·叔孙通列传》载：叔孙通降汉，从儒生弟子百余人，然通无所提拔，而专言诸故群盗壮士进之，诸生皆怨怒。通曰："汉王方蒙矢石争天下，诸生宁能斗乎？故先言斩将搴旗之士。诸生且待我，我不忘矣。"汉五年，已并天下，通为高祖起朝仪，拜为太常，赐金五百斤，遂进诸生，高祖悉以为郎。诸生乃喜曰："叔孙生诚圣人也，知当世之要务。"此指追求富贵者。　⑨缅：尽。

**【译文】**　从沙墩到梁苑，一路上经过二十五个长亭。高大的航船双橹相夹，摇至河中咿咿哑哑如鹅鹳相鸣。淡云飘浮晴空一望皆碧，山岳川壑满含清冷。一只飞凫从西而来，刚巧与我佳美的兴致相谐。莫不是王子乔之履所变，那是亲爱的故友情之所系啊！你我至交朋友又一次相会，更增加了交友之道的敦亲荣耀。船儿顺流而下与逆流而上难有一定，飘忽之间为此远征惆怅万分。夜晚时分到达淮阴投宿，欣然得到曾接济韩信的漂母般的人物迎接。宰鸡买酒准备饭食,一饭之间为其挚诚之心而感动。我也是如韩信一样的楚壮士,并不是只知求富贵的鲁诸生。有恩有德必定报答,千金相报犹觉尚轻。满篇书信写的都是我的羁旅之情,托付给棹歌之声寄给远方的你。

# 闻王昌龄左迁龙标遥有此寄

【题解】　天宝八载(749),诗人王昌龄因"不护细行",被贬为龙标尉。龙标在今湖南黔阳。李白闻知,写此诗遥赠。全诗意深情厚,又造语新颖,历来传诵。王昌龄,字少伯,江宁人,工诗,绪密而思清。

【原诗】　扬州花落子规啼①,闻道龙标过五溪②。我寄愁心与明月,随君直到夜郎西③。

【注释】　① 子规啼:子规即杜鹃,其啼鸣之时为暮春,其叫哀苦。本句一作"杨花落尽子规啼"。　② 龙标:王昌龄被贬为龙标尉,即以此称之。五溪:泛指沅水中上游地区,在今湖南怀化一带。　③ 夜郎:今湖南新晃县,距龙标约百里。

【译文】　扬州花落时分杜鹃哀苦地啼鸣,我听说你被贬为龙标尉已过五溪。我把哀愁之心寄付给明月,让它乘风直到夜郎之西与你同在。

# 寄王屋山人孟大融

【题解】　此诗作于天宝十载(751)。孟大融,生平不详。王屋山,在今山西阳城县西南,山有三重,形状如屋,故名;又称此山为王者之屋,故名。诗中先述以往的访仙求道,再述供奉翰林至还山的一段经历,最后述失意及与孟氏同隐的心愿。

【原诗】　我昔东海上,劳山餐紫霞①。亲见安期公,食枣大如瓜②。中年谒汉主,不惬还归家③。朱颜谢春晖,白发见生涯。所期就金液④,飞步登云车⑤。愿随夫子天坛上⑥,闲与仙人扫落花。

【注释】　①劳山:有大劳山、小劳山,秦始皇登山望蓬莱,即此地。山在今山东青岛。　②"亲见"二句:《史记·孝武本纪》载李少君言于汉武帝曰:"臣尝游海上,见安期生,食巨枣,大如瓜。"安期生,仙人。　③"中年"二句:指天宝初年李白在长安供奉翰林后又离朝之事。谒,拜见。汉主,代指玄宗。　④金液:指饮之可以长生不老的东西,如仙露等。　⑤登云车:指登云成仙。　⑥天坛:在王屋上的坛台。

【译文】　往昔我漫游东海之上,曾到劳山餐紫霞饮仙露。亲眼看见了安期生,他吃的枣儿如同瓜儿大小。中年时期我进京谒见圣上,在朝廷中不惬意而辞拜还家。年华逝去红颜衰颓春晖暗淡,根根白发显现出历经的坎坷生涯。所期望的就是食仙丹饮金液,轻身飞步登云成仙。我真愿随你去王屋天坛之上,闲来与仙人般的你共扫落花。

# 忆旧游寄谯郡元参军

【题解】　谯郡,即亳州,今安徽亳州。元参军,名演。诗中叙述与元演在洛阳、汉阳、并州、关中的四次聚散,情深谊厚。全诗为七言长句,离合转折,有贯珠之美。宋蜀本题下注:"金陵。"

【原诗】　忆昔洛阳董糟丘①,为余天津桥南造酒楼②。黄金白璧买歌笑,一醉累月轻王侯。海内贤豪青云客,就中与君心莫逆。回山转海不作难,倾情倒意无所惜。我向淮南攀桂枝③,君留洛北愁梦思。不忍别,还相随。相随迢迢访仙城④,三十六曲水回萦。一溪初入千花明,万壑度尽松风声。银鞍金络到平地,汉东太守来相迎⑤。紫阳之真人⑥,邀我吹玉笙。餐霞楼上动仙乐⑦,嘈然宛似鸾凤鸣。袖长管催欲轻举⑧,汉中太守醉起舞⑨。手持锦袍覆我身,我醉横眠枕其股。当筵意气凌九霄,星离雨散不终朝,分飞楚关山水遥。余既还山寻故巢,君亦归家度渭桥。君家严君勇貔虎⑩,作尹并州遏戎虏⑪。五月相呼度太行,摧轮不道羊肠苦⑫。行来北凉岁月深⑬,感君贵义轻黄金。琼杯绮食青玉案⑭,使我醉饱无归心。时时出向城西曲,晋祠流水如碧玉⑮,浮舟弄水箫鼓鸣,微波龙鳞莎草绿。兴来携妓恣经过,其若杨花似雪何。红妆欲醉宜斜日,百尺清潭写翠娥⑯。翠娥婵娟初月辉,美人更唱舞罗衣。清风吹歌入空去,歌曲自绕行云飞⑰。此时行乐难再遇,西游因献《长杨赋》⑱。北阙青云不可期⑲,东山白首还归去⑳。渭桥南头一遇君,酂台之北又离群㉑。问余别恨今多少,落花春暮争纷纷。言亦不可尽,情亦不可极。呼儿长跪缄此辞,寄君千里遥相忆。

**【注释】** ① 董糟丘:不详何人,疑为酒商。 ② 天津桥:桥名,在洛阳。 ③ 攀桂枝:隐居待仕。 ④ 仙城:即仙城山,在随州。 ⑤ 汉东:郡名,即随州。 ⑥ 紫阳真人:即胡紫阳。随州人,著名道士。为元丹丘之师。 ⑦ 餐霞楼:紫阳先生于随州苦竹院置餐霞楼。 ⑧ 袖长:古谚语:"长袖善舞。" ⑨ 汉中:当为"汉东"。李白撰有《汉东紫阳先生碑铭》。 ⑩ 严君:父亲。貔虎:喻勇士。 ⑪ 尹:长史。并州:即太原府。 ⑪ "五月"二句:曹操《苦寒行》:"北上太行山,艰哉何巍巍。羊肠坂诘屈,车轮为之摧。" ⑬ 北凉:《诗经·邶风·北风》:"北风其凉,雨雪其雱。" ⑭ 案:食盘。 ⑮ 晋祠:一名王祠,周唐叔虞祠,在太原府晋阳县。 ⑯ 写:映照。 ⑰ "歌曲"句:《列子·汤问》:"(秦青)抚节悲歌,声振林木,响遏行云。" ⑱ "西游"句:汉人扬雄从汉成帝猎,曾上《长杨赋》。此李白自比其天宝初年入朝事。 ⑲ 北阙:指朝堂,上书奏事谒见之处。 ⑳ 东山:晋人谢安隐居之地。 ㉑ 酂(zàn)台:属谯郡。

**【译文】** 回忆昔日洛阳酒商董糟丘,为我在天津桥南头造酒楼。花尽黄金白璧买来宴饮与欢歌笑语时光,一次酣醉使我数月轻蔑王侯将相。天下多少贤士豪杰与立德立言高尚之人,我只与你心心相印成为莫逆之交。这种友情直到山回海转也不会改变，为此献出全部心血倾泻全部情感也在所不惜。我到淮南去隐居待仕，你留在洛阳愁苦生梦相思不已。你我不忍相别，依旧相随而行。相随而行迢迢万里访问随州仙城山，那儿有三十六条溪流回环萦绕。走过每一条溪流都见千万朵鲜花盛开，千条万条山壑中松树耸立轻风吹拂。登银鞍挽金络来到平川大地，汉东太守亲来相迎。紫阳真人邀你我吹笙作乐，餐霞楼上仙乐鸣响，嘈然宛转如同凤凰啼鸣。长袖善舞管乐吹奏催人羽化登仙，汉东太守乘醉手舞足蹈跳起来。他手持锦袍披覆我身上，我酒醉横卧枕在他腿上。面临酣筵意气风发上凌九霄，整天之后便又如星离两散地分别了，你我相隔楚关山遥水远。我回到故山寻找旧日家园，你也归家渡过了渭桥。你家父辈勇武如貔如虎，任并州长史遏阻戎虏的进犯。你我五月间相约穿越太行山，羊肠小道上车轮催人困乏却不言苦。来到北都太原寒冷之地岁月久长，为你的贵信义轻黄金而深深感动。豪华之筵青玉盘上盛放琼杯美食，使我既醉且饱暂无归心。时常出游来到城西曲折之路，晋祠之旁流水长淌如同碧玉。乘舟划水鸣响箫鼓，微波荡漾如龙鳞闪闪莎草碧绿。情兴一来携歌伎带舞女来到此处，那纷纷扬扬的杨花如同雪花飘洒。傍晚日斜之时红妆歌女个个欲醉，来到水边那百尺清潭映出她们姣好的容颜。初月升起辉映翠娥与婵娟，美人们换唱新曲罗衣舞动。清风徐来吹歌飞上空中，歌声嘹亮宛转绕云而飞。如此时光的世间行乐难以再遇，我又西游向朝廷献上《长杨赋》。朝堂中青云直上难以期望，于是辞归回还东山。渭南桥头又与你相遇一面，顷刻之间在酂台之北又相离分手。你问我离愁别恨今有多少，请看那暮春时节落花纷纷最为相似。说也说不尽，满怀心绪难以表述。呼儿长跪封上信函结束此书，寄给你千里之外的遥遥相思与祝福。

# 月夜江行寄崔员外宗之

**【题解】** 崔宗之是杜甫所咏"饮中八仙"之一，是李白好友，开元二十七年(739)左右任礼部员外郎。诗中写月夜江行景色，怀念远方的亲人朋友。

【原诗】　飘飘江风起,萧飒海树秋。登舻美清夜①,挂席移轻舟②。月随碧山转,水合青天流。杳如星河上,但觉云林幽。归路方浩浩,徂川去悠悠。徒悲蕙草歇③,复听菱歌愁④。岸曲迷后浦,沙明瞰前洲。怀君不可见,望远增离忧。

【注释】　①舻:船头。　②挂席:扬帆。　③蕙草:即蕙兰,一种香草。④菱歌:采菱之歌。

【译文】　凛冽的江风飘摇而起,吹得江边高树秋声萧瑟。登上船头只觉清夜景色佳美,扬帆起航小舟前进。舟上只见月儿随着碧山回转,水与青天相合而流。晃晃悠悠仿佛航行在遥远的星河,只觉得云压树林幽暗一片。眺望归路水流浩荡,瞻望前程逝水滔滔。徒然悲伤蕙草衰歇,又听到采菱之歌满含哀怨。曲折的江岸掩迷后边的渡口,明亮的沙滩看见前边的小洲。思念你啊又不可相见,眺望远方徒然增加离别的情怀。

# 宿白鹭洲寄杨江宁

【题解】　白鹭洲原在南京城西的长江中。杨江宁,江宁县令杨利物。江宁,属金陵。诗作于天宝十三载(754),时李白与魏万同游。诗中描摹江上夜景,寄托思念友人之情。

【原诗】　朝别朱雀门①,暮栖白鹭洲。波光摇海月,星影入城楼。望美金陵宰②,如思琼树忧③。徒令魂作梦,翻觉夜成秋。绿水解人意,为余西北流。因声玉琴里,荡漾寄君愁。

【注释】　①朱雀门:金陵南门。　②金陵宰:指杨江宁。　③琼树:比喻美好的人品。

【译文】　早上告别金陵之南朱雀门,晚上栖止在长江之中的白鹭洲。波光摇动仿佛月儿也在摇动,天上星星与城门高楼遥相照映。眺望金陵我赞美县令你啊,思念你那琼树般的人品我心生忧伤。虽有你的魂魄入梦也是徒然,只觉夜晚寒凉如同秋天。滔滔江水善解人意,为我哗啦哗啦从西北流来。借着那远处飘来的玉琴乐声,和着荡漾的江水寄给你一片忧愁。

# 新林浦阻风寄友人

**【题解】** 新林浦在金陵城西南二十里,本诗作于天宝十三载(754)。诗中描摹新林浦初春景色及天风,再点出雪花,最后写深切的相思。宋蜀本题下注:"一作《金陵阻风雪书怀寄杨江宁》。"

**【原诗】** 潮水定可信①,天风难与期。清晨西北转,薄暮东南吹。以此难挂席,佳期益相思。海月破圆景,菰蒋生绿池②。昨日北湖梅③,开花已满枝。今朝白门柳④,夹道垂青丝。岁物忽如此,我来定几时。纷纷江上雪,草草客中悲⑤。明发新林浦,空吟谢朓诗⑥。

**【注释】** ①"潮水"句:潮水涨退有确定的时间,故称。 ②菰蒋(gū jiǎng):俗称茭白。 ③北湖:即金陵玄武湖。 ④白门:金陵城西门。 ⑤草草:劳心,伤心。 ⑥"空吟"句:南朝齐诗人谢朓有《之宣城郡出新林浦向板桥》诗。

**【译文】** 潮水涨退必有确切的时间,天上的风来去却难以预料。清晨时分向西北方向转去,薄暮又向东南方向吹来。因此难以扬帆起航,值此停留的佳期越发引人相思之情。江上之月升起圆了又缺,菰蒋生长于绿池之中。昨日那北湖的梅花,已绽开满树满枝。今日城西白门的柳树,夹道而立青丝垂垂。岁月倏忽流逝如此之快,我来到此地怎能确定时间?纷纷扬扬江上又飘起雪花,客中之人悲切伤心。明早从新林浦出发,徒然吟诵谢朓来到此地的诗作。

# 寄韦南陵冰，余江上乘兴访之，遇寻颜尚书，笑有此赠

**【题解】** 李白自贬所遇赦就遇到韦冰，此诗表示欲拜访他。诗中历叙韦冰江上寻颜尚书及与己相遇的情景及自己滞留江夏的心情。韦冰，韦景骏之子，先为张掖县令，后为南陵县令。颜尚书，即颜真卿。

**【原诗】** 南船正东风，北船来自缓。江上相逢借问君，语笑未了风吹断。闻君携妓访情人①，应为尚书不顾身②。堂上三千珠履客③，瓮中百斛金陵春④。恨我阻此乐，淹留楚江滨⑤。月色醉远客，山花开欲燃⑥。春风狂杀人，一日剧三年。乘兴嫌太迟，焚却子猷船⑦。梦见五柳枝⑧，已堪挂马鞭。何日到彭泽⑨，长歌陶令前⑩。

**【注释】** ①情人：友人。 ②身：自身，我。 ③珠履客：《史记·春申君列传》载："春申君客三千余人，其上客皆蹑珠履。"此指尊贵的客人。 ④金陵春：酒名。唐人多以春称酒。 ⑤楚江滨：即江夏。 ⑥然：通"燃"。 ⑦子猷船：晋人王子猷，夜大雪时，乘兴驾舟访戴安道。 ⑧五柳：陶渊明自称门前有五株柳树。 ⑨彭泽：陶渊明曾为彭泽县令。 ⑩陶令：此指韦冰。

**【译文】** 南来之船正遇上东风，北来之船行进正缓。与你相逢于江上开口问候，欢语笑谈被江风吹断。听说你携歌伎舞女寻访友人，寻访的应该是颜尚书而不是我吧！你堂上有三千尊贵的门客，贮有百斛金陵春美酒供他们痛饮。遗憾我被阻此地难以参与此乐，只身滞留在江夏这楚江之滨。月色初上令远客酒醉，山花开得正红如同火燃。春风春景令人心焦心狂，一日之间长于三年。乘兴欲访嫌太迟太慢，恨不得将乘雪夜访的子猷之船烧掉。我梦见你门前那五株柳树，已经可以在上面挂马鞭了。什么时候到彭泽去，在如同陶令的你面前长歌一曲呢？

# 题情深树寄象公

**【题解】** 情深树、象公均不详。全诗写诗人内心隐痛,这是因诗人多次失意,经历坎坷,故有感而发。

**【原诗】** 肠断枝上猿①,泪添山下樽。白云见我去,亦为我飞翻。

**【注释】** ① 肠断:《世说新语·黜免》:"桓公入蜀,至三峡中。部伍中有得猿子者,其母缘岸哀号,行百余里不去,遂跳上船,至便即绝。破视其腹中,肠皆寸寸断。公闻之怒,命黜其人。"

**【译文】** 山上,树枝间跳跃的猿猴肠断寸寸;山下,眼泪如水流淌进入酒樽。白云见我失意而去,也为我而上下翻飞。

# 北山独酌寄韦六

**【题解】** 北山与韦六均不详。诗人歌吟真隐士趣味的高尚,描摹山居的景色与幽隐的情趣,这是诗人身在山居而作,并哂笑奔走风尘之友。

**【原诗】** 巢父将许由①,未闻买山隐②。道存迹自高,何惮去人近。纷吾下兹岭③,地闲喧亦泯。门横群岫开④,水凿众泉引。屏高而在云,窦深莫能准⑤。川光昼昏凝,林气夕凄紧。于焉摘朱果,兼得养玄牝⑥。坐月观宝书⑦,拂霜弄瑶轸⑧。倾壶事幽酌,顾影还独尽。念君风尘游⑨,傲尔令自哂。

**【注释】** ① 巢父:尧时隐士,筑巢而居。将:与。许由:尧时隐士,尧要让天下给他,他认为此话污辱了他,便去河边洗耳。 ② 买山隐:《世说新语·排调》:"支道林因人就深公买印山,深公答曰:'未闻巢、由买山而隐。'" ③纷:语助词。 ④岫:峰峦。 ⑤窦:山洞。 ⑥玄牝:元气。《老子》:"谷神不死,是谓玄牝。玄牝之门,是谓天地根。" ⑦宝书:道家之书。 ⑧瑶轸(zhěn):琴。 ⑨风尘游:为名利奔走之游。

**【译文】** 上古隐士巢父与许由,不曾听到他俩像支道林那样买山而隐。他们身上有道存在所以其足迹自然高尚,怕什么隐居时离人迹较近。我来到此山此岭隐居,这里地处幽闲自然喧闹声也就泯灭了。打开房门面对群峰众峦的横阻,开通水源引来万泉迸流。峰峦如屏风高高入云,山洞深邃难能测算得准。河川之间白昼仍显昏暗凝幽,林中之气到了傍晚更加凄冷紧迫。在此处摘食朱果,既能果腹又兼养元气。坐在月下观看道家之书,拂去霜粒弹弄瑶琴。倾尽壶盏细细品酌美酒,对着影子一人独自喝干。想到你还在人世间为了名利奔走,我于是自傲并觉得你应自己哂笑自己。

# 寄当涂赵少府炎

**【题解】** 李白与当涂县尉赵炎关系交往甚密,集中寄酬之作共有四篇。此诗作于天宝十四载(755),诗中写秋日景色,写忧伤之情,写相思之怀。

**【原诗】** 晚登高楼望,木落双江清①。寒山饶积翠②,秀色连州城。目送楚云尽,心悲胡雁声。相思不可见,回首故人情。

**【注释】** ①木:树叶。 ②饶:多。

**【译文】** 傍晚登上高楼眺望,楼下树叶纷飞两条江水清澈。秋日山峰寒气深重多因层层翠碧堆积,山林秀色弥漫连着州城。放眼眺望直到楚云尽头,心中为胡雁鸣声而悲痛不已。相思又相思不可相见,回首之间满含思友之情。

# 寄东鲁二稚子

**【题解】**　这是诗人在天宝八载(749)游金陵时所作。此时李白离东鲁已经三年,诗中毕见思念之情,又写子女思父,倍感亲切。二稚子,女儿平阳与小儿伯禽。宋蜀本题下注:"在金陵作。"

**【原诗】**　吴地桑叶绿,吴蚕已三眠①。我家寄东鲁,谁种龟阴田②。春事已不及③,江行复茫然。南风吹归心,飞堕酒楼前。楼东一株桃,枝叶拂青烟。此树我所种,别来向三年。桃今与楼齐,我行尚未旋④。娇女字平阳,折花倚桃边。折花不见我,泪下如流泉。小儿名伯禽,与姊亦齐肩。双行桃树下,抚背复谁怜。念此失次第⑤,肝肠日忧煎。裂素写远意⑥,因之汶阳川⑦。

**【注释】**　① 三眠:蚕蜕皮时,不食不动,其状如眠;蚕历经三眠,方能吐丝结茧。　② 龟阴田:《左传·定公十年》:"齐人来归郓、讙、龟阴田。"杜预注:"泰山博县北有龟山,阴田在其北也。"此指李白在东鲁的田产。　③ 春事:春日耕种之事。　④ 旋:回返。　⑤ 失次第:指心绪不定,七上八下。　⑥ 素:生帛,古时用以书写。　⑦ 汶阳:曲阜。

**【译文】**　吴地的桑叶已经碧绿,吴地的蚕儿已经三眠。我的家室远寄东鲁,我家的田地谁人劳作?我欲春日耕种已经赶不上了,能否乘船江行而返也心感茫然。南方来风吹着我的思乡之心,飞堕在家乡的酒楼门前。楼的东边有一株桃树,枝条高耸被青烟笼罩。这株桃树是我临行时所栽,一别至今已是三年。桃树如今与酒楼一样高了,我出行在外仍未回返。我的娇女名叫平阳,手折花朵倚在桃树边盼我回家。折下桃花不见父亲的面,眼泪哗哗如同泉水流淌。我的小儿名叫伯禽,已经与姐姐一样高了。他俩并肩双行在桃树之下,谁能抚背怜爱他俩?想到这里心中不定七上八下,肝肠忧煎日甚一日。撕片素帛写下远别的心怀,借此我仿佛也回到了汶阳之川。

# 独酌清溪江石上寄权昭夷

**【题解】**　题中"江"字下王琦注："似缺一祖字。"江祖石，秋浦水边巨石，其高数丈，上有仙人足迹。此诗作于天宝十三载（754）李白游秋浦时。诗中或写石之悠古，或写隐居，或写己之痴想，相得益彰。权昭夷，天水人，李白故友。

**【原诗】**　我携一樽酒，独上江祖石。自从天地开，更长几千尺。举杯向天笑，天回日西照。永愿坐此石，长垂严陵钓①。寄谢山中人，可与尔同调。

**【注释】**　① 严陵：严子陵，名光，字子陵，会稽余姚人。少曾与光武帝刘秀同游学，有高名。秀称帝，授谏议大夫，不受，退隐于富春江边。

**【译文】**　我携带一壶美酒，独自一人登上江祖石。天地开辟以来，此石更增长了几千尺呢？我举杯向天哈哈大笑，天转日行阳光已西照。情愿永远坐在此石上，像严子陵那样长期隐居垂钓。寄上此诗告别山中之人，此石与你具有相同的格调风韵。

# 禅房怀友人岑伦

**【题解】**　李白与岑伦在江汉一带分别，后李白在将离江夏时写下此诗，时在上元元年（760）。诗从友人南游百越、久滞不归的离忧别泪着笔，又落实到自身的壮志难酬而心在栖隐。题下自注："时南游罗浮，兼泛桂海，自春徂秋不返。仆旅江外，书情寄之。"

**【原诗】**　婵娟罗浮月①，摇艳桂水云②。美人竟独往③，而我安能群。一朝语笑隔，万里欢情分。沉吟彩霞没，梦寐琼芳歇。归鸿度三湘④，游子在百越⑤。边尘染衣剑,白日凋华发。春气变楚关,秋声落吴山。草木结悲绪,风沙凄苦颜。羯来已永久⑥,颓思如循环。飘飘限江裔⑦,想像空留滞。离忧每醉心,别泪徒盈袂。坐愁青天末,出望黄云蔽。目极何悠悠,梅花南岭头⑧。空长灭征鸟,水阔无还舟。宝剑终难托,金囊非易求⑨。归来傥有问,桂树山之幽。

**【注释】** ① 婵娟:形态美好。罗浮:在今广东惠州,为罗山与浮山的合称。 ② 摇艳:妖艳。桂水:即桂林的漓江。 ③ 美人:指岑伦。 ④ 三湘:泛指湘江流域一带。 ⑤ 百越:泛指湖广一带。 ⑥ 羯来:去来。 ⑦ 江裔:江边。 ⑧ 南岭:即大庾岭,在今江西、广东交界处。岭上多梅,又称梅岭。 ⑨ "宝剑"二句:愿岑伦早归。金囊,指钱财。

**【译文】** 形态美好的罗浮山顶之月,宛转娇艳的漓江之水。你竟然一人独自前往,而我哪里还能找到同伴呢?一旦你我笑谈欢语别隔开来,欢情友谊便是万里相分。我因此沉吟而彩霞隐没,我为之梦寐而群芳衰歇。归家的飞鸿已过三湘大地,而你却仍在百越之地浪游。边远地区的征尘染沾着你的衣剑,阳光之下你凋落了花白的头发。楚地关塞春来节气改变,吴地山川秋声飘落。草木之上尽结悲思哀绪,风沙之中雕画戚颜苦容。你去彼地已有许多时日,我的颓思苦心循环相绕日日不绝。飘摇离散隔限着大江滔滔,想象得到你徒然滞留外地。离别的忧思每每浸透心胸,离别的眼泪白白地洒满襟袖。坐着门中愁心直至青天之末,出门远望黄云滚滚遮蔽目光。目光所极何其悠远缥缈,要直至大庾岭上那树树梅花。高天长空隐没了征鸟的身影,流深水阔不见回渡的舟楫。防身的宝剑终然难以凭托,度日的财钱也并非容易求得。你归来倘若问我的去处,我在长满桂树的大山幽深之地。

# 庐山谣寄卢侍御虚舟

**【题解】** 卢虚舟,字幼真,范阳人,曾为侍御史。此诗作于上元元年(760),上年李白于流放中遇赦,返回江夏,此时重游庐山而作此诗寄卢虚舟。诗先述己之行踪,次写庐山景色,末写隐退幽居之愿。

【原诗】 我本楚狂人,凤歌笑孔丘①。手持绿玉杖,朝别黄鹤楼。五岳寻仙不辞远,一生好入名山游。庐山秀出南斗旁②,屏风九叠云锦张③,影落明湖青黛光④。金阙前开二峰帐⑤,银河倒挂三石梁⑥。香炉瀑布遥相望⑦,回崖沓嶂凌苍苍。翠影红霞映朝日,鸟飞不到吴天长。登高壮观天地间,大江茫茫去不还。黄云万里动风色,白波九道流雪山⑧。好为庐山谣,兴因庐山发。闲窥石镜清我心⑨,谢公行处苍苔没⑩。早服还丹无世情,琴心三叠道初成⑪。遥见仙人彩云里,手把芙蓉朝玉京⑫。先期汗漫九垓上⑬,愿接卢敖游太清⑭。

【注释】 ①“我本”二句:《庄子·人间世》载:孔子适楚,楚狂接舆游其门,曰:“凤兮凤兮,何如德之衰也!来世不可待,往世不可追也。” ②南斗:星名,即斗宿,古以南斗为寻阳之分野,故称。 ③屏风九叠:屏风叠,在庐山五老峰下。 ④明湖:鄱阳湖。 ⑤金阙:《庐山记》称:“西有石门,其前似双阙,壁立千余仞,而瀑布流焉。”金阙似指此。 ⑥三石梁:王琦注曰:“《寻阳记》曰:庐山上有三石梁,长数十丈,广不盈尺,杳然无底。”即三叠泉,在九叠屏之左,水势三折而下,如银河之挂石梁。 ⑦瀑布:庐山瀑布十余处,东南有香炉峰,游气笼其上,氤氲若香烟,而瀑布流焉。 ⑧九道:九条江,泛指今江西九江市附近的水流。 ⑨石镜:在山的东面,有石形圆若镜,可以照见人影。 ⑩谢公:南朝宋时诗人谢灵运。谢灵运曾游庐山,有《登庐山绝顶望诸峤》诗。 ⑪琴心三叠:修炼身心,达到心平气和的境界。 ⑫玉京:天上宫阙。 ⑬汗漫:无边无际。九垓:九天之外。 ⑭卢敖:燕人,秦始皇时博士,使求神仙,亡而不返。《淮南子·道应训》:卢敖游于北海,经乎太阴,入乎玄阙,至于蒙谷之上。见一士焉,深目而玄鬓,泪注而鸢肩,丰上而杀下,轩轩然方迎风而舞。顾见卢敖,慢然下其臂,遁逃乎碑下。卢敖欲与之友,若士称:“吾与汗漫期于九垓之外,吾不可以久驻。”此以卢敖拟卢虚舟。太清:道家认为人、天两界之外还有三清,即神仙所居之处。

【译文】 我是本如楚狂接舆般的人物,会唱着"凤兮"之歌去嘲讽孔子。我曾手持绿玉手杖,清晨告别黄鹤楼而出游。不辞千里之远遍游五岳去寻仙,我一生最喜欢到名山大川去游览。庐山风景秀美耸立于寻阳上应南斗,石如屏风九重九叠如云锦铺张,鄱阳湖明镜一般有山影映入一片青黛之色。石门如金阙前有二峰巨大高耸,三叠泉前水流喷激如银河倒挂。烟云缭绕香炉峰遥遥相望,悬崖回转重峦叠嶂上凌苍天。红霞升起与山树翠影共迎朝日,鸟儿展翅在吴天长空尽情翱翔。登高一览顿觉天地壮观,一条大江浩荡流淌一去不还。劲风吹来黄云万里翻动,九派水流来自雪山尽汇山下。我喜欢吟唱庐山的歌谣,我的情兴因庐山而抒发。闲来窥照石镜心境清亮,南朝诗人谢公足迹之处苍苔密生。早一点服食金丹吧遗却人间之情,琴心三叠修炼身心还只是学道初成。遥见仙人站在彩云之上,手把芙蓉离去朝拜玉京天都。先约定在无边无际的九天之外,愿与卢敖般的你同游三清之界。

# 下寻阳城泛彭蠡寄黄判官

【题解】 黄判官,不详。此诗全写泛湖游览所见的景色,抒发了自己面对美景的欣喜之情。末两句以共对美景相慰思念之情。此诗作于上元元年(760)。

【原诗】 浪动灌婴井[①],寻阳江上风。开帆入天镜,直向彭湖东[②]。落景转疏雨,晴云散远空。名山发佳兴,清赏亦何穷。石镜挂遥月[③],香炉灭彩虹[④]。相思俱对此,举目与君同。

【注释】 ① 灌婴井:《元和郡县图志》载:(江州城)古之湓口城也。汉高帝六年灌婴所筑。建安中,孙权经此城,自标井地令工掘之,正得古井。铭曰:"汉六年颍阴侯开,三百年当塞,后不满百年当为应运者所开。"权以为己瑞。井极深,大江中风浪,井水辄动。 ② 彭湖:彭蠡湖,即今鄱阳湖。 ③ 石镜:在庐山东,巨石形圆如镜,可照人。 ④ 香炉:庐山山峰,常年烟云缭绕。

【译文】　寻阳江上大风吹动巨浪，灌婴井中亦水翻如涛。扬帆启航驰在天一般大的如镜湖面，直向彭蠡湖东面而去。落日景色中忽然下起疏落小雨，待天放晴云朵散向远空。名山佳景引发人们佳美的情兴，清观幽赏怎能有所穷尽？巨大的石镜之上又有明月高挂，香炉峰上彩虹明灭。相思之时你我共对庐山美景，抬眼望去你我所见美景相同。

# 书情寄从弟邠州长史昭

【题解】　此诗先写景，因之叙相思，极赞从弟才思之高，以衬托怀念之情。诗中以谢灵运、谢惠连比自己与李昭，饶有趣味。

【原诗】　自笑客行久，我行定几时。绿杨已可折，攀取最长枝。翩翩弄春色，延伫寄相思①。谁言贵此物，意愿重琼蕤②。昨梦见惠连，朝吟谢公诗③。东风引碧草，不觉生华池④。临玩忽云夕，杜鹃夜鸣悲⑤。怀君芳岁歇，庭树落红滋⑥。

【注释】　① 延伫：长时间地站立。　② 琼蕤：玉花。此喻美好人物。③ "昨梦"二句：钟嵘《诗品》引《谢氏家录》云："康乐每对惠连，辄得佳语。后在永嘉西堂思诗，竟日不就，寤寐间忽见惠连，即成'池塘生春草'，故常云：'此语有神助，非我语也。'"惠连，谢惠连，南朝宋诗人。谢公，谢灵运，封康乐公，世称谢康乐，南朝宋诗人。此二人为从兄弟。　④ "东风"二句：语出谢灵运《登池上楼》"池塘生春草，园柳变鸣禽。"　⑤ 杜鹃：一名子规，三月间鸣，昼夜不止。　⑥ 滋：污染。

【译文】　你出游客行已是很久了，自笑我出行之日定在几时呢？此刻绿杨垂枝已能攀折，我要攀折那最长的一枝赠给你。轻风吹拂扬起满园春色，我久久伫立寄托我深重的相思。谁说我最看重那赠别的杨枝？我最爱的还是与你这琼蕤般的人物相会。昨夜梦见引人诗情的谢惠连，清晨起来吟咏谢公之诗。东风引发碧绿的草芽，不知不觉之间已在华美的池边露出嫩尖。

走上前去赏玩忽然夜已来临,杜鹃悲啼触动我的心怀。思念着你美好的时光即将衰歇,庭树上落下的红花已被泥污破败。


# 寄上吴王三首

**【题解】**　吴王指太宗第三子吴王恪之孙李祗。天宝七载(748),李祗为庐江郡太守。李白献诗,以求拔引。其一以淮南王刘安好士喻吴王;其二赞美李祗的政绩;其三称吴王尊贤好士。


## 其　一

**【原诗】**　淮王爱八公①,携手绿云中②。小子添枝叶③,亦攀丹桂丛④。谬以词赋重,而将枚马同⑤。何日背淮水,东之观土风⑥。

**【注释】**　①"淮王"句:汉时淮南王刘安招引方术之士,有须眉皓白的八公求见,见面后,皆变为童子,年可十四五,角髻青丝,色如桃花。后刘安随八公升仙而去。　②绿云:此指天上仙界的彩云。　③忝枝叶:指自己也是大唐皇族后裔。　④攀丹桂:淮南小山《招隐士》中有"桂树丛生兮山之幽"与"攀援桂枝兮聊淹留"之句,此抒自己的攀附之意。　⑤"谬以"二句:枚乘与司马相如因辞赋杰出而受到汉时藩王的重视。　⑥"何日"二句:汉人邹阳《谏吴王书》:"臣所以历数王之朝,背淮千里而自致者,非恶臣国而乐吴民也,窃高下风之行,尤说大王之义。"此说己之向往吴王之情。

**【译文】**　淮南王刘安敬爱八公仙人,他们携手同升彩云成仙。我惭愧亦为皇室后裔枝叶,也想高攀丹桂之枝有所荣耀。只希望妄以词赋创作上的才能,能够获得如同枚乘与司马相如般的待遇。何时我能别离淮水来到你的属下?我渴望东来观览贵地的风俗习尚。

## 其 二

**【原诗】** 坐啸庐江静①,闲闻进玉觞。去时无一物,东壁挂胡床②。

**【注释】** ① 坐啸:闲坐啸咏。东汉成瑨任南阳太守,用岑晊(公孝)为功曹,公事都交给岑办理,民间传言:"南阳太守岑公孝,弘农成瑨但坐啸。" ② 胡床:可折叠的坐具。《魏略》载:裴潜为兖州刺史时,尝作一胡床,及其去也,留以挂柱。这是为官清廉的典故。

**【译文】** 闲坐啸咏就治理得庐江宁静太平,闲来举杯雅赏美酒。离开此地时不带走一物,连亲手制作的胡床也挂在东边墙壁。

## 其 三

**【原诗】** 英明庐江守,声誉广平籍①。扫洒黄金台②,招邀青云客③。客曾与天通,出入清禁中④。襄王怜宋玉,愿入兰台宫⑤。

**【注释】** ① 广平籍:《晋书·郑袤传》:"广平太守缺,宣帝谓袤曰:'贤叔大匠垂称于阳平、魏郡,百姓蒙惠化。且卢子家、王子雍继踵此郡,使世不乏贤,故复相屈。'袤在广平,以德化为先,善作条教,郡中爱之。征拜侍中,百姓恋慕,涕泣路隅。"籍,盛大。 ② 黄金台:燕昭王建黄金台以招揽贤才。 ③ 青云客:声名显赫者。 ④ "客曾"二句:李白曾供奉翰林入侍禁中。清禁,皇宫。 ⑤ "襄王"二句:宋玉《风赋》:"楚襄王游于兰台之宫,宋玉、景差侍。"

**【译文】** 英明贤圣的庐江太守,声誉如同郑袤任广平太守时那样盛大。打扫洁净黄金高台,招纳邀请青云显贵之客。我也曾荣幸地踏上通天之路,出入朝廷皇宫内外。但愿就像楚襄王怜爱宋玉一般,我渴望进入兰台宫侍奉大王。

# 寄王汉阳

**【题解】** 王汉阳,汉阳县令,李白有数首赠寄他的诗作。此诗是泛南湖之后所作,诗中先写宴饮歌舞的喧闹场面,以反衬别后的空寂。

**【原诗】** 南湖秋月白①,王宰夜相邀。锦帐郎官醉②,罗衣舞女娇。笛声喧沔鄂③,歌曲上云霄。别后空愁我,相思一水遥。

**【注释】** ① 南湖:即沔州城南郎官湖。 ② 郎官:指尚书郎张谓。③ 沔鄂:沔州与鄂州,即汉阳与江夏,二郡隔江相对。

**【译文】** 忆昔南湖之上秋天的月亮发白,王县令你夜晚邀请我赴宴。华美的帷帐中郎官张谓已醉,身着罗衣的舞女娇美万态。嘹亮的笛声响彻沔州与鄂州,歌曲高亢直上云霄。离别之后不必徒然愁绪万端,只要心存相思你我相隔就仅这一水之遥。

# 春日归山寄孟六浩然

**【题解】** 此诗作于开元二十七年(739)。诗中描摹春日游禅寺所见景色,赞赏孟浩然的隐逸志趣。

**【原诗】** 朱绂遗尘境①,青山谒梵筵②。金绳开觉路③,宝筏度迷川④。岭树攒飞栱,岩花覆谷泉。塔形标海日,楼势出江烟。香气三天下⑤,钟声万壑连。荷秋珠已满,松密盖初圆。鸟聚疑闻法⑥,龙参若护禅⑦。愧非流水韵,叨入伯牙弦⑧。

**【注释】** ① 朱绂(fú):红色的朝服与绶带。此代指官职。 ② 梵筵:佛教道场等宗教仪式。 ③ 金绳:王琦注:"《法华经》:国名离垢,琉璃为地,有八交道,黄金为绳,以界其侧。" ④ 宝筏:佛教语,引导人们到达彼岸的工具。 ⑤ 三天:即三界,欲界、色界、无色界。 ⑥ "鸟聚"句:王琦注:"《法苑珠林》:舍卫国祇树精舍众集之时,猕猴飞鸟群类数千悉来听法,寂寞无声,事竟即去,各还所止。" ⑦ "龙参"句:佛教认为龙王护持佛法。 ⑧ 伯牙弦:《列子·汤问》载:"伯牙善鼓琴,锺子期善听。伯牙鼓琴,志在登高山,锺子期曰:'善哉,峨峨兮若泰山。'志在流水,锺子期曰:'善哉,洋洋兮若江河。'伯牙所念,锺子期必得之。"

【译文】 朝服绶带遗弃在尘世之境,赶赴青山拜谒佛教道场。黄金为绳显示觉悟之路,乘上宝筏渡过惑人迷川。岭上高树攒聚好像飞栱一般,岩上红花盛开覆盖山谷的泉水。佛塔高耸标记海上日出的方位,佛楼雄伟依傍大江烟云缭绕。佛烟香气传遍欲三界,佛钟敲响声连万壑千川。秋天荷叶上布满了晶莹的露珠,苍松茂密已亭亭如盖。鸟儿相聚疑为听法而来,龙王亦来参加原为护法而来。惭愧我无洋洋兮若江河般的流水声韵,可以忝为伯牙的琴上之声。

# 流夜郎永华寺寄浔阳群官

【题解】 诗人被放夜郎,途经浔阳永华寺,感念浔阳群官的饯别而作此诗,抒发了悲路失意之感,诗末又以慷慨语出悲伤。此诗作于乾元元年(758)。宋蜀本题下注:"流夜郎。"

【原诗】 朝别凌烟楼①,贤豪满行舟。暝投永华寺②,宾散予独醉。愿结九江流,添成万行泪。写意寄庐岳③,何当来此地。天命有所悬,安得苦愁思。

【注释】 ① 凌烟楼:南朝宋时临川王刘义庆所造,鲍照有《凌烟楼铭并序》记此事。楼在浔阳。 ② 永华寺:在浔阳西。 ③ 庐岳:指浔阳群官。

**【译文】**　朝霞升起时辞别凌烟楼,贤人豪士前来送行挤满行舟。暮晚时分投宿永华寺,宾客散尽只有我独自酒醉。真想聚结起滔滔九江之流,化成万行眼泪也表不尽心中的忧愁。提笔抒怀寄呈寻阳群官,什么时候我能再来此地呢? 世事都由天命所定,苦苦愁思也无济于事。

# 流夜郎至西塞驿寄裴隐

**【题解】**　西塞驿即西塞山,在湖北鄂州。裴隐,事迹不详。诗中先写行程与同伴,次写山川之景,又写心中盼赦的期望,最后写自己的愁苦与寄意。诗作于乾元元年(758)。宋蜀本题下注:"上峡。"

**【原诗】**　扬帆借天风,水驿苦不缓。平明及西塞,已先投沙伴①。回峦引群峰,横蠡楚山断。砯冲万壑会②,震沓百川满。龙怪潜溟波,候时救炎旱。我行望雷雨,安得沾枯散。鸟去天路长,人悲春光短。空将泽畔吟③,寄尔江南管④。

**【注释】**　① 投沙伴:汉时贾谊被贬为长沙王太傅。以此借指另有一位被贬逐之人。　② 砯(pēng):水击山岩的声音。　③ 泽畔吟:用屈原事。《楚辞·渔夫》:"屈原既放,游于江潭,行吟泽畔,颜色憔悴,形容枯槁。"④ 江南:裴隐所居之地。

**【译文】**　扬起船帆借风行进,水路急促不容稍作缓息。平明时分到了西塞驿下,已比另一被贬逐的同伴先为来到。峰峦回折引出重重山岭,其中横断之处却是楚山将尽之地。水击山崖砯然轰响原是万壑之水汇合,震荡沓至百川盈满。龙王水怪潜身深波,只待时机腾空解除炎热干旱。走啊走我盼望雷雨突至,是否能润泽挽救我这枯散之人? 飞鸟离去那天路遥长,人儿忧愁只嫌春光短促。徒然将我这与屈原相近的泽畔之吟,寄给你付与江南的乐器演奏。

# 自汉阳病酒归寄王明府

**【题解】** 王明府即汉阳令王某,又称王汉阳。诗当是乾元二年(759)李白遇赦回汉阳时所作。先写遇赦并盼天子有所用,后写纵酒啸歌的豪兴。宋蜀本题下注:"回江夏。"

**【原诗】** 去岁左迁夜郎道①,琉璃砚水长枯槁②。今年敕放巫山阳③,蛟龙笔翰生辉光。圣主还听《子虚赋》,相如却欲论文章④。愿扫鹦鹉洲⑤,与君醉百场。啸起白云飞七泽⑥,歌吟渌水动三湘⑦。莫惜连船沽美酒,千金一掷买春芳⑧。

**【注释】** ① 左迁:古代尊右而贱左,故左迁即指贬官。但李白本无官可贬,此指放逐。 ②"琉璃"句:此指毫无诗兴,没有佳作。 ③ 巫山:在夔州(今重庆市奉节县),李白流放夜郎,至此地遇赦。 ④"圣主"二句:《史记·司马相如传》载:"上读《子虚赋》而善之,曰:'朕独不得与此人同时哉!'得意曰:'臣邑人司马相如自言为此赋。'上惊,乃召问相如,相如曰:'有是,然此乃诸侯之事,未足观也,请为天子游猎赋,赋成奏之。'上许,令尚书给笔札。" ⑤ 鹦鹉洲:在江夏江中。 ⑥ 七泽:指楚地的云梦七泽。 ⑦ 三湘:泛指湘江流域。 ⑧ 春芳:指酒,唐人多以春指酒。

**【译文】** 去年被逐奔行在流放夜郎的道路上,琉璃砚中水常干涸而诗兴枯槁。今年走到巫山之阳时遇赦放还,我诗兴大发而笔走蛟龙文生光辉。英明的圣上还想阅赏《子虚赋》之类的旧作,我却愿像司马相如一样创作新文。真想打扫干净鹦鹉洲,安排酒宴与你同饮共醉百场。啸歌一起声飞白云响彻楚地七泽,吟唱一曲音动渌水传遍三湘大地。不惜金钱购来整船美酒,我要一掷千金买酒酣饮。

# 望汉阳柳色寄王宰

**【题解】** 王宰,即汉阳县令王某,又称王汉阳、王明府。这也是遇赦还时所作,当作于乾元元年(758)。诗中叙写相思,邀王宰前来一晤,实为以诗代简。

**【原诗】** 汉阳江上柳,望客引东枝①。树树花如雪,纷纷乱若丝。春风传我意,草木度前知②。寄谢弦歌宰③,西来定未迟。

**【注释】** ① 望:向。客:李白自指。东枝:江夏在汉阳东,故见到的是汉阳向东之枝。 ② 度前知:指如约。 ③ 弦歌宰:《论语·阳货》载:"子之武城,闻弦歌之声。夫子莞尔而笑曰:'割鸡焉用牛刀?'子游对曰:'昔者偃也闻诸夫子曰:君子学道则爱人,小人学道则易使也。'子曰:'二三子,偃之言是也。前言戏之耳。'"孔子弟子以弦歌教化百姓,后称治理一县为弦歌。此指王汉阳。

**【译文】** 那汉阳城江边的柳树,向着我伸长了东边之枝。树树柳絮如花似雪,纷纷飘垂柳丝长长。春风捎去了我的情意,草木如约生长开花。遥寄诗作告谢王县令你,什么时候从西而来千万不要推迟啊!

# 江夏寄汉阳辅录事

**【题解】** 辅录事,名翼。此诗作于乾元二年(759)秋,此时李白流放遇赦归来。襄州将康楚元、张嘉延据州作乱,辅录事等防其南袭正在训练水军,诗人深为不能为国出力而惆怅。

**【原诗】** 谁道此水广,狭如一匹练①。江夏黄鹤楼,青山汉阳县。大语犹可闻②,故人难可见。君草陈琳檄③,我书鲁连箭④。报国有壮心,龙颜不回眷⑤。西飞精卫鸟,东海何由填⑥。鼓角徒悲鸣⑦,楼船习征战⑧。抽剑步霜月,夜行空庭遍。长呼结浮云,埋没顾荣扇⑨。他日观军容,投壶接高宴⑩。

**【注释】** ①"谁道"二句:江夏与汉阳一水相隔,人物草木可数。 ②大语:大声说话。 ③陈琳檄:陈琳,建安时曹操幕下文人,军国檄文多为他与阮瑀所作。 ④鲁连箭:战国时齐人田单攻聊城不下,士卒多死。鲁仲连乃为书束于箭射入城中。守城的燕将见书而泣,喟然叹曰:"与人刃我,宁自刃。"乃自杀,于是城下。 ⑤眷:眷顾。 ⑥"西飞"二句:《山海经·北山经》:"女娃游于东海,溺而不返。故为精卫,常衔西山之木石,以埋于东海。" ⑦鼓角:战鼓与号角,用以传令与壮军势。 ⑧楼船:指战船。 ⑨顾荣扇:《晋书·顾荣传》载:晋怀帝永嘉元年,陈敏反,率万人渡江未济,顾荣以羽扇麾之,其众皆溃。 ⑩投壶:以矢投壶,中多者胜,负者罚酒。这是宴会上的游戏。

**【译文】** 谁能说面前这条水流宽广呢?它狭窄得像一匹绸练。江夏的黄鹤楼,正对着汉阳的青山。大声说话还可以听得见,你我老朋友却难以相见。你能起草陈琳那样的军国檄文,我会书写鲁仲连那样的信连箭一同射出。我有报国的豪壮之心,圣上龙颜却不回转看一下。我的拳拳之心如同西飞的精卫鸟,但遭遇如此怎能实现填埋东海的心愿?战鼓与号角徒然增加我的悲伤,战舰楼船正在演习战阵而我无可施力。抽出宝剑我迈步在如霜的月下,夜晚不寐走遍这空空的庭院。长啸高呼声结浮云,你我被埋没了顾荣挥羽扇般的才能。他日我到你那儿去观看军容,再在宴席间饮酒投壶吧!

# 早春寄王汉阳

**【题解】** 王汉阳,即前述王明府、王宰,汉阳县令。诗作于上元元年(760)春,诗中表现思念友人的一片真情厚意。《李诗辨疑》谓此诗是王汉阳寄李白诗,以答李白《望汉阳柳色寄王宰》。可参考。

**【原诗】** 闻道春还未相识,走傍寒梅访消息。昨夜东风入武阳①,陌头杨柳黄金色。碧水浩浩云茫茫,美人不来空断肠②。预拂青山一片石,与君连日醉壶觞。

**【注释】** ① 武阳:此指江夏。 ② 美人:指王汉阳。

**【译文】** 听说春天已经来我却未识其面,前去依傍寒梅访寻消息。昨夜东风吹入江夏,路边杨柳冒出嫩芽一片金黄。碧水浩浩云雾茫茫,你还不来令我空自断肠。我已预先拂净青山上一片石摆下酒宴,要与你连日连夜醉饮壶觞。

# 江上寄巴东故人

**【题解】** 巴东,此指夔州。此诗为出夔州后作,但不知是初出蜀之作,还是夜郎遇赦后之作。诗中以景物衬托与故人相别,诗末以多通音信表述相思之情。

**【原诗】** 汉水波浪远①,巫山云雨飞②。东风吹客梦,西落此中时。觉后思白帝③,佳人与我违④。瞿塘饶贾客⑤,音信莫令希。

**【注释】** ① 汉水:长江支流,流经今陕西、湖北,在武汉一带汇入长江。②"巫山"句:巫山,在夔州巫山县东,有十二峰,其下为巫峡。宋玉《高唐赋》记载楚王梦见巫山神女事,后以巫山云雨表示男女情爱。此喻与友人的情意。 ③ 白帝:白帝城,指故人所在。 ④ 佳人:指故友。 ⑤ 瞿塘:三峡之一。贾客:商人。

**【译文】** 我如汉水流入长江逐浪远去,巫山云雨时时在我心中飞卷。东风会将我的思友之梦吹去,西行落到你的身边。梦中醒来思念巴东的你,你却与我分手离别了。瞿塘峡之间商人云集可让他们捎带书信,千万别使音信稀少而最终断绝消息。

# 江上寄元六林宗

**【题解】** 所赠之人即李白故交元丹丘。诗中描摹江上秋色,悲凉萧瑟,行程苦远之情尽现,并以之抒发对故人的思念之情。

**【原诗】** 霜落江始寒,枫叶绿未脱。客行悲清秋,永路苦不达①。沧波眇川汜②,白日隐天末。停棹依林峦,惊猿相叫哳。夜分河汉转③,起视溟涨阔④。凉风何萧萧,流水鸣活活⑤。浦沙净如洗,海月明可掇⑥。兰交空怀思⑦,琼树讵解渴⑧。勖哉沧洲心⑨,岁晚庶不夺。幽赏颇自得,兴远与谁豁⑩。

**【注释】** ① 永路:长路。 ② 川汜:大小河流。 ③ 夜分:夜半时分。河汉:银河。 ④ 溟涨:大海。此指江如大海。此诗中的海均指江。 ⑤ 活活:流水声。 ⑥ 掇:拾取。 ⑦ 兰交:知心朋友。《周易·系辞》:"二人同心,其利断金;同心之言,其臭如兰。" ⑧ 琼树:亦指好友。《别诗》:"思得琼树枝,以解长渴饥。" ⑨ 勖:勉励之意。沧洲心:隐居之心。 ⑩ 豁:倾心相诉。

**【译文】** 严霜降临大江始露寒意,枫叶却还未脱尽绿色。我在这悲凉清冷的秋天出行江上,前路漫长苦于尚未到达。沧波涌起令大小河流显得远阔,太阳已隐没在天边。停桨止舟依凭山峦森林,受惊的猿猴叫声哳耳。夜半时分银河侧转,起来却见大江如海一般涨水。凉风袭来何其萧瑟,流水发出活活的响声。江边细沙洁净如同漂洗过,江中明月又大又亮如可拾取。我空自怀念义同兰交的知心朋友,未得琼树之枝心中饥渴难解。各自勉励吧你我同有隐居之心,希望在这深秋季节此志不减。那幽居中赏心悦目之事颇令人自在自得,我的情兴高远除你之外能与谁倾诉呢?

# 寄从弟宣州长史昭

【题解】　此诗当作于乾元二年(759)赴宣州五年后。诗中叙述了来宣州的经过及所历数载,最后述相思之情。长史,州刺史的佐吏。

【原诗】　尔佐宣城郡,守官清且闲。常夸云月好<sup>①</sup>,邀我敬亭山<sup>②</sup>。五落洞庭叶<sup>③</sup>,三江游未还<sup>④</sup>。相思不可见,叹息损朱颜。

【注释】　① 云月:指山川景色。　② 敬亭山:在宣州城北十里许。③ "五落"句:指已过了数次秋天。《九歌·湘夫人》:"袅袅兮秋风,洞庭波兮木叶下。"　④ 三江:泛指江湖。

【译文】　你辅佐宣州刺史任长史,为官清静且闲雅。常夸云月景物美妙,邀我游览敬亭山。如今树叶五次飘落洞庭之波,我又漫游江湖尚未回还。思念从弟你啊不可相见,我时常叹息令红颜衰歇。

# 泾溪东亭寄郑少府谔

【题解】　泾溪,流经宣城入江。东亭,在宣城。郑少府谔,当为泾县尉。诗中通过对美丽景色及白鹭闲雅潇洒自得之状的描摹,表现自己对隐居的向往。宋蜀本题下注:"宣城。"

【原诗】　我游东亭不见君,沙上行将白鹭群。白鹭闲时散飞去,又如雪点青山云。欲往泾溪不辞远,龙门蹙波虎眼转<sup>①</sup>。杜鹃花开春已阑<sup>②</sup>,归向陵阳钓鱼晚<sup>③</sup>。

**【注释】** ①龙门:龙门山在泾县,林麓幽深,岩壁峭拔。中有石窦若门,故称。瀓波:急波。虎眼转:指水波旋转,有光相映,若虎眼之光。 ②阑:将尽。 ③陵阳:陵阳山,在泾县。陵阳子明得道升仙处。钓鱼:陵阳子明弃官学道,垂钓山下,得白龙,放之于白龙潭。后五年,龙来迎陵阳子明上陵阳山成仙。

**【译文】** 我游览东亭未见郑少府你,只见沙滩上停落着一群白鹭。这群白鹭闲雅时而飞散开来,又恰似片片雪花洒落在青山云巅。我想到泾溪去不怕路途遥远,那龙门山下水波湍急漩涡如虎眼旋转发光。杜鹃花开春光将尽,我欲归向陵阳山下垂钓该不会晚吧!

# 宣城九日闻崔四侍御与宇文太守游敬亭,余时登响山,不同此赏,醉后寄崔侍御二首

**【题解】** 崔四侍御,即崔成甫,曾任监察御史。宇文太守,即宇文融,时为宣城太守。响山,在宣城,当鳌峰之前,两崖对峙,下瞰响潭,潭上有钓台。李白重阳节登响山,闻故交崔成甫与宇文融曾游敬亭,诗人为不曾同游而遗憾。其一写未能同游的遗憾。其二写崔、宇文二人同游,称其重阳之作一定超越前人。

## 其 一

**【原诗】** 九日茱萸熟,插鬓伤早白①。登高望山海,满目悲古昔。远访投沙人②,因为逃名客③。故交竟谁在,独有崔亭伯④。重阳不相知,载酒任所适。手持一枝菊,调笑二千石⑤。日暮岸帻归⑥,传呼隘阡陌⑦。彤襜双白鹿⑧,宾从何辉赫。夫子在其间,遂成云霄隔。良辰与美景,两地方虚掷。晚从南峰归,萝月下水壁。却登郡楼望,松色寒转碧。咫尺不可亲,弃我如遗舄⑨。

**【注释】** ①九日：九月九日重阳节。茱萸：其花味香，可入药。古时风俗，九月九日之时，折茱萸花以插头，可辟邪气，御初寒。 ②投沙人：指屈原。 ③逃名：逃避声名。《后汉书·逸民列传》："法真名可得闻，身难得而见；逃名而名我随，避名而名我追。" ④崔亭伯：东汉崔骃，字亭伯，博学有伟才，尽通古今训诂百家之言，与班固、傅毅齐名。为窦宪主簿，宪不能容，出其为长岑长，崔骃以远去不得意，遂辞官而归。此喻崔成甫。 ⑤二千石：汉时内自九卿郎将，外至郡守尉的俸禄等级，都是二千石。此喻为官者。 ⑥岸帻：帻微脱额。帻，包头巾。 ⑦隘：狭窄。 ⑧襜（chān）：帷幕。白鹿：郑弘为临淮太守，行春，有二白鹿随车夹毂而行。 ⑨舄：履。

**【译文】** 九月九日茱萸熟了其味芳烈，插鬓辟邪之时感伤头发早白。登高眺望远处海一般的山，满目凄凉为古昔之人而悲哀。我也曾远访屈原的足迹，我也想做一个逃避声名之人。故日旧友还有谁在？只有崔成甫你啦！重阳之日我未找到友人一块出游，独自一人载酒任我兴致所至。我手持一枝菊花，傲视调笑那些为宦之人。日暮之时头巾半脱半戴归还，听说此地曾来有传呼之人使阡陌道路挤窄。红色帐幕的车驾有双白鹿夹毂而行，随从宾客齐行多么显赫辉耀。你俩就在其中啊，我与你俩失之交臂此时则相隔云霄。两地的良辰与美景，因我们未能相聚而徒然存在。晚上我从南峰归来时，月亮光辉闪出藤萝映在水中如同沉璧。返身登上州郡城楼眺望，松树之色既带寒意又显翠碧。我们咫尺之间而未能相见亲近，我好像一只旧鞋而遭到遗弃。

## 其 二

**【原诗】** 九卿天上落①，五马道傍来②。列戟朱门晓③，褰帷碧嶂开④。登高望远海，召客得英才。紫丝欢情洽⑤，黄花逸兴催⑥。山从图上见，溪即镜中回。遥羡重阳作，应过戏马台⑦。

**【注释】** ①九卿：唐以太常、光禄、卫尉、宗正、太仆、大理、鸿胪、司农、太府为九卿。此指崔侍御成甫。 ②五马：太守。太守的乘车为五马所驾，故称。此指宇文太守。 ③列戟：官宦豪贵之家门前列戟以为仪仗。
④褰帷：揭去车帷。《后汉书·贾琮列传》载：贾琮为冀州刺史，升车言曰：
"刺史当远视广听，纠察美恶，何有反垂帷裳，以自掩塞乎？"乃命御者褰之。
⑤紫丝：紫色丝带，作印带或服饰。 ⑥黄花：菊花。 ⑦"遥羡"二句：
戏马台在彭城，项羽所筑。晋末刘裕北伐时，重阳之日引宾佐登此台，令将
佐百僚赋诗以观志，作者百余人，独谢灵运最工。

**【译文】** 崔侍御从京城来如天上降落，宇文太守也驾五马沿道而来。天刚
放晓时朱门甲宅前有列戟仪仗，拉开帷幕显露碧帐。登高眺望远方山海，招
纳门客尽是贤才。你俩都为朝廷命官相见欢情和洽，菊花盛开更催发逸兴。
山色美景如从画中所见，溪水佳境似在镜中映照。遥遥羡慕刘裕戏马台命
将佐百僚赋诗，你们的诗作一定超过他们。


# 寄崔侍御

**【题解】** 崔侍御，即崔成甫。此诗作于天宝十二载(753)。诗中前部分
写诗人离别故乡而独行，后半部分写与崔侍御相见及相离，并抒发相思
之情。诗人的感喟身世与抒写友情相交织，令人感慨不已。

**【原诗】** 宛溪霜夜听猿愁①，去国长为不系舟②。独怜一雁飞南海，
却羡双溪解北流③。高人屡解陈蕃榻④，过客难登谢脁楼⑤。此处别
离同落叶，明朝分散敬亭秋⑥。

**【注释】** ①宛溪：源出宣城南。 ②不系舟：喻漂泊不定。《庄子·列御
寇》载："饱食而遨游，泛若不系之舟，虚而遨游者也。" ③双溪：在宣城
东，自句溪分流，一注入南湖，一合于宛溪。 ④陈蕃：《后汉书·徐稚列
传》载：陈蕃为太守，以礼请署功曹，稚不就之，即谒而退。蕃在郡不接宾
客，唯稚来特设一榻，去则悬之。此指崔侍御对诗人的招待。 ⑤谢脁楼：
谢脁为宣城太守时的住所，一名北楼。 ⑥敬亭：敬亭山，为宣城名胜。

**【译文】**　身在宛溪的秋日寒霜之夜听着猿啼内心不尽的忧愁，离开家乡时间太长我如同一只失去缆船的小舟四处漂泊。最为可怜的是我如孤雁独自南飞大海，于是羡慕双溪还知道向北而流。崔侍御屡次解下陈蕃之榻来招待我，我这匆匆过客却难以登临谢朓楼。此处你我别离就如同落叶飘飞，明朝在秋日的敬亭山下飞散而去。

# 泾溪南蓝山下有落星潭，可以卜筑，余泊舟石上，寄何判官昌浩

**【题解】**　泾溪在宣城泾县，一名赏溪。泾县西五十里有蓝山，其下有落星潭。何昌浩，事迹不详。诗中写山的高峻与水的清澈，对友人此时不能前来表示遗憾，又期望日后与友人在此炼丹修道。

**【原诗】**　蓝岑竦天壁①，突兀如鲸额。奔蹙横澄潭②，势吞落星石。沙带秋月明，水摇寒山碧。佳境宜缓棹，清辉能留客。恨君阻欢游，使我自惊惕。所期俱卜筑，结茅炼金液③。

**【注释】**　① 岑：小而高的山。　② 奔蹙：指山如奔如蹙。蹙，屈聚紧缩。③ 金液：指长生不老药。

**【译文】**　蓝山耸天而立如同一道墙壁，突兀而出像鲸鱼额头。如奔如蹙横在澄澈的深潭之前，其势吞没落星之石。溪沙带着秋月的明辉，潭水摇荡光映寒山翠碧。如此佳境真应缓棹慢行，如此清辉光彩真能留客脚步。遗憾的是你不能来此欢游，使我心中又惊又忧。我所期望的是你我共同在此占卜选址，盖筑茅屋炼长生不老之药。

# 早过漆林渡寄万巨

**【题解】** 万巨,事迹不详。诗人游历蓝山后又游历漆林渡,诗中描述此处的美景与古迹,渴望与友人相见并同咏佳句。此诗作于天宝十三载(754)。

**【原诗】** 西经大蓝山①,南来漆林渡。水色倒空青,林烟横积素。漏流昔吞翕②,沓浪竞奔注③。潭落天上星④,龙开水中雾。巉岩注公栅⑤,突兀陈焦墓⑥。岭峭纷上干⑦,川明屡回顾。因思万夫子⑧,解渴同琼树⑨。何日睹清光,相欢咏佳句。

**【注释】** ① 蓝山:在泾县西南。 ② 漏流:水流如漏,指小水流。③ 沓浪:重叠而至的浪。 ④"潭落"句:落星潭在泾县蓝山下,相传晋有陈霸兄弟捕鱼于此,见一星落潭中,故名。 ⑤ 峣(yáo):高远。注公栅:注公所建之城栅。或疑为左公栅,隋末左难当筑城栅,拒辅公祏于泾,与大蓝山近。 ⑥ 陈焦墓:陈焦为三国时安吴人,死后埋之六日更生,穿土中出。安吴,隋时并入泾县。 ⑦ 上干:上干青云。 ⑧ 万夫子:即万巨。⑨"解渴"句:《别诗》:"思得琼树枝,以解长渴饥。"指友人相见。

**【译文】** 向西经过大蓝山,又向南来到了漆林渡。水色青碧如同天空翻倒扣地,树林的烟气横遮如同白色的生绢相积。那涓涓细流在往日曾吞山吐海,重叠的浪花奔腾如注。潭中落下天上的星星,白龙拨开水面的迷雾。高远的岩石旁那曾是注公之栅,突兀隆起的是陈焦之墓。山岭峻峭上干青天,川流水明闪耀弯弯曲曲。由之想到万夫子啊,要解心中之饥渴还得傍依琼树枝。何时能一睹你的面容风采,与你相聚欢乐共咏佳句。

# 游敬亭寄崔侍御

**【题解】** 崔侍御,即崔成甫。诗中先述自己寓居敬亭的吟咏;再述崔成甫的贬谪与傲岸;最后述壮志。此诗作于天宝十二载(753)。宋蜀本题下注:"一本作《登古城望府中奉寄崔侍御》,其不同处悉重出。"

**【原诗】** 我家敬亭下①,辄继谢公作②。相去数百年,风期宛如昨③。登高素秋月,下望青山郭。府中鸿鹭群,饮啄自鸣跃。夫子虽蹭蹬④,瑶台雪中鹤⑤。独立窥浮云,其心在寥廓。时来一顾我,笑饭葵与藿⑥。世路如秋风,相逢尽萧索。腰间玉具剑⑦,意许无遗诺⑧。壮士不可轻,相期在云阁⑨。

**【注释】** ① 家:居住。敬亭山:在宣城。 ② 谢公:即南齐谢朓,曾任宣城太守,留有咏敬亭的诗作。 ③ 风期:品格风度。 ④ 蹭蹬:困顿失意。 ⑤ 瑶台:仙人所居之处。 ⑥ 葵与藿:两种野菜名。 ⑦ 玉具剑:以玉为饰的宝剑。 ⑧ "意许"句:此用季札心许徐君之意。《史记·吴太伯世家》:"季札之初使,北过徐君。徐君好季札剑,口弗敢言。季札心知之,为使上国,未献。还至徐,徐君已死,于是乃解其宝剑,系之徐君冢树而去。" ⑨ 云阁:云台,汉明帝图画中兴功臣三十二人于其上。

**【译文】** 我居住在敬亭山下,辄继谢朓作吟咏敬亭山之诗。他已离去数百年,他的品格风度仍栩栩如生仿佛昨日还相见。登高遥看素清的秋日之月,向山下眺望青山城郭。只见鸳鸯白鹭一群一群,或饮或啄自得自乐鸣叫跳跃。夫子你虽遭受困顿失意,但你如瑶台之上雪中起舞的仙鹤。你独立傲视眼望浮云,你的志向在那寥廓的长空。你时常前来照顾看望我,我俩欢笑共品粗茶淡饭。世态人情如同秋风,相逢之间只感萧瑟寒冷。腰间所佩的玉饰之剑,意中有所许诺绝不失信。你我都是当今壮怀之士不可被人轻觑,期望能会面在图画功臣的云台高阁。

# 三山望金陵寄殷淑

**【题解】** 三山,在南京附近的长江边上。金陵,今南京。殷淑,道士李含光门人,道号中林子。诗先用谢朓《晚登三山还望京邑》之意,以下为望中之景,末述思友之情。

**【原诗】** 三山怀谢朓①,水澹望长安②。芜没河阳县③,秋江正北看。卢龙霜气冷④,鸡鹊月光寒⑤。耿耿忆琼树⑥,天涯寄一欢。

**【注释】** ① 谢朓:南朝齐诗人,有《晚登三山还望京邑》诗。 ② 澹:水势平静。长安:代指金陵。王粲《七哀》:"南登霸陵岸,回首望长安。"此用其意。 ③ 河阳:今河南孟州。晋人潘岳有《河阳县作》,其中有"引领望京室"句。 ④ 卢龙:在金陵西。 ⑤ 鸡鹊:汉代长安观名。 ⑥ 琼树:指友人。

**【译文】** 登上三山远怀谢朓,波水澹静眺望金陵。我如同在荒芜的河阳的潘岳远望京城,秋日站在江边向北看去。卢龙关塞霜气冷寂,鸡鹊观上月光寒冷。诚心诚意怀念友人,相隔天涯同期一欢。

# 自金陵溯流过白壁山玩月,达天门,寄句容王主簿

**【题解】** 白壁山在今安徽当涂,天门山在太平府,二山夹大江,东曰博望,西曰梁山,对峙如门。句容,今属江苏。主簿,县令佐官。诗中描摹自金陵至白壁山、天门山一路江行的景色,诗末写不能同游的惆怅及友谊长存的期望。

**【原诗】** 沧江溯流归①,白壁见秋月。秋月照白壁,皓如山阴雪②。幽人停宵征③,贾客忘早发。进帆天门山,回首牛渚没④。川长信风

来,日出宿雾歇。故人在咫尺,新赏成胡越⑤。寄君青兰花⑥,惠好庶不绝⑦。

**【注释】**　① 溯:逆流而上。　② 山阴雪:晋人王徽之居山阴时,夜大雪,雪霁月朗时,四望皎然。　③ 幽人:隐士。宵征:夜间出行。　④ 牛渚:今安徽马鞍山采石矶。　⑤ 新赏:欣赏新奇景色。胡越:喻相隔遥远。⑥ 青兰花:俗称草兰,又名春兰,一茎一花,花清香,一茎数花者为蕙。也有开放于秋季的。古人以兰花喻友情。　⑦ 惠好:和谐友好。

**【译文】**　自青苍色的大江逆流而归,行至白壁山赏玩秋月。秋日的月光照在白壁山上,皓白如同山阴之雪那般皎然令人兴发。隐逸之士停止了夜晚出行,商贾买卖人忘记了早晨出发。扬帆再行来到天门山,回头望去牛渚已被隐没。大江长啊季风按时吹来,太阳升起夜雾消散。老朋友近在咫尺却未见面,不能共同欣赏新奇景色相隔如胡越。寄你一枝青青的兰花,愿我俩和谐美满友谊长存。